Louise Tremblay d'Essiambre

Louise Tremblay d'Essiambre est née au Québec en 1953. Elle découvre les possibilités de l'écriture lors de ses études, à travers des cours orientés vers le roman, la nouvelle, le théâtre et le conte. Le mariage et la venue de neuf enfants mettent un terme à son parcours mais pas à sa passion. Son premier roman, *Le Tournesol*, est publié en 1984.

Ses enfants devenus grands, elle décide de se consacrer entièrement à l'écriture. Parmi ses romans figurent, entre autres, la saga *Les Années du silence*, ainsi que deux polars, *Boomerang* et *L'Infiltrateur*, écrits en collaboration avec un policier. En 2005, la série *Les Sœurs Deblois* lui fera connaître un succès inespéré.

Auteur d'une trentaine d'ouvrages, Louise Tremblay d'Essiambre consacre désormais la majeure partie de son temps à l'écriture et à la peinture. Sa série, *Mémoires d'un quartier* (Guy Saint-Jean Éditeur), a été finaliste au Grand Prix du salon du livre de Montréal 2010, 2011 et 2012. Elle est également l'auteur d'une nouvelle série, *L'Amour au temps d'une guerre*, dont les deux premiers tomes (2015, 2016) ont paru chez Guy Saint-Jean Éditeur. Son dernier roman, *Montmartre au temps des lilas*, a paru chez le même éditeur en 2016.

Retrouvez toute l'actualité de l'auteur sur :
www.louisetremblaydessiambre.com

Charlotte et Anne au jardin

LES SŒURS DEBLOIS
Charlotte

DU MÊME AUTEUR
CHEZ POCKET

LES SŒURS DEBLOIS

CHARLOTTE
ÉMILIE
ANNE
LE DEMI-FRÈRE

MÉMOIRES D'UN QUARTIER

LAURA & ANTOINE
ÉVANGÉLINE & BERNADETTE
ADRIEN & FRANCINE
MARCEL & LAURA, LA SUITE
ANTOINE & ÉVANGÉLINE, LA SUITE
BERNADETTE & ADRIEN, LA SUITE

LES ANNÉES DU SILENCE

LOUISE
TREMBLAY-D'ESSIAMBRE

LES SŒURS DEBLOIS

Charlotte

– Tome 1 –

GUY SAINT-JEAN ÉDITEUR

MIXTE
Papier issu de sources responsables
FSC® C003309
www.fsc.org

Pocket, une marque d'Univers Poche, est un éditeur qui s'engage pour la préservation de son environnement et qui utilise du papier fabriqué à partir de bois provenant de forêts gérées de manière responsable.

ISBN 978-2-266-19730-4

À ces trois petits diables, Raphaël, Madeleine et Alexie,
mes enfants, mes amours.
Vous faites de ma vie de tous les jours
une parcelle de paradis

À Julie, parce que je peux encore dire je t'aime
au quotidien

À mes grands enfants qui vivent maintenant loin de moi.
Il y en a un peu partout ! Je pense à vous chaque jour
avec une tendresse immense

À mes petits-enfants, Claudine, Samuel, Simon,
Jean-Nicolas et Marie-Maude,
je vous embrasse très très fort

Remerciements

Un merci amoureux à Alain, mon mari, mon compagnon, mon homme, pour sa présence et son soutien. Sans lui, je n'y arriverais pas…

Merci à la maison d'édition qui croit toujours en moi et qui sait garder la flamme bien vivante quand, parfois, quelque vent contraire la fait vaciller…

Merci enfin à vous, fidèles lecteurs. Vous êtes des dizaines de milliers à me lire, à dire que vous aimez ce que j'écris. Alors, merci pour cette fidélité qui fait de ma passion un métier dont je vis honorablement. De ce fait, ma gratitude va bien au-delà des mots qui sauraient la décrire. Je vous aime.

Note de l'auteur

Je commence l'écriture de ce livre en sachant que vous l'attendez. Vous me l'avez dit. Vous m'avez dit aussi que vous aimez la façon que j'ai de décrire les émotions et les mots simples que j'emploie. Malgré cela, ce roman sera différent. L'écriture aussi. On ne parle pas de désordres mentaux comme on parle de la maternité, même si elle a été douloureuse à tous points de vue. On ne parle pas de la folie sur le ton dont on parlerait d'une vie en quête de bonheur. Car c'est bien ce dont je veux parler ici, une forme de folie. Il n'y aura ni complaisance ni facilité. Quand un être malade remorque sa famille dans son pitoyable voyage au bout de lui-même, volontairement ou non, il ne peut y avoir de compromis.

Elles sont trois. Des sœurs, des gamines, bientôt des femmes. Elles ont eu une enfance comme il y en a tant. L'école, la maison, les amis. Elles vivent dans cette apparence de normalité confortable. Comme ailleurs. Comme presque partout quand on se contente de la surface des choses. Chez les Deblois, il y a des rires, des pleurs, des espérances, des grands désirs, des chagrins. Il y a aussi des discussions, des punitions, des encouragements. La vie, quoi ! Trois filles différentes que le hasard s'est amusé à regrouper sous un même toit. Trois sœurs qui auraient pu devenir des amies, qui le sont peut-être à leur manière, qui ne le seront jamais vraiment. Et cela, à cause de cette autre femme qui veille, qui les sépare et les unit irrémédiablement. Comme une ombre qui plane, les enveloppe, les soustrait petit à petit à cette réalité normale pour en fabriquer une autre, difforme, malsaine et pourtant amoureuse à sa façon. Leur mère, Blanche. Femme de tête, femme de cœur, femme de rêves, femme malade…

Trois filles, trois sœurs prénommées Charlotte, Émilie et Anne, parce que Blanche Deblois est une femme cultivée et qu'elle passe un temps infini à lire. Elle a adoré *Jane Eyre* et *Les Hauts de Hurlevent*, alors elle a choisi de prénommer ses filles du nom des sœurs Brontë, Anne s'inscrivant dans une continuité prévisible même si la mère ne connaît rien de son œuvre. Pourtant, les trois sœurs anglaises sont toutes mortes très jeunes et pour quelqu'un de superstitieux, cela aurait dû être suffisant pour s'abstenir. Mais Blanche tenait au symbole. C'est la vie que de mourir jeune dans la famille de Blanche Gagnon-Deblois, c'est dans la normalité que d'être malade, d'être soigné, d'être pleuré. L'entendement que Blanche a de la vie ne déborde pas de ces limites mais les inclut toutes. Cela avait même un petit quelque chose d'excitant que de défier la loi des probabilités. Nul doute que ce bébé tout rose et paisible cachait quelque mal sournois. Comment aurait-elle pu se soustraire à l'hérédité maternelle qui avait fait de Blanche une femme de si faible constitution ? C'est ce qu'elle a pensé, Blanche, quand elle a décrété que sa fille aînée serait baptisée Charlotte. Parce que Blanche, même si elle est une femme de cœur et qu'elle aime sincèrement ses filles, est d'abord et avant tout une femme malade.

Le reste n'est qu'accident…

Extrait du journal de Charlotte

Montréal, automne 1942

Je vais partir.

Je dois partir.

Tout laisser derrière, tout quitter, faire le vide autour de moi pour retrouver ma dignité et tout recommencer.

Je vais fuir comme si j'étais coupable. Je suis peut-être coupable d'avoir trop aimé.

On me dit forte et c'est comme si j'entendais le reproche dans la voix. Je n'ai besoin ni de sollicitude, ni de soins, ni de présence inquiète, alors je ne suis d'aucun intérêt. Par contre, on attendait de moi que je sois efficace alors qu'on attendait des autres qu'ils soient malades. Et n'est-ce pas que j'ai été efficace tout au long de ces années ? Malgré cela, j'ai l'impression que c'est un crime que d'être forte et en santé. J'ai l'impression qu'on me montre du doigt. Je suis celle qui dérange le cours établi des choses. Je suis différente. Mais je crois bien que ma force, cette pulsation que je sens battre en moi et qui accompagne celle du cœur, elle me vient justement de cette différence.

Peut-être...

Pourtant, je vais partir comme on quitte le bateau qui fait naufrage. Sentiment d'urgence pour sauver ma peau.

J'essaie de me souvenir, de rattacher ce pitoyable présent à quelques doux moments de l'enfance qui pourraient expliquer, atténuer la souffrance. Pour l'instant, il n'y a rien de précis. Une espèce de grisaille envahit ma tête, telle la brume opiniâtre qui gomme les côtes du nord de l'Atlantique alors qu'on avait prédit le soleil. J'essaie encore. Il doit bien y avoir quelque chose, un instant magique, une main qui s'égare sur mes cheveux, un lever du jour partagé en chuchotant...

Un souvenir s'impose, remonte en moi comme un haut-le-cœur souhaité afin de soulager l'inconfort.

Pourquoi est-ce l'image de ma sœur Émilie qui s'imprime sur l'écran de mes souvenirs ? Je veux me rappeler mon enfance et c'est elle qui prend la place, qui envahit l'espace de mes émotions. Émilie bébé, Émilie enfant... D'aussi loin que je me souvienne, il y a Émilie dans l'ombre. Ma sœur, celle qui aurait pu être mon amie, ma complice.

Une étrangère...

J'aurais tant voulu réussir à la protéger, mais je n'ai pas su. D'être des étrangères l'une pour l'autre était peut-être une réalité que seul le temps pouvait me faire comprendre petit à petit... Émilie était si différente de moi. Elle était une passive alors que déjà je trépignais devant la vie. Elle était si petite ! J'avais l'impression que sa fragilité rejoignait la vulnérabilité.

Et voilà que les souvenirs qui se refusaient à moi il y a quelques instants refluent brusquement en un torrent impétueux.

C'était l'été 1928. J'avais quatre ans et maman avait décidé de me montrer à lire. Ce fut une des plus belles découvertes de ma vie. La magie des mots... Malheureusement, j'ai l'impression que cet été et l'année qui a suivi n'auront été qu'un incident de parcours. Un morceau d'enfance à l'état pur égaré dans une enfance vécue en pièces détachées.

Pièces détachées...

Les mots me viennent à l'esprit et l'image naît. Je vois une courtepointe. Ma vie est une courtepointe. La rosace du milieu est cette année de tendresse et de découvertes entre ma mère et moi. Colorée, vive, joyeuse. Le reste des découpes est fait de pointes sombres, piquées parfois de fils clairs mais uniquement comme si on les avait utilisés par erreur.

Je revois maintenant cette autre journée qui ressemblait à aujourd'hui quand septembre joue à l'été. Une journée faite pour être heureux à cause de la brise qui est douce et de l'air qui sent bon la feuille morte.

Il fait beau, il fait chaud, pourtant j'ai des frissons plein la peau.

Je sens encore ces bras qui me serraient, j'entends cette voix qui murmurait et il y a cette nausée incroyable qui me tordait le ventre. C'était il y a si longtemps déjà, c'était hier, et c'est toujours là en moi, à m'oppresser le cœur.

Alors pourquoi est-ce que j'ai envie de dire que ce souvenir en est un de tendresse ? Car malgré l'horreur, je le sais, je le sens, c'est d'amour qu'il me faut parler. Cette tendresse, je la percevais dans l'étreinte des bras maigres de ma mère. Elle me rejoignait, m'enveloppait, même si elle venait d'un égoïsme maladif. Je ressemblais à ma mère, finalement, puisque j'aurais pu être malade. Alors elle m'entourait et me cajolait comme elle le faisait pour Émilie. J'entendais le cœur qui battait dans la poitrine creuse de ma mère et j'osais croire qu'il battait pour moi, afin de donner un sens à cette enfance qu'on était en train de me voler.

Mais ce n'était qu'une intuition, car je n'étais encore qu'une toute petite fille.

C'est depuis ce jour que je déteste la maigreur. Je n'ai que mépris pour cette fausse faiblesse. Les bras frêles de ma mère maquillaient à merveille la force nerveuse qui me retenait malgré moi. Je me méfie des gens trop maigres…

Je sens la colère et la rancune qui se soudent en moi et je n'aime pas cela. Je voudrais être capable de renier cette famille qui est la mienne, et en même temps j'aimerais tous les tenir contre mon cœur. Ambivalence des sentiments qui ont dicté mes gestes et mes pensées au fil des années.

Oh ! Comme j'aimerais être capable d'indifférence. L'indifférence, c'est l'absence d'émotion et pour moi, ce serait enfin le repos.

Mais il y a toutes ces images emmagasinées au fil des ans…

Suis-je donc condamnée à porter le poids de mes souvenirs tout au long de ma vie ? Je voudrais tant les effacer, ne garder que le bon, que le beau.

Être capable de ne voir que du bon, que du beau. Mais comment le pourrais-je ?

C'est vraiment après cette journée que j'appelle encore ma journée-moutarde que j'ai eu l'impression très nette que ma vie venait de changer. D'autant plus que papa n'a jamais reparlé de ce moment dans notre vie familiale. Pourtant, Dieu m'est témoin qu'après cet événement, j'ai espéré que papa admettrait enfin que maman n'était pas normale. Enfin, pas comme les autres mères que je connaissais. Quelle sorte de mère peut donc décider de faire souffrir sa petite fille comme elle l'avait fait ? Dans ma tête d'enfant c'était illogique, incompréhensible. Dans mon cœur de femme, cela l'est toujours.

C'est à cette même époque que papa a acheté sa première auto. Il travaillait comme un forcené et nous ne manquions de rien. Sauf peut-être de sa présence. Mais l'enfant que j'étais ne pouvait le savoir, et l'horreur dans laquelle nous plongions ne pouvait m'apparaître clairement.

Il y avait de bonnes et de mauvaises journées et j'apprenais à m'y faire. Comme mon père probablement. Que pouvions-nous y changer ? Moi, rien. Mon père, peut-être un peu, parce que lui devait savoir ce qui se passait réellement. Était-ce pour fuir cette triste réalité qu'il travaillait de plus en plus ? J'espère que non. J'ose croire que seuls les besoins financiers de notre famille l'amenaient à être de plus en plus souvent absent. Autrement, son abandon aura été encore plus lâche que tout ce que je pourrais imaginer.

J'essaie de me souvenir... Il y avait un mot que j'aimais bien. Un mot qui semblait décrire certaines de nos journées. Un mot qui m'échappe et qui aurait dû me faire peur au lieu de me faire rire.

Mais les occasions de rire de bon cœur étaient si rares...

Ça y est ! Je me rappelle. C'est effervescence, *le mot que je cherchais. Je me souviens que je trouvais ma mère effervescente, comme la boisson gazeuse que papa rapportait parfois le vendredi soir. Ces jours-là, Blanche Gagnon oubliait qu'elle était sujette à migraines et à troubles divers et se contentait d'être drôle et gentille. Elle me faisait bien rire. Mais si j'avais su ce qui se passait vraiment, j'en aurais probablement pleuré...*

Oui, ce matin, il fait très beau. J'aime l'automne. La limpidité de l'air me stimule, les couleurs flamboyantes m'interpellent et exaltent la vie qui trépigne en moi.

Je veux vivre, aller de l'avant, croire que c'est moi qui ai raison.

Je sais que j'ai raison. Comme avant. Comme souvent. Comme j'aurais tant voulu que papa le comprenne avant que le retour soit impossible, avant que l'irrémédiable se produise pour Émilie. Cette petite sœur qui aurait pu être si proche par le cœur et l'âme comme nous l'étions par l'âge.

Est-ce pour cela que je veux partir ?

Même si j'ai l'impression de déserter, je vais mettre un océan entre ma famille et moi. Peut-être lâcheté, peut-être lassitude, je n'ai pas envie de me battre. J'espère seulement que l'absence saura dire ce que les mots n'arrivent pas à exprimer.

Mais voilà que je déforme la vérité. Ce n'est pas à cause de ce qui est arrivé à Émilie que je pars.

C'est pour moi que je le fais. Uniquement pour moi.

Et tant pis pour les autres, ce n'est pas ma faute s'ils n'ont rien compris. J'ai si souvent eu cette impression qu'ils ne cherchaient même pas à comprendre qu'aujourd'hui, j'y suis indifférente.

Mais voilà que je mens encore. Je me justifie par l'exagération et le mensonge. Pitoyable distorsion de la réalité. C'est trop facile de me dire que, si c'est bon pour les autres, c'est aussi bon pour moi. Je suis née d'une femme malade qui excusait tout par la maladie. Ce n'est pas une raison pour me disculper.

Je vais tout simplement me dire que c'est la vie qui me pousse à faire ce choix et que j'ai raison de m'y fier.

Je vais m'y accrocher, je vais m'en convaincre pour trouver le courage d'aller jusqu'au bout.

Je sais que je vais laisser derrière moi une partie de mon cœur parce que la vérité, c'est que je les aime…

PREMIÈRE PARTIE

Montréal, printemps-été 1928

Chapitre 1

— Ça y est, j'ai réussi !

Entrant d'un pas de parade dans la cuisine, Blanche posa bruyamment le document sur la table avec un sourire triomphant, ce qui, dans son visage anguleux et pointu, était bruyant à sa façon.

Tout, chez Blanche, était sonore les jours de grande forme.

Talon martelant les planchers de bois verni, voix haute et nasillarde s'infiltrant dans les moindres recoins d'une maison plutôt vaste, geste cassant et malhabile par manque d'habitude, Blanche envahissait l'espace dès qu'elle n'était pas à soigner quelque migraine ou un malencontreux problème de digestion dans la pénombre de sa chambre.

Raymond Deblois leva les yeux au ciel, agacé, réprimant un soupir d'impatience, lui plutôt avare de démonstrations et de mots, l'austérité de sa nature s'ajustant fort bien à la sévérité de ses traits, et repoussant le journal qu'il était à lire avant l'arrivée de sa femme, il fit semblant de s'intéresser à la chose.

— Réussi quoi ? Et qu'est-ce que c'est que ce papier ?

Le soupir de Blanche souleva le léger corsage et balaya la cuisine.

— Tu n'écoutes jamais quand je parle !

Cette fois, ce fut un sourire narquois que Raymond Deblois retint à grand-peine. Rompu aux diverses lamentations de Blanche, il ne portait parfois qu'une attention superficielle à ses propos. Non qu'il ne l'aimât pas, ce serait mentir que d'oser le croire, mais avec le temps il avait compris certaines choses, en avait accepté d'autres et se contentait de soupirer devant celles qu'il jugeait inacceptables. Mais puisque cette fois-ci, un document semblait étayer le fond de l'histoire, il replia soigneusement le quotidien, le rangea contre l'assiette du déjeuner et avec une curiosité sincère demanda :

— Je le répète : qu'est-ce que ce papier ? Et d'où viens-tu de si bon matin ?

Que Blanche soit déjà debout à une heure aussi matinale était en soi un exploit, mais qu'en plus, elle ait fait une toilette soignée tenait du prodige.

— Je viens du couvent. Je savais qu'à cette heure, la directrice ne se douterait pas que c'était encore moi. J'ai enfin réussi à lui arracher son consentement !

Et de brandir une liasse de feuillets comme un étendard victorieux.

— Ainsi Charlotte pourra commencer l'école dès septembre prochain. Tu ne te rappelles pas ? Nous en avions discuté.

Oui, Raymond s'en souvenait fort bien. D'autant plus qu'il n'était pas d'accord avec l'idée. Charlotte n'avait que quatre ans, bon sang ! Pourquoi cet empressement à vouloir l'éloigner de la maison ? Mais comme dans le vocabulaire de Blanche, le terme *dis-*

cussion englobait une notion de jeûne absolu quand elle n'obtenait pas ce qu'elle voulait, Raymond se rappelait aussi qu'il n'avait opposé qu'une tiède résistance, espérant qu'il ne s'agissait que d'une lubie passagère qui serait reléguée aux oubliettes dès la prochaine migraine en préparation. Mais il semblait bien que ce ne serait pas le cas. Blanche avait l'obstination tenace, à défaut d'une santé florissante, et elle en usait aussi libéralement que de ses migraines récurrentes ou de ses embarras gastriques répétitifs.

— Ainsi j'aurai plus de temps à consacrer à Émilie, qui me semble de bien faible constitution. De toute façon, Charlotte est mature pour son âge. Elle est prête à faire le grand saut, analysa Blanche sur un fond bruyant de casseroles malmenées. Je crois que je vais faire de la crème de blé pour Émilie. Elle me semblait un peu pâlotte hier soir. Elle doit couver une indigestion.

Et sans plus, Blanche ouvrit l'armoire pour sortir la tasse à mesurer et ensuite la glacière pour en retirer la pinte de lait.

Raymond, lui, se contenta de déplier à nouveau le journal. Il n'avait aucune envie d'entamer une discussion stérile qui ne conduirait probablement qu'à une migraine spontanée ou à une subite attaque de coliques. « Tu vois, j'avais raison. Émilie couve sûrement quelque chose, j'ai mal au ventre moi aussi. » La discussion serait avortée, ses arguments, d'aucun secours, et comme trop souvent hélas, il se verrait obligé de faire manger lui-même les filles avant de quitter la maison en catastrophe pour ne pas être trop en retard à son étude. Et si son épouse jugeait que sa dignité de mère avait été bafouée, il aurait peut-être même à courir chez la voisine pour lui demander de s'occuper des petites, le temps que Blanche se remette de son indisposition. La chose ne serait pas nouvelle. Deux rendez-vous d'importance dans la matinée suffirent donc à ramener son attention sur l'article qu'il lisait avec intérêt quelques instants plus tôt. Ce matin, il n'avait ni la disponibilité ni l'envie de se prêter à une parodie de discussion. Il laisserait venir, il avait le temps pour lui, on n'était qu'en mai et l'école recommencerait en septembre. Au besoin, il imposerait ses vues, ce qui ne serait pas nouveau. Tant pis pour les inévitables migraines qui s'ensuivraient, ou le jeûne soutenu qui soulignerait la mésentente, le bien-être de ses deux filles avait la priorité. Il quitta la maison à l'instant où celles-ci commençaient à s'agiter dans leur chambre, réclamant leurs parents à grand renfort de cris et de rires. La voix enjouée de Blanche qui leur demandait un peu de patience le poursuivit jusqu'au trottoir. Le temps de se dire qu'il devrait en être ainsi tous les jours, que ce serait normal, et il passa aux rendez-vous qui l'attendaient. Deux successions particulièrement délicates étaient au programme ce matin, et il se faisait un point d'honneur de satisfaire tous ses clients.

En ce domaine, il était seul maître à bord et il connaissait la satisfaction du devoir accompli.

Raymond Deblois et Blanche Gagnon s'étaient connus par le biais d'amis communs. Un pique-nique sur le bord du lac des Deux-Montagnes, par une belle journée d'été, réunissait une bande de copains, pour la plupart des universitaires, venus de milieux cossus, le seul qu'ils connaissaient. Les filles étaient des sœurs ou des cousines, il y avait quelques amies d'enfance et, fait plutôt rare ces années-là, deux d'entre elles étaient des pairs : Muriel et Gilberte faisaient leur médecine. Quant à Antoinette, une autre nouvelle dans le cercle des amis, elle était secrétaire à la faculté de droit et adjointe d'un des professeurs. C'était d'ailleurs Raymond qui avait invité cette dernière à se joindre au groupe. La jeune fille avait un sourire charmant et une tête bien faite. Quelques heures de discussion en sa compagnie avaient permis à Raymond de constater que sa réputation n'était pas surfaite : Antoinette, malgré ses origines modestes, était à n'en pas douter une jeune femme exceptionnelle. Dotée d'un sens de l'humour plein de finesse, d'une mémoire remarquable et d'une aptitude particulière pour l'analyse, Antoinette plaisait grandement à l'esprit cartésien de Raymond. Son sourire éclatant, ses boucles tirant sur le cuivré et ses longues jambes fines occupaient aisément l'attention du jeune homme. La journée s'annonçait donc prometteuse.

D'autant plus que la présence d'une vague cousine de l'amie de la sœur de Jean-Charles, son plus fidèle compagnon depuis l'enfance, laissait entrevoir une rencontre imprévue.

Assise sous les arbres, légèrement en retrait de la troupe bruyante, Blanche sirotait une citronnade.

Présentée par Jean-Charles qui répondait ainsi à une demande curieuse de Raymond, Blanche Gagnon offrit un sourire qui n'avait rien à envier à celui d'Antoinette. La délicatesse de sa constitution avait de quoi surprendre mais, habilement déguisée sous une robe de prix, cette maigreur pouvait s'appeler élégance, et la fermeté de sa poignée de main laissait présager une belle force de caractère. Raymond afficha un visage avenant.

Quand il lui proposa une promenade sur l'eau, la réponse alanguie de Blanche eut paradoxalement un effet stimulant sur l'esprit du jeune homme.

— Ma peau ne tolère pas le soleil.

Cette coquetterie, si c'en était une, eut l'heur de plaire à Raymond, qui avouait sans embarras une attirance marquée pour les rousses au teint nacré. Quelques éclats rougeoyants, savamment orchestrés par un soleil coquin qui se faufilait entre les feuilles bruissantes du gros chêne, achevèrent l'ouvrage. Approchant une chaise, Raymond proposa à la jolie dame de partager quelques moments de sa retraite, les qualités évidentes d'Antoinette venant de chuter au deuxième rang. De toute façon, la gentille amie était à disputer un match de tennis enflammé, à cent lieues des états d'âme de Raymond. Ils passèrent donc tous deux une excellente journée, Raymond prenant plaisir à partager des souvenirs de voyage avec Blanche et Antoinette s'en donnant à cœur joie dans des activités sportives qu'elle n'avait ni les moyens ni le temps de pratiquer assidûment.

Le soir venu, au moment où Antoinette vint rejoindre le couple qui discutait joyeusement littérature afin de demander à Raymond de bien vouloir la raccompagner, les sourcils de Blanche ébauchèrent un léger froncement. L'empressement avec lequel Raymond répondit à la demande de cette grande blonde accentua le mouvement. Il semblait bien évident qu'il y avait un lien particulier entre le beau garçon qui l'avait si gentiment divertie tout au long de la journée et cette belle jeune femme. Le cœur de Blanche eut un battement douloureux. Antoinette était vraiment une très jolie jeune femme. Comment pourrait-elle rivaliser avec cette jeunesse éclatante, débordante de vitalité, elle qui avait hérité d'une santé fragile ? Une tristesse sincère traversa son regard, donnant à la délicatesse de ses traits une fragilité qui avait de quoi émouvoir un homme comme Raymond. Sous des apparences sévères, le jeune homme cachait un cœur tendre, qu'une éducation au sein d'une famille de filles (il avait cinq sœurs dont il était le cadet) avait façonné en ce sens. Veuve de son état depuis maintenant quinze ans, la mère de Raymond avait élevé son fils selon la conception qu'elle avait d'un homme supérieur. La prévenance, la galanterie, la délicatesse envers les dames étaient donc pour lui dans la normalité des choses. Et Blanche appelait incontestablement la protection.

Puis une nouvelle année universitaire commença et dès lors, il y eut un réel combat dans l'âme de Raymond.

Le jour, il assistait à ses cours, étudiait comme un forcené et partageait certains moments avec une femme qui le stimulait. Antoinette faisait appel à cette intelligence vive qui ouvre les horizons.

Le soir, il prenait des nouvelles de Blanche qui, à l'école de la bourgeoisie, peaufinait ses qualités de future maîtresse de maison, entre une grippe imprévue et un mal de gorge sournois. Néanmoins, elle interpellait tout ce qu'il y avait de doux et de tendre en lui.

Antoinette l'obligeait à se dépasser, parlant de cet avenir professionnel qui approchait à grands pas, discutant notariat et étude de prestige, et encourageait ce côté sportif qu'il avait toujours entretenu.

Blanche le ramenait à une dimension plus intime, parlant rêves et espérances d'avoir un jour une belle famille.

Les deux jeunes femmes fourbissaient leurs armes à même les émotions et les ambitions du jeune homme qui en était tout étourdi.

Une brève mais fulgurante maladie de Blanche précipita la décision de Raymond. Savoir la toute frêle Blanche hospitalisée lui fut brusquement mais irrémédiablement insupportable. Ce devait être là le signe qu'il attendait. Il lui semblait que la nature indolente de Blanche cadrait mieux avec son tempérament posé, alors qu'il arrivait parfois que le caractère explosif de la belle Antoinette le laisse perplexe. Sa présence auprès de Blanche se fit donc plus officielle.

Un an de fréquentations selon les usages, sous l'œil attendri des familles, permit de se mieux connaître. Un an où la fragilité congénitale de Blanche sembla prendre une sérieuse tangente vers la santé, ce qui était du meilleur augure aux yeux de Raymond. Un an où monsieur Gagnon, le père de Blanche, homme d'affaires intransigeant et prospère, jaugea le jeune homme et, finalement, lui assura une clientèle assidue dès l'ouverture de son étude, projet qui devait se concrétiser dans les prochains mois. Cela acheva de convaincre Raymond : Blanche lui était destinée. Il fit sa demande en grande pompe, comme le voulait la coutume.

Pendant tout ce temps, dans l'ombre des dossiers à préparer, des recherches à exécuter et des parties de tennis, une jeune femme espérait toujours. Malgré l'assiduité de Raymond auprès de Blanche, Antoinette, de son côté, avait gardé l'espoir d'un éventuel revirement de situation. Raymond ne voyait-il pas que

Blanche risquait d'être une compagne à problèmes ? Combien de fois avait-il dû remettre un rendez-vous d'étude ou une invitation parce que Blanche était indisposée ? Il avait beau dire que Blanche avait bien meilleure mine, Antoinette était sceptique et se disait qu'il finirait par se lasser.

C'était sans compter le charme sans cesse renouvelé d'un sourire timide sous une cascade de boucles fauves.

Devant les événements qui se précisaient, un article à la chronique mondaine d'un quotidien annonçant les prochaines fiançailles de mademoiselle Blanche Gagnon, fille de l'homme d'affaires bien connu Ernest Gagnon, au jeune avoué Me Raymond Deblois, fils de Joachim Deblois, aujourd'hui décédé, la jeune femme dut admettre sa défaite auprès du beau Raymond. Elle s'était donc faite de plus en plus discrète, cherchant ainsi à mettre le plus de distance possible entre elle et Raymond.

Elle se disait qu'un cœur blessé ne saigne pas toute une vie et que le sien finirait par guérir tôt ou tard.

Antoinette Larue était, de par sa nature, l'incarnation du dicton qui affirme qu'un esprit sain vit dans un corps sain.

De bonne amie, Antoinette passa donc au rang de secrétaire de faculté et, quelques semaines plus tard, changea de nouveau de statut pour n'être plus qu'une connaissance que Raymond croisait parfois dans les couloirs de la faculté quand il avait à y retourner pour consulter quelque maître à penser.

Les années d'étude étant enfin derrière lui, Raymond n'avait d'yeux que pour sa Blanche et d'énergie que pour le bureau qui prenait forme à travers les préparatifs d'une célébration nuptiale d'envergure.

Et par un beau matin de mai, les tourtereaux convolèrent enfin en justes noces. Un voyage d'amoureux à Paris devait concrétiser cette union. Cette escapade était généreusement offerte par monsieur Gagnon qui n'avait jamais espéré si beau mariage pour sa petite Blanche, sa fille unique après deux garçons, son bijou, sa perle, qui malheureusement et tout comme sa mère, était de fragile constitution depuis la naissance et de ce fait, à son avis, condamnée au célibat. Facilement irritable lui-même, de la gorge comme de l'estomac, monsieur Gagnon admettait sans effort que la maladie était congénitale dans leur famille, même ses fils avaient tendance à avoir des migraines et étaient affligés de poumons fragiles qui s'enflammaient au moindre vent frisquet. Alors de voir ainsi sa petite Blanche épouser un tel parti comblait ses espérances les plus osées. C'était pourquoi il avait délié les cordons d'une bourse qu'il gardait généralement bien à l'abri des dépenses inutiles et avait offert ce voyage d'amoureux avec une prodigalité inattendue.

D'amoureux, le voyage n'eut que le nom.

Il fut en réalité une douche froide sur la passion dévorante de Raymond, car Blanche s'avéra d'une pudeur maladive dans l'intimité. Mal préparée par une mère puritaine, Blanche s'en était remise aux quelques lectures de livres à l'Index pour se dire à la fine pointe des connaissances en matière de sexualité. Deux semaines de douleurs et d'expériences désastreuses transformèrent l'espoir d'un quelconque plaisir délicieux en une notion de devoir désagréable.

Sans nul doute, *Lady Chatterley* n'était que de la pure fiction, sortie tout droit de l'esprit pervers d'un homme.

Dès leur retour, les migraines recommencèrent avec une régularité désespérante, et plutôt que d'avoir l'impression d'être un goujat, Raymond mit une muselière à ses désirs brûlants et prit l'habitude d'attendre que Blanche lui fasse signe, une fois ou deux par mois semblant être tout à fait raisonnable pour la nature plutôt fraîche de la belle dame.

Autrement, la vie en commun était agréable, Blanche s'affirmant comme une femme curieuse de tout, grande assidue des lectures en tout genre, capable d'échanges verbaux pleins de verve, excellente cuisinière et femme d'intérieur sans reproche. Bien sûr, les fréquents maux de tête, les embarras gastriques et les crampes de diverses natures mettaient un bémol à ce quotidien confortable, mais Blanche n'ayant jamais caché les faiblesses de sa constitution, Raymond n'avait qu'à s'en accommoder. Ce qu'il fit de bon cœur.

Et sa générosité fut récompensée. Quelques années plus tard, Blanche apprenait qu'elle attendait un bébé.

Les réactions furent aussi diverses qu'intenses.

Raymond sauta de joie, redevenu, subitement et irrévocablement, amoureux fou de son épouse.

Monsieur Gagnon se tordit les mains d'inquiétude. Sa fragile petite fille allait-elle survivre ?

Madame Gagnon poussa un gémissement plaintif : « Oh ! Ma pauvre petite. »

Quant à madame Deblois mère, tout heureuse d'être de nouveau grand-mère, elle offrit un regard de connivence toute maternelle à sa belle-fille. Blanche rejoignait enfin les rangs de la gent féminine de la famille. En effet, les cinq sœurs Deblois étaient toutes mariées et déjà mères à quelques reprises.

Quant à la principale intéressée, sollicitée de toutes parts, elle ne savait encore vers quel camp sa fragile constitution allait choisir d'écouter.

Était-ce aussi éprouvant que ce que sa mère en disait ? Les inconforts, les nausées, la lourdeur des seins, les risques de fausse couche… Blanche savait que sa mère en comptait cinq à son actif. Était-ce héréditaire ? Et c'était sans compter l'incroyable souffrance de l'accouchement… Juste à y penser, une vague douleur encerclait le crâne de la future maman.

Par contre, selon les dires des Deblois, et les six femmes de cette lignée étaient unanimes, elle commençait les plus beaux mois de sa vie. Les doux mouvements du bébé, la complicité, l'incroyable sensation de participer à un miracle… Quand elle s'autorisait à ajouter foi à ces propos, quelques battements de cœur tout légers calmaient aussitôt son début de migraine.

Une violente nausée, par un bon matin de mai, scella son allégeance. Ce serait pénible. Avec une nature aussi capricieuse que la sienne, c'était à prévoir.

Ce fut une époque de grande noirceur chez les Deblois. Nausées et brûlures d'estomac précédèrent les douleurs lombaires et les mollets brûlants, quand ce n'étaient pas les insomnies qui perturbaient son sommeil ou un retour imprévisible des nausées, qui, dans son cas, semblaient vouloir perdurer bien au-delà de la période de trois mois considérée comme normale.

D'attente joyeuse, la grossesse de Blanche se métamorphosa en cauchemar.

Ce fut aussi à cette époque que Raymond comprit que le seuil de douleur de Blanche était fort bas et justifiait à lui seul la kyrielle de malaises qu'elle ressentait. Il appréhendait l'accouchement. Blanche le refusait.

Pourtant, le médecin affirmait que tout allait bien et que tout s'annonçait dans la norme pour la délivrance.

Quelques heures d'un labeur déchirant où Blanche crut sincèrement qu'elle allait y passer, et Charlotte faisait son arrivée en ce monde.

Femme d'émotions extrêmes, Blanche connut une joie sans bornes, un amour inconditionnel pour cette minuscule enfant qu'elle tenait dans ses bras. Heureusement, le travail n'avait duré que quatre heures, et Blanche en conclut que sa belle-mère avait raison : le mal de l'enfantement s'oubliait de lui-même et les neuf mois d'attente aussi.

Même les heures consacrées au devoir conjugal ne semblaient plus aussi pénibles à la lumière d'une conclusion aussi exquise. Charlotte était vraiment un bébé splendide, rose et paisible.

Et comme elle avait survécu à l'épreuve, Blanche connut une joie sincère quand elle apprit, quelques mois plus tard, qu'un autre bébé allait venir grossir les rangs de la famille Deblois.

Trop occupée à être mère à plein temps d'un bébé débordant de vitalité, donc plus exigeant que la moyenne, Blanche en oublia les nausées et les douleurs aux reins. Même le mot *migraine* avait disparu de son vocabulaire.

Raymond était aux anges, se disant qu'une page venait d'être tournée dans leur vie familiale. Leur vie personnelle avait pris une tournure qui l'enchantait,

Blanche admettant enfin une certaine attirance pour la chose, véritable débauche des sens dans une vie sexuelle plutôt anémique jusqu'à ce jour.

Cette seconde maternité resterait gravée dans les annales personnelles de Raymond comme étant l'époque la plus sereine de sa vie. Voire comme un aperçu du paradis.

Mais la nature humaine est un tout fort complexe, c'est bien connu. Quand l'hérédité décide de s'en mêler, il en résulte parfois un imbroglio désespérant.

Si Charlotte avait hérité de la stature des Deblois, forte ossature, joues rebondies et teint rosé, Émilie présentait la délicatesse des Gagnon, en nuances nacrées et en finesse de la charpente. Toute menue, pour ne pas dire minuscule, bébé Émilie faisait pencher la balance vers un maigre six livres alors que Charlotte affichait allègrement ses neuf livres dès la naissance. Le médecin n'y voyait qu'un signe de l'hérédité, nullement alarmant. Mais l'inquiétude de Blanche y trouva son compte et elle reflua comme un jet de bile trop longtemps retenu. En un rien de temps, les obsessions de tout acabit reprirent possession de leurs quartiers désertés depuis quelque temps. Bon prince, l'esprit de la jeune mère salua ce retour à la normale par une migraine de tous les diables.

Un embarras gastrique lui emboîta le pas tout à fait naturellement dès le lendemain.

La pause-santé était désormais chose du passé.

Trois ans plus tard, ils en étaient toujours là. Blanche oscillait entre le débordement d'énergie et les jours d'abattement total, suspectant malaises et maladies, pour elle comme pour les filles, ses humeurs s'accommodant généralement du moyen terme qui faisait d'elle une femme relativement présente aux besoins des siens mais n'oubliant jamais de souligner régulièrement, sinon quotidiennement, l'injustice du sort qui l'avait privée d'une santé florissante. Quant à Raymond, il conservait l'essentiel de ses énergies pour son travail, les charges familiales augmentant proportionnellement avec l'âge des enfants. Il réservait la meilleure part de son affection pour ses deux filles.

Il les appelait son bout du monde et il remerciait le ciel de leur avoir confié de tels trésors.

Charlotte et Émilie donnaient un sens à tout le reste. Reste qui était plutôt prospère en ce qui avait trait aux affaires et relativement normal quant à la vie familiale, abstraction faite des matins où Blanche avait mal à la tête, ou à l'estomac, ou au ventre, et se voyait dans l'obligation de garder le lit, incapable de se lever pour voir à l'ordinaire de la maisonnée. Ces matins-là, Raymond serrait les dents, retroussait ses manches et s'employait au déjeuner des filles. Ces jours-là, une charmante voisine, elle-même mère de trois gamins turbulents, acceptait, contre rémunération, de s'occuper de Charlotte et Émilie dès le petit déjeuner terminé. Raymond pouvait donc quitter la maison l'esprit en paix et se donner corps et âme à son travail. Il se disait que, même si leur vie de famille était différente, elle était tout de même acceptable, voire agréable grâce à cette charmante dame qui était leur voisine, et avec le temps, il avait fini par s'y faire.

Et c'était à cela qu'il pensait, dans l'ordre et dans le désordre, tout en se dirigeant vers la maison pour le repas du midi. Un agrément de plus que d'avoir choisi la résidence familiale tout près de son bureau. Chaque fois qu'il en avait le temps, il rentrait chez lui pour le dîner. Sinon, le casse-croûte du coin de la rue faisait l'affaire.

La journée était magnifique et il avait résolu les deux successions inscrites à l'ordre de la matinée à la satisfaction pleine et entière de ses clients. Il passa donc le pas de la porte en sifflotant.

Pour s'arrêter aussitôt dans le hall d'entrée. Il y avait quelque chose de particulier dans l'air. D'inhabituel. Raymond fronça les sourcils, prenant subitement conscience que c'était plutôt une absence qui le gênait. La maison était curieusement silencieuse, et aucune odeur alléchante ne s'échappait de la cuisine comme il y était habitué. Que se passait-il encore ?

Par instinct, Raymond grimpa à l'étage.

Il retrouva Blanche, encore en robe de nuit, en train de bercer Émilie. À ses pieds, Charlotte jouait silencieusement avec quelques cubes en bois. La chambre des filles, comme ils l'avaient spontanément baptisée à la naissance d'Émilie, était plongée dans une pénombre que l'esprit de Raymond qualifia de malsaine dès qu'il entra dans la pièce. Fenêtres hermétiquement closes, il y régnait une chaleur suffocante capable à elle seule de déclencher une multitude de malaises. C'est pourquoi sa voix n'était qu'un filet quand il demanda :

— Mais veux-tu bien me dire ce…

Un regard de Blanche, celui qui ne tolérait pas les discussions, l'interrompit.

— Je le savais, murmura-t-elle tout en continuant de bercer sa fille, Émilie est malade.

Effectivement, la petite Émilie ne semblait pas au meilleur de sa forme. Les yeux mi-clos, la respiration bruyante, le visage de la petite était d'une blancheur cireuse.

— Veux-tu que je prenne ta place ? Profite de ma présence pour t'habiller et manger un peu. Toi aussi, tu fais peur à voir.

— Pas question ! Ma place est ici. Le docteur Jodoin va passer après le repas, je l'ai appelé tout à l'heure. Quand on saura ce qui se passe, je m'occuperai de moi. Va plutôt manger avec Charlotte et essaie de voir si Gertrude ne la prendrait pas pour l'après-midi. Ce n'est pas très drôle pour une enfant comme elle d'être obligée de rester silencieuse, sans trop bouger.

Raymond en convenait aisément : Charlotte était une gamine plutôt vive, toujours en mouvement et à la langue bien pendue. Sachant qu'il ne serait d'aucun secours auprès d'Émilie, il se pencha à la hauteur de Charlotte, qui empilait ses cubes méticuleusement pour en faire une tour avant de la défaire et de recommencer. Pauvre petite, l'avant-midi avait dû être interminable pour elle. Dans un murmure, Raymond lui demanda de l'accompagner à la cuisine.

— As-tu faim ? Moi, j'ai l'estomac dans les talons ! Viens, Charlot, on va se dénicher quelque chose à manger.

— Émilie, elle ?

Raymond eut un sourire devant la visible inquiétude de Charlotte. Sa fille avait beau n'avoir que quatre ans, le sérieux qu'elle mettait à s'occuper de sa petite sœur était vraiment touchant. Sa voix se fit rassurante :

— Pour l'instant, ta petite sœur est mieux ici, avec maman. Mais quand le docteur sera venu, je suis certain qu'elle ira beaucoup mieux et bientôt elle va pouvoir recommencer à jouer avec toi. En attendant, qu'est-ce que tu dirais d'aller passer le reste de la journée chez Gertrude ?

— Oh oui, alors !

Et sans plus s'en faire, car si papa disait qu'elle irait mieux, c'était que c'était vrai, heureuse d'avoir enfin la permission de se dégourdir un peu, Charlotte sortit de la chambre sur la pointe des pieds comme elle avait appris à le faire depuis longtemps, marcha le long du couloir de plus en plus vite pour finalement dévaler l'escalier avec fougue. Enfin ! Quand ce n'était pas pour le repos de sa mère qu'elle devait se faire silencieuse, c'était pour sa sœur. Du haut de ses quatre ans, Charlotte trouvait que ce n'était pas très juste. Alors vivement se retrouver chez la voisine ! Là, au moins, il n'y avait jamais de limite à leurs jeux. Une fois la porte de la cuisine refermée sur eux, la fillette en fit la remarque à son père :

— Je suis contente d'aller chez Gertrude.

Puis, sans transition :

— Pourquoi elle est malade souvent Émilie ? Et maman aussi ?

— C'est comme ça, Charlot. Ta mère a une santé fragile et il semble bien que ta petite sœur soit comme elle.

— Et moi ? Pourquoi je ne suis pas malade, moi ?

— Parce que tu es comme moi. Tu me ressembles. Nous deux, on n'est jamais malades.

— Ouais…

Charlotte resta silencieuse un moment, perdue dans ses pensées. Puis, fronçant les sourcils, elle ajouta :

— Moi je dis que c'est à cause du sirop.

Pressé par le temps et peu habile dans le domaine culinaire, Raymond n'apporta qu'une attention mitigée aux propos de sa fille.

— Le sirop ? Et qu'est-ce que tu dirais d'une salade ? Il y a un reste de poulet dans la glacière. Il me semble que ça serait bon, non ?

Charlotte approuva sans perdre de vue ce qui la tourmentait.

— Ouais, d'accord pour la salade… Mais moi, je pense que c'est le sirop, papa, qui rend Émilie malade.

Têtue comme le sont souvent les enfants de cet âge, Charlotte revenait à la charge.

— C'est toujours comme ça avec le sirop.

La préparation du repas étant presque achevée, Raymond se retourna pour regarder sa fille. Mignonne comme tout dans sa salopette rose, sérieuse comme un pape, elle levait vers lui un regard fait de confiance et d'interrogation. À peine le temps de mettre de l'ordre dans ses pensées pour revenir à ce que Charlotte disait et le visage de Raymond s'éclaira d'un large sourire. Ah oui ! Le fameux sirop, la bataille de tous les matins.

— C'est vrai qu'il n'est pas très bon, le sirop. Mais c'est important d'en prendre tous les jours. Tu sais ce que le docteur Jodoin a dit, n'est-ce pas ? Il l'a expliqué l'autre jour : l'huile de foie de morue vous garde en forme et vous aide à bien grandir, ta sœur et toi. Même s'il n'est vraiment pas bon. C'est souvent comme ça avec les médicaments. Ils ne sont pas bons au goût, mais ils sont très bons pour la santé. C'est pourquoi il faut en prendre tous les jours. Même si c'est désagréable.

Charlotte poussa un profond soupir. Elle connaissait le discours par cœur. Tous les matins c'était le même rituel devant son refus d'avaler l'horrible mixture visqueuse et jaunâtre. Papa ou maman l'appelaient de leur voix de tous les jours, répétaient la demande en versant le sirop dans la grande cuillère. Puis, devant son manque de collaboration répété chaque fois, comme un réflexe, ils haussaient le ton en expliquant les raisons d'avaler le sirop. Invariablement, la cuillère se mettait à trembler dangereusement dans la main en équilibre devant eux, le ton montait encore d'un cran, l'impatience s'en mêlait et finalement, une main d'acier serrant son épaule, on enfonçait la cuillère dans le fond de sa gorge pour être bien certain que Charlotte avale l'infecte potion. On ne lâchait la prise que lorsque Charlotte avait dégluti le sirop. Immanquablement, la petite, les yeux pleins d'eau, avait un formidable haut-le-cœur, causé par la trop grosse cuillère obstruant sa gorge ou à cause du goût affreux de vieux poisson, elle n'en savait trop rien. Mais c'était un fait indiscutable : le sirop du docteur Jodoin ne pouvait être bon pour la santé, il était trop mauvais au goût. Et c'était pour cela qu'Émilie était si souvent malade. Papa et maman n'avaient qu'à y goûter. Ils comprendraient ce que Charlotte essayait en vain de leur expliquer.

Alors que son père servait une portion de salade dans une assiette, Charlotte envisagea d'un œil mauvais l'alignement méthodique des bouteilles brunes, vertes et blanches qui régnaient sur la santé des Deblois depuis leur tablette, celle à angle, tout en haut, près de la fenêtre. Elle les détestait, tant pour leur mauvais goût que pour certains de leurs effets parfois désagréables, même si sa mère disait que c'était pour son bien. Charlotte soupira. Mais quand Raymond déposa le repas de Charlotte devant elle, l'odeur du poulet et de la tranche de pain grillé qui l'accompagnait dissipèrent son ressentiment et elle leva un grand sourire vers son père.

— Ça sent bon. J'aime ça, la salade au poulet.

— Moi aussi ! Et maintenant, on mange en vitesse, je suis déjà en retard. N'oublie pas ton lait et vide ton assiette. Dès qu'on aura terminé, j'irai voir Gertrude. J'espère qu'elle peut te recevoir.

Charlotte haussa les épaules. Et elle constata, dès sa bouchée avalée, d'une voix sentencieuse qui sonnait drôle dans sa bouche d'enfant :

— Voyons donc, papa ! Tu sais bien qu'elle peut toujours, Gertrude.

Et, levant un index averti :

— Elle est comme nous deux, tu sais, Gertrude est jamais malade.

Puis elle repiqua du nez dans son assiette. Décidément, son père faisait d'excellentes salades.

Un coup de sonnette les fit sursauter tous deux. Il annonçait le docteur Jodoin qui, en habitué des lieux, monta directement à l'étage une fois que Raymond lui eut ouvert la porte et que les deux hommes, amis de longue date, eurent échangé les politesses d'usage. Le médecin resta de longues minutes dans la chambre des filles, ce qui agaça la curiosité de Charlotte, mais pas au point de lui faire perdre l'appétit. Elle était en train de réclamer une seconde portion quand le médecin redescendit. Il avait l'air soucieux. Sans y être invité, il se glissa sur une des chaises libres autour de la table et regarda longuement Raymond avant de se décider.

— Ça fait longtemps qu'elle est malade, la petite Émilie ?

Raymond soupira, son inquiétude mise à vif, les sourcils froncés de Germain ne présageant rien de bon.

— Pas que je sache. Hier, elle me semblait bien portante. Par contre, Blanche, ce matin, me faisait la remarque que notre fille avait l'air de couver quelque chose. Mais tu sais comment sont les mères ! Elles détectent par instinct ce que nous, les pères, ne voyons pas.

Germain Jodoin fit la moue derrière une barbe longue et fournie qui lui mangeait presque tout le visage.

— Peut-être, oui. Ça arrive. Mais je sais aussi comment est Blanche… Elle a la troublante manie de faire des montagnes avec des grains de sel.

Raymond soupira une seconde fois, las, l'impatience du petit matin lui revenant entière. Germain avait raison : Blanche avait tendance à dramatiser un peu.

— J'admets qu'elle a tendance à exagérer parfois, admit-il alors. Oui, c'est vrai. Et peut-être bien que ta visite n'était pas essentielle. Mais comment est-ce que je peux le savoir à l'avance ? Et puis, si ça suffit à la rassurer, où est le problème ? Mais pour revenir à Émilie, qu'est-ce qu'elle a ? C'est grave ? Tu dois admettre avec moi qu'elle est loin d'avoir la santé de Charlotte. Souvent maussade, fiévreuse…

Le mot *problème* avait attiré l'attention de Charlotte et ramené de ce fait l'idée qui la tourmentait depuis le matin. Comme son père le lui avait si souvent répété, quand il y a problème, il y a aussi une raison et une solution. Et Charlotte était persuadée de connaître la raison qui avait causé les malaises d'Émilie. Parce que avant le sirop, Émilie gazouillait dans sa chaise haute et semblait de bonne humeur. C'était après le sirop qu'elle avait vomi sa bouillie. Mais, intimidée par l'homme qui portait barbe et lunettes et qui parlait d'une voix si grave, comme celle de son grand-père mais en peut-être un petit peu plus chaleureux, Charlotte n'osa exposer sa théorie du sirop. Et si on riait d'elle ? S'il y avait une chose que Charlotte détestait par-dessus tout, c'était bien d'être le sujet de moquerie d'un adulte. D'autant plus que c'était ce même docteur Jodoin qui préconisait l'utilisation du sirop de poisson pour les garder en bonne santé, sa sœur et elle. Jamais le médecin n'admettrait que *son* sirop pouvait rendre malade. Il n'en restait pas moins que Charlotte était convaincue de son affaire. La preuve ? Il n'y avait ni sirop ni pilules chez Gertrude, et tout le monde était toujours de bonne humeur et en pleine forme. Et si Charlotte était au fait de cette réalité, c'était parce que l'autre jour, celui où il pleuvait des tonnes de pluie et où Émilie était particulièrement grognon, Gertrude avait ri de Charlotte quand elle avait suggéré, très sérieusement, de donner une petite pilule rose pour calmer sa sœur.

— C'est toujours ce que maman fait quand Émilie pleure pour rien. Avec la pilule rose, Émilie arrête souvent de pleurer.

La petite pilule rose était bien le seul médicament qui plaisait à Charlotte. Il goûtait les bonbons de mamie Deblois. Malheureusement, il était plutôt rare qu'elle y eût droit. Gertrude s'était mise à rire.

— Une petite pilule rose ? Vous m'en direz tant. D'abord, Charlotte, apprends qu'une petite fille comme Émilie ne pleure jamais pour rien. Ou elle a faim, ou elle a mal au ventre, ou elle est fatiguée… Tu sais, pleurer, ça fait partie du langage des bébés, et Émilie n'est pas encore bien grande. Ensuite, moi je n'aime pas les pilules. Dans ma maison, il n'y en a pas.

Charlotte avait ouvert de grands yeux.

— Même pas du sirop de poisson ?

— Même pas !

— Chanceux !

Le mot avait fusé avec la spontanéité naïve d'une enfant qui espère un jouet neuf et l'envie un peu jalouse de celle qui vient de l'apercevoir dans la cour de son petit voisin. Du coup, Gertrude n'avait plus eu envie de se moquer. Glissant un doigt sous le menton de Charlotte, elle l'avait obligée à lever les yeux vers elle.

— Tu sais, Charlotte, chaque maman a sa façon de faire. Moi, je n'aime pas les pilules. Aucune sorte de médicament. C'est comme ça. Par contre, il semble bien que ta maman, elle, pense que…

Gertrude s'était pincé la bouche pour mettre une muselière aux mots discourtois qui se précipitaient à ses lèvres. Elle avait une opinion toute personnelle quant aux divers maux qui affligeaient régulièrement sa voisine, au demeurant une gentille dame avec qui elle s'entendait généralement fort bien. Mais elle n'avait pas à en parler devant Charlotte. Donnant une note joyeuse à sa voix, elle avait pris la fillette par la main et avait proposé :

— Tout ça n'a pas d'importance. Tu viens avec moi ? On va essayer de savoir ce qui rend ta sœur aussi maussade, aujourd'hui. Et sais-tu quoi ? Si ta maman a ses trucs, moi aussi j'ai les miens. Et je t'assure qu'il arrive parfois qu'un biscuit et un verre de lait soient aussi efficaces qu'une pilule. On essaie pour voir ?

Et Gertrude avait raison ! Un biscuit, un verre de lait, quelques chansons, et Émilie n'avait plus pleuré de la journée !

Perdue dans ses pensées, Charlotte entendait d'une oreille distraite la conversation d'adultes qui se déroulait près d'elle. Seuls quelques mots accrochaient son oreille et donnaient un certain sens aux propos des deux hommes. On parlait d'Émilie et de sa maman…

— Je ne nie pas le côté réel de l'indisposition d'Émilie, Raymond, entends-moi bien. Je dis simplement que la réaction de Blanche est sans aucun doute hors de propos. Et c'est ce que je n'aime pas.

— Hors de propos, hors de propos… Tu ne penses pas que tu exagères un peu ?

— À peine. Émilie a fait une indigestion. D'accord, et puis après ? C'est fréquent chez les enfants et pour toutes sortes de raisons. Un bon bain, une sieste dans une chambre aérée auraient été plus à propos, justement. Et probablement qu'à l'heure où on se parle, Émilie serait ici, à table, avec vous, et je serais prêt à parier ma chemise qu'elle aurait même retrouvé l'appétit.

Là, Germain Jodoin marquait un point, et Raymond en convenait aisément. Lui-même n'avait-il pas ressenti une certaine oppression en entrant dans la chambre des filles ? Il s'était senti confiné et l'air lui avait manqué. Brusquement épuisé, il frotta longuement son visage du plat des deux mains. Ce matin, il avait quitté une maisonnée calme, sous un soleil radieux et, en quelques heures à peine, il avait l'impression d'être plongé en plein psychodrame. Il releva la tête en soupirant pour une troisième fois en moins de quinze minutes.

— Mais qu'est-ce que je peux y faire ? Je ne changerai pas Blanche et je n'ai pas envie de le faire. Elle a ses défauts, j'en conviens, mais c'est une bonne mère qui aime sincèrement ses filles.

— Mais je n'ai aucun doute là-dessus ! Je sais que Blanche adore Charlotte et Émilie. Là n'est pas la question. Et tu le sais autant que moi.

— Alors je le répète : que puis-je faire que je ne fais déjà ?

— Je te demande simplement d'être vigilant. D'agir comme tampon entre des malaises d'enfants normaux, bénins, et les réactions parfois exagérées de Blanche. C'est tout. À commencer, pour tout de suite, par lui faire comprendre d'ouvrir la fenêtre et de laisser Émilie dans son lit pour qu'elle puisse récupérer tranquillement. Quand je lui en ai parlé tout à l'heure, j'ai nettement senti que son scepticisme opposait une fin de non-recevoir. Rien de moins.

Les propos de son ami ramenèrent incontestablement l'impatience ressentie au déjeuner. Pourquoi fallait-il que Blanche soit à ce point anxieuse devant tout, comme si le plaisir d'une vie calme et prévisible lui échappait ? Pour un homme tel que Raymond, l'agrément de manger à heures fixes, de discuter calmement, de profiter d'un horaire prévisible était irréfutable.

— D'accord, je vais essayer. Le temps de voir si ma voisine peut s'occuper de Charlotte cet après-midi et je vais tenter de convaincre Blanche d'aborder le problème et sa solution autrement. Mais je ne promets rien. Dès qu'il s'agit des filles, ma femme est souvent intraitable.

Raymond resta silencieux un instant avant d'ajouter en haussant les épaules, d'un ton las comme s'il ne faisait que constater une vérité connue de longue date :

— Dans le fond, elle ne veut que le meilleur pour les petites.

Et, levant la tête vers Germain :

— C'est peut-être sa façon de l'exprimer qui est maladroite.

— Alors on dit la même chose. Jamais, tu m'entends, je ne mettrai en doute l'affection que Blanche éprouve pour vos filles. Tout comme pour toi, d'ailleurs. Mais il arrive trop souvent que vous m'appeliez pour des problèmes qui, dans d'autres familles, ne susciteraient aucune inquiétude. À mon avis, le problème est là et pas ailleurs. Ceci étant dit, il ne faut pas non plus tomber dans la négligence. S'en tenir à un juste milieu, quoi !

Ce fut ainsi qu'après avoir confié Charlotte à sa voisine, Raymond se retrouva en train de plaider la cause d'Émilie auprès d'une Blanche visiblement sur la défensive.

— Ouvrir la fenêtre ? Lui donner un bain ? Ton ami Germain t'a bien fait la leçon ! Mais regarde-la, bonté divine ! Elle est toute pâle, toute tremblante. Je ne suis pas certaine, moi, que de lui faire prendre un bain avant de la coucher dans un courant d'air soit la chose idéale à faire. Un bon moyen de lui faire attraper un rhume en plus, oui !

— Mais c'est peut-être la chaleur qui règne ici qui la rend aussi faible, suggéra Raymond. Si on essayait ? Je peux même rester avec toi, si tu veux. Si ça ne va pas mieux, on avisera. Ensemble. Mais peut-être aussi que ça va régler le problème.

Raymond s'écoutait parler et, l'esprit à deux niveaux, il pensait aussi à la montagne de dossiers qui l'attendaient à son étude. Déjà largement en retard sur son horaire habituel, il n'aurait pas le choix : il devrait faire des heures supplémentaires, ce soir, alors qu'il avait prévu de travailler sur le terrain. À des lieues de toutes ces considérations, Blanche gardait son air à la fois boudeur et déterminé.

— Je te ferais remarquer qu'Émilie avait déjà cette allure-là avant que je m'installe ici avec elle. C'est depuis hier qu'elle n'a pas l'air bien.

Le mouvement de la chaise berceuse allait s'accentuant et la voix de Blanche sifflait entre ses lèvres pincées, teintée maintenant d'une pointe de colère.

— Faut être sans-cœur pour imaginer laisser une enfant malade toute seule dans son lit. Ton ami Jodoin est peut-être un excellent médecin, mais ce n'est pas une mère. Je te l'ai dit ce matin et je viens de le répéter : déjà hier, elle était toute pâlotte et sans entrain.

En l'espace de quelques instants, Blanche avait souligné le fait que Germain Jodoin était un ami de Raymond. Et curieusement, à travers le flot de paroles qu'elle venait de dire, c'était ce que l'esprit de ce dernier avait choisi de retenir. Posant une main sur le bras de la chaise, il obligea le rythme à ralentir. Blanche commençait à lui donner le tournis.

— Est-ce que le fait que Germain soit un de mes amis cause un problème ? Parce que, si c'est le cas, on va le ré…

— Ça n'a rien à voir, l'interrompit vivement Blanche.

Pour mettre aussitôt un bémol à sa pensée :

— En principe… Mais…

Pendant un instant, la jeune mère parut hésitante comme si elle cherchait ses mots. Habituellement plutôt loquace et habile à exprimer sa pensée, elle semblait subitement démunie. Ses bras se refermèrent sur Émilie qui somnolait, la tête contre sa poitrine. Une eau tremblante, retenue au coin des paupières, faisait briller le regard de Blanche.

— Je ne sais pas pourquoi, mais on n'arrive pas à s'entendre, lui et moi. Je… On dirait qu'il ne me prend pas au sérieux. Pourtant, il me semble que c'est clair, non ? Émilie est malade. Pas besoin de faire un dessin pour le voir.

Raymond eut alors la conviction qu'il venait de mettre le doigt sur le véritable problème. Si Blanche n'avait pas confiance en ce médecin, comment pourrait-il arriver à lui faire entendre raison ? Il sentait que la tristesse de Blanche était sincère, son inquiétude aussi malgré le ton larmoyant qui l'irritait. Et, en plus, Blanche avait raison : Émilie avait vraiment mauvaise mine.

Après tout, les propos de Germain n'étaient que suppositions.

Et s'il se trompait ?

Raymond savait reconnaître les exagérations de sa femme, et Dieu lui était témoin qu'elles agaçaient grandement son sens de l'ordre, de la pondération en tout, mais il savait aussi reconnaître l'attachement qu'elle avait pour leurs enfants et, sur ce point, sa reconnaissance était totale. Qu'aurait-elle à gagner à exagérer les problèmes ? Raymond ne voyait pas. Blanche était une femme vulnérable, si souvent malade elle-même, qu'elle avait besoin d'être sécurisée. Voilà tout. Pourquoi en faire tout un plat ?

Cette fois-ci, sans vouloir jeter de pierres à qui que ce soit, Raymond se dit que c'était Germain qui exagérait.

— Connaîtrais-tu un autre médecin qui pourrait voir notre petite Émilie ?

— Dugal. Odilon Dugal.

La réponse avait fusé avec une telle vigueur que Raymond en resta interdit pour un instant. Le ton larmoyant s'était transformé en coup de clairon. Il fronça les sourcils qu'il avait particulièrement broussailleux. Pour se reprendre aussitôt après. Qu'allait-il imaginer ? Dugal était ce vieux médecin de famille que Blanche appelait à la rescousse quand ses migraines se voulaient trop intenses ou lorsque ses troubles digestifs menaient à l'indigestion aiguë. Et, invariablement, Blanche prenait du mieux après chacune de ces visites. C'était un vieux médecin, préconisant de vieux remèdes, mais pourquoi pas ?

— D'accord. On va consulter le docteur Dugal. Après, on avisera.

Raymond ne quitta la maison qu'après avoir contacté le médecin qui promit de passer dans l'heure et réussit à convaincre Blanche de laisser Émilie faire sa sieste dans son lit.

— D'accord, on n'ouvre pas la fenêtre et on ne donne pas de bain. Mais bon sang, va t'habiller et manger un peu.

Blanche soupira, jeta un œil indécis sur la petite fille qui dormait maintenant dans ses bras, soupira de nouveau.

— Bon ! Comme tu veux. Je vais m'habiller, oui, mais je n'ai pas faim.

Blanche n'avait jamais faim quand quelque chose la contrariait.

Lorsque Raymond revint chez lui, sur le coup de sept heures, il retrouva la famille qu'il avait laissée le matin. Blanche s'affairait à la cuisine, les petites jouaient au salon. À croire qu'il avait rêvé l'entre-deux du midi. Rompu aux sautes d'humeur de Blanche, parfois aussi spectaculaires qu'imprévues, il ne passa aucun commentaire, attendant plutôt que son épouse lui fasse le compte rendu détaillé de l'après-midi. C'était ce qu'elle faisait tous les jours.

Ainsi, il apprit que le vieux médecin était effectivement passé peu après son départ, comme promis.

Il avait alors ausculté Émilie sous toutes ses coutures…

— Ce que Jodoin n'avait pas fait.

Il avait loué le bon sens de Blanche quand elle avait timidement demandé s'il n'aurait pas été préférable d'ouvrir la fenêtre.

— Tu vois, il était d'accord avec moi. Un courant d'air aurait pu lui être néfaste.

Il avait longuement réfléchi.

— C'est un médecin consciencieux.

Puis il avait ouvert sa vieille mallette en cuir noir tout usé et en avait sorti une petite bouteille dont il avait extrait un filet de liquide rosé à l'aide d'un compte-gouttes.

— Je savais bien qu'il y avait quelque chose à faire !

À la suite de quoi Émilie avait dormi une bonne heure et s'était éveillée toute ragaillardie.

— J'avais raison !

Point à la ligne, l'épisode était terminé.

Blanche buvait du petit-lait, sa voix en était toute suave.

Alors Raymond se hâta d'oublier l'incident. Tout était enfin réglé et ils allaient profiter en famille du repas dont les vapeurs alléchantes s'échappaient du fourneau.

— Merci, Blanche, d'avoir trouvé l'énergie de nous préparer un bon souper. Avec la journée que tu as eue…

— Mais c'est juste normal, constata la jeune femme en se tournant vers lui toute souriante.

Ah ! ce sourire ! Raymond poussa son énième soupir de la journée.

Mais cette fois-ci, c'était de contentement. Fini les tracas, la soirée allait être bonne. Finalement, il allait pouvoir prendre un moment pour râteler les dernières feuilles mortes qui déparaient la pelouse. Il n'aurait qu'à se lever plus tôt demain pour voir à ses dossiers et, ainsi, l'équilibre de son horaire serait respecté. À tous égards, le respect des obligations et de l'horaire était de la toute première importance pour lui.

C'est pourquoi sa colère éclata avec fracas lorsqu'il découvrit Charlotte juchée sur le comptoir de cuisine, inspectant du regard la multitude de bouteilles qui encombraient la tablette du haut. Il la pensait dans sa chambre. Blanche était à préparer Émilie pour la nuit. On les entendait rire depuis la chambre des filles et Charlotte aurait dû être avec elles. L'impatience du matin provoquée par Blanche quand elle avait parlé d'école pour Charlotte, entretenue le midi par les allégations de Germain et commodément remisée devant la tournure des événements, cette impatience, donc, refit surface prestement et s'abattit injustement sur les épaules de la fillette.

— Mais veux-tu bien me dire ce que tu fais là, toi ? Et d'abord, descends de là immédiatement, c'est dangereux !

Mais Charlotte avait la tête dure. C'était là la part qu'elle avait reçue de l'hérédité maternelle. Du doigt, elle pointait l'étagère.

— Regarde, papa, c'est cette bouteille-là que maman a…

— Suffit, Charlotte ! Tu ne profiteras pas de l'occasion pour te soustraire à l'huile de foie de morue. Ça serait trop facile. Peut-être bien, oui, que ce matin, cela a rendu Émilie malade. Je te l'accorde. Mais c'est sûrement parce qu'elle couvait quelque chose. Ta maman disait que, déjà hier, elle n'était pas bien. L'huile a peut-être précipité les choses, elle n'a rien provoqué. Ôte-toi cette idée de la tête ! Et je ne veux plus en entendre parler. M'as-tu bien compris ?

— Mais papa, ce n'est…

— Assez, c'est assez ! Est-ce qu'il te faut une fessée pour que tu comprennes ?

Quand son père avait cette voix cassante et dure, Charlotte perdait tous ses moyens et ne se rappelait même plus ce qu'elle voulait dire. Elle avala péniblement sa salive et renifla bruyamment. Mais Charlotte restait Charlotte… Dégageant d'un coup sec le bras que la main de son père tenait fermement, elle descendit du comptoir toute seule et murmura avant de filer vers sa chambre :

— Oui, j'ai bien compris.

Ce ne fut qu'au moment où il glissait lentement dans le sommeil que Raymond repensa à la proposition de Blanche qui voulait envoyer Charlotte à l'école dès septembre. Dans le fond, sa femme n'avait probablement pas tort. Une gamine à l'imagination aussi fertile ne pourrait qu'y trouver du bon. Puis il repensa au sirop. Sacrée Charlotte ! Quand même pas bête, la petite ! Elle aurait bien tout tenté pour se soustraire à la corvée. Oui, finalement, c'était peut-être une bonne chose que de l'occuper en l'envoyant à l'école. Malgré son jeune âge, vive comme elle l'était, Charlotte ne devrait avoir aucune difficulté à suivre le programme. Il se promit d'y réfléchir sérieusement, de bien peser le pour et le contre avant d'entamer la discussion, si jamais discussion il devait y avoir.

Et là-dessus, Raymond s'endormit du sommeil du juste.

À deux portes de là, roulée en petite boule sous les couvertures, Charlotte essayait encore de comprendre pourquoi son père n'avait pas voulu l'écouter. Il lui semblait que c'était important pour Émilie.

Parce que ce qu'elle avait découvert, Charlotte, en grimpant sur le comptoir, c'était que sa maman n'avait pas donné du sirop de poisson à Émilie. C'était autre chose, dans une bouteille ronde et verte, alors que le sirop de poisson était dans une bouteille plate et brune.

Mais son père n'avait pas voulu l'écouter.

Quand Charlotte voulait donner son opinion, surtout si cela concernait Émilie, ou on riait d'elle, ou on disait que cela ne la regardait pas, ou on élevait la voix et finalement elle se faisait gronder.

Mais habituellement, c'était sa mère qui agissait ainsi, pas son père.

Et voilà que ce soir, papa avait agi comme maman et n'avait pas voulu écouter ce que Charlotte avait à lui dire.

Et en plus, il avait l'air vraiment fâché.

Pourquoi, tout d'un coup, papa agissait-il comme maman ?

Maman fronçait souvent les sourcils et grondait fort en disant que Charlotte était trop bruyante et lui donnait mal à la tête, alors que papa, quand il était là, la regardait en lui faisant un clin d'œil.

Mais pas ce soir…

Épuisée, Charlotte s'endormit d'un seul coup.

Chapitre 2

Assise dans le carré de sable, Charlotte attendait que sa mère et Émilie se réveillent. Son père venait tout juste de partir pour le bureau, lui promettant d'être là pour le repas de midi.

— Je le sais bien, Charlotte, que ce n'est pas drôle d'attendre comme ça. Mais que veux-tu que j'y fasse ? Tu as tout ce qu'il faut pour t'amuser dans la cour et il fait très beau. Moi, il faut que j'aille travailler.

Ils étaient tous les deux à la cuisine et terminaient leur petit déjeuner. Rangement rapide, dernier regard autour de lui, Raymond faisait les recommandations d'usage avant de partir. Charlotte était une lève-tôt et, souvent, elle partageait ce premier moment de la journée en tête à tête avec lui, alors que Blanche était plutôt du genre à faire la grasse matinée. Régulièrement affectée par des insomnies aux causes aussi variées que ses migraines étaient nombreuses, quand ce n'était pas pour aller voir Émilie qui pleurait, Blanche était fréquemment dérangée dans son sommeil et avait grande difficulté à se tirer hors des draps le matin venu. Maison à peine éveillée, chuchotements complices, pain grillé partagé, le père et la fille appréciaient donc ces moments à deux et, habituellement, Blanche se joignait à eux à l'instant précis où Raymond s'apprêtait à aller au travail. Mais pas ce matin. La nuit avait été particulièrement éprouvante, au dire de Blanche qui s'était retournée en grommelant quand le cadran avait sonné. Raymond avait donc fini de ranger la cuisine puis il avait gentiment embrassé Charlotte sur les cheveux.

— Promis, je serai là, ce midi, pour le repas.

— Promis ? Parce que maman n'est pas de très bonne humeur quand elle se lève tard.

— Je le sais bien, Charlot. Mais tu dois comprendre que ce n'est pas facile non plus de se lever la nuit comme elle doit le faire souvent. La nuit dernière, ta sœur s'est plainte de maux de ventre et maman a dû s'en occuper. Alors ce matin, elles ont besoin de récupérer toutes les deux. J'espère que tu peux comprendre ça, n'est-ce pas ?

Regard furtif vers l'alignement militaire des fioles sur la tablette, image tout aussi fugace de la main soignée de sa mère qui se tend vers elles, puis Charlotte avait soupiré avant de répondre :

— Bien sûr, je comprends, avait-elle enfin admis. Mais je n'aime pas ça, rester toute seule le matin.

— Ça aussi, je le sais, mais aujourd'hui, c'est comme ça. Allons, fais-moi un sourire et va jouer dans la cour. C'est déjà mieux que de rester à l'intérieur, tu ne crois pas ?

Le temps d'une grimace, d'une légère hésitation :

— Peut-être…

Puis un large sourire :

— Oui, tu as raison, j'aime beaucoup mieux jouer dehors.

— À la bonne heure ! Et c'est bien parce que je sais que tu es raisonnable que je te permets d'attendre dehors. Tu es ma grande fille et je te fais confiance. Alors ne me déçois pas.

Tout en parlant, Raymond avait glissé une main sous le menton de Charlotte, l'obligeant ainsi à lever les yeux vers lui. Pendant un moment, ils se regardèrent en souriant. Quand son père lui parlait comme il venait de le faire, soulignant le fait qu'elle était sa grande fille et qu'il lui faisait confiance, Charlotte sentait une bonne chaleur l'envahir. Elle n'avait que quatre ans, aurait été bien en peine de décrire l'émotion qu'elle ressentait pour son père, mais sans hésitation, si on le lui avait demandé, elle aurait affirmé qu'il était l'être qu'elle aimait le plus. Il était grand, large d'épaules et il avait une voix grave et chaude qu'elle aimait entendre résonner quand elle blottissait sa tête sur sa poitrine. De plus, Charlotte le trouvait fort beau avec sa moustache noire, légèrement tombante, qui sentait bon la mousse à raser. Lorsqu'il posait le regard sur elle, ses sourcils broussailleux se soulevaient drôlement et Charlotte avait envie de dire que ses yeux riaient. Alors s'il fallait promettre d'être sage pour lui faire plaisir, le sacrifice n'était pas bien lourd.

— Promis, papa. Je vais jouer dans le sable en regardant la rivière. J'aime bien regarder la rivière quand il fait beau. On dirait que le soleil jette plein de petites lumières dessus.

— C'est vrai que c'est beau. Mais tu ne vas surtout pas de l'autre côté de la clôture.

— Je sais bien… Maman arrête pas de le répéter… Je vais en profiter pour faire un gros château. Pour une fois, Émilie sera pas là pour tout détruire.

— D'accord, mon Charlot. Et s'il y a un problème, un vrai, tu n'hésites pas et tu réveilles maman.

C'était ainsi qu'en pleine semaine, à neuf heures trente le matin, Charlotte se retrouvait seule, régulièrement. Et aujourd'hui, assise dans le carré de sable, elle espérait que sa mère ne serait pas trop longue à se lever. Permission suprême, son père lui avait même donné une bassine remplie d'eau pour faire un lac à son château. Il devinait aisément à quel point cette solitude imposée devait être lourde pour une fillette de son âge et, avait-il pensé, l'ajout d'un lac à sa construction devrait aider à faire passer le temps plus agréablement.

Mais, curieusement, Charlotte n'avait pas vraiment envie de jouer dans le sable, elle qui pouvait parfois y passer des heures à échafauder villes et villages, à élaborer des menus de toutes sortes sous forme de petits pâtés.

Aujourd'hui, il faisait trop beau !

Chuchotements dans les jeunes feuilles vert tendre, gazouillis d'oiseaux blottis sous le toit de l'appentis, clapotis de l'eau contre la berge, la nature printanière était trop frémissante de vie cachée pour que Charlotte reste assise tranquille bien longtemps.

Délaissant pelles, grattes et chaudières, la fillette s'approcha de la clôture et, réussissant tant bien que mal à coincer son visage entre deux barreaux, elle laissa voguer son imagination au rythme des rides qui striaient la rivière. Elle adorait suivre le mouvement des vagues, s'imaginait un monde merveilleux évoluant sous la surface brillante, suivait avec envie la promenade des barques qui se croisaient devant chez elle. Elle aurait bien aimé que son père achète un bateau lui aussi, comme chez Gertrude par exemple, mais sa mère trouvait cela trop dangereux.

— Mais tu n'y penses pas sérieusement, Raymond ? s'était-elle exclamée, d'un ton horrifié, lorsque son mari lui avait suggéré que peut-être ils pourraient, tout comme leurs voisins, se procurer une petite embarcation pour promener les filles.

— Oh ! juste ici, sur le bord, avant la pointe.

À peine avait-il exprimé le fond de sa pensée que Blanche poussait de hauts cris :

— Pas question ! Pas avec une enfant aussi vive que Charlotte. Ce serait courir à la catastrophe.

Témoin de l'incident, Charlotte n'avait retenu que deux choses : il semblait bien que sa mère ne voulait pas de bateau et que elle, Charlotte, elle y était pour quelque chose. Sans trop comprendre, elle s'était éclipsée vers le jardin, ravalant sa déception.

C'était à partir de ce jour qu'elle s'était inventé un monde sous-marin fantastique qu'elle ne partageait qu'avec sa petite sœur. Il lui arrivait même de capter l'attention d'Émilie, qui venait tout juste d'avoir trois ans, durant de longues minutes en lui racontant des fables tirées de son imaginaire de petite fille où poissons et enfants se côtoyaient, où les chaloupes de bois craquelé, à la peinture écaillée, se transformaient en vaisseaux d'or une fois qu'ils avaient franchi l'horizon de l'autre côté de la pointe, où les reflets du soleil sur l'eau se transformaient en lumières pour la ville des poissons.

Obligée depuis toujours à se tenir tranquille quand sa mère soignait un mal de tête ou au moment des siestes d'Émilie, Charlotte avait un univers fantastique qui occupait ses heures de solitude. Enfant vibrante d'énergie, si son corps devait se tenir sage, son esprit prenait la relève et l'emportait dans un monde de mouvement et de vie.

Charlotte ne s'ennuyait jamais ou si peu. Elle arrivait en pensée à faire vivre tout un éventail de personnages, d'enfants seuls comme elle, d'orphelins malheureux. Ses idées, ses observations, elle les transformait en géants, en fées ou simplement en amis imaginaires venus combler le vide autour d'elle.

Mais pour l'instant, elle commençait à trouver que maman exagérait. Le soleil était déjà au-dessus du grand sapin et il n'y avait toujours aucun signe de vie à l'intérieur de la maison. Entrée dans la cuisine sur la pointe des pieds, elle avait longuement écouté puis était ressortie en soupirant. Émilie avait dû être malade vraiment longtemps, la nuit dernière, pour qu'elle continue à dormir tout ce temps. Et maman en profitait elle aussi.

Pourtant, Charlotte n'avait rien entendu des pleurs de sa sœur, même si les deux fillettes partageaient la même chambre. Et ce n'était pas la première fois que Charlotte trouvait curieux que seule maman entende Émilie, la nuit. Parce que papa non plus ne l'entendait pas. Ce qui avait même fait dire à sa mère, un certain matin, alors qu'elle était de fort mauvaise humeur et qu'elle avait son visage des mauvais jours, celui que Charlotte n'aimait pas beaucoup parce qu'il creusait des cernes sous les yeux de maman et donnait un drôle de timbre à sa voix, éraillé comme celle d'une vieille dame :

— Par chance, j'ai le sommeil léger, car on ne peut vraiment pas compter sur toi, Charlotte. Ni sur ton père, d'ailleurs. Pauvre Émilie…

Charlotte se souvenait très bien de ce fameux matin parce qu'elle s'était sentie toute drôle quand maman avait fait cette remarque. Avec la meilleure volonté du monde, Charlotte s'était promis de faire dorénavant tout son possible pour entendre sa sœur quand celle-ci se réveillerait. C'était maman qui serait contente et peut-être ainsi arriverait-elle à mieux dormir. Mais rien à faire ! Charlotte dormait toujours comme une bûche et elle n'entendait jamais rien.

Charlotte revint s'asseoir près de la clôture, derrière le gros chêne et jeta avec envie un coup d'œil dans la cour des voisins. Mais aujourd'hui, même chez Gertrude le temps semblait s'être arrêté. Drôle de matin ! Peut-être étaient-ils malades eux aussi ? Ce serait surprenant, cela n'arrivait jamais, mais pour Charlotte ce ne pouvait être autre chose. S'il n'y avait personne dans la cour chez Gertrude par un si beau matin, c'était sûrement que quelqu'un était malade. Dans sa vie d'enfant, l'imprévu n'avait qu'un nom : maladie. Une visite annulée : mal de tête. Un pique-nique remis : indigestion. Une promenade décommandée : mal au ventre. Si ce n'était pas maman, c'était Émilie. Par chance, il y avait son père et Gertrude qui se tenaient eux aussi dans le domaine de la bonne santé. Cette petite femme énergique et souriante avait le charme de la stabilité, son père celui de l'affection inconditionnelle.

L'univers de Charlotte gravitait autour de ces deux pôles : sa famille et Gertrude. Avec en prime, comme allant de soi, les médecins qui venaient régulièrement chez elle. Ils étaient, à leur façon, une constance dans sa vie d'enfant, et il arrivait que Charlotte pense à eux comme à une entité de la famille.

Par contre, ces deux-là, Charlotte ne les aimait pas beaucoup.

Germain Jodoin était un homme à la forte corpulence, qui marchait à pas lourds, le dos rond, ses épaules ayant commencé à se voûter dès l'adolescence, lorsqu'il s'était mis à grandir sans arrêt et qu'il avait perdu de vue des amis qu'il était habitué à regarder droit dans les yeux depuis toujours. Par accommodement, Germain avait donc appris à courber l'échine et eux, à étirer le cou. Aujourd'hui, même tordu, le docteur Jodoin devait faire dans les six pieds six pouces et dès qu'elle l'avait aperçu, Charlotte l'avait aussitôt classé dans la famille de l'ogre que le Petit Poucet avait rencontré. Avec sa longue barbe et ses lunettes, il semblait sorti tout droit d'une histoire à faire peur. Immanquablement, sa voix grave lui tombait dessus comme un grondement de tonnerre quand il lui recommandait d'être une bonne fille et de bien prendre son sirop. C'était le docteur des enfants, comme le lui avait expliqué sa mère.

— Germain Jodoin s'occupe uniquement des enfants.

Charlotte ne voyait pas ce qui pouvait porter un homme aussi grand à s'occuper exclusivement des enfants puisqu'il devait se pencher, se plier, se rapetisser pour arriver à leur hauteur. Ce devait être assurément inconfortable. Dans l'esprit inventif de la petite, il lui faisait l'effet d'être un géant s'occupant de nains. Et à son tour, par réflexe, Charlotte rentrait la tête dans les épaules dès qu'il posait la main sur ses cheveux et acquiesçait aussitôt à ses demandes, ayant une peur bleue qu'il n'ajoute quelque autre potion à l'infect sirop. Heureusement, il était rare qu'il ait à se déplacer pour elle. Charlotte, tout comme son père, n'était jamais malade.

Mais sa mère, oui.

Beaucoup trop souvent au goût de Charlotte parce que, à ce moment, on faisait quérir le docteur Dugal.

Et si le docteur Jodoin lui faisait peur, que dire d'Odilon Dugal ?

C'était un homme sans âge défini, malingre, aux longs doigts décharnés, à la voix haut perchée, portant redingote et bottines vernies. D'une politesse affectée témoignant d'une autre époque, donc de son grand âge, il dodelinait de la tête à tout propos et tenait un discours fleuri d'expressions désuètes qui échappaient à l'entendement de Charlotte qui n'y comprenait goutte. Quand il semblait s'adresser à elle, elle s'empressait donc d'approuver tout ce qu'il disait, en espérant seulement qu'elle ne mettait pas les pieds dans le plat. Le crâne dégarni, le docteur Dugal n'avait plus qu'une mince couronne de cheveux très fins qui, suivant fidèlement les balancements fréquents de sa tête, semblaient sortir de ses oreilles en volutes de fumée blanche. Odilon Dugal ressemblait à s'y méprendre au diable qui illustrait une des images de son livre de prières, offert par sa grand-mère maternelle à son dernier anniversaire, et que Charlotte feuilletait le dimanche à la messe quand monsieur le curé s'adressait aux grandes personnes et que Charlotte s'ennuyait à mourir. C'était ainsi qu'un beau dimanche, elle avait constaté la ressemblance frappante entre le docteur Dugal et l'espèce de monstre aux doigts crochus qui se tenait au-dessus d'une marée de feu, à cette différence près que la fumée sortait des narines du monstre plutôt que de ses oreilles. Léger détail que Charlotte avait balayé en sursautant lorsque le curé s'était mis à haranguer ses paroissiens selon sa fidèle habitude. Toute tremblante, elle avait refermé le livre d'un geste sec pour emprisonner l'image et, de ce jour, elle avait baptisé Odilon Dugal « Docteur Souris » pour conjurer le sort. Même si elle n'avait aucune attirance pour les souris en général et les mulots en particulier (l'automne dernier, une de ces bestioles avait réussi à se faufiler jusque dans l'armoire d'angle de la cuisine et, aux cris d'horreur que sa mère avait poussés, Charlotte avait conclu qu'elles étaient terrifiantes et dangereuses), c'était tout de même mieux que de penser au diable en personne. Elle avait peur du docteur Dugal à un point tel que la voix tonitruante du curé lui semblait moins inquiétante que la possibilité qu'Odilon Dugal soit un proche parent du diable, comme le suggérait son livre de prières. Autrement, ce livre pieux était plutôt agréable à feuilleter puisqu'il était illustré d'images de jardins, d'anges et d'enfants... Maintenant, le dimanche, quand elle allait à la messe avec son père, puisque sa mère disait qu'il lui fallait rester à la maison pour Émilie, Charlotte évitait certaine page de son recueil de prières et se montrait plus attentive aux sermons de monsieur le curé.

Parce que lui, malgré cette fâcheuse tendance à hausser le ton à tout propos et à lancer des remontrances à répétition, Charlotte l'aimait vraiment beaucoup et lui vouait un respect sans bornes qui allait bien au-delà de son statut de curé.

Monsieur le curé avait les mêmes yeux que le père Noël de son livre d'histoires. Sans parler de la bedaine...

Il n'en fallait pas plus pour qu'une Charlotte de quatre ans et demi (presque cinq !) soupçonne une quelconque parenté entre eux, suffisante pour se montrer attentive à la messe ou, à tout le moins, se tenir bien sagement à l'église.

On n'est jamais trop prudent.

Pour une fois, Charlotte était tout à fait d'accord avec cette recommandation d'usage, apprêtée par sa mère à toutes les sauces et sur différents tons afin d'appuyer ses avertissements et conseils. Effectivement, dans le cas présent, l'adage semblait fort à propos aux yeux d'une Charlotte que l'on décrivait généralement comme une enfant plutôt turbulente, pour ne pas dire agitée. S'il s'avérait que la ressemblance découlât d'une réelle parenté, monsieur le curé pourrait ainsi, le cas échéant, en toute bonne foi, témoigner de la sagesse de Charlotte devant un père Noël avide de renseignements avant la distribution des étrennes.

Ainsi donc allait l'existence de Charlotte. À l'exception de ses proches qui avaient une personnalité propre et un rôle bien défini dans sa vie, Charlotte attribuait des filiations selon les apparences, présumait des personnalités selon les physionomies, suspectait des travers à partir des expressions.

Seules Gertrude et ses deux grands-mères échappaient à la règle : toutes les trois, chacune à sa façon, étaient trop gentilles pour cacher quelque subterfuge que ce fût. Mais son grand-père Gagnon, qu'elle devait appeler Monsieur et saluer d'une petite révérence, appartenait à la première catégorie. Une voix aussi sèche et un regard d'aigle sous une forêt de sourcils ne présageaient rien de bon. À preuve, même son père n'élevait jamais le ton quand ils rendaient visite à ses grands-parents ; en fait, c'était à peine s'il intervenait dans une conversation qui se déroulait généralement à deux entre sa mère et son grand-père, et dès qu'Émilie semblait maussade, il s'empressait de la soustraire au regard du grand-père en changeant de pièce. Invariablement, Charlotte en profitait pour s'éclipser, elle aussi. Elle n'aimait pas vraiment son grand-père qui, de son côté, ne lui témoignait qu'un intérêt mitigé. Trop occupé par les affaires, Ernest Gagnon n'avait jamais apprécié la présence des enfants. Il les tolérait, sans plus, et encore fallait-il qu'ils fussent silencieux. Sauf Blanche qui était, depuis sa naissance, l'exception à la règle.

Née deux mois à l'avance, précédée de deux frères déjà adolescents, et suivant trois sœurs mortes à la naissance, Blanche avait dû soigner une insuffisance respiratoire dès le premier instant de sa vie. Bébé minuscule, indéniablement Gagnon jusqu'au bout des doigts, elle avait été installée dans un tiroir de commode, sur la porte du fourneau, et c'était ainsi, pour la première et dernière fois de sa vie, qu'Ernest avait connu les joies de la paternité à travers l'inquiétude et le désarroi qu'il ressentait face à sa fragile petite fille. Quand le médecin avait garanti qu'elle était hors de danger, il avait versé la seule et unique larme que sa femme ait vue au cours de leur vie commune.

Tous les matins, sur le coup de dix heures trente, jamais avant car il la savait sujette aux insomnies et de ce fait, plutôt paresseuse le matin venu, ce qui était normal (pauvre petite ! elle devait dormir un peu, avec la famille qui dépendait d'elle), tous les jours, donc, Ernest appelait sa fille pour prendre des nouvelles de sa santé et communiquait les résultats à ses deux fils qui travaillaient avec lui dans l'entreprise familiale.

Invariablement, lorsqu'elle entendait la voix de son père, le visage de Blanche s'éclairait d'un sourire et sa voix se faisait languissante.

Ce fut en pensant à son grand-père que Charlotte perdit son visage pensif. Bien sûr ! Sa mère n'allait sûrement plus tarder à se lever puisqu'elle se faisait un devoir de répondre à son père tous les matins. Chose qui ne cessait d'alimenter les interrogations de Charlotte, car même par jour de forte migraine, sa mère trouvait la force de se tirer hors du lit pour parler à son père, quitte, par la suite, à se tenir la tête à deux mains pour regagner l'ombre bienfaisante de sa chambre. La fillette en avait même conclu que c'était lui qu'on devrait appeler au chevet de sa mère quand elle avait un malaise quelconque au lieu du docteur Souris. Malgré son air revêche, son grand-père lui faisait tout de même un peu moins peur que le médecin aux oreilles fumantes.

Mais celle que Charlotte aimait par-dessus tout, celle qui avait réponse à toutes ses questions et les bras les plus confortables pour se blottir, c'était mamie Deblois. Si Charlotte aimait sa mère parce qu'elle était sa mère, Gertrude parce qu'elle était gentille et grand-maman Gagnon parce qu'elle faisait le meilleur sucre à la crème du monde, elle adorait sa grand-mère Deblois. Et celle-ci le lui rendait bien. Tout comme son père, les yeux de mamie Deblois lançaient des éclats de rire quand ils se posaient sur Charlotte, et rien au monde ne pouvait lui faire plus chaud au cœur. Elle avait alors l'impression d'être quelqu'un d'important, et pour une enfant à qui l'on demandait sans cesse d'être une grande fille et de donner l'exemple, c'était là le plus beau compliment que l'on pouvait lui faire. Charlotte se sentait alors appréciée, acceptée et la sensation ressentie était la plus agréable qu'elle connaisse.

Charlotte poussa un profond soupir en pensant à sa grand-mère. Chez mamie, elle ne faisait jamais trop de bruit et on ne la réprimandait jamais parce qu'elle courait. Mamie Deblois éclatait de rire et déclarait sans l'ombre d'une hésitation quand sa mère ou son père lui intimait l'ordre de se calmer :

— Mais c'est normal de bouger à quatre ans ! Veux-tu bien la laisser tranquille, Raymond ! À son âge, tu faisais pire que cela, mon garçon.

Charlotte trouvait surtout très drôle de voir son papa se faire disputer comme un gamin. Ce matin, elle aurait dû demander à son père de la conduire chez sa grand-mère. La maison de mamie grouillait de monde, tout le temps, et Charlotte pouvait se fondre dans le décor sans jamais déranger. Ce fut au moment où elle se répétait qu'elle aurait bien dû demander à son père de l'emmener que Charlotte entendit enfin son nom, crié depuis la porte de la cuisine :

— Charlotte, veux-tu bien me dire où tu te caches ?

— Ici, maman !

Sautant sur ses jambes, la petite apparut à côté de l'arbre où elle s'était appuyée, un œil sur la rivière et l'autre lorgnant la cour de Gertrude au cas où, et elle se mit à courir vers la maison.

Enfin, maman était debout.

Blanche, voyant que Charlotte n'était ni sale ni écorchée, ouvrit la porte et se pencha pour accueillir dans ses bras le petit ouragan qui fondait sur elle. Elle n'appréciait pas les effusions bruyantes, mais une fois n'était pas coutume. Et puis, Charlotte avait été gentille de la laisser dormir.

— Oh là ! Tout doux, Charlot. Je ne suis pas Samson, ce matin. J'ai les jambes en coton…

Tenant Charlotte à une légère distance d'elle, Blanche la regardait avec une drôle d'expression dans les yeux, à la fois rieuse et sévère. Charlotte lui fit un sourire à faire fondre une banquise.

— Mais tu t'es bien reposée, n'est-ce pas ? J'avais promis à papa d'être très sage pour que tu puisses dormir et Émilie aussi. Elle est où Milie ? Est-ce qu'elle dort encore ?

Blanche resserra son étreinte.

— Non, elle est dans sa chaise haute. Je crois même qu'elle était éveillée depuis un bon moment déjà. Mais tu sais comment elle est ! Elle a pris son livre d'images et elle le regardait en attendant que j'aille la chercher. C'est une petite fille sage, ta sœur.

— Mais moi aussi, ce matin, j'ai été sage, précisa Charlotte en levant la tête, cherchant une approbation sur le visage de sa mère.

Y voyant un sourire, la petite posa sa tête sur la poitrine de Blanche, même si celle-ci précisa :

— Pourquoi toujours chercher à te comparer à elle, Charlotte ? Bien sûr, ma grande, que tu as été sage, ce matin ! Mais n'est-ce pas là ce qu'on attend de toi ? Tu es la grande sœur, il faut que tu donnes l'exemple.

Charlotte ne put réprimer totalement le début de soupir qui lui gonfla la poitrine. Avec maman, c'était souvent comme cela : à travers les compliments, Charlotte avait l'impression d'entendre un reproche. Habituellement, quand cela se produisait, elle filait vers sa chambre ou se précipitait dehors. Imagination en branle, elle s'obligeait à penser à autre chose, et en quelques minutes le malaise était passé. Mais pas ce matin. Elle n'avait pas envie de se retrouver encore une fois toute seule. Se blottissant étroitement contre sa mère, elle transforma son soupir en profonde inspiration. Blanche sentait toujours bon le muguet. Havre de douceur, courte seconde arrachée à la longueur du temps de cette drôle de matinée. Curieusement, Charlotte la fougueuse aurait eu envie de se faire bercer. Mais Blanche repoussait déjà sa fille, s'activait dans un large frou-frou de robe de chambre satinée.

— Bon ! Assez perdu de temps… Déjà onze heures et ton père qui vient manger, ce midi. Je n'y arriverai jamais.

L'espace d'une remarque et toute la cuisine passa au mode effervescence. Débarbouillant le visage d'Émilie d'une main, Blanche la saisit de l'autre, la souleva contre elle, empilant verres et assiettes bruyamment.

— Nous, on va s'habiller et toi, Charlotte, tu files jouer dehors.

— Encore ?

— Comment encore ? Quand il fait beau, c'est dehors que l'on joue. Il me semble que ce n'est pas nouveau, ça !

— Je veux rester avec vous deux. J'en ai assez de jouer toute seule.

— Mais qu'est-ce que c'est que ces manières, ce matin ? Tu n'en feras jamais d'autres ! Toujours à argumenter, jamais contente… Allez, ouste, file dehors avant que je me fâche.

— Est-ce qu'Émilie va venir me rejoindre ?

— Le soleil est trop fort pour sa peau fragile. Mais cet après-midi, après la sieste, on verra.

Déjà Blanche avait saisi le bras de Charlotte et l'entraînait vers la porte.

— Et maintenant, je ne veux pas te voir avant que papa n'arrive. C'est bien clair ? Tu as tout ce qu'il faut pour t'amuser.

Et avant que Charlotte n'ait pu émettre la moindre objection, la porte se referma sur elle et la petite entendit sa mère mettre le crochet en lançant :

— Et surtout, pas de l'autre côté de la clôture !

Cette fois-ci, Charlotte soupira bruyamment. Cette manie de toujours tout répéter comme si elle ne comprenait jamais rien… Ne restait plus qu'à s'asseoir contre la porte en boudant ou descendre l'escalier et essayer de s'amuser malgré tout. Avec un tel soleil, la décision n'était pas trop difficile à prendre ! Traînant les pieds (quand même ! Charlotte voulait que sa mère comprenne qu'elle n'était pas d'accord avec elle !), la gamine descendit lentement les quelques marches qui menaient au jardin. D'un coup de bottine, elle expédia le ballon qui traînait sur l'allée pour passer sa colère, lequel vola à ras du sol, rebondit dans l'allée et termina sa course dans le bosquet de pivoines où il cassa deux longues tiges portant des boutons de fleurs.

Zut !

Le cœur de Charlotte battit aussitôt un grand coup. Jetant un regard par-dessus son épaule, la petite s'élança vers le carré de sable, épiant les moindres bruits. Gazouillis des oiseaux, martèlement lointain des sabots d'un cheval, claquement d'une porte… Par chance, maman n'avait rien vu…

Charlotte s'empressa de saisir sa pelle et sa chaudière. Lentement son cœur s'assagit, l'image du ballon sous les plants de pivoines s'estompa. Charlotte fronça les sourcils, tout à son jeu. Ce serait bien d'avoir réussi à construire un château immense avant l'arrivée de papa. Parce que son père s'y connaissait vraiment bien en château et qu'il avait toujours de bonnes idées pour améliorer ses constructions…

Devenue architecte et maçon, Charlotte se concentra sur son travail.

— Charlot, je suis là !

— Papa !

Absorbée par son jeu, Charlotte n'avait pas vu le temps passer. Mais tout heureuse de voir son père, elle délaissa aussitôt sa chaudière pour s'élancer vers lui.

— C'est déjà l'heure de manger ?

— Pas vraiment.

— Alors qu'est-ce que tu fais ici ?

Raymond avait toujours pensé qu'un petit mensonge, surtout de ceux qui font plaisir, ne pouvait faire de tort. Alors, taisant le fait que c'était l'inquiétude qui l'amenait si tôt à la maison, il glissa les mains sous les bras de Charlotte et, la soulevant au-dessus de lui en tournoyant, il expliqua :

— Je m'ennuyais de toi, petit poison. Voilà pourquoi je suis ici…

Puis, mine de rien, il ajouta en la reposant sur le sol :

— Maman est debout ?

— Oui, oui… Tu viens voir mon château ?

— Tout de suite après avoir embrassé ta sœur.

Et jetant un regard autour de lui :

— Elle n'est pas dehors, elle ?

— Trop de soleil, laissa tomber Charlotte d'un air dédaigneux en haussant les épaules… Tu te dépêches, d'accord ? J'aimerais savoir où mettre le lac.

— Promis, je fais vite.

Le temps de l'entendre marcher vers la maison, deux ou trois jurons devant la porte barrée, quelques éclats de voix provenant de la cuisine et son père revenait déjà, sa veste enlevée et les manches de sa chemise remontées jusqu'au-dessus des coudes.

— Et maintenant, le château de Mademoiselle. On a quelques minutes à nous avant le repas.

— Youpi !

Et Charlotte en profita pour dire tout ce qu'elle n'avait pu dire de la matinée, pendant que Raymond creusait un trou pour placer la bassine remplie d'eau. Volubile de nature, c'était le silence qu'elle trouvait le plus difficile à supporter. Tout y passa. La déception de ne pas avoir de bateau, l'espoir de voir apparaître quelqu'un dans la cour chez Gertrude, le regret de ne pas avoir pensé à lui demander de la conduire chez mamie Deblois puisque maman n'était pas levée.

— C'est vrai que ça aurait été une bonne idée !

Charlotte leva un sourire radieux.

— Tu trouves ?

— Tout à fait. Même que je me demande si je n'aurais pas le temps de t'y conduire pour l'après-midi. Qu'en penses-tu ? D'après ce que je vois, tu vas encore être toute seule pendant la sieste d'Émilie.

— Chic alors !

Au comble de la joie, Charlotte se précipita dans les bras de son père et ferma les yeux sur l'odeur de savonnette qui persistait sur sa joue. Un autre des petits secrets de Charlotte, cette manie d'identifier ceux qu'elle aimait à leur odeur. Papa, c'était le savon de Marseille ; maman, le parfum des fleurs ; Gertrude, la soupe de légumes et mamie, la tarte aux pommes. Quant à sa grand-maman Gagnon, c'était un curieux mélange de caramel et d'onguent. Le temps de respirer profondément la joue de son père avant de lui plaquer un gros baiser et Charlotte se dégagea aussitôt.

— Viens, papa, ordonna-t-elle en lui prenant la main. Vite, allons manger pour être bien certains que tu vas avoir le temps de me reconduire.

— Ne t'inquiète pas. On a tout notre temps.

Ils entrèrent dans la maison main dans la main, Charlotte sautillant aux côtés de son père. L'après-midi allait être formidable.

C'était sans compter avec les objections que Blanche ne manquait jamais d'opposer quand venait le temps d'une décision concernant les filles. À leur sujet, elle aimait bien prendre les initiatives et avoir le dernier mot. À la proposition de Raymond, elle fit la moue par principe.

— Chez ta mère ? Mais pourquoi ? Charlotte a tout ce qu'il lui faut pour…

— J'en conviens, interrompit Raymond, peu disposé à négocier sur un sujet aussi anodin. Disons que ça lui ferait plaisir. Il me semble que c'est une raison suffisante.

Il garda pour lui l'opinion qu'il avait de la savoir seule pour jouer alors qu'elle avait une sœur à peine plus jeune qu'elle. Il connaissait suffisamment Blanche pour savoir qu'il ne serait pas dans l'intérêt de Charlotte de la provoquer, surtout qu'il trouvait un peu ridicule de garder Émilie à l'intérieur par une si belle journée, et qu'il jugeait que la sieste pouvait aisément être escamotée puisqu'elle avait longuement dormi ce matin. Mais ce faisant, il risquait de s'emporter. De toute façon, cette discussion avait déjà eu lieu, et à plusieurs reprises.

Raymond en était toujours sorti perdant.

— Alors, qu'est-ce que tu en dis ?

— Je ne sais pas.

Blanche hésitait. La perspective de quelques heures de lecture en solitaire n'était pas pour lui déplaire. Et avec Émilie qui restait dans son lit tant et aussi longtemps que sa mère ne venait pas la chercher, Blanche estimait qu'elle aurait le temps de terminer son roman. Par contre, l'idée que sa belle-mère puisse s'imaginer qu'elle cherchait à se débarrasser de Charlotte la contrariait grandement et finit par l'emporter.

— Non, finalement je dis non, décréta-t-elle en redressant les épaules. Gardons en réserve cette possibilité pour les jours où nous en aurons vraiment besoin. Il ne faudrait pas abuser de la grande générosité de ta mère. Elle n'est plus très jeune, tu sais.

À ces mots, Raymond éclata de rire. Si ce n'était que cela…

— Ne t'inquiète pas de la santé de ma mère. Elle est solide comme un roc.

— Je n'ai jamais dit le contraire. Mais ce n'est pas une raison pour en profiter.

— En profiter ? Je ne te suis pas. Tu sais combien elle aime Charlotte.

— C'est sûr, c'est sa petite-fille. Mais Charlotte n'est pas de tout repos et, je le répète, ta mère n'est plus toute jeune.

— Encore ? Mais c'est une excuse ou quoi ?

Le ton montait au rythme où Charlotte piquait du nez dans une assiette qu'elle s'était dépêchée de vider pour plaire à ses parents. Elle tenait surtout à cacher les larmes qui lui montaient aux yeux, ayant vite compris que sa mère s'opposait à son projet. Son père, qui venait de hausser dangereusement le ton, la fit sursauter.

— Arrête, veux-tu, d'imaginer de la fatigue et des maladies partout. Ça m'épuise.

— Mais je n'ai jamais dit que…

Blanche ne termina pas sa pensée et éclata en sanglots.

— Mais comment fais-tu, Raymond, pour toujours réussir à me blesser ?

— Mais je ne voulais blesser personne. Qu'est-ce que c'est que cette idée ? C'est toi qui déformes tout.

— Et toi, tu ne comprends rien. Après la nuit que j'ai passée…

Blanche repoussa une assiette à peine entamée et se releva.

— Tu as encore réussi à me couper l'appétit.

Charlotte détestait les discussions qui dressaient ses parents l'un contre l'autre. Surtout quand elle se sentait responsable de leur discorde. Et elle détestait par-dessus tout voir pleurer sa mère. Glissant silencieusement de sa chaise, elle se dépêcha de déguerpir au jardin, cherchant refuge auprès de la clôture, assise dans l'herbe, les bras enserrant ses genoux relevés sur sa poitrine.

De l'autre côté de la rivière, un rire s'éleva dans l'air chaud de ce bel après-midi de printemps.

Dans le carré de sable, l'eau du lac s'était évaporée et il ne restait plus qu'une petite mare, tout juste bonne pour le canard en caoutchouc.

Dans la cour chez Gertrude, il y avait maintenant des cris et des rires. Robert et Marc, ses amis, jouaient à leur jeu préféré : les chevaliers combattant les dragons.

Charlotte renifla alors ses dernières larmes.

Sur la rivière, une chaloupe glissa lentement, laissant derrière elle un sillon tout brillant de soleil. Charlotte se dit que les poissons devaient être contents.

C'était vraiment une très belle journée aujourd'hui.

Une journée pour faire un pique-nique, tiens, sur le bord de l'eau, comme Gertrude en préparait souvent.

Mais maman, elle, trouvait que c'était trop humide pour s'asseoir sur la berge. Dommage ! Charlotte aimait bien avoir la permission de jouer au bord de l'eau.

Puis la voix de Gertrude se joignant à ses enfants la fit pousser un long soupir. Il arrivait souvent que Gertrude se joigne à leurs jeux. Et c'était bien agréable parce que Gertrude avait des tas d'idées pour s'amuser et qu'elle faisait souvent autant de bruit que les enfants. C'était drôle d'entendre une maman chanter à tue-tête.

Plus tard, quand elle serait maman à son tour, puisque que toutes les petites filles deviennent maman un jour, Charlotte serait une maman comme Gertrude.

Une maman qui aimerait s'amuser avec ses enfants comme Gertrude avec elle et comme papa qui savait fort bien lancer une balle ou un ballon et qui construisait les plus beaux châteaux.

Charlotte serait une maman qui ferait des tartines, trancherait du jambon et préparerait de la salade aux patates pour aller pique-niquer sur le bord de l'eau.

Cela, c'était certain parce que Charlotte avait une excellente mémoire et qu'elle se rappellerait combien elle trouvait parfois le temps long quand elle était toute seule à jouer comme aujourd'hui…

Chapitre 3

Blanche n'eut pas à débattre la question pour faire valoir son point de vue. Une simple interrogation régla le tout.

— Aimerais-tu aller à l'école Charlotte ?

Blanche était au salon à lire *La Presse*. C'était une soirée particulièrement agréable. Sans pousser l'audace jusqu'à s'installer au jardin après le repas du soir, une certaine fraîcheur pouvant lui tomber sur les épaules, Blanche avait tout de même laissé les fenêtres grandes ouvertes. Une brise parfumée à l'odeur du soleil récolté tout au long de la journée berçait les rideaux de dentelle et gonflait mollement les tentures de vichy bleu et blanc. À l'étage, on entendait Raymond qui préparait Émilie pour la nuit. Ils riaient ensemble. Probablement une histoire de fous que Raymond inventait pour sa fille. Il aimait bien raconter des histoires et il était un merveilleux conteur. Assise sur le plancher de bois verni, tout près de sa mère, Charlotte regardait sérieusement son gros livre de contes. C'était en jetant un regard sur sa fille, sourcils froncés et lèvres qui semblaient réciter en silence, que Blanche avait eu l'idée de poser la question.

— Aimerais-tu aller à l'école Charlotte ?

Charlotte leva un regard curieux.

— À l'école ? Comme les grandes qui passent devant la maison le matin et le soir ?

— Comme les grandes filles que tu voies passer devant la maison, oui. N'es-tu pas une grande fille, toi aussi ?

Bien sûr qu'elle était une grande fille, on n'arrêtait pas de le dire ! Mais de là à penser à l'école… Charlotte n'en croyait pas ses oreilles. C'était bien la première fois qu'elle trouvait un charme indéniable au fait d'être une grande fille.

— Moi, à l'école ? vérifia-t-elle pour être certaine d'avoir bien compris. Avec une robe noire, et un col blanc, et des longs bas comme les dames, et des vraies bottines vernies, et un cartable ?

— Oui, oui. Si tu vas à l'école, tu vas avoir tout ça !

C'était assurément la meilleure nouvelle entendue depuis fort longtemps, mis à part, bien sûr, l'annonce faite par papa l'autre soir.

— Si tout va bien, on va aller à Pointe-au-Pic pour les vacances.

Ils étaient à table quand son père avait prononcé ces mots magiques. Vacances…

Charlotte était restée un moment sans bouger, fourchette en l'air, pas certaine d'avoir bien entendu, tournant spontanément les yeux vers sa mère. Mais ses parents avaient dû en parler auparavant, car Blanche n'était que sourires. Cela donnait une certaine crédibilité au projet. Par contre, le *Si tout va bien* avait tout de même imposé une certaine retenue. Habituée depuis toujours à voir les plans remis ou abandonnés à la dernière minute, Charlotte avait appris à attendre avant de manifester son enthousiasme, et le projet de vacances avait lui aussi, malgré l'excitation suscitée, eut droit à ce traitement de tiédeur. Mais pour l'école, c'était autre chose. Il n'y a pas de *Si tout va bien* quand on parle de l'école. Charlotte savait depuis longtemps que tout le monde y allait un jour et, à entendre maman, il semblait bien que son tour était venu.

— Moi à l'école, répéta-t-elle, pensive, tout de même un peu incrédule.

Pour aussitôt abandonner son livre sur le plancher et sauter sur ses pieds en battant des mains.

— Je vais à l'école, je vais à l'école…

Alerté par le vacarme, Raymond arrivait dans le salon lorsque Charlotte glissa sur le plancher et atterrit lourdement sur les fesses, juste à ses pieds. Elle leva un air candide où deux grands yeux bleus brillaient d'une joie évidente.

— Je vais aller à l'école, annonça-t-elle avec une assurance comique. C'est maman qui vient de le dire.

Pour aussitôt froncer les sourcils avant de demander, la tête penchée sur son épaule, une drôle de grimace sur le visage :

— Qu'est-ce qu'on fait à l'école ?

Blanche et Raymond éclatèrent de rire en même temps.

— Sacrée Charlotte ! Tu fais un boucan du diable parce que tu te dis heureuse d'aller à l'école, mais tu ne sais même pas ce qu'on y fait !

Mortifiée par la remarque de son père mais surtout par le fait que ses parents riaient d'elle, Charlotte se releva d'un bond et darda un regard noir sur son père.

— Bien quoi ? Quand je regarde passer les filles qui vont au couvent, elles ont l'air contentes. Le matin, elles sont pressées et l'après-midi, elles reviennent en sautillant à cloche-pied ou en jouant avec leur corde à danser. Ça veut dire que c'est plaisant, non ? Moi, ça me suffit pour avoir envie d'y aller, même si je ne sais pas trop ce qu'on y fait.

La logique de cette réponse arrêta le rire de Raymond. Il n'avait plus envie de se moquer. S'il avait hésité à donner son aval à la proposition de Blanche, oscillant toujours entre le pour et le contre, la réplique de Charlotte dissipa le dernier doute. Habitué depuis des années maintenant à être ballotté entre l'enfer et le paradis avec une épouse qui pouvait passer d'une rage de grand ménage à une crise de foie aiguë en quelques heures à peine, Raymond en avait développé une disposition presque naturelle à l'hésitation avant de prendre quelque décision que ce soit. Ce soir, la repartie de Charlotte avait scellé son choix. Sans aucun doute, il fallait poursuivre dans le sens de l'école. Il se demandait même comment il avait eu l'idée d'hésiter. Déposant sur le sol une petite Émilie en pyjama qui fila aussitôt se réfugier dans les bras de Blanche, Raymond plia les genoux pour regarder Charlotte droit dans les yeux.

— Bravo, Charlot, je crois bien que tu as tout compris. C'est vrai que c'est plaisant d'aller à l'école parce qu'on y apprend toutes sortes de choses nouvelles.

Charlotte avait toujours les yeux grand ouverts avec une lueur candide au fond des prunelles. Une étincelle vive faite de confiance et d'abandon. Elle aimait bien quand c'était papa qui répondait à ses questions. Il avait toujours des réponses claires et précises, faciles à comprendre.

— On apprend des choses comme quoi ? demanda-t-elle aussitôt, avide de savoir ce qui l'attendait.

Raymond eut alors ce geste qui n'appartenait qu'à eux : il glissa les doigts sous le menton de Charlotte pour l'obliger à lever la tête et ainsi capter son regard.

— À lire, à écrire... On apprend pourquoi le soleil brille le jour et pourquoi la lune le remplace la nuit. On apprend d'où viennent la pluie et les orages. On apprend le calcul aussi. Et bientôt, tu pourras aller toute seule au petit magasin du coin faire les commissions de maman parce que tu sauras compter les sous...

Papa parlait d'une voix très douce, chaude et grave avec un beau sourire sous la moustache. Il avait sa voix des grandes occasions. Charlotte lui rendit son sourire. Elle avait l'impression qu'on venait d'ouvrir une porte devant elle et que cette porte donnait sur un monde jusqu'alors interdit, qui l'attirait et lui faisait peur en même temps. Le monde des adultes...

Tout à coup, elle avait envie d'être seule. Comme souvent quand elle vivait une émotion trop forte.

Détournant alors les yeux de son père, elle chercha le regard de Blanche. Elle savait que la permission devait venir d'elle.

— Est-ce que je peux aller dans la cour, maman ? Pas longtemps. Je rentre dès que le soleil se couche.

Il y avait un tel sérieux exprimé sur le visage de sa fille que Blanche ne put qu'obtempérer à sa demande.

— D'accord. Mais enfile un chandail... On n'est jamais trop prudent.

Puis, montant le ton parce que Charlotte avait déjà tourné les talons et qu'elle courait vers la cuisine, elle ajouta, par réflexe :

— Et surtout pas de l'autre côté de la clôture !

Mais ce soir, la recommandation qui la hérissait tant coula sur Charlotte comme sur le dos d'un canard et elle en oublia de hausser les épaules… Attrapant un chandail qu'elle posa uniquement sur ses épaules par réflexe d'obéissance, la petite fila s'installer devant la clôture, les genoux relevés contre sa poitrine, encerclés par ses bras.

Il faisait une soirée de conte de fées.

Le soleil était encore chaud et la grosse boule orangée commençait à effleurer l'horizon de l'autre côté de la rivière. Les pépites de lumière qui s'éparpillaient à la surface de l'eau étaient encore plus brillantes qu'au matin, mais curieusement elles étaient moins vives, et Charlotte en profita pour les fixer longuement.

Un long soupir souleva ses épaules. Un large sourire éclaira ses traits.

L'école…

Charlotte irait à l'école à la fin de l'été.

Aller à l'école représentait tellement de choses nouvelles pour une enfant de quatre ans et demi que Charlotte soupira de nouveau comme devant une tâche immense à accomplir quand on ne sait trop comment l'aborder même si l'on en a envie.

Aller à l'école, c'était aussi oser croire qu'il était fini le temps des matins passés seule à attendre que maman se lève. Tant pis pour les grasses matinées, bientôt, Charlotte, elle, serait partie pour l'école.

Le sourire s'accentua. Enfin !

Elle repensa aussi à la jolie robe noire que portaient les grandes qu'elle voyait passer tous les jours, et aux cartables de cuir brun qu'elles avaient sur le dos ou qu'elles tenaient à la main en changeant de bras régulièrement parce qu'ils devaient être trop lourds. Que pouvaient-ils contenir à part les crayons et les cahiers que Charlotte imaginait facilement ?

Pendant un instant, le visage de la petite fille devint songeur. Mais le sourire revint rapidement.

Probablement de gros livres remplis de mots que bientôt elle, Charlotte Deblois, allait être capable de lire toute seule.

La perspective de savoir lire fut comme une brillante lumière dans son esprit, et une drôle de sensation la fit frissonner de la tête aux pieds. Comme celle qui l'avait rendue si fébrile à la veille de Noël, quand papa l'avait obligée à dormir avant la messe de minuit. Charlotte n'avait pas arrêté de ramper d'un bout à l'autre de son lit, ouvrant les tentures de la fenêtre au pied de son lit, regardant la jolie couronne de sapin qui ornait la porte d'entrée de leurs voisins d'en face, frissonnant d'excitation, revenant poser la tête sur l'oreiller, tournant d'un côté, de l'autre, tire-bouchonnant ses couvertures, retournant au pied du lit, ouvrant encore les tentures en soupirant, persuadée que le temps s'était arrêté et qu'elle n'arriverait jamais à dormir…

Présentement, elle avait cette même impression que le temps allait prendre tout son temps avant d'arriver à l'automne…

Pourtant, à Noël, elle avait fini par fermer les yeux et le temps avait repris son cours.

Il en serait de même pour l'été, Charlotte le savait, mais cela n'enlevait pas l'envie d'être tout de suite rendue au mois de septembre.

Prenant une profonde inspiration, Charlotte referma les bras encore plus étroitement autour de ses genoux afin de calmer le tremblement qu'elle ressentait.

Savoir lire… Maman ne cessait de dire de faire attention aux livres puisqu'ils étaient des amis. Alors Charlotte aurait des tas et des tas d'amis, et plus jamais elle ne s'ennuierait. Et puis, savoir lire, c'était aussi savoir écrire. Toutes ces histoires qui naissaient spontanément dans sa tête au moindre prétexte, ces histoires d'ogres et de fées, de poissons qui parlaient aux enfants, de fleurs chuchotant entre elles, la nuit, à l'abri des oreilles indiscrètes, toutes ces histoires qu'elle n'osait raconter à d'autres qu'à sa petite sœur de crainte que les grands ne se moquent, Charlotte pourrait les écrire et ainsi ne plus les oublier comme cela arrivait parfois.

Dorénavant, et maintenant c'était vraiment vrai, Charlotte allait être une grande fille.

Et, ultime sensation de liberté, elle aurait la permission de se rendre seule au petit magasin du coin. C'était papa lui-même qui l'avait dit.

Décidément, l'école, c'était la plus belle invention que la terre eût connue, même si Charlotte admettait que cela lui faisait quand même un petit peu peur. Elle n'y connaissait personne et ne savait pas vraiment ce qu'on y faisait.

Mais s'imaginant sautant à cloche-pied sur le trottoir, seule, sans donner la main à qui que ce soit, Charlotte se redit que c'était assurément une bonne chose et elle reporta les yeux sur la rivière. Les poissons devaient se préparer à se lever puisque les lumières s'étaient éteintes. Pour Charlotte le monde des poissons était l'envers du monde des humains, et d'avoir la chance d'être encore dehors à une heure aussi tardive faisait naître des milliers d'images dans son imagination.

Sur la ligne d'horizon, il n'y avait plus qu'un reflet de lumière orange teinté de rose et de mauve, mais encore suffisamment de clarté pour dessiner des ombres noires immenses qui avalaient une partie du paysage.

Elle avait tellement de choses qui tourbillonnaient dans sa tête que Charlotte avait oublié sa promesse de rentrer au coucher du soleil.

De la porte de la cuisine, apercevant la silhouette immobile de sa fille se dessinant clairement à contre-jour sur le ciel incandescent, Blanche n'osait l'appeler pour la faire rentrer. La lueur du jour mourant créait un halo lumineux tellement tangible autour de la petite qu'elle eut l'impression qu'une auréole de paix entourait Charlotte et qu'un mot, un seul, aurait détruit quelque chose d'essentiel en elle.

Sortant tout doucement de la maison, Blanche avança silencieusement dans l'herbe sèche qui se mit à craquer sous ses pas. Mais le bruit se mariait si bien à ses pensées que Charlotte ne sursauta pas. Elle tourna plutôt un sourire radieux vers sa mère. Les yeux de la petite fille brillaient comme l'étoile du berger qui venait de s'allumer. Devinant que l'instant était unique, Blanche fit taire ses habituelles hantises qui faisaient qu'elle n'aimait pas se trouver dehors après le coucher du soleil, un refroidissement étant toujours à craindre, et refermant les pans de son chandail sur sa poitrine, elle s'approcha de Charlotte.

— Mon petit doigt me dit que tu es heureuse.

— Oh oui ! alors !

— Veux-tu que nous en parlions ?

Peu encline à partager ses pensées, Charlotte hésita une brève seconde. Mais la soirée était si belle et la noirceur naissante portait à la confidence. Et surtout, il était si rare qu'elle ait maman à elle toute seule que l'hésitation passa comme un souffle, à peine perceptible, se fondant tout naturellement à la brise toute légère qui accompagnait cette merveilleuse soirée d'été qui faisait chanter les feuilles dans le gros chêne. Charlotte tendit les bras.

— D'accord.

Puis regardant autour d'elle, elle ajouta :

— Mais il n'y a pas de chaise. Veux-tu que…

— Laissons faire la chaise, pour une fois, l'interrompit gentiment Blanche. Et si on allait plutôt s'asseoir sur la grève, de l'autre côté de la clôture ? On serait bien, non ?

Que maman propose de traverser la clôture était en soi une aubaine. Mais qu'en plus elle offre de s'asseoir avec Charlotte sur le bord de l'eau était une première. Charlotte sauta sur ses pieds, le cœur battant la chamade. Décidément, elle allait se souvenir longtemps de cette soirée.

— Oh oui ! Si tu savais comme ça me ferait plaisir…

Alors Blanche lui tendit la main et, levant le loquet qui fermait le battant de la barrière, elles traversèrent côte à côte ce que Charlotte voyait comme un monde interdit. L'air lui sembla plus doux, la brise ne sentait plus tout à fait la même chose. Même Blanche perçut un certain changement et, en fermant les yeux, elle huma profondément le parfum de cet instant magique.

Le clapotis de l'eau était invitant comme une promesse d'amour.

Les lumières des résidences sur la rive d'en face avaient remplacé les éclats du soleil et scintillaient, mouvantes et fragiles, au gré de la houle. Intimidée d'être sur la plage, un peu craintive de la noirceur grandissante, Charlotte resserra son étreinte sur la main de sa mère. Alors le cœur de Blanche prit toute la place, obligeant l'esprit inquiet de tout à se retirer dans l'ombre. Et comme pour la rassurer, les galets se firent complices du moment et offrirent à Blanche toute la chaleur dont ils s'étaient gorgés pendant le jour lorsqu'elle s'installa maladroitement, les jambes repliées sous elle, un bras entourant les épaules de Charlotte.

Pendant de longues minutes, elles restèrent ainsi, enlacées, silencieuses, se contentant d'accorder leurs cœurs au chant des grenouilles qui préparaient la sérénade. Charlotte adorait écouter les grenouilles, s'amusait des tonalités gutturales qui se répondaient et Blanche se surprenait à y trouver un certain charme. Peut-être était-ce le charme de cet instant entre mère et fille, sachant les cœurs complices. Et Blanche comprit qu'il n'en tenait qu'à elle pour que cette complicité s'épanouisse. Parce que si cette enfant alerte et parfois turbulente la déroutait, Charlotte n'en était pas moins sa fille et elle l'aimait autant qu'une mère puisse aimer son enfant. Elle appréciait surtout son intelligence vive. Sans que ce soit une pensée claire, l'instinct lui dictait de s'en rapprocher tout de suite car un jour, cette intelligence pourrait les séparer. Blanche referma son bras plus étroitement autour des épaules de Charlotte, qui en profita pour se nicher contre sa poitrine. Le parfum de muguet de Blanche se mêla à l'odeur tiède de la rivière et lui fit pousser un soupir de bien-être.

— Alors, ma grande ? Je te trouve bien silencieuse pour une petite fille qui sautait de joie à l'idée d'aller bientôt à l'école. Tu as changé d'avis ?

— Bien non, voyons ! J'ai hâte d'aller à l'école, mais ça me fait un petit peu peur en même temps.

Pendant un instant, Charlotte essaya de rassembler toutes les idées qui lui avaient traversé l'esprit. L'uniforme qu'elle trouvait seyant, l'idée d'aller faire les courses toute seule, les chaussures de grandes, à boutons et luisantes comme un miroir. Et le cartable qui lui causait problème : était-il aussi lourd qu'il semblait l'être ? Saurait-elle le transporter sans aide ? Et pour aller à l'école ? N'allait-elle pas se perdre dans le dédale des rues ? Mais ce qui l'emportait, et de loin, c'était apprendre à lire. Finalement, pour Charlotte, si aller à l'école se révélait n'être que l'occasion d'apprendre à lire, cela lui suffirait. Elle se dégagea légèrement et en levant les yeux, elle demanda à Blanche :

— Est-ce bien difficile, apprendre à lire ?

Blanche sentit l'anxiété que soulevait cette question. Le visage de Charlotte était tout sérieux et le regard perçant qu'elle devinait sous les sourcils froncés n'avait rien d'un regard d'enfant, insouciant et léger. Blanche comprenait surtout l'importance des mots qu'elle dirait à son aînée. De ses deux filles, Charlotte était le roc et il fallait que cela reste ainsi. Sinon, sur qui Émilie pourrait-elle compter le jour où, à son tour, elle devrait se présenter à l'école ? Si Charlotte franchissait le cap sans difficulté, avec enthousiasme, Émilie suivrait sans problème. Blanche eut alors cette idée.

— J'ai quelque chose à te proposer… Qu'est-ce que tu dirais de profiter d'un jour de congé où papa est à la maison pour aller visiter l'école ?

— Toutes les deux ?

— Oui, toutes les deux.

— Seules ? Sans Émilie ?

Habituellement, lorsque Charlotte sortait avec sa mère, Émilie les accompagnait.

— Oui, oui, confirma Blanche. Juste nous deux. Ce n'est pas Émilie qui va entrer à l'école, c'est toi.

Une lueur fugace mais intense traversa le regard de Charlotte alors qu'elle redressait les épaules avec fierté tout en cherchant la main de sa mère pour y glisser la sienne.

— Oh oui ! alors !

— Chose promise, chose due, lança alors joyeusement Blanche. Comme ça, quand viendra le jour de la rentrée, tu sauras un peu mieux ce qui t'attend. Tu vois, Charlot, ce n'est pas très difficile de s'y rendre. Au bout de notre rue, tu tournes à…

La voix de Blanche était pétillante. Tout en écoutant sa mère d'une oreille distraite, car ce n'était pas vraiment le chemin de l'école qui l'inquiétait, Charlotte se disait qu'elle avait l'impression d'avoir deux mamans. Celle qui, comme maintenant, était toute joyeuse, vive comme une petite fille, capable de la comprendre. Puis il y avait l'autre. Celle qui avait des rides dans le visage comme une grand-maman et des cernes sous les yeux, et une voix criarde qui lui faisait peur, et qui n'avait jamais le temps de jouer, ou de parler, ou même de l'écouter. Cette maman-là, Charlotte ne l'aimait pas tellement. Alors que ce soir… Elle se coula tout contre Blanche et reporta son attention à ce qu'elle disait.

— … Ainsi, après seulement quelques jours, tu pourras y aller toute seule. Oh ! Mais j'ai une autre idée. Qu'est-ce que tu dirais d'apprendre à lire ?

Charlotte fronça les sourcils. Elle ne voyait pas vraiment ce que sa mère essayait de dire.

— Mais c'est ce que je vais faire à l'école, non ? demanda-t-elle, un peu décontenancée.

— Oui, bien sûr. Mais étant donné que cela te fait *un petit peu peur*, comme tu dis, si tu apprends à lire avant d'aller à l'école, ça devrait t'aider, non ?

L'excitation du début de la soirée lui revint entière, occultant aussitôt craintes et questionnements. Charlotte regarda sa mère fort sérieusement.

— Bien sûr que j'ai TRÈS hâte de savoir lire, expliqua-t-elle en appuyant fortement sur les mots. Très très hâte, même. Mais comment faire si je ne vais pas encore à l'école ?

— Je vais te le montrer ! annonça alors Blanche. Et tu vas voir que ce n'est pas si difficile que ça.

— Toi ? Tu vas me montrer à lire ?

— Oui. Est-ce que ça te tente ?

Quelle question !

— C'est certain, ça ! Ça me tente plus que tout !

— C'est entendu ! À partir de demain, quand Émilie fait sa sieste l'après-midi, on apprend à lire ensemble.

— Tous les jours ?

— Tous les jours. Sauf, bien entendu, les samedis et dimanches parce que papa reste à la maison.

Charlotte n'en croyait pas ses oreilles. Que maman accepte de ne pas lire pour s'occuper d'elle était assurément la plus belle nouvelle de la soirée. Encore plus, si cela était possible, que de savoir qu'elle irait à l'école en septembre. Impulsive en tout, Charlotte prit sa mère par le cou et l'embrassa très fort sur la joue.

— Je t'aime, maman.

— Moi aussi, Charlotte. Moi aussi. Et maintenant qu'est-ce que tu dirais de rentrer à la maison ?

Charlotte leva les yeux vers Blanche et, se pinçant les lèvres comme elle le faisait quand elle jouait avec ses poupées, elle approuva d'une petite voix pointue qui ressemblait étrangement à celle de Blanche quand elle se disait excédée :

— D'accord. De toute façon, il commence à faire un petit peu froid.

Et main dans la main, après avoir consciencieusement refermé le battant de la clôture, replacé le loquet et vérifié qu'il tenait solidement, Blanche et Charlotte revinrent vers la maison.

À travers l'incroyable sensation de douceur de cette merveilleuse soirée d'été, Charlotte savait que l'image d'une petite fille et sa mère, blotties l'une contre l'autre sur le bord de la rivière, resterait inscrite dans le livre de ses souvenirs. Jusqu'à maintenant, la vie de Charlotte était une suite d'images soigneusement conservées dans sa tête.

L'été 1928 allait donc être celui de la lecture…

Chapitre 4

La rentrée scolaire n'avait été qu'une simple formalité pour Charlotte après un été de plaisir. Apprendre à lire avec sa mère avait créé une complicité magique, un monde à elles que personne ne pouvait partager. Pour Charlotte, apprendre à lire avait été une sorte de jeu en même temps qu'une découverte fantastique. Celle d'un monde fascinant où elle pouvait plonger des heures durant sans jamais se lasser.

— Comme toi, maman, disait-elle, toute fière.

Alors Blanche et Charlotte échangeaient un regard complice. À travers les mots, elles se rejoignaient. L'après-midi, pendant la sieste d'Émilie, elles s'installaient toutes deux au salon ou au jardin, chacune avec un livre, et le temps n'existait plus. Charlotte s'amusait à déchiffrer de plus en plus de mots, de plus en plus difficiles, tandis que Blanche pouvait tout à loisir se perdre dans un roman quelconque sans se soucier de sa turbulente petite fille.

Et un jour, Charlotte demanda, très sérieusement :

— Maman ? Qui a inventé les mots ?

Blanche leva un sourcil impatient. Charlotte et ses questions !

— Je ne sais pas. Ça a dû se faire tout seul, selon les besoins de communication, je suppose.

La réponse n'avait pas dû satisfaire Charlotte, car après un bref moment de réflexion, elle revint à la charge :

— Mais quand même… Tu trouves pas que…

Charlotte faisait un effort incroyable pour trouver les mots, justement, qui arriveraient à expliquer ce qu'elle voulait dire. Elle avait les sourcils froncés et se mordillait les lèvres.

— Tu trouves pas que les mots ont été inventés juste pour faire des images ?

— Des images ?

— Oui ! Prends le mot *locomotive*, par exemple. Si tu le dis très vite et souvent, on entend un train qui passe.

À ces mots, Blanche éclata de rire.

— Un train qui… Sacrée Charlotte, qu'est-ce qu'il ne faut pas entendre ! Avec une imagination comme celle-là, tu ne t'ennuieras jamais, ma fille. Un train qui passe ! Tout un train qui suit la locomotive.

Mortifiée, Charlotte soupira. Elle voyait bien que sa mère se moquait. Mais assis à la table et témoin de la petite discussion, Raymond, lui, ne trouvait pas qu'il y avait matière à moquerie. Il plia le journal devant lui.

— Moi aussi, Charlot, je trouve parfois que les mots font de très jolies images.

— Ah oui ?

— Si on allait en discuter ensemble, dehors ?

— D'accord !

Et se prenant au jeu fort sérieux de Charlotte, Raymond s'amusa à répéter le mot *locomotive* à toute vitesse. Ils étaient assis devant la rivière qui chatoyait dans ses reflets du matin.

— Locomotivelocomotivelocomotive…

Raymond éclata de rire. Mais cette fois-ci, Charlotte n'entendit aucune moquerie.

— Mais tu as raison, Charlotte ! C'est tout un train qui file dans mes oreilles !

Pendant de longues minutes, le père et la fille s'amusèrent à lancer des trains au-dessus de la rivière jusqu'à une gare imaginaire sur la rive de l'autre côté, en riant follement. Charlotte riait parce que son papa la comprenait et Raymond était ému aux larmes de voir sa fille rire de si bon cœur.

De ce jour, Charlotte se montra de plus en plus attentive aux mots. Pas seulement pour le plaisir de les déchiffrer, mais aussi à cause des images qu'ils faisaient naître en elle.

Il était rare maintenant qu'on entende maman se plaindre de Charlotte, affirmant qu'elle faisait trop de bruit. Émilie avait pris la relève, pleurant régulièrement parce que Charlotte ne voulait plus jouer avec elle. Mais comme c'était plutôt habituel d'entendre Émilie pleurer, Charlotte n'y prêtait guère attention sauf quand maman, impatiente, lui ordonnait de laisser son livre pour s'occuper un peu de sa sœur.

Puis vint le jour de la rentrée. Toutes ces petites filles comme elle, les vêtements neufs, le cartable au cuir qui craque de partout et les cahiers qui sentent bon le papier frais qu'elle allait bientôt couvrir de mots…

L'école devint rapidement un monde familier.

L'école devint l'essentiel du monde de Charlotte.

Surtout depuis qu'elle avait constaté que la gentille fille aux nattes blondes habitait à peine à quelques rues de chez elle. Par contre, maman refusait que Françoise vienne à la maison parce qu'elle prétendait qu'ensemble les deux fillettes excitaient tellement Émilie qu'elle en tombait malade. Charlotte ne trouvait pas. Sauf, bien entendu, si pleurer et pleurnicher était une sorte de maladie, alors, oui, Émilie était malade quand Françoise venait à la maison. Sa petite sœur n'arrêtait pas de rouspéter. Mais heureusement, il restait en réserve quelques migraines qui clouaient sa mère au lit. Quand Charlotte arrivait de l'école et que la porte était barrée, cela voulait dire d'aller chez Gertrude parce que maman se reposait. Alors Charlotte se dépêchait de redescendre l'escalier et de crier après Françoise qui poursuivait son chemin de revenir sur ses pas. Parce que Gertrude, elle, trouvait que c'était une « fichue de bonne idée » que Charlotte joue avec Françoise.

— Comme ça, tu pourras jouer à des jeux de filles ! C'est que tu grandis de plus en plus vite, ma Charlotte ! Alors jouer tout le temps avec mes garçons ne doit pas tellement te plaire.

Charlotte aimait beaucoup quand Gertrude l'appelait « ma Charlotte ». Elle avait alors l'impression d'être un petit peu la fille de Gertrude et cela lui plaisait bien. Était-ce l'école qui faisait cela ? Il faut dire que depuis la rentrée, de plus en plus de gens l'appelaient « ma Charlotte ». Sœur Jeanne, son professeur, sœur Agnès, le professeur de musique, sœur Marie-de-la-Rédemption, la surveillante de la cour de récréation des petites, sœur Julienne, la responsable des repas. Quant à la directrice, Mère St-Thomas, elle l'appelait plutôt « notre Charlotte ». Mais il faut dire aussi qu'une fillette qui n'a pas encore tout à fait cinq ans, même si elle a la charpente des Deblois, forte ossature et joues rebondies, cela reste tout de même une toute petite fille aux yeux bleus comme le ciel, avec un sourire charmant. De quoi avoir envie de l'adopter, surtout que ce tout petit bout de femme savait lire comme une grande. Alors, d'une façon ou d'une autre, tout le monde semblait vouloir s'approprier une petite partie de Charlotte, ce que la principale intéressée trouvait très drôle alors que cela faisait se hérisser Blanche qui n'était pas du tout d'accord.

— « Ma Charlotte », « notre Charlotte » ! Mais qu'est-ce que c'est que ces idées ? maugréait-elle en reprenant le chemin du retour quand il lui arrivait de venir chercher Charlotte après l'école avec Émilie. Mais qu'est-ce qu'elles ont toutes, les bonnes sœurs ? Si tu es la Charlotte de quelqu'un, ce serait plutôt à moi de le dire, non ?

Charlotte levait alors ses immenses yeux bleus vers sa mère sans oser lui avouer qu'elle trouvait très amusant de jouer au ballon avec sœur Marie-de-la-Rédemption et que sœur Jeanne était vraiment très patiente quand venait le temps d'écrire les lettres dans son cahier neuf. Les sœurs du couvent, toutes sans exception, ne criaient jamais après elle et Charlotte les aimait beaucoup. Cela donnait certains droits, non ? Elle n'avouait pas non plus que Gertrude aussi disait comme les sœurs du couvent, devinant que maman n'aimerait probablement pas cela non plus. Mais comme Charlotte aimait aussi vraiment beaucoup beaucoup lire, tout comme maman, elle répondait invariablement, quand Blanche se plaignait de cette forme de familiarité :

— C'est certain que je suis ta Charlotte ! Parce que toi, tu es ma maman et qu'on aime lire toutes les deux !

Et cela suffisait à clore le débat.

Elles revenaient alors vers la maison en discutant joyeusement de ce que Charlotte avait fait au cours de la journée. Blanche avait compris que les liens qui l'unissaient à cette petite fille un brin déroutante et surtout totalement différente de ce qu'elle prévoyait comme enfant passaient par ceux de l'esprit. Si Charlotte était différente par le corps, elle lui ressemblait par la curiosité, et Blanche devinait qu'elle devait entretenir ce lien fragile. Elle admettait aisément que l'amour qu'elle ressentait pour Charlotte passait par la fierté qu'elle avait d'être la mère d'une fillette aussi vive et intelligente. Mais sa nature nerveuse, inquiète de tout, faisait en sorte qu'elle prenait sur elle de voir réussir sa fille. C'était son devoir, sa responsabilité de faire de Charlotte une première de classe. Un échec de Charlotte aurait été un échec de Blanche. Ni plus ni moins !

Elle s'appliqua donc aux devoirs et aux leçons avec la toute première énergie, préparant des dictées à sa portée, des exercices d'écriture, des petits examens maison portant sur ses leçons.

Charlotte qui aimait bien apprendre y trouvait son profit puisque, ainsi, maman s'occupait de plus en plus d'elle.

Débordée par les obligations qu'elle s'imposait, Blanche n'avait plus vraiment le temps d'être malade.

Le début de l'école marqua donc un autre moment santé chez les Deblois. Plus de médecin, peu de migraines, aucune indigestion.

Blanche suivait de près les études de Charlotte.

Même le cheval du pharmacien passait son chemin devant la maison alors qu'auparavant, il s'arrêtait par instinct chaque fois qu'il devait passer dans la rue, ce qui faisait rire Blanche mais agaçait grandement Charlotte parce que certains enfants du voisinage avaient déjà ri d'elle à ce propos.

Mais depuis qu'elle allait à l'école, plus de médecins, plus de pharmacien, plus de maladies.

Charlotte avait enfin l'impression de vivre dans une famille normale. En apprenant les mots et les chiffres, elle apprenait aussi l'insouciance de l'enfance.

Elle en oubliait même de rouspéter avant d'avaler le sirop de poisson, s'apercevant, sans le dire, que le supplice durait moins longtemps lorsqu'elle voulait bien coopérer. D'autant plus que sœur Julienne lui avait expliqué qu'en se bouchant le nez, le goût semblait moins fort. Ce truc s'était avéré efficace pour la soupe aux navets que Charlotte n'aimait pas beaucoup. Et cela marchait pour l'huile de foie de morue aussi.

Une bonne chose de réglée !

Plus l'année avançait et plus Charlotte avait l'impression d'être vraiment une grande fille. Même que Blanche, après avoir longuement soupesé la question (c'est peut-être un peu loin, non ? Un carrefour et une rue à traverser ! Mais c'est vrai, l'école est presque aussi loin…), donna enfin l'autorisation d'aller jouer chez Françoise, à l'occasion.

Ce fut pour Charlotte la découverte d'un autre monde.

Françoise était la cadette d'une famille de huit enfants. Sa mère était une petite femme rondelette qui semblait avoir les deux pieds soudés devant son fourneau. Elle avait un sourire permanent qui laissait des rides sur ses joues rouges comme des pommes et donnait envie à Charlotte de l'embrasser. La famille de Françoise lui faisait penser à celle de Gertrude mais en mieux, si la chose était possible. On avait agrandi la cuisine en abattant un mur et de ce fait on avait supprimé le salon, pièce relativement inutile aux yeux des parents de Françoise. Dans le fond, le salon ne servait qu'au curé lorsqu'il faisait sa visite paroissiale. Toute la vie de la famille Simard se déroulait donc depuis quelques années autour de la table de cuisine.

— Pas de salon ? s'était étonnée Charlotte, qui ne pouvait concevoir une maison sans salon. Mais où vous installez-vous pour lire ? avait-elle osé demander à la mère de Françoise, dévorée par la curiosité. Vous lisez seulement l'été au jardin ?

Pour Charlotte, il était aussi inconcevable d'être une mère qui ne lisait pas que d'avoir une maison sans salon. La mère de Françoise avait éclaté de rire. Mais pas d'un rire qui se moquait. Il sonnait comme des clochettes. Il sonnait comme un rire d'enfant joyeux.

— Lire ? Mais je n'ai pas le temps, ma belle ! C'est bon pour les dames, la lecture. Moi, je suis une maman à plein temps.

Charlotte était restée silencieuse, avec un drôle de petit pincement au cœur. Mais comme les grands frères de Françoise étaient entrés dans la maison à cet instant, de retour de l'école eux aussi, elle avait vite oublié ce petit vague à l'âme. Quand les frères de Françoise arrivaient, la maison semblait en ébullition.

— Ça me fait penser à la liqueur que tu nous apportes parfois le vendredi soir. Tu sais bien, celle dans la bouteille verte ? avait-elle tenté d'expliquer à son père. La maison est en ef-fer-ves-cen-ce, avait-elle alors dit en articulant lentement parce qu'elle trouvait que c'était un mot difficile à prononcer mais elle le trouvait très beau.

L'image était juste et fit naître des tas de souvenirs dans la tête de Raymond. Il avait alors soulevé Charlotte dans ses bras et lui avait dit, un beau sourire sous la moustache :

— De la façon dont tu en parles, ça me fait penser à chez mamie quand j'étais petit. Là aussi, parfois, on aurait dit que la maison était effervescente. Tu sais que tu fais de belles images, Charlot ?

Lui touchant le front du bout de l'index, il avait ajouté, curieusement ému :

— Il y en a là-dedans. Je suis fier de toi, ma grande.

Charlotte était aux anges ! Quelle bonne idée maman avait eue de l'envoyer à l'école. Depuis ce temps, tout allait bien tout le temps !

Et l'automne passa.

Charlotte lisait maintenant vraiment bien et Blanche s'amusait à l'entendre réciter les nouvelles de *La Presse*. Comme si elle pouvait y comprendre quelque chose !

Puis un autre Noël pointa son nez. Charlotte était au comble de l'excitation. Le Père Noël n'allait sûrement pas rater l'occasion de souligner l'excellence de son travail à l'école !

Et elle avait raison. En plus des habituels livres et autres jouets, ce fut le Noël des patins.

Après l'école, quand il ne faisait pas trop froid, Blanche ayant sur la chose une idée toute personnelle qui ne correspondait pas toujours à celle de la mère de Françoise (Grands dieux, Charlotte ! J'ai des frissons juste à rentrer la pinte de lait ! Pas question de jouer dehors !), mais bon, Charlotte était Charlotte et elle avait hérité de la tête dure de sa mère, donc relativement souvent, après l'école, on voyait deux petites filles qui s'en donnaient à cœur joie sur le rond de glace du parc du quartier.

Puis on rangea les patins, la rivière dégela, les voisins sortirent la chaloupe et on pensa de nouveau aux vacances.

Mais cette année, les vacances prenaient un sens différent aux yeux de Charlotte : qu'allait-elle faire de tout ce temps libre puisque Françoise ne serait pas là ? En effet, son amie passait l'été au chalet familial.

Blanche eut alors une idée, à l'emporte-pièce comme cela lui arrivait parfois. Voyant le visage de sa fille s'étirer comme un jour sans pain et l'entendant soupirer à tout propos lorsqu'elle pensait aux mois d'été, Blanche lança, se surprenant un peu elle-même :

— Et si nous faisions un petit voyage ?

Charlotte avait ouvert les yeux tout ronds, anticipant le plaisir :

— Un voyage ? Comme l'an dernier ? Avec une plage et un hôtel ?

Il y avait tant d'excitation dans la voix de Charlotte que Blanche regretta presque sa proposition.

— Pas tout à fait... J'ai une cousine qui habite Québec et j'ai promis d'aller la visiter. Tu pourrais m'accompagner ?

— Moi ? Avec toi ? Juste nous deux ?

— Juste toi et moi. On irait en train.

— En train ? Chic alors !

Blanche soupira. Dans quel guêpier était-elle allée se mettre les pieds ? Déjà qu'elle avait remis *sine die* ce fameux voyage, trouvant mille et une raisons pour refuser l'invitation, et voilà qu'en plus, elle avait proposé à Charlotte de l'accompagner ! Mais qu'est-ce qui lui avait pris ? Blanche fit un geste vague de la main.

— Apporte-nous un beau bulletin de fin d'année et nous analyserons cette possibilité.

Charlotte lui répondit d'un sourire radieux. S'il n'en tenait qu'à ses notes pour accompagner maman, c'était chose faite. Depuis le début de l'année, en effet, les notes de Charlotte frôlaient la perfection, à la grande surprise et au vif contentement des bonnes sœurs du couvent. Une élève brillante est toujours hautement considérée dans les murs d'un établissement scolaire.

— Elle est exceptionnelle, notre Charlotte ! Si jeune et première de classe. Vous aviez raison, Madame Deblois. Charlotte était vraiment prête à entrer à l'école.

L'esprit de Blanche, habitué depuis toujours à calculer et mesurer pour avoir un parfait contrôle, choisit commodément d'escamoter le « notre Charlotte » pour ne garder que la fin du discours de la directrice. Blanche ressortit donc du bureau de Mère St-Thomas, le bulletin de Charlotte à gauche contre son cœur, son sac à main à droite, lui aussi sur sa poitrine, et un sourire victorieux sur les lèvres.

Blanche et Charlotte avaient réussi leur première année et terminaient en tête de leur classe. Blanche n'en espérait pas moins. Elle était aux petits oiseaux !

Mais il y avait cette fameuse promesse de voyage. Ce fut suffisant pour mettre un bémol à la joie de Blanche. Elle devinait aisément que Charlotte n'aurait pas oublié la perspective de ce voyage et Blanche ne voyait pas comment y échapper. Elle soupira longuement puis dessina un sourire mi-figue mi-raisin.

Mère et fille allaient donc savourer leur réussite en s'offrant une escapade en train jusqu'à Québec pour visiter Germaine, la cousine de Blanche.

Blanche entra donc dans la maison en martelant le plancher, déposa son sac sur le guéridon avec fracas, soupira d'excitation et d'anxiété. Quelle aventure ! Elle allait partir seule avec Charlotte ! Que de choses à prévoir et à préparer. Aurait-elle le temps et l'énergie ?

Blanche se tordait les mains d'inquiétude.

— Est-ce que tu as mon bulletin ?

Blanche sursauta, portant la main à son cœur. Charlotte l'attendait assise dans l'escalier.

— Mon Dieu ! Tu m'as fait peur… Oui, j'ai ton bulletin.

L'anxiété fit place à la fierté. Un large sourire éclaira le visage anguleux de Blanche.

— Première partout ! Félicitations, Charlotte !

Charlotte ne prit qu'une seconde pour savourer la nouvelle puis elle sauta sur ses pieds.

— On va à Québec, on va à Québec. Youpi !

Sur quoi, Émilie rappliqua dans l'escalier, curieuse de savoir ce qui causait autant de joie.

— Maman et moi, on va à Québec, expliqua Charlotte avec un petit air supérieur.

Il n'en fallut pas plus pour qu'Émilie s'interpose.

— Et moi ?

Charlotte cessa de sauter en chantonnant et se tourna vers sa mère avec une véritable supplication dans le regard. Maman avait dit juste toutes les deux et, pour Charlotte, c'était important. C'était Charlotte qui avait travaillé fort à l'école, pas Émilie. Mais à la place du sourire complice qu'elle espérait, Charlotte se heurta à des sourcils froncés. Elle se détourna aussitôt pour répliquer avant que maman ne le fasse :

— Non, pas toi, Émilie. C'est à cause de mon bulletin que maman m'emmène avec elle.

Pour revenir face à Blanche, cherchant dans son regard une certaine approbation.

— N'est-ce pas, maman ?

Ce n'était pas elle qui avait parlé du voyage, c'était maman. Et elle avait dit juste toutes les deux. Charlotte n'inventait rien.

Mais pour une petite de quatre ans comme Émilie, le bulletin de Charlotte ne voulait pas dire grand-chose. Ce qu'elle comprenait, c'était que sa sœur allait faire un voyage avec maman et pas elle.

Émilie fondit en larmes.

Et un grand sentiment de culpabilité s'abattit sur Blanche, allant crescendo au rythme des pleurs d'Émilie. Qu'avait-elle fait ? Qu'est-ce que c'était que cette idée de promettre un voyage à Charlotte sans penser à Émilie ? C'était à prévoir que son bébé allait être terriblement déçue de ne pas faire partie du projet. Et en plus, n'avait-elle pas négligé sa fragile Émilie depuis quelques mois ? Pauvre petite, reléguée dans son coin à s'occuper de poupées et de cubes en bois alors que Blanche voyait aux devoirs de Charlotte. Et Émilie qui acceptait cet état de choses de bon cœur, ne faisant pas de bruit, acceptant de jouer seule, parfois durant des heures, quand Blanche jugeait que l'écriture de Charlotte n'était pas satisfaisante. Émilie méritait bien un voyage elle aussi, non ? Elle si petite, n'avait-elle pas les joues encore plus creuses et ses yeux n'étaient-ils pas cernés ? Comment se faisait-il que Blanche ne l'avait pas remarqué avant ? Mais un voyage avec deux gamines de l'âge de ses filles, c'était une tâche énorme. Blanche en était tout étourdie, ne trouvant rien à dire. De toute façon, elle ne comprenait même plus ce qui l'avait poussée à promettre un voyage à Charlotte. Et si la migraine la prenait dans le train ? Et si elle avait une indigestion ? Son estomac délicat ne supporterait peut-être pas la nourriture de sa cousine… Seule, Blanche arriverait peut-être à s'en sortir. Mais avec des enfants ?

Perdue dans ses pensées, Blanche ne répondit pas à la question de Charlotte, ne l'ayant même pas entendue.

Devant l'absence de réaction de sa mère, Charlotte fondit en larmes à son tour au moment où Raymond se montrait dans l'embrasure de la porte du salon.

— Mais qu'est-ce qui se passe ici ? Pas moyen d'avoir la paix dans cette maison ?

Toute la famille se trouvait dans le hall d'entrée. Raymond impatient, Charlotte pleurant à chaudes larmes assise dans l'escalier, Émilie reniflant pas très loin de sa sœur et Blanche, toujours à côté du guéridon, sentant poindre une migraine de première, se frottait le front d'une main nerveuse, consciente d'être en partie responsable du malheur, même si elle ne comprenait pas comment la situation avait pu dégénérer à ce point.

C'était suffisant pour ne plus avoir envie de partir. Un regard sur Émilie qui levait un regard implorant, un autre vers Charlotte qui pleurait toujours aussi bruyamment précipitèrent sa décision. Il n'y aurait pas de voyage. C'était insensé d'avoir pu estimer ce projet réaliste. Dépassé par les événements, le front encerclé d'une douleur grandissante, l'esprit de Blanche répondit alors de la seule façon qu'il connaissait. Se tournant vers Charlotte, elle annonça :

— C'est bien beau, le voyage. Mais encore faut-il être suffisamment en forme pour le faire. Et je trouve que tu n'as pas très bonne mine, Charlotte. Tu serais en train de couver quelque chose que je ne serais pas surprise du tout.

Les pleurs de Charlotte cessèrent aussitôt. Elle ouvrit tout grands les yeux en reniflant.

— Pas en…

— Je sais ce que je dis, l'interrompit alors Blanche, soulagée d'avoir peut-être trouvé le prétexte pour éviter ce qu'elle voyait maintenant comme une corvée. Tu es toute rouge et fébrile. Je parierais que tu fais de la fièvre.

Charlotte ne comprenait plus rien. Elle avait brusquement l'impression que sa mère était en train de la punir. Alors elle se tourna spontanément vers son père. Même dans les cas désespérés, papa trouvait toujours une solution.

— Papa !

Décontenancé, Raymond regarda une à une Charlotte, Blanche puis Émilie avant de revenir à Charlotte.

— Si on me disait ce qui se passe au juste ? Peut-être arriverions-nous à y voir clair ? Parce que là…

— Il n'y a pas grand-chose à comprendre, trancha Blanche, toute assurance retrouvée. J'avais promis à Charlotte de l'emmener à Québec avec moi voir Germaine si son bulletin le justifiait. Les notes sont parfaites, j'en conviens. Mais je ne m'embarquerai pas dans une aventure comme celle-là avec une enfant malade.

Au tour de Raymond de soulever les sourcils.

— Malade ? Charlotte ?

— Tout à fait. Regarde-la !

En terrain familier, Blanche reprenait contenance. Son apparente assurance ébranla Raymond. Et comme effectivement Charlotte n'avait pas très bonne mine, visage congestionné et barbouillé, yeux rouges et reniflements, Raymond hésita.

— Peut-être…

— Je sais ce qu'on va faire…

Blanche martelait le plancher en direction de la cuisine. Sur la tablette en coin, à côté des bouteilles, il y avait le thermomètre. C'était lui qui allait trancher la question. Ce ne serait pas la première fois qu'on se fierait à son verdict. Pour les décisions à prendre concernant les filles, surtout quand elle n'était pas d'accord, Blanche s'en remettait souvent à son droit de veto. Persuadée d'avoir trouvé la solution, elle revenait déjà dans un frou-frou de jupe projetée devant elle à chaque pas, à une cadence militaire, pointant le plafond avec le tube en verre déjà sorti de son enveloppe et que Blanche avait consciencieusement frotté contre sa jupe avant de quitter la cuisine.

— Au salon, Charlotte, ordonna-t-elle en s'approchant de sa fille pour lui tâter le front. Si tu ne fais pas de fièvre, nous irons probablement. Sinon, on verra…

D'Émilie, il n'était plus question. Et aux yeux de Charlotte, cela n'avait plus tellement d'importance. Pourvu que l'on parte d'une façon ou d'une autre ! Mais la petite ne se faisait pas d'illusions. Déjà que la possibilité de partir était teintée du fatidique « probablement » qui mettait un bémol à tout projet. Mais quand sa mère ajoutait le « on verra », avec une main qui balayait l'air devant elle, et surtout si cette main tenait le thermomètre, il était rare que ses vœux se réalisent. La mort dans l'âme, elle suivit sa mère au salon, précédée par Raymond et suivie par Émilie qui ne comprenait pas vraiment ce qui se passait, sinon qu'il y avait dans l'air une tension désagréable et qu'elle avait l'impression d'y être pour quelque chose.

Bien entendu, le thermomètre afficha un gros trente-huit degrés tout rond malgré les efforts de Charlotte qui se colla la langue au palais afin de toucher le moins possible au bout rouge du tube de verre. Mais quand maman prenait la décision d'utiliser le thermomètre, c'était immanquable, ou Charlotte ou Émilie faisait toujours de la fièvre. À croire que maman avait un thermomètre dans la paume de sa main. Et effectivement…

— Tu vois, je le savais ! s'exclama Blanche, victorieuse, brandissant le thermomètre sous le nez de Raymond, qui fut contraint de constater que la ligne rouge dépassait le seuil critique.

Blanche était soulagée, toute culpabilité envolée et migraine en rémission. Elle avait eu raison de s'inquiéter. Raymond haussa les épaules en se tournant vers Charlotte.

— Ta maman n'a pas tort. Faire un voyage quand on n'est pas bien…

Il tendit les bras vers Charlotte, persuadé qu'il aurait à essuyer un déluge de larmes. Mais contrairement à ce qu'il anticipait, Charlotte resta de marbre. Pendant un instant, elle soutint son regard avant de se détourner pour fixer sa mère.

— Comme ça, on ne part pas ?

— Je ne vois pas comment…

Blanche avait l'air sincèrement désolé.

— Tu sais, ma cousine Germaine a une grosse famille. On ne peut vraiment pas prendre le risque d'apporter des microbes qui…

Charlotte n'écoutait plus. Déjà elle s'était levée du fauteuil où sa mère l'avait assise et elle se dirigeait vers la cuisine. De loin, elle entendit Émilie dire qu'elle pourrait y aller, elle, car elle n'était pas malade. Mais avant que sa mère n'ait pu répondre, Charlotte était déjà dans la cour.

De grosses larmes roulaient sur ses joues.

Comment se faisait-il qu'elle faisait de la fièvre ? Pourtant elle ne se sentait pas malade. Était-ce parce qu'elle avait beaucoup pleuré ? Peut-être. Elle avait remarqué que depuis les larmes, elle se sentait toute chaude. Ce devait être suffisant.

Tout était la faute d'Émilie, aussi. Si elle n'avait pas exigé d'aller à Québec, rien de tout cela ne serait arrivé. Il n'y aurait pas eu de crises, Charlotte n'aurait pas pleuré, maman n'aurait pas eu l'idée de prendre sa température et papa n'aurait pas eu à s'en mêler. Si au moins papa s'en était mêlé pour faire comprendre à maman qu'elle se trompait. Il aurait pu prendre sa grosse voix pour dire que Charlotte n'était pas malade. Il savait bien, lui, que Charlotte n'était jamais malade. Ils étaient pareils, elle et lui. Et quand il prenait sa grosse voix, même maman acceptait de plier devant lui. Mais non ! Il n'avait rien dit…

Assise le dos contre le gros chêne, les genoux relevés entre ses bras, Charlotte pleurait en reniflant, insensible, pour une fois, au charme de la rivière qui prenait les reflets mordorés de fin de journée.

Elle pleurait un chagrin d'enfant qui faisait mal comme une peine d'amour.

Elle pleurait le voyage qui n'aurait pas lieu. Elle pleurait l'abandon de son père. Elle pleurait sa colère contre Émilie et contre sa mère.

Elle pleurait de regret d'avoir soulevé des objections face à Émilie. Si elle n'avait rien dit, le voyage aurait eu lieu. Probablement… Après tout, c'était peut-être sa faute, tout cela.

Elle ne s'essuya le visage que lorsqu'elle entendit la porte claquer et des pas qui se dirigeaient vers elle.

Raymond se laissa tomber dans l'herbe à côté de Charlotte et passa un bras autour de ses épaules.

— Déçue, Charlot ?

La petite se contenta de hausser les épaules sans répondre. Bien sûr qu'elle était déçue. Quelle drôle de question ! Mais il y avait plus. Et c'était ce plus qu'elle n'arrivait pas à identifier et qui restait dans sa gorge comme une grosse boule. Elle se décida enfin et leva les yeux vers son père. Et celui-ci comprit aussitôt que la déception de Charlotte allait bien au-delà d'un simple désappointement. Si Charlotte avait été une adulte, c'est le mot *désillusion* qui lui serait venu à l'esprit. Mais elle était si jeune encore. Si petite malgré tout. Elle devait être immensément triste. Son étreinte se fit plus forte.

— On se reprendra. On a toute la vie devant nous pour faire des voyages.

— C'est pas ça…

Puis après quelques instants, elle ajouta, d'une toute petite voix :

— Mes notes n'étaient pas suffisantes ?

— Mais non, voyons ! Je viens de regarder ton bulletin et tes notes sont excellentes.

— C'est quoi, alors ? Pourquoi maman me fait-elle de la peine ?

— Elle n'agit pas ainsi pour te faire de la peine. Qu'est-ce que c'est que cette idée ? C'est… c'est simplement pour prévenir.

On y revenait. La normalité avait repris le dessus. Toujours craindre, toujours prévenir. Mais cette fois-ci, Charlotte ne voyait pas ce qu'il fallait prévenir puisqu'elle n'était pas malade. Cela ressemblait tellement à d'autres sorties annulées, à d'autres plaisirs refusés qu'elle haussa les épaules de nouveau sans faire part de sa réflexion à son père. Ne l'avait-il pas laissée tomber tout à l'heure ? Il ne comprendrait pas. Par contre, elle voulait qu'il sache qu'elle n'acceptait pas la décision de sa mère. Alors, se dégageant de l'étreinte de Raymond, elle ajouta en sautant sur ses pieds pour s'éloigner :

— Mais c'est pareil. Que maman le veuille ou non, c'est pareil. Moi, ça me fait de la peine. Et je ne comprends pas pourquoi j'ai mérité ça. Je trouve que c'est pas juste. On dirait que tout ce que je fais, c'est jamais bien ou jamais assez.

— Tu exagères quand même un peu, non ?

— Tu trouves ?

Il n'y avait plus de larmes sur le visage de Charlotte. Il ne restait que les traînées blanches laissées par les larmes. Et une curieuse détermination brillait dans son regard.

— J'ai envie de jouer avec Marc et Robert. Je reviens pour souper.

Et pour la première fois de sa vie, Charlotte se glissa sous la haie pour rejoindre la cour de Gertrude sans en demander la permission…

Raymond la regarda disparaître sous les cèdres sans oser la rappeler. Qu'au moins elle prenne du bon temps avec ses amis…

Puis il reporta son regard sur la rivière, sachant pertinemment que ce faisant, il serait en retard dans l'étude du dossier qu'il avait ramené du bureau. Sa moustache frémit d'impatience. Il détestait les impondérables, les retards. Mais il n'avait plus le cœur à l'ouvrage, pas plus qu'il n'avait envie de rejoindre Blanche à la cuisine.

Une curieuse lassitude s'était emparée de lui à l'instant où Charlotte avait disparu dans la cour des voisins et il avait l'impression qu'elle l'accompagnerait dorénavant où qu'il aille et quoi qu'il fasse…

Le repas fut une catastrophe. Charlotte boudait, Émilie se lamentait qu'elle ne voulait pas manger parce qu'elle avait mal au ventre, Raymond s'en mêla en lui ordonnant de vider son assiette, Émilie se mit à pleurer. Alors Blanche commença à apostropher l'un et l'autre tout en servant, se levant, s'assoyant et se relevant à tout instant. Il y avait beaucoup de bruit dans la cuisine. Trop. Même le silence boudeur de Charlotte était bruyant de rancune. Et Blanche le ressentait. Le regard de Charlotte la suivait quoi qu'elle fasse. Et plus elle sentait les reproches de Charlotte et plus Blanche faisait du bruit, s'agitait. Finalement, épuisée, elle se laissa tomber sur sa chaise, repoussa son assiette à peine entamée et se prit la tête à deux mains en fermant les yeux. Attitude que Charlotte salua d'un soupir.

Décidément, son beau bulletin avait ramené les choses à la normale.

Dans un instant maman allait dire qu'elle n'avait plus faim et qu'elle allait se coucher parce qu'elle sentait venir un mal de tête. Charlotte appuya les deux coudes sur la table et attendit. Le temps de desservir quelques assiettes et Blanche annonça, en écho :

— Je n'ai pas très faim, ce soir. Ce que tu couves, Charlotte, doit être contagieux. Je ne me sens pas très bien. Vous savez ce que c'est. Ça commence toujours par un mal de tête. Je crois que je vais m'étendre un peu…

Quand Blanche ne se sentait pas bien, sa démarche passait du pas de parade à une mollesse de vadrouille. Raymond l'entendit monter lourdement l'escalier en traînant les pieds. Puis la porte de leur chambre se referma. Il savait lui aussi que cela finirait ainsi. Quand son épouse s'agitait de cette façon, sans raison, cela finissait toujours par une migraine. « L'art de s'esquiver », pensa-t-il en soupirant. Pour aussitôt regretter cette pensée mesquine, s'avouant tout de même que chaque fois, cela l'épuisait.

Émilie avait fini par se décider et elle picorait dans son assiette. Charlotte qui avait terminé de manger depuis longtemps le fixait intensément. Comme si elle avait voulu lui passer un message silencieux. Ses filles… Alors Raymond s'inventa un sourire pour Charlotte qui y répondit aussitôt. Puisant courageusement au fond des quelques réserves d'énergie qui lui restaient, il redressa les épaules en lançant :

— Dépêche-toi de vider ton assiette, Émilie. Ensuite on fait la vaisselle ensemble. Et après…

Volontairement, Raymond laissa planer les mots. Deux regards curieux se posèrent sur lui. Les grands yeux verts d'Émilie qui ressemblait de plus en plus à Blanche par sa délicatesse et l'immensité du regard océan de Charlotte. Son intense petite Charlotte et sa fragile Émilie. Ses filles… Subitement, il n'avait plus à se forger un sourire. Il était sincère, tout comme l'enthousiasme qui le soulevait hors de lui. Deux regards, et voilà qu'il se sentait en pleine forme.

— Et après, on va manger une crème glacée au petit restaurant du coin de la rue. Ça vous tente ?

Il y eut deux soupirs heureux autour de la table.

Chacun choisit sa saveur préférée.

— Tu veux que je prenne au chocolat ? Ben, ça alors ! Maman trouve que c'est trop salissant et elle dit que ça me donne la diarrhée…

— Ben, voyons donc !

Armés d'un cornet dégoulinant de plaisir sucré, ils s'installèrent sur un banc du parc pour le déguster. À peine le temps de penser que le dossier n'avançait toujours pas et Raymond fermait les yeux sur la vanille fondante. Il avait le sentiment qu'il avait tellement plus important à faire que de travailler sur un dossier. À un point tel que l'habituelle impatience qui le gagnait lorsqu'un événement bousculait l'horaire établi n'eut d'autre choix que de rester en veilleuse. « Au diable le dossier ! Je me lèverai plus tôt demain… » Et sur cette sage décision, il prit le temps de goûter pleinement à sa glace. Quand il ouvrit les yeux, Émilie était barbouillée jusqu'aux sourcils, dévorant avidement cette glace au chocolat qu'elle aimait tant et qui lui était habituellement refusée. Elle l'engloutissait avec une voracité qui fit naître un malaise en lui. Il posa la main sur la tête coiffée de boucles rousses un peu folles qui frôlaient une nuque toute mince. « Trop mince », pensa-t-il en faisant glisser sa main jusque sur les épaules d'Émilie.

— Eh là ! Doucement, chaton ! Tu vas te rendre malade.

Charlotte sursauta.

— Non, s'il te plaît, dis pas ça, papa. On peut pas être malade à manger un cornet. C'est trop bon !

C'était Charlotte qui avait répondu. Elle levait vers lui un regard sérieux et sa voix était implorante. Raymond se redressa, conscient que certains mots étaient tellement ancrés dans les habitudes familiales qu'il les prononçait à son tour sans réfléchir.

— Tu as tout à fait raison, Charlot. C'est trop bon pour rendre malade. Je ne pensais pas à ce que je disais. Et maintenant, qu'est-ce qu'on fait ?

— On ne retourne pas à la maison tout de suite ?

Émilie était sincèrement surprise. Habituée de suivre sa mère, elle tenait pour acquis qu'une promenade avait un but précis et ne durait jamais très longtemps. Raymond s'amusa de ses beaux yeux verts qui le dévisageaient, brillants de surprise dans ce petit visage maculé de chocolat.

— Et pourquoi retournerait-on à la maison tout de suite, Milie ?

La petite fit mine de chercher en se léchant le contour des lèvres. Ne trouvant rien à répondre, elle haussa les épaules avant de sortir la langue pour s'attaquer de nouveau à son cornet, les yeux mi-clos. Raymond se chargea alors de répondre à sa place.

— Si on retourne à la maison, il va falloir se tenir tranquille parce que maman se repose, n'est-ce pas ? analysa-t-il en regardant ses filles à tour de rôle.

Deux signes de tête affirmatifs.

— Et moi, ça ne me tente pas d'être tranquille, poursuivit alors Raymond, qui prenait plaisir à la situation. Il fait trop beau. Vous ne trouvez pas qu'il fait très beau, ce soir ?

De nouveau, deux signes de tête affirmatifs mais cette fois, soutenus par deux paires de sourcils froncés. Les fillettes ne voyaient pas du tout où leur père voulait en venir.

— Et si nous allions faire un tour chez mamie ? proposa Raymond. Après tout, Charlotte, tu es en vacances ! Donc pas besoin de se coucher de bonne heure.

La réaction fut instantanée.

Émilie battit des mains et Charlotte eut son merveilleux sourire. Si clair, si lumineux que Raymond en soupira d'aise, revoyant le visage morose que Charlotte affichait au souper. L'épisode du voyage raté semblait enfin derrière. Heureusement car, à voir Charlotte, il avait de la difficulté à concevoir que c'était cette même enfant qui, quelques heures plus tôt, faisait de la fièvre. Qu'est-ce que Blanche avait dit au juste ? Qu'elle couvait quelque chose ?

La joie de Raymond s'évanouit aussitôt.

Pourtant, les deux fillettes ouvraient le chemin en gambadant – rendre visite à mamie était un plaisir intense chaque fois que l'occasion se présentait – et Raymond suivait à deux pas, témoin de leur joie. Mais il avait l'esprit préoccupé. Justement à cause de Charlotte qui était si joyeuse. Et si Blanche s'était trompée ? À la voir sautiller de joie avec Émilie, Charlotte n'avait pas l'air malade pour deux sous. Ce qui voudrait dire que Charlotte avait raison de croire que sa mère cherchait à la punir. Et de quoi, grands dieux ?

Quand la petite troupe arriva enfin chez sa mère, Raymond affichait toujours un air soucieux. Mais comme les deux fillettes se précipitaient vers elle, madame Deblois ne fit aucune remarque.

— Quelle merveilleuse surprise ! Mais que se passe-t-il pour que vous veniez me voir comme ça à l'improviste ? Ce n'est pas dans vos habitudes.

— Pour le beau bulletin de Charlotte, improvisa Raymond à l'instant précis où sa sœur Bernadette, l'aînée de la famille, alertée par les voix venues de la cuisine, paraissait dans l'embrasure de la porte.

— Eh bien ! On a eu la même idée, souligna-t-elle en riant. Michel aussi a eu de très bonnes notes et on était ici pour montrer son bulletin à maman. Pas question d'attendre à demain ! Dès le souper terminé, il fallait sauter dans le tramway pour venir ici.

Et se tournant vers Charlotte :

— Et on peut le voir, ce bulletin ? Michel n'arrête pas de parader en le montrant à tout le monde tellement il en est fier !

Charlotte, sans répondre, se mit à rougir, sachant pertinemment qu'elle ne l'avait pas avec elle, ce fameux bulletin. Et comme elle aurait bien aimé le montrer, elle aussi, elle se doutait du même coup que le fait d'être ici n'était qu'une improvisation de dernière minute. Elle tourna un regard fait d'excuses et de tristesse vers sa grand-mère. Ce visible embarras, joint à la tout aussi visible morosité de Raymond, alerta madame Deblois. Elle avait un flair particulier dès qu'il était question de ses petits-enfants et, les sens en éveil, elle se hâta de détourner la conversation en avançant vers Émilie, après avoir fait un large sourire à Charlotte.

— Avez-vous vu ce petit museau tout barbouillé ? On dirait bien qu'il y a eu une attaque de chocolat par ici ! Viens, Milie, viens voir grand-maman ! On va laver ton visage et tes mains avant que tu ne salisses ta belle robe. D'accord ? C'est maman qui ne serait pas contente si tu retournais chez toi toute sale.

Levant les yeux, elle ajouta :

— Parlant de Blanche… Elle ne vous accompagne pas ?

— Migraine.

La réponse tomba comme un pavé dans la mare, provoquant un curieux silence. Raymond l'avait prononcé sans même y réfléchir. Mot passe-partout qui pouvait dire n'importe quoi. Combien de fois l'avait-il utilisé pour justifier les absences de sa femme ? Toujours prononcé de la même façon, du bout des lèvres, comme pour annoncer une évidence, une certitude connue de tous. Charlotte en profita pour s'éclipser vers le salon, Bernadette fronça les sourcils, madame Deblois se concentra sur le visage d'Émilie, qui fila aussitôt nettoyée et Raymond prit une chaise en soupirant.

— Que voulez-vous que ce soit d'autre ?

Pour qui venait-il de parler ? Pour lui, pour les autres ? Il resta sans bouger, les sourcils froncés. Bernadette s'installa à la table à son tour et remarqua, amusée, qu'ils avaient instinctivement repris leurs places d'enfants, lui à un bout de la table et elle, juste à côté, comme elle le faisait jadis pour l'aider quand il avait de la difficulté à beurrer son pain ou à couper sa viande.

— Et si tu nous disais vraiment ce qui s'est passé ?

Comme avant, comme dans le temps, Raymond eut l'impression que Bernadette voyait à travers lui. Combien de fois s'était-il confié à cette sœur qui, de quatorze ans son aînée, avait été un peu comme une seconde mère pour lui ? Il fut tenté de lui dire qu'il lui arrivait d'être épuisé. Que parfois il avait envie de tout laisser tomber, comme ce soir, alors qu'il n'était pas capable de faire la part des choses et qu'il n'arrivait pas à comprendre les manèges de Blanche. Si manège il y avait, bien entendu. Parce que, de cela non plus, il n'était pas totalement convaincu. Il aurait voulu entendre qu'on le comprenait, que cela ne devait pas être facile tous les jours de vivre avec une femme à la santé aussi fragile. Il aurait voulu que Bernadette ait le pouvoir de changer cette mauvaise journée d'un simple coup de cuillère à pot. Mais voilà, il n'était plus un gamin et, aujourd'hui, certaines choses n'avaient plus à être dites. Même avouer une certaine lassitude était de trop. Parce que, au-delà de cette sensation, Raymond aimait toujours Blanche, et le reste ne regardait personne d'autre que lui. Alors il se contenta de dire, en guise d'explication :

— Malentendu, probablement. Un voyage à moitié promis et la déception de Charlotte voyant qu'elle ne partira pas. Rien à voir avec ses notes qui sont excellentes, soit dit en passant. Mais bon. Il n'y aura pas de voyage et Charlotte en était vraiment très malheureuse. Alors on n'était pas vraiment partis pour venir montrer son bulletin. On était plutôt sortis pour prendre une glace et essayer de changer les idées de tout le monde. Et de fil en aiguille, nous voilà.

— Et que vient faire la migraine là-dedans ?

— Rien. C'est juste un aparté. Une parenthèse dans une mauvaise journée. Blanche était bouleversée par la tournure des événements. Et tu sais comme il n'en faut pas beaucoup pour déclencher une migraine.

— Ah bon !

Après un court silence chargé d'émotion, ou d'embarras, Bernadette demanda :

— Et c'est normal, une migraine, pour manifester son bouleversement, comme tu dis ? Parce que, si je comprends bien à travers tes demi-vérités, c'est Blanche qui a annulé le voyage. Et en même temps, ça la bouleverse. Un peu paradoxal, tu ne trouves pas ? Si ça la trouble au point de lui donner une migraine, qu'elle le fasse, le voyage !

Raymond avait l'impression que sa sœur l'obligeait à faire une réflexion qu'il avait toujours repoussée. Il se passa une main sur le visage, agacé.

— Oui, c'est Blanche qui a annulé le voyage, répondit-il un peu rudement. Mais elle avait ses raisons.

Il n'osa avouer les raisons, brusquement mal à l'aise. Ce qu'il se refusait de voir depuis l'après-midi lui sautait maintenant aux yeux et il lui était impossible de faire demi-tour. Charlotte n'était pas malade. Cela n'avait été qu'un prétexte. Pour la deuxième fois en quelques heures, le mot *s'esquiver* traversa son esprit à l'instant où Bernadette reprenait ses derniers mots en écho :

— Oh ! Elle avait ses raisons…

La voix de Bernadette était sarcastique quand elle ajouta :

— Ça se peut, après tout. Ça ne me regarde pas.

— Effectivement, ça ne te regarde pas.

Le ton montait. Les reins appuyés contre le comptoir, madame Deblois n'avait rien perdu de la conversation. Elle faillit intervenir, comme avant quand les enfants se chamaillaient et qu'on n'arrivait plus à s'entendre penser dans la maison. Elle eut plutôt un sourire en coin. « Qu'ils se débrouillent ! Après tout, ce ne sont plus des gamins. » Et se redressant, elle quitta la cuisine. Elle en avait suffisamment entendu pour deviner que Charlotte avait probablement plus besoin d'elle que deux adultes capables de poursuivre leur réflexion tout seuls.

Un long silence salua son départ. Comme si les esprits avaient à se reprendre avant de poursuivre sans témoin. Bernadette remarqua alors combien son frère avait les traits tirés. Elle eut envie de tout arrêter là. Mais il y avait tellement longtemps qu'elle espérait un moment comme celui-là qu'elle poursuivit. Seul le ton se fit plus conciliant. Pas les propos.

— Tu as raison, certaines choses ne me regardent pas, reprit-elle exactement là où ils en étaient arrivés. Mais quand je ne reconnais plus mon frère, je me dis que ça, ça me regarde.

— Je ne comprends pas.

Bernadette soutint le regard de Raymond durant une brève minute. Un regard sombre, presque sans expression alors qu'auparavant, il y avait de cela tellement longtemps, pensa-t-elle avec une pointe de nostalgie, son frère avait des yeux rieurs. Il avait toujours été un jeune homme sérieux mais il savait s'amuser, et si son visage gardait en permanence une attitude sévère sous les sourcils broussailleux et la moustache soignée, le regard, lui, trahissait sa joie de vivre. Mais depuis quelques années… Elle tendit la main pour la poser sur son bras. Raymond sursauta et glissa les mains sous la table.

— C'est pourtant facile à voir, expliqua-t-elle doucement, blessée par le geste de Raymond qui avait toujours été proche d'elle. Tu n'es que l'ombre de celui qui fut jadis mon frère… Depuis quand n'as-tu pas joué au tennis ? Tu adorais ça et tu étais un as ! Et ta promesse de toujours organiser le pique-nique des amis d'enfance, chaque été au mois d'août ? Tu ne t'en souviens plus ou c'est parce que tu n'as pas le cœur de t'y mettre ? Ça doit bien faire quatre ans maintenant qu'il n'a pas eu lieu… Et tes visites à maman ? Je crois bien que c'est la première fois que je te vois arriver ici sans crier gare. Habituellement, ça prend tout un cérémonial… Ça ne te ressemble pas, Raymond.

Ce dernier haussa les épaules. Si ce n'était que cela…

— Bof ! Tu sais ce que c'est.

Jouer la désinvolture pour oublier ce qui fait mal.

— Je ne suis plus un jeune homme qui a tout son temps. Comment ne peux-tu pas le comprendre ? J'ai une famille et ça prend du temps, de l'énergie, les enfants.

Bernadette ouvrit tout grands les yeux.

— À d'autres qu'à moi, veux-tu ! J'ai quatre enfants et je joue encore au tennis. Et je vais nager aussi. Deux fois par semaine. Et sais-tu quoi ? Il arrive souvent qu'on y aille toute la famille ensemble. Quand est-ce que vous avez des activités en famille ?

Raymond se sentait acculé contre un mur. Même si la conversation se déroulait à la surface des choses, il savait qu'elle était beaucoup plus profonde que les apparences le laissaient croire. Mais sa sœur marquait des points sans avoir raison. Elle ne pouvait comprendre…

— Tu l'as dit : en famille. Chez toi, c'est peut-être possible. Et je t'envie, comprends-moi bien. Mais avec Blanche qui est souvent malade, chez nous, c'est autre chose. Et Émilie qui est si…

— Bien sûr, avec Blanche, c'est souvent autre chose… C'est comme pour le voyage promis, n'est-ce pas ? Mais pourquoi n'y a-t-il plus de voyage ? À cause de la migraine ? Ou la migraine de Blanche n'était-elle qu'une façon de justifier autre chose ?

L'attaque était directe, les allusions à peine cachées. Bernadette regretta presque ses paroles lorsqu'elle vit le visage de Raymond se durcir. Car, brusquement, il avait l'impression qu'un manège fou avait envahi sa tête. Les chevaux s'emballaient, montaient et descendaient avec fracas sans suivre le rythme harmonieux de la musique. Mais était-elle seulement harmonieuse, cette musique ? Une cacophonie d'idées éparpillées lui fit fermer les yeux. Oserait-il dire que c'était à cause d'une fièvre quelconque que Charlotte ne partait plus ? Il comprenait à quel point c'était risible, presque pitoyable. Il n'avait pas envie d'en parler. Il n'avait plus envie de parler de sa vie, de leur vie. Bernadette avait fait lever trop de poussière. Et de quel droit ? Il était quelqu'un d'équilibré et il avait subitement besoin de s'y retrouver. Seul face à lui-même. Alors, fuyant le regard de sa sœur, il se contenta de dire :

— Disons que Blanche avait ses raisons d'agir comme elle l'a fait et Charlotte est déçue.

Raymond espérait s'en tenir à cela. Sa voix était dure, brusque. Il était surtout épuisé et n'avait pas envie de pousser les explications. Il y reviendrait plus tard, seul.

— Je ne pourrai pas changer ta façon de voir les choses, Raymond, accepta enfin Bernadette en soupirant. Si c'est ce que tu veux croire, qu'est-ce que je peux dire de plus ? Mais moi, je dirais que Charlotte n'avait pas un regard triste ou déçu, elle avait le regard désabusé. Le regard d'un adulte qui n'attend plus rien.

— Tu ne trouves pas que tu pousses un peu loin ?

— À peine, Raymond. Je pousse à peine un peu plus loin que la vérité... Vous l'avez toujours traitée en adulte, votre Charlotte. Sois sage, donne l'exemple, tu es la plus grande... Déjà que de l'envoyer à l'école...

C'était vrai qu'ils exigeaient beaucoup de Charlotte. Raymond en était conscient. Mais sa fille n'était-elle pas à la hauteur de leurs attentes ? Et l'école en était la preuve. L'insinuation de Bernadette lui fut aussi intolérable, aussi douloureuse qu'un coup de fouet. Qu'est-ce que sa sœur essayait d'insinuer ?

— Alors là, tu te trompes, l'interrompit Raymond avec fougue. Avec les notes qu'elle obtient, Charlotte prouve hors de tout doute qu'elle était assez mature pour entrer à l'école.

Bernadette resta silencieuse. Les propos de Raymond l'attristaient. Le timbre de sa voix aussi. À peine quelques mots et elle n'avait plus l'impression qu'ils s'entretenaient à propos d'une petite fille.

— Raymond ! Écoute les mots que tu emploies. Peut-on parler de maturité pour une enfant qui avait à peine quatre ans ? Oserais-tu employer ce même mot pour qualifier Émilie ? Charlotte n'était qu'une toute petite fille, l'automne dernier. Elle avait le droit à son enfance, le droit à l'insouciance pour quelques mois encore… Et elle a toujours ce droit. Elle n'a pas six ans. Ce n'est qu'un bébé…

Raymond esquissa un sourire triste, ambivalence et inconfort revenus.

— Ce que tu essaies de dire, c'est que je suis un mauvais père. C'est ça ?

Porter le chapeau, éviter une confrontation inutile qui ne les mènerait nulle part hormis sur un terrain miné où ils risquaient de se blesser l'un l'autre. Impulsivement, Bernadette tendit de nouveau la main et, malgré le recul de Raymond, elle la glissa sous la table pour la poser sur son bras. Elle serra les doigts jusqu'à ce qu'il lève la tête vers elle.

— Je n'ai jamais dit ça et jamais je ne le penserai. Pas plus que je ne mettrai en doute l'affection que Blanche porte à ses filles.

— Alors qu'est-ce que tu essaies de dire ? Je ne vois pas. J'ai l'impression qu'on tourne en rond.

Bernadette inspira profondément avant de répondre.

— J'essaie de dire d'être vigilant, dit-elle avec conviction. Blanche me semble être une femme plutôt nerveuse, affirma Bernadette, choisissant soigneusement ses mots. J'ai parfois l'impression qu'elle veut trop en faire, qu'elle prend tout tellement à cœur qu'elle anticipe les problèmes.

Raymond tardait à répondre. Mais y avait-il réponse à donner ? Il soutint longuement le regard de sa sœur puis il dégagea son bras et repoussa sa chaise. Raymond n'était pas prêt à discuter de ces choses avec qui que ce soit. Il avait l'impression d'être coincé dans une souricière, de savoir qu'il y avait une sortie mais d'ignorer quand il serait prêt à l'utiliser. Il avait peur de ce qu'il allait trouver à l'extérieur.

— Merci pour tes conseils, Bernadette, fit-il froidement, tout à fait conscient qu'il ne cherchait qu'à sauver les apparences. Je vais tenter d'en tenir compte. Mais tu comprendras que chaque problème a ses causes et que c'est à moi de trouver les solutions. Je suis un grand garçon, tu sais. Il est fini le temps du gamin en culottes courtes à qui tu faisais la leçon.

Réponse qui ne correspondait pas à ce qu'il ressentait. Raymond s'en voulait d'être blessant, mais rien d'autre ne lui était venu à l'esprit. Peut-être était-ce là un geste de défense, de protection. Mais avant qu'il ait pu rétablir son tir, madame Deblois entrait dans la cuisine. Alors Raymond haussa les épaules et Bernadette ravala la réponse qu'elle aurait voulu faire. Elle ne garda que la tristesse engendrée par les derniers mots de son frère. Par contre, leur mère affichait un grand sourire.

— Je garde les enfants à coucher, lança-t-elle joyeusement.

Bernadette répondit aussitôt à son sourire, soulagée de passer à autre chose.

— Quelle bonne idée ! Michel adore rester coucher chez toi. C'est la plus belle récompense que tu pouvais lui donner.

Par contre, la repartie de Raymond ne fut qu'un réflexe, même s'il partageait l'opinion de sa sœur.

— Je ne sais ce que Blanche…

Madame Deblois balaya l'éventuelle objection d'un geste évasif de la main. Son statut de grand-mère et de belle-mère lui octroyait certains droits dont elle entendait profiter.

— C'est moi qui prends la décision, laisse faire Blanche.

Le ton était catégorique.

— Elle n'avait qu'à être là. Mais si tu prévois une discussion, tu n'auras qu'à dire que c'est pour le beau bulletin, tout comme pour Michel. Elle comprendra.

L'intention était limpide. À travers Raymond, c'était Blanche qu'elle visait et elle savait que le message atteindrait la destinataire. Charlotte avait fini par lui expliquer les raisons de sa tristesse et elle trouvait la situation profondément injuste, même si elle ne portait pas de jugement. Blanche était Blanche, et cela faisait des années qu'elle avait compris qu'il ne servait à rien d'insister. Mais sans juger, elle pouvait apporter un baume à la blessure de sa petite-fille, et rien au monde n'arriverait à la faire changer d'idée sur ce point.

— Je garde Charlotte à dormir, répéta-t-elle, inébranlable. Quant à Émilie, il serait dommage de lui faire de la peine inutilement. Tu en conviendras facilement.

Et pour contrer toute autre résistance, elle ajouta :

— Alors je garde les deux filles à coucher et j'irai les reconduire moi-même demain matin. Si jamais Blanche soulevait des objections, tu lui répondras qu'elle aura l'occasion de m'en faire part dès demain. Toi, tu n'y es pour rien. C'est moi qui prends la décision.

Puis, avec un sourire taquin devant les sourcils qui se fronçaient et la moustache qui frémissait, elle ajouta :

— Allons ! Pourquoi faire une mine inquiète ? Je ne fais que garder mes petits-enfants à coucher pour une nuit. Pas de quoi fouetter un chat ! Tu t'en fais toujours pour rien, fit-elle en tapotant le bras de son fils comme lorsqu'il était gamin.

Raymond revint chez lui plus perturbé que jamais. Peu enclin à verbaliser ses émotions, ni même à les montrer, homme de pondération en tout, il écoutait galoper le manège fou de ses pensées avec une anxiété grandissante.

Comment en était-il arrivé là ?

De Blanche qui devait se faire un sang d'encre devant leur absence qui se prolongeait à sa mère qui l'avait foudroyé du regard quand il avait osé ouvrir la bouche pour émettre une ultime objection, en passant par sa sœur qui avait réveillé en lui une impatience qu'il croyait endormie, il laissa vagabonder ses pensées alors qu'il marchait à grandes foulées, les yeux au sol.

Puis lentement sa nature reprit le dessus.

Si Blanche ne s'était pas manifestée, c'était tout simplement qu'elle dormait. Donc, il n'aurait aucune explication à donner. Demain lui semblait confortablement loin.

Quant à sa mère, ce n'était pas nouveau, cette autorité bourrue. Et si elle avait fait preuve d'une certaine sévérité à son égard, ce n'était pas en rapport avec la discussion qu'il avait eue avec Bernadette. Comment aurait-elle pu savoir ce qu'ils avaient dit ?

Par contre, le nom de sa sœur lui fit ralentir le pas alors que son cœur se mit à battre la chamade.

Parce que Bernadette avait employé les mêmes mots que Germain, l'an dernier.

« Sois vigilant… »

De quoi devait-il se méfier ? Que devait-il surveiller ?

Blanche ?

C'était ce que l'on semblait croire. C'était ce que lui avait compris.

Mais pourquoi ?

Bien sûr, elle avait tendance à trop en faire. Était-ce un défaut ? Peut-être. Mais pas au point d'en devenir un sujet d'inquiétude. C'était plus agaçant qu'autre chose.

Et d'accord, oui, elle voyait des problèmes où il n'y en avait pas toujours. Fallait-il lui en vouloir à cause de cela ? C'était dans sa nature de s'inquiéter. Elle venait d'une famille qui s'inquiétait de tout. Il y avait eu tant de maladies, de mortalités en bas âge chez les Gagnon que l'esprit pratique de Raymond pouvait comprendre leur nervosité naturelle. Blanche n'avait pas échappé à la tendance familiale.

On lui disait d'être vigilant, mais Blanche l'était pour deux.

Alors pourquoi s'en faire ?

Quand il arriva devant leur maison, il vit la lumière qui brillait à la fenêtre de leur chambre.

De toute évidence, Blanche ne dormait pas. Et donc, devait être morte d'inquiétude.

Raymond s'arrêta un instant, consulta sa montre, soupira. Déjà dix heures.

Il s'en voulait de ne pas avoir téléphoné.

Une drôle de sensation le faisait hésiter. Comme s'il était de nouveau un gamin et qu'il craignait les réprimandes pour être revenu aussi tard. Son regard se durcit.

« Drôle de vie familiale, gronda-t-il sous sa moustache. J'en suis rendu à craindre les réactions de ma femme. »

Il soupira d'impatience.

Puis il repensa aux filles qui dormaient chez sa mère, sentit son estomac se contracter, haussa les épaules et attaqua l'allée d'un pas ferme. Tant pis pour les conséquences, sa mère avait eu raison de garder Charlotte et Émilie. Elles étaient tellement joyeuses à l'idée de passer la nuit avec mamie que cela justifiait tout le reste.

À l'étage, Blanche avait reconnu Raymond à sa silhouette. Elle avait hâte qu'il entre, car la soirée avait été très particulière et cela faisait au moins trente minutes qu'elle surveillait discrètement l'entrée...

Après plus d'une heure à se tourner et se retourner dans son lit, Blanche avait été contrainte de se rendre à l'évidence : sa migraine était là pour rester. Non que ce fût particulièrement douloureux, elle avait connu pire, mais c'était suffisamment présent pour être agaçant et l'empêcher de dormir. C'était alors qu'elle avait décidé de téléphoner à son père. Quand il n'était pas une heure décente pour appeler le médecin, Blanche trouvait toujours prétexte à parler à son père. Ce dernier semblait ravi de l'entendre. Brève conversation à bâtons rompus, puis Blanche n'avait pu se retenir. Elle avait parlé du voyage promis à Charlotte. Tout ce qu'elle voulait entendre, c'était qu'elle avait bien fait de l'annuler. Depuis le souper, devant la sévérité excessive de Raymond, les pleurnichements d'Émilie et le regard chargé de reproches de Charlotte, Blanche n'arrêtait pas de penser à cela.

Son père poussa un grognement de réprobation à l'autre bout de la ligne.

— Comment ? Raymond n'était pas d'accord avec toi ?

— Ce n'est pas exactement ce que j'ai dit. Mais à voir l'air qu'il avait, je crois qu'il m'en veut un peu. À croire que je l'ai fait exprès. Ce n'est pas ma faute si Charlotte était fiévreuse.

— De toute façon, je ne sais pas ce qui t'a poussée à parler voyage, ma fille. Y avais-tu sérieusement pensé ?

— Non, c'est vrai. Et c'est un peu pour…

— Tu as bien fait, l'interrompit alors monsieur Gagnon, catégorique. Voir si on part avec une enfant d'à peine… Quel âge a-t-elle encore, Charlotte ? Six ans ?

— Même pas. Pas encore.

— Raison de plus pour trouver un prétexte pour annuler tout ça. Avec ta santé fragile, Blanche, tu ne peux envisager de partir seule avec un bébé. Allons.

— Justement. Je n'aurais pas dû en parler.

— Alors c'est le seul blâme que tu as à te faire. Pour le reste, tu as fait preuve de jugement. Oublie tout ça. Dans quelques jours personne n'y pensera plus.

— J'espère. Parce qu'à voir l'air qu'ils avaient au souper, je n'en suis pas du tout certaine.

— L'important, c'est que Raymond comprenne. Est-ce qu'il est là ? Je vais lui parler, moi.

— Non, il est sorti avec les filles. Je me demande bien ce qu'il fait d'ailleurs. Ça fait plus d'une heure qu'il est parti.

— Profites-en pour te détendre, ma petite fille. Je te sens tendue comme une corde de violon.

— C'est vrai. Et j'ai mal à la tête.

— C'est bien certain ! Fragile comme tu es, c'est normal d'avoir la migraine après l'après-midi que tu as passé. Écoute un conseil de ton vieux père : prends un verre de brandy. Juste un petit sera suffisant. Quand ça va mal au travail ou que la tension est trop forte, c'est ce que je fais. C'est souverain pour détendre les nerfs. Et parfois, ça aide même à atténuer les migraines.

— Ah oui ?

C'était ainsi que Blanche s'était servi un petit verre d'alcool avant de plonger dans un bain chaud. La douceur de l'eau combinée avec l'effet du brandy avaient finalement eu raison de son mal de tête et l'avaient laissée dans un état de langueur agréable. L'idée d'attendre Raymond lui était alors venue à la suite des propos de son père. Quand elle voulait retourner une situation en sa faveur, Blanche savait comment s'y prendre. Elle allait lui ouvrir les bras et les draps de leur lit. C'était infaillible : Raymond était tout autre après et, dans les circonstances présentes, il fallait que Raymond se range du côté de Blanche. Face aux filles, c'était essentiel. Blanche était sincèrement désolée de la tournure des événements tout comme elle était sincèrement convaincue du malaise que Charlotte devait couver. Elle était toute rouge et congestionnée. Ne restait qu'à en convaincre Raymond. Elle se permit donc un second verre de brandy et se mit à l'attendre…

C'est pourquoi, à l'appel de Raymond : « Bonsoir ! C'est moi ! Je suis rentré », Blanche se regarda une dernière fois dans la glace et se hâta de répondre :

— Oui ! Allô ! Je suis en haut… J'arrive.

La voix de Blanche était pétillante comme du champagne. Raymond souleva un sourcil. Passée, la migraine ? Et où donc se cachait l'inquiétude ?

En écho à sa pensée, Blanche apparut dans le haut de l'escalier. Cheveux savamment attachés, léger maquillage, elle portait un déshabillé qu'il ne lui avait jamais vu. Et elle n'avait pas du tout l'apparence d'une femme souffrant d'un mal de tête ou en proie à des idées sombres. L'autre sourcil se souleva.

— Les filles ne sont pas avec toi ?

Blanche descendait l'escalier à sa rencontre, souriante.

— Euh… non. Elles dorment chez maman.

— La bonne idée ! C'est bien ce que je pensais… Tu as passé la soirée chez ta mère ?

— Oui… oui, on ne voulait pas te déranger. J'espère que tu ne t'es pas inquiétée ?

— Non. Pourquoi ? Je sais bien qu'avec toi, les filles n'ont rien à craindre… C'est gentil d'avoir pensé à me laisser dormir.

Blanche était maintenant à sa hauteur. Un peu surpris, Raymond détecta une légère senteur d'alcool. Mais qu'est-ce que c'était que cela maintenant ? Blanche avait passé les bras autour de son cou et tentait de l'attirer vers elle. Un peu décontenancé – c'était bien la première fois que Blanche agissait ainsi –, Raymond retira doucement les bras de sa femme et, tout en embrassant le bout de ses doigts, il demanda, inquiet de cette odeur forte qu'elle dégageait :

— Alors, cette migraine ?

Il avait l'impression que quelque chose lui échappait. Pourtant…

Blanche soupira en s'étirant longuement.

— Ça m'a fait du bien de dormir… Et après, j'ai pris une petite goutte de brandy pour me détendre. C'est papa qui m'a conseillé ça. Il avait raison : je me sens très bien maintenant.

Et comment ! Jamais Raymond n'avait vu Blanche aussi détendue, calme. Voilà donc l'explication… Il laissa tomber sa garde, incapable de résister à l'envie que Blanche faisait naître en lui. Maigre plutôt que mince, Blanche n'avait gardé aucune marque de ses deux maternités. Le corps toujours aussi juvénile, ses petits seins fermes pointaient à travers le mince tissu qui la couvrait. D'un geste précis, comme s'il était calculé, Blanche retira l'épingle qui retenait ses cheveux et les boucles fauves tombèrent en cascade sur ses épaules. « Provocante », pensa-t-il alors qu'une chaleur lui montait à la tête. Il eut aussitôt la désagréable impression que Blanche cherchait à se faire pardonner quelque chose. Tout semblait trop réglé, comme une savante mise en scène. Il ferma les yeux un instant en se disant que, si tel était le cas, elle se trompait de cible. Blanche était maintenant tout près de lui. Il sentait son souffle sur son cou, ses bras qui l'enlaçaient, sa langue qui agaçait le lobe de son oreille. Il ne put résister. Tant pis pour tout le reste. Il avait trop espéré un instant comme celui-là.

Blanche s'abandonnait contre lui avec une langueur qui lui ressemblait tout en étant surprenante. Il se dégageait de cet abandon lascif une sensualité nouvelle qui répondait enfin à des années d'attente et d'espoir.

Le sexe tendu à lui faire mal, Raymond souleva sa femme dans ses bras pour la porter à leur chambre. Seule la veilleuse dessinait des ombres sur les murs, les draps étaient repliés, en attente, les oreillers redressés contre la tête du lit.

Sur la table de nuit, la bouteille de brandy…

Raymond déposa Blanche et la saisit pour en avaler une longue rasade, à même la bouteille. Brusquement, il lui fallait quelque chose de fort, de brûlant. Debout contre lui, Blanche en fit autant, fixant Raymond droit dans les yeux avant de lui repasser la bouteille. Et alors que Raymond répétait le geste, Blanche glissa la main entre eux et se mit à le caresser à longs gestes fermes à travers son pantalon. Raymond dut se reculer d'un pas tant son excitation était grande.

— Doucement. Pas trop vite.

Il aurait voulu que le temps s'arrête… Alors qu'il commençait à détacher les boutons de sa chemise, Blanche l'arrêta d'un geste de la main.

— Laisse. Je veux le faire.

Sans le quitter des yeux, Blanche se mit à le dévêtir. Lentement. Comme si elle comprenait enfin le plaisir qu'il y a à désirer quelqu'un. L'alcool lui montait à la tête, provoquant un désir qu'elle n'avait jamais ressenti avant. Mais lorsqu'elle vit le sexe de son mari tendu, immense, elle eut un instant d'hésitation. Elle n'avait jamais aimé faire l'amour. Elle trouvait le geste dégradant malgré le léger plaisir qu'elle en tirait. Pourtant, ce soir, elle ressentait une impulsion nouvelle et son recul fut si bref que Raymond ne le sentit pas. Et elle s'était promis de faire plaisir à Raymond. Elle avait senti qu'il lui en voulait à cause de toute cette histoire de voyage et c'était de façon tout à fait délibérée qu'elle avait repris un second verre de brandy. Son père avait tout à fait raison : cela la détendait. Reprenant donc la bouteille d'une main tremblante, Blanche en prit deux longues gorgées. La chaleur de l'alcool lui fit du bien. La tête lui tournait un peu et dans ce tourbillon ses dernières résistances furent emportées. Tant pis pour la douleur probable qui viendrait plus tard, et le dégoût qu'elle ressentirait. Ce soir, elle irait jusqu'au bout et même plus loin. Alors, repoussant Raymond jusqu'au lit, elle murmura :

— Non, ne te couche pas tout de suite. Je veux te…

Et sans terminer sa phrase, Blanche se mit à défaire lentement le long chapelet de boutons qui fermaient sa robe de chambre. Habitué depuis toujours à faire l'amour sous les couvertures en soulevant à peine les vêtements de Blanche, Raymond resta immobile, retenant son souffle de peur que Blanche ne s'effarouche…

DEUXIÈME PARTIE

Été 1929-printemps 1930

Chapitre 5

Raymond avait laissé Charlotte en passant.

Depuis une semaine son amie Françoise était enfin revenue du chalet. Dès son retour, elle avait contacté Charlotte qui avait aussitôt établi de nouvelles habitudes chez son amie à défaut d'y installer ses pénates. Arrivée tôt le matin, elle n'en repartait qu'avant le souper.

— Allons ! Ne vous en faites pas pour si peu, avait dit madame Simard en s'essuyant les mains sur son tablier, toute souriante, alors que Raymond, un peu mal à l'aise de voir Charlotte prendre racine chez Françoise, remerciait à n'en plus finir. Quand elles sont ensemble, les filles ne me causent aucun souci. Bien au contraire ! Elles s'amusent si bien qu'on ne les entend pas.

Madame Simard avait eu la politesse de ne pas faire de remarque sur le fait que Françoise n'était pas la bienvenue chez les Deblois. Cette dame n'avait peut-être pas le temps de lire, mais elle était d'excellente famille et d'une bienséance à toute épreuve, acquise dans sa famille et polie par des années d'études au couvent. À voir la gentillesse de Raymond – l'autre jour, il lui avait même offert quelques fleurs de son jardin ! –, madame Simard avait conclu que le refus ne venait pas de lui. Quant à Blanche, elle ne l'avait croisée qu'une seule fois, à l'école, et l'échange des courtoisies avait été on ne peut plus bref. Émilie se dandinait aux côtés de sa mère, réclamant une salle de bains de toute urgence. Il faut cependant dire, à la défense de Blanche qui ne voyait toujours pas d'un bon œil la venue de Françoise chez elle malgré cette rencontre fortuite – « Une dame charmante que cette femme ! » avait-elle admis par la suite –, il faut avouer que l'été avait été particulièrement éprouvant pour Blanche.

Les migraines s'étaient succédé à un rythme régulier. Et quand Blanche allait mieux, c'est Émilie qui était malade.

« L'équilibre familial », songeait Raymond avec humeur tout en se dirigeant vers son étude.

« Équilibre insolite », n'avait pas manqué de souligner Gertrude, un sourcil en accent circonflexe, puisque c'était elle qui avait la charge des filles les jours de migraine et que, ces jours-là, Émilie allait fort bien si l'on faisait exception du fait que c'était une enfant à l'intestin nerveux et qu'elle passait des heures infinies assise sur le banc des toilettes.

— Sur le bol, disait dédaigneusement Charlotte qui, du haut de ses presque six ans, ne voyait pas l'intérêt de s'installer à demeure dans la pièce la plus désagréable de la maison. Je me demande bien comment elle va faire pour aller à l'école, elle !

Questionnement partagé par Blanche, qui y ajoutait une bonne dose d'inquiétude. En effet, comment Émilie allait-elle s'y prendre ?

— Probablement, disait alors invariablement Raymond, qu'elle a hérité du tempérament inquiet de sa mère. Et ça ne t'a pas empêchée d'aller en classe, Blanche ! remarquait-il avec justesse. Le temps finira par arranger les choses.

La discussion en restait habituellement là. Tant avec Gertrude qu'avec Charlotte et Blanche. De toute manière, il n'était pas question d'école pour le moment, Émilie n'étant pas Charlotte.

L'été avait donc filé entre une migraine, une indigestion et une crise de coliques.

La nuit d'extase auprès de Blanche se fondait aujourd'hui dans la brume des souvenirs agréables… « Peu nombreux », pensa Raymond en grimpant les quelques marches qui menaient à son bureau. Il venait de faire le décompte des invitations refusées au cours de la belle saison. En tout et partout, la famille Deblois n'avait répondu favorablement qu'au souper organisé par sa mère au début juillet pour souligner l'anniversaire de Muriel, une des sœurs de Raymond, qui célébrait ses trente-sept ans. Sinon, c'était le calme plat dans leur vie sociale.

Heureusement, homme de tête et d'équilibre en tout, ébranlé par les propos de Bernadette, Raymond avait pris le temps de bien soupeser les remarques de sa sœur. Si le voyage avait été oublié dans les bras de Blanche – et cette nuit avait un prix inestimable aux yeux de Raymond puisque c'était là une première et qu'il n'y avait eu aucune récidive en ce sens depuis lors – et que Charlotte avait eu droit à quelques jours de vacances chez mamie en échange de ce malencontreux voyage avorté, il n'en restait pas moins que Bernadette avait apporté de bons arguments.

Avec effarement, Raymond avait pris conscience du vide social qui s'était créé autour de lui.

De moins en moins d'invitations puisque deux fois sur trois, il devait les refuser ; pas de sport puisque la délicate constitution de Blanche n'en tolérait aucun ; pas de sorties au théâtre puisque Blanche jugeait que les filles se faisaient suffisamment garder le jour à cause de sa santé précaire et qu'elle n'admettait sous aucun prétexte de sortir le soir ; quelques pique-niques, à l'occasion, et encore fallait-il que le soleil ne soit pas trop ardent et qu'on trouve des cabinets d'aisance à proximité.

Cela limitait grandement les déplacements en tout genre !

L'hiver, on se contentait habituellement de lire auprès du feu.

Ainsi donc, après s'être octroyé quelques jours d'une intense réflexion, l'été permettant ce genre d'exercice puisque les contrats étaient moins nombreux, Raymond en était arrivé à la conclusion que leur vie familiale manquait de relief. Il allait donc profiter de la belle saison pour remédier à la situation en organisant le pique-nique annuel des amis d'enfance. Bernadette avait tout à fait raison : il commençait à s'encroûter ! Tâche ardue, s'il en fut une, car il avait perdu contact avec plusieurs connaissances. Aidé par Charlotte qui prenait plaisir à tenir la liste des invités pour lui, soutenu par Émilie tout excitée à la perspective d'une fête et qui y allait de ses encouragements bruyants, de la suggestion d'un jeu pour les enfants à la proposition d'un dessert, et apostrophé par Blanche qui ne voyait pas l'intérêt de déployer autant d'énergie pour une rencontre d'à peine quelques heures, Raymond réussit à mener à terme l'entreprise qu'il s'était donnée.

Le dimanche suivant, à l'occasion de la dernière fin de semaine du mois d'août, le groupe habituel se réunissait enfin chez les parents de Jean-Louis, sur le bord du lac des Deux-Montagnes, après une absence remarquée de cinq ans.

— Enfin ! Quelqu'un qui pense à organiser cette rencontre. Ça m'a manqué…

L'opinion avait été unanime : il n'y avait que Raymond pour savoir organiser des fêtes d'envergure. À son grand soulagement, Raymond avait repris sa place dans le cercle des nombreux amis de sa jeunesse.

Il s'était bien promis de la garder, cette fois-ci…

Surtout que Charlotte lui avait dit, l'autre soir, pendant qu'ils préparaient ensemble une liste pour le buffet du repas :

— On dirait que j'ai un nouveau papa. Maintenant, il y a tout le temps un sourire sous ta moustache.

Le tout prononcé fort sérieusement, le crayon pointant le plafond, son regard fixant Raymond intensément sous ses sourcils froncés. Puis elle avait eu pour lui le plus beau des sourires qui avait effacé les rides de la concentration, laissant un visage épanoui, serein. Un visage d'enfant heureux… Se penchant de nouveau sur la copie, elle avait demandé :

— Ça s'écrit comment *sandwich* ?

À peine quelques mots, tout juste une remarque et l'éclat d'un sourire, mais Raymond avait compris à quel point sa présence était importante auprès de Charlotte. Elle était comme tous les enfants du monde et les rires autour d'elle avaient autant de prix que l'assurance de se savoir aimée. Les rires sont à l'enfance ce que le soleil est à une journée d'été. Ils font toute la différence. Et dans cette drôle de famille qu'était la sienne, il n'y avait qu'avec lui que Charlotte pouvait partager des rires coquins et des complicités gamines. Parce que Blanche n'était pas femme à rire sans raison valable et qu'Émilie avait de plus en plus de difficulté à suivre sa sœur vu son état de santé précaire. Tout à coup, les mots de Bernadette avaient résonné dans la tête de Raymond en prenant un sens nouveau. À son tour, il s'était alors penché sur la feuille de papier et, entourant les épaules de sa fille d'un bras protecteur, il avait épelé le mot en la serrant très fort contre lui…

Les derniers jours avant le pique-nique furent empreints de frénésie !

Emportée par l'entrain général, même Blanche y mit du sien et s'attela à la préparation du goûter pendant que les filles étaient reléguées au jardin.

— Comment voulez-vous que j'y arrive si en plus je dois vous surveiller ? Et pas question d'aller chez Françoise, tu restes avec ta sœur !

C'est pourquoi, durant deux jours, on put voir Charlotte et Émilie s'amusant dans le jardin, du matin au soir, à l'exception des nombreuses allées et venues de cette dernière en direction de la salle de bains. Heureusement, Dame Nature avait accepté de collaborer : il faisait beau et chaud comme en plein mois de juillet, danger d'insolation en moins, le soleil à cette période de l'année étant moins direct, tout le monde savait cela ! Dans la cuisine, Blanche s'affairait entre le fourneau et la glacière, les denrées s'accumulant au rythme de son agitation.

Mais c'est bien connu : une fois n'est pas coutume. La fragile constitution de Blanche ne put résister à ce débordement d'activité. En rentrant du travail, le vendredi soir, Raymond la trouva affalée au bout de la table, la tête soutenue entre ses mains, l'œil hagard.

— Je n'en peux plus. J'ai le crâne encerclé par un étau. Je vais me coucher.

C'était à prévoir : les grands déploiements d'énergie de Blanche étaient invariablement suivis de violentes migraines. On entendit donc le pas traînant qui gravit péniblement l'escalier, suivi de la porte de la chambre à coucher qui se referma doucement. Dans ces cas-là, la porte faisait toujours un bruit feutré qui appelait au silence.

On ne vit Blanche de toute la journée du lendemain, clouée au lit, sauf pour un bref moment où elle consentit à revoir le menu avec Raymond. Heureusement, il semblait bien que la migraine avait accepté de jeter du lest pour permettre à Blanche de donner des directives précises quant à la bonne marche des opérations, l'œil brillant et la voix autoritaire.

— Et ne t'avise pas de le faire autrement. Tu courrais à la catastrophe !

Elle retomba aussitôt dans un état de langueur caractéristique, main sur le front et gestes lents, suivi d'une période de léthargie où tout le monde retint son souffle, pour finalement aboutir à la catalepsie complète.

— Peux-tu m'aider à monter jusqu'à la chambre ? Je ne sens plus mes jambes… Je crois que je vais m'évanouir.

La porte se referma dans un souffle…

— Et maintenant au boulot ! lança joyeusement Raymond en revenant à la cuisine.

Les migraines de Blanche n'affectant plus sa bonne humeur depuis belle lurette, il se sentait en pleine forme. Il avait hâte d'être au lendemain comme un gamin à la veille du réveillon.

Charlotte et Émilie l'attendaient, sagement assises à leur place habituelle autour de la table.

— Est-ce qu'on doit aller au jardin ?

Charlotte levait vers lui un regard inquiet.

— Surtout pas, interdit-il en affectant une voix bourrue. Tout grand chef a besoin de marmitons ! Aujourd'hui, je vous affecte aux sandwiches !

Les deux fillettes échangèrent des sourires ravis.

Dédaignant les recommandations de Blanche, Raymond entreprit les corvées comme il l'entendait.

— Maman n'avait qu'à être là, donna-t-il comme explication alors que Charlotte lui faisait remarquer que sa mère avait dit de s'y prendre autrement. Qu'est-ce qui est important, Charlot, la façon de s'y prendre ou qu'il y ait suffisamment de sandwiches pour tout le monde ?

— Ben… avoir assez de sandwiches ?

— C'est aussi ce que je pense. Si on doit commencer à envelopper le pain dans des serviettes humides, à faire les tartines l'une après l'autre, à les emballer individuellement à chaque fois, on n'en sortira jamais ! Alors je crois que le travail à la chaîne s'impose. Comme à l'usine.

Et bardé du tablier de Blanche qui lui ceinturait les reins, Raymond coupa un premier pain entier pour en étaler les tranches sur la table.

— Charlotte, tu beurres le pain et toi, Milie, tu mets la tranche de jambon. Pendant ce temps, je prépare de la salade aux œufs.

Jamais, de mémoire de Deblois, on n'entendit autant de rires provenant de la cuisine par un beau samedi d'août.

La journée fila entre les sandwiches qui s'amoncelaient maintenant sur l'étage inférieur de la glacière, les bols de salades variées qui occupaient celui du haut et les bouchées de fantaisie ajoutées à la dernière minute qui s'alignaient joliment au beau milieu, sur des cabarets de fortune. Bouchées préparées à la demande expresse d'Émilie qui pour une fois laissait sa gourmandise naturelle prendre les commandes. Habituellement, cette gourmandise devait se tenir au rancart puisque, selon les dires de Blanche, appuyés en ce sens par les heures qu'Émilie passait à la salle de bains, la réaction des intestins d'Émilie répondait bien mal à ses appétits.

— Tu vois, Raymond, c'est écrit ici, avait expliqué Blanche, un jour où Émilie avait été particulièrement éprouvée par les coliques. Un intestin nerveux se reconnaît aux diverses crampes dont il souffre régulièrement, à l'appétit démesuré de la personne atteinte et à sa maigreur caractéristique. Ne cherchons pas plus loin : voilà le portrait de notre petite Émilie. La diète s'impose !

Et Blanche s'était penchée de nouveau sur le volumineux dictionnaire médical afin de consulter la liste des interdits en pareil cas. Le dictionnaire médical trônait dans le salon, sur la table basse, à l'instar des bouteilles qui montaient la garde dans un coin de la cuisine.

Comme les migraines de Blanche, même les plus pénibles, ne dépassaient jamais les vingt-quatre heures considérées comme normales par ledit dictionnaire, cette dernière apparut dans l'embrasure de la porte de la cuisine au moment où Raymond finissait d'envelopper soigneusement les dernières victuailles et alors que Charlotte et Émilie finissaient, de leur côté, de manger consciencieusement les dernières croûtes de pain qu'on avait décidé d'enlever pour faire « plus chic » !

Les rayons du soleil glissaient maintenant entre leur maison et celle de Gertrude, frappaient en diagonale les grands arbres au fond du jardin et teintaient la rivière de ses reflets mordorés. À ce temps-ci de l'année, épuisé d'avoir brillé tout l'été, le soleil ne se rendait plus au-dessus de l'autre rive et se contentait d'un dernier éclat avant de sombrer, essoufflé, à hauteur de rivière, un peu plus loin vers l'ouest. En fin d'après-midi, la cuisine plongeait alors dans la pénombre, accentuée par l'éclat rougeoyant sur les troncs d'arbres. Trop occupés à leurs tâches respectives, ni Raymond ni les filles n'avaient songé à pousser le bouton de l'interrupteur.

Apercevant Émilie la bouche pleine, Blanche poussa un cri d'horreur qui les fit tous sursauter.

— Mais qu'est-ce que c'est que ça ? Tu sais bien, Émilie, que tu ne dois pas grignoter entre les repas ! Ton estomac n'est pas habitué. Surchargé, il n'arrive plus à digérer et c'est là que tu te mets à avoir des crampes et souvent ça se termine par une diarrhée et une indigestion.

Émilie piqua du nez, contrite, tant de l'interdit qu'elle avait osé braver que des conséquences possibles de ce geste. Elle avait épié les moindres bruits de la maison durant toute la journée afin de contrer le danger de voir sa mère arriver à l'improviste. Mais comme aucun bruit, pas même un simple craquement, n'avait filtré de la chambre des parents de toute la journée, sa surveillance s'était relâchée et Émilie venait de se faire surprendre un croûton à la main. Elle n'avait connu aucun malaise jusqu'à présent – et c'était un peu pour cela qu'elle avait continué à manger de bon cœur ! –, mais à entendre sa mère s'affoler en énumérant les divers malheurs qui la guettaient, Émilie se demanda si, effectivement, une vague nausée ne commençait pas à se manifester. Conséquence on ne peut plus normale à la suite d'une journée de dégustations en tout genre. Même Charlotte était au bord de l'écœurement, ce qui ne l'inquiétait pas outre mesure : c'était toujours ce qui arrivait quand elle se montrait trop gourmande, mais cela finissait toujours par passer. Par contre, il en allait autrement pour Émilie. Elle détestait vomir, et la simple perspective que la chose pouvait arriver suffit à provoquer des spasmes dans son estomac.

— Je regrette, maman.

La contrition d'Émilie était sincère, elle avait tellement peur d'être malade.

— Ce n'est pas à toi que j'en veux, rassura aussitôt Blanche en foudroyant Raymond du regard. Même si, malheureusement, au bout du compte, c'est toi qui vas faire les frais de l'irresponsabilité de ton père… Viens, mon bébé, on va tenter de juguler les effets secondaires.

Le froufroutement de la robe de chambre satinée passa du mode silencieux au mode bruyant alors que

Blanche traversait la cuisine au pas militaire, qu'elle empoignait Émilie par la main et qu'elle disparaissait avec elle en direction de la salle de bains à l'étage des chambres.

Charlotte se tourna vers son père. L'intrusion de Blanche à la cuisine n'avait duré en tout et pour tout que quelques secondes mais tout à coup, Raymond avait l'air épuisé. Il tendit machinalement la main vers l'interrupteur qu'il poussa du bout du doigt. La lumière crue du plafonnier dessina des ombres et des creux sur son visage et, sans le sourire, Charlotte trouva que son père avait surtout l'air ridicule, ainsi affublé du tablier de Blanche. Glissant en bas de sa chaise, elle fila vers le jardin sans dire un mot… La présence de Blanche avait posé un éteignoir sur la bonne humeur qui régnait dans la cuisine et cette constatation troublait grandement Charlotte.

Et elle détestait penser que son père avait l'air ridicule…

Malgré les efforts de Blanche – quelques gouttes de ci et une cuillerée de ça, administrés depuis la salle de bains afin d'éviter d'éventuelles objections de la part de Raymond qui se sentait parfois obligé d'intervenir comme s'il y connaissait quelque chose –, malgré les louables intentions de Blanche donc, Émilie eut droit à une indigestion majeure.

La maison résonna de ses efforts, de ses borborygmes et de ses pleurs une bonne partie de la soirée. Le sentiment de culpabilité de Raymond atteignit un degré tel qu'il dépassait maintenant l'étape des regrets et même celui des remords. Raymond en était à se détester de n'avoir été plus vigilant. Pauvre petite Émilie ! Cela lui fendait le cœur de l'entendre pleurer, alors il restait prostré dans un fauteuil du salon à attendre que la crise se passe. Par expérience, il savait qu'il ne servait à rien de se présenter à l'étage, Blanche aurait tôt fait de le retourner au salon. Heureusement, il avait retiré le tablier et Charlotte lui trouvait maintenant un air désolé, ou malheureux, ou les deux, plus conforme à son air habituel et à la situation présente. Elle trouvait dommage que le sourire ait disparu puisque demain devait être une fête.

Émilie ne serait tout de même pas malade toute la nuit !

Charlotte était en train de se demander ce qu'elle pourrait bien dire pour dérider son père quand Blanche apparut à la porte du salon.

— Émilie s'est enfin endormie.

Et sans attendre de réponse, elle s'éclipsa. Quelques secondes plus tard, on l'entendit fourrager dans la cuisine.

— Mais qu'est-ce que c'est que cette présentation ?

Puis, haussant un peu plus le ton :

— Mon pauvre Raymond ! Tu n'y entendras jamais rien à la cuisine…

S'ensuivit un marmonnement suffisamment fort pour être entendu mais peu articulé, de sorte que Raymond n'y comprenait rien. Piqué par la remarque de Blanche, il se leva en soupirant et se dirigea à son tour vers la cuisine. Restée au salon, Charlotte préféra se rabattre sur un livre plutôt que de porter attention à ce qui se dirait dans la cuisine. Elle détestait entendre ses parents discuter, d'autant plus qu'elle trouvait que les assiettes qu'ils avaient préparées avaient fière allure. Ce qu'elle était trop jeune pour comprendre, c'était que sa mère passait de l'inquiétude à l'anxiété quand

Émilie était aussi malade qu'elle l'avait été ce soir. Elle s'en voulait d'avoir légué sa fragile constitution à son bébé. Et elle en voulait encore plus à ceux qui n'en tenaient pas compte. Pour l'instant, Raymond faisait les frais de son désarroi et la moindre peccadille prenait des allures de catastrophe, pour employer un terme qu'elle apprêtait à bien des sauces et dont elle maîtrisait les moindres intonations.

Elle le fusilla du regard dès qu'il parut dans l'embrasure de la porte.

— Mais veux-tu bien me dire où tu avais la tête, toi, aujourd'hui ? Non seulement tu n'as pas surveillé Émilie, mais les assiettes que tu as faites ont l'allure de restants jetés à la va-vite sur un plateau. Non mais ? De quoi vais-je avoir l'air, moi ?

Raymond ne voyait pas en quoi la disgrâce allait frapper Blanche puisque c'était lui qui avait préparé la majeure partie du repas. Mais bon, connaissant sa femme, il savait pertinemment qu'elle trouverait moyen de le persuader qu'il en était ainsi. Suffisamment éprouvé par les malaises d'Émilie dont il se sentait le seul responsable, il n'argumenta pas. Si Blanche disait que cela ne convenait pas, c'était que cela ne devait pas convenir. Par son silence, il admettait tacitement qu'elle en savait un bout de plus que lui dans l'art culinaire et il s'en remettait à son jugement. Même si au fond, il se disait que c'était le goût qui comptait, pas la présentation. Et sur le sujet, pas la moindre hésitation ni l'ombre d'une possibilité de controverse : les filles et lui avaient amplement vérifié la qualité des produits pour savoir que tout était très bon ! Mais en réfléchissant de la sorte, il repensa derechef à l'indigestion d'Émilie et la culpabilité lui fit pencher la tête. Il soupira bruyamment. Soupir que Blanche prit pour une réprobation envers ses remarques, elle qui avait tant travaillé à préparer une partie du goûter, et qui, pour faire honneur à son mari, avait conçu de vrais petits chefs-d'œuvre pour présenter aspics, salades moulées et viandes froides. Son humeur, déjà massacrante, devint exécrable. Elle attaqua de front :

— Non seulement je ne pourrai participer à la fête, fit-elle, impatiente, mais voilà que, par ta faute, je vais devoir me taper une soirée de travail. Après une journée de migraine et le début de soirée que j'ai passé, j'espérais autre chose.

Raymond leva vivement la tête avant de la pencher sur le côté. L'indisposition d'Émilie, si regrettable fût-elle, prenait un sens nouveau. Il avait l'impression que quelque chose lui échappait.

— Comment, tu ne participeras pas à la fête ?

Blanche le dévisagea, une lueur de défi au fond du regard.

— Comment peux-tu seulement imaginer que je vais traîner Émilie à un pique-nique ?

Raymond ouvrit grands les yeux avant de plisser les paupières dans une attitude sceptique :

— Comment peux-tu savoir l'état d'Émilie demain matin ?

Le ton montait. Blanche haussa les épaules.

— C'est évident.

Raymond échappa un rire mauvais.

— Tu trouves ? C'est évident ? Mais quelle évidence, ma pauvre Blanche ? Il n'y a que toi pour prédire l'avenir avec autant d'assurance. Moi, vois-tu, je fais confiance, j'ose encore espérer…

Blanche balaya le bel optimisme de son mari d'un geste de la main et d'un mépris qui suinta de sa réponse :

— Mon pauvre Raymond, tu es d'une naïveté incroyable.

Blanche aurait parlé à un enfant borné que le ton n'aurait pas été différent. Raymond devait faire des efforts conscients pour se contenir. Elle voulait la guerre, elle allait l'avoir !

— Du tout. Malgré ce que tu sembles croire, je ne suis pas naïf. Habituellement, les enfants se remettent vite d'une indigestion. Aie au moins la décence de l'admettre.

Il se rappelait les propos de Germain et se félicitait d'avoir pu les employer à bon escient. Mais peine perdue. Blanche eut un soupir profond.

— Tu l'as dit : habituellement. Mais pas Émilie.

— Mais tu t'acharnes, ma parole !

L'abcès était crevé. Depuis le temps que Raymond supportait haussements de sourcils et paroles ambiguës au sujet d'Émilie sans dire un mot ou prenant la défense de sa famille, il n'en pouvait plus.

— Accepte au moins de reporter la décision à demain, proposa-t-il en faisant de louables efforts pour contenir l'exaspération qu'il ressentait.

Mais la décision de Blanche était irrévocable, comme souvent quand il s'agissait des filles. Elle répliqua aussitôt :

— Pas question ! Je connais ma fille. Je sais que demain, malgré les apparences, elle sera encore fragile et que le moindre écart de conduite pourrait nous mener à la catastrophe. Et comme il est plus difficile de surveiller une enfant durant un pique-nique, je ne prendrai aucun risque. Je l'aime, ma petite Émilie, et quand je la vois souffrir comme ce soir, ça me déchire le cœur. Alors demain, on ne courra pas après les malheurs et, pour elle, je vais me priver de la fête. C'est tout. Tu n'avais qu'à être vigilant aujourd'hui et on n'en serait pas là. Maintenant, je t'en prie, sors d'ici. Quand je cuisine, j'aime bien être seule…

Raymond en resta bouche bée. Il n'arrivait pas à suivre la logique qui avait présidé aux propos de Blanche. Tout ce qu'il en ressortait, c'était que Blanche allait être punie, qu'Émilie, étant malade, serait privée d'un plaisir qu'elle attendait avec tellement d'impatience et que tout ce gâchis était sa faute. Il sentait l'ambiguïté de la situation mais n'arrivait pas à la décortiquer, car il y avait aussi une certaine cohérence dans l'argumentation de Blanche. Elle n'avait pas tout à fait tort, puisque Émilie avait bel et bien été malade par manque de surveillance. Il poussa un soupir d'épuisement. Sensible depuis toujours aux états d'âme de son mari, comprenant qu'il n'avait pas comme elle l'habitude de la maladie et qu'elle n'obtiendrait rien à le pousser dans ses derniers retranchements, Blanche posa la main sur son bras, l'obligeant ainsi à lever les yeux vers elle :

— Je regrette la tournure des événements et je sais qu'il n'y avait pas de mauvaise volonté de ta part. C'est juste par manque d'habitude…

Sur ce, elle eut un petit rire :

— … autant avec Émilie qu'avec les sandwiches ! Allez, ouste ! Sors d'ici, je vais voir ce que je peux faire.

Et d'une voix contrite, elle ajouta :

— J'avoue m'être emportée pour pas grand-chose. Quelques décorations et tes plateaux auront plein d'allure. Mais que veux-tu ? Quand Émilie est malade, ça me retourne les sangs… Je m'excuse, Raymond.

Raymond fronça les sourcils. Encore une fois, Blanche avait réussi à retourner la situation à son avantage. Cette constatation le laissait perplexe. Mais c'était un fait : chaque fois qu'il y avait litige entre eux, Raymond en ressortait toujours avec la désagréable impression d'être le perdant, ou le méchant, ou le persécuteur… Il regagna le salon, perdu dans sa réflexion. Seule l'image de Charlotte penchée sérieusement sur son livre arriva à le faire quitter la zone d'inconfort où il se trouvait. L'entendant entrer, la fillette leva les yeux.

— Ça va ?

La perspicacité de cette banale question le fit frissonner. Si lui ressentait un malaise devant l'attitude de sa femme, comment Charlotte prenait-elle la chose ? Elle n'était pas dupe et devait sûrement se rendre compte de la précarité de certaines situations. S'approchant d'elle, Raymond s'installa sur le divan et lui entoura les épaules de son bras. Il s'inventa un sourire dès qu'elle leva les yeux vers lui.

— Il semblerait que nos assiettes de sandwiches n'étaient pas très réussies.

— Ah bon !

Le ton était à la fois triste et indifférent. Raymond se sentit obligé de forcer un peu la note.

— Mais ne t'en fais pas, poursuivit-il alors sans tenir compte de l'intervention de Charlotte et mettant une bonne dose de jovialité dans sa voix, maman est en train d'y voir. Demain, c'est la fête et tout va être parfait.

— Alors on y va ?

— Mais oui. Pourquoi ?

— Parce que habituellement quand maman ou Émilie sont malades, les fêtes sont toujours annulées.

Charlotte avait fait la constatation en haussant les épaules. Raymond eut alors l'impression qu'il tenait tout contre lui un bibelot fragile et que, s'il ne disait pas les bons mots, celui-ci se fracasserait. Charlotte levait vers lui un regard empreint d'espoir.

— Non, Charlot, cette fois-ci, on va à la fête. Même si celle-ci n'a pas lieu chez nous, toi et moi, on est un peu les hôtes du pique-nique, non ? On a lancé les invitations, on a pensé au menu, on a fait les sandwiches. Que diraient les gens si on ne s'y présentait pas ?

— Ça ferait drôle, c'est vrai.

Puis après une brève réflexion :

— Émilie, elle ? Émilie aussi nous a aidés... Tantôt, j'ai entendu maman dire qu'elle n'irait pas à cause de Milie...

— Si on attendait à demain pour parler de ça ? On ne sait jamais, peut-être que ta sœur va être en pleine forme.

À ces mots, Charlotte se dégagea de l'étreinte de son père et se leva. Puis elle le regarda droit dans les yeux :

— Peut-être... Mais tu penses que ça va suffire de voir Émilie en forme pour faire changer maman d'avis ?

— On verra demain, répéta alors Raymond, essayant d'y croire.

— D'accord, on verra demain, soupira Charlotte en s'éloignant.

Mais on sentait dans sa voix qu'elle, elle n'y croyait pas du tout au changement d'idée de Blanche…

— Je vais me coucher pour être en forme. Bonne nuit, papa.

— Bonne nuit, Charlot. Et fais de beaux rêves. Moi, je vais appeler Jean-Louis pour préciser l'heure à laquelle il vient nous chercher.

N'ayant pas d'auto, Raymond avait demandé à son ami s'il acceptait de les prendre, lui, sa famille et le goûter, afin de se rendre au lac des Deux-Montagnes. On avait parlé d'un rendez-vous à dix heures devant la maison des Deblois. Pour une fois, Raymond et Charlotte escamoteraient la messe dominicale.

Mais ce qu'il voulait surtout lui dire, à Jean-Louis, c'était d'arriver en avance. Raymond espérait de tout cœur qu'Émilie ne les verrait pas partir…

Charlotte était éveillée depuis un bon moment déjà lorsque Raymond entra dans la chambre sur le bout des pieds. Elle avait longuement épié le sommeil d'Émilie et avait même failli la réveiller pour voir si elle se sentait en forme tellement elle espérait que sa petite sœur serait de la fête. À la dernière minute, elle avait reculé, se disant que maman ne serait pas contente. Il valait mieux laisser Émilie dormir le plus longtemps possible si on voulait mettre toutes les chances de son côté. Raymond s'approcha d'elle silencieusement.

— En forme, Charlot ? murmura-t-il à son oreille en l'embrassant.

— Oh oui ! en pleine forme ! répondit Charlotte sur le même ton.

— Alors habille-toi et viens me rejoindre à la cuisine. Il fait un temps superbe, dehors.

— Je sais, j'ai vu par la fenêtre… Est-ce que je réveille Émilie ?

— Pas tout de suite, mentit alors Raymond. Laissons-la se reposer encore un peu. Maman aussi dort encore profondément et tu sais combien elle déteste se faire réveiller.

— D'accord. Je m'habille et je descends.

Persuadée qu'Émilie allait se joindre à eux – papa avait dit pas tout de suite –, Charlotte se leva sans bruit et s'habilla rapidement.

Quand elle entra dans la cuisine, son père était en train de sortir les victuailles de la glacière et il rangeait les plateaux dans de grosses boîtes en carton. Un frisson d'excitation chatouilla l'échine de Charlotte. C'était bien la première fois qu'elle allait à une fête d'une telle envergure et papa avait dit, hier soir, que c'était eux qui allaient recevoir tous ces gens. Imbue de l'importance de sa tâche, Charlotte grimpa sur une chaise et jeta un coup d'œil à l'intérieur des boîtes. Puis, toujours sur le ton de la confidence, elle demanda :

— Alors, papa, quand est-ce qu'on réveille Émilie ? Si tu tardes trop, elle ne sera jamais prête quand Jean-Louis va venir nous chercher. Et maman, est-ce qu'elle vient ou pas ? Lui en as-tu parlé hier ? Si elle ne vient pas, je peux m'occuper d'Émilie, tu sais. Je suis capable de l'aider à s'habiller et de la surveiller pour qu'elle ne mange pas comme un ogre. C'est fou ce qu'elle peut manger parfois, Milie. Tous les trois, on est sûrement capables d'y arriver sans maman, tu sais. Comme ça, si jamais une autre fois maman a la migraine, on ne sera plus obligés de tout annuler. Alors, j'y vais ? Je peux réveiller Émilie ?

Quand Charlotte se mettait à parler comme un moulin, c'était qu'elle se sentait nerveuse. Bien sûr, elle savait qu'aujourd'hui elle allait rencontrer plein de gens qu'elle n'avait jamais vus et cela devait l'inquiéter.

Et il y avait Émilie…

Pendant que Charlotte parlait, Raymond avait interrompu son va-et-vient entre le comptoir de cuisine et la table. Il avait pris une chaise et, s'appuyant sur un coude, il avait soupiré en fermant les yeux à demi. Puis il s'était tourné vers Charlotte :

— Viens ici, Charlot. Il faut qu'on parle tous les deux.

Charlotte s'arrêta net de parler. Quand son père avait cette voix grave, encore plus que celle de tous les jours, Charlotte savait que ce qu'il allait dire ne serait pas agréable. Alors, plutôt que de répondre à son invitation de le rejoindre, Charlotte se contenta de se laisser glisser en bas de la chaise et, le regardant droit dans les yeux, elle lança :

— Émilie ne viendra pas, n'est-ce pas ? C'est ça que tu veux me dire ?

Une fois de plus, la perspicacité de Charlotte le laissa sans voix pour un moment. Mais, sachant l'importance de la chose à ses yeux, il tenta de minimiser l'incident :

— Tu sais bien, Charlotte, que lorsque Émilie dort aussi profondément, c'est qu'elle a encore besoin de récupérer. Je suis certain que maman ne serait pas d'accord pour qu'on la réveille.

Charlotte soutint son regard. Puis, du bout des lèvres, elle approuva :

— C'est sûr ça, que maman serait pas d'accord. Elle est souvent pas d'accord…

Charlotte avait la voix mouillée de qui retient ses larmes. Alors Raymond n'insista pas et ne chercha pas à la retenir quand elle se dirigea vers la porte pour quitter la cuisine. Il savait que sa fille détestait qu'on la voie pleurer.

— Je vais surveiller l'auto de Jean-Louis. Il ne faudrait pas qu'il fasse trop de bruit. Maman n'aime pas qu'on la réveille.

Et dans la remarque de Charlotte, il y avait une pointe de sarcasme.

Raymond resta un long moment immobile, décontenancé par l'attitude de Charlotte. Il avait le cœur serré. Charlotte n'était qu'une gamine. Tout juste une petite fille. Mais ce matin elle avait tenu des propos d'adulte sur un ton d'adulte… Il lui sembla alors entendre la voix de Bernadette, et il ferma les yeux pour faire mourir l'écho de cette voix qui s'entêtait.

Et dire que cela devait être un jour de fête.

Charlotte était blessée, déçue. Émilie le serait encore plus…

Finalement, il n'y avait que Blanche, malgré ce qu'elle avait laissé entendre, qui semblait prendre la chose avec un grain de sel. Quand il avait quitté leur chambre, elle dormait toujours du sommeil du juste, avec ce petit ronflement qui laisse deviner le sommeil profond.

Raymond se releva lourdement. Il y avait le goûter à emballer, les vêtements à emporter et les imprévus à prévoir. Mais tout ce qui était un plaisir quelques instants plus tôt prenait des allures de corvée. Brusquement, Raymond avait hâte que le soir vienne. Que cette journée soit passée pour pouvoir l'oublier. Parce que tout aussi brusquement, il était d'accord avec Charlotte. Il arrivait beaucoup trop souvent que Blanche ne soit pas d'accord.

Il dut même se faire violence pour ne pas éveiller Émilie et partir, seul, avec ses deux filles…

Pourtant, la journée s'annonçait merveilleuse. Quand les oiseaux chantaient d'un arbre à l'autre, que le soleil qui entrait de biais par la fenêtre de côté était presque chaud dès le matin, que la rivière coulait en glougloutant paisiblement au loin tout au fond du jardin et que même les quelques claquements venus de la rue avaient un petit quelque chose de rassurant, c'était que la journée allait être très belle. Ce matin, ce furent ces bruits-là qui éveillèrent Blanche dès l'aube. Elle s'était étirée avec précaution, avait tourné la tête lentement, un quart de tour à droite, un quart de tour à gauche, comme tous les matins, question de vérifier la présence ou non d'un éventuel mal de tête. Devant la négative, elle s'était contentée de rouler délicatement les épaules avant d'enfoncer la tête dans l'oreiller et de régler sa respiration sur le mode d'un léger ronflement.

Pourtant, Blanche aimait bien assister au lever du soleil. Quand elle était encore chez ses parents, il lui arrivait souvent de se lever à l'aube. Le silence de la maison dans le pétillement du petit jour lui plaisait bien. Elle s'installait sur la terrasse et détaillait la nature tout à loisir, détendue, parce qu'elle savait qu'elle pourrait regagner la tiédeur de son lit dès le soleil levé et ainsi satisfaire son besoin de sommeil aussi longtemps qu'elle le souhaiterait.

Aujourd'hui, tout cela avait bien changé.

Plus question de se recoucher, car il semblait désormais que le lever de Blanche sonnait le réveil de la maisonnée. Et quand Blanche n'avait pas eu sa ration de repos, elle ne valait rien de toute la journée. Elle avait donc pris l'habitude d'épier le petit jour depuis son lit, un peu frustrée, mais suffisamment satisfaite pour se laisser emporter vers une deuxième vague de sommeil, bercée par le chant des oiseaux. Quand le sommeil la boudait, elle réglait sa respiration de telle façon qu'elle pût impunément rester au lit quelques heures de plus. Elle détestait avoir à se précipiter en se levant. C'était dans sa nature, Blanche avait besoin de calme au réveil pour être fraîche et dispose pendant la journée. Elle n'y pouvait rien changer.

C'est pourquoi en ce merveilleux dimanche de fin d'été, Blanche préféra faire semblant de dormir plutôt que d'affronter les insistances de Raymond. Cet homme ayant toutes les faiblesses devant ses filles, il fallait bien que quelqu'un veillât au grain. De toute façon, les discussions au saut du lit menaient tout droit à la catastrophe. Si elle se levait, il y aurait discussion, c'était à prévoir, et donc, migraine et bouderie seraient probablement au programme et il faisait franchement trop beau pour envisager une telle journée. Non qu'elle appréciât avoir à jouer les trouble-fête, le rôle était plutôt ingrat, mais il fallait bien que quelqu'un le fît, surtout pour Émilie, déjà amplement lésée par son hérédité. Blanche s'était donné comme mission de rendre la vie de sa cadette la plus normale possible, tout comme elle s'était fait un devoir de propulser Charlotte en tête de classe.

Depuis sa naissance, Émilie montrait indéniablement des signes de paresse digestive et Blanche ne pouvait envisager de laisser la situation se détériorer. Tout bébé, Émilie avait même eu droit au lait maternel malgré l'intense douleur que Blanche ressentait à chaque tétée. Mais il semblait bien que cela n'avait pas été suffisant puisque, malgré cela, l'organisme d'Émilie était resté paresseux. Elle grossissait à peine et, horreur, bébé Émilie pouvait rester des jours sans avoir sali sa couche. Que des pipis ! Comme la régularité intestinale était une religion chez les Gagnon, Blanche connut la pire des angoisses. La liste des troubles possibles affectant un nouveau-né était sans fin dans le dictionnaire médical. Alors elle consulta, de façon discrète, ne voulant surtout pas inquiéter Raymond. Il lui fallait trouver quelque chose ! Émilie avait à peine deux mois quand, à coups de petites gouttes, de cuillerées de sirop et de poudre diluée dans le jus, Blanche décida de donner un coup de pouce à la nature qui s'était montrée si peu généreuse envers sa fille. C'était ainsi que, depuis toujours ou peu s'en fallait, Émilie fonctionnait aux médicaments. Le moindre relâchement de ses habitudes entraînait des déséquilibres fâcheux se traduisant soit par des diarrhées, soit par une constipation qui obligeait Blanche à intervenir avec plus de vigueur, provoquant parfois des indigestions qui arrachaient le cœur d'Émilie, au sens propre, et celui de Blanche, au figuré.

Et c'était là l'unique raison qui l'avait poussée à écarter le pique-nique. Prévoyant l'inévitable constipation suivant l'indigestion, Blanche n'aurait d'autre alternative que de donner quelques gouttes d'huile de ricin à Émilie pour éviter les lourdeurs abdominales. À la suite de quoi, il y aurait une période d'accalmie, précédant une petite crise de crampes qui annonceraient la conclusion de ce désagréable moment. Vers quatre heures, en fin d'après-midi, Émilie serait complètement remise de ses malaises. Bien entendu, Blanche prévoyait qu'au retour, Raymond aurait son regard chargé de reproches en constatant la bonne mine de sa fille. Mais Blanche préférait un affrontement en fin de journée plutôt qu'avant le déjeuner, surtout qu'au matin, elle risquait de perdre la bataille et qu'ainsi Émilie ne pourrait prendre ses gouttes. Blanche ne pouvait envisager de faire passer à Émilie une partie de l'après-midi dans des crampes douloureuses à cause de ballonnements. Blanche en savait un bout sur le sujet : depuis des années elle fonctionnait, elle aussi, à l'huile de ricin et à l'extrait de fraise. Ces deux bouteilles prenaient place sur la table de ses parents, à côté du sucrier et de la salière.

Les Gagnon avançaient dans la vie à coups de petites gouttes…

Dès qu'elle entendit le claquement des portières de l'auto de Jean-Louis et le moteur qui ronronnait, Blanche sortit du lit. Elle savait qu'elle avait devant elle quelques heures de tranquillité puisque Émilie dormait toujours longtemps quand elle avait été malade la veille. Son organisme avait besoin de récupérer. Attrapant le livre qui était posé sur sa table de chevet, Blanche descendit silencieusement jusqu'à la cuisine, se servit du café que Raymond avait préparé et laissé sur le rond arrière de la cuisinière pour qu'il fût encore chaud au lever de sa femme et sortit sur la galerie en soupirant de plaisir.

Blanche en était tout à fait consciente : son homme était une soie et elle l'aimait sincèrement. Sans lui, la vie n'aurait pas été aussi belle.

Le temps de regarder longuement autour d'elle, d'apprécier les reflets du soleil sur la rivière, d'inspirer profondément l'air particulièrement vivifiant de ce dimanche, de penser que Raymond avait bien de la chance de pouvoir compter sur une si belle journée pour son pique-nique, de se dire qu'il était dommage qu'Émilie ne puisse profiter de cet instant puisqu'elle avait besoin de dormir encore, et Blanche ouvrait son livre pour s'y plonger corps et âme.

Quand elle lisait, Blanche était insensible au monde extérieur.

Elle ne revint à la réalité qu'au tintement insistant des cloches de l'église qui conviaient les paroissiens à l'office dominical, office qu'elle négligeait depuis la naissance des filles, le prétexte servant à merveille son peu d'attirance pour les choses du culte.

Elle prit le temps de s'étirer avant d'entrer dans la cuisine, où elle comprit aussitôt que ce n'était pas l'appel aux dévotions qui l'avait tirée de sa lecture mais bien l'angélus. Déjà midi. Dans un froufroutement de robe de chambre, elle se précipita à l'étage pour s'habiller.

Émilie l'attendait dans son lit, couchée sur le dos, les yeux brillants de larmes. Elle aussi, elle avait entendu claquer les portières de l'auto et avait aussitôt compris que ses prières muettes étaient restées sans réponse. Son père partait sans elle… Elle avait également entendu sa mère se lever, mais elle n'avait pas voulu l'appeler. Elle savait que ce matin elle aurait droit à l'infecte crème de blé, inévitable après les indigestions, ainsi qu'aux non moins infectes cuillerées d'huile visqueuse qui lui donnait des coliques. En toute connaissance de cause, elle avait donc choisi d'en repousser l'échéance, quitte à s'imposer quelques heures de solitude.

Habituée depuis longtemps aux siestes et aux récupérations de toutes sortes, Émilie avait appris à attendre que le temps passe.

Mais quand sa mère entra enfin dans sa chambre, la petite ne put retenir la question qui l'obsédait depuis son réveil :

— Pourquoi papa est parti sans moi ?

Blanche se précipita vers elle :

— Pauvre Milie ! Comment aurais-tu pu t'amuser après l'horrible soirée que tu as passée hier ? Tu sais bien qu'une indigestion te laisse toujours très faible. Si papa avait été attentif, durant la journée, tu n'aurais pas été malade et on aurait pu se joindre à la fête. Moi aussi, tu sais, j'aurais bien aimé être de la partie. Mais que veux-tu ? Nous deux, on est différentes et il faut savoir s'accommoder de ce que l'on a et des limites que notre santé nous impose. C'est comme ça. Alors, comment vas-tu, ce matin ?

Le discours de maman, Émilie le connaissait par cœur et elle le trouvait, au demeurant, fort injuste quand elle se comparait à Charlotte qui pouvait manger autant qu'elle le voulait et à peu près tout ce qu'elle voulait, alors qu'elle, elle devait toujours refréner son appétit et les envies irrépressibles qu'elle ressentait devant certaines choses, comme la crème glacée au chocolat, par exemple ! Réprimant un soupir d'impatience, Émilie adressa un large sourire à Blanche, espérant du fond du cœur qu'elle avait l'air suffisamment en forme pour éviter la bouillie et l'huile insipide.

— Mais je vais très bien.

— À la bonne heure ! Alors on va se contenter d'un peu de crème de blé pour rétablir l'estomac et je crois bien, à voir ta bonne mine, qu'on ne prendra cette fois-ci que quelques gouttes d'huile pour les intestins. Cela devrait suffire. Enfile le linge que j'ai placé au pied de ton lit, moi, je vais à la cuisine.

Émilie se leva la mort dans l'âme. Elle, c'était une montagne de pain grillé tartiné de miel qu'elle aurait mangé parce que, depuis son réveil, son estomac n'arrêtait pas de gargouiller tellement elle avait faim. Mais le miel était réservé aux matins de fête – « Ça purge, disait Blanche, tu ne peux pas en faire une habitude ! » –, et encore sa mère étirait-elle sans fin la misérable cuillerée à laquelle Émilie avait droit. Tout en s'habillant, Émilie tenta de se faire une raison : elle n'échapperait pas au rituel. Mais si elle montrait un peu de bonne volonté, peut-être qu'au souper, elle aurait droit à une portion digne de ce nom.

Et, après le frugal déjeuner qui fut le sien, c'était à cet hypothétique souper qu'Émilie pensait, salivant à l'avance, assise au salon, sachant que les coliques n'allaient pas tarder à se manifester, quand Blanche vint la rejoindre. Désolée d'avoir été contrainte de priver son bébé d'un plaisir anticipé, Blanche essayait de voir ce qu'elles pourraient bien faire toutes les deux pour passer l'après-midi de façon agréable, malgré tout.

— Et si on allait chez grand-maman Gagnon ?

Émilie leva un visage ravi. Elle adorait prendre le tramway et elle adorait sa grand-mère qui trouvait toujours moyen de lui donner de son merveilleux sucre à la crème. En cachette, bien entendu, mais il était si bon que jamais Émilie n'avait été malade d'en manger, même parfois un peu trop, et ainsi le secret perdurait toujours entre grand-maman et elle. Émilie sauta aussitôt sur ses pieds.

— Quand est-ce qu'on part ?

Tout heureuse de voir sa fille aussi enjouée, Blanche en oublia les conséquences qui découlent habituellement de l'huile de ricin. Mais ce qui s'avérait problématique en pique-nique l'était tout autant dans le tramway, et ce qui devait arriver arriva. Émilie s'échappa. Quand Blanche se présenta enfin chez son père, la demeure de ses parents étant beaucoup plus proche que la sienne au moment de l'incident, Blanche était dans tous ses états. Elle remorquait derrière elle une petite Émilie en larmes, humiliée de n'avoir pu se retenir.

Comme un bébé…

— Papa !

Jamais, d'aussi loin qu'elle se souvienne, Blanche n'avait appelé sa mère à la rescousse. Petite femme terne et sans opinion, madame Gagnon vivait dans l'ombre d'Ernest depuis le matin de son mariage, affairée au confort et à l'édification de son illustre mari. Elle s'était affairée à porter les enfants d'Ernest quand elle ne les perdait pas en cours de grossesse, elle s'était affairée à pleurer pour deux les enfants qui mouraient en bas âge, elle s'était affairée à s'occuper de nourrir les deux fils que la vie avait accepté de lui laisser, elle s'était affairée auprès des œuvres de charité patronnées par Ernest quand sa santé le lui permettait mais pour le reste, elle s'en était toujours remise aux bonnes, aux jardiniers, aux chauffeurs ou aux médecins que son mari avait les moyens d'engager et avec qui il prenait toutes les décisions. Du menu des repas aux bosquets de roses, en passant par le but des promenades de son épouse ou des enfants, Ernest Gagnon veillait à tout. Quant à Jacqueline, son royaume était la cuisine et bien qu'elle eût aimé s'affairer auprès de Blanche, son unique fille, Ernest ne lui en avait jamais laissé l'occasion. Jacqueline Gagnon s'était donc contentée de regarder grandir sa fille et de nourrir sa famille selon les choix de son mari, Ernest étant le chef absolu de la famille, le maître à penser, le grand argentier et l'éducateur reconnu. Aussi, lorsque retentit l'appel de Blanche qui venait d'entrer dans la maison, Jacqueline ne se donna pas la peine de répondre, sachant à l'avance que son mari l'accueillerait pour deux.

Occupé à lire les journaux de la semaine qu'il accumulait justement pour le dimanche, monsieur Gagnon se permit un profond soupir de désagrément avant de réagir à l'appel. Que Blanche soit là était en soi un plaisir, nul doute là-dessus. Par contre, la présence de Charlotte, enfant bruyante, et celle de Raymond, plutôt taciturne lors de leurs visites, parvenaient régulièrement à l'agacer. Ce ne fut qu'au moment où il constata que Blanche était seule avec Émilie que la lecture de ses journaux passa au second plan. La petite Émilie, de par sa ressemblance avec sa mère, arrivait à lui tirer à l'occasion des sourires qu'il ne distribuait qu'avec parcimonie. Il était sincèrement heureux de les voir jusqu'au moment où il vit le visage congestionné de l'enfant et la lueur de désespoir dans le regard de sa fille.

— Mais grands dieux ! Que se passe-t-il ? Tu as l'air d'une déterrée, ma pauvre fille.

— On le serait à moins… Émilie s'est oubliée dans sa culotte, expliqua Blanche, aussi confuse et embarrassée que si c'était elle-même qui avait commis l'impair.

La rougeur maquillait ses pommettes et ses mains tremblaient légèrement.

Un peu dépassé par les événements, Ernest Gagnon prit le temps d'évaluer la situation. Un pas derrière Blanche, Émilie se cachait prudemment avec un pan de la robe de celle-ci. On ne voyait que ses bas et ses chaussures qui dépassaient de l'ourlet de la jupe. Leur couleur ne laissait aucun doute possible, le dégât était majeur. En bon décideur, monsieur Gagnon leva aussitôt l'index.

— Jacqueline, je crois que Blanche a besoin de toi.

C'était là une question pratique et nul doute que son épouse aurait une solution.

Femme grise dans sa robe grise, Jacqueline Gagnon se tenait à l'écart dans l'embrasure de la porte de la cuisine, à l'autre bout du couloir. Mais avant même que son mari ait parlé, juste à voir la main qui se levait, elle avait quitté la cuisine pour se précipiter vers Blanche. Un regard et elle prenait la situation en main. Elle n'avait pas son pareil pour réparer les bévues en tout genre.

— Viens avec grand-maman, Émilie. On va voir ce qu'on peut faire. Tu ne dois pas être à l'aise.

Prenant la fillette par la main, Jacqueline reprit le chemin de la cuisine. Blanche lui emboîta le pas et Ernest retourna à ses journaux. Mais il eut à peine le temps de s'asseoir qu'une clameur horrifiée lui parvenait de l'arrière de la maison, clameur suffisamment forte pour l'inquiéter. À son tour, il remonta le couloir.

— Oh papa… Regarde !

Blanche tenait à la main une des chaussettes d'Émilie. Mêlée aux taches verdâtres dont on pouvait imaginer l'origine, une fleur rougeâtre s'épanouissait. Blanche maintenant tremblait de la tête aux pieds.

— Il y a du sang, papa. Te rends-tu compte ? C'est terrible ! Ma petite fille est probablement très malade et je ne m'en doutais pas. Mais qu'est-ce qu'on peut faire ?

Debout près de l'évier, Jacqueline s'affairait à préparer un linge tiède pour laver Émilie. À la question de Blanche, elle se tourna vers eux. Dans son regard se lisaient la tristesse et l'inquiétude. Une autre enfant malade, comme l'était Blanche à cet âge. Elle se hâta de revenir vers Émilie pour la débarbouiller. C'était là la seule chose qu'elle pouvait faire pour se rendre utile car, s'il y avait une décision à prendre, c'était Ernest qui la prendrait. Ce qu'il fit sans l'ombre d'une hésitation, en chef d'entreprise pour qui les décisions à prendre sont le pain quotidien.

— Prépare cette enfant, Jacqueline, je l'emmène à l'hôpital.

— À l'hôpital ? Faire venir un médecin ne serait pas suffisant ?

Blanche avait la voix toute retournée par l'espoir que faisait naître la proposition de son père et par l'inquiétude qu'elle suscitait en même temps.

— On n'a pas ce qu'il faut ici pour soigner une enfant malade.

— Je ne sais trop, papa, si on a les moyens d'aller à…

— C'est moi qui prends la décision, c'est moi qui paierai… Il faut bien que ma fortune serve à quelque chose.

— Dans ce cas… merci. En effet, je crois que c'est sage de faire voir Émilie par les médecins.

À la simple mention du mot *hôpital*, Blanche sembla ragaillardie. Elle esquissa même un sourire vers son père qui se tenait à une certaine distance, dans l'embrasure de la porte. L'odeur qu'Émilie dégageait rappelait le lait suri et suffisait pour qu'Ernest Gagnon veuille l'éloigner de la maison. Mais Émilie restait la fille de Blanche et, à ses yeux, il n'y avait qu'un seul médecin digne de s'en occuper.

— Nenni, ma fille. Ta fille ne sera pas auscultée par les médecins de garde. Je ne les connais pas, alors je ne leur fais pas confiance. C'est Odilon Dugal qui verra ma petite-fille.

— Le docteur Dugal ? En plein dimanche après-midi ?

— Et pourquoi pas ? Il passe suffisamment d'argent de ma poche à la sienne pour qu'il m'octroie certains privilèges. Je suis persuadé qu'il se fera un plaisir d'examiner ta fille. Je lui passe un coup de téléphone et je prépare l'automobile.

Et alors qu'il était déjà dans le corridor, heureux de mettre une certaine distance entre lui et la cuisine, il ajouta par-dessus son épaule :

— Pense à trouver une couverture pour l'envelopper, Jacqueline. Je ne voudrais pas qu'elle salisse les bancs.

Elle faisant référence à Émilie, bien sûr. Ce que cette dernière comprit aussitôt, rougissant de plus belle. Il ne fallait surtout pas *qu'elle* salisse la belle auto de *monsieur* Gagnon. Par réflexe, Émilie serra les cuisses et ferma les yeux. Déjà humiliée de se savoir à demi nue devant tout le monde, en plein milieu de la pièce, voilà qu'une crainte sans nom s'ajoutait au reste. Son grand-père, *monsieur* Gagnon, avait dit hôpital et sa mère était passée de l'affolement à l'agitation, s'occupant d'elle avec frénésie. Elle frottait ses cuisses et ses jambes à les faire rougir.

Mais personne n'avait pensé à lui dire ce qui arriverait une fois qu'on serait rendu à l'hôpital. Émilie vit sa mère glisser sa chaussette sale dans un sac avec mille précautions, une grimace de dégoût sur les lèvres. « Peut-être qu'ils sont équipés pour laver les chaussettes sales, à l'hôpital », pensa-t-elle alors. Mais elle n'osa le demander. Émilie avait suffisamment dérangé tout le monde pour aujourd'hui.

Ernest Gagnon conduisait son automobile comme il conduisait sa vie : vite et bien. L'efficacité était à ses yeux la principale, sinon la seule, qualité qui pût affecter un être humain, autrement genre plutôt enclin à la paresse et à l'hésitation devant les impondérables de l'existence. Il s'efforçait donc d'être efficace en tout pour contrebalancer ce malencontreux travers de la race humaine.

— Nous allons à Notre-Dame, répondit-il à l'interrogation de Blanche quand elle avait compris qu'il poursuivait sa route au coin de Côte-des-Neiges. C'est un peu loin, je le concède, mais c'est là que pratique Dugal.

Curieusement, Blanche remarqua alors que jamais elle n'avait entendu son père dire docteur Dugal. Le médecin était simplement Dugal comme le jardinier était Poitras et la femme de chambre Couture. Tout médecin qu'il pût être, Odilon Dugal faisait partie des gens qu'Ernest Gagnon avait les moyens de se payer. Elle soupira et reporta son attention sur Émilie qui se blottissait contre elle. Malgré la chaleur, on lui avait entouré le bas du corps dans une immense couverture de laine.

— C'est plus absorbant que le coton, avait expliqué Jacqueline en embrassant Émilie. Juste au cas où… Pauvre petite…

Puis voyant l'inquiétude qui traversait le regard de l'enfant, elle l'avait embrassée sur le front.

— Ne crains rien, ma belle Émilie. On va bien s'occuper de toi à l'hôpital. Et moi, je vais prier très fort pour que tout aille pour le mieux, avait-elle conclu comme si c'était là une panacée.

Pourtant, Émilie, elle, n'y croyait pas vraiment aux vertus magiques des prières. Bien au contraire ! S'il fallait des prières pour qu'un hôpital fonctionne, c'était encore plus dangereux qu'elle ne le croyait. Élevée dans une famille où la pratique religieuse se faisait plus par obligation que par conviction, elle était sceptique quant aux réelles retombées des prières. La preuve ? Ce matin, papa était parti sans elle malgré toute la ferveur qu'elle avait mise à supplier un éventuel bon Dieu. Alors quand sa grand-mère parlait de prière, pour Émilie c'était loin d'être une garantie que tout allait bien se passer. De grosses gouttes de sueur perlaient sur son front, tant à cause de l'épaisse couverture que de la peur qu'elle connaissait en ce moment. Les crampes qu'elle ressentait à l'estomac étaient nouvelles, comme un drôle de vertige qui donnait l'impression qu'elle allait être malade, bien qu'elle sût qu'elle ne le serait pas.

Son grand-père l'emmenait à l'hôpital…

Déjà, en soi, le mot *hôpital* faisait référence à une notion désagréable, à tout le moins une notion inconnue pour une enfant de quatre ans. Mais qu'en plus, la suggestion vienne de *monsieur* Gagnon, c'était assurément inquiétant. Son imagination en faisait un endroit sombre où la douleur devait être de mise puisqu'on y allait uniquement quand on était malade. Et Émilie savait fort bien qu'être malade signifiait avoir mal quelque part. L'un n'allait pas sans l'autre. Dès que sa mère lui trouvait l'air malade, Émilie savait que dans les heures à venir, elle aurait mal malgré toutes les gouttes ou les sirops que Blanche lui administrait pour la guérir.

Son grand-père arrêta l'automobile devant les urgences alors qu'Émilie était glacée de peur et en nage à cause de la couverture. Elle n'avait effectivement pas très bonne mine. Une infirmière tendit les bras pour l'accueillir. Son uniforme blanc, amidonné, était frais et Émilie y appuya instinctivement son front en se laissant emporter.

Des heures qui suivirent, Émilie ne garderait qu'une seule chose : la détresse ressentie lorsqu'elle avait compris que sa mère ne pourrait rester auprès d'elle. Les examens et les piqûres n'étaient presque rien à côté de la sensation d'abandon qui était la sienne. Même la présence du docteur Dugal qu'elle connaissait bien n'arriva pas à tarir ses larmes ni à la faire sortir de son mutisme. Pourtant, elle aimait bien le docteur Dugal – elle n'avait jamais imaginé, elle, que de la fumée lui sortait des oreilles et comme il était toujours très doux avec elle, Émilie ne le trouvait pas effrayant –, mais même lui n'arrivait pas à la rassurer.

On l'avait installée dans une couchette de bébé en lui expliquant que c'était le règlement quand les enfants avaient moins de six ans. Mais Émilie n'y croyait pas à ce prétendu règlement. Si on la traitait en bébé, c'était uniquement parce qu'elle avait agi en bébé en salissant sa culotte. Peut-être voulait-on la punir ? La honte revint aussitôt, se greffant à ses craintes de toutes sortes. Alors elle se tourna sur le côté, remonta ses jambes contre son ventre qui continuait à se crisper drôlement et ferma les yeux sur la conviction que l'hôpital était assurément un endroit mauvais puisque sa mère ne pouvait rester avec elle. Et pour passer le temps, habituée depuis toujours à devoir passer le temps, Émilie tenta d'imaginer à quoi ressemblait le pique-nique où Charlotte devait s'amuser. Ses larmes redoublèrent. Et quand elle aperçut le vieux médecin qui revenait vers elle en discutant avec l'infirmière, toujours sans sa mère, elle recommença à avoir peur.

Émilie s'attendait au pire.

Aussi ne fut-elle pas vraiment surprise quand le docteur Dugal lui annonça qu'elle resterait dormir à l'hôpital. Elle poussa un soupir résigné qui sortit de sa poitrine comme un sanglot à travers les larmes qui continuaient de couler. Elle ne voulait pas rester à l'hôpital. Tout ce qu'elle voulait, c'était sa mère. Mais quand le vieux médecin baissa le barreau du lit pour s'asseoir près d'elle et qu'il lui demanda ce qu'elle aimerait manger pour souper, Émilie osa un regard vers lui. Un regard où se disputaient méfiance et incrédulité. Brusquement, l'absence de Blanche lui semblait de moindre importance, et peut-être bien que d'avoir raté le pique-nique ne serait pas si terrible en fin de compte.

— Je peux demander ce que je veux ?

Émilie avait de la difficulté à croire ce que le médecin venait de demander. À la maison, elle n'avait jamais le droit de choisir ce qu'elle voulait manger.

— Oui, tout ce que tu veux.

Émilie décida de pousser le test jusqu'au bout.

— Même de la crème glacée au chocolat ?

Odilon Dugal fit une petite grimace un peu comique. Puis un large sourire.

— Pourquoi pas ? Je vais vérifier s'ils en ont à la cuisine.

Et voyant l'éclair de tristesse qui traversa le regard d'Émilie à la perspective qu'il puisse ne pas y avoir de glace au chocolat, il ajouta, en lui prenant la main dans les siennes :

— Et s'il n'y en a pas, je vais moi-même t'en trouver. Promis.

Le sourire d'Émilie fut radieux et instantané. Finalement, l'hôpital n'était peut-être pas aussi désagréable que cela. Et tant pis pour le pique-nique !

En plus de la crème glacée, elle demanda du poulet et des patates écrasées.

— Beaucoup de patates. J'adore les patates écrasées !

Quand Blanche eut enfin la permission de venir embrasser sa fille avant de partir, elle eut le cœur déchiré de voir sa petite Émilie confinée dans une couchette de bébé. Pourtant, la chose ne semblait pas l'incommoder. Bien au contraire, Émilie affichait un large sourire. Alors pour elle, Blanche s'efforça de ne rien laisser voir de sa tristesse. Et Émilie, de son côté, retenue par une crainte aussi bizarre qu'incompréhensible, n'osa annoncer qu'elle allait manger tout ce qu'elle voulait. Pourtant les mots lui picotaient le bout de la langue. Mais la chose était tellement nouvelle et inattendue qu'elle décida de vérifier l'exactitude des promesses du docteur avant d'en parler. Comme le disait souvent sa mère : « On n'est jamais trop prudent ! »

Émilie regarda donc sa mère s'en aller avec une impression mitigée au cœur : elle savait qu'elle allait s'ennuyer, mais en même temps elle avait terriblement hâte au souper.

Depuis que le docteur Dugal avait parlé de glace, les gargouillis étaient revenus, remplaçant le drôle de vertige qui avait encombré son estomac. Et Émilie n'avait plus du tout peur de l'hôpital…

Incapable de s'imaginer soutenant une conversation, sa tête commençant même à l'élancer, Blanche demanda à son père de la conduire chez elle.

— Avec l'inquiétude que je ressens, je ne serais pas d'une agréable compagnie. Excuse-moi auprès de maman.

Ce à quoi Ernest Gagnon répondit d'un haussement d'épaules. Cela ne l'incommodait pas de reconduire sa fille, et Jacqueline devrait s'accommoder de la situation.

Blanche espérait surtout que Raymond ne tarderait pas trop. Sa présence rassurante lui manquait terriblement. Alors plutôt que de regagner son lit comme elle avait coutume de le faire quand elle sentait poindre un mal de tête, Blanche avala une pleine poignée d'aspirines, la maison étant suffisamment silencieuse pour qu'elle espère contrer son début de migraine. Et assise au salon, avec la nervosité, l'inquiétude et l'impuissance qui étaient siennes, Blanche tenta de se préparer à annoncer l'horrible nouvelle à son mari.

Émilie, leur toute fragile Émilie, était malade à ce point qu'il avait fallu l'hospitaliser.

Comment prendrait-il la chose ?

Contrairement à ce qu'avait anticipé Blanche sachant que son mari adorait ses filles, Raymond réagit avec calme à cette annonce. Tant pour préserver Charlotte qui avait ouvert des yeux immenses en apprenant que sa petite sœur était à l'hôpital que parce qu'il ressentait un réel soulagement. On allait peut-être enfin savoir ce qui rendait Émilie malade aussi souvent. Comme les visites aux enfants étaient interdites à l'hôpital sauf le dimanche, Odilon Dugal, lui-même père et grand-père à plusieurs reprises, se fit un devoir de les renseigner au jour le jour. Émilie allait mieux et, heureusement, au grand soulagement de tous, il n'y avait eu aucun autre saignement.

— Contrairement à ce qu'on peut croire, les enfants sont forts. Beaucoup plus que nous.

Raymond et Blanche étaient dans le petit salon attenant à l'étage du service pédiatrie. Émilie avait reçu son congé de l'hôpital et ils rencontraient le docteur Dugal avant de partir avec leur fille.

— Plutôt que de la soumettre à une batterie d'examens désagréables, nous avons préféré l'observer pendant quelques jours avant toute chose, expliqua-t-il. Émilie paraît être une petite fille en santé. Délicate, c'est certain, admit-il en souriant à Blanche. Elle a de qui retenir ! Mais elle n'est pas malade.

Raymond, tout à fait soulagé, ne put s'empêcher de jeter un regard vers Blanche qui se tordait les mains comme elle avait la fâcheuse habitude de le faire quand elle se sentait nerveuse. Une certaine impatience se greffa à l'arrogance qui accompagnait son regard. Maintenant, Blanche ne pourrait plus dire que sa fille était comme elle, de fragile constitution, et que cela justifiait tout et n'importe quoi. Le médecin, et pas n'importe lequel, Odilon Dugal, celui-là même que Blanche avait choisi, venait d'affirmer que leur petite Émilie était une enfant en santé. De vieux médecin vieux jeu, Dugal venait de monter dans son estime. Vieux peut-être, mais sagesse ne rimait-elle pas avec vieillesse, justement ? Pourtant, à voir l'attitude de Blanche, elle ne semblait pas vraiment rassurée. Elle persistait à jouer avec ses doigts.

— Mais pourquoi dimanche a-t-elle eu ce saignement ? Les enfants en santé ne saignent pas comme ça, sans raison.

— Oh ! Vous savez… On ne saura jamais exactement ce qui s'est passé. Trop de nourriture, quelque chose de particulièrement irritant. Allez donc savoir !

À ces mots, Blanche se tourna vers Raymond en le fustigeant d'un regard empreint d'une telle sévérité qu'elle lui ôta toute velléité de riposte. Il était clair que Blanche le tenait responsable de la situation. Bien sûr, Raymond venait d'entendre les mêmes propos qu'elle, mais il avait de la difficulté à concevoir que des croûtes de pain et un peu de salade aient pu rendre sa fille malade à ce point. Pendant un long moment, Blanche et Raymond se regardèrent en chiens de faïence. Extérieur à ce débat silencieux, le médecin poursuivait sur sa lancée :

— Chose certaine, Émilie n'a rien de grave, fit-il, rassurant. Elle a bien mangé pendant toute la semaine, elle a bien digéré et elle a bien dormi. Elle a même pris un peu de poids. Ça me suffit. On n'obligera pas une enfant de son âge à subir des tests qui ne donneront absolument rien de plus. Allez ! fit-il en se relevant. Ramenez votre fillette à la maison, elle ne tient plus en place depuis le matin.

Ils ramenèrent donc Émilie à la maison. Raymond était heureux de constater que le visage anguleux de sa fille, étroit comme celui de Blanche, avait effectivement pris des rondeurs et qu'il était radieux. De ce fait, il acceptait le verdict du médecin en toute confiance. Blanche n'avait pas tort en affirmant que les vieilles médecines avaient du bon.

Il se promit de voir à ce que sa fille continue à prendre du poids.

Quant à Blanche, elle n'était plus aussi certaine d'avoir fait le bon choix en préférant Odilon Dugal à Germain Jodoin. Un vieux médecin, rompu à traiter surtout des adultes, n'avait peut-être pas les compétences nécessaires pour suivre une enfant aussi fragile qu'Émilie. Bien sûr, Émilie était enjouée et oui, peut-être bien que son visage était un brin plus rond. Mais pour Blanche, cela ne voulait rien dire. S'ils l'avaient empiffrée pendant la semaine passée à l'hôpital, il était normal qu'elle prenne des rondeurs. Était-ce pour autant un gage de santé ? Une enfant de quatre ans ne pouvait avoir de saignements sans qu'il y eût une raison majeure, et personne n'arriverait à la convaincre du contraire. L'insouciance de Raymond n'avait été qu'un élément dans un processus beaucoup plus complexe. Comme la pointe d'un iceberg. Et par une adroite circonvolution de l'esprit, Blanche lui était presque reconnaissante d'avoir permis de débusquer la probable présence d'une maladie assurément très grave.

Elle se promit de doubler de vigilance et se rabattit sur la bouteille d'aspirines. Un début de migraine lui taraudait le crâne.

De retour à la maison, Émilie eut droit à sa petite heure de gloire. À l'entendre, l'hôpital ressemblait à l'hôtel :

— En mieux, parce que j'étais toute seule à décider ce que je voulais manger ! confia-t-elle à Charlotte qui la regardait avec envie. Mais pas les autres enfants, ajouta-t-elle en fronçant les sourcils, comme s'il y avait là un élément un peu surprenant. Je choisissais ce que je voulais et c'est le docteur Dugal qui disait aux infirmières de préparer ce que j'avais envie de manger.

— Ah oui ? Chanceuse… Et qu'est-ce qu'on fait à l'hôpital ? Est-ce que tu avais le droit de jouer ?

— Bien sûr ! Il y avait une grosse boîte remplie de blocs et des livres avec des images. Et des crayons aussi pour dessiner. Entre les siestes, on avait le droit de se lever pour jouer. C'est sûr que j'aimais pas être dans un lit de bébé, mais l'infirmière avait raison : tous les autres grands comme moi dormaient aussi dans des lits de bébés. C'est comme ça à l'hôpital. Ce qui est drôle surtout, c'est les tables à roulettes. Quand je voulais regarder un livre ou faire des dessins, la garde-malade l'installait près de mon lit. J'aimais ça.

— Eh ben !

De découvrir un monde inusité rendait Charlotte bouche bée.

— J'aimais surtout quand le docteur venait me voir, racontait toujours Émilie, très heureuse que ce soit elle qui ait enfin quelque chose à dire pour impressionner sa sœur, le contraire étant devenu monnaie courante depuis que Charlotte allait à l'école. Je pense que l'hôpital appartient au docteur parce que les infirmières le suivaient toujours partout quand il venait me voir. J'ai l'impression qu'il est très important. C'est drôle mais il s'occupait juste de moi, le docteur Dugal, pas des autres enfants. Je ne sais pas pourquoi. Peut-être que j'étais vraiment très malade… Mais je l'aime bien. Il est gentil.

La gloriole d'Émilie l'accompagna jusque chez Gertrude et dès le lendemain, puisque Blanche, anéantie par les doutes, se vit contrainte de garder le lit. La migraine de la veille avait eu le dessus sur la poignée d'aspirines. Elle avait les jambes en coton et son corps refusait obstinément de suivre les directives de son esprit qui lui dictait de se lever.

— Je n'y peux rien, Raymond. Je suis comme une guenille. Va conduire les filles chez Gertrude, j'irai les prendre en début d'après-midi.

Ce fut ainsi que pour la seconde fois, entourée d'enfants qui buvaient ses paroles, Émilie eut droit à quelques instants de gloire. On ne riait plus, elle avait passé toute une semaine à l'hôpital, seule, sans visite, et elle ne s'était même pas ennuyée.

— Juste un tout petit peu, admit-elle cependant. Juste le soir quand c'était l'heure de dormir. J'aurais aimé ça, avoir mon ours Bozo, mais la garde-malade disait qu'à l'hôpital on peut pas avoir de toutou à cause des microbes. C'est ça que j'ai trouvé le plus embêtant parce que c'est difficile de s'endormir sans Bozo.

Et autour d'elle on approuvait en silence, hochant la tête, pensant à une couverture élimée ou à un vieux lapin aux oreilles pendantes. Émilie avait raison : ce devait être vraiment ennuyeux d'être obligé de s'endormir tout seul.

— T'es vraiment une championne, Émilie. Parce que moi, je pense que j'aurais pleuré si j'avais pas pu avoir Grignote avec moi.

De loin, Gertrude suivait la discussion d'une oreille amusée. Elle était surtout heureuse de voir Émilie prendre sa place dans le petit groupe. Jusqu'à maintenant, elle se tenait plutôt à l'écart, préférant les jeux tranquilles qui lui permettaient de s'éclipser discrètement vers la salle de bains en cas de besoin.

Émilie détestait avoir à se précipiter vers les toilettes et détestait surtout qu'on le remarque.

Mais ce fut précisément cela que Gertrude remarqua. De toutes les heures que la petite fille passa chez elle, pas une fois Émilie ne se dirigea vers la salle de bains. Et au lieu de picorer dans son assiette en se plaignant de maux de ventre, elle demanda une seconde portion quand vint l'heure du repas. Enfin !

C'est pourquoi elle se hâta d'apprendre l'heureuse nouvelle à Blanche pour qu'elle puisse, elle aussi, se réjouir de la visible transformation de sa fille. Mais à la place du sourire que Gertrude espérait, Blanche, déjà pâlotte à son arrivée, se mit littéralement à verdir.

N'était-ce pas, justement, à la suite d'un abus de nourriture qu'Émilie avait été malade ?

Dans la logique de sa pensée, elle commença par couper la portion du souper de moitié. Tant pour Émilie que pour Charlotte. On n'est jamais trop prudent.

Et la vigilance qu'elle s'était promis d'observer se métamorphosa en quelques gouttes d'huile de ricin mêlée à la nourriture d'Émilie. Pour l'équilibre. Et si elle avait décidé de camoufler les gouttes dans la nourriture, c'était juste pour ménager sa fille. Elle savait qu'Émilie détestait l'huile de ricin. Et c'était juste au cas où. Si sa fille avait mangé autant que Gertrude l'avait affirmé, Blanche n'avait pas le choix. Elle ne pouvait courir le risque qu'Émilie ait à nouveau des saignements. Son cœur de mère ne le supporterait pas.

Ce qui se traduisit, le lendemain matin, par l'appétit féroce de Charlotte qui engloutit une montagne de pain grillé au déjeuner, seule avec son père, avant de quitter la maison pour l'école qui venait de recommencer. Et cela se traduisit aussi par une petite Émilie qui appela sa mère en larmoyant, un peu plus tard, dès son réveil.

— Maman ! J'ai mal au ventre.

Blanche se précipita alors que ses doutes devenaient certitude et qu'Odilon Dugal chutait dans la catégorie des médecins incompétents.

— J'arrive, chaton. Maman va s'occuper de toi.

Et Blanche l'installa sur les toilettes.

— Quand tu auras fini, appelle-moi.

Émilie poussa un profond soupir. Assise sur les toilettes, elle se surprit à s'ennuyer de l'hôpital. Quand on disait qu'on allait à l'hôpital pour guérir, c'était sûrement vrai.

Parce que la semaine dernière, Émilie n'avait pas eu mal au ventre. Pas une seule fois et elle avait mangé tant qu'elle avait voulu. Même des collations. Alors qu'à la maison…

Elle soupira de nouveau en se penchant en avant. Pliée en deux, elle avait moins de coliques.

Pendant ce temps, à la cuisine, Blanche hésitait entre le gruau et la crème de blé. Pauvre petite Émilie…

— C'était à prévoir, murmurait-elle, toujours hésitante devant le garde-manger. Mais quelle idée Gertrude a-t-elle eue de la servir deux fois ? On voit les résultats ce matin ! C'est à cause des excès qu'Émilie est encore malade. Le docteur l'a dit : trop de nourriture. Pour une enfant comme Émilie, trop manger conduit à la catastrophe. Je le savais, je le savais. C'est toujours comme ça quand Émilie mange trop et n'importe quoi. Pauvre amour ! Je n'aurai pas le choix. Je coupe les portions pour tout le monde. Ce sera moins difficile pour Émilie si elle ne voit pas les autres s'empiffrer.

Tout en préparant la crème de blé, Blanche continuait de parler à voix basse, à peine plus fort qu'un murmure. Litanie sans fin de la comédienne qui répète son rôle, de l'avocat qui prépare sa plaidoirie, du témoin principal qui se prépare à convaincre le jury : « Avions-nous d'autre choix, Monsieur le Juge ? »

Quand Émilie l'appela depuis la salle de bains, Blanche se précipita à l'étage.

— J'arrive, mon bébé. Alors, les intestins ont fonctionné ? Si oui, peut-être que tu pourrais avoir une tranche de pain grillé après la crème de blé. Qu'est-ce que tu en penses ?

Ce qui resta de ces quelques jours allait être décisif dans la vie d'Émilie. Mais cela, une enfant de quatre ans ne pouvait s'en douter.

Chapitre 6

Charlotte avait repris le chemin de l'école avec un plaisir évident. Non seulement elle était heureuse de savoir qu'enfin ses journées allaient être bien remplies, les vacances ayant été plutôt ternes en l'absence de Françoise, et ce, malgré de nombreux séjours chez Gertrude, mais elle allait pouvoir manger à sa faim au moins une fois par jour. Le midi. Parce que depuis la semaine dernière, sa mère avait décidé de mettre toute la famille sur un pied d'égalité.

— Mais comment peux-tu dire que j'exagère, Raymond ? Tu étais avec moi quand le médecin a dit qu'un excès de nourriture avait probablement causé l'indisposition d'Émilie. Non ?

Brève hésitation. Où Blanche voulait-elle en venir ?

— C'est vrai, admit-il à contrecœur.

Mais il a ajouté, et je m'en souviens très bien, il a ajouté le mot *peut-être*. Et moi je renchéris en disant : quand bien même ce serait la cause, une fois n'est pas coutume. J'ai encore aujourd'hui beaucoup de difficulté à admettre qu'un léger excès peut conduire à la catastrophe.

Il avait employé le mot *catastrophe* de façon tout à fait volontaire, mais sans trop penser aux conséquences. Pour démontrer l'exagération, l'improbabilité. Malheureusement, Blanche lui donnait un tout autre sens. Il aurait dû se méfier, elle qui l'employait si souvent.

— Tu l'as dit ! Une catastrophe.

Le poisson était ferré, il s'apprêtait à se débattre.

— Ce n'est pas toi qui étais là quand il a fallu hospitaliser Émilie. Elle faisait pitié, la pauvre petite chouette ! Et tu serais prêt à prendre le risque d'une récidive ? Peux-tu, en toute connaissance de cause, répéta-t-elle en détachant bien les mots, prendre le risque d'envoyer Émilie une seconde fois à l'hôpital ?

Quand Blanche défendait une cause, elle utilisait toujours la deuxième personne. Renvoyé à lui-même, Raymond n'avait d'autre choix que d'approuver ou d'accuser. La situation était, à tout le moins, et chaque fois, très inconfortable.

— Tu sais très bien que ce n'est pas du tout ce que je veux, fit-il, prudent, la voix sourde, se mettant instinctivement sur la défensive.

— Et voilà ! Tu as ta réponse.

Blanche jubilait. Raymond fulminait. Une autre discussion en queue de poisson, comme le disait sa mère. Une discussion où l'on glissait sur les mots sans jamais arriver à attraper quelque chose de solide.

— Mais ça ne répond à rien ! Si Émilie dit qu'elle a encore faim, il me semble que l'on pourrait peut-être…

— Veux-tu que je sorte le dictionnaire médical ? l'avait interrompu Blanche, la voix incisive comme un couteau tranchant le débat. Je te l'ai déjà fait lire, il me semble. On parle d'un intestin nerveux comme d'un état, pas vraiment une maladie, je le concède. Mais on dit aussi que cela se caractérise par un appétit hors de la normale. Alors quand le médecin te dit qu'Émilie n'est pas malade mais qu'un excès de nourriture a pu causer les saignements, tout concorde. Tu ne crois pas que le moins que tu puisses faire, c'est d'être vigilant ? Si tu réponds par l'affirmative, je ne vois pas en quoi j'exagère. Mais si tu me réponds par la négative, alors c'est que tu es un irresponsable, Raymond. Rien de moins.

Vigilant… Le mot flotta un instant dans l'esprit de Raymond. Voilà que Blanche l'employait à son tour. Que rétorquer à cela ? Raymond s'était donc contenté de soupirer. Peut-être bien que Blanche avait raison, après tout. Il y avait longtemps qu'il avait compris qu'une certaine dose de passivité pouvait avoir une valeur inestimable. Surtout dans les discussions l'opposant à Blanche au sujet des filles. Surtout quand il n'était sûr de rien comme en ce moment. L'idée d'appeler Germain Jodoin lui traversa l'esprit. Il la retint à peine le temps de se promettre de le faire dès qu'il aurait une minute de libre. Puis il passa à autre chose. Ce fut ainsi que toute la famille réduisit ses portions pour ne pas tenter Émilie inutilement. Et comme Blanche restait malgré tout une excellente cuisinière, ce fut un véritable supplice pour tout le monde. Alors le midi, même si la nourriture du couvent était loin de ressembler à celle de sa mère, Charlotte commença à manger pour deux sans jamais faire la fine bouche. Sœur Julienne était aux anges et *sa* petite Charlotte n'en fut que plus gentille.

Pour Blanche, réduire les portions était une chose, prévenir une probable récidive en était une autre. À ses yeux, Émilie était depuis toujours et resterait pour la vie un être fragile. C'était de naissance, et elle ne pouvait se dérober à son devoir de mère. Quoi qu'en dise le médecin. Alors, pour parer à d'éventuelles objections – Raymond semblait plutôt enclin à prendre plaisir à la contredire ces temps-ci ! –, Blanche prit l'habitude d'administrer huile et extrait camouflés dans la nourriture d'Émilie.

Et la famille s'habitua encore une fois à entendre Émilie se plaindre d'avoir faim ou à l'inverse d'avoir mal au ventre et la voir picorer dans son assiette. Pour Blanche, cet état de choses s'inscrivait dans une certaine normalité : celle d'avoir une santé fragile, tout comme la sienne, et Dieu merci, les médicaments qu'elle lui administrait permettaient d'éviter le pire. La catastrophe !

— Ne viens pas me dire que je n'ai pas raison ! Tu vois bien que ta fille a un problème. J'étais pareille à cet âge !

Allez donc le prouver ! Mais cela mettait tout de même un frein aux inquiétudes de Raymond qui, ne trouvant rien à répondre, se contentait de hausser les épaules et prétextait être de plus en plus débordé par l'ouvrage pour ne pas être confronté à une situation où il n'avait aucun contrôle. Alors la famille s'habitua, peu à peu, à accepter que Raymond ait de plus en plus de travail et donc, soit de plus en plus souvent absent.

Comme on s'habitua à voir Charlotte devenir boudeuse ou être de mauvaise humeur parce qu'elle avait souvent faim.

On en vint même à oublier qu'Émilie avait eu, l'espace de quelques semaines, le visage un peu plus rond et qu'elle avait déjà dévoré une glace au chocolat sans avoir mal nulle part.

Dans la maison des Deblois, au bord de la rivière des Prairies, les rires se partageaient désormais le plus souvent au déjeuner alors que Raymond et Charlotte se retrouvaient en tête à tête, pendant que Blanche et Émilie poursuivaient leur nuit.

Le reste du temps, chacun vaquait à ses occupations sans trop s'occuper des autres. Blanche lisait ou s'agitait à mille et une choses comme elle avait vu sa mère s'affairer tout au long de sa vie, Émilie jouait à des jeux calmes, plus compatibles avec les coliques qu'elle connaissait régulièrement, Charlotte étudiait avec un égal plaisir d'apprendre et Raymond travaillait à ses dossiers, de plus en plus de dossiers, de moins en moins payants à cause de la crise économique qui sévissait.

Jusqu'au jour où, revenant de l'école, Charlotte trouva sa mère dans un drôle d'état.

Blanche était, à elle seule, aussi *effervescente* que toute la famille de Françoise au grand complet et dans ses meilleurs moments.

Et, en plus, Blanche avait cuisiné des biscuits pour la collation. Qu'il y ait une collation était déjà en soi une primeur, mais qu'en plus ladite collation consiste en une belle assiette remplie de biscuits encore tout chauds, Charlotte n'en revenait pas. Elle sentait bien qu'il y avait quelque chose d'insolite, mais elle n'arrivait pas à dire quoi. Chose certaine, maman avait l'air de très bonne humeur, et cela suffisait amplement pour ne pas poser de questions. Malgré cela, Blanche avait cru bon de préciser :

— Tu sais, Charlotte, ce matin, j'avais un gros mal de tête, avait alors expliqué Blanche en servant des verres de lait aux deux filles qui échangeaient des regards curieux. Mais j'ai pris un petit remontant qui l'a fait disparaître. Un nouveau sirop prescrit par le médecin, avait-elle ajouté avec son geste vague de la main balayant une invisible poussière devant elle, qui disait à lui seul que la discussion allait en rester là. C'est très efficace. Et quand une migraine s'en va, on se sent toujours très bien. Alors ces biscuits, ils sont à votre goût ?

— Oh oui ! maman ! Ils sont très bons.

Pourtant, Blanche n'avait pas vraiment pris la décision de façon réfléchie. Pas de préméditation dans ce cas-ci. Juste le hasard ou peut-être une vérification d'usage. C'était en rangeant une assiette de service dans le buffet de la salle à manger que son regard avait frôlé la bouteille. Puis elle avait refermé le battant. Pour l'ouvrir de nouveau presque aussitôt. Et si c'était vrai ? Il y avait cette raideur de la nuque depuis ce matin qui l'incommodait et se faisait suffisamment persistante pour se transformer, éventuellement, en migraine… Sachant Émilie à l'étage en train de jouer avec ses poupées, Blanche avait avalé une longue rasade de brandy. Question de vérifier. Peut-être bien que la chaleur de l'alcool suffirait à délier ses muscles crispés. Ce serait bien. Et, effectivement, à la quatrième rasade, l'alcool délia. Et les muscles et l'esprit. Blanche se dit aussitôt qu'à la place des comprimés qui lui donnaient la nausée, quelques gorgées d'alcool, au besoin, feraient dorénavant l'affaire. Son père avait tout à fait raison : c'était sans contredit une excellente façon de se détendre.

Et c'est ainsi qu'à l'occasion, Charlotte revenait de l'école pour trouver une collation qui l'attendait, une petite sœur stupéfaite qui lui confiait qu'elle avait eu droit à deux portions pour le dîner et une mère *effervescente* qu'elle trouvait plutôt gentille.

Non que Blanche fût à l'ordinaire une femme apathique. Loin de là ! Quand il n'y avait ni migraine ni désordres gastriques, Blanche était une femme active. En une journée, elle pouvait décrocher les tentures, arracher draps et couvertures, les mettre à tremper dans les grandes cuves de lavage installées dans la cave, les frotter, les rincer, les essorer, les mettre à sécher dehors au grand soleil pour ensuite les repasser avant de tout remettre en place. Ou alors, c'étaient les garde-robes que Blanche vidait systématiquement pour en faire l'inventaire, soustraire ce qui ne faisait plus ou était démodé, reclasser le tout et réaménager les différents placards selon ses préférences du jour, ce qui pouvait varier parfois de mois en mois. À moins que ce ne fût la cuisine qui méritait un grand ménage : les assiettes semblaient légèrement poussiéreuses, et si on essayait de les classer différemment, cela faciliterait le travail. Ou les planchers qui semblaient ternes, ou les jouets qui étaient éparpillés et collants, ou la salle de bains qui avait droit à un récurage en profondeur, ou…

Quand Blanche était en forme, il y avait toujours quelque chose à faire. Un quelque chose qui prenait des allures de priorité ne pouvant souffrir aucun délai. Un quelque chose qui frôlerait la catastrophe si Blanche n'y voyait pas immédiatement.

Mais ces jours-là, Blanche n'était pas *effervescente*. Elle était agitée, soit, bruyante, impatiente, reléguant les filles à leur chambre ou au jardin, se plaignant qu'elle n'aurait jamais le temps de finir avant la fin de la journée, mais elle n'était pas pétillante comme le breuvage merveilleux que papa apportait parfois le vendredi et qui faisait des bulles. Alors que depuis quelque temps, assez régulièrement, aux yeux de Charlotte l'imaginative, sa mère aussi faisait des bulles.

Et quand Blanche était pétillante, les restrictions alimentaires semblaient appartenir à un autre monde. Raymond retrouvait une femme détendue et beaucoup plus permissive même si, habituellement, à l'heure où il rentrait de l'étude, les effets de l'alcool commençaient à se dissiper. Ne restait, à ce moment de la journée, que la sensation d'euphorie qui persistait, quant à elle, jusqu'après le repas.

— C'est ma façon à moi de montrer à Émilie que je n'agis pas par caprice, disait alors Blanche lorsque Raymond, décontenancé par un revirement de situation, lui demandait quelle mouche la piquait. Comme tu le dis si bien : une fois n'est pas coutume, et ce n'est pas une légère entorse aux règles établies qui va mettre sa santé en péril. Et ça lui fait tellement plaisir !

Et pour parer à toute éventualité, Blanche ajoutait double dose d'huile ou d'extrait, selon les tendances intestinales de la journée, à la portion d'Émilie.

Et l'automne passa, puis l'hiver.

Charlotte continuait à être une première de classe sous la férule de Blanche qui veillait toujours de près aux devoirs et leçons. Son intransigeance à ce sujet n'avait d'égal que l'incroyable capacité d'apprendre de Charlotte. À un point tel qu'on pouvait même arriver à oublier que la petite fille n'avait que six ans tant son sens critique se développait lui aussi. Plus que jamais, elle était *ma* Charlotte ou *notre* Charlotte partout où elle allait, au grand dam de Blanche qui n'arrivait pas à se faire à cette appellation. Elle se sentait lésée en ce qui concernait *sa* fille et reportait une grande part de son affection sur sa cadette qui n'était l'Émilie de personne sauf la sienne.

Quant à celle-ci, traumatisée par l'incident du tramway – sa mère avait alors poussé des cris suffisamment aigus pour alerter le voisinage et l'odeur avait complété l'ouvrage, sans parler du long supplice dans la cuisine où elle s'était sentie gênée comme jamais auparavant, la robe relevée et les fesses à l'air –, elle développait, lentement mais sûrement et malgré l'incident, une dépendance face à Blanche qui se montrait compréhensive à ses problèmes et était, par le fait même, son unique point de repère. Elle seule semblait accepter sans grimacer le besoin irrépressible qu'avait Émilie de savoir où se trouvaient les salles de bains partout où elle allait.

— J'étais comme elle. Et même aujourd'hui, ça reste pour moi une préoccupation qui a son importance.

Raymond taisait diplomatiquement l'idée qu'il se faisait d'une telle obsession. Alors que Blanche traitait cette manie comme un moindre inconvénient : une certaine régularité intestinale s'étant installée, aidée par les huiles, le reste importait peu.

Mais ce fut ainsi que les sorties en famille se firent de moins en moins nombreuses et de plus en plus fréquentes à deux. Raymond se rappelait la promesse qu'il s'était faite face à Charlotte et comme il était homme à tenir ses promesses, il multiplia les occasions où il pourrait l'entendre rire et s'amuser. Il y eut les séances de patinage où Françoise se joignait à eux, les sorties chez certains amis qui avaient des familles et avec qui il avait renoué lors du pique-nique, les visites à la bibliothèque où Charlotte se faisait un devoir de prendre quelques livres pour Émilie. Chaque semaine Raymond trouvait prétexte à une nouvelle escapade et, invariablement, Blanche trouvait prétexte pour ne pas les accompagner. Le regard paniqué d'Émilie à la simple idée de sortir suffisait à alimenter l'imagination de Blanche pour trouver chaque fois une excuse nouvelle. La vapeur ne se renversait que pour les incontournables visites aux grands-parents Gagnon.

— Fais un effort, Émilie.

— Mais maman ! Il y a le tramway.

— Et alors ?

Émilie rougissait comme une tomate. Et Blanche en profitait pour administrer une dose d'extrait de fraise au vu et au su de tous.

— Avec ça, ma puce, pas de danger de s'échapper.

Raymond ne pouvait s'empêcher de froncer les sourcils – voir si cela avait de l'allure de donner des médicaments à une enfant aussi jeune qu'Émilie ! –, mais bon, il fermait les yeux. Une fois n'était pas coutume, et si cela pouvait permettre à sa fille de sortir un peu, on pouvait bien faire exception.

Et voilà que dimanche prochain, Émilie allait fêter ses cinq ans. Elle aussi, à sa façon, faisait preuve d'une maturité peu commune pour une enfant aussi jeune si bien que les rares fois où toute la famille se retrouvait ensemble, à l'extérieur, on n'entendait que compliments et réflexions agréables devant deux fillettes aussi charmantes, et polies, et bien élevées. En ces rares occasions, mais combien chères aux yeux de Raymond, Blanche et lui avaient encore ce réflexe d'amoureux ou de parents comblés de se prendre la main en échangeant un sourire complice. C'était vrai qu'ils avaient une belle famille !

— Alors, Émilie, qu'est-ce que tu aimerais faire pour ta fête ? Inviter les enfants de Gertrude ? Faire une sortie spéciale ?

Au mot *sortie*, Émilie avait levé un regard furibond vers son père.

— Tu sais, moi, les sorties…

— C'est vrai. Je m'excuse. Alors, qu'est-ce qu'on fait ?

Émilie avait soupiré. Qu'est-ce qu'elle aimerait bien faire qu'elle ne faisait pas souvent ? La compagnie des autres enfants l'intimidait ; les sorties lui faisaient envie, cela, c'était certain, papa avait quand même un peu raison, mais elle avait tellement peur qu'il n'arrive un accident qu'elle préférait cultiver ses envies plutôt que de les réaliser ; les bons repas, aussi, la tentaient terriblement, quitte à avoir mal au ventre après, mais elle savait que maman ne serait pas d'accord. Alors que restait-il pour fêter son anniversaire ?

Et pendant qu'Émilie réfléchissait intensément, les occasions de s'amuser étant plutôt rares et elle ne voulait surtout pas rater son coup, Raymond la regardait, amusé de voir les mimiques qu'elle faisait. Mais rapidement, le visage de celui-ci se voila. Incroyablement triste, il venait de prendre conscience qu'il ne connaissait pas sa cadette. Qui donc était Émilie ? À quoi pensait-elle, là, présentement ? De quoi avait-elle envie ? Raymond n'aurait su répondre. Alors qu'il avait l'intime conviction que Charlotte n'avait pas vraiment de secret pour lui, Émilie était une étrangère. Une adorable petite fille, douce, calme et trop docile, mais ce n'étaient là que les apparences.

Qui donc se cachait dans le cœur et les rêves d'Émilie ?

Quand elle leva enfin les yeux vers lui, il lut dans ce regard d'enfant une insondable tristesse.

— Je ne sais pas, papa. Peut-être juste rester ici, en famille et aussi avoir un gros gâteau au chocolat comme dessert, précisa la gourmande impénitente qui sommeillait en elle. Si maman est d'accord, bien sûr.

Le « si maman est d'accord » le fit bondir sur ses pieds. Émilie était beaucoup trop sage.

— Laisse faire maman, pour une fois. C'est de ta fête qu'il s'agit et c'est toi qui décides.

Brusquement, elle aurait demandé la lune qu'il aurait trouvé l'échelle lui permettant de l'atteindre. Alors, à défaut de la lune, il lui offrirait des rires et du plaisir.

— Qu'est-ce que tu dirais de demander à mamie d'organiser la plus grosse fête qu'on n'ait jamais vue ? improvisa-t-il, espérant la faire sourire. Avec le plus gros immense extraordinaire gâteau au chocolat que tu puisses imaginer ? Et des tas de cadeaux ? Et les cousins pour s'amuser avec toi ?

Émilie ouvrit de grands yeux, habituée à se contenter de peu.

— Tout ça juste pour moi ?

— Oui, tout ça juste pour toi. Parce que tu es la plus belle, la plus gentille Émilie de la terre.

— Je ne sais pas.

La lueur d'intérêt qui avait brillé dans le regard d'Émilie avait été si brève, si fugace que Raymond se demanda s'il ne l'avait pas imaginée. Devant le manque d'enthousiasme de sa fille, il eut le cœur serré. Mais alors qu'il se levait pour venir jusqu'à elle et la prendre dans ses bras, Émilie esquissa enfin un sourire. La perspective d'un gros gâteau au chocolat avait fait son chemin.

— Oui, je veux bien aller chez mamie, approuva-t-elle enfin en hochant de la tête. Mais sans les cousins, d'accord ?

— D'accord ! C'est ta fête, on va faire comme tu veux.

— Et c'est toi qui le dis à maman. Parce que, avec moi, maman dit souvent non.

— Là aussi, d'accord.

Tout en rassurant Émilie, Raymond affichait un sourire. Mais intérieurement, il contenait sa colère. Sur ce point, Émilie ne différait pas de Charlotte : les deux fillettes avaient une même perception de leur mère. Blanche n'était pas souvent d'accord avec leurs projets ! Et pourquoi, grands dieux !

Et si elles avaient raison ? Et si elles détectaient une dimension de Blanche que lui se refusait de voir ? Ne dit-on pas que la vérité sort de la bouche des enfants ? Jusqu'à quel point n'avait-il pas négligé Émilie, se donnant bonne conscience en s'occupant de Charlotte ?

Alors Raymond se pencha pour prendre Émilie dans ses bras et, la tenant au-dessus de sa tête, il s'amusa à la faire tourner. La petite fille se mit à rire à gorge déployée, laissant éclater toute la spontanéité de ses cinq ans. Et quand elle demanda grâce, Raymond la prit tout contre son cœur et elle continua de rire, heureuse d'être avec lui, heureuse qu'il s'occupe d'elle comme il le faisait pour Charlotte. Mais lui, alors qu'il la chatouillait avec sa moustache en l'embrassant dans le cou, c'étaient des sanglots qu'il retenait. Parce que dans ses bras, Émilie était si légère, si petite, si délicate, si fragile.

Émilie était si maigre…

Aux yeux de Raymond, Émilie et Charlotte, la fête fut un franc succès. Mamie Deblois s'était surpassée. Un véritable festin les attendait.

— Juste pour nous, comme tu l'as demandé. Mais à l'heure du dessert, les cousins vont se joindre à nous, annonça-t-elle à une petite Émilie qui ne put s'empêcher de grimacer un peu. Parce que j'ai pensé qu'une fête avec beaucoup de cadeaux, c'est vraiment plus agréable, se dépêcha-t-elle d'ajouter. Tu ne trouves pas, toi ?

Vu sous cet angle, effectivement, ce n'était pas dénué d'intérêt. Émilie répondit donc d'un sourire.

— D'accord. Je n'avais pas pensé à ça.

— C'est bien ce que je me disais, aussi.

Mamie avait dressé la table avec sa vaisselle des grandes occasions et les filles avaient même droit à des verres en cristal, comme les grands.

— Wow ! C'est beau, mamie.

Émilie n'en revenait pas que ce soit pour elle que sa grand-mère s'était donné tant de travail. Et au menu, il n'y avait que des mets dont elle raffolait. Il faut dire qu'Émilie, privée comme elle l'était la plupart du temps, n'était vraiment pas difficile. Un rien de plus dans l'assiette prenait des airs de festin à ses yeux. Il n'y eut que Blanche pour soupirer discrètement et lever les yeux au ciel en entrant dans la salle à manger. Que de tracas pour un souper d'anniversaire d'enfant !

— On aurait pu tout aussi bien manger dans la cuisine, vous savez.

— Mais c'était hors de question ! C'est ainsi que j'ai célébré chacun des anniversaires de mes enfants et j'entends bien le faire pour mes petits-enfants à chaque fois que j'en aurai l'occasion.

Si Blanche ne répondit rien, c'était qu'elle ne trouvait rien à répondre. Elle détestait recevoir, paniquant à la seule possibilité de commettre un impair et, de ce fait, ne pouvait concevoir qu'on pût prendre plaisir à rassembler une armée autour de sa table. Madame Deblois avait même sorti les guirlandes argentées du sapin pour décorer la table. Émilie avait les yeux grands comme des soucoupes et Charlotte aussi.

— T'es pas mal chanceuse, Émilie !

Même si on avait souligné son anniversaire avec un peu d'apparat, jamais Charlotte n'avait eu droit à de telles attentions.

— On dirait que tu es une princesse, fit-elle, une pointe d'envie dans la voix.

Madame Deblois écoutait bavarder les filles d'une oreille amusée. Au mot *princesse*, elle se tourna vers Charlotte.

— Marché conclu, ma Charlotte, ton prochain anniversaire, c'est chez moi que nous le fêterons. Ce sera à ton tour d'être la princesse d'un jour.

Le *ma Charlotte* agressa l'oreille de Blanche et donna le ton à l'appréciation qu'elle eut du repas. Si Blanche avait des qualités reconnues d'excellente cuisinière, elle avait par contre un appétit d'oiseau et préférait, pour elle-même, pain et fromage, fruits et légumes. Ainsi donc, le rôti de bœuf au jus, la macédoine en sauce et la purée de pommes de terre au beurre eurent-ils le malencontreux effet de lui surcharger l'estomac et, tout au long du repas, elle garda un œil inquiet et consterné sur Émilie qui poussa même l'audace jusqu'à demander une seconde portion, puis une troisième, sachant à l'avance qu'en présence de mamie, sa mère n'oserait pas intervenir. Sa grand-mère Deblois était reconnue pour son franc-parler et son sans-gêne, et rien n'amusait plus les enfants que de l'entendre reprendre les adultes comme s'ils étaient encore des gamins. Et comme son appréciation des gens allait de pair avec leur propre appréciation de sa cuisine, madame Deblois maîtrisait depuis longtemps l'art de vider une assiette en quelques coups de fourchette. C'est ainsi que tout au long du repas qu'elle présidait, mamie Deblois se tint debout, les mains appuyées sur le dossier de sa chaise, prête à intervenir à tout moment pour satisfaire le moindre caprice de ses convives et bien que surprise de l'appétit phénoménal de Charlotte et Émilie, elle se fit un devoir de les servir à demande sans faire la moindre remarque, sachant fort bien que Blanche se montrait pointilleuse sur tout ce qui touchait ses filles.

Les gamines étaient ravies.

— C'est bon, mamie !

Et de repiquer du nez dans leur assiette comme si elles craignaient qu'on la leur enlève.

Blanche était atterrée.

— Excellent, chère belle-maman. Mais comme vous savez, je n'ai pas l'appétit d'une Deblois.

Et de repousser une assiette encore largement garnie où la fourchette avait glané dédaigneusement plutôt que de piquer avec gourmandise.

Quant à Raymond, il retrouvait les goûts de son enfance.

— Je ne connais rien d'aussi bon, maman ! La sauce de ton rôti, hummm !

Et de tremper un bout de pain avant de le déguster les yeux mi-clos. Le rôti de Blanche était peut-être un peu plus tendre, mais la sauce brillait par son absence, les jus de cuisson, qualifiés de gras inutile par Blanche, se retrouvant invariablement dans l'évier. Et comme, pour un Deblois, la sauce faisait le rôti... Tout comme les filles, il réussit à vider trois assiettes bien garnies, sous l'œil attendri de sa mère. Son Raymond avait toujours eu bonne fourchette !

Puis, comme convenu, Bernadette, Muriel et Janine, trois des sœurs de Raymond ayant des enfants de l'âge d'Émilie, arrivèrent pile pour le dessert, les bras chargés de paquets multicolores. Émilie en oublia aussitôt qu'elle se sentait l'estomac lourd d'avoir tant mangé et fit même honneur au gâteau au chocolat que mamie n'avait pas manqué de préparer à la demande expresse de Raymond.

— J'ai dit à Émilie qu'il serait immense et extraordinaire !

Madame Deblois l'avait donc monté comme un gâteau de noces, chaque étage étant soutenu par des cornets vides ; un visage de clown souriait sur le dessus. Émilie était restée un moment immobile, émue, avant d'arriver à trouver suffisamment de souffle pour éteindre les bougies qui brillaient joyeusement dans la salle à manger obscurcie. Dans la lueur mouvante des chandelles son petit visage délicat semblait encore plus mince. Sa fragilité était évidente, émouvante. Puis l'enfance reprit ses droits et, avec un large sourire, Émilie souffla d'un coup les cinq petites flammes dansantes sous les applaudissements des cousins.

Émilie reçut des casse-tête, des livres, des blocs, une poupée. Et une jolie robe, aussi.

— Elle est peut-être un peu grande, fit Muriel en rougissant. Mais on peut l'échanger.

Émilie reçut surtout une boîte d'aquarelle.

— Parce qu'il arrive souvent que tu ne viens pas chez mamie et que ton papa me dit que tu n'es pas bien. La peinture, c'est un jeu qu'on peut faire même quand ça ne va pas très bien, fit Bernadette en l'embrassant.

Puis elle darda son regard sur Blanche qui le soutint sans ciller. Les deux femmes ne s'étaient jamais beaucoup appréciées l'une l'autre et Bernadette s'était juré de trouver ce qui n'allait pas chez sa belle-sœur. Son frère avait trop changé et les filles étaient trop sages. Sans compter les fréquents problèmes de santé d'Émilie. Mais comme on ne peut faire examiner l'enfant d'une autre sous prétexte d'une intuition, Bernadette attendait qu'une occasion se présente. Mais elle ne ratait jamais l'opportunité de faire sentir à Blanche qu'elle n'était pas dupe et ce soir, fête ou pas fête, elle n'avait pu retenir sa flèche. Dans le brouhaha de la soirée, personne ne s'aperçut de rien. Ce qui n'empêcha pas Blanche de quitter la maison de sa belle-mère de son pas militaire. Elle était en furie. Ses talons martelant le trottoir résonnaient dans l'air piquant de cette soirée d'avril. Empêtré dans les sacs remplis de cadeaux qu'il trimbalait, Raymond avait presque de la difficulté à la suivre. Pourtant il avait de longues jambes. À quelques pas devant eux, les filles allaient en sautillant. Émilie tenait la boîte d'aquarelle sur son cœur et les deux sœurs parlaient de projets d'œuvres d'art pour le lendemain quand Charlotte reviendrait de l'école. C'est alors que la différence entre elles sauta aux yeux de Raymond avec une acuité à faire mal. Bien que Charlotte ne fût l'aînée que d'à peine dix-sept mois, à les voir l'une à côté de l'autre, elle aurait pu facilement revendiquer quelques années de plus. Large d'épaules, avec de longues jambes comme celles de son père, Charlotte dépassait sa sœur d'au moins une tête. La grande brune, jolie mais sans charme particulier, et la petite rousse, trop petite, trop fragile mais belle à faire rougir les icônes. Raymond poussa un profond soupir, incapable de mettre un mot sur l'émotion qu'il ressentait. En l'entendant, croyant que le fardeau des cadeaux l'incommodait, Blanche ralentit l'allure et, ajustant son pas sur celui de Raymond, elle glissa sa main sous son bras. Le bruit des pas de toute la famille résonnait maintenant dans la nuit et Raymond eut l'impression que cela les isolait dans une espèce de bulle, dans un monde qui n'appartenait qu'à eux. Glissant les trois sacs qu'il portait dans une seule main, il entoura les épaules de Blanche de son bras libre.

— Nous avons deux petites filles merveilleuses. Merci, Blanche, de m'avoir donné deux enfants aussi gentilles.

Blanche se sentit rougir, toute agressivité disparue. Elle aimait ces moments de tendresse entre eux, douloureusement consciente qu'ils étaient trop rares, sans qu'elle comprenne pourquoi. Elle se serra tout contre Raymond.

— Oui, c'est vrai qu'elles sont gentilles, murmura Blanche.

— Si tu savais comme je les aime.

— Et moi donc !

Quelques instants d'un silence soutenu par le bruit des pas, puis Raymond ajouta :

— Je n'en reviens pas de voir à quel point elles sont différentes. Mais j'aime bien.

— Oui, c'est vrai. Une Deblois et une Gagnon. Une bonne grosse fille et une petite délicate.

Il n'y avait aucune méchanceté dans la réplique de Blanche. Pour elle, ce n'était là qu'une constatation. Mais les mots employés agressèrent l'oreille de Raymond comme du mépris. La prise sur les sacs se fit plus dure et son bras sur les épaules de Blanche, plus lourd.

— Mais la petite délicate, comme tu dis, a un appétit vorace quand elle veut. As-tu vu comme elle a mangé, ce soir ?

Là non plus, nulle méchanceté. Qu'une mise au point ou peut-être une simple proposition déguisée en question. Pourtant, aussitôt, les talons de Blanche se firent plus bruyants, la démarche plus agressive. Le bras de Raymond devint encore plus pesant, presque dur, obligeant Blanche à ralentir le pas. Raymond eut la clairvoyance de se dire qu'il était dommage que la moindre discussion entre eux prît souvent des allures d'affrontement.

Mais était-ce là même une discussion ? La banalité des mots ne résidait peut-être que dans les mots eux-mêmes.

Devant lui, Charlotte et Émilie avaient elles aussi leur discussion et il les entendait rire. Ces rires entre elles, si peu fréquents, à cause justement de toutes leurs différences. La bonne grosse Charlotte et la toute fragile Émilie. Charlotte qui achevait déjà sa deuxième année à l'école et Émilie à propos de laquelle on ne parlait toujours pas du jour où elle y irait. Charlotte qui adorait patiner et courir, Émilie qui préférait les casse-tête…

Mais Émilie préférait-elle vraiment les casse-tête ? Un grand vertige de tristesse traversa le cœur de Raymond. Alors se moquant des conséquences, il redit tout haut ce qui l'obsédait tout bas depuis quelques jours :

— Je trouve qu'Émilie est vraiment très petite pour son âge.

La main de Blanche se crispa sur son bras.

— Elle me ressemble.

— C'est vrai. Et c'est loin d'être un défaut.

La main se détendit légèrement. Raymond avait l'impression qu'il marchait sur des œufs et que la moindre parole malencontreuse amènerait une catastrophe. Cette fois-ci, il employait le mot dans le sens que Blanche lui donnait généralement. Et par intuition, il savait que c'était Émilie qui courait un danger. Il ne savait quoi, il ne savait comment, mais il savait.

— C'est vrai, tu sais, que c'est loin d'être un défaut que de te ressembler, reprit-il là où il avait laissé. Je t'ai toujours trouvée très belle.

Blanche leva son sourire radieux, celui qui faisait chavirer le cœur de Raymond et qu'il ne voyait plus que rarement.

— J'espère qu'un jour Émilie aura ton sourire.

— Merci, c'est gentil.

— C'est amoureux… Je t'aime, Blanche. Et j'aime nos filles. Je voudrais seulement voir Émilie rire plus souvent. Et peut-être gagner quelques livres.

— Moi aussi, tu sais. Mais ce n'est pas drôle pour elle d'avoir une santé aussi chancelante. D'un jour à l'autre, elle ne sait jamais ce qui l'attend. Pauvre amour, elle a toujours peur de déranger.

Et après une légère hésitation, elle murmura :

— Je vis la même chose qu'elle depuis toujours. Si je ne t'avais pas rencontré, jamais je n'aurais pu avoir de vie normale. Une famille, des enfants, ma maison… Si tu savais le nombre d'amis que j'ai perdus à cause de ma mauvaise santé. Toi, tu veux entendre rire Émilie, moi, tout ce que je souhaite pour elle, c'est une vie normale. C'est pour ça que je suis aussi stricte. Ce n'est surtout pas par caprice que je le fais. Et ne va pas croire que ça me plaît d'agir ainsi. Mais a-t-on le choix ?

— Le choix ? On dit que vivre, c'est justement faire des choix. Mais j'avoue que, par moments, je ne sais plus. À voir Émilie, il me semble qu'on pourrait faire plus. Ou faire mieux. Elle me semble si fragile.

— Elle est fragile. C'est pour cela que tant qu'elle sera en âge d'être protégée, je le ferai. Plus tard, elle fera comme moi. Elle apprendra à vivre avec ses limites. Je ne peux faire plus.

— C'est déjà beaucoup. Je sais que tu fais de ton mieux pour elle malgré parfois tes propres problèmes.

À ces mots, Blanche appuya sa tête contre l'épaule de Raymond. Depuis toujours, elle avait besoin de se sentir comprise, acceptée dans sa différence. Elle avait eu la chance de naître dans une famille où les problèmes de santé faisaient partie du quotidien. On l'avait entourée, comprise, aidée. Et voilà que Raymond venait de lui dire exactement la même chose. Il comprenait. Depuis toujours son attitude le laissait sous-entendre, pour la première fois il le mettait en mots. Pour Blanche, c'était réconfortant, amoureux. C'était à ses yeux la preuve qu'elle faisait tout ce qu'il fallait pour être une bonne mère. Sinon, jamais Raymond n'aurait dit une telle chose. Il aimait trop ses filles. Blanche se fit toute petite contre l'épaule de son mari.

La nuit était étoilée, la lune pointait au-dessus des arbres, l'air n'avait nulle fraîcheur sournoise, les filles avaient l'air de s'amuser ensemble, discutant et riant. Blanche pouvait se détendre. Émilie ne semblait souffrir d'aucun malaise malgré les excès du repas. Tant mieux. Malgré cela, Blanche savait à l'avance qu'elle ne dormirait que d'une oreille, gardant l'autre aux aguets. Mais qu'importait. Elle avait l'habitude de mal dormir et si c'était pour Émilie, elle acceptait d'autant plus facilement cet état de choses. Elle l'aimait tellement, sa petite Émilie.

Quand ils arrivèrent chez eux, Blanche fut tentée de donner quelque médicament susceptible d'aider la digestion d'Émilie. Ce n'était pas parce que tout avait l'air d'aller pour l'instant qu'il en serait de même plus tard. Elle avait vraiment trop mangé… Mais Raymond, sentant entre Blanche et lui une complicité plutôt rare, décida de lui donner congé.

— Ce soir, c'est moi qui mets les filles au lit ! Profites-en pour te détendre, la soirée était plutôt bruyante et je sais que tu n'apprécies pas tellement. Va lire au salon, je te rejoins bientôt.

Blanche n'eut d'autre choix que de se retirer au salon, une oreille à l'étage où il n'y avait que des rires et un œil sur le livre qu'elle avait délaissé à contrecœur lorsqu'ils étaient partis pour la fête. Quand Raymond la rejoignit enfin, Blanche n'avait pu résister et elle avait maintenant le cœur et l'esprit à cette histoire d'amour qui savait si bien la faire rêver. Elle sursauta quand Raymond l'interpella, prit un moment pour s'ajuster à la réalité, revit le repas, la soirée et soupira en pensant à Émilie.

Raymond, lui, avait tout autre chose en tête.

— Que dirais-tu d'un petit verre de brandy pour terminer la fête d'Émilie sur une note joyeuse ?

Blanche hésita à peine. Ce qui surprit et ravit Raymond en même temps. Ce n'était pas l'envie de le proposer qui l'avait retenu jusqu'à ce soir. Combien de fois y avait-il pensé depuis l'an dernier ? Il n'aurait su le dire. Mais chaque fois que l'idée d'offrir un alcool à Blanche lui avait traversé l'esprit, il l'avait repoussée, mal à l'aise, perturbé à la simple pensée qu'entre Blanche et lui, il fallût des artifices pour accéder à l'intimité. Pourtant, à la façon dont Blanche le regardait, elle ne semblait aucunement perturbée, elle.

— D'accord. Mais juste un doigt.

Le premier verre amena la détente habituelle. Ce fut Blanche qui proposa le second verre, espérant qu'il apporterait cette douce chaleur qui faisait mourir les inquiétudes de toute sorte. Au troisième, servi par Raymond, Blanche renoua avec cette légère ivresse qui rendait la vie tellement plus simple.

Quand ils montèrent enfin à l'étage, Blanche était prête. Le délicieux vertige de l'autre nuit était de nouveau au rendez-vous. La tête lui tournait légèrement et elle ne voyait plus Raymond de la même façon.

À peine le temps d'une tristesse au cœur en se disant qu'il était un peu malheureux d'avoir recours à de tels artifices pour réussir à se rejoindre et Raymond attirait Blanche vers lui. Tant pis pour les subterfuges, il avait besoin d'instants comme celuici. Il avait besoin de se sentir désiré, aimé. Il avait besoin d'aimer Blanche jusqu'au bout comme il avait envie de l'aimer. Il avait l'esprit embrumé et c'était bon. En embrassant Blanche doucement, comme elle aimait qu'il le fasse, Raymond eut la curieuse pensée qu'il devrait plutôt profiter de cet instant d'abandon pour reparler d'Émilie. La discussion serait peut-être plus calme, plus détendue. Mais quand il sentit la main de Blanche se glisser entre leurs deux corps, il oublia tout ce qu'il aurait voulu dire. Dans ses bras, Blanche était aussi menue qu'Émilie et cela suffit à faire reculer ses inquiétudes. Émilie n'était qu'une petite fille à l'image de sa mère. Délicate, maigre mais tellement belle... Reculant d'un pas, il prit la main de sa femme et la porta à ses lèvres.

— Non, ce soir c'est moi qui vais t'aimer, souffla-t-il à son oreille. Laisse-moi faire, laisse-toi aller...

Raymond sentit alors le corps de Blanche se mettre à trembler tout doucement, comme pris d'un frisson impossible à contrôler. Ces quelques mots murmurés à son oreille faisaient naître l'excitation et la peur. Elle avait la subite envie d'aller au bout de ses désirs, mais dans sa tête c'était la voix de son père qui grondait, sourde et chargée de dédain.

— Le sexe n'est bon qu'à procréer. Sinon c'est l'acte le plus dégradant qui soit. C'est dégoûtant juste d'y penser.

Les quelques fois où Ernest Gagnon avait osé aborder le sujet, ils étaient à table. Son regard fusillait ses deux frères qui baissaient aussitôt la tête et chaque fois, Blanche s'était demandé s'ils agissaient ainsi pour cacher quelque chose ou par pudeur. Quant à sa mère, une lueur indéfinissable traversait son regard sous ses sourcils froncés et elle s'empressait de se lever de table, prétextant une chose ou une autre pour justifier son geste. Tristesse, gêne, frustration… Blanche n'avait jamais su ce qui animait sa mère dans ces occasions-là. Sinon qu'elle avait un regard spécial, dur, qui visait Ernest et le transperçait juste avant qu'elle ne se retirât de table. Et alors que Raymond défaisait les boutons de sa robe, c'était cette image qui l'envahissait : sa mère fixant durement son père puis se retirant silencieusement. Comme toujours, ce silence sur tout, cette absence d'opinion.

Cette apparente absence d'émotion…

Troublée par ce souvenir et par les mains de Raymond occupé à la dévêtir, Blanche ne put réprimer le long soupir qui lui montait aux lèvres. Un long soupir frissonnant…

— Ne crains rien, ma douce, ma belle Blanche. Je ne te ferai aucun mal.

La voix de Raymond avait des douceurs amoureuses, mais Blanche sentait aussi l'urgence de la passion. Supplication et autorité… L'autorité du père et du mari… Ce fut l'autorité qui l'emporta, et lentement les murmures de Raymond se superposèrent à la voix de son père, envahissant l'espace de ses sens, de sa pensée, de ses désirs.

Cette voix d'homme qui décide, qui choisit, qui dicte…

Peu à peu, la gêne se retira sous les mains qui exploraient les courbes de son corps. Ne restait que la peur. Peur d'avoir mal, peur de se sentir sale comme toujours après le sexe. Parce que pour Blanche, le sexe et l'amour étaient deux choses tellement différentes. Alors elle ne put retenir une légère crispation quand les doigts de Raymond glissèrent jusqu'à son intimité. Pourtant, la main de son mari avait des légèretés de papillon alors qu'elle frôlait le sexe de Blanche. Comprenant qu'il ne servirait à rien de précipiter les choses, Raymond remonta aussitôt sa main et prenant Blanche dans ses bras, il la porta jusqu'au lit, défit maladroitement les couvertures et rabattit pudiquement le drap sur sa femme. Ce soir, son plaisir passerait par celui de Blanche. Il voulait l'entendre gémir, demander et supplier. Après dix ans de vie commune, il voulait qu'elle comprenne enfin la beauté du désir, de la passion, du plaisir. Avoir une jouissance si belle, si forte que jamais plus ils n'auraient besoin de l'alcool avant de se retrouver au lit ensemble. Quand il se glissa sous le drap à son tour, Blanche n'avait pas bougé et gardait les yeux fermés. Raymond reprit lentement l'exploration de ce corps qu'il n'avait jamais vraiment possédé, mais qui l'obsédait par moments à lui faire mal. Les seins menus et fermes, le corps à peine enveloppé, gracile, mais dont l'allure juvénile l'excitait, comme le corps d'une jeune vierge à peine pubère. Il enfouit la tête contre son ventre plat, ce ventre qui avait porté leurs filles sans en garder le moindre stigmate. Blanche ne bougeait toujours pas, comme si elle épiait les gestes sur son corps, ne sachant encore si elle appréciait ou non. Puis imperceptiblement, ses jambes se mirent à bouger, ses cuisses s'entrouvrirent. Alors la bouche de Raymond délaissa le ventre et descendit lentement en dessinant de petits cercles sur la peau nacrée. Mais quand elle atteignit l'intimité de Blanche, celle-ci eut un geste de recul. Glissant ses mains sous le dos de sa femme, Raymond commença à lui masser les reins comme elle aimait qu'il le fasse lors de ses grossesses. Et tout doucement, il la sentit se détendre de nouveau. Et soudainement Blanche ouvrit légèrement les jambes comme par réflexe. Raymond comprit qu'il avait désormais tous les droits. Sa langue se fit tour à tour tendre et dure, subtile et audacieuse. Il goûtait pour la première fois à ce corps qui l'avait tant fait rêver et son plaisir allait croissant avec les gémissements que Blanche n'arrivait plus à retenir. Il fut terrassé par un plaisir nouveau, différent, au moment où le corps de Blanche se cambra sous les caresses de sa bouche avant de retomber tremblant et satisfait.

Ils restèrent ainsi l'un contre l'autre, la tête de Raymond blottie sur le ventre de Blanche pendant un long moment. Silencieux, le souffle court. La satisfaction du corps se suffisait à elle-même.

Puis Blanche soupira, repoussa délicatement Raymond, se tourna sur le côté. Elle avait la gorge nouée par l'émotion. Lentement elle ouvrit les yeux sur cette chambre qui avait abrité les quelques nuits où elle avait consenti à être agressée parce que c'était son devoir de le faire. Ce soir, tout cela prenait un sens nouveau.

Inattendu.

Blanche était encore un peu étourdie, mais elle ne savait trop si c'étaient les relents du brandy ou le plaisir qu'elle avait connu qui lui montait à la tête. Alors elle n'eut qu'un mot, un seul à l'intention de cet homme qu'elle avait toujours aimé, maladroitement, égoïstement mais sincèrement. Cet homme, son mari, le père de ses filles…

— Merci.

Blanche était incapable d'ajouter autre chose, les mots se refusaient à elle, remplacés par ceux de son père qui lui revenaient par vagues lentes. L'image de sa mère serrant les lèvres s'imprimait sur l'écran de ses souvenirs avec une précision inouïe. Et ce regard que Blanche n'avait jamais réussi à interpréter, ce regard que sa mère avait à l'intention de son père, ce soir, Blanche était enfin capable d'y accoler une épithète.

Quand Jacqueline regardait son mari rabaissant l'amour à un geste bestial, il n'y avait que du mépris dans ses yeux. Du mépris et de la haine.

Et pour la première fois de sa vie, sentant la chaleur du dos de son mari contre le sien, Blanche s'endormit le cœur rempli de doutes à l'égard de son père.

Cet homme qu'elle vénérait tant l'avait-il trompée ?

Le plaisir que Raymond lui avait fait découvrir était trop doux, trop bon pour qu'il pût découler d'une quelconque dépravation…

Le lendemain, quand elle s'éveilla, Blanche avait mal à la tête mais pour une fois, il lui semblait que c'était un état second qui n'avait pas vraiment d'importance.

En fait, Blanche tout entière était dans un état second.

Les souvenirs de la nuit et ceux de la soirée se fondaient à son mal de tête pour n'être plus qu'une brume envahissante. Comme celle qui gomme les côtes, ne laissant du paysage qu'une intuition.

Raymond lui tournait toujours le dos, à croire qu'il n'avait pas bougé de la nuit, et son souffle profond, régulier, lui donna envie de venir se couler contre lui. Pour essayer de se rendormir.

Dehors, les oiseaux de la nuit cédaient la place à ceux du jour, et au-dessus du toit de la maison voisine, la lueur rosée qui teintait le ciel laissait deviner la journée à venir : sans nul doute, il ferait très beau.

L'envie d'assister au lever du soleil l'emporta sur son habituelle manie de rester au lit parce qu'elle avait peur de réveiller tout le monde.

Vestiges de la nuit ou relents de brandy ? Blanche ne se reconnaissait pas.

Ne se posant surtout pas de questions et se fiant tout simplement au vague mal de tête qui l'empêcherait assurément de sombrer de nouveau dans le sommeil, Blanche sortit doucement des couvertures. Elle glissa les pieds dans ses pantoufles, attrapa sa robe de chambre posée sur le pied du lit alors qu'elle ne se souvenait même pas de l'y avoir laissée et sortit furtivement de la chambre pour descendre l'escalier sur le bout des pieds.

Pourvu que personne ne s'éveille.

La cuisine était plongée dans une pénombre nimbée d'or qui aida à cultiver cet état d'irréalité où Blanche avait l'impression de voguer. La fenêtre, laissée ouverte par inadvertance, la veille au soir, laissait entrer une fraîcheur humide qui la fit frissonner. Sans réfléchir – mais avait-elle besoin d'y réfléchir puisque les résultats étaient éprouvés ? –, Blanche prit la bouteille abandonnée sur la table de cuisine par Raymond et avala une longue gorgée qui la réchauffa aussitôt. Décrochant alors le châle de laine qu'elle laissait en permanence sur un crochet près de la porte, Blanche sortit sur la galerie et s'installa sur la berceuse en osier que Raymond avait sortie du garage la semaine dernière, dès que les dernières traces de neige eurent été aspirées par le sol déjà gorgé d'eau. Ne restait plus que la berge de la rivière qui était toujours revêtue de son manteau de neige. Mais il n'y en avait plus que pour quelques jours encore. Dans moins d'une semaine, Blanche le savait, les crocus commenceraient à poindre hors de la terre, suivis de peu par les tulipes et, aussitôt après, l'habituelle frénésie du printemps envahirait la ville. Il y aurait des rires, des salutations, des discussions de clôture, des invitations plus fréquentes.

C'était agréable. C'était un peu fatigant.

Sur ce point Blanche était comme Raymond : elle détestait tout ce qui venait troubler le cours normal des choses.

Sauf quand elle le décidait.

Sauf quand elle était malade.

Ce qui faisait déjà suffisamment d'imprévus et d'embarras pour justifier son manque d'attrait pour les invitations de toutes sortes, pour les sorties, pour les réceptions, pour les pique-niques, pour le théâtre… Pour tout ce qu'elle ne pouvait contrôler, finalement. L'art de s'objecter, de fabriquer une opposition était sien depuis longtemps. Blanche devait composer avec une nature fragile et c'était suffisamment épuisant en soi pour n'avoir aucun intérêt ailleurs et le faire valoir.

Les filles, la maison, les migraines, les difficultés à digérer, quelques raideurs qui ressemblaient à de l'arthrite – Déjà, grands dieux ! Qu'est-ce que ce sera plus tard ? –, divers maux d'origines variées, d'inévitables casse-tête pratiques et quotidiens occupaient tout son temps et monopolisaient toute son énergie. Il n'en restait plus pour autre chose. Même Raymond devait s'accommoder des quelques miettes de vigueur subsistant parfois ici et là.

Mais lui, c'était autre chose. Il l'avait choisie connaissant ses nombreux problèmes et l'amour entre eux autorisait certains compromis.

Sauf que depuis hier…

Blanche poussa un profond soupir. La soirée de la veille passa dans sa tête en quelques images diffuses. Puis elle eut un violent frisson. Était-ce la fraîcheur du petit matin ou les images qui avaient provoqué ce frissonnement du corps et de l'esprit ? Blanche opta pour la température, peu disposée à analyser ce qui, à la lumière du jour, lui semblait à tout le moins une attitude un peu inconvenante malgré des effets plutôt agréables. Une rougeur certaine maquilla ses joues.

Puis elle revint à son frisson.

Malgré la douceur du temps, on n'était qu'en avril et le fond de l'air conservait quelques vestiges de froidure. Elle revit alors en pensée la bouteille laissée sur la table. Elle hésita, soupira encore. La tentation était grande, puisque Blanche savait que la chaleur engendrée par l'alcool lui permettrait d'assister au lever du jour sans inconfort. Et ce matin, l'embrasement de ce ciel sans nuage au-dessus de la maison voisine, coloré d'orange, avec cette pointe de rose qui virait au mauve avant de se fondre à l'azur le plus pur, laissait présager le lever d'un soleil immense et rouge comme seule l'aube en a le secret. N'ayant jamais appris à résister à ses envies – son père ne lui avait-il pas toujours dit que dans la vie, il n'y a que soi pour savoir le meilleur et se l'offrir ? –, Blanche revint vers la cuisine en se disant que si l'idée d'un peu de brandy était osée à cette heure matinale – elle était tout de même consciente de l'extravagance du geste –, le danger de récidive était inexistant puisque, habituellement, elle dormait aux aurores ou, à tout le moins, elle était toujours dans son lit.

Comme le disait si bien Raymond : une fois n'est pas coutume, et si cela permettait de commencer la journée par un instant d'émerveillement sans risque de rhume ou d'inconfort, pourquoi pas ?

Blanche but à même le goulot l'équivalent d'un petit verre à liqueur fine, attendit un moment, reprit une gorgée, apprécia la sensation obtenue et se hâta d'aller ranger la bouteille dans le buffet de la salle à manger, à côté des assiettes de service, afin de ressortir sur la galerie avant que le soleil bondisse sur l'horizon, juste entre les érables du voisin.

Le lever du soleil fut, ce matin-là, spectaculaire, unique.

D'autant plus que, curieusement, le léger mal de tête qui tambourinait à ses tempes avait complètement disparu.

Blanche se sentait vive et légère comme la poussière d'or qui embrasa le paysage au moment où le soleil, boule rouge et parfaite, glissa hors de sa cachette, illuminant le jour nouveau. La clarté devint lumière et l'esprit de Blanche se laissa envahir par elle dans une continuité impeccable. Elle avait les idées claires comme jamais, sentait distinctement le bien-être qui l'habitait.

Pendant un long moment, Blanche resta immobile, convaincue de faire partie intégrante de ce lever de soleil, n'ayant ni la force ni l'envie de s'en éloigner. Puis, alors que la poussière d'or qui saturait l'air se dissipait en douceur pour finalement se déposer sur la rosée du sol, Blanche tressaillit comme lorsque l'on revient d'une très profonde réflexion. Elle regarda longuement autour d'elle, ajustant ses pensées à la réalité du moment présent.

La soirée d'hier lui revint encore à l'esprit. Toute la soirée.

Alors Blanche se releva.

Elle savait ce qu'elle allait faire d'une partie de sa journée.

Elle avait une ou deux choses à vérifier auprès de son père.

Ensuite, il lui semblait que tout le reste coulerait de source. Le reste de la journée comme le reste de sa vie, tant qu'à y être !

Elle entra dans la cuisine de son pas militaire et eut le réflexe de mettre le café à passer. Pour l'haleine.

Parce que Raymond ne tarderait pas à se lever et que Blanche avait encore suffisamment de clairvoyance pour deviner qu'il ne comprendrait pas.

À moins qu'elle n'explique ses raisons, besoin de chaleur et mal de tête, peut-être aussi certains élancements dans le bas du dos. De nouveau, Blanche sentit une indéniable chaleur envahir son visage. Oui, à la lumière de toutes ces raisons, peut-être bien que Raymond ferait l'effort de comprendre. Il acceptait habituellement les besoins de Blanche. Mais les discussions du matin s'avérant généralement plutôt hasardeuses, Blanche préféra s'abstenir.

À la place, elle allait tous les surprendre. Et tout en soufflant sur le café qu'elle venait de se servir et qu'elle avait décidé de prendre noir, Blanche sortit les œufs pour faire une omelette.

Elle se sentait merveilleusement en forme.

À bien y penser, les vertus universelles du brandy étaient incomparables. S'il ne suffisait que de quelques gorgées pour réduire les migraines à néant et atténuer la fatigue, autant en prendre chaque matin.

— Comme l'huile de poisson de Charlotte, murmura-t-elle en coupant un oignon. Ce n'est pas fameux au goût mais il paraît que c'est bon pour tout le reste.

Quand Raymond entra dans la cuisine, Blanche battait les œufs avec vigueur…

Et lorsque Charlotte arriva à son tour, Blanche sortait une grosse omelette dorée du fourneau, odorante à souhait. Le pain était déjà à griller.

Charlotte fronça les sourcils.

Décidément, sa mère avait changé depuis quelque temps. Et là-dessus, Charlotte afficha un large sourire.

Puis elle s'élança vers sa place à table. Cela sentait vraiment bon dans la cuisine et c'était bien la première fois depuis qu'elle allait à l'école que maman était debout pour le déjeuner.

Quand Charlotte quitta enfin la maison pour la journée, sa mère et sa sœur se tenaient sur le pas de la porte pour la saluer. Une journée qui commençait aussi bien ne pourrait être que parfaite !

Elle sauta à cloche-pied une bonne partie du chemin, fut accueillie par le désormais traditionnel : « Bonjour, ma belle Charlotte ! » de sœur Marie-de-la-Rédemption qui surveillait toujours la cour de récréation des petites, suivi du non moins habituel : « Comment ça va, ce matin, ma gentille Charlotte ? » de sœur Gabriel, titulaire de la classe de deuxième année, qui attendait sa marmaille sur le seuil de la classe.

— Tu n'as pas oublié qu'on recevait les bulletins ce matin ?

Charlotte avait oublié. Mais de se le faire rappeler ajoutait à l'agrément de cette belle journée, les bulletins étant toujours, dans le cas de Charlotte, une source de plaisir, ici comme à la maison. Seule ombre au tableau : Françoise était absente. Tout en regagnant sa place, Charlotte se dit qu'elle pourrait lui apporter ses devoirs après l'école. Ainsi, elle saurait ce qui se passe avec son amie. Puis elle s'installa.

Le soleil inondait la pièce et se jetait hardiment en diagonale sur les pupitres de bois blond. Le cours de français allait commencer. Charlotte porta aussitôt toute son attention sur sœur Gabriel, oubliant Françoise et bulletin : les mots avaient toujours autant de pouvoir d'évocation sur elle et le cours de français était de loin son préféré. Le temps de sortir cahiers et crayons et on n'entendit plus que les cris des oiseaux accompagnant le grattement des mines sur le papier. La dictée de ce matin était particulièrement difficile et c'était probablement pour cette raison qu'il y eut un soupir de soulagement lorsque la directrice frappa un coup discret à la porte avant d'entrer sans attendre d'y être invitée. Les bulletins étaient toujours distribués par la supérieure. Les élèves de la classe se levèrent en bloc, dans un vacarme de chaises raclant le plancher, de crayons qui dégringolaient en tintant, lancèrent l'obligatoire *Bonjour, mère St-Thomas* d'une seule et unique voix, puis ce fut encore une fois le raclement des chaises et enfin un long silence accompagné de regards inquiets ou d'épaules redressées avec fierté selon les résultats escomptés.

Fidèle à son habitude, Mère St-Thomas survola la trentaine de minois qui se tendaient vers elle, les gratifia d'un regard sévère où pourtant se lisait une affection sincère et, repoussant ses lunettes sur son nez, elle pencha la tête.

La distribution des notes du troisième trimestre commençait…

Quand elle arriva au tour de Charlotte, les bulletins se donnant toujours par ordre alphabétique, la directrice se permit une pause et fit un grand sourire :

— Charlotte Deblois, première en français, première en calcul. Félicitations ! Notre Charlotte est comme toujours à la hauteur de nos attentes.

Regards échangés entre la directrice et l'institutrice, sourire de connivence soutenu par de vigoureux hochements de cornette et retour de ce même sourire vers l'allée latérale où Charlotte avançait la tête haute avant de grimper sur l'estrade. Charlotte aimait bien se tenir sur l'estrade, permission donnée plutôt chichement par les institutrices qui réservaient cet honneur à celles qui le méritaient et étaient appelées au tableau. Charlotte avait la chance d'y monter régulièrement et elle avait alors l'impression d'être une grande personne, car son regard dominait la classe. Invariablement, elle se disait qu'un jour, elle serait professeur. Et peut-être bien une sœur, aussi, parce que les religieuses étaient toutes bien gentilles et que dans l'école attenant au couvent, cela sentait toujours bon la soupe aux légumes et les planchers frais cirés. Après un regard vers la classe, Charlotte se tourna vers mère St-Thomas. Elle tendit la main pour recevoir son bulletin, un large sourire illuminant son visage. Sourire fugace s'il en fut, car aussitôt qu'elle posa les yeux sur la feuille, une vive inquiétude remplaça la sérénité du moment précédent. À un point tel que la directrice se pencha vers elle.

— Quelque chose ne va pas ?

Charlotte leva un regard apeuré, reporta les yeux sur le bulletin et revint à mère St-Thomas.

— C'est ma note en français.

Puis elle avala sa salive.

— Et celle en solfège.

— Et qu'est-ce qu'elles ont, ces notes ? Tout me semble parfait.

Charlotte lança une œillade vers la classe et baissa le ton.

— Là, vous voyez, fit-elle en montrant la note d'un doigt qui tremblait légèrement. Ce n'est pas un 100 mais juste un 95. C'est bien, ça ? Et là, c'est 80. Je trouve ça difficile, la musique. Maman ne sera pas contente.

Sachant à quel point Blanche Deblois tenait à la perfection des notes de sa fille, la supérieure prit un moment avant de répondre. Puis, toujours souriante, elle rassura Charlotte :

— 95, c'est excellent, tu sais.

Charlotte fronça les sourcils.

—Vous trouvez que c'est excellent ? C'est pas juste très bon ?

— Non, non. C'est excellent. On ne peut pas toujours avoir cent pour cent. Plus tu vas avancer dans tes classes et plus les notes parfaites vont être rares. Et c'est normal. À la perfection nul n'est tenu, mais si tu remets ton ouvrage cent fois sur le métier, tu pourras toujours être satisfaite de tes résultats. Ne crains rien, ma Charlotte, je suis persuadée que ta maman va être aussi fière de toi que nous le sommes.

Charlotte n'avait pas vraiment compris tout le discours de la directrice qui aimait bien ponctuer ses phrases de dictons un peu obscurs pour de jeunes têtes, mais le *ma* Charlotte au lieu du *notre* Charlotte qu'elle employait généralement attira son oreille et lui sembla de bon augure. Le sourire revint alors qu'elle redescendait de l'estrade pour regagner sa place. Le 80 en solfège l'agaçait encore un peu mais, bon, ce n'était que de la musique et Charlotte décida que cette note avait beaucoup moins d'importance que celles en français, en calcul et en choses usuelles. Comme la directrice l'avait si bien dit : maman devrait être contente quand même. Charlotte restait tout de même la première de sa classe ! Quant à son père, la fillette ne se faisait aucun souci : papa passait son temps à dire qu'il était fier d'elle. Ce n'était pas un petit 95 qui allait changer les choses. La journée se poursuivit donc comme elle avait commencé : sous le soleil et dans la bonne humeur, sœur Gabriel ayant décrété qu'une journée aussi ensoleillée méritait bien une récréation prolongée et ayant autorisé, inestimable permission, l'utilisation d'une craie de la classe pour tracer un jeu de marelle sur les pavés de la cour. Seule l'absence de Françoise posait une ombre sur cette journée et alimentait la curiosité de Charlotte. D'autant plus que sa maîtresse avait dit préférer que Charlotte n'aille pas porter les devoirs et leçons comme c'était la coutume de le faire lorsque des amies avaient dû s'absenter.

— Non, ma belle Charlotte, pas cette fois-ci, Françoise est malade. Elle est contagieuse. Et n'oublie pas de donner la feuille blanche à ta maman avec ton bulletin. C'est important.

Le mot *contagieuse* ne disait pas grand-chose à Charlotte et de ce fait ajoutait une certaine inquiétude à sa curiosité. Françoise devait sûrement être très malade. Mais comme le soleil brillait malgré tout, que maman, ce matin, semblait d'excellente humeur et que finalement le bulletin qu'elle rapportait à la maison n'était pas si mal que cela, Charlotte retourna chez elle en sautillant. Maman allait probablement pouvoir répondre à ses interrogations en fouillant dans le gros dictionnaire médical qui était en permanence sur la table du salon. C'était un livre qui disait absolument tout sur les maladies. Le mot *contagieuse* devait sûrement s'y trouver...

Mais dès qu'elle mit un pied à l'intérieur de la maison, Charlotte comprit que la bonne humeur du matin n'avait été que passagère et le médiocre 95 recommença à lui torturer l'esprit. Les rideaux du salon étaient tirés, les fenêtres étaient fermées malgré la douceur de l'air et Blanche, une main sur le front, était allongée sur le divan. Nulle trace d'Émilie, elle devait être chez Gertrude. Charlotte entra sur la pointe des pieds, essayant de faire le moins de bruit possible, se demandant si elle ne serait pas mieux de filer immédiatement chez Gertrude sans attendre. Sa mère ne devait pas dormir très profondément, car elle tourna aussitôt la tête dans la direction du faible craquement que le plancher avait osé émettre malgré les précautions de la petite fille et, se frottant les tempes, elle demanda, les yeux toujours fermés :

— C'est toi, Charlotte ?

La voix de Blanche n'était qu'un filet.

— Oui, je suis rentrée, répondit Charlotte sur le même ton. La porte n'était pas fermée à clé. C'est pour ça que…

— Je sais, j'ai oublié de mettre le loquet, l'interrompit sa mère.

— Tu veux que j'aille rejoindre Émilie chez Gertrude ?

Blanche poussa un soupir, indécise. Voulait-elle que Charlotte aille chez la voisine ? Dans le fond, ce n'était pas vraiment nécessaire puisque c'était de la colère qu'elle trimbalait avec elle depuis sa visite chez son père et non l'habituelle migraine. La vérification qu'elle voulait y faire s'était résumée à un sermon bien senti de la part d'Ernest Gagnon :

— Comment, du brandy ? Et la bouteille que j'ai offerte à ton mari pour son anniversaire ? Ne viens pas me dire qu'elle est déjà vide !

Blanche était atterrée par le timbre de voix de son père, lui habituellement si complice, si délicat quand venait le temps des multiples malaises de sa fille. D'aussi loin qu'elle pouvait se rappeler, Ernest Gagnon s'était toujours montré attentif à ses besoins et à leurs solutions. Pourquoi donc ce matin s'emportait-il de la sorte ? Blanche tenta de l'amadouer, ne pouvant concevoir la moindre mésentente entre eux.

— Mais voyons, papa ! C'est pour suivre ta recommandation qu'il m'arrive d'en prendre quand je suis tendue.

Peine perdue ! Que l'idée vînt de lui ou d'un autre n'avait guère d'importance. Comme toujours, s'il y avait un problème, et là il jugeait qu'il y avait un problème majeur, la cause et les raisons découlaient des autres. Jamais, de toute sa vie, Blanche n'avait entendu son père admettre qu'il pût avoir tort. Il avait une manière bien à lui de détourner propos et conversation pour toujours paraître à son avantage. Et ce n'était pas parce que Blanche était la faiblesse de sa vie qu'il allait tolérer toutes les faiblesses !

— Mais qu'est-ce que c'est que cette idée ? À l'occasion, peut-être, et encore !

Ernest fulminait. Sa Blanche ne serait-elle qu'une femme comme toutes les autres, incapable de discernement, de logique, de mesure ? Pourtant, il croyait que la maladie en avait fait quelqu'un de supérieur, quelqu'un au-dessus de ces viles considérations. Une femme qu'il voyait avec un raisonnement qui avoisinait le sien, un raisonnement d'homme. Il se rappelait certaines discussions plus constructives et intéressantes qu'il n'en aurait jamais avec ses fils qui n'avaient aucune échine et disaient toujours comme lui. La maladie l'ayant tenue à l'écart d'une vie active et mondaine, Blanche s'était tournée vers la lecture pour occuper son temps et cela lui avait permis de développer un sens critique peu commun, de même qu'une vaste culture. Et voilà que…

— Premièrement, dis-toi que l'alcool est fait pour les fortes constitutions, pour les hommes. Sûrement pas pour les femmes, et encore moins pour toi. À la rigueur, une gorgée par-ci, par-là, comme je te l'ai conseillé, mais pas plus. As-tu déjà vu ta mère toucher à un seul verre ? Prends exemple, ma fille, et fais comme elle. Jacqueline est une sainte femme qui sait accepter sa fragilité. Je te croyais de la même trempe ! Me serais-je trompé ?

À ces mots, Blanche faillit lui parler de la découverte faite auprès de Raymond, parler de la douceur qu'elle avait connue et lui dire justement que c'était elle qui avait envie de parler de tromperie. Mais devant la visible hargne de *monsieur* Gagnon, elle préféra s'abstenir. Alors qu'elle s'était toujours sentie à l'aise avec son père, présentement, elle était aussi gênée que devant un étranger.

Blanche était ressortie de la maison familiale battant la semelle comme jamais, entretenant sa colère et sa déception comme elle cultivait ses migraines, avec délectation et acharnement. Elle qui espérait trouver compassion et approbation, à défaut d'une adresse où se procurer le bienheureux élixir, elle se retrouvait gros Jean comme devant. Frustration et rancœur se disputèrent le meilleur de sa réflexion tout au long de la journée jusqu'à ce que Charlotte revienne de l'école, interrompant l'élaboration d'une stratégie qui lui permettrait de se procurer du brandy aussi souvent qu'elle le voudrait. Qui pourrait le lui reprocher puisqu'elle y gagnait en énergie et que les migraines ne pouvaient y résister ? Blanche en était là. Alors, voulait-elle, oui ou non, que sa fille aille chez Gertrude ? Un second soupir impatient décida que non. Autant profiter du calme de la maison pour se débarrasser des devoirs.

— Tu restes ici, décréta-t-elle d'une voix encore faiblarde. Comme ma migraine n'est pas très forte, glissa-t-elle en guise d'explication, phrase qui lui venait par réflexe ou par habitude entretenue au fil des années et qui pouvait à ses yeux tout justifier, on va profiter de l'absence de ta sœur pour faire les devoirs tout de suite, conclut-elle en écho à ses pensées tout en se redressant.

— Pas besoin, lança joyeusement Charlotte. C'est congé, ce soir. On a eu nos bulletins.

— Ah oui ? Alors montre vite.

Blanche s'était assise d'un geste brusque et tendait déjà la main avec autorité. Charlotte eut la désagréable pensée que la migraine, même si elle n'était pas très forte, semblait déjà chose du passé. Curieux comme souvent les fameux maux de tête allaient et venaient, semblait-il, au gré des fantaisies de sa mère ! Présentement, le regard de Blanche n'avait rien de douloureux, il était même particulièrement vif et la voix avait déjà retrouvé des inflexions normales.

Ce fut en ouvrant son cartable que Charlotte repensa à la question qu'elle voulait poser :

— Qu'est-ce que ça veut dire *contagieuse* ? demanda-t-elle le nez plongé dans ses papiers.

Blanche, toute à l'impatience de voir les notes de sa fille, répondit d'une voix évasive :

— Ça veut dire que ça s'attrape. Alors, ce bulletin, ça vient ?

— Le voilà.

Charlotte ne savait trop quelle mine afficher. Un sourire ou un air contrit ? Elle choisit une apparente indifférence.

— Et ça, ajouta-t-elle en tendant les feuilles à Blanche, c'est un papier que sœur Gabriel m'a demandé de te donner. Elle dit que c'est important.

Négligeant le bout de papier plié en quatre, Blanche s'empressa d'ouvrir le document de papier cartonné et le feuilleta pour arriver à la page qui l'intéressait. Elle fronça les sourcils à l'instant précis où Charlotte, incapable de se retenir, glissait son pouce dans sa bouche et commençait à grignoter le bout de son ongle. Le 95 venait d'apparaître en lettres rouges dans son esprit. Charlotte était maintenant persuadée que sa mère allait lui tomber dessus.

Pourtant, contrairement à ce qu'elle croyait, Blanche ne fit aucun commentaire, se contentant de lever les yeux un moment, de la fixer, de revenir au bulletin en pinçant les lèvres. Mais aux yeux de Charlotte, c'était aussi terrible que la douche glacée qu'elle avait eu peur de recevoir. Habituellement, maman l'embrassait en la félicitant, et voilà qu'elle ne disait rien. Pour Charlotte, habituée aux excès de sa mère, le silence était la pire des remontrances. Ce silence était une autre forme d'excès, aussi éloquent que les habituels discours de Blanche. Elle baissa la tête et se perdit dans la contemplation du bout de ses souliers jusqu'au moment où un drôle de bruit la fit sursauter. Le bruit ressemblait au sifflement d'une bouilloire arrêté en plein élan. Sans véritablement lever la tête, Charlotte souleva tout de même les sourcils et risqua un regard vers sa mère. Blanche tenait une main devant sa bouche et la regardait de nouveau. Mais l'expression de sévérité avait disparu, remplacée par une grande frayeur. Comment une note un peu faible pouvait-elle arriver à causer autant de dégâts ?

— Doux Jésus !

Et d'une frayeur évidente, Blanche passa aussitôt à une détermination tout aussi marquée. À peine quelques mots inscrits à la main par le professeur de Charlotte et la paresse qui avait accompagné la journée de Blanche venait de passer à la fréquence agitation.

Le petit papier un peu chiffonné, qu'elle avait cru sans importance, lui brûlait maintenant les doigts. Elle le laissa tomber sur le sol pour pouvoir se tordre les mains en toute liberté.

— Je le savais ! Je le savais donc ! lança-t-elle de sa voix nasillarde des grandes catastrophes. Une famille où il y a autant de gens ne peut être qu'un nid à microbes ! C'est fini, tu m'entends, Charlotte, plus question d'aller chez Françoise. Sous aucune considération. C'est bien compris ? Et tes notes à la baisse doivent venir de là, elles aussi. Quand on a de mauvaises fréquentations… Une mère qui laisse ses enfants attraper n'importe quoi ne doit pas veiller aux études. Quelle négligence, bonté divine ! Quand je dis qu'il vaut mieux prévenir ! 95 en français ! Je ne dis pas que c'est mauvais, je dis que, pour toi, c'est insuffisant. Tu peux faire mieux. Et je ne parle pas du solfège ! Mais là, je peux comprendre. On ne peut être doué pour tout dans le monde des arts. Pauvre Émilie !

Tout en parlant, Blanche avait empoigné Charlotte par un bras et montait l'escalier avec elle. La pauvre petite n'avait absolument rien compris au discours décousu de sa mère sinon qu'il semblait que Françoise y était pour quelque chose dans ses notes – allez donc savoir pourquoi ! –, que dorénavant elle n'aurait plus le droit d'aller chez son amie – et là, cela frôlait la catastrophe, pour parler comme Blanche –, et qu'il semblait bien qu'Émilie allait souffrir de tout cela. Mystère ! Comment se faisait-il qu'Émilie arrive encore à être mêlée à ses histoires ? Sa sœur n'avait rien à voir avec tout cela. Charlotte soupira. Mais devant l'énervement de sa mère, elle n'osa demander des explications. En un tournemain, Blanche l'avait déshabillée et le bain était mis à couler.

— Toi, tu restes là et tu m'attends.

Deux minutes à tourner et retourner les paroles de sa mère dans sa tête pour essayer d'y comprendre quelque chose et arriver à la conclusion qu'un 100 en français aurait probablement été préférable. Charlotte ne voyait rien d'autre qui pût justifier un tel débordement de panique. Et pourquoi prendre un bain ? Autre mystère. Blanche revenait déjà, une boîte à la main dont elle versa une partie du contenu dans le bain, qui prit aussitôt une bizarre couleur jaunâtre peu invitante. Pourtant Blanche y installa Charlotte.

— Ouille ! Mais c'est bien trop chaud, maman. Et pourquoi faut-il que je prenne un bain ? J'en ai pris un hier soir en revenant de chez mamie. D'habitude, on…

— C'est pas un bain pour te laver, l'interrompit Blanche. C'est à cause du papier de sœur Gabriel. Et il faut qu'il soit très chaud. Rien de mieux qu'un bain de moutarde pour accélérer le processus d'une maladie contagieuse.

Et comme Charlotte faisait mine de ressortir du bain, ne voyant aucun rapport entre le mot *contagieuse*, donc qui s'attrape, et l'eau tout à fait dégoûtante de ce bain trop chaud sinon que, si elle restait assise dans cette purée de pois, c'était là qu'elle allait être malade, Blanche la prit fermement par le bras et l'obligea à se rasseoir.

— Arrête de faire le bébé. Ma mère m'en faisait prendre régulièrement et je n'en suis pas morte. Allons ! Reste assise ou je vais devoir utiliser les ventouses.

Au seul mot *ventouse*, Charlotte cessa de gigoter. Elle avait une peur bleue de ces petites bouteilles que sa mère appelait ventouses. Elle ne les avait vues qu'une seule fois, chez grand-maman Gagnon, alors que sa mère les avait appliquées sur le dos de sa grand-mère pour soulager une quelconque congestion pulmonaire. Charlotte n'avait que deux ans à l'époque mais elle s'en souvenait fort bien. Comme *monsieur* Gagnon n'entendait absolument pas surveiller un bébé d'à peine deux ans le temps de cette opération qui durait plus d'une heure, Blanche avait donc assis Charlotte dans un coin de la chambre pour l'avoir à l'œil puis elle l'avait oubliée, concentrée sur son travail d'infirmière d'un jour. Charlotte avait eu l'impression d'assister à une cérémonie interdite. La chambre était plongée dans la pénombre, sa grand-mère parlait d'une voix rauque et celle de sa mère n'était qu'un murmure. Encore aujourd'hui, Charlotte revoyait clairement les fioles de verre, transparentes et boursouflées, que sa mère avait retirées d'une boîte en carton gris avant de les faire réchauffer avec une bougie pour ensuite les poser en équilibre sur le dos de grand-maman… Valait mieux un bain brûlant que de se retrouver avec des plaques rouges plein le dos. Car c'était ce qui était arrivé, Charlotte s'en souvenait fort bien : quand sa mère avait retiré les bouteilles du dos de sa grand-mère, il y avait eu un bruit de succion très désagréable et une vilaine marque rouge était restée imprimée sur la peau blanchâtre et déjà plissée du dos de sa grand-mère. Charlotte en avait conclu que cela avait dû faire très mal…

— Je sais, Charlotte, que ce n'est pas très agréable, poursuivait Blanche sans se douter du drame qui se déroulait dans la tête de Charlotte. Mais il faut ce qu'il faut. Tu ne voudrais tout de même pas que ta sœur se retrouve à l'hôpital à cause de toi, n'est-ce pas ? Pauvre petite Émilie !

La voix de Blanche s'était adoucie en prononçant le nom d'Émilie. Charlotte ne comprenait toujours pas ce que sa mère voulait dire exactement ni pourquoi Émilie était mêlée à tout cela. Le bulletin, la note de sœur Gabriel et Françoise n'avaient aucun point commun avec Émilie, non ? Charlotte était perplexe. Pour l'instant, l'ensemble de ses pensées formait un imbroglio de plus en plus complexe dans sa tête. Mais elle jugea que ce n'était pas vraiment le temps de poser des questions et surtout pas le temps de contrarier sa mère.

— Non, c'est certain que je ne veux pas qu'Émilie soit encore malade.

Charlotte était sincère. Tout comme Blanche d'ailleurs, qui ne voyait pas comment elle pourrait agir autrement sans mettre la santé de sa plus jeune à l'épreuve. Elle caressa la tête de Charlotte tout en poursuivant ses explications :

— Alors tu vas faire tout ce que je te demande. Il faut savoir si tu as la coqueluche comme ton amie Françoise. C'est ça que sœur Gabriel m'écrivait sur le papier. Émilie ne peut vraiment pas se permettre d'avoir une maladie aussi grave que celle-là. En prenant ce bain chaud avec de la moutarde, suivi d'une mouche de moutarde, ça va te faire suer et ainsi, si tu as la coqueluche, on le saura dès demain matin. L'important pour que ça marche, c'est que tu aies très chaud. Pour l'instant, tu vas rester bien sagement dans ton bain tant qu'il est encore suffisamment chaud et, pendant ce temps, je vais préparer tout ce qu'il faut pour la suite. Il faut aussi que je téléphone à Gertrude pour lui demander de garder Émilie la nuit prochaine. Vaut mieux prévenir. Après, si tu te tiens bien tranquille, on va s'installer toutes les deux dans ta chambre et je vais te raconter des histoires. Comme lorsque tu étais petite.

Charlotte ne savait pas trop ce qui l'attendait. C'était quoi, une *mouche de moutarde* ? Et la coqueluche ? Pour le peu qu'elle avait saisi, Charlotte en concluait que cela devait être une maladie. Et même une maladie vraiment très grave pour que maman s'agite ainsi et se torde les mains sans arrêt. Charlotte connaissait bien ce tic et savait que lorsque sa mère en était affectée, la situation était de la toute première importance… Par contre, à la seule idée de voir sa sœur retourner à l'hôpital, Charlotte était prête à collaborer. Émilie était suffisamment malade tout le temps sans vraie raison pour vouloir ajouter autre chose. Là-dessus, Charlotte était bien d'accord avec maman.

Finalement, alors qu'elle entendait sa mère s'activer dans la cuisine, Charlotte décida que le bulletin avec le fameux 95 était beaucoup moins grave que le papier qu'elle n'avait même pas lu. Parce que des notes, cela pouvait toujours s'améliorer, mais ce qu'elle était en train de subir, elle ne pouvait y échapper et elle s'en serait bien passée. Déjà, sur le chemin du retour, elle rêvait de se débarrasser de sa robe de couvent vraiment trop lourde pour la température, et voilà qu'elle était plongée jusqu'au cou dans une purée de pois – l'eau du bain ressemblait vraiment à la soupe aux pois de mamie ! –, et qu'elle avait encore plus chaud que tout à l'heure.

Charlotte s'en souviendrait de son 95 en français !

Dans sa logique d'enfant, Charlotte n'arrivait pas à dissocier notes et maladie. Pour un peu, elle aurait été prête à jurer que, si elle risquait d'être malade, et de passer sa coqueluche à Émilie, c'était assurément à cause de sa mauvaise note en français.

Quand Blanche revint, elle avait à la main une sorte de cataplasme fait de coton à fromage enduit d'une pâte épaisse qui avait la même couleur que l'eau du bain. Charlotte soupira, se releva, sortit de l'eau en repoussant la main de sa mère qui voulait l'aider, s'essuya sommairement et ferma les yeux en attendant la suite. Que pouvait-elle faire d'autre ? Dire qu'elle en avait assez ? Sa mère ne serait pas d'accord avec une raison aussi futile. Blanche était trop souvent pas d'accord pour que Charlotte puisse espérer ne serait-ce qu'un compromis.

Le cataplasme eut l'avantage d'être frais contre sa peau brûlante. Mais la sensation ne dura qu'un instant. À peine le temps d'un soupir que, déjà, la poitrine de Charlotte se mettait à chauffer et à piquer comme ce n'était pas permis. Par réflexe, elle tenta de soulever le coton mais sa mère veillait. D'une main autoritaire, elle repoussa le geste de sa fille.

— Quinze minutes, Charlotte. Tu dois garder la *mouche de moutarde* de quinze à vingt minutes.

Ainsi donc, c'était cela, une *mouche de moutarde* ? La petite fille posa un regard à la fois incrédule et implorant sur Blanche. Sa mère n'avait tout de même pas l'intention de lui laisser *cela* sur la poitrine pendant quinze longues minutes ? Mais peine perdue. Déjà la frêle Blanche soulevait *la bonne grosse Charlotte* dans ses bras comme un fétu de paille et l'emmenait ainsi jusqu'à sa chambre pour la déposer sur son lit le temps de fermer la fenêtre et de tirer les rideaux. Puis, sans hésiter, elle arracha le couvre-lit, attrapa la couverture de laine et enveloppa Charlotte comme une momie. Le tout n'avait duré que quelques secondes et Charlotte se retrouvait de nouveau dans les bras de sa mère, emmaillotée comme un bébé, la poitrine en feu, de grosses gouttes de sueur coulant déjà sur son front, avec l'envie féroce de tout arracher. Mais les bras maigres de sa mère avaient la force de l'acier. Charlotte n'eut d'autre choix que d'appuyer la tête sur la poitrine de Blanche. Elle entendait le cœur qui battait très fort, régulier comme une horloge, et cela suffit à la divertir pour un bref moment. Toc, toc, toc-toc, toc… Mais la sensation d'étouffer devint vite intolérable. Charlotte essaya alors de changer de position, un peu comme lorsque l'on a mal à une dent et que l'on mord dessus pour oublier la douleur lancinante, mais dès qu'elle faisait mine de bouger, les bras se resserraient autour d'elle et la voix se durcissait :

— Allons, Charlotte, cesse de gigoter comme un ver. Tu n'as pas le choix.

Alors Charlotte comprit qu'il ne servait à rien de s'opposer de quelque façon que ce fût. Quand sa mère disait : « Tu n'as pas le choix », c'était qu'elle n'y échapperait pas. Cela valait pour le sirop de poisson et il semblait bien que c'était la même chose pour la mixture pâteuse qui lui brûlait la peau. De grosses larmes coulaient maintenant de ses yeux fermés par la douleur et se mêlaient à la sueur qui collait ses cheveux à son front avant de descendre jusque dans son cou. Il restait combien de temps des quinze minutes dont maman avait parlé ? Charlotte avait l'impression que le temps s'était arrêté juste pour l'embêter. C'était comme pour la récréation. Il suffisait de regarder l'horloge de la classe, afin de savoir combien de temps il restait avant la récréation, pour que les aiguilles du cadran passent automatiquement à un rythme de tortue. Présentement, Charlotte avait l'impression que les aiguilles du réveille-matin posé à côté de son lit avançaient plutôt au pas des limaces. La sensation de chaleur intense engendrée par le cataplasme s'était peu à peu transformée en véritable douleur qui la transperçait à chaque inspiration. Par réflexe, Charlotte se mit à respirer de façon superficielle, comme elle le faisait parfois avec papa pour s'amuser à imiter un petit chien qui halète. La douleur était peut-être un peu moins forte mais la tête commença à lui tourner. Et quand Blanche se mit à bouger la berceuse, ce fut la nausée qui s'en mêla. Jamais, de toute sa vie, Charlotte n'avait été si mal. Jamais elle n'aurait pu imaginer que l'on pût avoir si mal. Et tout cela, c'était juste pour prévenir, juste pour savoir si, oui ou non, elle allait rendre sa sœur malade. Pendant une fraction de seconde Charlotte détesta Émilie avec ferveur. Elle endurait tout cela à cause d'elle et sa *fragile constitution*, comme le disaient ses parents. Heureusement, ce fut au même instant que la voix de Blanche décréta qu'il était temps d'enlever le cataplasme et aussitôt, Charlotte oublia jusqu'au nom d'Émilie. Enfin ! Tout ce que voulait Charlotte pour le moment, c'était la fraîcheur des draps de son lit et un oreiller pour poser sa tête. Mais aussitôt le coton à fromage retiré, Blanche enroula encore une fois la couverture de laine et reprit Charlotte dans ses bras.

— Et maintenant, qu'est-ce que tu préfères ? Une histoire ou une chanson ?

Ce n'était pas fini ? C'est là que Charlotte rendit les armes. Il semblait bien, en effet, que cette histoire de fou n'était pas finie puisque maman la retenait fermement contre elle et que la chaise recommençait à balancer, entretenant le mal de cœur. Charlotte avait beaucoup trop chaud pour argumenter. Elle avait les jambes comme du coton, sa poitrine lui semblait toujours en feu et elle n'avait même plus la force de penser. Charlotte se sentait toute molle, toute fatiguée, et ses yeux n'avaient plus envie de rester ouverts. Alors, elle murmura :

— Une chanson.

Une histoire, même racontée, demanderait trop d'efforts…

Bercée par le mouvement de la chaise et par la voix de Blanche qui, curieusement, devenait mélodieuse lorsqu'elle chantait, Charlotte se laissa aller à sa nausée, à sa douleur et à la chaleur incroyable qui l'entourait. Un vrai fourneau. Mais la main de maman caressait sa tête et Charlotte aimait cela. La voix chantante qui lui parvenait comme en écho dans la poitrine creuse de Blanche se mêlait aux battements du cœur et cela aussi, Charlotte aimait bien. Alors elle accepta de souffrir parce que la douleur venait de celle dont Charlotte espérait l'amour. Si elle était bien sage, si elle ne bougeait pas, alors maman dirait peut-être qu'elle l'aimait. Petit à petit, la sensation de douleur et d'inconfort se transforma en une sensation de langueur doucereuse qui l'enveloppa d'une assurance nouvelle. Il y avait dans la voix de sa mère une intonation qu'elle connaissait bien et qu'elle avait toujours espéré entendre pour elle. C'était la voix que Blanche réservait à Émilie lorsque celle-ci était malade. Et aujourd'hui, cette voix-là chantait pour Charlotte. Juste pour elle. Alors, aussi fort qu'elle avait détesté sa sœur quelques instants plus tôt, Charlotte se mit à l'envier. Elle était chanceuse, Émilie, d'avoir droit à la douceur de maman alors que Charlotte avait droit à ses exigences. Mais Charlotte n'était pas Émilie, la petite fille le savait fort bien. Et le dimanche, quand elle allait en promenade avec son père, Émilie, elle, restait généralement à la maison. Alors, là, c'était Charlotte qui avait de la chance. La chanson venait de finir. La main de Blanche avait quitté sa tête pour venir frotter son dos et Charlotte eut la curieuse envie de ronronner parce que cela lui faisait beaucoup de bien. La couverture de laine posée directement sur sa peau piquait terriblement. Maman lui dit alors, avant de se remettre à chanter :

— Tu es une bonne fille, Charlotte.

Charlotte retint son souffle. Les mots d'amour allaient peut-être suivre. Il était si rare que maman lui dise qu'elle l'aimait, et Charlotte les espérait comme une terre aride implore les nuages. La plupart du temps, Blanche disait qu'elle était fière d'elle, ou qu'elle appréciait sa façon d'agir, mais qu'elle l'aimait… *La poule rousse* avait remplacé *Au clair de la lune* et Charlotte aimait beaucoup cette chanson. Comme finalement elle aimait beaucoup avoir maman à elle toute seule. Alors Charlotte leva la tête et chercha à dégager son visage. Aussitôt la main cessa le va-et-vient sur son dos et les bras maigres de Blanche se refermèrent comme un étau autour de ses épaules.

— Veux-tu bien cesser de bouger !

Pourtant Charlotte avait simplement voulu dire à sa mère qu'elle l'aimait, espérant que la voix de sa mère lui répondrait en écho. Peine perdue… Une grosse boule de chagrin s'installa dans sa gorge. Les larmes lui revinrent aux yeux et elle serra très fort les paupières. Surtout, ne pas pleurer ! Cela donnait de la fièvre, et Dieu seul savait ce que sa mère allait en penser… La voix avait recommencé à chanter, mais Charlotte n'écoutait plus les mots. Elle laissait simplement la voix poser une sorte de monotonie sur l'instant. Comme elle avait appris à le faire, Charlotte laissa son esprit vagabonder où il le voulait bien. Aussitôt, elle se mit à imaginer à quoi ressemblerait le moment précis où elle pourrait enfin se glisser dans son lit. La fraîcheur des draps, le moelleux de l'oreiller de plumes, la liberté de bouger comme bon lui semblerait parce que présentement, les bras de sa mère entravaient toujours le moindre de ses mouvements et Charlotte détestait se sentir prisonnière.

Brusquement, Charlotte détestait les bras trop maigres de sa mère et elle savait que l'image de Blanche la tenant fermement dans ses bras irait rejoindre toutes les autres qui servaient de repères dans sa vie. Une main osseuse s'élevant vers la tablette en coin ; Émilie couchée sur le côté, pliée en deux ; les sourcils broussailleux de son père quand il était de mauvaise humeur…

La petite fille sombra enfin dans un demi-sommeil, accompagné de rêves décousus aussi vrais que la réalité et quand Blanche la déposa enfin dans son lit après lui avoir fait enfiler une jaquette, Charlotte n'eut qu'un soupir de soulagement, le réflexe de bouger les jambes entre les draps frais, de caler confortablement la tête dans l'oreiller et elle s'endormit aussitôt profondément. Blanche resta auprès d'elle un moment pour s'assurer que sa fille dormait vraiment. Elle déposa délicatement la couverture de laine par-dessus le couvre-lit, car il ne fallait surtout pas qu'elle attrape un refroidissement, elle l'embrassa à la racine des cheveux, se répétant que son aînée était vraiment une bonne fille raisonnable, puis elle ressortit de la chambre sur la pointe des pieds. Ne restait plus qu'à attendre jusqu'au lendemain pour enfin savoir...

Ce fut une main fraîche, posée doucement sur son front, qui éveilla Charlotte. Elle était toute tremblante et sa poitrine lui faisait encore très mal. Dehors, la nuit était maintenant arrivée et papa, assis sur le bord de son lit, la regardait gentiment.

— Alors, Charlot, comment te sens-tu ? Maman m'a dit qu'il y avait une épidémie de coqueluche à l'école et que tu ne semblais pas en grande forme ?

Le souvenir de l'heure passée avec Blanche lui revint en bloc. Le bain, les notes, Françoise, la couverture de laine s'emballèrent aussitôt dans sa tête, dans l'ordre et dans le désordre, sans suite logique autre que celle d'avoir été très malheureuse. Pas en forme ? Non, Charlotte ne se sentait vraiment pas en forme. Les oreilles lui bourdonnaient et elle avait mal au cœur. Mais cela, c'était après le bain et tout le reste que c'était apparu. Parce que, avant, il n'y avait que la note en français qui lui donnait quelques battements de cœur désagréables. Mais comment expliquer tout cela ? De grosses larmes perlèrent encore une fois à ses paupières. Raymond était sincèrement malheureux pour elle. Pauvre gamine ! Elle, habituellement si vive, si enjouée, devait trouver fort difficile d'être clouée à ce lit.

— Pauvre Charlot. Tu n'es pas habituée à être malade, n'est-ce pas ? Tu dois trouver ça vraiment pénible.

Charlotte réfléchit un moment avant de répondre :

— Non, j'aime pas ça. Mais c'est pour Émilie.

Raymond fronça les sourcils.

— Comment, pour Émilie ? Elle n'a rien à voir avec l'épidémie de ta classe.

Encouragée par ces quelques mots de son père, Charlotte se permit de donner sa version personnelle de la situation.

— C'est ce que je pensais, moi aussi. Mais maman n'était pas d'accord avec cette idée-là. Elle a dit que c'était pour Émilie qu'il fallait que je prenne un bain dégoûtant et qu'elle mette une drôle de galette molle sur moi. Je ne me rappelle pas comment elle a appelé ça. Mais il fallait que j'aie très très chaud et la galette m'a vraiment donné très chaud. Même que ça brûlait ma peau. Et demain on va savoir si j'ai la même maladie que Françoise.

Mais alors qu'elle prononçait le nom de son amie, Charlotte se rappela ce que sa mère avait aussi dit : plus question de jouer avec elle. Charlotte éclata en sanglots. Raymond n'avait pas compris grand-chose aux explications données par Charlotte, mais chose certaine, jamais il ne l'avait vue aussi désemparée. Il entoura les épaules de sa fille de son bras et ce fut à ce moment qu'il prit conscience à quel point Charlotte tremblait. Aussitôt, il la souleva pour la poser sur le plancher, devant lui, afin de l'examiner. Les jambes de Charlotte cédèrent sous son poids et il recueillit contre lui une petite fille secouée par le chagrin, toute faible. Ce fut au moment où il la soulevait pour la remettre dans son lit qu'il eut la bizarre sensation de tenir Émilie dans ses bras. Une nouvelle Émilie qui se serait camouflée dans la peau de Charlotte. Son incompréhension n'eut d'égal que le vent de colère qui le souleva. Que s'était-il passé dans cette maison ? Et qu'est-ce que c'était que cette maladie qui avait fait de sa Charlotte une petite chose toute tremblante ?

— Charlotte, j'aimerais que tu me dises exactement ce qui se passe, d'accord ? Est-ce que c'est bien vrai que ton amie Françoise est malade ? C'est ce que maman m'a dit.

Jamais doute ne lui avait torturé l'esprit à ce point. Pourtant, Charlotte semblait gagner en assurance alors qu'elle lui parlait.

— Oui, c'est vrai. Je ne l'ai pas vue, mais sœur Gabriel m'a même dit qu'elle était contagieuse. Je ne savais pas trop ce que ça voulait dire mais…

Et essayant tant bien que mal de replacer les événements dans leur ordre chronologique, Charlotte tenta de raconter son après-midi. Elle commença avec la directrice et la note de français pour terminer sur *La poule rousse* et ses notes qui l'avaient endormie. Raymond était atterré.

— Et la galette qui chauffait, comme tu dis, est-ce que ça fait encore mal ?

— Oui. Mais c'est bien moins pire. Tantôt, c'était presque comme du feu.

— Et je peux voir ?

— Si tu veux.

Et Charlotte détacha le bouton supérieur de sa robe de nuit. Elle avait la poitrine rouge, la démarcation du coton à fromage visible à hauteur d'épaules. Raymond ne put retenir les mots qui lui vinrent spontanément à l'esprit :

— Mais qu'est-ce que c'est que ça ? Elle est folle, ma parole !

Maintenant, c'était lui qui tremblait. De rage. Mais il y avait Charlotte. Charlotte et son regard qui semblait tout deviner de ses pensées. Essayant de se contenir, il l'aida à se recoucher. Jouer la carte de la désinvolture parce que Charlotte n'était qu'une petite fille de six ans et qu'elle avait encore droit à son enfance. N'était-ce pas là les mots que Bernadette avait employés ?

— Est-ce que tu as faim ?

— Peut-être. Je ne sais pas trop. J'ai un peu mal au cœur.

— Et si on essayait un peu de soupe ?

— Non, papa. S'il te plaît, rien de chaud !

— Ouais… Alors un jus de fruits ?

— Oh oui !

Juste à l'idée d'un verre de jus bien frais, Charlotte sentait des gargouillis dans son estomac.

— Et c'est parti ! Un jus pour Madame.

Lissant le drap et retirant la couverture de laine pour la déposer au pied du lit, Raymond ajouta :

— J'en ai pour une minute et je reviens.

— D'accord, papa.

Après une légère hésitation, ne sachant trop si cela était permis, elle demanda quand même :

— Dis, papa, est-ce qu'on peut ouvrir la fenêtre un tout petit peu ?

À ces mots Raymond se tourna vers elle. Puis il lui fit un large sourire :

— Et comment qu'on va l'ouvrir, la fenêtre. Si c'est toi qui le demandes… Tu as tout à fait raison : on suffoque ici !

Et il quitta la chambre en refermant la porte derrière lui. Il avait deux mots à dire à Blanche et il ne voulait surtout pas que Charlotte les entende…

Elle finit par s'endormir après avoir bu un grand verre de limonade, malgré les éclats de voix qui lui parvenaient de la cuisine… et fut éveillée encore une fois par son père :

— Allô, Charlot ! Comment ça va, ce matin ?

À travers les rideaux fermés, Charlotte devina qu'il ferait très beau, aujourd'hui aussi. Elle prit le temps de s'étirer, de soulever un coin du rideau et de sourire avant de répondre à papa qui avait commencé à sortir des vêtements de son tiroir :

— Je me sens très bien. À part le ventre qui chauffe encore un peu… Et je crois que j'ai très faim !

— Normal, tu n'as pas soupé, hier. Tiens, mets ça avant de descendre.

Raymond avait déposé une salopette et un chandail au pied de son lit.

— Pourquoi ? Pour l'école il faut mettre…

— Tu ne vas pas à l'école, ce matin, l'interrompit Raymond en ouvrant les tentures.

Un vif rayon de soleil inonda la chambre.

— Que dirais-tu d'aller passer la journée chez mamie ?

— Chez mamie ?

Un radieux sourire illuminait le visage de Charlotte.

— Pourquoi ?

Raymond hésita à peine :

— Juste au cas où tu serais contagieuse.

Il ne pouvait tout de même pas lui dire qu'elle avait une mine à faire peur. Non plus qu'il ne pouvait dire qu'il préférait qu'elle ne reste pas avec Blanche pour aujourd'hui. L'orage avait particulièrement grondé lors de leur discussion qui avait vite pris des allures d'affrontement.

Charlotte haussa les sourcils. Maman avait dit que, si elle était malade, on le verrait ce matin. Et ce matin, Charlotte se sentait en pleine forme. Puis elle refit un sourire en haussant les épaules. Si papa le disait, Charlotte n'avait rien contre le fait de passer la journée avec mamie. Bien au contraire…

— D'accord. Je m'habille et je descends pour déjeuner…

Charlotte attendait son père dans le vestibule lorsqu'elle entendit sa mère entrer dans la cuisine. Elle hésita pendant un moment. Elle n'avait pas vraiment envie de la voir, ce matin, certains souvenirs de la veille étant encore trop pénibles. Elle avait surtout très peur que sa mère n'arrive à faire changer son père d'avis et qu'elle ne puisse aller chez sa grand-mère. Par contre, elle était soulagée de voir que probablement elle n'était pas malade, malgré ce que papa semblait penser. Tant mieux pour Émilie. Ce fut en pensant à sa sœur qu'elle se décida enfin.

Blanche était à la fenêtre et semblait absorbée par la contemplation du jardin. Peut-être espérait-elle y voir poindre quelque jeune plant ? Charlotte savait que sa mère aimait beaucoup ses plates-bandes. Elle trouva cependant curieux que sa mère ne soit pas venue prendre de ses nouvelles, puis elle se dit que papa avait dû lui en donner et que maman devait penser qu'ils étaient déjà partis. Mais elle voulait lui montrer qu'elle n'était vraiment pas malade. Elle savait que sur le sujet, Blanche aimait bien voir par elle-même.

— Maman ?

Blanche ne bougea pas. Elle était bouleversée par les paroles dures que Raymond avait eues à son égard, la veille au soir. Elle n'avait pas vraiment dormi, passant et repassant leur discussion dans sa tête sans comprendre ce qui avait provoqué Raymond à ce point. Ne voyait-il pas qu'elle avait fait de son mieux pour éviter une catastrophe ? Jamais Émilie ne pourrait passer à travers une telle épreuve, la coqueluche étant une des maladies contagieuses les plus désagréables. Raymond ne comprenait-il pas que leur petite Émilie en avait assez de vomir à répétition sans y mettre une raison supplémentaire qu'elle soit malade ? Il semblait bien que non, car il avait osé la traiter de mère indigne. Mais on savait bien : Raymond n'en avait que pour son aînée. C'était à peine s'il s'occupait d'Émilie, et encore fallait-il qu'elle soit dans une de ses bonnes journées. Alors, présentement, Blanche englobait Charlotte dans cette tristesse qui lui broyait le cœur et ne trouvait pas les mots à lui dire. Mais son silence rejoignit celui qu'elle avait eu devant le bulletin et Charlotte en conçut une violente animosité. Pourquoi sa mère lui en voulait-elle à ce point ? Ce n'était qu'une malheureuse note et sa mère aurait dû savoir qu'elle ferait tout ce qu'elle pourrait pour l'améliorer. Quant au reste, si c'était aussi important que sa mère l'avait laissé entendre hier, Blanche devrait au moins la regarder. Le frôlement du chandail contre sa poitrine réveilla la douleur pour un instant. Alors, à la place des mots tout joyeux qu'elle avait eu l'intention de dire : « Tu vois, maman, je ne suis pas malade ! », Charlotte regarda le dos qu'on lui opposait et articula clairement :

— Je ne veux pas que tu recommences, maman. Ça m'a fait trop mal.

Le cœur et la raison de Charlotte venaient de parler.

Blanche reçut les mots comme une accusation de plus. Elle se détourna lentement de la fenêtre et se heurta à ce regard d'adulte que Charlotte avait parfois. Elle n'osa répondre, et ce silence ajouté aux autres atteignit Charlotte de plein fouet. Elle fixa longuement Blanche de ce regard désabusé qu'une enfant n'aurait jamais dû avoir.

À contre-jour, la silhouette de sa mère se découpait sous le fin tissu de la nuisette. Charlotte la détailla un instant, s'apercevant, un peu surprise et pour la première fois, à quel point elle trouvait sa mère laide. Elle était trop maigre. Elle était sèche.

Puis sur un haussement d'épaules, elle quitta la cuisine.

Sans pouvoir l'exprimer clairement, Charlotte avait l'intuition que quelque chose venait de se briser entre sa mère et elle.

Parce que plus jamais elle ne pourrait lui faire confiance. Et cela, ce n'était pas une intuition. C'était très clair. Mais dans sa tête d'enfant, Charlotte n'employait pas ce mot-là, il ne voulait encore rien dire.

L'image de Blanche se découpant à contre-jour rejoignit toutes les autres tandis que Charlotte se disait qu'elle ne l'aimait plus…

Et ainsi allait sa vie, prenant forme à travers les images, album-photo d'émotions, de souvenirs vécus au fil des ans, figées dans le temps et l'espace sans lien entre elles pour l'instant.

Car Charlotte n'avait toujours que six ans…

Chapitre 7

Tout au long du chemin les menant chez sa mère, Raymond avait dû se faire violence pour paraître de bonne humeur, à tout le moins décontracté. Tout comme pour Blanche, la discussion de la veille au soir restait gravée en lettres de feu dans son esprit et sur son cœur. Blanche semblait tellement sincère, tellement bouleversée de voir que Raymond ne comprenait pas le sens de sa démarche. Alors, il avait eu une nuit affreuse, essayant de comprendre sans y parvenir. Et ce matin, il était encore terriblement désemparé. Heureusement, Charlotte était aussi pensive que lui et la conversation entre eux se résuma à quelques mots que Raymond prononça du bout des lèvres, l'esprit tendu, tourné vers la dispute du soir précédent.

Parce que c'était là ce qui s'était passé entre eux. Du dialogue que Raymond voulait engager, des explications qu'il souhaitait obtenir, Blanche et lui en étaient rapidement passés aux accusations.

Comment avaient-ils pu en arriver là ? Les paroles blessantes lancées de part et d'autre avaient eu une spontanéité, une impulsivité qui lui faisaient peur.

Et dire qu'à peine vingt-quatre heures plus tôt, il avait sincèrement cru qu'une barrière venait de tomber entre Blanche et lui. Ce matin, tout en marchant avec Charlotte qui sautillait malgré son mutisme, une main glissée avec confiance dans la sienne, Raymond en était à se demander s'il ne prenait pas des vessies pour des lanternes quand il pensait à Blanche. Et tout cela, à cause peut-être d'une éventuelle contagion, d'une éventuelle maladie.

Le cercle vicieux de leur vie familiale que cette hantise de la maladie...

Le pire, aux yeux de Raymond, c'était que l'inquiétude de Blanche avait sauté par-dessus Charlotte, qui, selon son sens logique des priorités, aurait dû être la première concernée, et avait choisi de se fixer sur Émilie.

Comme toujours.

Prévoir l'imprévisible, anticiper le pire, présager les conséquences. Pour prévenir, toujours pour prévenir, car Émilie était née avec une faible constitution. Au dire de Blanche. À cause de l'hérédité.

Et si Blanche se trompait ?

Parce que, ce matin, Raymond ne savait plus.

Bien sûr, il était évident qu'Émilie était petite pour son âge, gracile et délicate. Mais en même temps, après une semaine d'hospitalisation, le médecin avait formulé la conclusion que sa fille n'avait aucun problème majeur. Et si Émilie était normale dans sa délicatesse ? Alors, d'où venaient ces problèmes de digestion qui l'affectaient continuellement ? Un intestin nerveux, comme le diagnostiquait Blanche ?

Sa femme avait eu beau lui lancer à la figure qu'il ne s'occupait que de Charlotte, elle, c'était Émilie qui avait toutes ses faveurs. Depuis sa naissance. Et ce n'était pas vrai qu'il se désintéressait d'Émilie. C'était plutôt Blanche qui l'empêchait de s'en occuper comme il l'aurait voulu.

L'image formée par sa famille lui sauta aux yeux. Une famille scindée en deux : les malades et les bien-portants. Depuis hier, il avait l'impression que toute sa vie était gouvernée par la maladie et il comprenait qu'il en avait assez. Il reconnaissait le bien-fondé d'une certaine clairvoyance, mais il refusait désormais de se laisser mener par des inquiétudes sans fondement.

Mais les inquiétudes de Blanche étaient-elles vraiment sans fondement ? Il y avait pensé tout au long de la nuit, sentant dans son dos que Blanche ne dormait pas plus que lui. Raymond n'y connaissait rien tandis que Blanche avait toujours baigné dans ce milieu des médecins, des problèmes de santé et même des hôpitaux. Alors ? Était-ce un critère ?

Raymond avait la très nette impression de devenir fou à force de penser, de supposer.

Mamie Deblois les attendait à la fenêtre et se précipita à la porte pour leur ouvrir dès qu'elle les aperçut s'engageant dans l'allée.

— Charlotte ! Quelle belle surprise. Quand ton papa m'a appelée, hier soir, j'étais vraiment contente de savoir que tu allais passer la journée avec moi… Et comment te sens-tu, ce matin ?

Charlotte s'était précipitée dans les bras de sa grand-mère.

— Je suis bien, annonça-t-elle en levant la tête pour croiser le regard de sa grand-mère. Très bien même, se hâta-t-elle d'ajouter pour qu'il n'y ait aucune ambiguïté dans l'esprit de mamie.

Charlotte n'avait surtout pas envie de gâcher une si belle journée en restant au lit. Avec mamie, on faisait toujours des tas de choses nouvelles et agréables. C'est pourquoi, échaudée par l'expérience de la veille, la petite fille ne put s'empêcher de demander pour être bien certaine qu'elle n'allait pas être déçue :

— Est-ce que je vais être obligée de rester couchée avec des tas de couvertures pour continuer d'avoir chaud ?

Madame Deblois leva vers son fils un regard avide de précisions tout en se dépêchant de tranquilliser Charlotte :

— Mais pas du tout, ma belle. Si tu me dis que tu te sens bien…

Tout en rassurant Charlotte, madame Deblois fixa Raymond de nouveau, intensément, et tout un dialogue muet se déroula entre eux, l'espace de quelques instants. Elle ne savait pas vraiment ce qui s'était passé, Raymond ne pouvant se permettre d'élaborer longuement au téléphone, mais elle en savait suffisamment pour être inquiète et curieuse.

— Rien de spécial à signaler, Raymond ?

Le haussement d'épaules de ce dernier suffit à la rassurer.

— Non, je ne vois pas. Charlotte me semble en forme. N'est-ce pas, Charlot ?

— Tout à fait, papa. Tu peux partir tranquille, avec mamie, tout va toujours trèèèès bien ! Tu devrais le savoir !

Le ton paternaliste dont la petite fille avait teinté sa réponse fit éclater de rire les deux adultes qui la regardèrent avec affection. Soulagement pour grand-maman Deblois qui sentait bien qu'on avait probablement exagéré un peu, ce qui ne serait pas nouveau avec Blanche, et bouffée de fraîcheur pour Raymond, qui se pencha pour embrasser sa fille sur les cheveux.

— Sacrée Charlotte. Tu es unique... Bonne journée, ma grande. Je reviens te chercher après le travail.

Mais de travail, il n'y en eut guère. Incapable de se concentrer suffisamment pour étudier les dossiers empilés sur un coin de son bureau, Raymond se releva en soupirant, s'approcha de la fenêtre et releva la toile jaunâtre qui faisait office de pare-soleil. Une belle clarté inonda aussitôt la pièce, faisant reculer d'un pas les interrogations de tout acabit qui l'assaillaient, ne laissant que l'essentiel.

Pourquoi ?

Et où trouver réponse à cette interrogation qui lui semblait être à la source de tous les problèmes ?

Il repensa alors à Germain Jodoin. Sans être un ami proche, il était tout de même une connaissance de longue date et, en tant que médecin, Germain pourrait peut-être apporter une ébauche de réponse. N'avait-il pas suivi Émilie pendant des années ? Il s'était sûrement fait une opinion et, s'il lui avait dit d'être vigilant, ce n'était pas pour rien. Rasséréné à l'idée qu'il allait peut-être enfin trouver quelque chose, Raymond revint à son bureau pour prendre le téléphone. Pourvu que Germain soit disponible. Raymond ne pouvait envisager une autre soirée et une autre nuit à se tourmenter.

Les deux hommes se rencontrèrent au cabinet du médecin au beau milieu de l'après-midi. Germain Jodoin avait réussi à faire annuler une consultation pour recevoir Raymond. L'urgence entendue dans la voix de son ami avait convaincu Germain de le rencontrer sans délai. Dès qu'il vit Raymond glisser sa tête dans l'entrebâillement de la porte, Germain se leva pour venir à lui en tendant la main :

— Alors, quoi de neuf ? Ça fait longtemps que je n'ai pas eu de vos nouvelles. Je dirais que ça fait au moins deux ans que Blanche n'a pas appelé. Assieds-toi, Raymond, on a un certain temps à notre disposition.

Germain Jodoin n'était pas homme à tourner autour du pot. Son temps était trop précieux et si Raymond avait demandé à le consulter, autant en venir au fait directement. En parlant de Blanche, sans en être certain, il se doutait qu'il mettrait le doigt sur une grande partie du problème. Le regard désemparé de Raymond lui confirma cette intuition.

— Elle n'a peut-être pas appelé, ça ne veut pas dire que tout baigne dans l'huile… Par où commencer ? J'ai de la difficulté à m'y retrouver moi-même. Des jours ça va, d'autres pas.

— Et Émilie dans tout ça ? Va-t-elle bien ?

Émilie… C'était le nom à prononcer pour rassembler les idées disparates qui virevoltaient dans l'esprit de Raymond. Une grande tristesse traversa son regard alors qu'il se reculait dans le fauteuil et dardait son regard sur Germain.

— J'aimerais te dire qu'elle va bien. Malheureusement, je ne sais pas…

Un bref silence s'installa entre les deux hommes. Germain fourragea dans sa longue barbe, repoussa ses lunettes sur son nez.

— Je ne comprends pas…

Pourtant, Germain voyait très clairement la situation. Mais venant de lui, les explications risquaient d'être mal reçues. Comme trop souvent, hélas, lorsqu'il évoluait dans des contextes aussi délicats, la moindre parole mal perçue pouvait avoir des conséquences désolantes, à l'opposé du but poursuivi. Il lui semblait essentiel que ce soit Raymond qui débroussaille l'imbroglio où il semblait se débattre. Volontairement, il resterait aussi évasif que possible. Les points précis ne viendraient que plus tard.

— Je ne comprends pas…

Devant le mutisme de Raymond, Germain avait répété sa phrase.

— Moi non plus, vois-tu. Moi non plus…

Germain leva deux sourcils broussailleux au-dessus de la monture de ses lunettes.

— Pourtant, si tu as demandé à me voir…

Raymond soupira.

— Je sais. Disons que c'est une foule de petites choses qui, mises bout à bout, m'apparaissent aujourd'hui comme une situation anormale. Mais peut-être que je me trompe. J'ai de la difficulté à imaginer que Blanche…

Raymond se tut, brusquement mal à l'aise. Prononcer le nom de Blanche lui semblait une aberration. Mais, bon sang, qu'est-ce qu'il était en train de faire là ? Que cherchait-il à prouver, assis dans ce bureau ? Il avait l'impression d'être malhonnête, hypocrite et c'était si peu conforme à sa nature profonde que, pendant un instant, il hésita. Ce fut l'image de la poitrine de Charlotte, rougie par le cataplasme appliqué par Blanche, qui s'imposa brutalement à sa mémoire et lui délia la langue.

— Je crois que Blanche est devenue folle.

Les mots étaient lancés, dépassant sa pensée. Mais, au-delà de l'énormité de cette affirmation, Raymond se sentait curieusement soulagé.

— Je ne la comprends plus, ajouta-t-il, espérant ainsi mettre un bémol à ses propos.

Mais ce n'était pas nécessaire. Sans pousser jusqu'à la folie, Germain était depuis longtemps persuadé que Blanche était malade. Et pas nécessairement dans le sens où elle avait coutume de s'en plaindre. C'est pourquoi, restant volontairement évasif, il demanda :

— Ainsi, tu crois que Blanche a un problème ?

Raymond leva les bras dans un geste de fatalisme.

— Pourquoi agirait-elle ainsi sinon ? Laisse-moi te raconter…

Et parce qu'il lui fallait bien commencer par quelque chose, il parla de l'intervention de la veille où Charlotte avait fait les frais des inquiétudes de Blanche.

— Pauvre gamine, murmura Germain. Je te jure qu'il y a certaines méthodes qui me mettent hors de moi. Comme si de la moutarde pouvait changer quelque chose à l'incubation d'une maladie.

— C'est ce que j'ai pensé, même si je n'y connais rien. Vois-tu, Germain, j'ai parfois l'impression que toute cette panique est un peu morbide. Ça ressemble à des phobies.

— Tu viens peut-être d'employer le bon mot, Raymond.

— Le bon mot ? Quel mot ? Phobie ?

— Exactement. Et si c'était ça, le véritable problème ? Une peur panique de la maladie qui serait à l'origine de tout le reste ?

Raymond devint songeur, de multiples événements lui revenant en mémoire. Puis il leva les yeux :

— Oui, ça se peut… En partie du moins, approuva-t-il à contrecœur.

Il était désemparé, gêné d'étaler devant un autre ce qu'il considérait comme une dimension de leur vie qui n'appartenait qu'à eux, Blanche et lui. En parlant aussi ouvertement qu'il le faisait, Raymond avait l'impression de trahir la confiance mutuelle qui devait bien exister dans quelque repli des émotions entre Blanche et lui. Parce que, encore cet après-midi et malgré ce qui venait de se passer, Raymond aimait toujours Blanche. Elle était sa compagne, la mère de ses filles et s'il s'était donné la peine de venir consulter Germain, c'était justement pour essayer de comprendre. La sincérité de cette démarche n'avait d'égal que la bonne volonté d'en arriver à une solution. Si solution il y avait, bien sûr. Même sur ce point, Raymond restait dans l'ignorance la plus totale. L'intention était louable, mais cela n'enlevait pas totalement ce sentiment de trahison qui soutenait chacune des phrases qu'il prononçait. Pourtant, il y avait en lui une espèce d'instinct qui le poussait à aller jusqu'au bout.

— Ce n'est pas d'hier que j'ai compris que le seuil de douleur de Blanche était fort bas, poursuivit-il. Un rien prend des allures de catastrophe, pour parler comme elle. Mais ça n'explique pas tout. Ça n'explique pas pourquoi hier elle a senti le besoin de traiter Charlotte comme un cobaye. Tu aurais dû lui voir la peau… Ça n'explique pas, non plus, pourquoi Émilie est régulièrement en proie à des crampes, victime de vomissements à répétition. Ce ne sont pas des imaginations, ça. Laisse-moi te dire que les douleurs de ma fille sont bien réelles. Ne l'as-tu pas constaté toi-même lorsque tu venais en consultation à la maison ? Blanche dit que c'est héréditaire. Et si elle avait raison ? Je n'en sais rien, moi.

— Alors parle-moi d'Émilie.

— Émilie…

L'image du visage étroit de sa fille lui traversa l'esprit en lui serrant le cœur.

— Émilie est toujours aussi délicate que tu l'as connue. Je dirais même fragile. Maigre comme sa mère. Elle lui ressemble d'ailleurs de plus en plus en grandissant…

Nouveau silence. Puis Raymond se reprit :

— En vieillissant, devrais-je dire, car elle n'est vraiment pas très grande pour son âge. Surtout si je compare avec Charlotte.

Germain eut un geste de la main qui se voulait réconfortant.

— Et alors ? Il n'y a pas que les armoires à glace qui soient en santé. Les petits nerveux le sont aussi. Je dirais même qu'ils sont moins à risques. Les grands efflanqués aussi, précisa-t-il en souriant à Raymond.

Ce dernier ne put s'empêcher de sourire devant cette visible allusion à son allure dégingandée.

— C'est vrai. Mais à force d'entendre Blanche dire que la fragile constitution d'Émilie vient de son état de santé précaire, hérité d'elle à la naissance, j'ai l'impression que je me suis mis à y croire à mon tour. Émilie est si souvent malade que ça fait partie de la normalité des choses, chez nous. Même que l'an dernier, elle a été hospitalisée.

— Ah oui ?

— Oui. Elle avait des saignements anormaux.

À ces derniers mots, Germain ne put s'empêcher de froncer les sourcils.

— Peux-tu m'en parler ?

— Rien de bien mystérieux, à mon avis. Sinon la cause, précisa Raymond, toujours aussi réticent à admettre que quelques croûtes de pain et un peu de salade aient pu causer autant de dégâts. Une bonne indigestion, suivie de diarrhée avec des traces de sang. Émilie a été admise à l'hôpital où on l'a gardée pendant une semaine pour se faire dire, finalement, qu'elle n'avait rien sinon qu'un excès de nourriture avait pu causer l'incident.

— Ah oui ? Curieux.

— Eh oui ! Je t'avoue que même moi, j'étais sceptique. Encore aujourd'hui, j'ai de la difficulté à croire que quelques sandwiches…

Raymond soupira.

— Mais, bon, le médecin devait bien savoir ce qu'il disait, non ? Remarque que, sur un point, je suis bien d'accord avec lui quand il affirme que notre fille est en santé. J'ai l'intime conviction qu'Émilie n'est pas malade.

— Et si je te disais que je suis à peu près certain que c'est le cas, moi aussi ? Émilie est menue, soit, mais je ne la crois pas malade pour autant.

— Mais comment expliquer tous ses malaises ?

Germain sentait qu'ils étaient à un doigt de trouver à la fois le problème et la solution. De constatations en évidences, Raymond arrivait petit à petit à cerner la situation d'un regard éclairé. L'exagération de Blanche face à Charlotte avait enfin permis à Raymond de se poser des questions. Peut-être les bonnes questions.

— Et si nous revenions à l'idée que tu as eue ? suggéra le médecin.

— L'idée ? Quelle idée ?

— Celle des phobies.

Raymond ouvrit les yeux tout grands.

— Je ne te suis pas. Que Blanche soit obsédée par la maladie, ça se peut, j'en conviens. Mais comment cette hantise peut-elle rendre Émilie malade ? Je ne vois pas le rapport. Et pourquoi Émilie plus que Charlotte ?

— Parce que Émilie était de par sa constitution tout à fait conforme à l'idée que l'on peut se faire d'une enfant malade. Suffisamment petite pour susciter des inquiétudes. Alors que Charlotte…

— Ça n'explique rien.

— Parfois le lien peut être tellement obscur entre réalité et obsession que ça devient impossible de dissocier la cause de l'effet.

— Peux-tu être plus clair, s'il te plaît ? Parce que là, je m'y perds.

Germain, qui jusque-là était resté accoudé à son bureau, se cala à son tour dans le fauteuil.

— Admettons que Blanche soit malade. Non pas dans le sens généralement admis mais regardons plutôt sa maladie comme un état qui fait qu'elle a une peur panique d'être malade.

— D'accord. Jusque-là ça va.

— Bon… Quand quelqu'un a peur de quelque chose, quel est son réflexe le plus normal ?

— Je ne sais pas… Fuir ?

— Oui, dans un certain sens, tu as raison. Si on a peur de quelque chose ou si on refuse une situation, on va prendre tous les moyens disponibles pour éviter d'être confronté à notre peur ou mis en face de la situation. D'accord ?

— D'accord. Et alors ? Où est le rapport avec…

— Donne-moi un instant. Revenons au fait que Blanche a peur de la maladie. Et qu'elle la voit partout, ce qui serait une autre facette de ce qu'on a décidé d'appeler phobie. Si on admet qu'elle aime ses filles avec sincérité, il serait donc normal qu'elle étende cette même peur jusqu'à elles, non ?

— Si tu veux. Mais je ne vois toujours pas ce…

— Et maintenant, Émilie, l'interrompit Germain, toujours à la poursuite d'une supposition qui le préoccupait depuis longtemps et qu'il pourrait peut-être aujourd'hui transformer en certitude. Je me souviens très bien de la naissance de ta fille, Raymond. C'est moi qui l'ai examinée. Émilie était un petit bébé, mais elle était en pleine forme. Tout comme dans les premiers mois de sa vie où Blanche m'appelait à tout propos, voire par moments tous les jours, parce qu'elle trouvait que votre fille ne prenait pas assez de poids ou qu'elle semblait constipée. J'avais beau lui dire que tout était normal, que les bébés ne grossissent pas tous selon des critères établis et immuables, que la constipation était monnaie courante chez les nouveau-nés, ça ne servait à rien. Et je te dirais même que chaque fois que j'ai examiné Émilie à cette époque et que je disais à Blanche qu'elle n'avait absolument rien, j'ai toujours senti qu'elle ne me croyait pas.

À ces mots, Raymond se rappela la discussion qui avait amené Blanche à consulter son vieux médecin. Les sens en alerte, il porta une attention particulière aux propos de son ami qui poursuivait toujours sur sa lancée :

— Ce n'est qu'un peu plus tard que j'ai eu l'impression que ta fille avait parfois quelque malaise réel. Mais je n'arrivais jamais à mettre le doigt sur la cause de ses malaises… Te souviens-tu de Molière, Raymond ?

Ce dernier crut aussitôt à un aparté de la part de Germain. Il fronça les sourcils.

— Vaguement.

— *Le malade imaginaire*, ça te dit quelque chose ?

Cette fois-ci, les sourcils de Raymond se rejoignirent. Il ne voyait absolument pas où Germain voulait en venir.

— Mais qu'est-ce que c'est que cette farce ?

Que Germain pense à associer cette bouffonnerie à Blanche dépassait les bornes. Brusquement, il eut l'impression d'avoir réellement perdu son temps en venant ici. Pourtant, Germain semblait sérieux, voire grave.

— Je sais que l'image n'est pas flatteuse, Raymond, et je m'en excuse. Mais c'est le nom vulgaire de la maladie qui semble affecter ta femme. En terme médical, j'appellerais ça de l'hypocondrie.

Raymond était maintenant sur la défensive. Lui qui espérait trouver une réponse, il avait la nette sensation qu'on se moquait de lui.

— Je sais ce que c'est qu'un malade imaginaire, commenta-t-il avec humeur. Et peut-être bien, oui, qu'il arrive à Blanche d'exagérer des symptômes, d'anticiper des complications. Mais comment peux-tu croire que Blanche rende Émilie malade ? C'est un non-sens.

— Pour toi, oui. Pour moi aussi, ainsi que pour la plupart des gens. Mais qu'en est-il vraiment pour Blanche ? Peux-tu répondre à cette question ?

Raymond resta silencieux, déçu, fatigué, en colère. Qu'est-ce que Germain était en train de supposer ? Que Blanche rendait Émilie malade de façon consciente et volontaire ? Cela n'avait aucun sens. Même à travers ses exagérations, Blanche n'avait toujours comme objectif que le mieux-être de ses filles. Hier encore, c'était afin de préserver Émilie qu'elle avait agi. C'était peut-être malhabile mais pas méchant. Allons donc !

— Malgré ce que tu supposes, articula-t-il enfin, je ne peux croire que Blanche soit la cause directe des malaises d'Émilie.

— Et elle non plus ne croit pas l'être, sois-en assuré. Pour Blanche, un rhume est automatiquement une sinusite, une grippe un début de pneumonie et une indigestion se transforme en gastrite aiguë. Au moindre signe d'une banale indisposition, elle est persuadée de couver quelque chose de grave. Alors dès le moindre changement, persuadée d'être victime d'une grave affection, Blanche doit être portée à consulter. Non ? Certains malades s'en tiennent à ça. Par contre, je te jure que certains d'entre eux peuvent consulter trois, quatre médecins. Ils consultent jusqu'à temps qu'ils trouvent un médecin d'accord avec le diagnostic qu'ils ont eux-mêmes posé. À leurs yeux, les autres médecins, ceux qui osent affirmer qu'ils n'ont rien, ne sont que des incompétents. Et il y a les autres malades. Ceux qui ne se contentent pas de s'imaginer être malades tout le temps mais qui sont de l'école de la prévention. Pour éviter d'être en présence de leur phobie, la maladie, les gens comme ta femme prennent tous les moyens possibles à leur disposition. Ils disent qu'ils préviennent. Dis-toi bien que j'ai remarqué le dictionnaire qui trône sur la table de ton salon. C'est classique. Et comme tous les gens dans son cas, Blanche est persuadée d'agir pour le mieux. Pour elle comme pour Émilie ou Charlotte. Je ne saurais dire ce qu'elle fait, ni comment. Mais je reste convaincu qu'une enfant comme Émilie ne tombe pas malade comme ça, sans raison. Peut-être, oui, qu'au-delà de tout ça, Émilie est atteinte d'une réelle maladie. Peut-être. Je ne suis pas prophète ni devin. Mais si tel est le cas, il faudrait savoir ce que c'est pour pouvoir intervenir efficacement. Mais dans le cas contraire, et je crois bien que ta fille n'a rien, surtout après avoir entendu qu'une hospitalisation n'a rien trouvé, il faut aussi intervenir, Raymond.

Et après une profonde inspiration, le médecin lança :

— J'aimerais examiner Émilie, lui faire passer quelques tests. Pour Blanche, je ne peux rien, malheureusement. Mais pour ta fille…

La réponse de Raymond tarda à venir. Lui aussi, finalement, il aurait bien aimé avoir l'avis de Germain. Néanmoins, il se doutait de ce que serait l'atmosphère chez lui s'il exigeait pareil examen. Pouvait-il prendre ce risque ? Le risque de foutre en l'air une vie familiale chaotique peut-être mais tout de même harmonieuse à sa façon. Il n'était pas seul à bord de cette galère. Il y avait aussi deux fillettes qu'il aimait plus que tout. Et ses filles avaient droit à une vie heureuse. Connaissant suffisamment Blanche pour savoir que sa réaction pouvait être démesurée, Raymond ne voyait pas d'un bon œil quelque intervention que ce fût. Pas maintenant, pas sans raison valable autre qu'une inquiétude peut-être sans fondement.

— C'est impossible, Germain. Impossible, soupira-t-il enfin. Rien ne pourrait justifier une intervention de ta part. Émilie a toujours été comme ça. Comment veux-tu que je présente ces faits à Blanche qui n'a aucune confiance en toi ? Tu n'avais pas tort de dire qu'elle ne semblait pas te croire. Elle me l'a dit. Alors je ne vois pas comment je pourrais l'amener à accepter que tu examines notre fille. De toute façon, à ce sujet, je crois que Blanche a enfin compris : elle n'appelle plus les médecins à chaque reniflement.

— Raison de plus pour penser que c'est plus grave que tu le crois, Raymond. C'est le propre des hypocondriaques de refuser l'opinion des médecins qui ne disent pas comme eux.

— Allons donc ! Habituellement, Blanche s'en remet au docteur Dugal.

— Probablement que ce médecin sait pertinemment à qui il a affaire et dit exactement les mots que Blanche espère entendre.

— Tu ne crois pas que tu exagères un peu ?

— Même pas. Molière en a peut-être fait une comédie mais c'est loin d'être drôle. Il est tout simplement passé par l'absurde pour démontrer le tragique de la chose.

Lorsque Raymond quitta le bureau du médecin, il s'avoua plus perturbé qu'il ne l'était à son arrivée.

Il était choqué par les propos de son ami. Choqué par leur possible vérité, car il y avait trop de choses dans leur vie qui allaient en ce sens. Mais il était choqué tout autant par l'invraisemblance des suppositions de Germain. Car ce n'était là que des suppositions, n'est-ce pas ? S'il fallait ajouter foi aux allégations de Germain, Blanche serait un monstre. Et cela, Raymond se refusait de l'admettre.

Pourtant son ami l'avait prévenu au moment où il prenait congé :

— Ne va surtout pas en vouloir à Blanche. Elle n'est même pas consciente du tort qu'elle peut causer. Elle est malade, Raymond, et ce n'est pas en la confrontant que tu vas obtenir des résultats. Elle ne comprendrait pas et n'admettrait pas que tu puisses avoir raison. Si tu crois que c'est impossible que j'examine Émilie, je respecte ta décision. Mais par pitié, sois prudent pour elle, reste à l'affût de tout. Et si je peux faire quoi que ce soit, n'hésite pas à m'appeler. Je serai toujours disponible pour Émilie. Je l'aime bien, ta fille. Elle a un regard qui sort de l'ordinaire.

Alors Raymond avait eu un sourire très las.

— Je sais. Émilie a les yeux de sa mère. D'un vert inoubliable…

Sur le trottoir, les gens allaient à pas lents. L'air sentait le printemps, le soleil baissait doucement derrière les toits. Mais Raymond n'arrivait pas à se sentir au diapason de cette belle journée.

Il soupira bruyamment.

Il y avait des tas de dossiers en attente sur son bureau qui lui paraissaient aussi invitants qu'une balade en enfer. Il y avait Charlotte qui devait commencer à surveiller son arrivée, mais juste à l'idée du regard que sa mère n'allait manquer de lui lancer, il n'avait pas envie d'y aller. Il y avait Blanche, aussi, à qui il n'avait pas adressé la parole depuis la veille et il se demandait comment il allait se sentir devant elle. Il y avait surtout Émilie qu'il n'avait pas revue depuis dimanche soir, après la fête de ses cinq ans. Comment Germain avait-il dit cela ? Être prudent ? Mais comment ? Que faire d'autre que d'être là aux heures où il pouvait être là ?

Que faire de plus qu'il ne faisait déjà ?

Alors, il y eut en lui la féroce envie de s'enfuir au bout du monde, incognito, qui grondait comme un terrible orage en préparation.

Raymond resta un moment sur le trottoir, immobile, devant la porte du cabinet de Germain, à regarder les badauds qui déambulaient. Autour de lui, il entendait des rires, des discussions enjouées, et Raymond avait la désagréable certitude d'être le seul à ne pas être heureux par une si belle journée.

Il hésita longuement. À droite, c'était son bureau. Devant, il rejoignait l'avenue où habitait sa mère et un peu plus loin, c'était chez lui. À gauche, c'était le néant. Des rues qu'il connaissait depuis toujours, mais où rien ne l'attendait. Cette absence d'obligations, ce vide de responsabilités étaient invitants comme une oasis en plein désert. Raymond se sentait fatigué comme s'il n'avait pas dormi depuis longtemps, meurtri comme si on l'avait roué de coups.

Il tourna à gauche.

Il se laissa tenter par ce qui n'impliquait aucune responsabilité de sa part. Juste le temps de se ressaisir, d'essayer de faire le vide avant de reprendre sa place de père et de mari. Une balade, rien qu'une promenade de quelques minutes arrachées à la spirale de sa vie. Après, il réfléchirait là où il avait laissé. Il reverrait aux propos de Germain, il les analyserait, il les décortiquerait. Et il déciderait de ce qu'il peut faire. Mais plus tard. Juste un peu plus tard.

Essayant de faire taire toutes les voix qui s'apostrophaient en lui, Raymond se mêla à la foule, obligeant son esprit à s'attacher aux mille et un petits détails qui l'entouraient. Un auvent coloré qui proclamait l'arrivée du printemps, un étalage de quelques légumes ayant traversé l'hiver sans trop de meurtrissures posé sur le trottoir dans des caisses de bois, des enfants qui s'arrosaient avec l'eau d'une fontaine. Prendre conscience qu'il y avait de plus en plus d'automobiles dans les rues et se dire qu'il serait bien d'en avoir une pour aussitôt admirer une jardinière fleurie déposée sur le seuil d'une boutique de vêtements pour dames.

Raymond s'éloignait de plus en plus, choisissant délibérément les artères achalandées pour se perdre dans l'anonymat des foules. Mêler ses pas à ceux de purs inconnus, s'attarder à des visages nouveaux, remarquer que l'ourlet des robes avait grimpé de quelques pouces et trouver cela agréable, s'apercevoir aussi que la mode des chapeaux avait fait disparaître les plumes au profit des voilettes et apprécier cet air un peu secret que cela donnait aux regards des femmes.

La vue d'une petite famille sortant d'un restaurant, chacun avec une glace à la main, le ramena tout droit à son cauchemar. Il eut le réflexe de se dire qu'on ne mangeait pas de glace à cette heure-ci : cela allait gâcher le repas.

Raymond s'arrêta brusquement, bousculant quelques passants.

Mais qu'est-ce que c'était que cette réaction ? Un père, une mère et trois enfants sortaient tout joyeux d'un restaurant et lui, tout ce qu'il voyait dans ce tableau charmant, c'était l'aberration de manger de la crème glacée à cinq heures de l'après-midi.

Ridicule.

Raymond eut la certitude que Blanche déteignait sur lui et il fut aussitôt désagréablement perturbé par cette vérité.

L'idée d'une promenade avait perdu tout son charme et le sentiment d'urgence qui l'accompagnait avait disparu.

Où qu'il aille, quoi qu'il fasse, Raymond ne pourrait tourner le dos indéfiniment à ses obligations.

La voix de Germain s'imposait maintenant, aussi claire que si son ami avait été à ses côtés et le mot *prudence* essayait de prendre un certain sens.

Les épaules de Raymond s'affaissèrent dans un long soupir et son regard s'attacha à une fente dans le trottoir. Il ne lui restait plus qu'à faire demi-tour. Charlotte devait s'impatienter, sa mère aussi. Quant à Blanche, Raymond s'aperçut, effaré, qu'il n'arrivait même pas à imaginer comment elle devait se sentir présentement. L'attendait-elle ou au contraire appréciait-elle qu'il soit en retard ? Ce fut en pensant à Émilie que Raymond trouva l'énergie de mettre un pied devant l'autre pour revenir sur ses pas, les yeux toujours au sol, l'esprit fatigué.

— Raymond !

Plus que le nom, c'était l'intonation incrédule et joyeuse qui lui fit prendre conscience qu'on l'appelait. Ce timbre de voix… Raymond leva la tête et regarda autour de lui. De l'autre côté de la rue, une jeune femme lui faisait de larges signes du bras.

— Raymond ? Attends, je traverse.

Se frayant un chemin à travers la file des autos, Antoinette le rejoignit. Une Antoinette toujours un peu ronde, respirant la bonne santé. Ce fut là l'unique pensée qui traversa l'esprit de Raymond lorsqu'elle sauta sur le trottoir. Elle était toujours aussi jolie et ses rondeurs étaient attirantes.

— Raymond ! Depuis le temps !

La jeune femme n'avait pas tellement changé. Peut-être quelques rides au coin des yeux, mais cela ajoutait à son charme car c'étaient là des rides de sourires. Raymond lui tendit la main.

— Antoinette ! Quelle belle surprise !

Pendant un instant, ils se regardèrent droit dans les yeux sans parler. Puis Antoinette afficha un large sourire, retira sa main de celle de Raymond et, sans se soucier le moins du monde des gens qui circulaient autour d'eux, elle approcha son visage du sien et plaqua un gros baiser sonore sur sa joue. Alors que Blanche avait la délicate senteur du muguet, Antoinette sentait le musc, un parfum qui réveilla aussitôt une foule de souvenirs dans l'esprit de Raymond. Incapable de résister, il ferma les yeux jusqu'au moment où l'odeur s'éloigna.

Antoinette le regardait, toujours aussi souriante.

Elle avait appris qu'il avait eu deux petites filles et habitait une jolie maison sur les berges de la rivière des Prairies. Elle en avait conclu qu'il devait être très heureux avec sa famille, sachant qu'il en avait toujours rêvé. Puis elle s'était dépêchée d'oublier Raymond de crainte que les quelques cendres mal éteintes ne se remettent à rougeoyer dans un recoin obscur de son cœur. Mais là devant elle, avec toute l'intuition que lui donnait l'affection sincère qu'elle avait toujours eue pour Raymond, Antoinette ne voyait qu'un homme triste.

De son côté, au fil des années, elle s'était bâti une vie agréable, mais elle n'avait jamais pu totalement effacer l'attachement qu'un jour elle avait éprouvé pour Raymond Deblois. Elle avait eu quelques amants toujours décevants. Ou trop tièdes, ou trop pressés, ou trop mièvres, ou trop désabusés… Antoinette disait préférer son célibat, la poursuite de sa carrière occupant tout son temps. Et voilà que le hasard…

— Quel plaisir ! Mais dis-moi : que deviens-tu ? J'ai entendu dire que ton étude était prospère ?

— Ça va pas mal, pas mal du tout. Et toi ? Toujours à la faculté ?

À cette question, Antoinette afficha un sourire triomphal.

— Pas du tout ! Je travaille pour une firme d'avocats.

— Ah oui ?

— Tout à fait ! Plus je travaillais à la faculté comme secrétaire et plus le monde du droit et des lois me fascinait ! À un point tel que j'ai réussi à convaincre certains professeurs de me laisser suivre leurs cours. C'est comme ça que de fil en aiguille j'ai complété mon droit. Malheureusement, on m'a refusé le titre d'avocat. Tu ne peux savoir à quel point ça m'a frustrée ! Heureusement que certains professeurs avaient l'esprit ouvert et, grâce à leurs recommandations, je me suis trouvé une excellente position. Je n'ai peut-être pas le droit de plaider mais, à titre de conseillère, j'ai plus de travail que je ne peux en faire !

— Chapeau ! Il n'y avait probablement qu'une femme aussi décidée que toi pour arriver à réussir un tel tour de force. Félicitations !

Et comme s'ils venaient d'épuiser toute source de conversation, un long silence inconfortable plana entre eux. C'est alors qu'Antoinette, incapable d'imaginer qu'ils allaient en rester là, proposa :

— Et si on prenait un café ?

— Je ne sais trop… J'ai une famille qui m'attend.

— Je sais… Mais allons, dis oui ! Ce serait bien, non ? Après toutes ces années. Juste quelques minutes.

— D'accord. Mais quelques minutes seulement. Ma fille aînée est chez ma mère et doit vraiment s'impatienter à l'heure qu'il est.

Antoinette n'osa demander ce que la fille de Raymond pouvait bien faire chez sa mère. Blanche n'était-elle pas à la maison ? Elle se contenta de glisser sa main sous le bras de Raymond pour l'entraîner.

— Viens, suis-moi. Je connais un petit café typiquement français à deux coins de rues d'ici. Es-tu déjà allé en France ? C'est un pays merveilleux !

Et de se lancer dans une description enthousiaste de la capitale française sans attendre de réponse. Il y avait dans le regard de Raymond cette lueur indéfinissable qui l'intriguait et lui faisait mal en même temps, réveillant aussi chez elle trop de souvenirs qu'elle croyait disparus…

TROISIÈME PARTIE

Montréal, printemps 1933

Chapitre 8

— D'accord, j'arrive. Donnez-moi quelques instants pour terminer ce que j'ai devant moi, je donne un coup de fil et je suis là. Elle est à l'infirmerie, vous dites ? Oui, oui, je sais où ça se trouve. J'y suis déjà allé une fois…

Raymond raccrocha d'un geste sec. Émilie était encore malade, l'école venait d'appeler demandant qu'on vienne la chercher. Le temps d'ajouter quelques lignes au testament qu'il était à préparer, de se faire à l'idée qu'il devrait travailler en soirée pour le terminer, de donner le coup de fil annulant un rendez-vous puis il partit. Si Blanche n'avait pas été aussi têtue, il y avait longtemps qu'il lui aurait laissé la voiture. Mais celle-ci refusait catégoriquement de prendre le volant.

— Si tu travailles autant que tu le dis, c'est que tu fais de l'argent. Tu n'as donc qu'à engager un chauffeur, avait-elle rétorqué lorsque, pour la énième fois, il lui avait proposé d'apprendre à conduire. Jamais mon père n'aurait laissé ma mère seule au volant. Ça ne se fait pas.

Depuis le décès de *monsieur*, Ernest Gagnon servait de référence à tout.

Tout un événement d'ailleurs que ce décès, en grande pompe, à l'image du défunt, puisqu'il avait attendu que ses enfants soient tous présents pour tirer sa révérence. Ils étaient à table et la mort avait interrompu une de ses célèbres colères, sans préavis, se contentant d'une formidable quinte de toux pour arrêter la machine. Les frères de Blanche avaient échangé un regard ambigu, madame Gagnon avait eu cette lueur de mépris vite remplacée par un éclat nouveau que Blanche cherchait encore à identifier, Raymond s'était empressé de soustraire ses filles à un tel spectacle et Blanche avait poussé un de ses cris stridents qui annoncent la catastrophe. Puis elle s'était tordu les mains alors que de grosses larmes lui montaient aux yeux.

Comment son père avait-il pu lui faire cela et partir si vite ? Elle n'était pas prête…

Elle prit des mois à s'en remettre, promenant un air abattu partout où elle allait. La moindre allusion à son père, directe ou indirecte, provoquait des flots de larmes, la moindre contrariété ramenait Ernest Gagnon à la vie, Blanche s'en servant à toutes les sauces pour justifier ses envies. L'annonce, à peine deux mois plus tard, que sa mère avait décidé de vendre la maison fut une douche glacée. Où donc Blanche allait-elle pouvoir se réfugier ? Qui donc pourrait désormais l'écouter et la comprendre ? Même les vieux murs témoins de tant de discussions lui seraient interdits. Blanche avait l'impression qu'une grande partie de son monde, de sa vie, avait été enterrée en même temps que son père.

Pourtant, dans la mort comme dans la vie, Ernest Gagnon avait trouvé moyen de poursuivre sa dictature. Un avoué continuait d'administrer ses biens, au grand dam de ses frères qui devaient s'en remettre à lui pour les décisions d'importance concernant l'entreprise familiale dont ils avaient hérité à parts égales. Jacqueline recevait une pension mensuelle lui permettant de vivre sans extravagances, selon les principes de feu son mari, d'où l'idée de vendre la propriété puisqu'elle lui appartenait. Quant à Blanche, une confortable somme d'argent était placée à son nom, mais elle n'en avait l'usufruit qu'au compte-gouttes puisque l'avoué avait comme mission de faire profiter cet argent pour vingt ans encore, sauf en cas du décès de Raymond, où dans ce cas Blanche pourrait utiliser l'argent afin de poursuivre l'éducation de sa famille. Seule Blanche voyait dans cet arrangement une marque de prévoyance de la part de son père, ce qui amena une froideur certaine entre ses frères, sa mère et elle-même. Elle était même reconnaissante à son père de continuer à veiller sur elle comme il l'avait toujours fait. Finalement, la seule réprimande qu'il aurait eue à son égard était celle concernant le brandy, et cela l'amena pour quelque temps à délaisser la bouteille. « Papa ne serait pas content », pensait-elle invariablement lorsque, trop tentée, elle ouvrait la porte du buffet. Elle tint le coup pendant quelques mois jusqu'au jour où une discussion particulièrement belliqueuse entre Raymond et elle la laissa désemparée, meurtrie. Il avait osé la traiter de lâche parce que la veille, elle avait dû garder le lit, en proie à des spasmes gastriques qui ne laissaient présager rien de bon. Raymond n'avait jamais voulu admettre que Blanche avait eu raison de rester couchée. Pourtant, en fin de journée, tout était rentré dans l'ordre. N'était-ce pas suffisant comme preuve ?

— Et après ? Tes gros bobos auraient disparu quand même. S'il fallait que l'univers entier pense comme toi et se couche quand quelque chose ne va pas, la terre arrêterait de tourner.

Il y avait tellement de sarcasme, voire de mépris, dans sa voix que Blanche n'avait rien trouvé à répondre, elle habituellement si vive à se défendre et à défendre Émilie. Elle s'était contentée de changer sa façon de voir les choses et au lieu du *Papa ne serait pas content*, elle murmura à voix basse tout en prenant la bouteille qui commençait à s'empoussiérer : « Pardon, papa. Je n'ai pas le choix. »

Le verre de brandy lui donna le coup de fouet dont elle avait tant besoin.

Et au grand plaisir de Charlotte, les journées effervescentes recommencèrent. La petite en avait conclu que la tristesse de sa mère était enfin chose du passé et que la vie allait pouvoir reprendre un cours normal.

La seule chose qui l'intriguait était que l'effervescence de sa mère prenait toujours fin vers l'heure du souper, juste avant que son père ne revienne. Elle se disait que c'était dommage parce que papa aurait probablement aimé lui aussi voir sa mère d'aussi bonne humeur.

Ce fut aussi à cette époque qu'une certaine distance s'installa entre Blanche et Raymond. Une distance que seuls les deux principaux intéressés n'ignoraient pas. Pour les filles et leur entourage, rien n'avait changé sinon que Blanche n'attendait plus le samedi pour faire les courses avec son mari mais y allait seule, pendant la semaine, laissant Émilie aux bons soins de Gertrude et que Raymond partait plus tôt le matin et revenait plus tard le soir, profitant aussi de quelques samedis ou dimanches pour terminer l'ouvrage qu'il n'apportait plus à la maison, les filles étant plus envahissantes et bruyantes avec l'âge. L'achat d'une automobile avait apporté la preuve indiscutable de son acharnement à doter sa famille de tous les conforts offerts par leur société qui tentait de se remettre de la sévère crise économique qui l'avait secouée. C'était là la réponse qu'il avait choisi de donner aux mises en garde de Germain, ne trouvant rien de mieux puisque l'état d'Émilie restait le même jour après jour et qu'il en était ainsi depuis toujours. Ce devait être de naissance et rien n'y pourrait changer quoi que ce soit. Même que depuis quelque temps, Émilie se plaignait de moins en moins. Ce devait être un signe, non ? Signe que Blanche avait peut-être raison après tout en affirmant qu'Émilie était comme elle et que les maux de ventre avaient fini par s'atténuer avec l'âge. Seul changement tangible dans les habitudes familiales, Raymond tenait maintenant tête à Blanche quand venait le temps des sorties en famille et il l'obligeait à laisser Émilie suivre sa sœur.

— Ça suffit de la couver comme un bébé. Un jour, elle va bien devoir aller à l'école, elle aussi, et tu ne pourras pas la garder dans tes jupes. Aussi bien l'habituer tout de suite à voir du monde.

Que pouvait-elle rétorquer à cela ? Raymond avait raison. Émilie apprit donc à serrer les dents sur la douleur et apprit en même temps à surmonter sa hantise de ne pas trouver de salle de bains. Curieusement, lors des sorties en famille, la petite fille arrivait à se contrôler malgré les crampes. Ce que personne ne savait, c'était que Blanche veillait.

Heureusement.

Si Émilie arrivait à quitter la maison sans risque de catastrophe, c'était grâce à sa vigilance. Double dose d'extrait de fraise le samedi soir et double dose d'huile de ricin le dimanche, au retour de la promenade, pour le grand nettoyage, le tout assorti d'une confortable rasade de brandy pour elle-même, à l'aube du même dimanche, afin d'avoir l'énergie nécessaire pour suivre la famille.

Et les mois passèrent, ponctués de discussions au sujet de l'entrée à l'école d'Émilie que Blanche réussit à repousser jusqu'à l'extrême limite, chose que Raymond trouvait absolument aberrante. Les filles n'avaient que dix-sept mois de différence et Charlotte entrait en quatrième année lorsque, enfin, Émilie la suivit. Aujourd'hui, Charlotte avait neuf ans et terminait sa cinquième année alors qu'Émilie venait d'avoir huit ans et finissait sa deuxième année. Charlotte continuait à briller par ses notes, Émilie éprouvait de sérieuses difficultés.

— Et après ?

Blanche devenait féroce lorsque Raymond insinuait qu'Émilie ne faisait pas assez d'efforts.

— Comment peux-tu oser dire ça ? Elle est si souvent absente… De toute façon, j'étais comme elle et ça ne m'a pas empêchée d'avoir une belle culture, un esprit ouvert et curieux. Plus que toi qui te contentes du droit comme si c'était là l'unique sujet d'intérêt.

— Sujet d'intérêt qui apporte de l'eau au moulin, rétorquait alors Raymond.

Et la discussion en restait là.

Mais à partir du jour où Émilie reçut son premier bulletin, Charlotte dut apprendre à se contenter des félicitations discrètes de son père, Blanche ayant décrété qu'il était normal pour elle d'avoir de bonnes notes et qu'on n'avait plus à remuer ciel et terre pour autant puisque cela ne servait qu'à tourner le fer dans la plaie pour sa petite sœur qui, la pauvre enfant, faisait de son mieux pour suivre le groupe.

Le fossé qui séparait Charlotte d'Émilie allait s'élargissant, creusé par Blanche qui sentait l'impérieux besoin de protéger sa cadette et la conviction tout aussi réelle qu'il valait mieux ne pas trop s'occuper de son aînée qui défendait farouchement son autonomie, sans risquer de détériorer encore plus la fragile relation qui les unissait. À neuf ans, Charlotte ne trouvait aucun agrément à partager le quotidien d'une mère qui craignait la moindre brise et d'une sœur qui endossait trop souvent les opinions de cette même mère.

Quand Raymond arriva à l'infirmerie du couvent, Émilie semblait aller mieux. Elle avait toujours les yeux cernés et le regard fiévreux, mais elle disait que les douleurs semblaient être moins vives.

— Je pourrais peut-être retourner en classe ?

Émilie détestait manquer l'école. Déjà qu'elle trouvait difficile d'apprendre par cœur tout ce qu'il fallait savoir en catéchisme, en histoire du Canada et en géographie. Quand elle devait s'absenter, ce qui arrivait régulièrement, maman préférant la garder à la maison au moindre prétexte, elle prenait aussi du retard en français et en calcul et perdait du coup toute envie d'étudier. L'école devenait à ses yeux une montagne immense et infranchissable. Par contre, contrairement à Charlotte qui trouvait que les arts et les choses usuelles comme la couture et le tricot étaient une perte de temps, Émilie prenait plaisir à ces activités où elle avait de très bonnes notes puisque finalement, il n'y avait rien à étudier pour ces matières. Et le dessin avait vraiment sa préférence. La boîte d'aquarelle donnée par sa tante Bernadette avait porté ses fruits et la petite fille s'était trouvé un passe-temps merveilleux. Son coup de crayon était juste, son choix des couleurs judicieux.

— Alors, papa ? Ce n'est pas drôle pour toi de t'être déplacé pour moi, mais est-ce que je peux retourner en classe ?

Émilie était assise sur un lit et attendait la réponse de son père avec anxiété. Présentement, il y avait un cours d'histoire et c'était toujours plus facile de retenir les dates quand sœur de-la-Providence avait raconté l'événement comme une histoire pour enfants. Elle regrettait avoir demandé à sortir de la classe mais l'envie était tellement forte qu'elle n'avait pu faire autrement. C'était en levant les yeux vers elle que le professeur avait pris la décision de l'envoyer à l'infirmerie : Émilie était en sueur et avait le visage écarlate. Mais là, la petite fille jugeait que le pire était passé. Malheureusement, ce fut l'infirmière qui répondit :

— Pour l'instant, Émilie, tu te recouches. Il faut que je parle à ton père et ensuite nous aviserons.

Puis se tournant vers Raymond, elle avait eu ces mots :

— Bien heureuse, d'ailleurs, de voir que c'est vous qui venez la chercher…

Et sans explication, dans un frôlement de longue robe blanche, la religieuse fit signe à Raymond de la suivre dans le petit bureau vitré adjacent à la chambre. Émilie s'allongea en soupirant.

Raymond ne mit que quelques instants à discuter avec la sœur-infirmière. D'où elle était couchée, Émilie pouvait très bien les observer et elle remarqua que la moustache de son père frémissait malgré l'habituelle apparence de calme imperturbable. Il ne devait pas aimer ce qu'il entendait. L'inquiétude d'Émilie fut immédiate. Elle était malade trop souvent et, chaque fois, elle avait l'impression de déranger autour d'elle. Elle préférait donc, dès que la chose était possible, se faire invisible et se fondre dans le décor. C'était un peu pour cela que depuis qu'elle en était capable, Émilie préférait taire ses douleurs et les endurer sans se plaindre. Ce qui ne voulait pas dire qu'elle souffrait moins. Mais les crampes de toutes sortes étaient si fréquentes qu'elle avait fini par s'y habituer et elle n'en parlait plus sauf pour les crises majeures qui l'empêchaient même de respirer tant elles étaient douloureuses. À voir le visage de son père, Émilie comprit immédiatement qu'il était mécontent et persuadée qu'elle était la cause de cette mauvaise humeur, Émilie remonta le drap jusqu'à son menton, se tourna vers la fenêtre et attendit. Maman avait peut-être raison quand elle lui affirmait que les gens en santé ne comprennent jamais que d'autres puissent être malades régulièrement.

Raymond la rejoignit quelques instants plus tard.

— Viens, poulette, on rentre.

La voix de papa était toute douce et Émilie tourna vers lui un regard soulagé.

— Tu n'es pas fâché ?

— Mais pourquoi serais-je fâché ? Ce n'est pas ta faute, tout ça. Et tu n'as pas choisi d'être malade, n'est-ce pas ?

— Oh non !

Il y avait une telle résignation dans la voix de sa fille que Raymond en eut le cœur serré.

— Viens, remets ta robe. On s'en va.

L'auto noire de papa attendait devant la porte du couvent. Le temps d'installer Émilie et Raymond, l'esprit préoccupé par les propos de la religieuse, se décida à questionner. Qui mieux qu'Émilie pouvait répondre à ses interrogations ? Sûrement pas Blanche puisqu'elle n'avait pas cru bon de l'aviser de certaines recommandations de l'infirmière.

— La religieuse en blanc me disait que ça arrive assez souvent que tu te retrouves à l'infirmerie ?

— Oui, ça arrive, répondit Émilie avec une petite grimace. Je n'aime pas ça mais des fois, je n'ai pas le choix. Il faut que je me couche en boule sur le côté pour faire passer la douleur.

— Oui, c'est ce qu'elle me disait… Pourquoi tu ne m'en as pas parlé ?

Émilie tourna un regard surpris vers son père.

— Pourquoi j'en aurais parlé ? Maman savait. Ça suffit, non ?

— Peut-être…

— Habituellement, c'est maman qui s'occupe de moi. Et comme les crampes finissent par passer, je peux très bien retourner à pied avec elle jusqu'à la maison. Mais aujourd'hui, quand la sœur-infirmière a appelé, maman n'était pas là. C'est pour ça qu'elle t'a appelé.

— Oui, je sais…

Tout en parlant, ils étaient arrivés devant la maison. Contrairement à son habitude, Émilie ne se précipita pas hors de l'auto pour filer jusqu'à la porte. Elle resta immobile, songeuse, puis, regardant son père droit dans les yeux, elle lui dit :

— Je m'excuse de t'avoir dérangé. Je sais que tu as beaucoup de travail. Mais si tu veux retourner à ton bureau, tu peux y aller. Je suis capable de rester toute seule, tu sais. Ça arrive des fois que maman me laisse seule pour faire ses commissions.

Raymond eut alors l'impression de tomber des nues. Et tout comme il y avait de cela quelques années, il sentit qu'Émilie n'était qu'une étrangère pour lui. Que savait-il de sa fille hormis le fait qu'elle était souvent malade et qu'elle était particulièrement douée pour le dessin ? Coupant le contact, il se tourna vers elle et prit ses mains dans les siennes.

— Tu ne m'as pas dérangé, Milie. Jamais une de mes filles n'aura moins d'importance que mon travail, jamais. Et si tu préfères que ce soit moi qui aille te chercher à l'école quand tu es malade, tu n'as qu'à le dire et j'irai. Promis. Maintenant, je vais entrer avec toi et on va attendre maman ensemble. Il n'est pas question que tu restes seule à la maison. Je vais en parler avec ta mère. Même Charlotte n'aurait pas le droit de rester toute seule comme ça. Vous êtes trop jeunes encore.

— Mais je suis capable, papa.

— Je le sais. Là n'est pas le problème. Et ce n'est pas une question de confiance, non plus. Pour moi, c'est une question de sécurité. C'est tout. S'il fallait qu'il vous arrive quelque chose, jamais je ne me le pardonnerais. Maintenant, viens, on va s'installer pour attendre maman. À moins que tu préfères te coucher ?

— Pas du tout.

Pour une fois qu'Émilie avait papa à elle seule, elle aurait enduré le martyre sans l'avouer. Elle leva vers lui un beau sourire. Ce sourire de Blanche qui avait fait chavirer le cœur de son père un certain dimanche d'été…

Ils entrèrent dans la maison main dans la main. Une maison silencieuse, aux rideaux tirés comme trop souvent, ce qui fit grimacer Raymond avant qu'il ne murmure :

— Maman est peut-être couchée avec un gros mal de tête. Quand les rideaux sont fermés, c'est souvent pour ça. Ça expliquerait pourquoi elle n'a pas répondu au téléphone. Monte dans ta chambre pour te changer sans faire de bruit et viens me rejoindre à la cuisine. J'ai faim. Veux-tu une collation ?

— Ben…

Émilie hésita. Elle avait faim, ce qui n'était pas nouveau, mais elle ne savait si elle avait le droit de manger. Habituellement, maman préférait qu'elle s'abstienne de grignoter entre les repas. Même le midi, à l'école, échaudée par de fréquents malaises, Émilie se contentait de peu puisque maman disait que c'étaient les abus qui la rendaient malade. Par contre, il y avait bien certains après-midi où sa mère était particulièrement de bonne humeur et où elle autorisait Émilie à partager une collation avec Charlotte. Pourquoi pas aujourd'hui ?

— D'accord, papa. Moi aussi j'ai faim.

Et sur ces mots, Émilie monta à l'étage sur le bout des pieds pour retirer l'horrible robe noire qui lui piquait la peau. Elle n'avait jamais compris pourquoi Charlotte était si fière de porter un tel costume.

Assise à un bout de la table, Blanche n'avait rien entendu. Elle avait rêvé de son père la nuit précédente, un cauchemar particulièrement éprouvant où Ernest Gagnon s'enlisait dans un marais et où Blanche, impuissante, le regardait s'enliser. Quand il venait pour disparaître, la tête ressortait de la boue et le manège recommençait : Ernest criait de l'aider, il s'enfonçait lentement, la boue lui entrait dans la bouche, il glissait de plus en plus profondément sous les yeux de Blanche qui se tordait les mains, les deux pieds aussi lourds que du plomb puis brusquement, alors que Blanche se désespérait de ne pouvoir avancer, la tête ressortait et cela recommençait... Suffisant pour s'éveiller avec un violent mal de tête et un chagrin incontrôlable qu'elle avait noyé dans de longues rasades de brandy. Elle n'avait jamais bu autant, sinon les quelques fois où elle avait partagé cette envie irrésistible d'alcool avec Raymond. Habituellement, seule et, en semaine, elle se contentait de l'effet légèrement euphorisant pour arrêter, elle prenait un bain avant l'arrivée des filles, préparait une collation et, lorsque venait l'heure du souper, elle pouvait accueillir Raymond sans qu'il pût se douter de la journée qu'elle avait passée. Mais aujourd'hui, la profonde tristesse où son rêve l'avait plongée avait amené cet abus et il était beaucoup trop tôt dans l'après-midi pour qu'elle ait pu se préparer à jouer son jeu habituel. Au regard qu'elle leva vers lui, Raymond comprit tout de suite que Blanche était ivre. Refermant la porte sur lui pour qu'Émilie n'entende rien, il s'approcha de la table :

— Mais qu'est-ce que c'est que ça ?

Blanche leva un regard brouillé, tenta un simulacre de sourire :

— Je pensais à toi.

Raymond eut envie de la gifler devant la lueur lubrique qu'il crut déceler dans les yeux trop verts de sa femme. Fermant durement les poings, il recula d'un pas pour se contenir. Puis il repensa à Émilie qui n'allait pas tarder à les rejoindre. Il tourna les talons et sortit de la cuisine. Dans l'état où elle était, Blanche ne risquait pas d'aller très loin. Il avait deux mots à lui dire mais avant, il y avait Émilie. Il l'attendit au bas de l'escalier.

— C'est bien ce que je pensais, maman n'est pas très bien.

Ce qui n'était qu'un demi-mensonge.

— Va voir si Gertrude est chez elle et attends-moi là. J'arrive dans quelques instants et on décidera ensemble de ce que nous allons faire. Moi, je vais aider ta mère à se coucher. Elle est tellement faible qu'elle n'a pas pu monter l'escalier toute seule.

Habituée à obéir sans poser de questions, Émilie haussa les épaules.

— D'accord, papa. Pauvre maman ! Ce n'est pas drôle pour elle d'avoir tout le temps mal à la tête.

Émilie avait pris un petit air sentencieux comme si les migraines n'avaient aucun secret pour elle.

— Gertrude est sûrement là. Depuis qu'elle va avoir un autre bébé, elle ne sort plus de la journée.

Quand Raymond regagna la cuisine, Blanche avait rangé la bouteille et elle était à essayer de replacer les cheveux qui avaient glissé de son chignon.

— Émilie était avec toi ? Il me semble l'avoir entendue ?

— Oui, Émilie était là. L'école m'a appelé parce qu'elle ne se sentait pas bien et qu'ici, ça ne répondait pas. Je l'ai envoyée chez Gertrude.

— Oh ! Elle est chez notre voisine. Bonne chose, je n'ai pas envie d'être avec les filles en ce moment. Et pour le téléphone, je devais être au jardin… As-tu vu ? Les crocus sont sortis.

Blanche avait la voix pâteuse, mais elle était suffisamment consciente de la situation pour tenter de faire diversion sans regarder Raymond. Ce dernier se tenait dans l'embrasure de la porte avec la féroce envie de s'enfuir. Mais avant, il y avait une ou deux choses qu'il voulait vérifier et, malgré l'état de Blanche, il n'avait pas du tout envie d'attendre.

— Bien sûr. C'est très important, les crocus…

Il était déçu, surpris et se sentait sarcastique. Il avait peur de ce qu'il venait de trouver chez lui. Il fit les quelques pas qui le séparaient de Blanche et, lui empoignant rudement les épaules, il l'obligea à lever la tête vers lui.

— Aille ! Tu me fais mal. Qu'est-ce qui te prend ?

Blanche essaya de se dégager, mais Raymond ne lâcha prise qu'après avoir articulé lentement :

— Toi aussi tu me fais mal. Et je te renvoie la question.

Blanche avait le regard trouble et elle fronça les sourcils, ne comprenant rien à ce que Raymond disait.

— La question ? Quelle question ? Pourquoi je n'ai pas répondu au téléphone ? Je te…

Raymond eut un rictus de mépris.

— Laisse tomber… De toute façon, ce n'est pas important…

L'important à ses yeux était les propos tenus par la religieuse à l'infirmerie, lorsqu'il était allé chercher Émilie. Plus importants que la cuite de Blanche, plus importants que l'amour qu'il avait l'impression de sentir glisser hors de lui.

— L'infirmière m'a dit que c'était fréquent qu'Émilie se retrouve à l'infirmerie… Pourquoi tu ne m'en as pas parlé ?

Blanche se détourna en titubant, prit appui sur le dossier d'une chaise :

— Pourquoi je t'en aurais parlé ? Ça aurait changé quoi ?

Les propos de Raymond l'obligeaient à réfléchir et Blanche avait l'impression que la réalité la rejoignait par vagues lentes, entrecoupées de brume. C'était désagréable, difficile.

— J'aurais aimé savoir qu'elle recommandait de consulter un médecin.

La voix de Raymond était tranchante comme un scalpel. Blanche se retourna vivement comme si toute sa lucidité lui était revenue d'un coup :

— Mais qu'est-ce qu'elle peut bien savoir de ce qui est bon ou pas pour notre fille, la petite sœur-infirmière ? L'as-tu vue ? Ce n'est qu'une insignifiante, qu'une incompétente qui ne veut pas m'écouter quand je dis qu'Émilie est ainsi depuis toujours. Consulter ? Et pourquoi ? Émilie a été examinée sous toutes les coutures quand elle a été hospitalisée. Jamais on n'aura ma permission de recommencer tout ça juste au cas où. On n'a rien trouvé et ça me suffit.

— Pas moi.

Raymond mordait dans chacun des mots qui sortaient de sa bouche. Curieusement, pendant qu'elle lançait sa longue tirade, Blanche avait semblé tout à fait dégrisée. Seul son regard était resté un peu flou mais les mots, eux, avaient franchi le seuil de ses lèvres sans coup férir. Mais aussitôt après, comme si cet effort avait vidé toutes ses énergies, Blanche dut s'asseoir, ses jambes refusant brusquement de la porter. Raymond fit encore une fois les quelques pas qui le séparaient de Blanche et, la regardant de haut, il poursuivit toujours aussi durement :

— Comment veux-tu que je te fasse confiance, maintenant ? Dorénavant, tu pourras garder tes opinions pour toi. Ce que tu veux ou penses n'a plus d'importance à mes yeux.

— Mais de quel droit, Raymond ?

Les yeux de Blanche étaient inondés de larmes. La brève éclaircie qui s'était faite dans son esprit quand était venu le temps de défendre Émilie s'estompait maintenant dans une violente nausée. La cuisine se mit à tournoyer autour d'elle et les mots de Raymond lui arrivèrent en écho.

— Tu oses me demander de quel droit ? Mais regarde-toi, ma pauvre Blanche. Tu ne tiens même pas sur tes jambes. Toute une mère ! Et dire que les filles auraient pu arriver et te trouver dans cet état... Va donc cuver ton vin. On reparlera de tout ça plus tard quand tu auras retrouvé tes esprits. Et ne t'avise pas d'aller chercher les filles avant que je revienne, sinon tu vas avoir affaire à moi.

— Raymond, je t'en prie ! Essaie de me comprendre. Si tu savais comme c'est difficile de voir à tout avec les migraines et...

— Oh non ! Tu ne m'auras pas avec tes bobos aujourd'hui.

Raymond claqua la porte de la cuisine sur les pleurs de Blanche qui emplissaient la maison d'un appel déchirant. La colère battait en lui au rythme de ses battements cardiaques qui lui résonnaient jusque dans la tête. Pourtant, arrivé dans le vestibule, il hésita. Il aurait aimé trouver en lui un peu d'empathie à défaut d'amour qui, pour l'instant, était absent de son cœur. Mais tout ce qu'il ressentait, c'était un formidable sentiment de culpabilité. S'il avait su, jamais il n'aurait osé sortir la bouteille quand il lui arrivait d'espérer un certain rapprochement avec Blanche. Parce qu'ils en étaient là : sans alcool, point de sexe et Raymond n'était pas fait en bois. Alors ? Il ferma les yeux, inspira profondément. Ce qu'il jugeait juste et raisonnable pour lui ne l'était plus quand il était absent ? Raymond savait que sa réflexion était biaisée, presque incohérente, mais il n'arrivait pas à se défaire de ce malaise qui faisait de lui un coupable dans la situation présente. L'attitude de Blanche n'était-elle pas un appel au secours ? Il fut sur le point de faire demi-tour. Mais quand il entendit qu'on ouvrait la porte du buffet, là où il savait que la bouteille maudite était cachée, il ouvrit plutôt la porte extérieure et se dirigea vers la maison de Gertrude pour lui demander de garder les filles jusqu'à son retour.

— Blanche n'est vraiment pas en état de s'occuper d'Émilie et de Charlotte.

Et dans ces mots, il y avait toute l'amertume d'un homme qui s'éveille à une nouvelle réalité. Une réalité encore plus désagréable que l'ensemble des cauchemars qui avaient ponctué sa vie jusqu'à maintenant…

Quand il regagna son étude, Raymond constata qu'il s'était écoulé à peine plus d'une heure depuis l'appel de l'école. Pourtant il avait l'impression d'avoir vécu toute une vie dans ce court laps de temps. D'un revers de la main, il repoussa les papiers du testament qu'il était à préparer puis s'appuya contre le dossier de son fauteuil en fermant les yeux. Tous les propos de Germain, tenus quelques années auparavant, lui revenaient en vrac. Les mots *vigilance* et *prudence* prenaient un sens nouveau, précis, douloureux.

Qui donc était Blanche ? Quelqu'un de lâche ? Ou plutôt une femme tellement meurtrie qu'elle s'en remettait à la première solution à portée de main pour tenter de s'en sortir ? Germain disait, lui, qu'elle était malade.

Malade…

Raymond soupira.

Comment Germain avait-il dit cela, encore ? Ne pas la confronter ? Mais que pouvait-il faire d'autre ? Approuver ?

Raymond se frotta longuement le visage du plat de la main, ouvrit les yeux sur une évidence : l'alcool ne serait jamais une solution. Il eut alors un sourire amer. Qui donc était-il pour oser juger ? L'alcool n'avait-il pas apporté une solution, justement, à certains problèmes de sa vie ? Quand l'envie de faire l'amour devenait une obsession, Raymond n'avait aucun scrupule à sortir la bouteille. Comment pouvait-il penser lancer la première pierre ? Une fois revenue de sa cuite, Blanche se ferait un devoir, sinon un plaisir, de lui en faire la remarque. Il la connaissait suffisamment pour savoir qu'elle trouvait toujours moyen de faire porter le poids de ses erreurs à d'autres, un peu comme son père le faisait. Alors comment imaginer qu'il en serait autrement cette fois-ci ? Raymond avait effectivement une grande part de responsabilité dans toute cette histoire.

Dans quel guêpier sa famille allait-elle se retrouver ? À moins qu'elle n'eût déjà les deux pieds dedans. Depuis quand Blanche buvait-elle ainsi ? Raymond n'aurait su le dire. Bien que parfois…

Raymond se rappelait maintenant ces jours où elle semblait d'excellente humeur, ce qui contrastait avec son habituelle manie de dire que la journée avait été difficile.

Raymond soupira bruyamment puis il pensa à Charlotte. Charlotte qui disait parfois de sa mère qu'elle était effervescente… Sa fille savait-elle ? Raymond secoua la tête pour essayer d'anéantir les idées folles qui s'entêtaient à voler en tous sens quand le nom de son aînée lui revint à l'esprit, s'imposa. Il se redressa brusquement.

— Charlotte ! Pourvu qu'il ne soit pas trop tard…

Attrapant le téléphone, Raymond appela l'école pour demander de prévenir sa fille de se rendre chez Gertrude. Soulagé de savoir que Charlotte n'avait pas encore quitté sa classe, Raymond se laissa retomber dans son fauteuil, épuisé. Pour l'instant, il ne pouvait faire plus. Son esprit se refusait à la moindre réflexion logique. Ne restait que le travail…

Reprenant le dossier abandonné sur son bureau, Raymond entreprit de le relire depuis la première ligne. Dès qu'il en aurait fini avec cela, il irait chercher les filles…

— Maître Deblois ?

Concentré sur son travail, Raymond n'avait pas entendu la porte s'ouvrir. Carmen, sa secrétaire, glissait un regard inquiet dans sa direction. Elle entra d'un pas décidé dans la pièce. Petite, ronde et joviale, Carmen Lafrance était aux antipodes de Blanche, ce qui amena curieusement Raymond à repenser à sa femme. Une lueur de lassitude traversa son regard. Carmen fronça les sourcils. Elle était de cette race de secrétaires qui se croient l'éminence grise derrière le grand maître. Ce qui n'était pas très loin de la vérité depuis quelques années. Efficace et compétente, rien n'échappait à son regard d'aigle.

— Ça va ?

Raymond tenta de jouer le jeu :

— Oui. Pourquoi ?

— Vous n'avez pas pris l'appel…

— Oh ! J'étais probablement trop concentré.

Raymond laissa échapper un rire qui sonnait faux alors que Carmen levait les yeux au ciel. Quand elle prenait cet air de mère supérieure, Raymond avait l'impression d'être encore un gamin. Habituellement, cela l'agaçait ; aujourd'hui, ce regard lui fit un bien immense. Il aurait donné quelques années de sa vie pour avoir la chance de s'en remettre à quelqu'un qui réfléchirait à sa place. Comme lorsqu'il était enfant et que sa mère lui dictait sa conduite. Pendant une fraction de seconde, il fut tenté de l'inviter à s'asseoir pour tout lui dire, lui demander son avis. Sa réserve naturelle l'empêcha de commettre cet impair. On ne parle pas à sa secrétaire comme on le fait avec un ami…

— Un appel, vous dites ?

— Mademoiselle Antoinette. Concernant le dossier de madame Bolduc que vous devez rencontrer demain.

— C'est vrai… Je l'avais oubliée, celle-là. Je vais la rappeler.

— Justement…

Sortant un papier de sa poche comme un magicien sort un lapin d'un chapeau, Carmen fit les quelques pas qui la séparaient du bureau accompagnée de son habituel froufroutement de vêtements fraîchement amidonnés et déposa le billet devant Raymond.

— Mademoiselle Antoinette n'est pas à son bureau. Voici le numéro où la joindre... Maintenant, si vous n'avez plus besoin de moi, je vais quitter.

— Merci, Carmen. Je vais m'occuper de joindre mademoiselle Antoinette... On se revoit demain matin. Vous verrez à préparer le dossier de madame Bolduc. Nous devons la rencontrer à dix heures.

Carmen pinça les lèvres, offusquée de voir qu'après tant d'années de loyaux services, il arrivait encore que maître Deblois la traite comme une débutante.

— J'y avais pensé, fit-elle avec une certaine fraîcheur dans le ton... Bonne soirée, Maître.

Et elle s'éclipsa aussi discrètement qu'elle était venue, laissant derrière elle une odeur de savonnette et de lessive. La légèreté de la démarche de Carmen surprenait Raymond chaque fois. Lourde comme elle semblait l'être, sa secrétaire se déplaçait comme un souffle d'air. Il sursauta lorsqu'il entendit la porte d'entrée se refermer avec fracas, ce qui tranchait nettement avec l'atmosphère feutrée qu'il tenait à faire régner dans son étude. Tant pour la clientèle que pour se différencier d'une maison familiale qui malheureusement avait tendance à bourdonner trop souvent.

— Quelle mouche l'a piquée ? murmura-t-il, agacé. Ce n'est pas dans ses habitudes de fermer...

Il avait les nerfs à fleur de peau... Pourtant, il oublia jusqu'à l'existence de Carmen lorsque son regard tomba sur le petit papier qu'elle avait déposé à côté du dossier qu'il était en train de terminer. Il n'y avait que quelques lettres et quelques chiffres, un banal numéro de téléphone. Le numéro où joindre Antoinette. Et l'image de la jeune femme, telle qu'il l'avait vue lors de leur dernière rencontre, ressortit de ses souvenirs, claire, joyeuse.

Antoinette était toujours de bonne humeur.

Depuis leur rencontre fortuite, ils s'étaient revus à quelques occasions, toujours pour affaire, Antoinette prenant l'initiative de ces appels dans les premiers temps. Ils en avaient rapidement conclu que leurs compétences respectives se recoupaient à l'occasion et c'est ainsi qu'il leur arrivait de se consulter. Aujourd'hui, c'était le dossier de madame Bolduc qui les intéressait. Cette vieille dame un peu perdue refusait d'accepter que son mari s'en fût remis à leur fils pour gérer son héritage. Après quelques tentatives malheureuses, Raymond avait pensé à Antoinette. Qui de mieux qu'une autre femme pour faire admettre à la vieille dame, au demeurant fort gentille malgré son obstination, qu'il n'y avait aucun complot ? Le rendez-vous de la dernière chance était prévu pour le lendemain. Raymond jeta un regard machinal à sa montre de poche. Déjà cinq heures trente. Les filles devaient l'attendre… Il composa le numéro de Gertrude.

— Aucun problème, Raymond. Je les installe à table avec les miens. Et veux-tu que je leur fasse prendre un bain ? Je vais leur prêter des pyjamas de garçon. Ça va les faire rire. Comme ça, tu n'auras qu'à les mettre au lit quand tu retourneras chez toi.

Cette femme était une vraie bénédiction !

Ne restait plus qu'à appeler Antoinette, décider de l'attitude à adopter lors de l'entrevue et il pourrait enfin rentrer à la maison.

À ces derniers mots, l'image de Blanche telle qu'il l'avait trouvée quelques heures auparavant s'imposa avec une telle brutalité qu'il ferma les yeux. Et la colère qu'il avait ressentie à son égard reflua aussitôt avec force. Rentrer à la maison ? C'était bien là la dernière chose dont il avait envie présentement.

Retrouver les filles oui, rentrer chez lui, non.

Un long frisson lui parcourut l'échine. Raymond dessina un sourire désabusé en se disant qu'il allait demander à Gertrude de le garder pour la nuit, lui aussi. Puis il soupira.

En fait, pour être honnête, il devait admettre qu'il n'avait envie de voir personne. Personne d'étranger. Pas plus Gertrude qui aurait sans doute ce regard inquisiteur qu'elle avait développé au fil des années qu'Antoinette à qui il devrait jouer la comédie de l'homme au-dessus de ses affaires, pressé de retrouver les siens.

Pourtant, s'il avait su à quel point Antoinette avait réussi à percer la carapace qu'il s'était fabriquée au fil des ans, sans même s'en apercevoir, il aurait peut-être réagi autrement. Il aurait peut-être eu envie de se confier, de tout lui dire.

Antoinette avait longtemps pensé que la lueur qui traversait parfois le regard de Raymond en était une de tristesse. Il n'y avait que lorsqu'il parlait de ses filles ou de certains dossiers que l'azur de son regard retrouvait ses reflets d'antan. Une vivacité pétillante qui faisait plaisir à voir. Qu'Antoinette se plaisait à voir... Ce ne fut que l'été dernier, lors du pique-nique annuel auquel elle avait été conviée cette fois-là qu'Antoinette comprit que ce qu'elle avait pris pour de la tristesse n'était pas autre chose que de la résignation. Une heure de discussion polie avec Blanche et Antoinette avait vu clair. À peine soixante malheureuses petites minutes et Blanche avait réussi le tour de force de s'inquiéter au moins une bonne dizaine de fois d'Émilie :

— Attention, ma chérie ! Tu pourrais te faire mal avec cette balle dure ! Non, Émilie, garde tes chaussures !

De se plaindre de ses nombreuses migraines :

— Si vous saviez, chère Antoinette, l'énergie que cela demande de fonctionner normalement avec un mal de tête qui vous vrille le cerveau. Mais ai-je le choix ? Avec une gamine comme Émilie, si fragile…

Et de confier l'immense inquiétude que lui causait la présence de la rivière au fond du jardin :

— Je n'en dors plus. Littéralement !

De Charlotte, nulle mention. Pas plus que de Raymond. Bien qu'elle ne le perdît pas de vue puisque, entre deux confidences, elle trouva moyen de l'apostropher quand il osa emmener Émilie avec lui au bord du lac.

— Mais y as-tu pensé ? En plein soleil. Mon pauvre Raymond, tu n'en feras jamais d'autre…

Réprimande claironnée sur un ton d'autorité agacée qui suscita de nombreux regards stupéfaits que Blanche ne remarqua même pas, mais qui n'échappèrent aucunement à Antoinette. Jamais elle ne s'était sentie aussi gênée pour quelqu'un. Heureusement, Raymond avait eu la présence d'esprit de revirer la situation d'une pirouette sarcastique qui ne dupa personne mais eut au moins l'avantage de créer une certaine égalité.

— C'est vrai, j'ai oublié à quel point sa peau est fragile au soleil. Pourtant, elle te ressemble tant, ma chérie. Je n'ai aucune excuse… Viens, Émilie, on va trouver autre chose pour nous amuser.

Il n'y eut que Blanche pour y voir une marque de gentillesse. Rien ne lui plaisait autant que de se faire rappeler la grande ressemblance entre Émilie et elle. Blanche offrit donc à Raymond son sourire le plus éblouissant puis elle se pencha vers Antoinette. Blanche avait oublié de lui parler des problèmes gastriques de son bébé…

Ce fut à partir de ce jour qu'Antoinette décida de laisser ses émotions prendre le contrôle de sa vie. Elle montra la porte de sortie à l'élu du moment et consacra ce que le travail lui laissait de temps à s'inquiéter pour Raymond.

Elle savait aujourd'hui qu'une peine d'amour peut durer fort longtemps.

C'est pourquoi, en cette fin d'après-midi, elle pouvait déduire du mutisme de Raymond que ce dernier avait des problèmes chez lui. Elle savait l'importance qu'il accordait à chacun de ses clients et, s'il ne l'avait pas appelée pour convenir de l'entrevue du lendemain, c'était à coup sûr que les filles avaient quelque chose.

Elle décida donc de le relancer une fois de plus et l'appareil sonna à l'instant précis où Raymond allait prendre le téléphone. L'obligation de parler avec Antoinette avait eu le dessus sur cette envie de tout foutre en l'air.

Une fois de plus…

Même à distance, Raymond sentit qu'Antoinette était radieuse. Par contre, il n'arriva pas à donner le change.

— Oh là ! Tu n'as pas l'air en forme, toi !

— Bof ! Un peu de fatigue sans doute. Mais toi ? Veux-tu bien me dire ce que tu fais chez toi si tôt ?

— Un dossier difficile. Il y avait trop de bruit au bureau.

Puis Antoinette ajouta en riant :

— Et l'envie de faire mijoter un pot-au-feu pour souper. Ça te tente de partager ?

Antoinette avait lancé l'invitation sans même y réfléchir. Mais aussitôt prononcée, elle regrettait d'avoir osé dire à voix haute ce que son cœur souhaitait en silence. Pourtant, contrairement à ce qu'elle anticipait, après un bref moment qu'elle prit pour de l'embarras, elle entendit Raymond accepter l'idée.

— Pourquoi pas ? Je ne reprends les filles qu'à sept heures et demie. Ça va nous donner le temps de revoir le dossier tout en mangeant. D'accord, donne-moi ton adresse et j'arrive…

En passant le pas de la porte d'Antoinette, Raymond eut droit à un instant de pur ravissement qui relégua au second plan, l'espace d'un soupir, tous les désagréments de la journée et cette curieuse envie qui l'avait poussé à accepter cette invitation. Habitué à voir son amie vêtue sobrement, voire sévèrement à cause de son travail, il révisa l'opinion qu'il s'était faite en voyant la tenue d'intérieur qu'elle portait. De plantureuse, la taille d'Antoinette devint généreuse. Il faut dire que la dame cultivait ses rondeurs en compensant sa solitude par quelques heures devant les fourneaux.

Et comme les hommes semblaient apprécier sa silhouette…

L'envoûtement ne dura qu'un instant mais fut suffisamment clair pour que Raymond se sente fort mal à l'aise. Détournant les yeux, il s'obligea à détailler l'appartement d'Antoinette pour reprendre contenance.

C'était un grand logement, au second étage d'un immeuble un peu désuet mais rempli de charme. Boiseries sombres, parquets vernis et papier peint fleuri, c'était à n'en pas douter le logis d'une dame. Mais curieusement, malgré les bibelots, les fleurs, les rideaux de dentelle et les coussins de vichy rose, Raymond s'y sentait bien.

Peut-être à cause du parfum musqué qui embaumait discrètement. Le parfum d'Antoinette. Un parfum un peu masculin mais qui lui allait à ravir.

Antoinette était une femme de tête avant toute autre chose, et le choix de son eau de toilette avait fait partie d'une certaine stratégie. Le droit étant toujours un fief masculin, elle avait dû s'y frayer un chemin pour s'y faire accepter…

Des yeux, Raymond chercha un endroit où poser sa mallette.

— Et si on s'installait dans la salle à manger ? proposa Antoinette, qui avait suivi son regard. J'ai pensé qu'on y serait à l'aise. J'ai déjà mis la table.

Et le précédant, Antoinette conduisit Raymond jusqu'à une petite pièce à l'arrière de la maison, donnant sur la cour.

— C'est une ancienne galerie vitrée que j'ai transformée en salle à manger.

La pièce était surprenante.

Très masculine, cette pièce, à l'inverse du salon : les murs étaient tendus de papier peint à rayures, le plancher était recouvert d'une épaisse moquette et le mobilier était laqué, presque noir. Ancien *tambour*, comme les gens se plaisaient à appeler cette espèce d'antichambre donnant sur les cours, la pièce était entourée de nombreuses fenêtres mais restait discrète grâce aux arbres matures qui poussaient à l'arrière de la maison et dont les branches frôlaient les vitres. Seule note féminine : un immense bouquet de roses en soie, de toutes les couleurs, posé sur le buffet qui était appuyé contre le mur en brique de l'appartement.

— Splendide, ne put s'empêcher de dire Raymond, complètement subjugué par l'atmosphère que dégageait l'endroit.

C'était à la fois impersonnel et chaleureux.

— C'est ici que j'emmène les clientes lorsque je les reçois chez moi. J'avais besoin d'une pièce comme celle-ci. Mon bureau est vraiment trop petit…

Était-ce pour signifier à Raymond qu'il n'était qu'un client parmi les autres qu'Antoinette avait apporté cette précision ? Raymond le reçut comme tel et il lui en fut reconnaissant. Depuis l'instant où il avait mis les pieds chez son amie, il se demandait ce qui l'avait poussé à accepter l'invitation. Rancune, vengeance, besoin d'amitié ou simplement l'obligation de travailler un dossier ? Les quelques mots d'Antoinette avaient remis les choses dans une juste perspective.

Ce fut en déposant sa mallette qu'il aperçut la carafe, posée au milieu de la table. Du vin rouge. Le mouvement de recul de Raymond, si léger fût-il, n'échappa nullement au regard aiguisé d'Antoinette.

Rompue à toujours être sur une certaine défensive et à l'affût des moindres variations de ton ou d'attitude chez les clientes, Antoinette ne put s'empêcher de demander :

— Quelque chose ne va pas ?

Raymond se contenta de répondre par un haussement d'épaules. Puis, d'un ton moqueur :

— Il me semblait qu'on allait travailler ?

— Mais oui. Pourquoi ?

Un index pointé vers la table proclama ce qui lui semblait une évidence.

— Du vin ?

— Et alors ? L'un n'empêche pas l'autre. C'est un petit travers que j'ai attrapé à Paris. Mais tu n'es pas obligé d'en prendre.

— Je sais. On n'est jamais obligé…

Antoinette crut déceler une certaine amertume dans le propos. Elle se hâta de changer de conversation tout en retirant la carafe pour la poser sur le buffet dans un geste d'un naturel désarmant. Cachant sa curiosité sous son air le plus professionnel, elle se dirigea vers la cuisine en lançant derrière elle :

— Installe-toi. Je vais nous servir et après tu me parleras de cette chère madame Bolduc. Sais-tu que j'ai très hâte de la rencontrer ? Après tout ce que tu m'en as dit…

Raymond entendait la voix d'Antoinette qui lui parvenait de la cuisine. Quand elle en revint, portant devant elle deux assiettes fumantes, il avait retiré la paperasse du dossier de la vieille dame et l'avait étalée à côté de lui, sur la table. Et ils commencèrent tout de suite, entre les bouchées, à discuter sur l'attitude à prendre pour réussir à convaincre la dame sans la brusquer.

La viande était fondante, la sauce, à base de vin, savoureuse. Était-ce la douceur du repas, le plaisir de partager ses vues professionnelles avec quelqu'un qui comprenait et appréciait ce qu'il disait ? Pendant un instant, Raymond regretta sa remarque sur la carafe et son contenu. Il lui semblait brusquement que la chaleur du vin combinée avec le repas aurait eu un charme certain. Il s'en voulut aussitôt. Pour reporter ce regret sur Blanche. Et comme cet après-midi lorsqu'il avait regagné son étude, ses pensées devinrent disparates, presque folles. L'image de Blanche affalée sur la table de cuisine, le regard d'Émilie quand il l'avait rejointe à l'infirmerie, Blanche titubant et cherchant appui sur le dossier d'une chaise, le regard perçant de Carmen, sa secrétaire, Blanche levant un regard noyé de larmes, la voix de Charlotte qui disait que maman était effervescente et qu'elle aimait cela parce qu'elle était gentille, ces jours-là. Puis celle d'Antoinette qui arriva finalement à se faufiler dans ce qui lui semblait un épais brouillard. Mais cette voix lui sembla tellement incongrue à travers le tourbillon des idées qui encombraient son esprit qu'il n'y prêta pas attention.

Depuis quand Blanche buvait-elle ?

Et pourquoi ?

La culpabilité fondit de nouveau sur Raymond en même temps qu'une immense vague de colère. Envers Blanche. Envers lui-même.

Mais bon sang ! Que faisait-il ici au lieu d'être avec ses filles chez lui, même si pour l'instant sa demeure était aussi invitante qu'une grotte humide et nauséabonde ? Avait-il seulement l'odeur d'une excuse ?

Sinon la lâcheté…

À cette pensée, ses épaules s'affaissèrent.

— Hé ! Raymond ! Je te parle !

Ce dernier sursauta, regarda autour de lui, désemparé. Et l'impatience qu'Antoinette avait brièvement ressentie s'effaça à la simple vue du désarroi qui se peignit dans le regard de Raymond. Elle tendit la main.

— Mais qu'est-ce qui se passe ?

— Ce qui se passe ?

Le besoin de parler s'imposa à lui comme une urgence. Il lui fallait tout dire, raconter, expliquer. Il n'avait jamais été homme à se confier et même sa sœur n'avait pas réussi à briser la carapace. Mais le silence de toutes ces années, les reproches et les mises en garde de tout un chacun avaient eu raison de sa discrétion naturelle. L'envie de parler s'imposait comme le besoin de respirer. Là, maintenant, Raymond le ressentait comme quelque chose de vital. Et peut-être qu'après, il comprendrait.

Les confidences se précipitèrent avec la violence des eaux vives d'une rivière en crue. Les mots débordaient de ses lèvres, de son cœur, de sa vie. Les désillusions face à un quotidien différent de ses espérances, les inquiétudes en lui et autour de lui, les impatiences mais l'amour aussi. Pour ses filles et pour leur mère qu'il n'arrivait pas toujours à comprendre. Qu'il adorait par moments. Qu'il détestait à d'autres…

Antoinette écouta par habitude, par compassion, par amour. Puis elle n'eut que ces quelques mots pour lui, lorsque, épuisé, Raymond se tut enfin.

— Je comprends.

Ni reproche, ni mise en garde, ni avertissement. Juste un peu d'amitié, de la compréhension et une main posée sur son bras.

Comment se retrouvèrent-ils dans les bras l'un de l'autre ? Raymond ne pourrait jamais apporter de réponse. C'était là entre eux, tout simplement. Comme une évidence trop longtemps refusée.

Raymond avait raconté sa vie et Antoinette l'avait écouté.

— Je comprends, avait-elle dit.

Alors il avait pris la main qui reposait sur son bras et il l'avait portée à ses lèvres. Raymond avait tellement souhaité entendre ces mots… Ils étaient pour lui à la fois une sorte de conclusion à tout ce qu'il avait dit et la poussée dont il avait besoin pour aller de l'avant vers une solution. Il avait embrassé le bout des doigts d'Antoinette comme il aurait pu dire merci. Il avait eu envie de s'excuser sans savoir de quoi il s'excuserait. Peut-être tout bêtement d'une certaine médiocrité.

La main de la jeune femme était douce et fraîche, et Raymond aurait eu envie qu'elle se pose sur son front. Ils s'étaient longuement regardés. Raymond l'avait-il imaginé ou la main d'Antoinette s'était mise à trembler ? Leurs doigts s'étaient alors entremêlés, leurs têtes s'étaient rapprochées…

Et Raymond, qui n'avait connu que Blanche comme amante, découvrit l'amour passion, l'amour abandon, l'amour plaisir dans les bras d'Antoinette qui se donna à lui avec la ferveur et l'impatience d'une trop longue attente. Se découvrir l'un après l'autre et ensemble. Laisser les mains parcourir courbes et creux, permettre à la bouche de goûter ce désir exacerbé par les refus et les relations tièdes, aller au-devant de son plaisir et le découvrir à travers celui de l'autre.

Jamais Raymond n'eût pu imaginer que la jouissance pouvait être si simple, si joyeuse.

Jamais Antoinette n'eût pu penser que la détente pouvait être si satisfaisante quand le cœur se joignait au corps.

Et après, quand la réalité rattrapa le rêve en l'obligeant à se retirer, Antoinette resta un long moment la tête couchée sur la poitrine de Raymond, ses seins lourds blottis contre son flanc, sa cuisse enserrant ses hanches, heureuse tout simplement d'entendre son cœur battre. Elle aurait eu envie de lui dire qu'elle l'aimait. Depuis toujours peut-être. Raymond semblait avoir tellement besoin d'amour. Pourtant, elle se tut.

Raymond n'avait pas besoin de cet amour encombrant…

Il fit le chemin du retour dans un état second, persuadé d'être victime d'un dédoublement de personnalité.

Était-ce bien lui qui avait osé…

Sa réflexion s'arrêta à cela. L'odeur d'Antoinette s'était mêlée à la sienne et lui rappela qu'il n'avait pas rêvé… Oui, c'était lui qui avait fait l'amour à une autre que Blanche et non, il ne regrettait rien. Où donc était passé l'homme raisonnable et pondéré ?

Retrouver Charlotte et Émilie fut d'une tendresse qu'il pensait ne plus mériter. Voir que Blanche dormait à poings fermés, un soulagement. Il n'aurait pu la regarder en face malgré l'absence de remords qui persistait.

Après avoir mis les filles au lit, Raymond fit le tour de la maison comme un étranger examinerait une demeure à vendre.

Ici, c'était chez lui.

Ici, il se sentait chez Blanche.

Les couleurs étaient celles qu'elle avait choisies, le mobilier avait été acheté avec son père et les bibelots reçus en cadeaux de noces n'avaient aucune valeur réelle à ses yeux. Une toile représentant Blanche, offerte par son père pour ses dix-huit ans, trônait dans le salon.

Blanche était très belle.

Raymond resta longtemps immobile à regarder la jeune fille qui souriait sans fin dans son cadre doré. Ce sourire l'avait envoûté…

Que s'était-il passé ? Où donc le fil s'était-il cassé ?

Puis Raymond poussa son exploration jusqu'au buffet de la salle à manger. Il vida dans l'évier le peu de brandy qui restait et laissa la bouteille en évidence sur le comptoir.

Ce serait son avertissement. Blanche était assez intelligente pour comprendre le message.

Ensuite, il passa voir ses filles qui dormaient déjà profondément. Il resta longtemps à les observer dans leur sommeil. Charlotte qui ronflait doucement les bras au-dessus de la tête et Émilie recroquevillée dans le repos comme elle l'était dans la vie. Charlotte et Émilie, si différentes, et qui devaient partager la même chambre parce que Blanche revendiquait l'exclusivité de la troisième chambre pour la couture.

— Un moulin à coudre à côté de mon lit ? Quelle chose hideuse. Tu n'y penses pas sérieusement, j'espère ?

Blanche qui ne cousait que trois ou quatre fois par an. Blanche qui ne cousait que par rage, négligeant tout le reste pendant une semaine ou deux, pour invariablement claquer la porte de la salle de couture parce que là, franchement, il fallait faire du ménage, l'automne était déjà arrivé.

Blanche qui avançait dans leur vie comme dans la sienne, par bonds, d'une obsession à une autre…

D'une migraine à une crise de foie…

D'une visite du médecin à une livraison de médicaments…

D'une rage de ménage à une indigestion d'Émilie…

Quand Raymond arriva enfin à sa chambre, Blanche dormait toujours. Il se glissa doucement dans son lit. Il ne voulait pas la réveiller, il ne voulait pas lui parler. S'il ne l'avait entendu battre jusque dans sa tête, Raymond aurait pu croire que son cœur s'était changé en pierre. Il se fit tout petit au bord du matelas. Il sentait la chaleur de Blanche imprégnée dans les draps, contre son dos, et il pensait à Antoinette. Il revoyait ses seins lourds, il sentait encore la chaleur de son ventre contre le sien et sa main avait gardé le galbe de ses hanches en mémoire. Son érection devint si forte qu'il fut tenté de se glisser dans la salle de bains comme il le faisait parfois. Mais ce soir, il aurait eu l'impression d'être infidèle.

Alors il s'appliqua à respirer profondément comme il le faisait au tout début de son mariage et petit à petit, bercé par son propre souffle, Raymond sentit le sommeil le gagner.

Le testament de monsieur Hamel n'était pas terminé de rédiger.

Puis il eut une dernière pensée pour le dossier de la vieille madame Bolduc. C'était bien la première fois qu'une entrevue n'était pas prête.

Et il s'en fichait.

Il n'aurait pas le choix, il devrait rappeler Antoinette à la première heure demain pour convenir de l'attitude à adopter. Cela faisait partie du professionnalisme qu'il voulait offrir à tous ses clients : quand ils quitteraient son étude, demain, madame Bolduc et son fils seraient en bons termes. Raymond se l'était promis. Mais pour ce faire, il avait besoin d'Antoinette.

Et cette obligation avait un petit quelque chose d'excitant. Elle était à la fois rassurante et lâche.

Cette obligation faisait mourir dans l'œuf les scrupules qu'il ne ressentait pas encore mais qui, à la lumière du matin, pourraient peut-être se manifester.

Et demain, il allait aussi s'occuper d'Émilie.

Dès la fin de la rencontre, avant même de terminer le testament de monsieur Hamel, il allait entreprendre les démarches nécessaires auprès de Germain.

Qu'il ait eu le temps d'en parler à Blanche ou pas.

Il comprenait enfin qu'il n'avait aucune permission à demander.

Parce que la petite religieuse en blanc, l'insignifiante comme le disait Blanche, avait eu un regard incisif quand elle lui avait dit :

— Si vous ne faites rien, moi, je vais agir. Avec ou sans votre autorisation. Je ne tolérerai plus de voir souffrir cette enfant en me faisant dire que c'est normal. C'est bien compris ?

Chapitre 9

Ce fut un détail. Une insignifiance.

Mais ce fut suffisant pour susciter les doutes dès le lendemain au réveil.

Ce matin, Blanche n'assistait pas au déjeuner.

Le porc qu'elle avait mangé avant de se coucher l'avait rendue malade, en pleine nuit. Comme elle n'avait rien pris d'autre de la journée, à part le brandy, cela ne pouvait être que cela. Blanche avait donc décidé de garder le lit, se contentant de grogner lorsque Raymond s'était levé. À la lueur du jour, elle était consciente du bourbier où elle avait mis les pieds et comme elle détestait la moindre discussion au saut du lit…

Raymond avait alors réveillé Charlotte et Émilie et il était présentement dans la cuisine à préparer le premier repas de la journée.

Cela ressemblait à avant quand Raymond déjeunait seul avec Charlotte.

Et ce fut ce détail anodin qui suffit à alimenter les doutes que tout le monde semblait avoir autour de lui et qu'il commençait à faire siens.

Pourquoi Blanche tenait-elle tant à assister au déjeuner depuis qu'Émilie allait à l'école, elle qui avait prétendu, pendant de longues années, qu'elle avait besoin de plus de sommeil ? Depuis le premier jour d'école de leur cadette, Blanche n'avait raté aucun déjeuner…

Et comment se faisait-il qu'Émilie ne s'éveillait plus la nuit alors que les crampes l'avaient si longtemps incommodée et que Blanche se plaignait qu'elle était la seule à l'entendre gémir dans son sommeil ? L'école aurait-elle guéri les malaises nocturnes ?

Ce fut en beurrant le pain grillé qu'il prit conscience de ces détails.

Des broutilles, il l'admettait facilement, et qui auraient pu passer inaperçues. Quoi de plus normal qu'une mère se levant pour préparer le déjeuner de ses enfants ? Normal ailleurs peut-être mais, curieusement, Raymond prenait conscience ce matin que c'était parfois la normalité qui sonnait faux dans leur maison. Ce n'était peut-être qu'une mauvaise perception, ou une interprétation biaisée. Son instinct soufflait que non. Et dans l'état où il s'était éveillé, le souvenir d'Antoinette le tirant brutalement des brumes du sommeil en lui faisant battre le cœur, ces insignifiances prirent rapidement d'autres proportions.

Raymond s'occupait du déjeuner des filles en se disant que, pour une fois, il apprécierait que Blanche soit là à prendre toute la place pour qu'il puisse penser sans être dérangé, pour qu'il puisse s'éclipser sans nuire à personne comme il pouvait le faire habituellement. Il avait beaucoup de choses à mettre au point.

À commencer par lui-même.

Mais hier, Blanche avait bu et cette nuit, elle avait été malade. Alors ce matin, Raymond s'occupait du déjeuner des filles.

Comme avant… Avant quoi ? Avant l'entrée à l'école d'Émilie…

Et tout cela, pourquoi ?

Parce que Blanche avait trop bu.

Le mot *trop* resta en suspens dans l'esprit de Raymond. C'était lui qui faisait toute la différence.

Depuis quand Blanche buvait-elle ?

Était-ce une habitude ou une exception ?

Si elle n'avait pas quasiment vidé la bouteille de brandy, elle serait elle-même allée chercher Émilie à l'école.

Alors Raymond n'aurait rien su. Ni du brandy ni d'Émilie souvent malade à l'école.

Et ce matin, Blanche s'occuperait du déjeuner pour faire elle-même le gruau d'Émilie.

Pourquoi Blanche tenait-elle autant à préparer la bouillie ? Et pourquoi obligeait-elle Émilie à avaler cette mixture grisâtre matin après matin alors que la petite fille disait régulièrement qu'elle en avait assez de toujours manger la même chose ?

Caprice ou mieux-être d'Émilie ?

Les suspicions s'enchaînaient les unes après les autres avec ce qui lui semblait une logique implacable. Cette logique lui échappait encore, même qu'il avait l'impression de tourner en rond, mais Raymond savait qu'il trouverait cette logique.

Et si Blanche n'avait pas bu, il aurait rencontré Antoinette à son bureau. Probablement.

Et rien de ce qui s'était passé entre eux n'aurait eu lieu.

Il y avait parfois de ces curieux hasards…

Des milliers d'images de la veille et des sensations intenses firent lever un vol de papillons dans son estomac.

Antoinette…

Sa réflexion s'arrêta net.

Il songerait à Antoinette plus tard, quand il serait obligé de l'appeler pour lui demander de passer un peu plus tôt à son bureau. Pour l'instant, il y avait les filles…

— Que dirais-tu, Émilie, de manger du pain grillé au lieu du gruau, ce matin ? Parce que moi, le gruau…

Un regard ravi se posa sur lui.

— Oh oui, alors !

Puis après une légère hésitation et d'une toute petite voix, presque un murmure, juste au cas où maman ne dormirait pas trop profondément, Émilie se risqua :

— Est-ce que je peux mettre un tout petit peu de miel dessus ?

— Du miel ?

Raymond éclata de rire, inexplicablement heureux et détendu :

— Tout ce que tu veux, Milie. Du miel, de la confiture, de la marmelade… Il faut plein d'énergie pour bien écouter à l'école. N'est-ce pas, Charlotte ?

Ils partirent tous les trois ensemble, les filles particulièrement heureuses de se rendre à l'école dans la belle auto noire de papa. Ce matin, il tombait des cordes…

Dès qu'elle entendit la porte se refermer sur sa famille, Blanche se tourna sur le côté en ouvrant les yeux. Elle grimaça lorsqu'elle vit les rigoles de pluie sur la vitre. Quand Raymond s'était étiré à côté d'elle, Blanche avait hésité puis s'était dit que pour un matin,

Émilie allait s'en tirer sans son aide et pouvait se passer de sa dose quotidienne d'extrait de fraise. Un violent mal de tête qui n'avait rien à voir avec une migraine lui vrillait le crâne et l'empêchait de réfléchir calmement. Pourtant, elle savait qu'elle devrait le faire avant le retour de Raymond.

N'avait-il pas dit qu'il voulait faire examiner Émilie ?

Et pour elle, il n'en était pas question. Pauvre petite ! Pourquoi la soumettre à des examens pénibles avant de se faire dire, finalement, qu'elle n'avait rien ? Car ce serait ce qu'on leur dirait, comme la première fois. Malgré cette perspective, Raymond avait dit qu'il voulait la faire examiner.

C'était un souvenir un peu vague mais bien réel. Blanche n'avait pas imaginé leur discussion de la veille. Même s'il ne lui restait que des bribes de conversation, mises bout à bout, ces paroles avaient un sens. Elle ne se souvenait pas d'où Raymond avait pêché cette idée, mais elle se rappelait fort bien qu'il semblait inflexible.

Et n'avait-elle pas aussi certaines décisions à prendre concernant l'incident de la veille ? C'était évident, Raymond n'allait pas en rester là…

Il y aurait discussion, voire altercation.

Juste à y penser, Blanche eut un frisson.

Elle devait s'y préparer, elle ne pourrait affronter son mari sans avoir trouvé une façon convaincante de lui parler du bien-fondé de son geste. Bien sûr, hier, elle avait exagéré et elle était prête à l'admettre. Mais au-delà de ce mea culpa, elle devait le persuader qu'elle n'était pas une mauvaise mère pour autant. Parce que c'était l'impression qui restait gravée à la suite de leur brève discussion de la veille. Peu de mots, mais une colère sous-jacente à chacun d'entre eux, envers elle, et qu'il lui fallait éteindre à tout prix.

Une sensation d'inconfort incroyable s'empara de Blanche.

Elle n'avait que la journée pour trouver.

Juste une journée.

Une interminable journée à tenter d'imaginer, à prévoir les reparties, à chercher les arguments, à surveiller l'horloge, à espérer l'arrivée de Raymond et la craindre en même temps.

Et pour ce faire, pour se préparer et passer à travers cette journée, Blanche aurait besoin de toute la vivacité de ses pensées qui pour l'instant, à cause de ce fichu mal de tête, avaient tendance à tourner en rond.

Une vivacité que seul l'alcool pouvait lui procurer. Elle le savait.

Juste quelques gorgées pour faire cesser le tremblement de ses mains. Elle se sentait si faible, ce matin. Elle ne prendrait qu'une gorgée ou deux. Promis. Et un café noir. Après, tout irait bien. Elle trouverait ce qu'il faut dire et, afin de prouver sa bonne volonté, elle allait préparer un excellent souper et une collation pour le retour de l'école des filles. Elle avait tout son temps. Une interminable journée devant elle pour préparer un petit festin pour les siens. Parce qu'elle aimait Raymond, Charlotte et Émilie. Parce qu'ils devaient le comprendre hors de tout doute et comprendre surtout qu'elle n'avait pas choisi d'être une femme si souvent malade.

Après, peut-être que Raymond accepterait le fait qu'un peu d'alcool remplaçait ce manque d'énergie dont elle était si souvent affligée depuis toujours.

Peut-être…

Ce serait bien si Blanche pouvait prendre un peu de brandy sans ressentir ce besoin de le faire en cachette…

À ces pensées, celles qu'elle les aimait tant, qu'ils étaient son équilibre et sa vie, que dorénavant, puisque les ponts étaient pratiquement coupés avec sa famille depuis le décès de son père, ils étaient tout pour elle, mais aussi à la pensée qu'après toutes ces années il pût être vrai que Raymond n'arrivait toujours pas à la comprendre et à accepter sa fragilité, les yeux de Blanche s'emplirent de larmes.

Qu'il était difficile d'être différente, d'avoir à se battre constamment pour faire accepter les choses.

Blanche repoussa les couvertures en soupirant et se leva, toute tremblante, les jambes flageolantes. « Juste quelques gorgées, pensa-t-elle en enfilant sa robe de chambre. Juste pour me réchauffer. »

Ce fut en entrant dans la cuisine et en apercevant la bouteille à côté de l'évier qu'elle comprit. Jamais elle ne laissait traîner la bouteille. C'était donc que quelqu'un l'y avait déposée après l'avoir sortie du buffet, et ce quelqu'un ne pouvait être que Raymond…

Le message était clair. Aussi clair que la bouteille était vide.

Le bouchon, posé en évidence juste à côté, la narguait.

Blanche récolta l'ultime goutte au creux de sa main et, d'un geste impulsif, elle se lécha la paume.

Puis respira profondément l'odeur persistant au fond de la bouteille.

Sa contrition recula d'un pas. Était-ce un vœu pieux, cette promesse de ne prendre que quelques gorgées ?

Mais non. C'était ce qu'elle faisait habituellement. Blanche ne buvait pas comme ces alcooliques qu'elle croisait parfois dans la rue. Blanche utilisait le brandy avec modération parce que son organisme et sa santé l'exigeaient. Il n'y avait aucune comparaison possible avec eux.

Parce que, après tout, le brandy était efficace et à lui seul remplaçait bien des médicaments. Et c'est pourquoi certains jours, Blanche prenait un peu plus que quelques gorgées. Pourquoi juste une gorgée quand un petit verre permettait d'avoir le vent dans les voiles ?

Alors sa colère fut totale.

De quel droit Raymond avait-il vidé la bouteille ? Tant que les filles ne manquaient de rien, que la maison était bien tenue, que les vêtements étaient lavés, que les repas étaient prêts, Raymond n'avait pas le droit de décider de sa vie. Il ne savait pas, lui, tout le bien qu'une simple gorgée pouvait lui procurer. Cette détente, elle qui était si nerveuse, cette chaleur, elle qui avait toujours froid, cette énergie, elle qui était si souvent fatiguée.

Et surtout, ces horribles migraines moins fréquentes depuis que le brandy avait remplacé les cachets d'aspirine.

Depuis que le brandy avait remplacé le tonique prescrit par le docteur Odilon Dugal.

Raymond n'appréciait-il pas qu'il y eût moins de visites du médecin et moins de livraisons du pharmacien ?

Blanche dut se contenter d'un café noir qui intensifia son mal de tête et d'une poignée d'aspirines qui la rendirent encore plus tremblante. Son cœur battait comme s'il voulait sortir de sa poitrine, augmentant la sensation de nausée.

La décision fut donc très facile à prendre, car elle n'avait pas le choix.

Il lui fallait réfléchir, il lui fallait préparer le souper. Pour dire aux siens qu'elle les aimait. Alors il lui fallait faire cesser tous ces malaises qui l'obligeraient à retourner au lit si elle n'agissait pas.

N'est-ce pas qu'elle n'avait pas le choix ? Elle allait prendre un bain, s'habiller et sortir sous la pluie.

À cause de Raymond qui avait vidé la bouteille.

À cause de Raymond qui n'admettait pas qu'elle était une femme fragile. Ce n'était que pour cela que Blanche tentait de s'en sortir le mieux possible. Blanche était une femme à la santé précaire qui essayait de fonctionner normalement. Et tout ce qu'elle faisait, c'était pour elle bien sûr, mais aussi pour sa famille qu'elle aimait tant.

Mais Raymond ne voulait rien comprendre.

Alors Raymond avait vidé le fond de brandy.

Pourtant, Blanche n'aurait eu besoin que d'une gorgée ou deux…

La bonne humeur de Raymond persista jusqu'à son arrivée à l'étude et même au-delà. Il dut allumer la lampe posée sur un coin du bureau tellement la pièce était sombre en ce matin de pluie. Mais cela ne l'incommodait pas, lui qui pourtant détestait les jours de grisaille. Émilie avait mangé de bon appétit et la bonne humeur de sa fille l'avait contaminé.

— Vive la contagion ! murmura-t-il en s'asseyant alors qu'il tendait la main pour reprendre le testament abandonné la veille.

Au mot *contagion*, le souvenir de Charlotte, la poitrine rouge et douloureuse, s'imposa brutalement et l'impatience remplaça aussitôt l'entrain du moment précédent. Le nom d'Antoinette qu'il devait rejoindre acheva de le déprimer.

Il laissa tomber les papiers qu'il avait à la main.

Qu'est-ce qu'Antoinette pouvait bien penser de lui ce matin ? Il lui avait brossé un tableau plutôt sombre des dernières années de sa vie. Elle l'avait écouté sans l'interrompre et avait finalement dit qu'elle comprenait. Mais qu'avait-elle compris exactement ? Qu'il n'était qu'un faible, un inconscient qui n'avait pas su assumer adéquatement sa famille, ses filles ? Qui donc pourrait comprendre que, s'il avait agi ainsi, ce n'était que par respect ? Parce que malgré tout, il avait eu confiance en Blanche. Blanche qui était une femme malade, qui avait été, elle aussi, une enfant malingre et fragile comme l'était Émilie. Pourquoi aurait-il dû se méfier ? Simplement parce que tout le monde autour de lui disait de le faire ?

À la lumière de ce qu'il avait découvert hier, Raymond admettait qu'il s'était trompé. Germain avait raison : Blanche était malade. Et pas seulement victime de migraines ou de troubles gastriques. Son mal était beaucoup plus insidieux et profond qu'il n'apparaissait à première vue.

Et c'était exactement ce qu'il avait dit à Antoinette. Tout comme il n'avait jamais démenti l'amour qu'il ressentait pour Blanche.

Belle preuve d'honnêteté !

Il avait avoué qu'il aimait Blanche malgré tout, mais il s'était retrouvé dans le lit d'Antoinette ! Comme s'il n'avait pas assez de tous les problèmes qui se vivaient chez lui, il avait fallu que Raymond en élabore un autre de toutes pièces.

Mais qu'est-ce qui lui avait pris ?

Ce n'était pas parce que Antoinette était une amie, témoin de ses années d'étude, un merveilleux souvenir de jeunesse et qu'elle était libre comme l'air que cela donnait toutes les permissions. Même si elle n'avait opposé aucune résistance, l'attitude de Raymond n'était qu'une preuve de plus de sa mollesse, de sa complaisance envers lui-même. Lui, il n'était pas libre et le fait que Blanche fût une femme tiède n'était pas une excuse. Il regrettait ce qui s'était passé et, s'il avait pu donner quelques années de sa vie pour pouvoir remonter dans le temps et tout effacer, il l'aurait fait.

Raymond soupira bruyamment.

Il avait une merveilleuse excuse, sinon l'obligation, d'appeler Antoinette, mais juste à la pensée d'entendre sa voix, Raymond était mal à l'aise. Alors comment envisager de se retrouver devant elle ?

Et comment allait-il se sentir devant Blanche quand il la rejoindrait finalement, ce soir ?

L'absence de regrets, cette espèce de vide émotif ressenti hier, n'était plus qu'un vague souvenir. Présentement, Raymond était pétri de remords.

Ce fut d'entendre Carmen qui arrivait au bureau à son tour qui lui donna le courage de faire ce qu'il devait faire.

— Assez tergiversé, murmura-t-il en prenant le téléphone. Tu n'avais qu'à te tenir debout et tu n'en serais pas là. La pauvre madame Bolduc n'a pas à souffrir davantage à cause de ton ineptie.

Il revoyait la petite dame bouleversée, au bord des larmes lorsqu'il lui avait lu le testament de son mari.

— Non, avait-elle déclaré, non, non et non, c'est impossible ! Jules n'a pu vouloir que ce soit notre fils qui s'occupe de ce qui me revient. Impossible. Il m'en aurait parlé. Nous étions si proches l'un de l'autre.

Et le pauvre Jules était tout aussi bouleversé que sa mère à l'idée que celle-ci pût croire à une machination quelconque de sa part !

Si la présence d'Antoinette pouvait permettre d'apaiser les tensions entre eux, alors Raymond se devait de l'appeler.

À l'autre bout du fil, la voix de la jeune femme ne trahit aucune émotion. Raymond lui en sut gré.

Et lorsqu'elle entra dans son bureau, irréprochable dans un austère tailleur trois pièces noir, Antoinette avança vers lui en tendant la main, allant droit au but.

— Disons que c'était une erreur et je préférerais ne pas en reparler. Je ne voudrais pas perdre ton amitié pour un égarement passager. De toute façon, je crois que tu as plus important à faire. Il y a tes filles, Raymond. Et selon ce que tu m'as dit, je crois qu'elles ont besoin de toi.

Que pouvait-il ajouter à cela ? Tout était dit. Ils se regardèrent intensément pendant un moment puis Raymond tendit la main à son tour.

— D'accord. Tu as raison.

Il était soulagé. Antoinette retira sa main rapidement, comme si la paume de Raymond était brûlante et, se détournant, elle approcha un des deux fauteuils pour s'asseoir. Elle ne voulait surtout pas qu'il puisse lire l'embarras qu'elle ressentait à être devant lui, l'envie qu'elle avait de se blottir de nouveau dans ses bras. Elle prit tout son temps pour fourrager dans sa mallette, le temps de se reprendre, puis elle sortit papier et crayon et leva la tête :

— Alors, cette madame Bolduc ? Reparle-moi d'elle. Parce que, si on y regarde de près, c'est un peu le rôle d'une psychologue que tu me demandes de tenir. N'est-ce pas ?

Antoinette n'avait presque pas fermé l'œil de la nuit. Elle avait revécu en pensée les trop brefs moments passés auprès de Raymond. Elle s'était laissée aller à la douceur des souvenirs, avait versé quelques larmes, avait tenté de comprendre ce qui les avait poussés dans les bras l'un de l'autre.

Pourquoi Raymond avait-il fait cela ?

Par amour, tout comme elle ? Par désenchantement ? Par habitude ? Par goût de l'aventure, de l'interdit ?

Au-delà d'une relation strictement professionnelle et des quelques confidences qu'il venait de lui faire, Antoinette ne savait pas grand-chose de l'homme que Raymond était devenu. Elle se souvenait d'un garçon foncièrement honnête, méticuleux, exigeant envers lui comme envers les autres. Un garçon qui aimait bien s'amuser aussi. Alors que maintenant, elle avait l'impression d'avoir devant elle un homme désabusé, déçu, résigné. Mais un homme qui aimait profondément sa famille.

Alors que venait-elle faire dans tout cela ?

La jeune femme avait l'intuition que, si elle voulait garder l'amitié de Raymond, elle devrait faire certaines concessions. Raymond ne pouvait avoir changé du tout au tout. Son sens de l'honneur, ses convictions profondes allaient reprendre le dessus. Antoinette en était convaincue. C'est pourquoi elle choisit la carte de l'amitié. Mieux valait une relation platonique avec

Raymond que pas de relation du tout. Le temps se chargerait bien de lui faire comprendre si elle avait tort ou raison.

— Alors, cette madame Bolduc ? Reparle-moi d'elle…

Et tandis que Raymond, en compagnie d'Antoinette, arrivait à faire abstraction de tout le bagage émotionel que lui avait apporté la journée d'hier et se penchait sur le travail qu'il avait à faire, Blanche, pour sa part, avait fini de se préparer et quittait sa demeure pour se rendre en tramway à l'autre bout de la ville. Ce n'était pas très bien vu, une femme qui achetait des boissons fortes.

— Je me demande bien pourquoi, murmura-t-elle en camouflant la bouteille dans le grand sac de toile qu'elle utilisait pour faire ses courses.

Puis elle reprit le tramway pour se diriger vers le marché public afin de faire les achats en vue du souper. Elle marchait rapidement, car il lui tardait d'être enfin chez elle. Dans le sac qu'elle portait à bout de bras, la bouteille de brandy pesait lourd de toute la légèreté qu'elle lui procurerait…

Et pendant tout ce temps, Émilie avait droit à une journée de répit. C'était le jour du dessin et les habituelles crampes du matin n'étaient pas au rendez-vous.

Peut-être étaient-ce les rôties au miel qui faisaient cela ?

Elle dessina un superbe paysage aux couleurs vives.

— C'est bien, Émilie. J'aime quand tu oses employer des couleurs franches. Cela change des tons pastel que tu emploies d'ordinaire. C'est bien, c'est très bien. Continue, ma belle. Tu as du talent.

Tout heureuse de la journée parfaite qui s'offrait à elle, Émilie poussa même l'audace jusqu'à demander une seconde portion de pâté chinois. Elle adorait cela, mais il était rare qu'elle eût le droit d'en manger. À cause du maïs qui donne des crampes. À peine huit ans, mais Émilie avait déjà appris à analyser le contenu de son assiette.

Blanche y avait vu dès son entrée à l'école :

— Tu n'as pas le choix, Milie. Tu es comme moi et tu dois faire attention à tout ce que tu manges. Je ne serai pas à côté de toi pour prendre les décisions à l'heure du dîner. Alors, on récapitule ! Le blé d'Inde, les prunes, les pommes, la famille du chou…

Mais aujourd'hui, curieux, malgré l'abus, il n'y eut ni maux de ventre ni nausées.

Vraiment, les rôties au miel semblaient être la solution.

Malgré cette conviction et l'envie qu'elle avait de vérifier, Émilie n'osa faire part de ses conclusions.

Et si maman n'était pas d'accord ?

Pourtant, aujourd'hui semblait être une de ses bonnes journées. Des brioches au sucre les attendaient au retour de l'école et la maison embaumait le rôti de veau et les oignons. Malgré cela, Émilie préféra se taire. Et si elle était privée de brioche pour rétablir l'équilibre ?

Quant à Charlotte, heureuse de constater l'effervescence de sa mère malgré une migraine qui semblait avoir été particulièrement éprouvante la veille, puisque sa mère était au lit même au retour de chez Gertrude, elle était de très bonne humeur et mangeait de bel appétit.

Charlotte était toujours aussi sensible aux odeurs. Et les brioches encore tièdes sentaient si bon la cannelle…

Étrangère à toute forme d'arrière-pensée et tout au plaisir d'un bon repas, Charlotte fit les frais de la conversation tout au long du souper.

Raymond était entré du travail avec sa mine soucieuse des jours de nombreux contrats à terminer ; sa mère avait curieusement caché sa bonne humeur, ce qui était relativement fréquent quand son père arrivait ; et Émilie mangeait d'énormes bouchées en jetant de nombreux regards inquiets en direction de Blanche comme si elle craignait qu'on ne lui enlève son assiette.

Alors Charlotte pépiait comme un moineau, racontant les mille et un détails qui avaient agrémenté sa journée, papa grognait en guise de réponse, maman chipotait dans son assiette, son esprit, semblait-il, à des lieues de la cuisine, et Émilie en profitait pour manger comme un goinfre.

Situation normale quand la famille Deblois avait droit à un repas plus élaboré qu'à l'accoutumée.

Ce fut à l'heure du coucher que Charlotte commença à se poser des questions. Ce soir, c'était papa qui les mettait au lit, sans raison puisque maman n'était pas malade. Comme auparavant lorsqu'elle était encore une toute petite fille. Car depuis un bon moment déjà, à l'heure du coucher, son père avait pris l'habitude de regagner la pièce qu'ils appelaient la bibliothèque pour se remettre au travail, quand ce n'était pas de quitter la maison pour son bureau si le dossier était plus important.

— Tu ne travailles pas ce soir ?

Charlotte était assise sur son lit et attendait que son père vienne la border.

— Oui, peut-être plus tard. J'arrive, Charlot. Le temps d'installer confortablement ta sœur et ce sera ton tour.

Au début, ce ne fut qu'une sorte d'intuition, alors qu'il embrassait Émilie, puis cette impression devint une constatation lorsqu'il se pencha vers Charlotte. Il ne se souvenait pas d'avoir couché les filles en compagnie de Blanche. Quand c'était l'un, ce n'était pas l'autre. Comme si c'était là une corvée dont on pouvait se débarrasser en la refilant à l'autre.

Le câlin qu'il fit à Charlotte fut tendre et passionné. Elle était sa fille et il l'aimait. La fillette se pendit à son cou.

— Je t'aime, papa !

L'émotion ressentie à ses mots provoqua une sensation de plénitude qui n'avait rien à envier à celle connue avec Antoinette.

Sauf que ce soir, c'était permis alors qu'hier…

— Hé ! Tu me fais mal !

Charlotte se plaignait en riant parce que papa avait refermé les bras encore plus fort sur elle. Mais que se passait-il donc ? Il y avait dans l'air quelque chose de différent, d'intense et Charlotte en profita sans vergogne pour retarder l'heure de se glisser sous les couvertures. Surtout que, contrairement à sa mère, papa avait une certaine indulgence face à ces petits caprices qui font parfois la joie de toute une journée.

— J'aime quand c'est toi qui me bordes, papa !

— Et j'aime bien te border, Charlot. On devrait faire ça plus souvent.

— Oh oui !

Ce fut en ressortant de la chambre qu'il repensa à Antoinette de façon délibérée. Quelle sorte de mère aurait-elle été ?

Antoinette était une femme forte, joyeuse, disponible.

Mais Antoinette était aussi une femme pour qui la carrière avait beaucoup d'importance. Aurait-elle voulu des enfants ? Voulait-elle des enfants ?

Jamais elle n'avait abordé le sujet alors que Raymond avait souvent l'impression de trop en parler tant Charlotte et Émilie prenaient de place dans sa vie.

S'il avait choisi Antoinette lorsqu'ils étaient plus jeunes, aurait-il eu cette chance d'avoir une famille ?

Il choisit d'en douter. Cela donnait un sens à tout le reste. Probablement qu'il aurait eu son étude même si les débuts auraient été plus difficiles sans l'aide du père de Blanche. Et Antoinette ? À la lumière de ce qu'il savait d'elle aujourd'hui, il y avait de fortes chances qu'elle l'eût secondé dans l'entreprise. Et la famille n'aurait été qu'un sujet dont on discute les tenants et aboutissants sans vraiment prendre de décision.

Peut-on échapper à la routine ?

Entre eux cette passion à laquelle il avait goûté hier soir aurait fini par tiédir, elle aussi. N'est-ce pas ?

Raymond éluda et la question et la réponse dans un soupir.

Quand il entra dans le salon, Blanche lisait, recroquevillée sur le divan. Le tic-tac de l'horloge était apaisant, le bruit de la pluie contre les carreaux rendait la maison confortable.

Comment se faisait-il qu'hier soir, il ne s'y sentait pas chez lui ?

Absurde ! Ce devait être une forme de culpabilité qui déformait ses perceptions.

Ici, c'était sa maison et, à l'étage, il y avait ses filles qui dormaient.

Les filles que Blanche lui avait données.

Alors, il sut de façon irrévocable qu'il ne reparlerait pas du brandy. Il se contenterait d'être vigilant, comme on le lui avait toujours recommandé. De quel droit l'aurait-il accusée alors qu'il avait l'impression d'être un déserteur ?

Ils avaient chacun leurs torts et leurs faiblesses.

Et ils devraient s'en accommoder.

Blanche n'avait pas bougé et seul le bruit d'une page tournée avait interrompu celui de la pluie.

Raymond eut alors l'impression qu'un manque de complicité était à l'origine de ce malaise entre Blanche et lui.

Un halo de lumière enveloppait sa femme, dessinant des ombres sur son visage. Blanche était toujours aussi belle. Raymond était toujours aussi sensible à cette beauté délicate et il était fier de l'avoir à son bras lorsqu'ils sortaient ensemble.

Et Blanche lui avait permis d'avoir les deux petites filles les plus merveilleuses qui soient.

Alors ?

D'où venait cette espèce d'absence entre eux ?

Peut-être était-ce uniquement parce qu'il n'avait jamais voulu comprendre ce que voulait vraiment dire le mot *malade*.

L'espace d'un instant, cette constatation fut comme une vérité éclatante. Quelques mots de Germain lui revinrent même en mémoire.

Mais cette impression fut aussi fugace que forte, remplacée aussitôt par la sensation d'une main fraîche et douce sur son corps.

Antoinette…

L'esprit de Raymond était agité de pensées disparates, dérangeantes. Apaisantes par moments, provocantes à d'autres.

Puis il repensa à Émilie. C'était à elle surtout qu'il avait songé tout au long de la journée, puisque Antoinette avait réglé seule l'autre partie du problème…

Mais l'avait-elle vraiment réglé ?

Raymond soupira encore une fois et obligea ses pensées à se concentrer sur Émilie.

— Blanche ?

Cette dernière sursauta. Depuis que Raymond avait offert de coucher les filles, Blanche s'était réfugiée au salon. Mais elle ne lisait pas. Inquiète, elle tournait les pages par habitude et repassait mentalement tout ce qu'elle avait élaboré au cours de la journée. Les idées qui lui avaient paru sensées et logiques au cours de l'après-midi semblaient à présent ternes et loufoques. Depuis qu'elle s'était installée sur le divan, c'était la voix de son père que Blanche entendait et si Raymond reprenait ses paroles, ses arguments, Blanche ne savait comment elle allait réagir. Allait-elle courber l'échine, comme elle l'avait fait avec son père, se contentant d'entretenir colère et rancune en silence ?

Non, Blanche n'avait pas vraiment pensé à Émilie tout au long de la journée. Et elle l'avait fait de façon délibérée. Émilie, c'était son problème à elle, pas celui de Raymond. Et si Blanche arrivait à faire accepter son attitude de la veille, tout le reste coulerait de source. Elle en était persuadée.

Sa réflexion enrobée de vapeurs de brandy l'en avait persuadée…

Mais ce soir, l'esprit clair et face à son mari, Blanche n'était plus sûre de rien. Quand Raymond avait prononcé son nom, une sensation particulière s'était glissée dans la pièce. Une sensation faite d'une tension envahissante comme une brume et d'une attirance mutuelle tout aussi vraie.

Blanche aurait voulu être capable de se précipiter dans les bras de son mari en demandant pardon, espérant que cela effacerait tout.

Raymond aurait voulu être capable de lui ouvrir les bras pour dire qu'il allait tout faire pour essayer de comprendre tout en avouant sa faute, espérant que de tenir Blanche contre lui effacerait le souvenir d'un autre corps.

Mais personne ne bougea, paralysé l'un comme l'autre par la culpabilité, par la crainte, par le manque d'habitude de s'ouvrir franchement…

— Blanche ?

Cette fois-ci, cette dernière leva les yeux, refermant machinalement son livre sur un index qui gardait la page, comme si elle allait pouvoir y revenir dans l'instant.

— Oui ?

— J'aimerais qu'on parle d'Émilie. Ça ne prendra qu'un instant.

Émilie ? Raymond voulait parler d'Émilie… Le soulagement de Blanche fut instantané. Elle dessina son merveilleux sourire.

— Et que veux-tu me dire concernant notre fille ?

— J'aimerais la faire examiner.

Le sourire de Blanche s'évanouit lentement alors qu'elle essayait de trouver l'argument qui ferait fléchir Raymond. Elle ne voulait pas exposer son bébé à des examens aussi douloureux qu'inutiles. Pourquoi s'était-elle entêtée à ne prévoir qu'une facette de la discussion ? Ne trouvant rien qu'elle n'eût déjà dit, Blanche essaya de gagner du temps.

— Et pourquoi faire examiner Émilie ? Il me semble que ça ne va pas si mal depuis quelque temps.

— Ce n'est pas ce qu'en pense l'infirmière de l'école.

Une autre page de leur conversation de la veille se précisa dans la brume de ses souvenirs. C'était vrai, Raymond arrivait de l'école quand il l'avait surprise. Parce que Émilie s'était plainte de crampes. Pas de quoi en faire tout un plat ! Blanche ne voyait pas pourquoi il fallait se précipiter pour si peu mais brusquement, il lui sembla qu'elle aurait à livrer une rude bataille pour faire valoir son point de vue. Malgré la douceur du ton qu'il employait, Raymond semblait déterminé et Blanche connaissait fort bien l'opinion qu'avait la petite infirmière de l'école sur la question. Elle avait dû en profiter pour convaincre Raymond de la nécessité d'intervenir. Toute discussion risquait donc de prendre une avenue qu'elle préférait éviter.

— D'accord, concéda-t-elle facilement alors que Raymond s'attendait à une soirée de discusion. Si ça peut te faire plaisir.

— Je ne demande pas ça par caprice.

Le ton se durcissait alors que Blanche restait de marbre.

— Et j'aimerais que ce soit Germain Jodoin qui la voit, avança Raymond qui percevait dans l'attitude de Blanche une reddition sans condition.

Comme pour lui donner raison, Blanche haussa les épaules. Lui ou un autre, quelle importance ? Elle était persuadée qu'il ne trouverait rien. Elle soupira.

— Comme tu veux, Raymond.

Puis elle se pencha de nouveau sur son livre. L'horloge reprit sa course saccadée et une rafale de vent rabattit la pluie contre la fenêtre. Raymond eut un frisson en même temps que l'impression d'être passé à côté de l'essentiel. Il hésita un instant. Blanche lisait, la pluie tombait, l'horloge tic-taquait. Il ne trouva rien à dire.

Alors il tourna les talons et se dirigea vers ce petit réduit qu'ils appelaient pompeusement bibliothèque.

En haut, il y avait deux petites filles qui dormaient, confiantes.

Charlotte et Émilie… Elles étaient l'essence même de sa vie. Et ce soir, Raymond avait fait ce qu'il devait pour en préserver l'intégrité. Seul l'avenir pourrait lui dire s'il avait eu raison de s'inquiéter.

Il ouvrit sa mallette sans arrière-pensée. Il y avait déjà beaucoup trop d'ouvrage accumulé…

Dès qu'elle entendit la porte se refermer sur Raymond, Blanche abandonna le livre dont elle n'avait pas lu un traître mot. Comment l'aurait-elle pu, bouleversée comme elle l'était par tant d'émotions ? Sans faire de bruit, elle se releva et monta à l'étage pour se mettre au lit. Tout ce qu'elle voulait, c'était tracer un trait sur cette horrible journée.

Demain, au grand jour, elle essaierait de trouver un moyen de soustraire Émilie à cet examen. Ils en reparleraient au souper.

Pour l'instant, elle voulait dormir avant que Raymond ne vienne la rejoindre. Elle ressentait trop de colère envers lui pour pouvoir tolérer sa présence à ses côtés. Il avait lâchement profité de la situation pour lui arracher un consentement qu'elle n'était pas prête à donner.

Mais le sommeil tardait. Elle tournait et retournait la journée dans sa tête comme elle se tournait et se retournait entre ses draps sans trouver le repos.

Pauvre Émilie ! Pourquoi vouloir la soumettre à des examens pénibles alors que Raymond savait d'avance les résultats qui seraient obtenus ? On l'avait déjà hospitalisée sans rien trouver d'anormal.

À moins qu'il n'agît ainsi que pour l'atteindre, elle.

La supposition se transforma aussitôt en certitude brutale.

Raymond cherchait à la punir en passant par Émilie.

Il savait à quel point Blanche aimait son bébé et s'en prendre à Émilie, c'était aussi s'en prendre à Blanche. C'était évident. Sinon, pourquoi se serait-il intéressé à la santé d'Émilie précisément hier et aujourd'hui, et avec autant d'autorité, alors qu'il n'avait jamais rien dit jusqu'à maintenant ? De toute façon, cela ne lui ressemblait pas de s'imposer en ce qui concernait les filles.

Raymond voulait la punir pour ses excès de la veille. Il avait même annoncé ses couleurs en laissant la bouteille vide sur le comptoir de cuisine.

Son ressentiment à l'égard de Raymond fut aussi instinctif que l'envie d'un peu d'alcool fut impérieuse. La bouteille n'était qu'à quelques pas, cachée dans le garde-robe de la salle de couture, pourtant Blanche devrait s'en passer. Elle ne pouvait se relever sans risquer d'attirer l'attention de Raymond et, ce soir, c'était un risque inutile à courir.

Quand donc sa vie cesserait-elle d'être un perpétuel combat pour être comprise, acceptée ?

Il n'y avait eu que son père pour l'aimer sans condition.

À cette pensée, les yeux de Blanche s'emplirent de larmes.

— Si tu savais comme tu me manques, papa, murmura-t-elle, en se tournant une fois de plus à la recherche d'une position confortable. Pourquoi m'as-tu laissée tomber ?

Elle finit par s'endormir bercée par son chagrin, l'injustice du sort à son égard et le jeu de la pluie sur la vitre…

Le lendemain, le même joyeux trio se retrouva à la cuisine pour déjeuner.

— Si je suis pour vous faire manger tous les matins, je vais demander à mamie de me donner sa recette de crêpes, lança Raymond, faussement grincheux.

Les regards gourmands de ses filles approuvèrent aussitôt.

Raymond était d'excellente humeur.

Il avait peu dormi, le travail le tenant éveillé jusqu'aux petites heures du matin, mais comme il avait réussi à terminer tout ce qui était en suspens depuis trois jours, cela compensait son manque de sommeil et suffisait à le rendre de bonne humeur. Tout comme le fait que Blanche soit restée couchée. La perspective d'être confronté à une argumentation nourrie pour le faire changer d'avis concernant Émilie ne lui souriait guère, et c'était ce qu'il appréhendait le plus. Il ne comprenait pas encore que Blanche ait pu abdiquer aussi facilement. Alors il bouscula gentiment les filles pour qu'elles se dépêchent d'avaler leur repas, prétextant qu'il avait encore beaucoup de travail à terminer avant de rencontrer ses clients de la journée.

Ils quittèrent la maison ensemble, les fillettes heureuses de constater qu'il ne pleuvait plus et Raymond soulagé de voir que Blanche dormait toujours.

— Pas d'auto, ce matin, je sens qu'il va faire très beau aujourd'hui. Et une bonne marche va me mettre en train pour attaquer la journée. Je vous reconduis à l'école !

Et la promenade au vent un peu frais de cette fin d'avril lui fit effectivement le plus grand bien. Il arriva à son étude avec la sensation bien agréable d'avoir repris sa vie en main. Il allait enfin s'occuper d'Émilie, la chose n'avait que trop tardé, et il allait se montrer vigilant face à Blanche pour qu'il n'y ait plus d'excès. Pour sa famille, il ne pouvait faire plus pour l'instant. Il jugeait avoir bien agi en évitant une confrontation au sujet de l'alcool. Il serait toujours temps d'y revenir si le besoin s'en faisait sentir. Pourquoi risquer d'élargir le fossé entre Blanche et lui ? Leur divergence d'opinions au sujet d'Émilie était bien suffisante et quant au reste, c'était la première fois qu'il voyait sa femme dans un tel état. Même si à l'occasion, ensemble, il leur arrivait de faire honneur à la bouteille, jamais ils n'avaient dépassé certaines limites convenables. S'il y avait un réel problème, Charlotte en aurait été le témoin, et peut-être même Émilie, et ses filles lui en auraient parlé.

Cela n'avait été qu'un égarement passager. Tout comme lui… Une erreur, une simple erreur, chacun la sienne, pas plus reluisante l'une que l'autre.

Hier, avec un tact et une délicatesse toute féminine, Antoinette avait réussi à faire accepter les vues de son mari à la vieille madame Bolduc et cette dernière était repartie en glissant sa main sous le bras de son fils. Autre sujet de satisfaction. Et quand le nom d'Antoinette lui traversa l'esprit, il sembla à Raymond que les papillons étaient moins nombreux à voler dans son estomac. Tant mieux. Raymond était tout à fait conscient qu'il valait mieux loger ce bref égarement à l'enseigne des beaux souvenirs et ne plus y revenir. Exactement ce qu'Antoinette semblait penser, elle aussi.

C'était pour toutes ces raisons que sa voix était détendue lorsqu'il rejoignit Germain Jodoin à sa clinique.

— … peut-être inutile. Mais juste au cas où l'infirmière de l'école aurait raison.

— Et tu dis que c'est fréquent qu'Émilie se retrouve à l'infirmerie ?

— C'est ce que l'infirmière m'a dit. Moi, je n'en savais rien jusqu'à cette semaine. Il a fallu que Blanche…

Raymond s'interrompit brusquement. Il n'avait pas à entrer dans les détails de l'incident qui avait fait en sorte que c'était lui qui s'était présenté à l'école à la place de Blanche. Alors, essayant de paraître toujours aussi détaché, il apporta en conclusion :

— Blanche avait une forte migraine avant-hier et c'est pour ça que l'école m'a appelé. Pour que j'aille chercher Émilie qui était malade.

— D'accord. Amène-moi ta fille en fin de journée. Je vais la voir.

Mais, après une brève hésitation, le médecin demanda :

— Et Blanche dans tout ça ? Elle accepte que j'examine votre fille ?

— Plus ou moins. Tu la connais… En fait, je crois qu'elle achète la paix, car elle est persuadée qu'Émilie n'a rien sinon des troubles héréditaires. Elle me rebat les oreilles avec ça depuis que notre fille est bébé. Mais comme l'infirmière de l'école n'est pas du tout convaincue de cette hypothèse, cette fois, je ne plierai pas.

— Tu fais bien. De toute façon, comme je te l'ai déjà dit : dans un cas comme dans l'autre, il y a probablement des dispositions à prendre pour améliorer le sort d'Émilie. Je vous attends aujourd'hui.

— Compte sur nous. Vers trois heures, ça irait ?

Raymond préférait prendre Émilie directement à l'école plutôt qu'à la maison. Un curieux pressentiment lui suggérait que c'était préférable comme cela.

— D'accord, trois heures…

Quand Germain Jodoin vit la petite fille qui entrait dans son bureau, il eut un choc. À l'heure du repas, il s'était penché sur le dossier qu'il avait toujours gardé et il savait donc qu'Émilie venait d'avoir huit ans. En marge, il avait relu la note griffonnée à l'époque : le poids insuffisant de l'enfant le laissait perplexe et il avait souligné en rouge que c'était à surveiller. Sinon, l'enfant lui semblait en bonne santé malgré les nombreux appels de sa mère concernant une prétendue mauvaise digestion. Ce fut la dernière fois qu'il avait écrit dans ce dossier, Blanche ne l'ayant plus jamais appelé.

Tenant son père par la main, Émilie regardait le médecin à la dérobée. Elle se le rappelait vaguement et ce fut en voyant sa barbe hirsute que certains souvenirs lui revinrent. Elle se souvint surtout qu'elle le trouvait gentil. Alors, elle releva la tête pour le détailler franchement. Ce fut à cet instant que Germain sentit son cœur se serrer. Si le regard de la petite fille était celui d'une enfant de huit ans, relativement réfléchi, la stature, elle, en laissait supposer une de six ans. En taille, cela pouvait toujours aller, mais le poids…

Émilie n'était pas délicate comme Raymond se plaisait à le dire, elle était maigre. Mais il avait raison sur le fait qu'Émilie ressemblait incroyablement à Blanche : même allure, même cascade de cheveux roux et bouclés, même symétrie du visage. Mais elle avait au fond des yeux une lueur particulière, faite de douceur, qui n'appartenait qu'à elle.

Émilie était une petite fille d'une beauté rare.

L'examen fut relativement rapide et pas douloureux du tout. Puis Émilie répondit à des tas de questions, parla de ses crampes, de ses vomissements mais aussi des jours où elle allait très bien. Elle pensa même parler des rôties au miel mais s'en abstint à la dernière minute. Parce qu'à la dernière minute, elle s'était subitement rappelé que le docteur Dugal, même s'il était très gentil lui aussi, disait souvent comme maman, et Émilie ne connaissait pas suffisamment le docteur Jodoin pour pouvoir s'y fier dès la première visite.

— Maintenant, ma belle fille, tu vas aller t'asseoir dans la salle d'attente. Il faut que je parle à ton papa.

— Je suis malade ?

L'inquiétude d'Émilie était presque palpable. Pour elle, être malade signifiait risquer l'indigestion et elle détestait cela.

— Non, je ne crois pas. Mais tu avoueras avec moi que tu n'es pas très grosse.

— Oh ! Ça…

Émilie dessina une moue résignée.

— C'est normal, je suis comme maman.

— Peut-être… C'est ce que je vais regarder avec ton père. Demande à mon infirmière de te donner un livre pour patienter. Ce ne sera pas très long.

Le médecin n'y alla pas par quatre chemins. Dès la porte refermée sur Émilie, il regarda Raymond avec sévérité.

— Veux-tu bien me dire pourquoi tu as attendu aussi longtemps ? Ta fille est maigre à faire peur.

— Tu trouves ? Remarque que Blanche n'est pas très grosse, elle non plus, et comme elle me dit souvent que…

— Laisse ta femme en dehors de tout ça, interrompit le médecin. Ta fille est une enfant en pleine croissance et l'allure qu'elle aura plus tard m'importe peu. Pour l'instant, Émilie pèse autant qu'une enfant de cinq ans et encore, une enfant de cinq ans qui ne serait pas au meilleur de sa forme. C'est tout dire.

Raymond avait l'impression de tomber des nues. Jamais il ne s'était senti aussi coupable de quelque chose qu'en ce moment.

— Ah oui ? Je ne pensais pas que c'était… Mais qu'est-ce qu'on peut faire ?

— Hospitalisation.

La réponse de Raymond fut instantanée.

— Jamais Blanche ne…

Germain assena un coup de poing sur son bureau. Il fulminait.

— Je me répète, laisse Blanche en dehors de ça pour l'instant. Je me fiche de ce que ta femme pense ou dit. L'hérédité ! Et puis quoi encore ? Écoute-moi bien, Raymond ! S'il le faut, j'irai moi-même chercher votre fille chez vous. Est-ce assez clair ?

— C'est à ce point ?

— C'est à ce point. Je veux des examens et une bonne semaine d'observation pour comprendre ce qui se passe avec ta fille.

Raymond était atterré. Lui qui était venu ici avec le vague espoir de s'entendre dire que tout était normal malgré une *fragile constitution*, il avait l'impression de vivre un cauchemar. Il expira bruyamment.

— C'est vraiment nécessaire ?

— Nécessaire ? C'est même urgent.

— Mais comment vais-je pouvoir annoncer ça à Blanche ?

— Ça, mon vieux, c'est ton problème. Le mien, il s'appelle Émilie, et jamais je ne te laisserai partir d'ici sans avoir la promesse que ta fille va se retrouver à l'hôpital dans un délai de moins de deux jours.

— Deux jours ?

— Oui, deux jours. Je vais préparer son admission dès demain.

Puis, voyant que Raymond était bouleversé, Germain ajouta, ajustant le timbre de sa voix à l'amitié sincère qu'il ressentait :

— Tu n'as pas le choix, Raymond. Il y va de la vie de ta fille. Mais je te jure qu'on va trouver ce qui ne va pas. Promis. Et promis aussi que je vais m'en occuper comme si Émilie était ma fille.

— Oh ! Ça, je le sais. Je n'ai jamais mis ta compétence en doute…

Tout au long de la route qui les ramenait à la maison, Raymond fut songeur. Comment allait-il présenter cet ultimatum à Blanche et comment celle-ci allait-elle le prendre ?

Raymond essayait de se concentrer sur la conduite de l'automobile qu'il avait récupérée en catimini avant de passer à l'école, mais il y arrivait à peine. Il avait l'air tellement préoccupé qu'Émilie ne put s'empêcher de demander :

— Ça va, papa ?

Émilie levait un regard confiant vers lui. L'examen s'était bien passé, le docteur avait dit qu'elle n'était pas malade, alors pourquoi papa semblait-il aussi contrarié ? La moustache tremblait depuis qu'ils avaient quitté le bureau du médecin et les sourcils broussailleux formaient une ligne presque parfaite au-dessus des yeux. À la question de sa fille, Raymond sursauta.

— Quoi ? Qu'est-ce que tu dis ?

— Ça va ?

— Bien sûr ! Pourquoi cette question ?

— Oh ! Juste comme ça. Tu as ton visage des mauvais jours !

— Mon visage des… Alors tu trouves que j'ai toutes sortes de visages ? Curieux ! Quand je me regarde dans la glace pour me raser, le matin, c'est toujours la même face que je vois, moi. Faudrait peut-être m'expliquer…

Prenant sur lui, Raymond entra dans la conversation, et fit de louables efforts pour paraître enjoué. Le temps d'annoncer la mauvaise nouvelle à Émilie viendrait bien assez tôt. Et avant, il y avait Blanche…

Ils arrivèrent à la maison en riant, Raymond ayant appris que pour ses filles, il avait une panoplie de mimiques et que, selon ces dernières, Charlotte et Émilie ajustaient leur attitude.

— Vous m'en direz tant ! Va falloir que je surveille ma moustache, à présent !

Blanche était dans la salle de couture lorsqu'elle entendit la porte d'entrée qui se refermait avec fracas. Elle avait bien remarqué que l'auto n'était plus dans l'entrée et un appel à l'école lui avait confirmé que Raymond était passé prendre Émilie.

Elle accusa le coup. Elle ne pensait pas que Raymond mettrait ses menaces à exécution aussi rapidement. Elle n'avait pu résister et elle s'était précipitée à l'étage pour prendre quelques gorgées de son viatique.

La chaleur du brandy qui lui coula dans la gorge la réconforta aussitôt.

Tant mieux, après tout, si Raymond avait pris les devants aussi rapidement, cela permettrait de mettre un point final à toute cette mascarade.

Elle souhaitait seulement que le médecin se contente de cet examen confirmant ce qu'elle avait toujours dit : Émilie était affligée de la même santé que sa mère et serait toujours une personne délicate et fragile. Pourquoi s'entêter à vouloir absolument trouver autre chose ?

— Blanche ? Tu es là ? On vient d'arriver !

Raymond avait tenté de donner à sa voix un détachement qu'il était loin de ressentir. Pourtant, il semblait bien qu'il avait réussi puisque Blanche lui répondit sur le même ton :

— Je suis en haut. J'arrive.

Mais dès qu'elle parut en haut de l'escalier, Raymond se dépêcha d'expédier Émilie dans sa chambre. Blanche fronça les sourcils.

— Monte te changer, Milie, et commence tes devoirs en haut.

Émilie ouvrit les yeux tout grands.

— En haut ? D'habitude je m'installe dans la cuisine.

— Je sais. Mais aujourd'hui, tu t'installes en haut. Il est temps que tu apprennes à te débrouiller toute seule.

Commence, fais tout ce que tu es capable de faire et moi, j'irai te rejoindre plus tard.

Émilie, habituée depuis toujours à obéir aux exigences de sa mère, se plia de bonne grâce à celles de son père.

— D'accord.

Et elle grimpa les marches en sautillant, croisa sa mère en haut de l'escalier, lui fit un large sourire qui atténua à peine l'inquiétude que cette dernière avait ressentie devant la demande de Raymond. Un regard fait d'inquiétude pour l'un et de ressentiment pour l'autre réunit brièvement Blanche à Raymond au milieu de l'escalier. Puis Blanche descendit à la rencontre de Raymond.

Le temps de passer à la cuisine, d'en refermer la porte et Raymond résumait en quelques phrases l'entretien qu'il avait eu avec Germain Jodoin.

— ... Il veut hospitaliser Émilie pour lui faire passer quelques tests.

Blanche ne répondit pas tout de suite. Elle soutint le regard de Raymond pendant un instant puis se détourna.

Le soleil qui avait fait quelques apparitions au cours de la journée était enfin revenu pour de bon et le jardin brillait des gouttes d'eau en train de sécher. Elle s'appliqua à chercher des yeux les pousses de crocus qu'elle avait aperçues quelques jours plus tôt. Le printemps était précoce. Puis les mots de Raymond se frayèrent un chemin et s'imposèrent. Ils rejoignaient si bien ce qu'il y avait de plus ambigu en Blanche, cette peur de la maladie et cette complaisance résignée devant elle, qu'elle les accepta en haussant les épaules.

Ne savait-elle pas depuis toujours qu'Émilie était une enfant différente ? Mais elle était la seule à le savoir, personne ne l'ayant jamais écoutée.

Blanche comprit que, malgré tout, elle s'attendait à cette exigence du médecin. Son esprit changea de camp de façon radicale, comme pour se mettre à l'abri de reproches qu'elle ne méritait pas.

— D'accord. Et quand veut-il voir Émilie ?

Blanche tournait toujours le dos à Raymond, son regard se promenant d'un bosquet d'arbustes à un autre.

— Le plus tôt possible. Peut-être demain.

Blanche revint enfin face à son mari et, les reins appuyés contre le comptoir de bois, elle approuva aussitôt :

— C'est bien. C'est très bien, même. On va enfin savoir ce qui afflige notre fille. Depuis toujours je m'entête à dire qu'elle est comme moi. Peut-être bien que la médecine d'aujourd'hui peut faire quelque chose pour elle. Pour moi, dans le temps, elle n'avait pas su…

Raymond resta un bon moment décontenancé. Blanche avait réussi à changer radicalement sa façon de voir les choses et de l'exprimer, mais tout semblait d'une logique irréprochable. Raymond ne put retenir le soupir qui lui montait aux lèvres. Tout était si complexe avec Blanche qu'il n'y avait qu'elle pour s'y retrouver. Il ne chercha pas à aller plus loin. Tant mieux si Blanche prenait la chose avec un tel détachement, cela n'en serait que plus facile pour Émilie qui calquait souvent sa façon d'être sur celle de sa mère.

Mais c'était sans compter avec le souvenir qu'Émilie avait gardé de son précédent séjour à l'hôpital. Et même si Blanche avait choisi d'émettre des objections, Émilie, elle, n'en aurait opposé aucune. Quand sa mère lui annonça qu'elle devait se préparer à envisager une hospitalisation pour le lendemain, Émilie afficha un large sourire :

— Ah oui ? D'accord.

Aller à l'hôpital, c'était d'abord et avant tout manquer l'école, ce qui en soi n'avait rien pour lui déplaire. Ensuite, si le docteur Jodoin était comme le vieux docteur Dugal, Émilie allait pouvoir manger à sa faim et peut-être même tout ce qu'elle aimait et qui lui était habituellement interdit. Et sa mère semblait surprise qu'Émilie accepte l'idée d'aller à l'hôpital en souriant. Allons donc ! L'hôpital, dans le fond, cela ressemblait à un hôtel et avait ainsi une consonance de vacances qui plaisait grandement à Émilie.

— Pourquoi avoir l'air triste, maman ? J'aime bien moi, être à l'hôpital. On a toujours quelque chose à faire, les journées passent vite et les gardes-malades sont gentilles.

Cependant, elle n'osait avouer qu'à l'hôpital elle pouvait s'empiffrer, de crainte que sa mère ne s'en mêle. Mais devant la mine attristée que Charlotte promenait partout depuis qu'elle avait appris que sa sœur allait encore une fois entrer à l'hôpital, Émilie osa faire la confidence :

— Tu sais, Charlotte, il ne faut pas que tu t'en fasses pour moi. J'aime bien aller à l'hôpital.

Les deux fillettes étaient dans leur chambre. Blanche venait de les border pour la nuit et seule la clarté du réverbère devant la maison se glissait dans la pièce en dessinant des ombres immenses.

— Mais pourquoi, voyons ? On ne peut pas aimer ça, l'hôpital. Ça sent mauvais, on doit rester couché toute la journée. Comment fais-tu pour être bien à ne rien faire ? Moi, je pourrais pas.

— Toi non, peut-être. Tu aimes trop jouer dehors et courir partout. Mais moi, je suis habituée. Surtout que cette fois-ci, maman a dit que je pouvais apporter ma boîte d'aquarelle. Ça me suffit.

Charlotte se donna un instant de réflexion. C'était vrai qu'Émilie était plutôt tranquille. Même quand elle était en forme. Par contre, la perspective d'examens et peut-être aussi de piqûres ne devait pas lui sourire. Elle demanda donc :

— Mais quand même ! Ça ne te fait pas peur de savoir qu'ils vont te faire des examens ?

— Oui, un petit peu. Mais c'est rien, ça...

Ce fut au tour d'Émilie de rester silencieuse un instant. Puis, elle demanda dans un murmure :

— Peux-tu garder un secret, Charlotte ?

— Tu sais bien que oui.

— Alors je vais te dire pourquoi j'aime ça, aller à l'hôpital. Mais avant, je veux que tu me jures que tu le diras jamais à maman.

Si ce n'était que cela, Émilie n'avait pas à s'en faire : Charlotte confiait de moins en moins de choses à sa mère.

— Promis, Émilie. Croix de bois, croix de fer, si je mens, je vais en enfer.

— D'accord. Si j'aime ça l'hôpital, c'est juste parce que je peux manger tout ce que je veux.

— Tout ?

— Oui, tout. Même de la crème glacée au chocolat !

— De la crème glacée au chocolat ? Ils ont ça à l'hôpital, de la crème glacée au chocolat ?

— Oui. Et aussi du gâteau, et du pâté chinois et plein de choses que j'aime. Tu vois, Charlotte, c'est sûr que j'aime pas ça avoir des piqûres. Mais j'aime mieux savoir que je vais avoir une piqûre que savoir que je vais avoir des crampes parce que j'ai faim. Une piqûre, ça fait mal juste sur le coup. Après c'est fini. Alors que les crampes, quand j'ai trop faim, ça dure vraiment longtemps. C'est pour ça que je ne veux pas que tu le dises à maman. J'ai trop peur qu'elle parle aux gardes-malades pour leur demander de me donner juste des petites portions. Parce que moi, je ne sais plus trop bien ce qui est bon ou pas. Des fois, j'ai l'impression que maman a raison et que j'ai mal au ventre juste quand je mange trop. Mais d'autres fois, c'est plus fort que moi et je mange beaucoup, comme à l'école le midi, par exemple, et souvent je me sens très bien après. Alors, à l'hôpital, je vais pouvoir vérifier.

Et en disant cela, Émilie pensait surtout aux rôties au miel…

Chapitre 10

L'attitude d'Émilie aida grandement à influencer celle de toute la famille.

Quand elle entra finalement à l'hôpital, le lendemain soir, personne n'avait l'air de s'en faire, Émilie ayant plutôt l'apparence d'une gamine entrant en colonie de vacances !

Charlotte, curieuse, examinait l'endroit avec circonspection, se demandant ce qu'Émilie pouvait trouver d'attirant dans cet immense bâtiment sombre. N'ayant jamais connu la sensation d'avoir vraiment faim, elle avait un peu de difficulté à admettre que la perspective de manger fût suffisante pour accepter de s'enfermer ici. D'autant plus qu'il faisait très beau et qu'elle-même aurait préféré rester chez elle pour jouer dehors. Mais papa en avait décidé autrement, et quand papa insistait…

Raymond, pour sa part, avait une confiance absolue en son ami Germain. Il affichait donc un air détendu en accord avec celui d'Émilie. Si sa fille n'était pas malheureuse, pourquoi l'aurait-il été ? Quelques jours ici et Émilie allait revenir à la maison. Ce n'était rien.

D'autant plus que les analyses permettraient de détecter ce mal sournois qui l'affligeait depuis la naissance, selon Blanche. Ainsi, on pourrait instaurer de nouvelles habitudes, alimentaires probablement. Et dans quelques jours, les douleurs fréquentes de sa fille seraient choses du passé. C'était suffisant aux yeux de Raymond pour s'en remettre aveuglément à Germain. Quoi que l'on trouvât, il y aurait une solution. C'était exactement ce qu'il avait dit.

Quant à Blanche, seules ses mains, qui se croisaient et se décroisaient sans arrêt, dénotaient une certaine anxiété qu'elle tentait de maîtriser le plus possible devant Émilie. Mais ce n'était pas pour sa fille qu'elle s'en faisait. C'était de se retrouver face au docteur Jodoin qu'elle avait rejeté sans aucune forme de procès qui la rendait visiblement mal à l'aise.

Cela faisait presque cinq ans, jour pour jour, qu'elle ne l'avait pas revu.

Il y avait en Blanche une drôle de sensation faite de gêne, d'expectative et d'excitation. Elle aimait l'atmosphère qui régnait dans les hôpitaux, et c'était ici que la vérité allait enfin éclater au grand jour. Plus personne n'oserait la regarder en sourcillant, n'oserait insinuer quoi que ce fût devant elle parce que, pour Blanche, il ne faisait aucun doute que les analyses allaient enfin apporter la preuve irréfutable qu'Émilie était comme sa mère. Et comme pour elle, les médecins allaient conclure n'avoir rien trouvé de probant et que l'ensemble des maux dont souffrait Émilie étaient tout simplement dus à un mauvais fonctionnement du système digestif.

— Problème congénital d'origine inconnue, avaient annoncé trois médecins différents, consultés lorsque Blanche était adolescente et qu'elle se plaignait souvent de crampes. Elle va devoir s'habituer à vivre comme cela.

Et Blanche s'était habituée.

Comme Émilie finirait par s'habituer.

Alors, dans l'ensemble, même Blanche pouvait passer pour quelqu'un de relativement décontracté lorsqu'ils reconduisirent Émilie à l'hôpital.

À un point tel que la mine soucieuse de Germain Jodoin semblait discordante et nettement exagérée.

Mais Raymond préféra se dire que c'était là son allure habituelle quand il était à l'hôpital.

Blanche y vit le signe qu'il était tout aussi mal à l'aise qu'elle de la revoir.

Et Charlotte, arrivée à la conclusion que l'hôpital n'avait absolument rien de fascinant, commençait à s'impatienter.

En s'installant dans l'automobile pour retourner chez eux, Raymond et Charlotte, d'une seule et unique voix, admirent qu'Émilie allait leur manquer. Blanche, par contre, haussa les épaules :

— Et alors ? Si Émilie est ici, c'est pour la bonne cause. Ne vous inquiétez pas : je vais faire en sorte qu'elle ne s'ennuie pas trop. Et vous avez vu ? Elle était toute souriante.

Blanche qui s'était faite le plus farouche opposant aux examens en tout genre depuis des années s'était radicalement transformée en ardent défenseur des analyses en quelques minutes à peine.

Depuis qu'elle savait que sa fille serait hospitalisée, chez Blanche c'était la grande forme.

Et cette mine superbe perdura au-delà des quelques heures que Blanche octroyait habituellement aux grandes corvées. Émilie était hospitalisée depuis plus de dix jours, maintenant, et Blanche tenait le coup. Comme promis, elle avait arraché de haute lutte la permission de rester avec sa fille aussi souvent qu'elle le voulait, même en dehors des heures de visite aujourd'hui permises avec parcimonie. Pour s'en débarrasser, la sœur hospitalière avait finalement consenti à ce que cette mère entêtée pût venir voir sa fille en tout temps et c'était pourquoi Blanche passait une grande partie de ses journées avec Émilie sans que la maisonnée en souffre le moins du monde.

Blanche se levait tôt, avant tout le monde, et se couchait tard, bien après eux ; le manque de sommeil n'affectait plus son énergie. Les migraines étaient rayées de son vocabulaire et les difficultés gastriques s'accommodaient fort bien du menu de la cafétéria de l'hôpital.

Comme le disait Charlotte, étourdie par l'ouragan que soulevait sa mère :

— C'est drôle mais quand on est malade, Émilie ou moi, on dirait que ça rend maman invincible. En tout cas, elle n'est jamais malade en même temps que nous.

Opinion partagée par Raymond qui n'avait jamais cru Blanche capable d'autant d'énergie. Son pas militaire martelait les planchers, sa poigne autoritaire s'occupait du lavage alors que le torchon dépoussiérait les tables dans son sillage. Et d'une voix haut perchée, Blanche lançait régulièrement, elle qui détestait la compagnie de qui que ce fût lorsqu'elle travaillait :

— Allons ! Qu'est-ce que vous attendez pour m'aider ? Je veux être prête pour partir avec toi, Raymond ! Allons, allons ! Un peu de nerf ! Charlotte, mets le linge sur la corde et toi, Raymond, fais la vaisselle. Moi, je file en haut pour me préparer.

Et comme si tout cela ne suffisait pas, Blanche s'était mis en tête de renouveler la garde-robe de la poupée préférée d'Émilie. Elle passait donc de nombreuses heures dans la salle de couture malgré les exhortations de Raymond qui trouvait qu'elle en faisait franchement un peu trop.

— Tu devrais voir son sourire, le matin, quand j'arrive avec une autre robe ou un petit manteau. Vraiment, Raymond, ça justifie amplement le trouble que je me donne. Pauvre petite chérie ! Ce n'est pas ce qu'il y a de plus amusant pour elle, ces examens qui n'en finissent plus.

L'effervescence de Blanche était permanente et son optimisme contagieux !

— Tu vas voir, Raymond ! Dans quelques jours, tout ça va être derrière nous et Émilie va nous revenir en parfaite santé. Comme moi.

Ce à quoi Raymond répondait par un soupir stupéfait. Décidément, Blanche arriverait toujours à le surprendre. Voilà qu'elle se disait une femme en santé ! Et le pire, c'était qu'elle semblait vraiment y croire et à la voir aller, c'était peut-être vrai !

Dans ce tourbillon, Antoinette n'avait guère de place et Raymond en était soulagé...

Puis le jour fatidique arriva : on allait enfin connaître les résultats. Germain Jodoin les avait convoqués à l'hôpital.

— Plutôt curieux ! On n'a rien trouvé qui semble anormal. Du moins en apparence. Sauf peut-être...

Blanche jubilait. Elle offrit un sourire éclatant à Raymond puis le reporta sur Germain. Qu'est-ce qu'elle avait toujours dit ? Émilie était comme elle, fragile de naissance et la médecine n'y pouvait rien. On allait peut-être enfin la croire. Pourtant, le médecin ne répondit pas à son sourire.

— Sauf peut-être une petite chose, répéta-t-il.

Tout en parlant, Germain avait tourné la tête en direction de Raymond. C'était à lui surtout qu'il voulait s'adresser. Pour avoir rencontré Blanche à plusieurs reprises depuis qu'Émilie était à l'hôpital, Germain avait vite compris que le diagnostic qu'il avait avancé quelques années auparavant était le bon. Blanche était une femme malade, mais pas dans le sens où elle-même l'entendait. Chaque fois qu'il l'avait croisée, dans la chambre ou dans un corridor, Blanche le relançait, avançait des hypothèses, prédisait les résultats, vérifiait ses théories, argumentait ses suppositions avec un vocabulaire surprenant pour une profane. Son discours sortait tout droit d'un dictionnaire médical. Blanche voulait tout savoir des examens que sa fille subissait, discutait de leur pertinence, parlait de l'hôpital avec emphase. Un jour, Blanche se disait fragile mais en santé, le lendemain, la maladie s'en était accaparée dès la naissance. Tout comme Émilie. Son discours était décousu mais en même temps empreint d'une certaine logique : la sienne. Le mot *maladie* était de tous ses discours, mais Blanche l'apprêtait selon ses dispositions du jour. Elle manipulait symptômes et médications avec une dextérité surprenante comme un jongleur joue avec ses balles. Germain soupira avant de reprendre.

— Sauf peut-être une petite chose.

Blanche effaça son sourire et se montra aussitôt attentive. Raymond leva les yeux et attacha son regard à celui de Germain.

— Il y a du sang dans les selles d'Émilie. Pas beaucoup, mais c'est régulier. C'est pour cela qu'elle est ici depuis si longtemps. On a tout essayé. Variation du menu, changement des quantités, diètes différentes… Rien à faire, le problème persiste. Est-ce le fait d'une légère irritation ou au contraire est-ce la pointe d'un iceberg ? J'ai consulté un confrère spécialiste et nous arrivons tous les deux à la même conclusion : c'est à tout le moins surprenant chez une enfant aussi jeune. Immaturité, lésion, irritabilité excessive ? Est-ce à cause de cela qu'Émilie est si maigre ? Peut-être. Pour l'instant, on ne peut qu'avancer des hypothèses. Chose certaine, si Émilie reste comme elle est, votre fille risque l'anémie. Et là, ce serait beaucoup plus grave. Nous recommandons donc une investigation plus poussée.

— Ce qui veut dire ?

La voix de Blanche était coupante comme un scalpel. Elle avait l'impression que Germain Jodoin parlait de son bébé comme d'un cobaye, un vulgaire animal de laboratoire. L'image lui était souverainement déplaisante.

— Cela veut dire qu'il faudrait l'opérer. C'est ce que nous jugeons être le plus raisonnable, compte tenu du poids d'Émilie malgré un appétit tout à fait normal. Et il y a les saignements.

— Y a-t-il des alternatives ?

Cette fois, c'était Raymond qui était intervenu d'une voix atone. Il s'attendait à toutes sortes de conclusions, toutes plus angoissantes ou plus sécurisantes les unes que les autres, selon l'état d'esprit qu'il avait au lever, mais jamais il n'avait envisagé une intervention chirurgicale.

— Pas vraiment.

— Mais une chirurgie, c'est grave. C'est risqué.

— Oui, je ne mentirai pas en disant le contraire : une chirurgie comporte toujours des risques. Mais laisser partir Émilie sans agir est aussi un risque. Et peut-être encore plus grave.

— On n'a donc pas le choix. C'est ce que tu es en train de nous…

— On a toujours le choix. Émilie, c'est ma fille et j'ai mon mot à dire.

Blanche avait interrompu Raymond d'une voix tremblante. Germain remarqua immédiatement l'emploi du possessif et il fronça les sourcils. Instinctivement, il se mit sur la défensive.

— Pourquoi, Blanche, dites-vous : *ma* fille ?

Blanche le dévisagea avant de répondre par une autre question.

— Vous demandez pourquoi ? N'est-ce pas évident ?

Les yeux de Blanche s'étaient remplis de larmes.

— C'est ma faute si Émilie n'est pas la petite fille en santé qu'elle aurait le droit d'être. Alors ne me demandez pas pourquoi je dis qu'elle est ma fille. Je suis responsable de tout ça même si je ne l'ai pas voulu.

Malgré les réticences qu'il avait entretenues à son égard au fil des années, Germain ne put s'empêcher d'éprouver de la tristesse pour Blanche. La sincérité de ses paroles ne faisait aucun doute. Blanche n'était pas méchante, elle était malade. Il se hâta de dissiper le malentendu qui semblait l'avoir blessée.

— Ce n'est pas ce que j'ai voulu insinuer, Blanche.

— Peut-être pas. Mais il y a tant de gens qui ont insinué, comme vous dites, qui ont suggéré de faire ci ou ça sans savoir de quoi ils parlaient…

Blanche dut s'interrompre tellement elle avait la gorge serrée. Ce n'est qu'après quelques profondes inspirations qu'elle put enfin demander :

— Voulez-vous une réponse immédiate ou avons-nous le temps d'en parler, Raymond et moi ?

— Disons qu'on se reparle demain. Ça vous convient ?

Blanche parut soulagée.

— Demain… D'accord.

À ces mots, Germain se releva. Le solarium attenant à la pédiatrie commençait à se remplir de gens. C'était l'heure des visites du soir. Le soleil jetait ses derniers rayons en diagonale sur les pots de grès coiffés d'immenses fougères et un Saint-Joseph en plâtre qui avait connu de meilleures années finissait de se décolorer dans le fond de la pièce. Pour la énième fois de sa carrière, il se répéta qu'il trouvait l'endroit déprimant. Puis il soupira, tendit la main à Blanche ainsi qu'à Raymond dont il soutint le regard avec insistance.

— Appelle-moi demain, Raymond. Au bureau.

Puis revenant face à Blanche, il ajouta :

— Je sais que ce n'est pas une décision facile à prendre, mais dites-vous bien que, si c'était ma fille, je n'hésiterais pas.

À son tour, Blanche soutint son regard un instant avant de le gratifier de son merveilleux sourire.

— Merci, je vais en tenir compte. Tout ce que je veux, c'est que ma petite Émilie puisse mener une vie normale. C'est ma fille, voyez-vous, et je l'aime. Alors je vais bien peser le pour et le contre avant de décider quoi que ce soit la concernant.

Les mots de Blanche ressemblaient à une mise en garde. L'emploi du possessif était revenu et Blanche n'englobait plus Raymond dans sa réflexion. Germain sentit qu'il avait l'obligation d'approuver.

— C'est ce que nous voulons tous, Blanche. Nous voulons qu'Émilie retrouve la santé.

— Je sais…

Et alors que le médecin tournait les talons, Blanche ajouta, toute émotivité disparue de sa voix, sinon encore une pointe d'inquiétude :

— Et qui va l'opérer ?

— Pomerleau. Le docteur Pomerleau. C'est le meilleur.

— René Pomerleau ?

Germain Jodoin accusa le coup. Comment Blanche connaissait-elle ce médecin ? Elle semblait si sûre d'elle qu'il eut l'intuition que la décision de Blanche était déjà prise et que, s'il y avait discussion avec Raymond, cela ne serait que pure formalité.

— Oui, René Pomerleau. Vous le connaissez ?

— De réputation, oui. Mon père en a déjà parlé. Vous avez raison : il disait de lui que c'était le meilleur… Et vous, Germain, assisterez-vous à l'intervention ?

— Ce n'est pas vraiment dans mes habitudes. Mais ça m'arrive, oui. Et si ça peut vous rassurer…

— Oh oui !… S'il vous plaît…

— D'accord, le cas échéant, j'y serai.

— Merci, c'est vraiment gentil… Une dernière chose, Germain…

— Oui ?

— C'est moi qui vais annoncer la nouvelle à Émilie. Moi et personne d'autre. Si on décide de l'intervention, bien entendu.

L'intuition de Germain devint alors certitude. Blanche avait pris sa décision. Peu importe ce qu'en pensait Raymond, Blanche avait tranché pour le bien de sa fille. Germain eut la curieuse idée de se dire que, présentement, si la mère était morte d'inquiétude, la femme, elle, penchait vers l'excitation. Il y avait dans son regard une lueur qu'il n'arrivait pas à définir mais qui le mettait mal à l'aise. Alors, ignorant Blanche délibérément, il répéta pour Raymond, qui avait froncé les sourcils devant l'attitude de Blanche. D'abattue, sa femme avait curieusement redressé les épaules à la simple mention du mot *intervention*. Cela lui faisait penser à certaines migraines qui disparaissaient un moment pour revenir en force l'instant d'après. Raymond soupira, se tourna vers Germain qui le regardait droit dans les yeux.

— J'attends ton appel pour connaître votre décision.

Et Germain avait fortement appuyé sur le *votre*.

Blanche n'avait pas desserré les lèvres sur le chemin du retour et s'était enfermée dans la salle de couture dès son arrivée à la maison. Raymond avait respecté son silence. Elle devait être bouleversée. Et quand Blanche était bouleversée, elle devenait souvent très active. Quand il entendit la machine à coudre, il comprit qu'il avait eu raison.

Puis il était allé chercher Charlotte chez Gertrude et celle-ci avait eu la délicatesse de ne pas poser de questions. Pourtant, l'inquiétude de Raymond se lisait sur son visage.

Mais Charlotte n'était pas dupe et tout comme Émilie, elle avait, depuis longtemps, appris à lire sur le visage de son père. Dès que la porte se fut refermée sur eux, elle glissa sa main dans celle de Raymond.

— Alors Émilie, c'est grave, n'est-ce pas ?

— Et qu'est-ce qui te fait dire ça, Charlot ?

— Ta moustache ! Elle tombe. Ça veut dire que tu es soucieux. Je me trompe ?

— Oui et non…

Raymond ébaucha un sourire en se rappelant ce qu'Émilie lui avait dit l'autre jour. Il lui semblait que c'était il y a fort longtemps alors qu'en fait, à peine quelques semaines le séparaient de cette journée-là. Alors il chercha ses mots. Il ne voulait pas alarmer Charlotte inutilement. Elle n'avait pas encore dix ans et Émilie était sa petite sœur. Et il s'efforça de retrousser sa moustache.

— Le médecin est encourageant. À première vue, il semble bien qu'Émilie n'est pas très malade. Par contre, il y a certaines choses qu'il veut vérifier pour être certain de donner les bons médicaments.

Ce n'était que cela ? Charlotte afficha un sourire soulagé.

— C'est normal. Les médicaments, ce n'est pas des bonbons et il ne faut pas faire comme…

Charlotte se mit à rougir violemment. Elle avait vu tellement souvent sa mère tendre la main vers les innombrables bouteilles de la tablette en coin dans la cuisine que la remarque qu'elle avait failli faire lui était venue spontanément. Elle avait tout simplement voulu dire que les médicaments, pris un peu n'importe quand, cela ne donnait pas grand-chose puisque sa mère en prenait une grande quantité et qu'elle était souvent malade. Mais préoccupé comme il l'était, Raymond ne fit pas attention à ce brusque silence. Il enchaîna sans même avoir pris conscience de l'intervention de sa fille :

— Mais pour savoir ce qui convient le mieux à Émilie, les médecins parlent de l'opérer.

Le mot fit bondir le cœur de Charlotte :

— Opérer ? Ça veut dire qu'ils vont devoir ouvrir son ventre ?

— Peut-être, oui.

— Pauvre Émilie…

Brusquement, toutes les paroles mesquines qu'elle avait pu avoir à l'intention de sa sœur devinrent comme une formidable accusation inutile et entraînèrent un tout aussi formidable regret.

— Et moi qui pensais qu'elle exagérait, murmura-t-elle plus pour elle-même que pour son père. Des fois elle me fait penser à…

Charlotte ne termina pas sa phrase, rougissant de plus belle, mais Raymond comprit aussitôt ce qu'elle sous-entendait. Ils venaient d'entrer dans la maison. Alors Raymond s'accroupit pour être à la hauteur de son aînée et lui dit :

— Tu sais, Charlot, il ne faut pas toujours se fier aux apparences. Je te l'ai souvent dit.

— Oui, papa. Mais c'est parfois très difficile.

— Je sais.

Puis il glissa un doigt sous le menton de Charlotte pour l'obliger à lever la tête vers lui. Le geste provoqua un sourire de part et d'autre.

— Tu as raison, Charlot, ce n'est pas toujours facile de comprendre les gens qui nous entourent ou les événements qui leur arrivent… C'est comme pour l'opération d'Émilie. On ne doit pas s'arrêter aux apparences qui nous donneraient envie de dire que c'est dangereux. Mais si c'est cela que ça prend pour redonner la santé à ta sœur, c'est peut-être une bonne chose. On va en parler, maman et moi, et sois certaine que tout ce que nous voulons, c'est le mieux-être de ta petite sœur… Et maintenant, au dodo. Tu as de l'école demain…

Émilie fut opérée dès le surlendemain.

Blanche et Raymond n'en avaient pas vraiment reparlé. Quand ce dernier avait frappé à la porte de l'atelier de couture, après avoir bordé Charlotte, Blanche n'avait eu que quelques mots pour lui :

— Tu crois que je ne sais pas qu'on n'a pas le choix ?

Blanche avait la voix enrouée et parlait lentement comme si elle cherchait ses mots.

— Laisse-moi, Raymond. Je m'excuse mais j'ai besoin d'être seule.

Le cliquetis de l'aiguille piquant le tissu avait clos la discussion. Le lendemain, au déjeuner, Blanche était calme et décidée :

— Je vais parler à Émilie dès ce matin et je m'occupe de prévenir Germain. Tu as suffisamment à faire au bureau sans en ajouter.

Émilie, quant à elle, avait accepté l'intervention avec sa résignation habituelle, en haussant les épaules :

— Je m'en doute, maman, que ça va faire mal. Et après ? Je suis habituée d'avoir mal au ventre. Un peu plus, un peu moins… Mais si c'est pour me guérir, alors là, je suis prête à avoir très mal… Oui, je veux bien qu'on m'opère.

Raymond partit donc à l'aube de ce matin-là pour pouvoir se libérer en après-midi et être auprès d'Émilie.

Charlotte se rendit à l'école le cœur lourd, inquiète pour sa sœur. Elle se demandait comment elle allait faire pour passer une journée normale malgré tout. Elle avait la consigne de se rendre chez Gertrude après la classe où son père l'appellerait pour lui donner des nouvelles. Quant à Blanche, puisqu'elle n'était d'aucune utilité à l'hôpital pour l'instant, elle en profita pour se changer les idées. Il fallait qu'elle bouge, sinon elle allait devenir folle.

— Autant être efficace, murmura-t-elle en sautant sur ses pieds dès que la porte se referma sur Charlotte. Ça va faire passer le temps et m'empêcher de trop penser.

Elle commença par la chambre des filles qu'elle épousseta, nettoya et fit aérer avant d'arracher les draps du lit d'Émilie pour les mettre à tremper, les frotter, les rincer, les passer au tordeur et les étendre au grand soleil. Son bébé allait retrouver un endroit apaisant et confortable lorsqu'elle reviendrait de l'hôpital.

Puis, pendant que la lessive séchait, elle en profita pour se diriger vers l'école afin d'aviser la directrice de la tournure des événements. Blanche était ainsi faite que lorsqu'un événement d'importance traversait sa vie, il lui fallait en parler. Elle aimait bien sentir l'approbation autour d'elle.

— Comme on est déjà en mai, avec la convalescence qui va s'ensuivre, je crois bien qu'Émilie finira son année scolaire à la maison.

Ce n'était pas une proposition, Blanche mettait la directrice devant le fait accompli. Celle-ci accepta la chose de bonne grâce :

— En effet, je crois que ce serait plus raisonnable… Je dois cependant rencontrer sa titulaire… Revenez ce midi, je vais voir ce que nous pouvons faire.

Et comme Blanche se relevait déjà, mère St-Thomas ajouta :

— Soyez assurée, chère dame, que nos prières accompagneront la gentille Émilie dans cette épreuve.

La gentille Émilie… Le terme était vague, impersonnel. Et pourquoi pas *notre* Émilie ? Pour une fois, et si contradictoire que fût cette pensée, Blanche se dit qu'elle aurait aimé que son bébé ait droit, elle aussi, à l'appellation affectueuse réservée à Charlotte. Mais non, la pauvre Émilie n'avait pas assez d'être fragile, en plus elle devait subir les comparaisons.

— Quelle injustice, grommela Blanche en mettant pied sur le trottoir. Pauvre amour !

Et de marteler le trottoir de son pas militaire en direction de l'arrêt de tramway pour se rendre à l'autre bout de la ville. Il fallait bien occuper le temps jusqu'à midi et prévoir ces longues semaines de convalescence où elle ne pourrait s'absenter de la maison en laissant Émilie seule. Il valait mieux faire des provisions.

Puis elle fit un saut à la maison pour cacher les bouteilles et refaire le lit. À la suite de quoi un brin de toilette s'avéra nécessaire. Et avant de repartir, la chose étant maintenant réglée depuis longtemps dans son esprit, Blanche passa par la salle de couture pour s'offrir quelques bonnes gorgées afin de se donner le courage dont elle aurait besoin pour se rendre au bout de cette terrible journée. La chaleur du brandy lui donna le coup de fouet qu'elle escomptait.

Blanche était maintenant prête à poursuivre sa croisade.

Retour à la case départ, à midi tapant, elle était assise devant la directrice. Celle-ci l'attendait avec la pile des livres et cahiers d'Émilie. Quelques feuilles de notes couvertes de la petite écriture soignée de l'institutrice de sa fille accompagnaient le tout.

— Et voilà ! Vous avez suffisamment de travail pour occuper les prochaines semaines. Mais n'insistez pas trop. Émilie a surtout besoin de repos. Nous verrons à ce qu'elle passe son année quoi qu'il puisse arriver. Et que Dieu soit avec vous, chère dame. Vous aurez besoin de courage et de force.

Les bonnes intentions de la supérieure, incluant Blanche dans cette épreuve qui frappait Émilie, mirent un baume sur sa colère. Blanche quitta le couvent dans de meilleures dispositions. Ne restait plus qu'à déposer les effets d'Émilie à la maison, peut-être aussi faire un saut dans la salle de couture et Blanche serait prête à appeler Raymond pour qu'il vienne la chercher…

Ils abordèrent l'escalier menant à l'hôpital main dans la main, parents unis dans l'inquiétude et devant l'inconnu. Blanche était tremblante, désemparée. Maintenant qu'il ne restait plus que l'attente, l'inquiétude s'était emparée de Blanche, ne lui laissant aucun répit. Elle avait le cœur qui battait à tout rompre. Quant à Raymond, il mettait son anxiété sur le compte de l'odeur de désinfectant et d'éther qui s'infiltrait jusque dans la salle d'attente attenante au bloc opératoire. Il détestait l'odeur des hôpitaux. Pour lui, elle avait toujours signifié la douleur et présentement sa petite Émilie devait souffrir. C'était difficilement tolérable…

L'horloge noire, accrochée au mur du fond entre l'image d'un Sacré-Cœur et celle d'une Vierge éplorée, égrenait ses minutes lentement. Trop lentement.

Comment se faisait-il qu'Émilie fût encore en salle d'opération ? Raymond avait même hélé une infirmière qui passait dans le corridor, afin de savoir ce qui se passait. Elle avait haussé les épaules en signe d'ignorance.

— Peut-être un retard sur l'horaire ? C'est fréquent, vous savez.

L'attente était lourde d'inconnu.

— Tu veux un café ?

— Non. Non, merci.

C'était tout autre chose que Blanche aurait pris. Mais elle avait encore suffisamment de décence pour savoir que ce n'était ni le lieu ni le temps. Dans son sac à main, le petit flacon attendrait…

Puis, en fin d'après-midi, un médecin que Raymond ne connaissait pas apparut dans l'encadrement de la porte. Blanche, par contre, se leva aussitôt.

— Enfin !

C'était René Pomerleau qu'elle avait brièvement rencontré la veille, au chevet d'Émilie. Aussi petit et trapu que Germain était longiligne, l'homme détailla la femme qui venait vers lui d'un regard vif et acéré. Le médecin savait de ce couple le peu que son confrère lui avait confié. Pourtant, ce fut suffisant pour qu'il se dirige vers Raymond en l'ignorant. L'opération avait été beaucoup plus difficile que prévu. Ce qu'il avait trouvé n'était pas beau à voir. Il fit un pas dans la pièce.

— Monsieur Deblois ?

Blanche descendit la main qu'elle avait tendue devant elle et se retourna lentement. Le regard qu'elle posa sur le dos de René Pomerleau était froid, déterminé. Son opinion était faite et elle serait irrévocable : Pomerleau était un arrogant. Comment avait-elle pu confier sa fille à cet homme ? Étranger au verdict qui tombait sur lui, le médecin était déjà à la hauteur de

Raymond qui s'était levé brusquement, comme mû par un ressort.

— Oui. Raymond Deblois.

— Eh bien voilà ! Notre patiente commence à s'éveiller. C'est ce que j'attendais pour venir vous rencontrer. Je ne vous cacherai pas que l'opération a été difficile. Par chance, Émilie, malgré sa maigreur, a une forte constitution et elle a bien supporté la longue anesthésie.

Puis, en expirant bruyamment :

— L'opération maintenant...

Ce fut à cet instant que le médecin sembla prendre conscience de la présence de Blanche. Avant de poursuivre, il se détourna pour la fixer longuement. Qui donc était cette femme ? Germain lui avait dit qu'il la connaissait depuis quelques années déjà. C'était une femme anxieuse, qui voyait la maladie partout et s'improvisait régulièrement médecin. Avec elle, il fallait jouer de prudence et de beaucoup de diplomatie.

— Classique de l'hypocondrie, avait alors répliqué Pomerleau.

Les deux médecins en étaient restés là.

C'était en opérant Émilie que le spécialiste avait compris : Blanche projetait ses angoisses jusque sur sa fille. L'état d'Émilie était déplorable, inconcevable chez une enfant. Les intestins d'Émilie étaient ceux d'un adulte malade depuis longtemps. À un point tel que Pomerleau avait laissé échapper un juron, lui si calme, si pondéré en tout.

— Jésus-Christ ! Mais qu'est-ce que c'est que ça ? Un vrai massacre !

Il avait levé la tête et le regard lancé à Germain pardessus le masque qui cachait une grande partie de son visage n'avait rien eu de complaisant.

— Veux-tu bien me dire ce qui s'est passé ? J'ai l'impression d'avoir affaire à une petite vieille qui a abusé des médicaments tout au long de sa vie.

Germain n'avait pas répondu tout de suite. Il avait revu le visage de Blanche, les yeux brillants de larmes, et malgré ce qu'il avait devant lui, il savait que cette femme-là aimait sa fille.

— Saura-t-on jamais la vérité ? demanda-t-il sans vraiment le demander.

— La vérité ? C'est clair. Depuis le temps que j'opère des systèmes digestifs, je serais prêt à gager ma dernière chemise que cette enfant-là a été soumise à des médicaments depuis de nombreuses années. Que veux-tu que ce soit d'autre ?

Puis sans attendre ni approbation ni objection, il avait enchaîné en se penchant sur Émilie :

— On va voir ce qu'on peut faire. Tant que je pourrai arrêter les saignements, je me dirai satisfait.

Et voilà que celle qu'il croyait responsable des troubles de sa patiente était devant lui. Blanche n'était rien d'autre à ses yeux qu'une mère comme il en avait tant rencontré au cours de sa carrière. Il lisait sur son visage une certaine anxiété comme il en avait vu à des centaines de reprises. Et Dieu lui était témoin qu'il en avait rencontré, des parents. De toutes les sortes. Il n'aurait qu'à poser la question et il saurait ce qui s'était vraiment passé. Pourtant il hésitait. À la lumière de ce qu'il avait découvert en opérant Émilie et à la suite des propos de son confrère, affronter la mère n'apporterait rien de bon pour la fillette. Aurait-il seulement une réponse ? D'instinct, il revint face à Raymond. S'il voulait connaître la vérité, c'était par lui qu'il devrait passer.

— D'abord, j'aimerais savoir si Émilie prend des médicaments ?

— Oui, de l'huile de foie de morue. Comme tous les enfants, je présume. C'est même Germain qui…

— Ça, c'est bien. Ce n'est pas ce dont je veux parler. Émilie prend-elle autre chose ?

— Non, pas que je sache.

Puis après un court instant de réflexion, Raymond ajouta :

— Peut-être à l'occasion. Mais juste à titre préventif. Nous n'avons pas demandé son hospitalisation pour rien. Émilie souffre de diarrhée depuis qu'elle est bébé, vous savez. Alors il arrive parfois que Blanche n'ait pas le choix de lui donner quelque chose. Sinon, Émilie ne pourrait pas sortir de la maison. Mais c'est plutôt rare.

À ces mots, René Pomerleau ferma les yeux une fraction de seconde. La réponse qu'il cherchait, il venait de l'avoir. Les probabilités qu'Émilie souffre d'un mal qu'il ne connaissait pas venaient de chuter.

— Des diarrhées, bien sûr, reprit-il en écho aux propos de Raymond. Et aussi probablement des périodes de constipation, n'est-ce pas ? Ce qui entraînait les coliques dont elle disait souffrir. C'est clair, je comprends maintenant…

Le médecin soupira bruyamment. Des mots sans complaisance, des mots accusateurs lui montèrent spontanément aux lèvres alors qu'il jetait un regard à la dérobée vers Blanche. Elle se tenait en retrait, très droite, plus grande que lui. « L'image de la dignité bafouée », pensa-t-il involontairement. Alors il sut qu'il ne dirait rien, ne demanderait rien. Elle nierait en bloc parce qu'elle n'était pas consciente du tort causé à sa fille. Il revint face à Raymond :

— Je vous épargnerai les termes médicaux complexes et me contenterai de dire que nous avons trouvé chez votre fille un intestin déjà fatigué d'avoir trop travaillé. Les foyers d'irritation sont multiples, d'où les saignements observés. Nous devrons donc la soumettre à une diète très sévère sans perdre de vue le fait incontestable qu'elle doit prendre du poids.

— Mais qu'est-ce qui a pu…

— Causer cette détérioration ? enchaîna le médecin sans attendre que Raymond finisse sa phrase.

Pomerleau hésita à peine.

— Nous avons notre idée, Germain et moi. Mais en médecine, vous savez, ce ne sont souvent que des présomptions. Alors je n'avancerai rien de précis et je laisserai à mon confrère le soin de vous entretenir des causes probables des problèmes de votre fille. Si je ne m'abuse, vous êtes amis de longue date, n'est-ce pas ? Il saura mieux que moi vous parler de ce qui nous préoccupe. Mais dans le fond, seul l'avenir pourra apporter une certitude. Disons pour l'instant que, dans un cas comme celui d'Émilie, l'emploi de certains médicaments, surtout chez une enfant aussi jeune, peut s'avérer néfaste. Mais est-ce vraiment le cas ? Je ne me prononcerai pas. Pour l'instant, c'est à Émilie qu'il faut penser. Et aux années qui viennent. Malheureusement on ne pourra jamais changer celles qui sont derrière.

— Vous avez raison.

Pendant ce temps, immobile, les mains nouées à hauteur de la taille, Blanche avait suivi la conversation. Elle avait été humiliée qu'il s'adresse à Raymond plutôt qu'à elle. N'était-ce pas elle, la mère ? Puis elle avait compris où le médecin avait voulu en venir et la colère avait aussitôt remplacé l'humiliation. Pour elle, tous ces propos ne rimaient à rien. René Pomerleau ne connaissait sa fille que depuis hier et voilà qu'il avançait des suppositions sous prétexte de sa grande expérience. Comment pouvait-il déduire ce qui s'était vraiment passé ? Ce n'était pas lui qui s'était levé la nuit et avait calmé ses coliques de bébé, puis ses crampes d'enfant. Émilie souffrait déjà bien avant que Blanche n'intervienne… Émilie avait mal au ventre comme Blanche avait toujours eu mal au ventre. C'était depuis sa naissance qu'Émilie avait des problèmes. Germain Jodoin avait alors dit que ce n'était que des coliques de bébé sans gravité, mais Blanche savait que c'était autre chose. Émilie était comme elle, affligée d'une nature fragile. Et si on opérait Blanche, on trouverait probablement la même chose que chez Émilie. Voilà l'explication.

Mais personne ne voulait l'écouter…

Blanche soupira. Qu'importaient de légers saignements et des crampes occasionnelles si, grâce aux médicaments, Émilie pouvait avoir un système digestif qui fonctionnait à peu près régulièrement et qu'ainsi elle pouvait avoir une vie normale ? Si sa fille n'avait jamais pris d'huile ou d'extrait, probablement qu'elle n'irait pas encore à l'école. Et on osait lui lancer la pierre ?

Épuisée d'avoir toujours à se battre pour expliquer, faire comprendre les choses, Blanche refusa d'entrer dans le jeu du médecin. René Pomerleau ne serait désormais qu'un médecin parmi tant d'autres, sans importance. Brusquement, Blanche se fichait de savoir ce qu'il pensait. Les médecins avaient passé tous les tests voulus, ils avaient même opéré sa fille et il semblait bien qu'après tout cela, il restait encore des doutes. Si on avait voulu écouter ce que Blanche avait à dire, Émilie n'aurait pas subi toutes ces choses pour rien. Finalement, le vieux docteur Dugal s'était montré plus humain… Alors présentement, tout ce que Blanche voulait, c'était voir sa fille et rien d'autre. Elle fit un pas en avant.

— Docteur ?

Un long regard unit Blanche au médecin quand celui-ci se retourna vers elle.

— Oui ?

— Je veux voir Émilie.

Non pas une demande comme en avaient la plupart des parents. Blanche ne savait pas demander, elle exigeait. René Pomerleau la fixa durement alors qu'un silence fait d'animosité se glissait dans la petite salle. Puis il se décida à répondre :

— Pas maintenant. Elle est plutôt souffrante et…

À ces mots, Blanche se redressa.

— C'est ma fille.

— Et moi, c'est ma patiente. Vous me l'avez confiée, j'en prends soin. Tant qu'elle sera en observation, c'est moi qui prendrai les décisions la concernant. Quand elle sera de retour à sa chambre, vous verrez avec le docteur Jodoin. Pour l'instant, tout ce dont Émilie a besoin, c'est de repos et la présence d'une infirmière compétente pour veiller à ses besoins. Vous verrez votre fille plus tard, quand je jugerai qu'elle est en mesure de recevoir sa famille.

Le ton était sans réplique possible.

Blanche dominait le médecin d'une bonne tête mais face à lui, elle avait l'impression d'être insignifiante.

— Alors je reste ici. Toute la nuit s'il le faut.

— Libre à vous, madame. Mais vous allez devoir attendre qu'on vous fasse signe pour voir Émilie. C'est mon dernier mot.

Et avant de prononcer quelque parole qui pourrait être néfaste pour Émilie, René Pomerleau sortit de la pièce en faisant un dernier signe de tête à Raymond.

— Au plaisir, monsieur. On aura peut-être l'occasion de se revoir.

Raymond était hébété. Il s'attendait à une explication qui n'était pas vraiment venue ; ne subsistait que le doute. Encore et toujours. Il attendit que le bruit des pas du médecin s'estompe au tournant d'un corridor pour venir jusqu'à Blanche et la prendre dans ses bras. Elle s'abandonna un instant contre son épaule. Ils venaient de vivre une bien drôle de journée. Et elle n'était pas finie. Blanche soupira longuement.

— On rentre chez nous ? demanda alors Raymond, ayant compris qu'il ne servait à rien d'attendre ici.

— Pas question. Tu n'as pas entendu ce que j'ai dit ? Je reste.

— Mais voyons, Blanche. On ne peut même pas voir Émilie. Et puis, il y a Charlotte qui doit nous attendre.

Blanche resta immobile, les yeux dans le vague. Puis elle secoua la tête comme si on l'avait dérangée dans une réflexion profonde.

— Charlotte… Oui, c'est vrai, il y a Charlotte. Alors vas-y, toi. Va chercher Charlotte. Mais moi, je reste avec Émilie. Si jamais elle nous demande, il y aura quelqu'un.

— Mais ça n'a aucun sens. La nuit va tomber bientôt. Tu dois dormir, reprendre des forces. Tu vas en avoir besoin.

Blanche jeta un regard circulaire autour d'elle et, se dégageant de l'étreinte de Raymond, elle montra le coin de la pièce.

— Il y a un fauteuil là-bas qui fera très bien l'affaire. Va, va Raymond, Charlotte t'attend. J'embrasserai Émilie pour nous deux…

Alors Raymond vint à elle et l'embrassa sur la joue.

— D'accord. Mais si tu veux revenir, appelle. Qu'importe l'heure, je viendrai te chercher. Promis ?

Blanche se dégagea d'un geste impatient. Elle avait brusquement hâte qu'il s'en aille pour se réfugier dans la salle de bains pendant quelques instants. Elle avait une colère à calmer.

— Cesse de toujours t'inquiéter pour moi. Ça va aller… Dépêche-toi, Charlotte doit se demander ce qui se passe.

Effectivement Charlotte attendait, le nez à la fenêtre du salon chez Gertrude, vérifiant l'heure toutes les trente secondes, soupirant à fendre l'âme.

— Mais qu'est-ce qu'ils font ?

Puis un cri de joie.

— Enfin ! L'auto de papa vient de tourner dans l'entrée chez nous. Je vais le rejoindre !

Et sans attendre, Charlotte se précipita vers le vestibule, attrapa son sac d'école au vol et sortit de la maison en claquant la porte. Pour aussitôt revenir sur ses pas, ouvrir la porte de nouveau et lancer à travers la maison de Gertrude :

— À bientôt, Gertrude ! Et merci pour le souper, c'était bon.

La porte qu'elle referma énergiquement fit trembler les vitres du salon alors qu'elle dévalait les marches du perron.

— Papa ! Attends-moi !

Le temps de contourner la haie de cèdres qui se prolongeait jusqu'au trottoir et Charlotte arrivait déjà à la hauteur de Raymond.

— Et alors ? Comment ça s'est passé ? Émilie va bien ? Et maman, elle n'est pas avec toi ? Pourquoi ?

Il y avait tellement d'anxiété, d'inquiétude dans les questions que Charlotte avait lancées en rafale que Raymond oublia aussitôt son propre désarroi. Il entoura les épaules de Charlotte d'un bras protecteur.

— Le médecin a dit que ta sœur était forte. Il a dit aussi que l'opération…

Raymond s'interrompit brusquement. Le médecin avait dit que l'opération avait été difficile, il avait posé des questions mais il n'avait pas parlé de l'issue. Ce fut à cet instant que Raymond prit conscience qu'il ne savait même pas si les saignements étaient enrayés. En fait, Raymond ne savait rien sauf que l'opération avait été plus difficile que prévu… Pourquoi ? Son cœur bondit de façon imprévisible, désagréable, l'inquiétude refluant en force. Il esquiva ses propres interrogations en s'attachant volontairement aux quelques mots encourageants que le docteur Pomerleau avait eus.

— L'opération a été un peu difficile, mais Émilie s'en est bien tirée. Tu ne dois pas t'inquiéter pour elle. Le médecin dit aussi qu'avec une bonne diète, ta sœur va enfin prendre du poids.

— Est-ce qu'elle va encore avoir mal au ventre ?

Raymond se montra évasif, contournant la question parce qu'il détestait mentir et qu'il n'avait aucune réponse à donner.

— Ça devrait… Si Émilie mange bien, si elle évite certains aliments qui pourraient être plus difficiles à digérer pour elle, il n'y a aucune raison pour qu'elle continue d'avoir mal au ventre, n'est-ce pas ? Tu vas voir, Charlot, tout va bien aller maintenant.

Et en disant ces mots, Raymond était tout à fait conscient qu'il cherchait à se rassurer lui-même tout autant que Charlotte. Blanche avait dû agir d'instinct mais présentement, Raymond comprenait pourquoi elle avait tant tenu à rester à l'hôpital. Il y avait trop d'inconnu dans les propos du médecin pour songer à laisser Émilie seule à l'hôpital. Pourtant la réponse donnée par Raymond semblait avoir apaisé Charlotte. Elle leva un grand sourire vers lui.

— Je suis soulagée, avoua-t-elle en soupirant. Et je suis vraiment contente pour elle de savoir que c'est enfin fini.

Charlotte était tellement pressée d'avoir des réponses à toutes les questions qui s'étaient bousculées dans sa tête depuis le matin qu'elle avait retenu son père dans l'allée bordée des plants de pivoines luxuriants qui pointaient déjà leurs boutons lourds et odorants. Raymond poussa gentiment sa fille dans le dos.

— Allez, avance. Maintenant, on rentre chez nous, Charlotte. La vie continue demain… As-tu fait tes devoirs ?

Charlotte dessina une moue contrite.

— Non, pas vraiment… Je n'étais pas capable. Je n'arrêtais pas de penser à Émilie.

— Je peux très bien comprendre ça. Mais maintenant que tu sais que tout va bien, tu files dans ta chambre pour rattraper le temps perdu. Si tu as besoin de moi, je serai dans la cuisine. Je vais essayer de me trouver un petit quelque chose à manger, je n'ai pas encore soupé.

Mais quand Charlotte vint retrouver son père à la cuisine, un peu plus tard, ce dernier n'avait toujours pas mangé. Immobile devant l'évier, il fixait le jardin sans le voir. Il faisait noir à présent et seuls quelques points lumineux ondulant au gré des remous de la rivière striaient l'obscurité profonde de cette nuit sans lune.

— Papa ?

Raymond sursauta.

— Oh ! Charlotte… Je ne t'avais pas entendue arriver. As-tu fini tes devoirs ?

— Oui, c'est fait. Il n'y avait pas grand-chose, ce soir… Mais toi, tu n'as pas mangé ?

— Non… Finalement, je n'avais pas très faim. Je crois que je suis surtout très fatigué.

Et comme pour prouver ses dires, il se massa longuement la nuque en levant la tête. Ce fut à ce moment que son regard tomba sur l'étagère à pilules, comme l'appelait Charlotte. Machinalement, sa main se tendit vers une bouteille, celle que Blanche prenait parfois pour Émilie.

Extrait de fraise…

Raymond soupira. Le sirop rouge qu'elle contenait devait probablement servir à calmer les coliques puisque Blanche l'utilisait lorsqu'ils devaient sortir en famille. C'est alors que toutes les interrogations qu'il avait eues depuis quelque temps, ajoutées à l'inquiétude de la sœur infirmière de l'école et soutenues par les questions du docteur Pomerleau, se mélangèrent dans son esprit pour former un tout indissociable.

Blanche qui donnait du sirop de fraise pour qu'Émilie puisse participer à un pique-nique. Il voyait la scène comme si elle se déroulait devant lui à l'instant même.

Il entendait Blanche, aussi, argumentant parce qu'elle tenait à assister au déjeuner, tous les matins de la semaine, depuis qu'Émilie allait à l'école. Blanche qui obligeait sa fille à manger du gruau, matin après matin…

Pourquoi ?

Donnait-elle du sirop à Émilie tous les jours pour qu'elle puisse aller en classe ?

Mais alors pourquoi en donnait-elle puisque, selon les dires de l'infirmière du couvent, Émilie était souvent souffrante ?

Raymond pressentait qu'il était à deux doigts de mettre un nom sur ce que René Pomerleau avait appelé ses présomptions. La question se précipita à ses lèvres sans qu'il puisse la retenir :

— Charlotte ? À part l'huile de poisson, sais-tu si Émilie prend d'autres médicaments ?

Il détestait prendre son aînée à témoin. Charlotte n'était encore qu'une enfant. Mais avait-il le choix ? Comme elle restait silencieuse, il répéta sa question. Alors, levant les yeux vers lui, Charlotte haussa les épaules.

— Je ne sais pas vraiment…

Mais en réalité, Charlotte se doutait de quelque chose. Il y avait tellement d'indices depuis toujours ! Malgré cela, elle se rappelait qu'une fois, lorsqu'elle était toute petite, elle avait essayé d'expliquer à son père que c'était uniquement après certains sirops qu'Émilie était malade. Mais son père n'avait pas voulu l'écouter et Charlotte s'était même fait disputer à cause de cela. Alors, elle ne savait pas si elle avait envie de partager ses doutes avec son père. Pourtant, aujourd'hui, elle n'était plus un bébé et, si son père l'avait questionnée, c'était que cela devait être important. Et surtout, aujourd'hui, Émilie n'avait pas seulement été malade, elle avait été opérée. On ne parlait plus de la même chose. Charlotte se décida d'un coup. Tant pis si elle essuyait des remontrances, elle sentait qu'il était temps de parler de certains détails qu'elle avait remarqués et qui l'intriguaient depuis longtemps.

— Si tu veux savoir si je vois Émilie prendre des pilules ou des sirops tous les jours comme l'huile de foie de morue, je ne sais pas. Je ne la vois pas faire ça. Par contre…

Charlotte hésita une fraction de seconde. Puis, elle se jeta à l'eau :

— Par contre, quand le pharmacien vient porter des médicaments ici, j'ai remarqué que c'était toujours les mêmes bouteilles qu'il livrait. Presque toujours… Je ne sais pas si ça veut dire qu'Émilie prend des pilules, mais je trouve qu'il vient souvent, le pharmacien, l'après-midi, un peu après qu'on est revenu de l'école…

Le cœur de Raymond battait la chamade. Alors, il demanda d'une voix qu'il espérait rendre indifférente :

— Peux-tu me montrer les bouteilles dont tu parles ?

— Oui, c'est facile. Il y a celle que tu tiens dans ta main. Je la reconnais parce qu'elle est transparente, que je trouve le sirop d'une belle couleur, qu'il sent bon et que parfois je trouve Émilie chanceuse de pouvoir en prendre. Et il y a celle-là, ajouta-t-elle en tendant l'index vers la tablette en coin, la brune derrière. Celle-là aussi, je la reconnais parce qu'elle a la même forme que la grosse bouteille de remontant à maman. Tu sais, ce nouveau médicament que le docteur Dugal a prescrit quand maman a la migraine. Elle nous a dit que c'était beaucoup plus efficace que les aspirines et que c'est pour ça qu'elle en prenait régulièrement.

La bouteille brune que Charlotte désignait avait les épaules carrées comme la bouteille de brandy et ressemblait à l'autre, en miniature.

Et si Charlotte avait fait cette comparaison, cela voulait dire que ses filles avaient déjà vu la bouteille de brandy.

Cela voulait donc dire que Blanche buvait régulièrement et devant elles.

Raymond ferma les yeux un instant. Se pouvait-il qu'il ait été à ce point aveugle ? La main qu'il tendit pour saisir cette seconde bouteille tremblait légèrement. Il avait presque peur de savoir ce qu'elle contenait. Mais curieusement, l'étiquette avait été grattée et il ne put la lire. Il n'osait se retourner, pourtant la présence de Charlotte dans son dos était comme une brûlure. Il fallait qu'il dise quelque chose.

— Ainsi ce sont ces deux bouteilles que le pharmacien apporte habituellement ?

— Oui. Enfin, je crois. Mais je ne sais pas si c'est Émilie ou maman qui s'en sert, par exemple. Faudrait le demander à maman.

« Il faudrait, oui », se dit Raymond en soupirant. Il s'inventa un sourire avant de se retourner face à Charlotte.

— Merci, mon Charlot. Ce que tu viens de me dire va être très utile à ta sœur. J'avais oublié de demander à ta mère si Émilie prenait des médicaments et le médecin qui l'a opérée pense que c'est important de le savoir pour préparer sa diète.

Raymond improvisait, disait n'importe quoi. Il avait l'impression que les pièces d'un immense casse-tête étaient en train de se placer d'elles-mêmes dans sa tête et il n'aimait pas l'image qui se précisait. Il était conscient que l'excuse qu'il venait de trouver était malhabile, mais Charlotte sembla s'en contenter. Raymond se hâta de changer de sujet.

— Bon ! Maintenant, si on pensait à demain ? Ta mère veut passer la nuit à l'hôpital auprès d'Émilie. Ce qui est peut-être un peu normal après l'opération. Mais ça veut aussi dire que lorsqu'elle va revenir à la maison, demain, elle va probablement être très fatiguée. Qu'est-ce que tu dirais de retourner chez Gertrude après l'école ?

Raymond savait que Charlotte n'était plus une toute petite fille et qu'elle préférait revenir à la maison mais pour le lendemain, il ne voyait pas comment il pourrait faire autrement. Charlotte grimaça, lui donnant raison.

— Encore chez Gertrude ?

L'idée ne lui souriait guère, d'autant plus qu'avec sa mère ici, sans savoir si elle serait clouée au lit comme avec une migraine, Charlotte ne pourrait inviter Françoise chez la voisine. Le risque que leur petit secret soit découvert était trop grand. Elle eut alors envie de se confier à son père. Ce secret lui pesait sur la conscience. Avec le passage du temps, elle ne se rappelait plus vraiment pourquoi elle ne devait plus voir Françoise. Était-ce les mauvaises notes ou la coqueluche qui avaient tout déclenché ? Dans un cas comme dans l'autre, Charlotte ne voyait plus la nécessité de l'interdit puisque ses notes frôlaient la perfection et qu'elle n'avait jamais eu la coqueluche. Et puis, elle s'ennuyait de la famille de Françoise. La grande maison grouillante de monde et de rires lui manquait. Alors elle se risqua. Peut-être bien que papa comprendrait et accepterait que Charlotte puisse retourner jouer chez son amie. Ce serait leur secret à tous les deux.

— Dis, papa, si j'allais chez Françoise à la place ?

Raymond prit un moment avant de répondre. Il avait parlé de Gertrude par habitude pour meubler le silence entre Charlotte et lui, pour que sa fille ne puisse comprendre à quel point il était exaspéré. Car au fil des mots de Charlotte, la colère avait remplacé l'inquiétude et il bénissait le ciel que Blanche fût restée à l'hôpital. Si elle avait été devant lui, Raymond ne savait s'il aurait pu se contrôler. Des suppositions présentées par Charlotte aux présomptions du chirurgien, il n'y avait qu'un pas que Raymond était en train de franchir sans la moindre difficulté. Il avait le cerveau en ébullition et les nerfs à fleur de peau. Et voilà que Charlotte parlait de Françoise… Il soupira bruyamment.

— Françoise ? Je ne crois pas que ce soit une très bonne idée. Tu sais ce que ta mère en pense.

Charlotte soupira à son tour.

— Mais pourquoi ? insista-t-elle. Je ne comprends pas ce que maman trouve de…

— Non, interrompit sèchement Raymond. On ne réglera pas cette histoire ce soir. Et j'espère que je n'ai pas d'explications à donner là-dessus. On en reparlera plus tard.

— Mais papa…

— J'ai dit non ! Est-ce que c'est clair ? Pas ce soir. Pas maintenant.

Charlotte fut sur le point de dire que c'était ridicule puisque de toute façon elle voyait Françoise à l'école et que Gertrude, elle, acceptait que les deux filles jouent ensemble depuis longtemps et que rien de catastrophique, comme le dirait sa mère, n'était arrivé. Mais son père semblait tellement fatigué, irrité, que Charlotte ravala ces quelques mots qui lui paraissaient criants de vérité. Elle était terriblement déçue. Et bien au-delà de la permission refusée. Elle avait l'impression que son père la laissait tomber. Et quand il ajouta qu'Émilie devait être leur seule priorité pour l'instant, elle en fut convaincue.

— J'espère que tu es assez grande pour comprendre qu'on a plus important à penser que de savoir si tu peux ou non jouer avec Françoise. Promis qu'on y reviendra plus tard. Mais pour les semaines qui viennent, toutes nos énergies devront se concentrer sur ta sœur. Si on s'en occupe bien, elle va guérir.

— Tu es sûr de ça ?

Un drôle de silence flotta un bref instant dans la cuisine. Raymond fronça les sourcils.

— Mais voyons, Charlotte… C'est bien certain que pour guérir, Émilie a besoin que je m'occupe d'elle. Tout comme toi et ta mère, d'ailleurs.

— Bien moi, je ne suis pas certaine. Si tu te mets à t'occuper d'Émilie autant que maman le fait, c'est là qu'elle va être encore plus malade.

L'impatience de Raymond monta d'un cran. Mais qu'est-ce que Charlotte allait inventer là ? Il n'arrivait pas à suivre la logique du raisonnement de sa fille. Pourtant Charlotte semblait si sûre d'elle. Elle avait ce regard d'adulte qui parfois l'intimidait. Il décida de jouer la carte de l'autorité. Il n'avait pas envie de discuter ni avec elle ni avec qui que ce soit.

— Quoi ? Mais ça n'a aucun sens ! Si c'est là tout ce que tu as à dire, vaut mieux te taire. Et j'espère que tu sauras aider ta mère, car elle va en avoir plein les bras avec Émilie quand ta sœur va revenir de l'hôpital.

— Alors Émilie ne guérira pas.

— Ça suffit, Charlotte ! On dirait que tu ne veux pas que ta sœur guérisse.

— Mais non, voyons. Au contraire. Mais toi, tu n'as pas remarqué ?

— Mais remarquer quoi, bon sang ? Tu le fais exprès ou quoi ?

— Pas du tout. C'est juste que j'ai remarqué qu'Émilie est beaucoup plus malade quand maman s'occupe d'elle. C'est quand elle reste ici pendant des jours qu'Émilie est le plus malade. Ça ne se peut pas que tu ne l'aies pas vu toi aussi.

L'exaspération de Raymond tomba d'un coup comme une bougie que l'on souffle et un vide vertigineux le remplaça. Il n'avait rien à répondre. Il fixait Charlotte en fronçant les sourcils comme si sa mémoire faisait des efforts incroyables pour retracer certains souvenirs. Alors, devant le silence persistant de son père, Charlotte murmura :

— Bonne nuit, papa. Moi, je vais me coucher. Je suis très fatiguée.

Puis Charlotte sortit de la cuisine sans faire de bruit et se précipita vers l'escalier. Elle ne voulait surtout pas que son père l'entende pleurer et présentement, la grosse boule qui s'était formée dans sa gorge risquait d'éclater à tout moment.

Chapitre 11

Émilie était revenue chez elle depuis plus de deux semaines. À son arrivée, Raymond l'avait portée dans ses bras pour la mener au salon et l'installer sur la banquette sous la fenêtre.

— Ça va être moins ennuyeux que de rester dans ton lit. D'ici, tu peux voir tout ce qui se passe dans la rue.

Blanche, qui suivait à quelques pas derrière, avait poussé de hauts cris :

— Mais qu'est-ce que tu fais là ? Près d'une fenêtre grande ouverte ! Et les microbes, mon pauvre Raymond ? Qu'est-ce que tu fais des microbes ? Émilie est très fra…

Un regard glacial lui avait coupé la parole.

Quand Blanche disait *mon pauvre Raymond*, c'était qu'elle ne l'avait pas en très haute estime, rabaissant son jugement à la portée d'un très jeune enfant. Et comme tout ce qui touchait de près ou de loin au domaine de la santé lui était habituellement réservé, Blanche tolérait difficilement les ingérences. Auparavant, Raymond se contentait de hausser les épaules, laissant couler une opinion qui, au demeurant, ne l'affectait que fort peu. « Chacun sa façon de voir les choses », pensait-il invariablement, tout à fait philosophe. Et cette attitude était conforme à ce qu'il était foncièrement. Pourquoi jeter de l'huile sur un feu inutile ?

Aujourd'hui, c'était différent. La vie le bousculait, l'obligeait à dépasser les limites qu'il s'était données et Blanche s'occupait de bien entretenir le tout. Raymond détestait toujours autant les imprévus, les détails inutiles, les banalités qui perturbaient le quotidien. Mais depuis l'opération de sa fille, ces éléments indésirables prenaient des proportions énormes. Les attitudes exagérées exacerbaient son impatience, la moindre parole équivoque alimentait ses suspicions.

À son insu, Blanche était en liberté surveillée.

C'était pourquoi, depuis quelques semaines, Blanche et Raymond n'avaient pas échangé plus de deux mots en dehors des incontournables choses du quotidien.

La réflexion de Raymond virait à l'obsession, son regard dardait la tablette aux pilules dès qu'il entrait dans la cuisine, des paroles assassines se bousculaient à ses lèvres. Mais comment dit-on à la mère de ses enfants qu'elle aurait pu tuer sa fille ? Raymond ne savait pas. Il avait peur de lui-même et du volcan qui grondait en lui, prêt à faire irruption. Alors il se contentait d'être vigilant et d'opposer aux caprices de Blanche une froideur exagérée mais qui pouvait passer pour normale chez un homme pondéré en tout comme lui. Sa nature pragmatique lui faisait espérer une solution qui devait bien exister quelque part.

Quant à Blanche, elle voyait dans cette attitude un retour à la normale qu'ils avaient tous bien mérité.

Émilie ayant été opérée, pour le moment, elle n'avait plus à utiliser des ruses de Sioux pour administrer des médicaments et elle croisait les doigts en espérant un mieux-être qui serait permanent. Ce dont, malheureusement, elle doutait. Comment le fait d'opérer pouvait changer une malformation de naissance restait pour Blanche un mystère. Mais comme elle avait eu tellement peur pour son bébé, comme le docteur Pomerleau avait brandi des menaces terribles sur l'état de santé de sa fille, Blanche attendait avant d'intervenir.

Et parce que Raymond n'avait aucune preuve tangible contre Blanche, lui aussi, il attendait.

Pouvait-il accuser Blanche sur les présomptions d'un médecin qui avouait n'avoir que cela et sur les allégations d'une enfant à l'imagination fertile ? Son intuition soufflait que oui, son tempérament modéré proposait d'attendre.

Mais comme Raymond ne pouvait fonctionner efficacement dans un environnement anarchique, il préféra voir dans les événements l'occasion, sinon l'obligation, de changer ses habitudes pour d'autres. Un peu de diversité dans la monotonie de la routine ne pouvait faire de tort. Il finirait bien par s'y plaire, pour autant qu'il y retrouve un certain équilibre prévisible.

Il décida donc de partir chaque matin très tôt, s'obligeait à venir dîner et rentrait avant le souper. Puisque Émilie elle-même ne se rappelait pas avoir pris des médicaments de façon régulière – Raymond avait discrètement fait son enquête –, si médicaments il y avait, il ne voyait que l'heure des repas pour les camoufler. Ne restait que le déjeuner où il ne pouvait être présent. Mais comme la diète d'Émilie autorisait le pain grillé et qu'elle raffolait des rôties au miel, Raymond partait l'esprit en paix.

On ne peut cacher du sirop dans du pain grillé.

Trois semaines de ce régime pour constater que ce n'était pas si difficile de se lever aux aurores. Que c'était même plutôt agréable d'avoir quelques heures de tranquillité pour faire avancer ses dossiers, l'esprit vif et les sens en alerte à cette heure matinale.

Peu enclin à la poésie ou au romantisme jusqu'à ce jour, Raymond se surprenait même à arrêter parfois au coin d'une artère endormie pour apprécier la magie d'un soleil qui bondit par-dessus les toits avant d'envahir le moindre des espaces vides de la rue. Il y puisait calme et sérénité qui le suivaient une grande partie de la journée.

Émilie se portait bien, récupérait normalement, était plus forte de jour en jour. Germain qui venait la visiter régulièrement le confirmait. Charlotte avait dû comprendre le message même s'il avait été lancé dans un instant de tension, car elle se montrait serviable et gentille. Quant à Blanche, égale à elle-même, elle continuait dans la bonne veine et brassait l'air autour d'elle.

Petit à petit, Raymond avait donc remisé sa colère, s'appliquait à apprécier son nouvel horaire et conservait ses énergies pour le travail qui ne manquait pas à cette période de l'année.

Il croisait les doigts en espérant que la famille Deblois venait d'entrer dans une nouvelle ère.

Il n'avait pas entendu le mot *migraine* depuis fort longtemps. Ni le mot *colique*, d'ailleurs.

Émilie, sous la gouverne de Blanche, avait repris ses classes et, fidèle à ses habitudes, elle y mettait le strict minimum de bonne volonté. C'était plus fort qu'elle : Émilie n'aimait pas l'école et tout ce qui s'y rattachait. Alors, pour l'encourager, conscient qu'elle en avait encore pour de nombreuses années à étudier, Raymond prit l'habitude d'apporter des babioles, le soir quand il revenait du travail. Des riens, des colifichets qui faisaient cependant la joie d'Émilie et celle de Charlotte qu'il n'oubliait jamais.

Et ce soir, il était particulièrement fier de ses trouvailles. Un exemplaire à la reliure enjolivée de dorures d'un Jules Verne pour Charlotte qui raffolait des romans d'aventures et un collier de pierreries turquoise qui mettrait en valeur les yeux émeraude d'Émilie, dénichés tous deux à la brocante au coin de la rue de son étude. Il faisait une journée idyllique, la brise avait juste ce qu'il fallait de douceur pour accompagner l'ardeur du soleil, les passants étaient nonchalants et les oiseaux bruyants. Par une si belle journée, Raymond s'attendait à trouver les filles au jardin et, sans passer par la maison, il se dirigea vers la cour arrière.

Charlotte était seule.

Assise à l'ombre d'un gros lilas violet, face à la rivière, elle lisait. Quand elle n'avait aucune obligation, Charlotte lisait toujours. Sa passion des mots ne se démentait pas.

— Charlotte !

Le temps de finir la phrase, de glisser un doigt entre deux pages exactement comme Blanche le faisait et Charlotte levait la tête.

— Papa ! Déjà ? Il me semble qu'il est un peu de bonne heure pour arriver.

— Il faisait trop beau… Je retournerai au bureau plus tard, en soirée. Regarde ce que j'ai trouvé.

Raymond brandissait à bout de bras un sac en papier brun. Charlotte sauta sur ses pieds et, toujours l'index coincé à mi-livre, elle se précipita vers son père. C'était bien agréable, cette nouvelle habitude d'apporter des cadeaux presque tous les jours.

— Qu'est-ce que c'est ?

— Devine !

Charlotte se prêta au jeu même si Raymond sentait qu'elle trépignait d'impatience.

— Je ne sais pas... Peut-être un foulard ?

Charlotte disait n'importe quoi, toute à la joie d'un instant comme celui-là. Elle adorait cette sensation d'attente joyeuse et, malgré son jeune âge, elle appréciait tout autant l'expectative d'une surprise que le fait de découvrir un cadeau.

— Un foulard ? Tu ne trouves pas qu'il fait un peu chaud pour un foulard ?

— Oui, d'accord, tu as raison. Ce n'est pas un foulard. Un bijou peut-être ? Non, non, pas un bijou, analysa-t-elle, fébrile. Je sais ce que c'est, tu as l'air trop content de toi-même, c'est un bibelot en forme de tortue pour ma collection. Ça fait longtemps que tu cherches sans trouver... Non ? Alors, je donne ma langue au chat. Allez, papa, arrête de me faire languir. Qu'est-ce que c'est ?

Raymond entrouvrit le sac, fit mine de chercher, d'hésiter. Lui aussi adorait ces petits jeux et il n'y avait qu'avec Charlotte qu'il pouvait s'y livrer. Émilie, à l'instar de Blanche, était soit trop impatiente, soit au contraire indifférente, selon les humeurs de la journée.

— Talam ! Le voici, le voilà !

Tout en parlant, Raymond extirpait du sac le livre à la couverture rouge sang, agrémenté de fioritures et à la tranche dorée.

— Mais il est donc bien beau !

Charlotte en était presque émue. Les dorures de l'ouvrage brillaient au soleil. Sans attendre, elle tendit la main.

— Et en plus c'est un Jules Verne que je n'ai pas lu… Merci, papa, c'est le plus beau cadeau que tu pouvais me faire.

Charlotte regardait le titre, *Voyage au centre de la terre*, avec une lueur de gourmandise au fond du regard.

— Je me dépêche de finir celui que j'ai commencé, fit-elle avec une certaine impatience dans la voix, et je vais dévorer celui que tu viens de m'apporter.

Elle s'approcha de Raymond, se leva sur la pointe des pieds et, attrapant le revers du col de sa veste, elle l'obligea à se pencher vers elle pour pouvoir l'embrasser sur la joue.

— Merci, merci, merci… Tu es le papa le plus extraordinaire de la terre.

Puis avec une lueur d'excuse dans les yeux, elle demanda :

— Est-ce que je peux retourner lire maintenant ? J'ai hâte d'avoir fini ce livre-là, déclara-t-elle en soulevant l'ouvrage emprunté à la bibliothèque de l'école. Parce que j'ai très envie de commencer le tien.

— Bien sûr, Charlot… Mais où donc est ta sœur ? Je m'attendais à la trouver au jardin, elle aussi.

— Au salon…

La voix de Charlotte était évasive, son esprit déjà à la lecture. Elle ajouta, en regagnant sa place près du lilas :

— Maman dit qu'elle a commencé à avoir un peu mal au ventre après le dîner et elle préfère rester à l'intérieur.

La joie de Raymond glissa en chute libre pour rejoindre l'inquiétude, latente depuis quelque temps. Refermant le sac, il se dirigea aussitôt vers la maison.

Mais qu'est-ce que Blanche avait encore fait ? Et comment se faisait-il qu'il n'avait rien vu, ce midi ?

Il grimpa les marches de l'escalier deux par deux, traversa la cuisine en coup de vent pour s'arrêter au seuil du salon. Tout comme Charlotte, recroquevillée sur le divan, Blanche lisait. Elle leva les yeux et offrit un large sourire :

— Déjà ? C'est agréable que tu revien…

— Où est Émilie ? l'interrompit Raymond sans même répondre ni à sa question ni à son sourire.

Blanche haussa les épaules.

— Dans sa chambre. Elle a dessiné une partie de l'après-midi et elle était fatiguée. Elle est montée pour…

Blanche ne termina pas sa phrase parce qu'il n'y avait plus personne pour l'écouter. Elle avait à peine dit quelques mots que Raymond tournait les talons pour se diriger vers l'escalier menant à l'étage. La joie ressentie en le voyant arriver d'aussi bonne heure s'évanouit aussitôt.

Mais quelle mouche le piquait encore ?

Après quelques jours de visible méfiance à son égard – et Blanche se demandait bien pourquoi puisqu'elle se faisait on ne peut plus discrète avec le brandy, auquel elle recourait le moins souvent possible, à savoir deux ou trois fois par jour et toujours avec circonspection, et qu'à ses yeux, c'était là le seul sujet de discorde possible entre Raymond et elle, chacun ayant une vue différente sur la chose – donc, après quelques jours un peu sombres, la vie avait pris un cours différent qui lui plaisait bien. Raymond était de plus en plus souvent à la maison, il n'y avait plus de disputes entre eux, Charlotte était vraiment serviable et Émilie se portait de mieux en mieux. Alors pourquoi ce regard chargé de colère juste avant qu'il ne se précipite vers l'escalier ?

Blanche n'allait pas tarder à le savoir puisque les pas de Raymond longeaient déjà le corridor des chambres et redescendaient l'escalier. Il s'arrêta de nouveau sur le seuil du salon.

— Qu'est-ce que tu lui as donné ?

Pour une fois, Raymond n'avait pas envie de tourner autour du pot.

Blanche leva un regard franchement surpris.

— Pardon ? Je ne te suis pas.

— Qu'est-ce que tu as encore donné à Émilie pour qu'elle ait mal au ventre ?

La voix de Raymond était sourde. Sa moustache agressive frémissait à chacune de ses paroles.

— Mais rien. Pourquoi veux-tu que…

— Arrête de jouer !

La rage de Raymond était palpable.

— Pourquoi veux-tu qu'Émilie ait mal si tu ne lui as rien fait prendre ?

Blanche fronça les sourcils.

— Tout simplement parce qu'elle a été opérée depuis peu et que c'est normal d'avoir encore des douleurs à l'occasion. Germain a dit que…

— Justement, Germain… L'as-tu appelé, au moins ?

— Non, pourquoi le déranger pour si peu ?

Il y avait une telle candeur dans le regard et la voix de Blanche que Raymond la trouva suspecte. Il fulminait. Là-haut, dans une chambre aux rideaux tirés et à la fenêtre fermée, Émilie, en sueur, était couchée sur le côté, en boule, comme avant. Même le collier de turquoise n'avait pas réussi à la faire bouger. Pourtant, Émilie était une petite fille pour qui les bijoux, les vêtements et les apparences avaient beaucoup d'importance.

— Émilie a mal, tu n'appelles pas le médecin parce que tu trouves ça normal. Et tu penses que je vais te croire ?

Jamais Raymond n'avait parlé à Blanche sur ce ton. Elle se sentait toute tremblante.

— Mais pourquoi ne me croirais-tu pas puisque je dis la vérité ?

Raymond était hors de lui.

— La vérité ? Sais-tu seulement ce que veut dire ce mot ? Tu as ta vérité, oui, celle d'une femme malade qui avale autant de pilules qu'elle boit de brandy. Combien de verres aujourd'hui ? Hein ? Combien d'aspirines ? Ou plutôt combien de cuillerées d'extrait de fraise as-tu données à Émilie pour prévenir les crampes ? Qu'est-ce qu'il va arriver pour que tu arrêtes ? Jusqu'où vas-tu la rendre malade pour satisfaire ta phobie morbide ?

Raymond mordait dans les mots, laissant le venin accumulé s'écouler avant d'étouffer. Blanche le regardait, immobile. Ses mains tremblaient, son regard était embué. Raymond serra les poings.

— Oh non !... Ne me fais surtout pas le coup des larmes. Ça ne prend plus. Va falloir que tu changes, Blanche. Sinon, je te jure que tu vas le regretter. Le bon gros Raymond toujours gentil est mort. Tu l'as tué avec tes manigances. Alors fais bien attention, je t'ai à l'œil et si jamais tu t'avises de recommencer ton petit manège avec Émilie…

Raymond s'arrêta brusquement. Blanche pleurait maintenant à chaudes larmes, mais cela ne le touchait pas. Comment avait-il pu être sensible à cette émotivité malsaine ?

Il resta un moment sur le seuil du salon comme s'il voulait imprimer à tout jamais l'image de Blanche pleurant, assise sur le divan, puis il tourna les talons, passa par la cuisine pour prendre la bouteille à l'étiquette arrachée et quitta la maison. Dans l'état où il avait trouvé Émilie, il n'y avait pas de danger qu'elle mange au souper. Charlotte en avait déjà vu d'autres avec sa mère et Blanche n'avait qu'à se débrouiller avec sa conscience. Lui, il avait plus important à faire.

Bénissant cette intuition qui l'avait fait revenir aussi tôt chez lui, Raymond prit la direction du bureau de Germain Jodoin. À pied, pour essayer de se calmer. Avec un peu de chance, son ami devrait être encore à son cabinet à cette heure-ci…

Germain Jodoin avait écouté Raymond sans l'interrompre, caressant machinalement la barbe qu'il portait longue et volontairement hirsute. De temps en temps, il glissait son regard par-dessus ses lunettes, fixait son ami, fronçait les sourcils puis reprenait la pose, les yeux dans le vague, regardant sans la voir la pile des dossiers de la journée posés sur un coin du bureau. Il s'attendait à cette visite un jour ou l'autre et n'avait pas été surpris de voir apparaître Raymond dans l'embrasure de la porte de son cabinet. Raymond, naturellement calme et posé, était, cet après-midi, survolté, volubile et nerveux. Pour lui, la preuve était faite que Blanche était responsable de l'état d'Émilie.

— Tu avais raison, Germain, bon sang que tu avais raison ! Et le docteur Pomerleau, même s'il n'a rien dit de précis, avait raison lui aussi d'avoir des doutes. La voilà qui recommence. Tiens, regarde, c'est l'autre bouteille dont je viens de parler. Celle qui m'intrigue. Peux-tu dire ce que c'est ?

Raymond sortit de sa poche de veston une bouteille plate, aux épaules carrées. Germain tendit la main, enleva le bouchon, se pencha. Insipide, incolore et visqueux…

— Huile de ricin, probablement. Ça serait logique.

— Logique ?

— Tout à fait. Triste mais logique. Extrait de fraise et huile de ricin. Les effets de l'un contrebalancent les effets de l'autre, donnant une apparence d'équilibre. Ce doit être l'administration régulière de ces deux médicaments qui a causé tous les problèmes d'Émilie.

— Et qu'est-ce que je fais ?

— Pour l'instant, rien. Il n'y a rien à faire.

— Mais je viens de te dire que j'ai trouvé Émilie tordue de douleur et que…

— Et que c'est probablement normal, Raymond, l'interrompit Germain en soupirant. Après une intervention aussi importante, c'est fréquent de continuer à avoir mal pendant un certain temps.

Ce fut au tour de Raymond de rester immobile et silencieux, le regard fixe comme s'il était à des années-lumière de ce bureau. Puis il releva la tête en expirant bruyamment. La colère qu'il avait ressentie venait de s'évanouir aux derniers mots de Germain, remplacée par une lassitude sans nom.

— Alors comment savoir si c'est Blanche ou l'opération ?

Germain haussa les épaules :

— Pas le choix de faire confiance à Blanche. Si elle dit qu'elle n'a rien donné, il y a de bonnes chances que ce soit vrai.

— Et tu te fierais à ce qu'elle dit ?

L'hésitation du médecin fut à peine perceptible :

— Je crois, oui.

Après s'être fait dire de faire attention pendant des années, voilà que maintenant Raymond devait faire confiance. Il n'en revenait pas. Il soupira d'impatience :

— Mais pourquoi ? Après tout ce que Blanche a fait, tu oserais lui faire confiance ?

— Oui et je vais te dire pourquoi… Après l'opération d'Émilie et après les déductions de René Pomerleau, j'ai ressorti mes vieux bouquins et je me suis penché sur la question… Blanche est malade, ça c'est certain. Et sa maladie, c'est d'avoir peur de la maladie et d'être persuadée que tous les maux de la terre la menacent. Au moindre changement, à la moindre petite douleur, elle croit sincèrement que quelque chose de grave est en train de l'attaquer. Et elle prend les grands moyens pour enrayer son mal avant qu'il ne dégénère en maladie grave. Tu dis aussi qu'elle se plaint de migraines et là, c'est probablement vrai. Elle ne serait pas la seule, crois-moi. Mais dans le cas de Blanche, être migraineuse confirme le fait qu'elle est plus fragile que les autres. Dans son esprit, ça forme un tout logique. Elle est une femme de faible constitution, sujette à attraper tout ce qui passe et la seule chose qu'elle peut faire c'est prévenir. Et Blanche a reporté cette phobie sur Émilie. Tant que les médecins vont dire qu'ils ne trouvent rien, Blanche va être persuadée qu'ils se trompent et elle va n'en faire qu'à sa tête puisqu'elle est convaincue qu'il y a quelque chose. Ce qu'elle a probablement fait avec Émilie pendant des années. Mais aujourd'hui, c'est différent. René Pomerleau lui a confirmé qu'elle avait raison puisque Émilie avait quelque chose. Alors ce médecin est crédible, du moins en partie, et elle va se plier à ses recommandations, même si elle n'est pas d'accord avec certaines conclusions ou certaines présomptions. Et je sais que Pomerleau lui a dit qu'Émilie ne devait prendre aucun médicament sous aucun prétexte, car elle risquait une hémorragie qui pourrait lui être fatale. J'étais dans la chambre à ce moment-là. Cela suffit pour une femme comme Blanche : on lui a confirmé que sa fille était malade, c'est tout ce qu'elle voulait entendre. Son esprit a commodément occulté tout le reste. Maintenant, elle va écouter le médecin. C'est pour cela que je dis qu'il y a très peu de chances qu'elle ait donné quoi que ce soit à Émilie. Le mal réel de ta fille est suffisant par lui-même pour ne pas avoir besoin de chercher ailleurs.

Raymond était estomaqué par la conclusion à laquelle Germain arrivait. Naïvement, il avait espéré qu'en apportant la preuve que Blanche avait joué un rôle dans la situation, cela réglerait le problème. Brusquement, il venait de comprendre le peu de logique de sa réflexion. Il avait l'intolérable impression que le bourbier s'épaississait. Il leva la tête. Ses sourcils formaient une barrière broussailleuse au-dessus de ses yeux à moitié fermés et Germain se demanda si c'était l'inquiétude ou l'impatience qui dominait dans le regard de son ami.

— Mais comment veux-tu que je m'y retrouve ? On me dit d'être vigilant mais en même temps, on ajoute que je n'ai pas trop à m'en faire. Des fois c'est vrai, d'autres pas. À moi de séparer le bon grain de l'ivraie. C'est un cours de médecine que j'aurais dû faire, pas mon droit.

Raymond était à la fois découragé et exaspéré.

— C'est vrai que ce n'est pas toujours facile, approuva Germain. Et il y a Émilie aussi.

— Comment Émilie ? Je ne te suis pas.

— Aujourd'hui, tu vas devoir composer avec Émilie aussi. J'en ai bien peur. Ce serait facile pour Émilie de développer les mêmes attitudes que sa mère. Depuis qu'elle est bébé on lui dit qu'elle est fragile et cet état lui apporte l'attention de tout un chacun. Pas désagréable pour une enfant, ça. Alors, pourquoi ne pas en profiter et se plaindre de temps en temps qu'on a mal ici ou là. C'est ce que j'ai cru percevoir l'autre jour à la visite que je lui ai faite.

— Tu veux dire qu'Émilie serait comme Blanche ?

— Le risque est là, oui. Et puis, elle a tellement souffert de crampes et de coliques qu'elle a raison d'avoir peur. Dis-toi bien qu'on ne naît pas hypocondriaque mais qu'on le devient. Pour Émilie, les ingrédients sont tous là, tu ne crois pas ? Quant à Blanche, si tu cherches dans son enfance, probablement que la source du mal est là.

— Oh ! Ça…

La voix de Raymond était sarcastique.

— Son père lui offrait des consultations médicales comme d'autres offrent des fourrures à leur fille. Dommage qu'il soit décédé, j'aimerais lui dire quelques mots là-dessus.

— Quelques mots qui seraient probablement inutiles. Mais tu vois que Blanche n'est pas vraiment coupable dans tout ça.

— Ridicule…

Raymond assena un coup de poing sur le bureau de Germain.

— Complètement ridicule, répéta-t-il. Blanche rend sa fille malade à force de sirops, mais elle n'est pas coupable… Si tu savais à quel point j'en ai assez de tout ça. Et maintenant, qu'est-ce que je fais ? Tout ça ne me dit pas comment je dois agir… Mettre Blanche face à la réalité ? La confronter à sa maladie ?

Germain dessina une moue peu convaincue.

— Je te l'ai déjà dit : ça ne donnerait rien. Sinon, la rendre profondément malheureuse parce qu'elle se sentirait incomprise. N'oublie jamais que Blanche est persuadée d'être malade.

— Et si moi je ne veux plus entrer dans son jeu ?

Germain soupira.

— Il n'y a que toi pour savoir ce que tu veux faire.

— Ce que je veux faire ? Je veux vivre normalement, Germain. Je veux tout simplement avoir une vie de famille normale avec ma femme et mes filles. Est-ce trop demander ?

Raymond quitta le bureau de son ami plus perturbé que jamais. Toute cette conversation le ramenait à lui-même, à ses choix, à ses valeurs. Il n'était guère plus avancé.

Il avait l'impression de tourner en rond et qu'il n'y aurait jamais de solution. Germain avait raison : il n'obtiendrait rien de plus en attaquant Blanche. Ce n'était pas une solution…

Mais y avait-il une solution ?

Machinalement, ses pas le menèrent à son étude.

Il fit un peu de lumière et le halo jaunâtre de la lampe posée sur un coin du lourd pupitre de bois sombre eut sur lui un effet apaisant.

Il se massa longuement la nuque avant de jeter un regard circulaire autour de lui. Les murs étaient recouverts de rayons chargés de livres. Devant lui, une reproduction grandeur nature de Constable dans un cadre doré et illustrant un coin de campagne anglaise, apportait une note de fraîcheur dans cette pièce au bois sombre, typiquement masculine. Ici aussi, il était chez lui, et l'atmosphère feutrée dont il s'était entouré correspondait à ses attentes, à sa nature. En fait, c'était là tout ce qu'il avait demandé à l'existence : une vie sobre et paisible, à l'image de la rivière coulant au bout de son jardin, à l'image de cette pièce qu'il avait lui-même décorée. Une vie qu'il croyait avoir logée à l'enseigne de l'amour et du respect, car il se souvenait fort bien de ce temps des amours heureuses entre Blanche et lui. C'était il y a si longtemps, c'était avant le mariage. Pourtant il était honnête quand il disait avoir aimé Blanche sincèrement, profondément. Passionnément. Mais ce soir, il avait l'impression d'avoir été floué. Par la vie, par Blanche qui n'avait pas répondu à ses attentes. Alors ce n'était peut-être qu'une parodie d'amour, ce qu'il avait ressenti pour elle, ébloui qu'il avait été par son sourire, par sa grande beauté. C'est à ce moment qu'il repensa à ses filles. Non, ce n'était pas une comédie. Et même aujourd'hui, il y avait une partie de lui qui aimerait encore espérer. Mais espérer quoi ?

Raymond se leva lentement et fit quelques pas dans la pièce. Son ombre massive dessinait un fantôme qui longeait les murs et se perdait au plafond. Et c'était comme cela qu'il se sentait : une ombre lourdaude dans sa propre vie.

Il était si fatigué…

Il revint à sa place, éparpilla quelques papiers pour pouvoir appuyer les coudes devant lui et déposer la tête sur ses mains. Il resta ainsi longtemps, des images s'imposant à sa mémoire sans suite logique autre que cette sensation de colère qui allait grandissant d'une image à l'autre. Les beaux yeux verts d'Émilie, remplis de larmes, le regard sérieux de Charlotte, trop sérieux dans son visage d'enfant, et le rire de Blanche qu'il entendait aussi réel que si elle avait été à ses côtés. Blanche qui ne voyait pas à quel point elle était malade et qui trouvait moyen de rire. Blanche qui buvait aussi. Le souvenir de Blanche, affalée à la table de la cuisine, ivre, s'imposa alors avec une précision désagréable.

Raymond se redressa brusquement et serra les poings. Il la détestait pour ce qu'elle avait fait et se détestait lui-même de n'avoir rien vu. C'était insensé, cette rage au cœur qui le dévorait, mais c'était là, en lui, et il savait que cela ne partirait jamais. Pas plus que Blanche ne changerait.

Mais qui donc était cette femme qui partageait sa vie ? Une femme avec qui il ne faisait plus l'amour qu'avec un peu d'alcool. Et cela aussi était insensé.

Lui qui rêvait de complicité, de partage devait accepter que sa femme bût pour faire l'amour.

C'était donc cela, ce que la vie lui avait réservé ?

Le geste fut inconsidéré mais bien volontaire.

Pourtant, Raymond savait qu'il faisait une erreur. La plus formidable erreur de sa vie.

Mais il allait poser le geste quand même.

Ce geste n'avait encore rien d'irrévocable qu'il acceptait déjà les blâmes qui s'ensuivraient.

Il avait toujours su qu'un jour ou l'autre, une excuse ou un prétexte finirait par avoir raison de son honnêteté. Tant pis. Ce soir, il avait la lâcheté de se dire qu'il avait les deux et il allait en profiter.

Il tira son trousseau de clés et prit la plus petite pour ouvrir le premier tiroir à sa droite en se disant qu'il ne devrait pas.

Il se répéta les mêmes mots en prenant un papier soigneusement plié et en prenant le téléphone. Puis une troisième fois, il entendit les mots résonner dans sa tête en se mêlant à la sonnerie au bout de la ligne.

Pourtant sa main était ferme et sa voix assurée quand il dit :

— Antoinette ? Bonsoir, c'est Raymond. Je sais qu'il est un peu tard, mais j'aimerais te parler. Est-ce possible ?

Il y eut un bref silence au bout de la ligne.

— Ce soir ? D'accord. Tu n'as qu'à venir. Je t'attends.

Raymond raccrocha et jeta le papier à la poubelle. Il savait qu'il n'oublierait jamais ce numéro. Puis il éteignit la lampe.

Ce soir, Raymond allait s'offrir une cure de logique et de bonne santé. Il en avait un urgent besoin.

QUATRIÈME PARTIE

Montréal, automne 1934-automne 1937

Chapitre 12

Depuis quelque temps déjà, Charlotte avait pris l'habitude de faire régulièrement ses devoirs chez Françoise après l'école. Belle preuve que sa mère s'était trompée, s'il en était besoin, les notes de Charlotte n'avaient jamais été aussi hautes.

Les deux filles se préparaient fort sérieusement à entrer au couvent.

Dans moins d'un an, elles commenceraient leurs études classiques et déjà elles se sentaient imbues d'une toute nouvelle importance.

Françoise et Charlotte étaient à cet âge de l'entre-deux où les joies de l'enfance deviennent ennuyeuses et l'attrait du monde adulte de plus en plus grand. L'école du quartier n'était plus qu'un pis-aller en attendant, les cris des petites à la récréation les faisaient soupirer d'impatience mais ceux des garçons, chez les frères au coin de la rue, provoquaient une tout autre sorte de soupirs.

Un jour elles jouaient à la corde à sauter, à l'abri des regards indiscrets dans la cour chez Françoise, le lendemain elles pouvaient discuter de leurs auteurs favoris avec leur titulaire, faisant preuve d'un sens critique peu commun. Toutes les deux, elles adoraient la lecture et pouvaient, assises l'une contre l'autre ou dos à dos, passer des heures sans bouger alors que seul le bruit des pages que l'on tourne brisait le silence.

Françoise était pour Charlotte une sœur comme elle aurait tant voulu en avoir une.

Les deux filles étaient inséparables. À un point tel que, en désespoir de cause, Charlotte avait fini par inclure son père dans le secret. Cette fois-là, il l'avait écoutée avec beaucoup de sérieux et avait accepté ses arguments : Françoise et sa famille ne constituaient pas une menace, bien au contraire. Alors, avec sa bénédiction, Raymond servait souvent d'excuse aux absences et aux retards de Charlotte qui alléguait préférer faire ses devoirs au bureau parce que c'était plus tranquille qu'à la maison.

— Ah bon !

Tel avait été le commentaire de Blanche qui ne voyait pas en quoi la maison était si bruyante. Mais comme les relations familiales en général et celles qu'elle entretenait avec Charlotte en particulier étaient plutôt tièdes, sa désapprobation ne déborda pas de ce laconique commentaire. Charlotte s'en accommoda, le trouvant suffisamment neutre pour lui donner le sens qu'elle voulait. Le regard qu'elle posait sur sa famille était de plus en plus critique, généralement négatif quand il n'était pas franchement hostile. Sa mère et ses maladies l'agaçaient prodigieusement, sa sœur et ses lamentations en faisaient tout autant. Seul son père avait droit à une certaine indulgence, surtout les jours de bonne humeur quand il oubliait sa sempiternelle prudence. Car depuis l'opération d'Émilie, Raymond était devenu pointilleux sur ce que Charlotte appelait des insignifiances et cela se traduisait par des hésitations, des refus, des discussions à n'en plus finir. Il arrivait même à Charlotte de penser que sa mère avait déteint sur son père au fil des années. Pour une Charlotte amoureuse du mouvement, du changement, de l'imprévu, c'était agaçant au plus haut point. Par contre, il y avait de ces journées spéciales où son père était vraiment en forme. Charlotte n'aurait su dire ce qui provoquait ce retour au père de son enfance, capable de jeux et de rires, et elle ne chercha surtout pas à savoir. Pourquoi courir le risque de voir la moustache retomber ? Elle se contentait donc d'en profiter allègrement. Elle disait de lui, ces jours-là, qu'il était pétillant comme il arrivait encore à Blanche d'être effervescente. Mais l'effervescence de Blanche n'avait plus rien à voir avec la bonne humeur d'autrefois. Aujourd'hui, elle s'apparentait beaucoup plus à de l'agitation *fatiguée-fatigante*, comme Charlotte la surnommait, avant de sombrer dans une apathie tout à fait particulière que son père saluait d'un frémissement de la moustache et d'un regard sévère. Invariablement, il s'ensuivait une discussion où voix grave et voix alanguie se répondaient, puis son père aidait sa mère à regagner la chambre pour qu'elle pût se coucher. Charlotte en profitait généralement pour s'esquiver avant d'entendre le fatidique : « Encore une migraine ! Charlotte ? Viendrais-tu ici une minute ? » parce qu'elle savait qu'elle hériterait alors d'une corvée quelconque.

Raymond s'en remettait de plus en plus souvent à sa fille aînée pour voir à l'ordinaire de la maison lorsque Blanche n'était pas bien.

Il faut dire pour sa défense que Charlotte affichait bien plus que les onze ans qu'elle venait d'avoir. La ressemblance avec les Deblois allait s'accentuant avec les années. Grande et forte, Charlotte présentait déjà des rondeurs toutes féminines qui contrastaient avec l'allure encore enfantine de Françoise. Mais les deux filles s'en moquaient bien : par le cœur et l'esprit, elles étaient pareilles. À leurs yeux, c'était là l'important. Et Adèle Simard, la mère de Françoise, était bien d'accord avec elles : les vraies amitiés sont rares et, dans une vie, on peut habituellement les compter sur les doigts d'une seule main. Françoise et Charlotte étaient des privilégiées et, comme Blanche semblait insensible à ce genre de considération, madame Simard se faisait un devoir de veiller pour deux, même si elle détestait avoir à le faire dans une certaine clandestinité. Une conversation franche avec Raymond avait été suffisante pour lui faire comprendre que son rôle pouvait être important auprès d'une fillette souvent laissée à elle-même.

— Ma femme en a déjà plein les bras avec notre benjamine qui souffre comme elle de maux divers et fréquents, avait-il conclu. Avec sa santé fragile, c'est déjà plus que Blanche n'est capable d'en faire.

Avec cet aveu ajouté aux remarques que Charlotte faisait régulièrement, Adèle Simard avait vite brossé un tableau de la situation familiale des Deblois. Elle n'en aimait Charlotte que plus sincèrement et la traitait sur un pied d'égalité avec Françoise.

C'est pourquoi, lorsque Françoise vint la chercher, inquiète de voir que Charlotte monopolisait la salle de bains depuis un bon moment déjà et refusait obstinément d'en sortir, expliquant avec des larmes dans la voix qu'elle ne pouvait pas ouvrir la porte, madame Simard éprouva une réelle inquiétude. Elle se précipita dans le couloir pour se heurter, elle aussi, à une porte hermétiquement close. Elle gratta le panneau.

— Ça va, Charlotte ?

Seul un reniflement lui répondit.

— As-tu besoin d'aide ?

Second reniflement.

— Mais voyons, Charlotte. J'aurais peut-être besoin d'une réponse un peu plus claire. Tu ne peux pas rester enfermée comme ça pour toute la vie ! Es-tu malade ?

Brève hésitation, puis une voix encore mouillée de larmes :

— Je ne sais pas…

— Est-ce que je peux t'aider ?

— Je ne sais pas…

Un silence embarrassé se glissa sous la porte de la salle de bains et permit à madame Simard d'avoir des doutes.

— Et si tu me laissais entrer ? proposa-t-elle alors. Je pourrais peut-être faire quelque chose pour toi. Le moins que l'on puisse dire, c'est que tu as l'air mal pris. Je me trompe ?

— Non…

De nouveau, un bref silence, puis Charlotte ajouta d'une voix effrayée :

— D'accord, je vais ouvrir… Mais je veux que ce soit juste vous qui veniez me rejoindre.

— Comme tu veux, promit madame Simard, tandis que, d'un simple regard, elle intimait à Françoise de taire la moindre protestation.

Elle avait sa petite idée sur ce qui se tramait dans la salle de bains. La clé tourna lentement dans la serrure et la porte s'entrouvrit. Adèle en profita pour se glisser en douce dans la pièce alors que Françoise, dévorée de curiosité, se colla l'oreille sur la porte dès que celle-ci se fut refermée.

D'un regard, Adèle Simard comprit ce qui arrivait à Charlotte.

— Ne t'inquiète pas, Charlotte, c'est normal, fit-elle d'abord pour rassurer l'amie de sa fille, qui était visiblement apeurée.

Rouge comme un coquelicot, Charlotte tenait dans sa main un papier légèrement taché de sang. Elle tremblait comme une feuille au vent, persuadée qu'elle était atteinte d'une maladie grave et que c'était une punition du ciel pour avoir osé dénigrer sa mère et sa sœur. Elle leva un regard gêné vers madame Simard.

— Normal ? C'est normal d'avoir du sang… là ?

— Tout à fait.

Ménageant la sensibilité de cette fillette que personne n'avait cru bon de prévenir de ce qui l'attendait en tant que jeune fille, Adèle se retourna discrètement et fourragea un moment dans une armoire.

— Tiens, prends ça, fit-elle en lui tendant un chiffon. Je vais te montrer comment l'installer. Et en même temps, je vais t'expliquer… Tu vois, Charlotte, aujourd'hui, tu es devenue une femme.

Et avec des mots simples mais précis, tout comme elle l'avait fait avec Françoise, madame Simard expliqua le merveilleux processus de la vie. Des menstruations au désir de faire l'amour pour avoir un bébé, elle raconta ce qu'elle voyait comme un privilège pour la femme. Quand Charlotte quitta enfin la salle de bains, elle était presque cramoisie. Elle se sentait à la fois importante et humiliée. Jamais de toute sa vie, Charlotte n'avait été aussi gênée. Françoise qui n'avait rien perdu de la conversation la regarda différemment. C'était toujours son amie Charlotte, mais avec un petit quelque chose de différent. Pendant un instant, un silence embarrassé dressa une invisible barrière entre les deux filles. Barrière que madame Simard se hâta d'abattre en prenant Charlotte et Françoise par les épaules.

— Disons, les filles, que ce sera notre petit secret, d'accord ?

Reconnaissante de voir que sa mère l'incluait dans l'événement qui touchait son amie, Françoise approuva d'un signe de tête et d'un murmure. Quant à Charlotte, elle était vraiment trop mal à l'aise pour dire quoi que ce soit. Mais quand madame Simard proposa de prendre une collation, elle se dégagea de l'étreinte des bras maternels.

— Non, pas moi… Si ça ne vous dérange pas, je préférerais rentrer chez moi.

Charlotte était bien consciente que sa demande faisait de la peine à Françoise, d'autant plus qu'elles n'avaient pas encore fait leurs devoirs, mais c'était plus fort qu'elle : Charlotte avait besoin d'être seule. Mais alors qu'elle s'attendait à des protestations de la part de son amie, celle-ci se contenta de la regarder très sérieusement puis de prendre spontanément sa main.

— Je comprends, Charlotte. Je pense que moi aussi je voudrais être toute seule. J'espère juste que tu veux toujours être mon amie.

Ramenée à une dimension vraiment concrète de la chose, Charlotte ouvrit grands les yeux :

— Ben oui ! Pourquoi est-ce que je ne voudrais plus être ton amie ?

Françoise haussa les épaules :

— Comme ça… Peut-être que tu vas me trouver trop bébé pour avoir encore envie de jouer avec moi maintenant. Parce que moi, c'est pas demain que ça va m'arriver, laissa-t-elle tomber avec une pointe d'envie dans la voix et un regard navré sur sa poitrine encore plate.

À ces mots, sentant que Françoise était vraiment triste, Charlotte serra sa main très fort dans la sienne.

— Pas de danger que ça arrive, Françoise. Disons que j'ai pris de l'avance sur toi, mais je sais qu'un jour tu vas finir par me rattraper. C'est tout. Nous deux, on est amies pour la vie.

Comprenant que sa présence n'était vraiment plus nécessaire, Adèle Simard venait de s'éclipser discrètement…

Quelques instants plus tard, elle entendit la porte d'entrée se refermer doucement.

C'était une journée d'automne qui ressemblait à l'été. Si ce n'avait été de l'or parsemant les pelouses et du cuivre saupoudré sur les arbres, on aurait pu se croire encore au mois d'août. Depuis toujours sensible aux odeurs, aux couleurs et aux gens, Charlotte prit une profonde inspiration, les yeux mi-clos, avant de tourner sur sa gauche pour se diriger vers chez elle. Une drôle d'émotion lui faisait battre le cœur et elle avait l'impression que le regard des gens croisés sur son chemin n'était plus tout à fait le même.

Aujourd'hui, Charlotte Deblois était devenue une femme.

Elle dut se retenir pour ne pas poser la main sur son ventre.

Puis la rougeur lui monta encore aux joues lorsqu'elle entendit la voix de madame Simard lui expliquant ce qui lui arrivait.

Ce matin, Charlotte s'était levée enfant, ce soir, elle se coucherait femme. Entre les deux, elle avait vécu la pire humiliation de toute sa vie.

Pourquoi sa mère ne l'avait-elle pas prévenue ? Elle devait savoir que cela arriverait un jour ou l'autre, non ?

Sa mère était-elle lâche ou tout simplement gênée d'aborder un tel sujet ?

Pourtant Charlotte était sa fille. Qui donc aurait pu l'avertir sinon sa mère ?

Quand Charlotte arriva chez elle, elle sut, même de l'extérieur, que la maison serait silencieuse. Les rideaux étaient tirés… Elle hésita un instant. Qu'allait-elle faire ? Comment se sentirait-elle devant sa mère ? Avait-elle, oui ou non, envie de tout lui raconter ?

Charlotte était indécise, incapable de dire ce qu'elle ressentait réellement. Elle entra sur la pointe des pieds.

Assise au salon, Blanche lisait. D'Émilie, nulle trace. Elle devait être chez Muriel. Parce que Émilie, elle, avait le droit d'aller chez son amie.

— Et pourquoi pas ? avait répliqué Blanche quand Raymond avait osé émettre des objections, bien décidé à faire valoir une certaine équité entre ses filles. La famille de Muriel est une excellente famille, son grand-père était un ami de mon père. Je ne vois pas ce qui… Et puis, il est tellement rare qu'Émilie ait la chance de partager ses jeux avec quelqu'un que tu serais bien mal placé pour dire quoi que ce soit.

La situation vue sous cet angle, Raymond n'avait eu qu'à s'incliner. Il avait fait un clin d'œil à Charlotte. Leur secret allait le rester pour un moment encore…

Charlotte s'arrêta un moment sur le seuil de la porte du salon. Sa mère ne semblait pas l'avoir entendue. Un livre appuyé sur le bras du divan, Blanche était à demi penchée et une longue mèche de cheveux tombait en diagonale, faisant écran devant son visage. Charlotte était déchirée entre l'envie de se jeter dans ses bras et celle de l'abîmer de reproches. Où donc était passée cette complicité qu'il y avait déjà eu entre elles quand Blanche prenait plaisir à lui enseigner à lire ? Charlotte l'avait-elle inventée ? Pour l'instant, elle était gênée devant sa mère. Puis, petit à petit, sa gêne se transforma en colère quand elle repensa à l'humiliation ressentie devant la mère de Françoise. Charlotte qui savait discuter auteurs et politique avec son père, qui se targuait d'avoir des opinions sur un tas de choses, cette même Charlotte ne savait même pas ce qui se passait dans son propre corps.

Blanche ne bougeait toujours pas, seule une main tournait la page.

Alors Charlotte recula silencieusement…

Brusquement, elle n'avait pas envie de se confier à Blanche. Ni à personne d'autre d'ailleurs.

Elle monta à l'étage sans faire de bruit et s'enferma dans la salle de bains. Elle trouva la réserve de linges propres de Blanche presque au même endroit où madame Simard rangeait la sienne. Charlotte se changea, rinça le linge souillé à l'eau froide puis le déposa dans le panier à linge bien en évidence au-dessus du linge sale. Sa mère ne pourrait le manquer.

Charlotte espérait seulement que Blanche ne lui en reparlerait pas. Elle voulait que sa mère sache ce qui se passait dans sa vie mais n'avait aucune envie de lui en parler.

Le lendemain, quand elle revint de l'école, le dictionnaire médical avait été déposé sur son lit. Sa mère avait donc compris le message. Un signet de fortune marquait une page. Charlotte tira sur le bout de papier sans ouvrir le livre et en fit une boulette qu'elle expédia d'une chiquenaude dans la corbeille au pied de son lit.

La nuit et la journée qu'elle venait de vivre avaient scellé l'impression ressentie la veille quand elle observait sa mère lisant au salon.

Et cette émotion, Charlotte s'était rappelé l'avoir déjà connue. C'était il y a longtemps déjà, quand sa mère lui avait fait prendre un bain de moutarde. Hier, Charlotte s'était aussi souvenue de la promesse qu'elle s'était faite alors : plus jamais elle ne ferait confiance à cette femme qu'elle appelait maman.

Le mépris jadis ressenti lui était revenu entier.

Un jour, Blanche l'avait fait terriblement souffrir en appliquant une compresse de moutarde sur sa poitrine, juste au cas où, pour prévenir une possible contagion, pour ménager la si fragile santé d'Émilie. Charlotte ne pourrait jamais l'oublier. Mais la brûlure qu'elle avait ressentie hier quand la mère de Françoise lui avait parlé avait fait encore plus mal.

Et celle-là non plus, Charlotte ne l'oublierait jamais…

Pas plus qu'elle n'oublierait la rose qu'elle trouva dans un vase, posé sur sa table de nuit, le surlendemain. Une carte, appuyée contre la rondeur du pot, disait simplement : « Félicitations. Papa. »

La gentillesse du geste et sa délicate discrétion provoquèrent un flot de larmes qui finirent de laver les émotions intenses qu'elle avait vécues en quelques jours. Charlotte savait ce qu'elle devait savoir sur le sujet et sa famille savait qu'elle savait. On pouvait passer à autre chose ! Charlotte n'était pas fille à s'attarder sur les impondérables de la vie. Sa mère et sa sœur s'en occupaient bien assez !

Pour l'instant, Charlotte avait autre chose à vérifier et cet autre chose l'intriguait au plus haut point.

La mère de Françoise lui avait expliqué le cycle de la vie. En plus de ces saignements qui reviendraient régulièrement chaque mois pour les quarante prochaines années, elle avait expliqué aussi pourquoi il en était ainsi.

Et c'était ce pourquoi qui laissait Charlotte perplexe.

Que deux êtres aient envie d'avoir un bébé était une chose que Charlotte pouvait fort bien comprendre. C'était gentil, un bébé, et elle se souvenait de la drôle d'émotion qu'elle avait connue lorsque Gertrude lui avait permis de prendre dans ses bras son dernier-né. Un jour, Charlotte en était convaincue, elle aussi, elle aurait envie d'avoir un bébé. C'était la façon de faire qui la préoccupait intensément. D'autant plus que madame Simard lui avait dit que c'était bien agréable de faire un bébé, de faire l'amour.

Que pouvait-il y avoir de si agréable à faire l'amour ? Le peu que la mère de Françoise lui avait dit semblait plutôt gênant, même dégoûtant.

Se promener main dans la main, à la rigueur échanger un baiser lui semblaient tout à fait suffisant pour exprimer son affection.

Non ?

Bien sûr, Charlotte était consciente que les transformations de son corps avaient amené certaines sensations nouvelles qu'elle ne trouvait pas désagréables. Parfois lorsqu'elle se lavait, elle ressentait des courants électriques plutôt intéressants. Et ces mêmes courants électriques se manifestaient aussi quand il lui arrivait de croiser un certain grand blond qui fréquentait le collège des frères au coin de la rue. Oui, c'était bien agréable de croiser les garçons du quartier. Françoise et Charlotte étaient tout excitées quand le hasard se montrait clément. Chaque fois, les deux filles rougissaient comme des tomates et se mettaient à ricaner et à glousser telles des poules alors que les garçons, tout aussi rouges qu'elles, les pointaient du doigt en s'esclaffant.

Mais de là à imaginer qu'un jour, elle pourrait avoir envie d'être couchée dans le même lit que le grand blond et avoir envie de faire ces choses dont madame Simard avait parlé…

Pourtant, il devait y avoir un fond de vérité dans ces propos puisque ses parents dormaient eux aussi dans le même lit. Et à en croire la mère de Françoise, il n'y avait pas deux façons de faire des bébés. C'était donc que Blanche et Raymond avaient dû, eux aussi, avoir recours à la technique. Et deux fois plutôt qu'une puisqu'il y avait Charlotte et Émilie…

Invariablement, la réflexion de Charlotte s'arrêtait à cet instant précis et elle fermait ses paupières très fort pour faire disparaître les images indécentes qui lui venaient à l'esprit. Son père et sa mère, tout nus, l'un contre l'autre… C'était impensable.

Et si c'était si bien que cela, faire des bébés, pourquoi n'y avait-il que deux enfants chez les Deblois ?

Charlotte se mit donc en tête d'épier ses parents. Il devait bien y avoir des indices lui permettant de vérifier si Adèle Simard disait vrai.

Tout dans l'attitude de Blanche et de Raymond devint sujet à analyse, suppositions et calculs. Ce fut à cette époque que Charlotte prit conscience que les journées *bonne humeur* de son père revenaient de façon régulière, une ou deux fois la semaine selon un horaire préétabli. C'était habituellement le lundi matin, au déjeuner, et parfois, même souvent, s'y ajoutait le jeudi matin.

Par contre, ce qui laissait Charlotte perplexe, c'était que la bonne humeur paternelle était à sens unique. Sa mère, elle, ne manifestait rien de particulier. Égale à elle-même, Blanche était tout à fait neutre et oscillait entre les migraines ou les accès de ménage selon qu'elle avait ou non bien dormi. Il y avait bien parfois quelques douleurs dans le dos, que sa mère attribuait à leur matelas qui devrait être changé, ou depuis peu, certaines raideurs des articulations, conséquence prévisible de cet hiver particulièrement humide, mais c'étaient là les seuls indices qui auraient pu, éventuellement, indiquer qu'il y avait peut-être eu un rapprochement entre ses parents.

Était-ce suffisant comme preuve ?

Le manège dura des mois ! Il commença à l'automne, connut un bref moment d'accalmie à Noël, reprit de plus belle en janvier, traversa l'hiver sans coup férir et s'essouffla au printemps. Toujours la même routine, pas l'ombre d'un indice autre que l'humeur paternelle et les malaises de sa mère.

Mais comme Charlotte n'avait pas encore douze ans et qu'elle se disait à juste titre qu'elle avait devant elle de nombreuses années encore pour régler ce problème, elle finit par se lasser de surveiller ses parents et se désintéressa de la chose. En attendant d'apporter une réponse claire à ses interrogations, elle opta pour une opinion qui serait à vérifier plus tard, à savoir que faire l'amour était une affaire d'homme et que les femmes n'avaient pas le choix de s'y plier. Dans l'esprit de Charlotte, cela rejoignait le droit de vote et la politique, le hockey et les sports d'équipe, les tavernes et les clubs privés.

Pourtant, Charlotte n'était pas très loin de la vérité…

Les journées où son père était vraiment en forme correspondaient bien à un rapprochement quelconque et si sa mère ne semblait pas y souscrire, c'était qu'elle n'y était pour rien…

Quand Raymond avait appelé Antoinette, quelque temps après l'opération d'Émilie, ses intentions étaient encore relativement pures. Il avait surtout besoin de parler et il ne voyait qu'Antoinette pouvant tenir ce rôle.

Et pendant un certain temps, il avait eu raison de croire qu'une amitié sincère pouvait exister entre un homme et une femme sans qu'il y eût autre chose entre eux. Un peu comme sa sœur Bernadette savait le faire quand il était jeune, Antoinette aussi avait appris à écouter, son travail l'ayant grandement aidée en ce sens. Elle le laissait donc parler sans jamais l'interrompre. Mais contrairement aux habitudes de sa sœur, Antoinette, elle, donnait son opinion sans prodiguer de conseils. Et Raymond lui en savait gré. Ils passèrent de nombreuses heures à discuter famille et métier, connaissances et espoirs, chose qu'il n'arrivait plus à faire avec Blanche, l'horizon de cette dernière s'étant rétréci au fil des ans et s'arrêtant aujourd'hui à ses problèmes et à ceux d'Émilie. Chaque fois qu'Antoinette et lui partageaient un peu de temps et d'idées ensemble, Raymond en ressortait tout ragaillardi et cet état d'esprit rejaillissait sur ses filles et même sur Blanche. Il était à son tour capable d'écoute face à Charlotte qui trépignait devant la vie, d'indulgence pour Émilie qui semblait être restée profondément marquée par son opération et avait peur un peu de tout. Il faisait même preuve de tolérance devant Blanche avec qui il avait certaines discussions sur un ton nettement plus harmonieux.

C'était un peu pour tout cela que, entre l'amitié sincère qu'il éprouvait pour Antoinette et la possibilité que ce sentiment évoluât vers autre chose, il y avait un océan à traverser. Océan que Raymond n'était pas prêt à franchir. Pour lui, il y avait un monde entre l'égarement passager d'un soir et l'envie d'avoir une maîtresse. Le connaissant depuis longtemps, Antoinette avait fort bien compris cet aspect de leur relation et c'était pour cette raison qu'elle préférait quelques rencontres amicales et platoniques mais régulières à un silence total. Antoinette était une femme seule et amoureuse, prête à bien des compromis pour préserver les liens qui l'unissaient à Raymond.

C'est ainsi que la vie de la famille Deblois avait pris une nouvelle tournure, satisfaisant Raymond, les filles et même Blanche à bien des égards. Chacun cheminait pour soi, un peu en parallèle des autres, mais cette façon d'agir portait en elle une forme de respect qui permettait une certaine harmonie. Charlotte découvrait le monde à son rythme, Raymond reprenait des forces au contact d'une Antoinette débordant de vitalité et d'optimisme et Blanche puisait dans les absences de son mari le prétexte et l'occasion de satisfaire son besoin grandissant d'alcool sans pour cela négliger ce qu'elle voyait toujours comme étant son devoir de mère et d'épouse. Quant à Émilie, elle était le témoin silencieux des drames et des joies de chacun, sans porter de jugement, se permettant cependant de poser un regard étrangement lucide pour une enfant de dix ans. Et quand l'enfance reprenait ses droits, Émilie quêtait sa part d'attention et d'affection de la seule manière que la vie le lui avait enseigné : en se plaignant. Et c'était efficace, puisque son père était moins longtemps absent et sa mère en oubliait de prendre son tonique. Parce que, malgré tout, Émilie trouvait que son père exagérait parfois avec son travail et que le tonique de sa mère, même s'il procurait quelques heures de jovialité à la maison, finissait toujours par rendre Blanche apathique. Émilie trouvait alors la maison fort grande et beaucoup trop silencieuse puisque Charlotte n'y était pas souvent, elle non plus. De toute façon, Émilie avait abdiqué devant Charlotte, sachant que jamais elle ne pourrait la suivre. Elle se contentait de l'admirer de loin et d'envier une vitalité qu'elle n'avait pas. Malgré l'opération, de fréquentes douleurs lui enlevaient la moindre envie de partager l'univers turbulent de sa sœur. D'autant plus qu'elle n'arrivait pas à comprendre qu'on pût prendre plaisir à crier des encouragements sur le bord d'une patinoire en se gelant les pieds ou à courir après une balle au risque de s'écorcher les genoux. Émilie préférait, et de loin, l'univers fantastique que lui ouvrait sa boîte d'aquarelle.

Et finalement, en y regardant de près, peut-être n'y avait-il aucune autre façon de vivre pour des gens aussi différents les uns des autres. Chacun y trouvait son compte, et si la situation avait évolué autrement à partir d'un certain jour, encore aujourd'hui, Raymond était persuadé que Blanche avait choisi qu'il en fût ainsi et qu'elle avait tout fait pour le pousser dans les bras d'Antoinette.

Quelques semaines de migraines assidues que Blanche soigna à coups de tonique et durant lesquelles elle refusa tout rapprochement avec Raymond préparèrent le terrain. Puis un soir, alors que Raymond se faisait enjôleur, espérant que pour une fois elle accepterait de monter se coucher avec lui, elle eut ces mots :

— S'il te plaît, n'insiste pas. Tu dois t'en douter, non ? Depuis le temps… C'est une des facettes de la vie à deux qui ne m'attire que rarement. Je n'y peux rien, c'est comme ça.

C'était la première fois que Blanche abordait directement le sujet. Il y avait trop longtemps qu'elle subissait ce qu'elle appelait les assauts de son mari sans y prendre plaisir, il était temps que les choses soient claires entre eux.

— Chacun trouve son plaisir où il le peut, annonça-t-elle crûment. Le mien est ailleurs. Est-ce que je te demande où tu vas quand tu prétends travailler ?

L'allusion était à peine voilée, mais malgré ce qu'elle laissait sous-entendre, Blanche restait de marbre comme si la chose ne la touchait pas.

— Je considère que ça ne me regarde pas ce que tu fais quand tu n'es pas ici. Ton devoir est de faire vivre ta famille et jamais je ne te ferai de reproches là-dessus, nous vivons très bien. Moi, mon devoir, c'est de m'occuper de la maison et des filles et là-dessus, je ne crois pas que tu puisses me faire de reproches, non plus. Quant au reste…

Sur ce, Blanche avait eu son geste évasif de la main qui exprimait son détachement. Mais dans un élan de tendresse parce que, au-delà de cette réalité qui était la leur, Blanche aimait Raymond à sa manière, elle avait ajouté :

— Je t'aime, Raymond, et ça n'a rien à voir avec le fait que certains gestes entre nous ne m'apparaissent pas essentiels… J'espère seulement que tu peux comprendre qu'à certains égards, malgré l'amour entre deux êtres, la façon de l'exprimer peut être totalement différente même si parfois il arrive que nous soyons sur la même longueur d'onde. Mais j'avoue que ce qui te fait tant vibrer me laisse habituellement indifférente. Pas tout le temps, c'est vrai, mais souvent. Nous ne sommes plus des adolescents, n'est-ce pas ? Il me semble qu'entre adultes qui se respectent, nous pouvons arriver à être heureux quand même. J'irais même jusqu'à dire que, depuis quelque temps, je sens entre nous une acceptation de l'autre plus grande, plus sincère. Et c'est probablement pour cela que je tenais à te parler comme je viens de le faire.

Et avec une lueur d'excuse dans le regard, Blanche offrit à Raymond ce sourire qui arrivait encore à lui faire battre le cœur. Puis elle reporta les yeux sur son livre.

Raymond ne répondit pas. Qu'aurait-il pu ajouter ? Il resta un long moment assis devant elle, à la regarder. Malgré la proche quarantaine, Blanche était toujours une très belle femme. Avec les années, sa lourde chevelure ondulée avait pris des reflets d'acajou qui donnaient une nouvelle douceur à son regard d'émeraude. Elle avait toujours eu son franc-parler et c'était là une qualité qu'il savait apprécier chez elle, même s'ils n'étaient pas souvent d'accord. Surtout concernant leurs filles.

Raymond soupira silencieusement.

Il se sentait triste et soulagé en même temps. Une autre émotion ambiguë comme il en avait tant connu auprès de Blanche. Mais elle n'avait pas tort quand elle disait que les relations étaient plus sereines entre eux depuis quelque temps.

Raymond eut la lucidité de s'avouer qu'Antoinette y était pour quelque chose.

Antoinette…

Elle était la sœur, l'amie, la confidente comme Blanche aurait pu l'être. Aurait dû l'être. À cette pensée, le cœur de Raymond se serra. Il venait de comprendre que Blanche ne serait jamais ce qu'il aurait aimé qu'elle fût. Il s'en voulut aussitôt d'avoir eu cette pensée. De quel droit pouvait-il exiger que Blanche fût une autre ? Elle était et serait toujours la petite fille de quelqu'un. Blanche était une femme fragile et vulnérable qui aurait toujours besoin d'être protégée. Et, Raymond devait le reconnaître, cette nécessité l'avait séduit. À sa façon, Blanche faisait qu'il se sentait important. À leur façon, Blanche et Raymond vivaient bien une histoire d'amour. Différente, unique, difficile mais essentielle. Pour eux comme pour Charlotte et Émilie.

Alors que venait faire Antoinette dans leur histoire, dans leur famille ? Car c'était bien ce que Raymond ressentait : aujourd'hui, Antoinette faisait partie de sa vie tout comme Blanche, Charlotte et Émilie.

Se sentant observée, Blanche leva la tête. Son regard croisa celui de Raymond. Il y avait une telle douceur dans ce regard, une telle intensité dans cette douceur un peu triste que Raymond comprit alors qu'ils étaient en train de vivre un deuil. Mais curieusement, ce n'était pas douloureux. C'était enfin la reconnaissance d'un fait, d'une réalité entre eux. Blanche n'aimait pas faire l'amour, mais cela n'avait rien à voir avec les sentiments qu'elle ressentait pour son mari. Alors Raymond admira Blanche d'avoir eu le courage d'exprimer à haute voix ce qu'ils pensaient probablement tous les deux depuis de nombreuses années. Il se leva et s'approcha d'elle.

— Je t'aime, Blanche, fit-il en retirant le livre qu'elle tenait toujours contre elle pour pouvoir lui prendre les mains dans les siennes.

— Je le sais, Raymond. Ça se sent, ces choses-là. Et avec toi, je me sens en sécurité comme je l'étais avec papa. Si tu ne m'aimais pas, jamais je ne pourrais être bien auprès de toi.

Venant de Blanche, cet aveu avait des résonances amoureuses. Raymond était ému.

— Et c'est pour cela que je tenais tant à te parler, poursuivit Blanche, le regardant toujours droit dans les yeux. Parce que malgré tout, je sais qu'il est question d'amour entre nous et qu'il arrive parfois que l'on doive dire les choses franchement. Nous sommes très différents l'un de l'autre. Et je sais que sous tes apparences d'homme impassible se cache un grand passionné. Il n'y a qu'à voir la façon dont tu regardes les filles pour le comprendre. Et cette passion, tu y as droit,

Raymond. Tu as le droit aussi de l'exprimer à ta façon. Tu m'entends ? Elle fait partie de toi et jamais je ne te demanderai de changer pour moi. Jamais, je t'aime tel que tu es. Ça m'a pris longtemps pour le reconnaître, mais aujourd'hui, c'est fait et je me sens vraiment soulagée d'être capable de le dire. Comme je suis capable de reconnaître que je serai toujours une éternelle inquiète face à la vie, face à mes filles. Un peu moins face à Charlotte, je l'avoue. Elle te ressemble tellement… Elle n'a pas besoin de moi. C'est une passionnée comme toi, qui va finir par trouver sa voie toute seule. Tu vois, l'incorrigible inquiète que je suis ne l'est pas face à Charlotte. Je ne pourrais expliquer en mots ce que je ressens mais c'est un fait : Charlotte n'a surtout pas besoin de moi.

Après un bref silence, voyant que Raymond ne parlerait pas, Blanche ajouta avec une certaine lassitude dans la voix :

— Quant à Émilie, même s'il m'est arrivé de faire des erreurs avec elle, aujourd'hui, je sens qu'elle est sur le bon chemin. Sa vie ne sera pas facile, elle est trop comme moi. Mais tout comme moi, elle saura faire avec. Sous sa fragilité, elle est solide malgré tout. L'important, vois-tu, c'est d'avoir l'humilité de reconnaître ses faiblesses et de tenter d'y remédier. Mon gros problème, c'est ma grande inquiétude face à tout. Je le sais, je ne suis quand même pas idiote. Mais j'ai trouvé un moyen de me détendre. C'est malhabile, j'en conviens. Mais pour moi, l'important, c'est le résultat. Et si un peu de brandy m'aide à être plus calme, plus disponible pour les filles, ça me suffit comme raison et personne ne me fera changer d'avis. C'est comme ça.

La voix de Blanche avait repris son intonation coutumière, tranchante, décidée. La confession était froide, sans complaisance.

— Et c'est la même chose pour toi. Tu n'as pas à étouffer tes pulsions sous prétexte que je n'y souscris pas. Depuis quelques mois, je te sens plus calme, toi aussi. Alors si tu as trouvé une solution, tant mieux pour toi. Ce n'est pas de moi que viendra la première pierre. Tout ce que je souhaite, c'est que tu sois heureux. Pleinement, sans compromis.

Puis elle termina dans un soupir :

— Certaines choses ne sont pas faciles à accepter, mais si on veut être honnête jusqu'au bout, on n'a pas le choix de le faire.

À ces mots, même si rien n'avait été clairement dit, Raymond comprit que Blanche savait qu'Antoinette faisait partie de sa vie et qu'elle acceptait cette réalité même si elle était difficile. Il ne put s'empêcher de baisser les yeux, admettant par ce fait qu'elle ne se trompait pas.

— Je vois qu'on s'est compris. Et maintenant, entendit-il alors que les mains de Blanche glissaient hors des siennes, j'aimerais reprendre ma lecture.

Avait-il rêvé ou les mains de Blanche s'étaient vraiment mises à trembler quand elle disait ces derniers mots ? Raymond hésita. Mais comprenant que Blanche ne lèverait plus les yeux vers lui, il déposa un baiser furtif sur ses cheveux, se leva et se retira du salon. Sa présence n'était plus désirée, chacun ayant besoin d'être seul avec lui-même. Il était conscient qu'une page venait d'être tournée dans sa vie, dans leur vie. Mais il ne savait pas encore ce qu'il allait faire avec…

Toutefois, à partir de ce jour, sa présence auprès d'Antoinette ne fut plus tout à fait la même. Et la jeune femme le ressentit. Il y avait entre eux une intimité qu'elle n'avait jamais osé espérer, une chaleur différente. Alors elle permit à sa sensualité naturelle de se manifester. Une parole, un regard, un geste. Des riens qui disaient beaucoup, qui ouvraient le chemin…

C'est pourquoi, lorsque sa relation avec Antoinette évolua finalement dans une direction jusqu'alors interdite, Raymond ne se sentit pas vraiment coupable. Il savait la chose moralement discutable, socialement condamnable mais comme elle était familialement défendable, il ferma les yeux sur cette sensation d'inconfort qui se manifesta.

Faire l'amour avec Antoinette était un moment joyeux et pleinement satisfaisant, un geste tellement naturel qu'il le vit comme l'échange ultime dans cette perception de la vie qu'ils avaient l'un comme l'autre.

Et curieusement, cette situation qui aurait pu dégénérer en conflit pour bien des couples aida Blanche et Raymond à se rapprocher. L'un comme l'autre, ils n'avaient plus à être sur la défensive et ils se découvrirent des intérêts communs. Les filles ayant grandi, ils commencèrent à fréquenter les théâtres, les expositions, les musées. Raymond fermait les yeux sur l'odeur d'alcool que Blanche dégageait parfois et elle, elle ne faisait jamais de remarque lorsqu'il arrivait tard dans la nuit.

Seules les exagérations de l'un ou de l'autre ne seraient pas tolérées…

Chapitre 13

Rien n'avait été dit clairement. Ni face à Blanche ni face à Antoinette.

Les mots ne sont rien parfois devant les émois du cœur.

Depuis plus d'un an déjà, Raymond avait pris maîtresse même si le mot lui faisait horreur.

Depuis plus d'un an, il s'était construit un nid suffisamment stable pour s'y sentir à l'aise. Une routine dans l'inhabituel, l'inavouable, mais une routine qui lui avait apporté cette plénitude si longtemps recherchée.

Blanche et lui vivaient dans une certaine harmonie faite de tolérance et de non-dits. Antoinette et lui vivaient dans une exubérance des sens où la passion exprimait une démesure qui les comblait.

Raymond savait que Blanche buvait. Peu mais régulièrement. Il acceptait ce fait comme il avait appris à accepter ses doléances. Les filles ne manquaient de rien, c'était son seul critère. Le jour où il sentirait des lacunes ou des excès, il interviendrait.

Blanche savait qu'il y avait une autre femme dans la vie de son mari. Certaines odeurs accrochées à ses vêtements ne pouvaient tromper. C'était le prix à payer pour dormir tranquille. Mais comme il était toujours aussi attentionné les rares fois où elle avait envie d'un peu de chaleur dans son lit, elle acceptait ses absences. Le jour où il se refuserait à elle, où il serait moins disponible pour les filles, elle s'opposerait.

Antoinette savait que l'homme qu'elle aimait ne serait jamais à elle parce qu'elle avait compris qu'il aimerait toujours Blanche, que Charlotte et Émilie auraient inconditionnellement priorité dans son cœur. Elles étaient le centre de sa vie. Mais comme elle était aussi une femme de carrière, elle avait accepté que cet amour imparfait fût le sien le temps que cela lui conviendrait. Si un jour elle rencontrait quelqu'un d'autre, elle aviserait.

Charlotte s'était habituée à voir son père quitter la maison certains soirs pour travailler même si elle n'aimait pas vraiment cela. D'autant plus que le soir, son père ne voulait jamais qu'elle l'accompagne au bureau ou qu'elle fasse semblant de le faire.

— Je suis d'accord pour te servir d'alibi le jour, Charlot, mais pas le soir. Tu es trop jeune encore pour te promener dans la rue après le coucher du soleil.

Trop jeune peut-être pour marcher seule sur un trottoir la nuit tombée mais bien assez grande pour faire la lessive ou préparer un repas quand le besoin s'en faisait sentir…

Il y avait dans ces deux réalités une distorsion qui agaçait grandement Charlotte.

Alors, en guise de représailles, elle s'amusait à imaginer toutes sortes d'intrigues entourant son père et, depuis quelques mois, elle avait commencé à les écrire dans un calepin. À son insu, Raymond Deblois, alias Roger Duval, partageait la dangereuse existence d'un gangster qui menait une double vie, gentil le jour, méchant la nuit, et la rivière au bout du jardin servait de point d'expédition pour des trafics tous plus abracadabrants les uns que les autres. L'imagination de Charlotte avait élaboré, encore une fois, une façon de pallier l'ennui qu'elle ressentait lorsqu'elle se retrouvait seule avec Blanche et Émilie. Et cet ennui venait du fait que, depuis quelque temps, les mots lus n'arrivaient plus à la satisfaire pleinement. Elle ressentait un curieux manque en elle lorsqu'elle lisait, comme un vide à combler devant certaines images qu'elle trouvait incomplètes, imparfaites. Alors elle s'était mis dans la tête de refaire le monde des lettres à sa façon. Depuis, Charlotte parcourait avec délices l'univers des mots écrits et découvrait la fascination de créer des images, des émotions. Le plaisir d'écrire sans obligation était sans cesse renouvelé. Elle jouait avec les mots comme un enfant joue avec de la pâte à modeler. D'instinct, elle avait compris qu'écrire, c'était essayer de redire en mieux ce qui avait été exploré des milliers de fois et elle s'appliquait à réinventer le monde. Charlotte entendait la vie pulser en elle et c'était souvent sur une feuille de papier qu'elle arrivait à l'exprimer.

Par les mots, Charlotte arrivait à se débarrasser de la muselière d'un silence imposé devant les négligences de plus en plus fréquentes de sa mère, les doléances agaçantes de sa sœur, les absences remarquées de son père.

Émilie, quant à elle, n'aimait pas plus que Charlotte voir son père quitter la maison si souvent, mais sa nature passive faisait en sorte qu'elle ne le disait pas, qu'elle ne cherchait pas à contrer la déception qu'elle ressentait parfois à le voir s'enfuir dès le souper fini.

Elle se contentait d'observer.

Depuis toujours, sa santé l'avait contrainte à n'être qu'un témoin de la vie, tant celle qui se passait en elle que celle qui fourmillait tout autour. Observer, comparer et se complaire dans sa tristesse étaient devenus pour elle une façon d'être. Émilie qui avait tant espéré de son opération s'était éveillée à une tout autre réalité. Elle avait cru au miracle qui ferait d'elle une petite fille semblable à Charlotte, mangeant à sa faim, goûtant à tout ce qui lui avait été interdit, courant par monts et vallées avec sa sœur, libérée des douleurs et des diarrhées qui l'obligeaient à cette vie d'attente. Rien de tout cela ne s'était produit. Et l'horizon de ses rêves s'était vite buté à son contour familier. Quelques mois après l'opération, les médecins avaient tous conclu à des troubles permanents. Tant le docteur Pomerleau que Germain Jodoin et même le vieux médecin de sa mère, Odilon Dugal, appelé à la rescousse par Blanche, avaient décrété qu'Émilie devrait être attentive à ce qu'elle mangerait pour le reste de ses jours.

— Comme moi, avait conclu Blanche en haussant les épaules, fataliste.

N'était-ce pas là ce qu'elle avait toujours dit ?

— On s'y fait, Milie, ne crains rien. Je vais t'aider. As-tu gardé la liste que je t'avais faite quand tu es entrée à l'école ?

Cela avait été suffisant pour qu'Émilie perdît de nouveau l'appétit, et cette fois-ci pour de bon. Elle recommença à picorer dans son assiette et apprit à jouer de ses beaux grands yeux verts pour amadouer tout le monde, des religieuses du couvent à son père, en passant par Gertrude.

Seule Charlotte semblait insensible à son charme. Mais entre sœurs, c'était peut-être normal.

Émilie avait compris qu'elle ne serait jamais Charlotte. Du haut de ses onze ans, elle trouvait cela injuste et d'une certaine façon elle en voulait à Charlotte d'être ce qu'elle était. Elle l'enviait terriblement tout en l'admirant.

À la surface, au vu et au su de tous, la famille Deblois était comme bien d'autres. Ce jeu des apparences qui disent n'importe quoi. Un père bourreau de travail, une mère fragile et deux filles que le destin avait faites si différentes. Au fond des choses, dans le secret des âmes, ils étaient quatre êtres que la vie s'était amusée à réunir et qui avaient si peu en commun.

Sinon la quête perpétuelle d'un peu de bonheur à travers les difficultés et malgré les apparences…

Et dans la routine de cette famille, le mercredi, Raymond ne venait jamais souper, il restait à son étude.

— Pour finaliser les dossiers en cours. J'aime bien arriver au vendredi avec la sensation du devoir accompli.

Raymond était tellement convaincant. Même Blanche, avec le temps, avait fini par y croire et oublier que peut-être…

Mais en réalité, le mercredi, Raymond retrouvait Antoinette.

Pour l'homme pondéré qu'il était, ce respect d'une certaine routine créait un équilibre rassurant. Tous les mercredis il mangeait chez Antoinette et passait la soirée avec elle.

Cette semaine, Antoinette avait préparé un repas particulièrement élaboré. Pour plaire à Raymond parce qu'elle le savait gourmand, pour lui dire qu'elle l'aimait sans avoir à prononcer le mot. Entre eux, il n'était jamais question de sentiments. Ils s'en tenaient à cette belle amitié et ce plaisir du corps qu'ils savaient si bien partager. Pour le reste, Antoinette s'en remettait au temps qui passe. Un jour peut-être…

Elle savait tout de la famille Deblois, avait même parfois l'impression d'en faire partie. Raymond en parlait si souvent avec elle, discutait des événements, prenait certaines décisions. Puis invariablement après le repas, ils faisaient la vaisselle ensemble, se retrouvaient au salon où elle mettait de la musique et ils continuaient de parler, assis l'un contre l'autre jusqu'au moment où l'envie de caresses se faisait pressante.

Les mains de Raymond avaient des douceurs amoureuses, parfois langoureuses, parfois impatientes et Antoinette s'ajustait aux envies de son homme.

Et très sincèrement, Antoinette aurait préféré que les choses en restent à ce point. Une aventure amoureuse satisfaisante à défaut d'un mariage heureux, une carrière plus que remplie, une vie somme toute facile et agréable.

Pourtant, ce soir ce serait différent. Non qu'Antoinette l'eût délibérément choisi, c'était plutôt la vie qui l'avait fait à sa place. Elle avait pleuré, s'était révoltée, s'était calmée, avait examiné les différentes possibilités puis elle avait fini par accepter.

Antoinette était enceinte. Elle avait quarante ans, c'était probablement la seule chance qu'elle avait d'avoir un enfant, elle avait donc décidé de le garder. Puis elle avait été heureuse de cette surprise qu'elle n'attendait ni n'avait vraiment voulue.

Ne restait qu'à le dire à Raymond. Non qu'elle s'attendît à un revirement de situation. Elle savait que

Raymond ne laisserait jamais sa famille pour elle. Pas maintenant, alors que Charlotte et Émilie n'étaient encore que des enfants. Quant à Blanche, les sentiments de Raymond à son égard étaient tellement ambigus qu'elle n'aurait su dire ce qu'il ressentait vraiment. Il oscillait entre l'impatience et la tendresse, la révolte et l'acceptation. Mais il y avait en lui une forme d'engagement moral envers Blanche qu'Antoinette ne se sentait pas le droit de mettre dans la balance.

Raymond et Antoinette avaient conclu que leur relation était une histoire d'amitié et Antoinette avait accepté cette version.

Raymond avait sa vie et elle avait la sienne. C'était clair dès le début de leur aventure et ce n'était pas la venue de ce bébé qui devait bouleverser le cours des choses. Dans le fond, elle espérait seulement que Raymond partage sa joie et qu'ensemble ils trouvent une façon de faire qui ne nuirait à personne.

C'était pour cela que ce soir, il y avait un repas fin et qu'Antoinette avait envie d'amour tendre et doux. Elle avait envie de lui avouer qu'elle l'aimait assez pour porter son enfant, mais qu'il ne devait pas avoir peur de cet amour. Il ne serait jamais exigeant. Il s'épanouirait à travers leur enfant qu'elle aimerait pour deux. Elle voulait parler dès qu'ils seraient à table pour que ce soir, l'espace de quelques heures, elle ait l'impression de l'avoir tout à elle. Juste pour une fois.

Raymond arriva à six heures comme tous les mercredis. Pourtant, ce soir, il ne vint pas à elle pour l'embrasser. Il semblait distant, préoccupé. Antoinette prit les devants :

— On dirait que ça ne va pas… Des problèmes ?

Raymond soupira.

— Oui et non… Quand j'ai téléphoné à la maison, Charlotte m'a dit que Blanche était au lit.

— Et alors ? Ce n'est pas nouveau.

— C'est vrai. Mais ça m'agace. Elle avait fermé à clé et ça, ça ne lui ressemble pas. Même Charlotte, habituée aux fantaisies de sa mère, semblait inquiète.

Antoinette s'approcha et, posant un léger baiser sur sa joue, elle lui prit la main.

— Ce sera une nouvelle lubie. Tu sais comment elle est ! Viens, j'ai préparé un bon coq au vin. Ça va te détendre.

Raymond lui rendit son sourire.

— D'accord. Tu as raison, je m'en fais probablement pour rien. S'il fallait que j'arrête de bouger chaque fois que Blanche juge à propos de rester couchée, je ne ferais à peu près rien trois fois par semaine.

Il s'étira, se frotta longuement le visage du plat de la main puis refit un sourire, et l'idée que le brandy pût être à l'origine de cette nouvelle lubie s'effaça.

— Ça sent bon ! As-tu bien dit un coq au vin ?

— Oui, monsieur. Et je l'ai particulièrement bien réussi.

— Alors tant mieux. Ça va peut-être m'ouvrir l'appétit, car je n'ai pas très faim et ce serait dommage de gâcher un si bon repas.

À ces mots, Antoinette comprit qu'elle ne parlerait pas tout de suite. Quand les sourcils se faisaient ombrageux au-dessus du regard, il valait mieux ne rien dire qui pût indisposer Raymond. Sa joie baissa d'un cran même si elle n'en laissa rien voir.

Comment apprend-on à son amant qu'il va avoir un autre enfant ?

Brusquement, il lui semblait que rien n'irait dans le sens où elle le souhaitait et que c'était une aberration d'avoir cru que Raymond serait heureux. Même si elle était indépendante de nature et de fortune et qu'elle se voyait élever un enfant seule.

Ils furent deux à ne pas vraiment manger.

Ils oublièrent de faire la vaisselle et ne passèrent pas au salon.

Dès l'assiette à peu près vide et repoussée, Raymond aida Antoinette à se lever de table et l'enlaça pour la mener vers la chambre.

Il restait inquiet et il ne voulait pas prolonger la soirée, Antoinette l'avait vite compris. Mais de nouveau, elle ne laissa rien voir de sa déception.

Pourtant, l'amour, ce soir-là, fut une explosion de sensualité comme Antoinette n'en avait jamais connu.

Raymond guidait les mains de sa maîtresse avec une passion brûlante et poussait l'audace jusqu'à des limites jamais explorées. Raymond ne se rassasiait pas de la toucher, de la regarder, d'effleurer son sexe humide qui s'offrait à lui sans pudeur. Jamais il n'avait ressenti un tel désir, une telle urgence de se fondre à elle. Il y avait entre eux une impudence nouvelle alimentée par Antoinette qu'il n'avait jamais sentie aussi passionnée, aussi réceptive à ses caresses. Et Antoinette aussi se sentait différente. Peut-être à cause de ce bébé en elle, elle ressentait chacune des caresses de Raymond avec une intensité décuplée. Elle aurait voulu que les doigts de son amant qui se multipliaient à l'infini entre ses cuisses ne la quittent jamais. Elle cambra les reins, offrant sa féminité à la langue de Raymond qui ne se lassait jamais de la goûter, de la découvrir. Antoinette avait le souffle court, gémissait langoureusement et son plaisir exacerbait celui de Raymond. Elle se tourna alors sur le côté et l'attira vers elle pour l'embrasser.

— À toi, maintenant, murmura-t-elle à son oreille.

Et le repoussant par les épaules, elle l'obligea à s'allonger avant de glisser le long de son corps pour lui faire connaître ce même plaisir qu'il venait de lui donner. Quand elle sentit un premier spasme, elle ralentit les mouvements de sa bouche, leva la tête. Leurs regards se croisèrent un instant. Alors elle se coula sur Raymond et l'aidant d'une main, elle fit glisser son sexe dur en elle. Il la pénétra en grognant de plaisir. Ajustant les mouvements de son corps à ceux de Raymond, Antoinette se pencha sur lui pour qu'il puisse caresser ses seins lourds, de plus en plus lourds…

Ils dirent je t'aime au même instant, furent terrassés par un unique plaisir et retombèrent dans les bras l'un de l'autre haletants, repus, toujours unis par un instant de pur bonheur qui fait oublier l'existence de l'univers entier et donne envie de pleurer.

Ils restèrent silencieux et enlacés un long moment, soudainement conscients des mots qui avaient été dits.

— Je t'aime…

Pourtant, ils avaient conclu un accord d'amitié. Cet aveu qui leur avait échappé était plus lourd de sens et de conséquences que tous les interdits qu'ils avaient bravés.

Lorsque son cœur consentit à s'assagir, Raymond s'arracha à l'étreinte pour regarder Antoinette. Il prit son visage en coupe entre ses deux mains et plongea son regard dans le sien. Antoinette avait de merveilleux yeux noisette pailletés d'or où l'ombre d'un sourire restait accrochée en permanence. En réponse à ce regard, à ce demi-sourire qu'il aimait tant, Raymond retroussa la moustache. Puis il se pencha pour embrasser les paupières d'Antoinette, le bout de son nez, le lobe de ses oreilles, inspira profondément l'odeur musquée de son cou.

Comment avait-il réussi à se convaincre qu'il n'était question que d'amitié entre eux ? Il l'aimait comme il n'avait jamais aimé avant et comme il n'aimerait plus jamais. Leur communion était totale et sur tous les sujets. Ils étaient faits l'un pour l'autre. Alors, enfouissant sa tête entre ses seins, il répéta :

— Je t'aime, Antoinette. Je t'aime tellement.

Antoinette ne répondit pas. Elle se contenta de caresser longuement ses cheveux, sa nuque, en pensant à l'enfant en elle. Elle venait de comprendre qu'elle n'en parlerait pas ce soir. Soudainement, elle avait peur de briser l'enchantement de cet instant unique.

Raymond venait d'avouer qu'il l'aimait et cela changeait tout…

Elle se laissa glisser sur les reins et, calant son dos contre l'oreiller, Antoinette entoura les épaules de Raymond de son bras pour lui frotter les omoplates comme il aimait tant.

Et ce soir, la main d'Antoinette avait des douceurs maternelles…

Quand il arriva enfin devant chez lui, Raymond était toujours en proie à l'indicible malaise qui avait pris possession de son cœur et de son esprit quand les mots d'amour s'étaient imposés à lui comme à Antoinette.

Coupant le contact, il resta les mains appuyées sur le volant, immobile, incapable de se décider à sortir de sa voiture.

C'était probablement la première fois qu'il n'avait même pas envie de voir ses filles. Il ne se rappelait pas avoir vécu un tel détachement face à elles auparavant.

L'inquiétude ressentie au sujet de Blanche n'avait pu résister à l'élan du cœur qu'il avait éprouvé pour Antoinette. Ne lui restait qu'une immense lassitude face aux agissements de sa femme. Quand avait-elle été vraiment malade, nécessitant soins réels ou hospitalisation ? Jamais.

Raymond soupira en appuyant son front sur ses mains. Qu'avait-elle encore inventé aujourd'hui ? Était-ce la manière qu'elle avait trouvée pour lui faire comprendre sa désapprobation ? Un long frisson désagréable courut le long de son dos et il dut se faire violence pour ne pas tourner la clé de contact et repartir d'où il venait. Soudainement, le gros bon sens et la vitalité saine d'Antoinette lui manquaient terriblement. Les mots *manigances* et *manipulations* se faisaient insistants, l'irritaient, lourds de suppositions.

Il leva lentement la tête. La fenêtre de leur chambre était faiblement éclairée. Probablement la veilleuse. Blanche ne dormait donc pas. À quoi devait-il s'attendre ? Des réprimandes, des accusations, des litanies ? La simplicité des heures passées auprès d'Antoinette vint le hanter. Avec Blanche, il n'y avait jamais rien de simple et Raymond était harassé de toujours avoir à surveiller, anticiper, accepter, comprendre.

Ce fut en baissant les yeux qu'il aperçut la silhouette assise sur une marche du perron. Charlotte, immobile, attendait. Il sentit son cœur se serrer dans une sincère et profonde bouffée de tendresse pour elle. Il se rappela alors avoir déjà pensé qu'avec Antoinette, il n'aurait probablement pas eu d'enfants. Il s'était dit aussi que Blanche avait donc été le bon choix parce que pour lui, une vie sans enfant était impensable. Et jamais il ne regretterait la présence de ses filles dans sa vie. En regardant Charlotte, il eut la drôle d'idée que si les parents devaient passer un test avant d'avoir le droit de faire des enfants, Blanche aurait échoué à l'examen. Alors avait-il vraiment fait le bon choix ? Ses filles n'avaient pas demandé à être là et n'avaient surtout pas choisi d'avoir Blanche comme mère. Lui et lui seul avait fait ce choix. Il n'y avait donc que lui pour l'assumer jusqu'au bout. Raymond prit une profonde inspiration pour se donner un peu de courage. Retirant la clé du contact, il ouvrit la portière, la referma bruyamment et se dirigea vers Charlotte.

— Enfin, tu es là !

Charlotte avait sauté sur ses pieds et le regardait approcher avec une lueur d'impatience au fond des yeux. Elle l'avait interpellé avec humeur.

— Mais où étais-tu passé ? Je t'ai cherché partout.

Dans l'état où il était, le sang de Raymond ne fit qu'un tour. Il répondit à l'impatience par l'impatience.

— Mais qu'est-ce que c'est que cette façon de me parler ? Aurais-tu oublié que je suis ton père ?

Charlotte soupira. Et sans tenir compte des propos de Raymond, elle répéta sa question :

— Où étais-tu ? J'ai appelé plusieurs fois et je suis même passée à ton bureau. Mais tu n'étais pas là.

Raymond bénit alors l'obscurité qui empêchait Charlotte de voir qu'il rougissait. Par contre, empêtré dans la culpabilité que sa fille venait de faire naître en lui, au lieu d'entendre l'inquiétude, il comprit l'accusation. Il fustigea Charlotte du regard, sa voix se fit dure :

— On me surveille maintenant ? Je n'ai pas le droit de sortir manger une bouchée sans ta permission ?

Ce fut au tour de Charlotte de rougir comme un coquelicot. Son père n'avait pas tort et ce n'était pas le ton à employer avec lui. Mais la soirée avait été suffisamment éprouvante pour qu'elle n'en tienne pas vraiment compte. Elle poursuivit dans la même veine :

— Tu as tous les droits. Tu viens de le dire : tu es mon père. N'empêche que j'aurais aimé que tu sois là.

— Et pourquoi donc ? Ce n'est pas la première fois que ta mère choisit de rester au lit parce qu'elle se dit malade.

— Elle n'est pas malade. Elle a bu.

Les mots de Charlotte restèrent sans réponse alors que Raymond les sentait tournoyer au-dessus de lui comme une épée de Damoclès. Il joua la carte de la désinvolture parce qu'il était pris au dépourvu, qu'il n'avait pas vu venir le coup et qu'il sentait l'obligation de répondre très vite.

— Tu m'en diras tant ! Qu'est-ce qu'une gamine de treize ans peut connaître à ça ? Tu fabules, Charlotte.

— Pas du tout. Ce que j'en connais, c'est pour l'avoir déjà lu… Comme tu viens de le dire, j'ai treize ans. Ça fait longtemps que j'ai délaissé la Comtesse de Ségur.

— Alors il serait peut-être temps que je contrôle tes lectures. Comment peut-on accuser sa mère de la sorte ?

— Je n'accuse pas, je constate.

Charlotte avait descendu la dernière marche de l'escalier et se trouvait à la hauteur de son père. Elle était grande, presque une femme, et elle pouvait le regarder droit dans les yeux sans avoir à faire de contorsions humiliantes.

Par contre, depuis quelque temps, autre lubie de Blanche, Charlotte avait retrouvé sa silhouette de petite fille. Pourquoi Blanche avait-elle exigé cela de sa fille ? Raymond ne le savait pas vraiment. Probablement pour prévenir, rien de plus. Un bon matin, alors que Raymond finissait son café en lisant le journal, Blanche avait attaqué de pied ferme :

— Il me semble que ton allure ne va pas.

Charlotte avait ouvert de grands yeux avant de pencher la tête pour essayer de voir ce qui n'allait pas. Elle portait ce matin-là sa robe rouge à col marin, celle que sa mère disait aimer. Elle avait relevé le front alors que Blanche avait poursuivi :

— Tu n'as que treize ans, ma fille. Tu n'as pas à afficher des attributs de femme.

Et prenant son mari à témoin, elle avait ajouté :

— N'est-ce pas, Raymond ? Tu n'as toujours pas envie que ta fille passe pour une de ces filles que l'on voit parfois dans la rue…

Raymond qui n'avait pas vraiment suivi la conversation avait glissé un œil par-dessus la feuille repliée. Charlotte avait l'air de quoi ? Il avait regardé sa fille. Le visage de Charlotte avait gardé sa fraîcheur d'enfant et son regard exprimait encore à l'occasion une candeur désarmante, comme en ce moment. Avoir l'air d'une de ces filles, comme le disait Blanche, à cause de cette poitrine ronde de jeune femme ? Allons donc ! Il n'allait tout de même pas entamer une polémique sur un tel sujet devant Charlotte. Sa femme finirait bien par se rendre compte toute seule que c'était un peu ridicule. C'était pourquoi Raymond n'avait pas répondu et s'était contenté de faire un clin d'œil à Charlotte avant de se cacher derrière le paravent de son journal pour esquisser un sourire moqueur. Blanche avait de ces idées, parfois ! Quant à Charlotte, à cause du ton sur lequel sa mère avait prononcé *ces filles*, elle avait compris que cela n'était probablement pas une bonne chose que de leur ressembler. Le lendemain, elle avait trouvé sur sa pile de vêtements une espèce de camisole en tissu élastique qui lui comprimait la poitrine, « à porter quand tu sors de la maison, Charlotte ! » avait précisé Blanche. Et depuis l'automne, tous les matins, Charlotte tempêtait après le vêtement inconfortable qu'elle devait enfiler sous son jupon.

Mais ce soir, elle ne portait pas la camisole et son regard n'avait rien de celui d'une enfant.

Elle redressa les épaules dans un geste de provocation. C'était la première fois que Raymond sentait de l'agressivité entre sa fille et lui. Bien sûr, il y avait souvent eu des discussions, des altercations, mais jamais il n'avait senti qu'il y avait entre eux une lutte à finir comme il avait l'impression de le vivre présentement.

— Tu feras ce que tu voudras, papa, ça ne me regarde pas, continua Charlotte en voyant que son père ne la relançait pas. Présentement, elle est dans la salle de bains, dans le noir. Elle a vomi une partie de la soirée et pour l'instant elle se lamente qu'elle veut mourir. Tu feras ce que tu voudras, après tout, c'est ta femme.

À ces deux derniers mots, Raymond comprit que Charlotte se détachait de la situation. Il eut la douloureuse impression qu'elle se détachait de lui. Blanche n'était plus sa mère ou maman, elle était la femme de Raymond.

— Tu as raison, approuva-t-il avec lassitude. Blanche est ma femme.

Pendant que son père parlait, Charlotte avait commencé à monter l'escalier comme si elle n'attendait aucune réponse de lui. Puis elle s'arrêta, sembla réfléchir un moment avant de se retourner pour demander :

— Te rappelles-tu, papa ? Avant je disais qu'elle était effervescente et je trouvais ça drôle. Aujourd'hui, j'ai tout compris. Et ça veut dire aussi que ça fait des années qu'elle boit. Tu ne l'avais pas remarqué ?

Et comme Raymond ne disait toujours rien, elle ajouta :

— On devrait rester des enfants toute notre vie. Parce qu'on ne se pose pas de questions et que les chagrins ne durent pas… Je monte me coucher, je suis fatiguée. La journée d'aujourd'hui a été très difficile. Bonne nuit, papa.

Charlotte disparut à l'intérieur de la maison tandis que Raymond, un pied sur les pierres de l'allée et l'autre sur une marche, semblait arrêté en plein élan. Une curieuse intuition lui faisait anticiper le pire et la banalité de monter un escalier prenait des allures de corvée. Quand il se décida enfin, Raymond monta lourdement les quelques marches qui menaient chez lui.

Comme annoncé par Charlotte, il retrouva Blanche enfermée dans la salle de bains. Il dut se rendre jusqu'aux menaces pour qu'elle consente enfin à ouvrir la porte.

La petite pièce était plongée dans le noir et seul le réverbère au coin de la rue posait quelques taches lumineuses sur le mur couvert de tuiles et dessinait le contour des robinets de métal brillant. Après avoir tourné la clé, Blanche avait aussitôt reculé d'un pas et repris sa pose à même le sol, un bras appuyé contre la cuvette des toilettes. Cela ressemblait tellement à la mise en scène d'une mauvaise pièce de théâtre que Raymond n'eut aucune pitié pour elle. D'autant plus qu'elle avait rompu l'espèce de pacte tacite conclu entre eux. Aujourd'hui, elle avait trop bu et l'avait fait devant les filles. C'était inacceptable. À son tour, il fit un pas en avant et referma la porte derrière lui.

— Veux-tu bien me dire ce que tu fais là ? Ma pauvre Blanche, si tu te voyais l'allure !

La voix de Raymond était dure et froide, dénuée de toute émotion même s'il tentait de la contenir pour ne pas être entendu des filles. Celle de Blanche quand elle lui répondit était par contre très vibrante :

— Pas besoin de me voir, je me sens et ça suffit. J'ai été malade à m'en arracher le cœur, alors ne viens pas me parler de l'allure que j'ai, je m'en fiche royalement.

Il n'y avait plus aucune trace d'alcool dans la voix de Blanche et seule une grande colère semblait la soutenir. Cette attitude alimenta l'impatience de Raymond.

— Tu as été malade… Voyez-vous ça ! Et pourquoi as-tu été malade, hein ? Parce que tu avais trop bu, Blanche. Il me semble qu'on s'était entendus là-dessus.

À ces mots, Blanche eut un rire mauvais.

— Entendu ? Nous arrive-t-il de nous entendre sur quelque chose ? Tu ne t'es jamais intéressé à moi, Raymond.

— Pardon ? Mais de quel droit peux-tu parler ainsi ? Toute ma vie est centrée sur la tienne et tu oses me dire que je ne m'intéresse pas à toi ?

— Pas depuis quelque temps, Raymond, pas comme j'aimerais que tu le fasses… Oublie les sorties qu'il nous arrive de faire ensemble. Oublie cette image pour la galerie. Que reste-t-il d'autre ?

— C'est toi qui le demandes ? Il reste ce que tu veux bien laisser, ma pauvre fille. Ce n'est vraiment pas beaucoup si on calcule le temps que tu passes à soigner tous tes malaises. Quant à une vie de couple, ça fait longtemps que j'ai mis une croix là-dessus. À part les rares fois où l'alcool te rend, comment dire, un peu intéressée par la chose, il n'y a rien entre nous. Te rends-tu compte de tout le temps, toutes les énergies que tu mets à vouloir être malade, en négligeant tout le reste ?

— Vouloir être malade ? Mais c'est toi, mon pauvre Raymond, qui es malade de penser comme ça. Je n'ai pas choisi d'être malade, Raymond. Pas plus qu'Émilie d'ailleurs.

— Laisse Émilie en dehors de ça. On risquerait de trop s'écorcher, Blanche. Ce qui est fait est fait et on n'y peut rien changer. Et cette fois-ci tu n'arriveras pas à détourner la conversation. C'est de toi dont on parle, pas d'Émilie. De toi et de ton penchant pour la bouteille.

Blanche resta silencieuse un moment. Les mots de Raymond lui faisaient très mal.

— Pourquoi cherches-tu toujours à détruire mon image, Raymond ?

Cette fois la voix de Blanche était à peine audible.

— On dirait que ça t'amuse de me rabaisser, de me faire mal, de réduire à rien tout ce que j'essaie de faire pour vous tous. Je n'ai pas de penchant pour la bouteille, je prends simplement un peu de brandy pour calmer mon anxiété. Parce que, contrairement à ce que tu sembles croire, je suis lucide, Raymond. Le fait d'être malade depuis toujours m'a rendue inquiète, tendue, craintive. Je ne le nie pas. C'est toi qui refuses de voir la réalité en face. Moi, je n'invente rien.

— C'est certain que tu n'inventes rien. Tu cherches seulement des prétextes. Arrête de me prendre pour un idiot, veux-tu ?

— Je ne prends personne pour des idiots. Pas plus toi que Charlotte.

— Bon, Charlotte maintenant ! Qu'est-ce qu'elle a encore fait, la pauvre Charlotte ? Au lieu de chercher encore une fois des poux, essaie donc de lui être reconnaissante. Qui se serait occupé de la maison, ce soir, pendant que tu cuvais ton vin si Charlotte n'avait pas été là ?

— Ça aurait pu être toi, non ?

La voix de Blanche était tout à coup suave, comme si elle se délectait des mots qu'elle disait. On y était. Si Blanche avait agi ainsi, c'était pour le punir. Raymond haussa les épaules.

— Je travaillais, laissa-t-il tomber sans conviction.

— Tu travaillais… Es-tu bien certain de ça ?

— Que veux-tu que je fasse d'autre ? Ça coûte cher les médecins, les médicaments…

Raymond expira bruyamment.

— Et si je te répondais que ça ne te regarde pas ?

— Alors, que j'aie un peu trop bu ne te regarde pas plus.

Pendant qu'elle parlait, Blanche s'était relevée. Elle s'arrêta devant Raymond. Même dans le noir, elle arriva à soutenir son regard. Elle aurait voulu se blottir contre lui, elle en aurait eu tellement besoin. Mais elle sentait que la déchirure entre eux était devenue trop évidente et une marque de tendresse n'aurait été qu'un rapiéçage maladroit. Pourtant, il devait savoir.

— Non, répéta-t-elle, que j'aie eu besoin de boire plus que d'habitude ne te regarde pas. Par contre, ce qui te regarde, c'est pourquoi je l'ai fait. Je suis enceinte, Raymond. J'ai bientôt quarante et un ans, je vais avoir un autre bébé et je n'en veux pas. Voilà pourquoi j'ai bu. Et si j'ai été malade, ce n'est pas par excès, c'est parce que je ne garde aucune nourriture depuis quelque temps. Mais ça, tu ne pouvais pas le savoir, tu n'es jamais là…

Bousculant Raymond de l'épaule pour gagner la porte, Blanche passa devant lui et sortit de la salle de bains pour se diriger vers sa chambre.

Cela prit un certain temps avant que les mots ne se fraient un chemin jusqu'à l'esprit de Raymond. Il avait l'impression d'avoir reçu un coup de massue sur la nuque. Qu'est-ce que c'était que cette plaisanterie douteuse ? Il avait peut-être fait l'amour avec Blanche trois fois au cours de la dernière année dont une fois le mois dernier et voilà qu'elle était enceinte. C'était ridicule.

Incapable de réfléchir de façon cohérente, Raymond descendit à la cuisine, poussa l'interrupteur par habitude et porta les yeux vers un coin de la pièce par réflexe.

Sur la tablette en coin, il eut l'impression que les bouteilles de Blanche le narguaient.

Il eut la brutale impression que toute sa vie était régie par ces bouteilles maudites.

Ces bouteilles qui avaient empoisonné l'existence d'Émilie et la sienne. Il avait osé croire que cette époque était révolue. Désormais, peu lui importait que Blanche prît ou non des pilules puisqu'elle laissait Émilie tranquille.

Et voilà que tout serait à recommencer ?

Raymond ferma les poings de colère, d'impuissance.

Mais quel était cet esprit maléfique qui l'agrippait pour le ramener vers l'arrière chaque fois qu'il croyait être en train de s'en sortir ?

Il n'en voulait pas plus que Blanche, de ce bébé qui allait l'obliger à tout reprendre à zéro. Surveiller, s'inquiéter, bousculer l'horaire pour être de plus en plus présent.

Parce que Blanche était enceinte, qu'elle prenait des pilules et qu'elle buvait. Parce que selon les médecins, les troubles d'Émilie n'étaient pas apparus sans raison.

Le mot *vigilance* s'inscrivait présentement en lettres de feu dans sa tête.

Et Antoinette ? Quelle serait la place d'Antoinette dans tout cela ?

Raymond sortit de la cuisine en claquant la porte et descendit se réfugier sur le bord de la rivière.

La nuit était douce. On était en octobre. Charlotte venait d'avoir treize ans, il en avait quarante-deux et sa femme venait de lui apprendre qu'ils allaient avoir un autre enfant.

Pendant une fraction de seconde, il se dit que Blanche l'avait fait exprès d'être enceinte juste pour le ramener vers les siens. Comme elle l'avait poussé dans les bras d'Antoinette l'an dernier, aujourd'hui elle avait décidé que c'était fini. Dans le fond, il n'était qu'une marionnette que Blanche manipulait au gré de ses lubies comme elle manipulait leur vie au gré de ses migraines, vraies ou fausses. Et pendant cette même fraction de seconde, il détesta Blanche autant qu'il l'avait aimée.

Ce fut quand il porta les mains à son visage et qu'il retrouva l'odeur d'Antoinette que les larmes commencèrent à se frayer un chemin.

Raymond ne se rappelait pas quand il avait pleuré pour la dernière fois. Bien sûr, certaines émotions plus fortes que les autres avaient amené une brillance dans son regard mais rien de plus. Même au décès de son père, alors qu'il n'avait que dix ans, Raymond n'avait pas pleuré. Sa mère était venue le chercher à l'école, ce qu'elle n'avait jamais fait. Elle avait les yeux rouges quand elle lui avait dit que son père avait été fauché à son travail. Elle avait ajouté que dorénavant c'était lui qui serait l'homme de la maison. Raymond avait donc retenu ses larmes. Sa mère venait de le dire : il était l'homme de la maison. Elle n'avait pas besoin d'une mauviette larmoyante, pendue à son cou, pleurant l'absence de cet homme merveilleux qu'était son père. Le petit garçon qu'il était avait donc gardé enfoui très loin dans son cœur le regret de ce qui n'existerait plus et personne n'avait su à quel point sa souffrance était grande.

Un homme, un vrai, ne pleure pas.

Et la vie lui avait donné raison. Raymond n'avait pas eu le choix d'être fort. Blanche et les filles avaient trop besoin de lui.

Ils les aimait et avait juré d'être présent à leurs besoins. « … Jusqu'à ce que la mort vous sépare. »

Mais ce soir, sa douleur d'homme avait réveillé celle de l'enfant à travers le regret de ce qui n'existerait plus et sans témoin, Raymond laissa les larmes se frayer un chemin. Elles faisaient mal, elles labouraient son cœur et son esprit au passage avant de sourdre à ses paupières.

Assis devant la rivière, un poing enfoncé dans la bouche pour atténuer le bruit déchirant de ses hoquets, Raymond pleura longtemps.

Il pleura les douleurs de sa vie, les déceptions, les combats perdus.

Il pleura Antoinette.

Parce qu'il aimait cette femme au-delà des mots pour le dire et que l'enfant que portait Blanche était aussi son enfant.

Et que, d'une certaine façon, il aimait toujours Blanche.

Raymond venait de comprendre qu'on pouvait aimer deux femmes à la fois. Pour des raisons différentes mais avec une égale honnêteté. Pourtant, cette constatation n'avait rien de réconfortant. Le mot *honnêteté* lui parut alors hors de propos. S'il était honnête, il ne l'était qu'envers lui-même. Pour Blanche comme pour Antoinette, il était infidèle. Et pour un homme comme Raymond, la fidélité faisait aussi partie de l'amour.

Ce soir, seul avec lui-même, il pouvait l'admettre. Même si Blanche savait, il n'avait pas respecté son engagement face à elle. Car cette fidélité, c'était à Blanche qu'il l'avait promise au matin des noces.

Alors Raymond pleura le regret d'une vie qui aurait pu exister s'il avait fait d'autres choix et il pleura ce qui n'aurait plus le droit d'exister.

Car à cause de cet enfant qui était le sien, Raymond venait de comprendre que cette soirée avait été la dernière auprès d'Antoinette, dans les bras d'Antoinette.

Les premières lueurs du jour le retrouvèrent au même endroit, transi mais apaisé. Les larmes avaient fait du bien même si elles n'enlevaient pas la douleur.

Et la clarté du jour qui montait à l'horizon ne fit que confirmer cette douloureuse réalité. Il devrait reprendre sa place ici, auprès des siens, trouver un petit coin dans son cœur pour ce nouveau bébé, tenter d'amener Blanche à accepter la situation à défaut d'en être heureuse.

Il préféra voir dans ce bébé l'occasion de se reprendre tous les deux, Blanche et lui. La vie leur faisait signe. Et bien qu'il sache que ce serait très difficile, il poussa la réflexion jusqu'à se dire que même sans bébé il n'aurait pas eu le choix de laisser Antoinette s'il voulait sauvegarder les lambeaux de famille qui lui restaient.

L'amour avoué et les regrets rendaient désormais la chose interdite entre Antoinette et lui…

Il se permit donc une fin de semaine de tendresse. Celle qu'il avait à donner et celle qu'il voulait recevoir à travers les émotions permises. Les larmes leur avaient ouvert la voie et Raymond avait besoin de s'en gaver.

Il offrit des roses à Blanche avec une carte où il inscrivit simplement : merci. Elle eut une douceur dans le regard, sortit son plus beau vase et, posant doucement une main sur celle de Raymond, elle dit :

— C'est gentil.

Mais elle refusa de l'accompagner chez mamie Deblois.

— Pas aujourd'hui. Et s'il te plaît, on n'en parle pas pour l'instant. J'ai besoin de temps pour me faire à l'idée.

Raymond partit donc avec ses deux filles pour une escapade sur le mont Royal afin de nourrir les écureuils avant d'aller chez sa mère, qui les garda à souper. Comme elle ne demandait plus où était Blanche depuis fort longtemps, son absence ne suscita aucun commentaire mais une pensée commune : migraine, probablement. Bernadette qui était de passage fut donc particulièrement gentille avec son frère. Aujourd'hui, il avait cette grande tristesse dans le regard qu'elle ne lui avait pas vue depuis bien longtemps. Elle força la note et joyeusement on parla même de Noël pour savoir qui organiserait le réveillon cette année.

Puis Raymond ramena les filles à la maison et attendit qu'elles se soient retirées dans leur chambre pour annoncer qu'il avait à sortir.

— Quelques dossiers à préparer, dit-il machinalement comme il ajoutait tous les dimanches.

Pourtant ce soir, il crut voir une ombre traverser le regard de Blanche quand elle répondit comme tous les dimanches :

— Ah bon !… D'accord. Ne rentre pas trop tard.

— Promis.

Mais alors qu'il s'apprêtait à quitter la pièce, Raymond hésita. Puis rapidement il précisa :

— Je… À partir de maintenant, je vais voir à préparer mes dossiers ici. C'est un peu ridicule de me déplacer comme je le fais.

Ainsi la décision qu'il avait prise devenait irrévocable. Mais comme il avait déjà tourné le dos, il ne vit pas le sourire de Blanche.

Quand il arriva chez Antoinette, il savait ce qu'il devait dire mais non la façon de le faire.

Il s'était promis de parler dès son arrivée. Lui annoncer la grossesse de Blanche, lui répéter son amour, lui dire qu'il n'avait pas le choix. Lui demander pardon.

Puis il partirait.

Antoinette l'attendait à la fenêtre et au simple signe qu'elle fit de la main, Raymond sentit sa détermination fondre comme neige au soleil.

Antoinette aussi s'était promis de parler dès que Raymond arriverait. Mais quand il passa le pas de la porte, il y eut un flottement. Les mots ne venaient pas. Ils tombèrent dans les bras l'un de l'autre, chacun tourné vers ses propres pensées.

Raymond lança son manteau sur une chaise, enlaça Antoinette sans dire un mot et ils firent l'amour dans le salon avec une passion déchirante.

Raymond savait que c'était la dernière fois.

Antoinette pensait au bébé qu'elle portait et elle avait peur de la réaction de Raymond.

Puis vint l'instant de détente où, blottie contre la poitrine de Raymond, Antoinette entendait son cœur battre de plus en plus sagement. Et parce qu'elle ne savait comment annoncer la nouvelle, elle dit simplement :

— Le bonheur pourrait être si facile.

— Oui, il le pourrait.

Alors Raymond se recula pour voir Antoinette. Il serra ses mains très fort dans les siennes puis les porta à ses lèvres, embrassant le bout de chacun des doigts. Ensuite il regarda Antoinette droit dans les yeux. Il était sincère quand il pensait avoir la force de parler. Mais les mots ne venaient pas. Il n'avait pas le courage de voir s'éteindre l'étincelle de lumière qui brillait présentement dans le regard de la femme qu'il aimait. Alors il se contenta de répéter :

— Oui, ce pourrait être si facile.

Puis il laissa glisser les mains d'Antoinette hors des siennes et se releva.

— Je dois partir.

— Déjà ? Mais tu viens…

— Chut, je t'en prie. Je t'expliquerai.

Et sur ces mots, il esquissa un sourire inoubliable. Un sourire pathétique entre la tendresse et le désir, la passion et la dérision. Alors Antoinette sut qu'elle ne dirait rien ce soir non plus.

Raymond s'était déjà retourné et il ramassait son manteau. Au moment où il allait sortir, une main sur la poignée de la porte, il répéta, la voix enrouée :

— Tu as raison, tu sais. Quand on aime, on peut toujours être heureux.

Et il referma la porte silencieusement sur lui. Il savait qu'il ne reviendrait plus.

Dorénavant, il devrait réapprendre à faire passer son bonheur par les siens comme il l'avait déjà fait. Mais il savait que plus rien ne pourrait être comme avant.

Antoinette resta immobile un bon moment. Puis un long frisson lui fit rechercher la couverture qu'elle laissait en permanence sur le divan et qui avait glissé pendant qu'ils faisaient l'amour. Elle s'enroula frileusement, essayant de comprendre ce qu'elle venait de vivre… Puis elle se releva en bâillant. Raymond avait dit qu'il expliquerait, pourquoi s'en faire ? Antoinette s'étira longuement, bâilla encore une fois.

Décidément, depuis quelque temps, elle avait envie de dormir tout le temps.

L'explication lui vint le lendemain par le biais d'une gerbe de fleurs qu'on avait déposée sur le seuil de sa porte pendant son absence. Un bouquet immense de chrysanthèmes dans les tons de l'automne. Elle dessina une moue de déception. Elle n'aimait pas particulièrement ces fleurs qui lui faisaient penser aux funérailles. Alors elle prit le temps de se changer avant de les mettre dans l'eau et de lire la petite carte qui les accompagnait.

Il n'y avait que quelques mots. Quelques mots qui tombèrent sur sa vie comme des gouttes de poison.

Antoinette comprit alors qu'hier, Raymond lui avait fait ses adieux.

Blanche était enceinte, elle aussi, et il lui demandait pardon.

Antoinette dessina un sourire amer.

Puis la douleur du cœur fut si brusque, si intense qu'elle se recroquevilla sur le divan. Comment avait-elle pu croire qu'il en serait autrement ?

Elle n'était que la maîtresse, n'est-ce pas ?

Il y avait en elle un vertige douloureux devant la solitude retrouvée, cette compagne qu'elle aurait préféré ne plus jamais revoir. Surtout pas maintenant, sachant qu'elle portait l'enfant de Raymond.

Elle remonta ses jambes contre elle, les encercla de ses deux bras.

Puis la réalité éclata de nouveau en aiguilles de feu.

Blanche était enceinte.

C'est alors qu'une déception amère s'empara d'elle et fit de l'amour qu'elle éprouvait pour Raymond un instant de haine. Elle avait eu la naïveté de croire que, pendant tous ces mois, elle avait été la seule à partager l'intimité du corps.

Antoinette ferma les paupières très fort pour retenir ses larmes. Elle ne voulait pas pleurer. Pas pour lui ni sur elle. La vie allait continuer quand même. Et dorénavant, elle n'était plus seule. Machinalement, sa main se posa sur son ventre et elle le caressa doucement.

Alors elle se releva, relut le carton une dernière fois puis le déchira. Le *je t'aime* inscrit à côté de la signature ne voulait plus rien dire.

Elle avait des décisions à prendre. Cela, elle le savait depuis quelque temps déjà. Elle n'avait que trop tardé.

La seule chose qu'elle n'avait pas prévue, c'était qu'elle prendrait les décisions toute seule.

Chapitre 14

Antoinette mit une bonne semaine pour s'adapter à sa nouvelle réalité. Quelques jours à sursauter dès que le téléphone sonnait suivis de quelques jours où elle pleurait comme une Madeleine pour un oui et pour un non furent assez éloquents pour comprendre que sa grossesse la rendait particulièrement vulnérable et qu'il serait peut-être dangereux de se fier à son seul instinct pour prendre les décisions qui s'imposaient. Elle qui s'était toujours sentie en parfait contrôle se retrouvait avec une émotivité à fleur de peau qui la laissait désemparée.

De toute façon, elle ne savait vraiment pas ce qu'elle allait faire. Il y avait un monde entre accepter la réalité d'avoir un bébé et la façon de s'y prendre pour le faire. À Montréal, en 1936, une femme célibataire n'avait pas le droit d'attendre un enfant, c'était moralement et socialement inacceptable. Et comme conseillère dans un bureau d'avocats, Antoinette ne pouvait se permettre d'attiser les conversations et les ouï-dire, ce serait suffisant pour perdre toute crédibilité et, par le fait même, perdre son emploi.

Il lui fallait trouver une solution et vite.

Et la seule personne sur terre capable de l'aider, capable de comprendre sans juger et dont elle savait l'amour inconditionnel, c'était sa mère, Marie-Ange Larue.

Finalement, et Antoinette avait l'honnêteté de le reconnaître, Raymond n'aurait pas été d'un grand secours, à moins de s'enfuir au bout du monde avec elle. Ce qui n'était qu'un rêve…

Mais pour une femme comme Antoinette, réglant sa vie toute seule depuis bien des années, ce n'était pas facile d'admettre qu'à quarante ans, elle avait encore besoin de sa mère. De la coupe aux lèvres, il y eut donc quelques jours de plus. Un matin de nausées particulièrement éprouvantes acheva de la convaincre. Elle devait se confier et demander conseil.

Elle prit donc rendez-vous avec sa mère, madame Larue étant une femme active qu'une récente retraite n'avait surtout pas arrêtée.

Marie-Ange Larue n'avait eu qu'une fille. La naissance difficile d'Antoinette avait mis un terme abrupt à ses espoirs de fonder une famille nombreuse. Elle avait donc vécu de ses trois passions : sa petite famille, ses croisades et l'atelier de couture où elle avait travaillé pendant plus de quarante ans. Avant-gardiste, militante convaincue, haute en couleur, Marie-Ange avait commencé à défendre les droits des femmes à partir des années vingt, l'équité salariale et le droit de vote étant ses priorités. C'était à ses côtés, suivant régulièrement sa mère à ses différentes assemblées, qu'Antoinette avait décidé qu'un jour, à son tour, elle s'engagerait socialement. C'était à ses yeux dans la continuité de l'éducation qu'elle avait reçue. D'origine modeste, madame Larue s'était juré que sa fille aurait plus de chance qu'elle dans la vie. Son mari et elle n'étaient peut-être pas riches, mais ils avaient du cœur au ventre et le travail ne leur faisait pas peur. Comme bien des gens dans leur condition, ils calculaient le moindre sou qui entrait et ressortait de la maison, et c'est ainsi qu'après avoir réussi à payer des études de secrétariat à Antoinette, il restait un petit pécule assurant une vieillesse sans embarras pour un homme et une femme qui avaient donné le meilleur de leurs années à leur fille et à leurs patrons. Malheureusement, son mari était décédé peu de temps après avoir pris sa retraite, le difficile travail en usine l'ayant usé avant l'âge. Veuve depuis quelques années, Marie-Ange était retournée vivre à la maison paternelle, tenue par deux de ses sœurs restées célibataires. À soixante-dix ans, madame Larue portait toujours avec aisance ses deux cents livres et encore aujourd'hui, il arrivait que l'on se retourne sur son passage, car elle était restée une très belle femme. Antoinette tenait sa nature entière et passionnée de sa mère à qui elle ressemblait comme deux gouttes d'eau.

C'était un peu pour toutes ces raisons qu'Antoinette, malgré une certaine gêne, annonça franchement la nouvelle à sa mère. Ni l'une ni l'autre n'avaient l'habitude de tourner autour du pot. Madame Larue l'écouta sans l'interrompre, les yeux mi-clos, se berçant mollement comme elle le faisait toujours quand elle devait être attentive. Elle n'était pas vraiment surprise, n'ayant jamais imaginé que sa fille menait une vie de cloîtrée. Qu'il fût voulu ou non, pour elle, un bébé était un bébé. Il avait tous les droits. Mais elle se doutait que la société ne verrait pas la chose du même œil qu'elle.

Quand Antoinette eut fini de parler, Marie-Ange se redressa et la regarda longuement. Puis elle recommença à se bercer.

— Et le père dans tout ça ?

Habituée au franc-parler de sa mère, Antoinette ne fut pas choquée par la question. Elle s'y attendait. Elle se contenta de hausser les épaules en disant :

— Sans importance. Je préfère ne pas en parler. De toute façon, ça ne changerait rien à la situation.

— Comme tu veux, ma fille. Ça t'appartient.

Antoinette remercia sa mère d'abord par un sourire puis avec quelques mots :

— Merci de ne pas insister. Par contre, je vous avoue que je ne sais pas quoi faire. La situation est délicate.

— C'est le moins qu'on puisse dire.

Marie-Ange Larue intensifia le mouvement de la berceuse. Non qu'elle se permît de juger, sa fille était assez âgée et sérieuse pour savoir ce qu'elle faisait. Par contre, elle savait que ce ne serait pas facile pour elle et à travers la joie qu'était la venue d'un enfant, il y aurait des difficultés. Antoinette aurait à se battre.

— As-tu un peu d'argent ?

— Assez pour voir venir pendant un an, si c'est ce que vous voulez dire.

— C'est ce que je veux dire. Tu n'auras pas le choix de prendre quelques mois de vacances… Des projets ?

Antoinette fronça les sourcils, ne voyant pas où sa mère voulait en venir. Mais elle la connaissait suffisamment pour savoir que ses questions avaient un but précis. À la dernière, elle ne put s'empêcher de sourire.

— Celui qui se prépare en moi me semble suffisant comme projet pour l'instant.

— C'est ce que je me disais. Et tes patrons ?

Pour une femme comme Marie-Ange dont les patrons avaient régi une grande partie de sa destinée, sans leur appui, même indirect, il ne pourrait y avoir de solution. Antoinette comprenait très bien ce que sa mère voulait dire et elle savait qu'une telle question devait la faire bouillir intérieurement. Combien de fois l'avait-elle entendue tempêter contre le despotisme de certains patrons qui traitaient leurs employées comme du bétail ? Elle s'empressa de la rassurer :

— Pas vraiment de problème de ce côté-là. Ils peuvent se passer de moi pendant un certain temps. C'est beaucoup grâce à vous deux, papa et vous, si je peux avoir des conditions de travail décentes.

La vieille dame ne put retenir un mouvement d'humeur.

— Décente, c'est le mot. Mais pas plus. Je serais curieuse de savoir ce que gagnent les avocats que tu côtoies chaque jour… Dire que tu as étudié les mêmes choses qu'eux et qu'on a le culot de te refuser le titre… Mais c'est pas ça l'important pour le moment…

Les yeux de Marie-Ange Larue brillaient de colère et de plaisir entremêlés. Rien ne lui plaisait plus qu'une bonne discussion avec un patron buté. Elle avait le jugement sûr et la langue bien pendue, et plus d'un avait plié l'échine devant elle. À commencer par son propre patron qui n'avait pas eu le choix d'augmenter le salaire de ses couturières s'il voulait garder la meilleure… Madame Larue eut un petit sourire de satisfaction en y repensant puis elle reporta les yeux sur Antoinette.

— Alors dans ces conditions, y a juste ton oncle Paul.

Antoinette regarda sa mère, un peu surprise.

— Mais qu'est-ce que…

— Il habite le Connecticut, ma fille.

— Justement. Vous ne trouvez pas que c'est un peu loin ? Quand le bébé va arriver, il va falloir que…

— Mets pas la charrue devant les bœufs, Toinette. Pour l'instant t'as une grossesse à vivre et t'es toujours ben pas pour te cacher dans le garde-robe. Non ?

— C'est certain que, vu comme ça…

Avant, Antoinette aurait envisagé la proposition de sa mère avec recul et elle aurait pris sa décision froidement, pesant le pour et le contre. Mais depuis qu'elle était enceinte, il lui arrivait de penser que plus jamais elle n'arriverait à réfléchir posément. La moindre argumentation provoquait des larmes à la place de sa réflexion habituelle. Et pour l'instant, il y avait tant d'inquiétude dans la voix d'Antoinette que Marie-Ange ne put retenir l'élan de tendresse qu'elle ressentait pour elle. Dans un épanchement dont elle était plutôt avare en temps ordinaire, elle se releva et vint s'asseoir sur le divan près d'elle. Posant une main sur ses genoux, elle obligea sa fille à la regarder en appuyant son index sur sa joue comme elle le faisait quand elle était petite.

— Fais-moi confiance. Je suis certaine que Paul va t'accueillir comme si tu étais sa fille. C'est ce qui compte pour l'instant. Pour le monde d'ici, tu diras que tu veux compléter tes études. Et par là-bas, tu seras une veuve éplorée qui veut changer d'air. Et puis on sait jamais, tu vas peut-être rencontrer un…

Devinant les mots qui allaient suivre, Antoinette leva la main en signe de négation :

— Non, pas ça. Je sais très bien que vous aimeriez que je me marie, vous ne cessez de me le répéter. Mais si j'accepte d'aller dans le Connecticut, ce sera pour avoir mon enfant. Pas pour lui trouver un père.

Marie-Ange leva les yeux au ciel avant de tapoter gentiment la cuisse de sa fille :

— Faut jamais dire « Fontaine, je ne boirai pas de ton eau ». Apprends à faire confiance, Toinette. La vie n'est pas si cruelle que ça. Juste un peu méchante parfois. Ça aide à forger le caractère.

Puis elle se pencha et l'embrassa sur la joue. Au-delà des embûches prévisibles, Antoinette lui procurait une grande joie, comblait un grand espoir qu'elle avait vu s'amenuiser au fil des ans.

— Merci, ma p'tite fille, fit-elle d'une voix étrangement émue qui ne lui ressemblait pas beaucoup. C'est un beau cadeau que tu m'fais là. Je n'avais plus vraiment l'espoir d'être grand-mère un jour.

Antoinette lui rendit son sourire et pendant un court moment il n'y eut que le tic-tac de l'horloge entre elles. Puis Antoinette soupira. La solution avancée par sa mère ne pourrait être définitive. Le Connecticut était beaucoup trop loin de Montréal pour y envisager une avenue possible après la naissance. À cette pensée, les yeux d'Antoinette se remplirent de larmes.

— Mais après la naissance, maman ?

— Après la naissance ?

Une ombre traversa le regard de Marie-Ange. À peine un reflet. Puis habituée de toujours avoir à se battre pour obtenir quelque clémence de la vie, elle se redressa et lança d'une voix farouche :

— On trouvera bien une solution pour le voir grandir, cet enfant-là. Je te le promets.

Mais à ces mots, Antoinette comprit que sa mère avait les mêmes doutes, les mêmes inquiétudes qu'elle.

Malgré tout, ce fut ainsi qu'Antoinette obtint une année de congé pour parfaire ses connaissances. Avec la guerre dont on parlait de plus en plus, Me Bolduc, l'associé principal de la firme qui employait Antoinette, voyait la chose d'un très bon œil. Puis Antoinette mit son logement à sous-louer. Elle avait la mort dans l'âme de quitter un travail qu'elle aimait, de confier son logement à des étrangers. Ici, c'était chez elle, l'endroit qu'elle avait modelé à sa ressemblance. C'était ici qu'elle avait aimé Raymond. Dix fois par jour, elle pensait à lui et regrettait de ne pas lui avoir parlé. Dix fois par jour, elle saisissait le téléphone avec l'intention de l'appeler. Puis elle repensait à la façon cavalière dont il lui avait signifié leur rupture et c'était la colère qui revenait en force. Tant pis pour lui, il ne méritait pas cet enfant. Il ne méritait même pas de savoir qu'il existait.

Les mois passaient et, comme Antoinette n'était pas une femme très mince, la petite rondeur de son ventre passa inaperçue.

Les mois passaient et encore une fois Antoinette comprit qu'on ne pleure pas une peine d'amour pendant toute une vie. Les mouvements du bébé apportaient une dimension nouvelle à son espoir de bonheur et aidaient à oublier ce qu'elle voyait maintenant comme une lâcheté.

Puis vint le jour du grand départ et contrairement à l'ennui qu'elle anticipait, ce fut un soulagement indicible qui l'attendait à la gare de Bridgeport, Connecticut.

Son oncle Paul et son épouse Ruth l'accueillirent à bras ouverts. Dans leur entourage, on savait déjà qu'une nièce arriverait incessamment de Montréal. Enceinte de six mois, elle venait de perdre son mari dans un tragique accident de voiture. Seuls son oncle et sa tante étaient au courant de la vérité. Mais comme Antoinette avait été profondément blessée par l'attitude de Raymond, elle n'eut aucune difficulté à jouer le rôle de l'épouse éplorée. Elle parlait de lui au passé dans une économie de mots qui pouvaient signifier une profonde souffrance.

Puis elle n'en parla plus vraiment et y pensa un peu moins. Sa condition de femme enceinte suffisait maintenant à alimenter les conversations. Paul et Ruth avaient une vie sociale bien remplie et l'emmenaient partout avec eux. Peu encline à l'oisiveté, Antoinette s'inscrivit à des cours d'anglais, se disant que cela pourrait servir. Elle promenait son ventre rond avec fierté et commençait à compter les semaines qui restaient avant la naissance.

Sa mère avait eu raison : l'air de Bridgeport chargé d'effluves salins lui allait à ravir !

La grande émotivité des premiers mois avait disparu et Antoinette se sentait habitée par une assurance nouvelle et entière. Elle avait toujours été une belle femme ; aujourd'hui, elle était une future mère superbe et nombre d'hommes la regardaient avec envie.

Ne la disait-on pas veuve de son état ?

Quoi qu'il en fût, Antoinette dégageait une plénitude généreuse qui allait de pair avec son gros ventre et faisait se tourner les têtes.

Ruth sortit du grenier le vieux berceau qui avait servi à ses trois fils et le peignit avec Antoinette. Puis toutes les deux, elles coururent les magasins pour préparer la layette en riant comme des gamines. Antoinette libéra un tiroir de la commode pour ranger les minuscules vêtements et installa le petit lit près de la fenêtre. Elle voulait que le regard de son enfant ne se pose que sur de belles choses. La fenêtre de sa chambre donnait sur l'océan et son fils aurait la chance de s'éveiller au bruit des vagues.

Car il ne faisait aucun doute pour elle que ce bébé serait un garçon.

Sa mère viendrait la rejoindre sous peu et les invitations ne cessaient d'affluer. À Bridgeport, mai signifiait le début de la saison estivale et chacun y allait de son pique-nique, de son souper… Les amies de Ruth organisèrent même un *shower* pour la future maman et Antoinette, qui n'avait jamais vraiment eu de temps à elle, trop occupée à réussir dans la vie, apprenait enfin à s'amuser. La mentalité américaine était différente, à la fois plus rigoureuse et plus ouverte, et cela convenait tout à fait à sa nature expansive. Bill, Brenda, Jennifer, Audrey, Jeremy, Robert… Rapidement, on accepta Antoinette comme un membre à part entière de la société de Bridgeport. La famille étant le pivot des valeurs américaines, on la regardait donc avec respect, et cela aussi correspondait fort bien à sa vision personnelle de la vie. Il y avait surtout Humphrey, un vieil ami de Paul, célibataire sans attaches, coureur de jupons impénitent qui promenait partout son gros cigare malodorant et son regard d'aigle, qui avait décidé de la prendre sous sa protection. Il multiplia les invitations qu'Antoinette refusa systématiquement jusqu'au jour où Ruth, fine mouche, lui déclara, mine de rien, alors qu'elle venait une fois de plus d'éconduire Humphrey :

— La seule fidélité qu'une femme doit avoir, c'est à l'égard de ses enfants. Pour le reste, ça dépend des circonstances.

Et la regardant par-dessus ses lunettes, pointant son ventre avec l'index, Ruth avait ajouté :

— Lui, tu ne pourras jamais l'abandonner. Même si un jour il te blesse. Pour les autres, laisse ta conscience décider.

Antoinette n'avait pas répondu tout de suite, surprise que Ruth ait été si clairvoyante. Allait-elle encore une fois rester fidèle à des souvenirs qui n'existaient peut-être que dans son esprit ? Bien sûr, elle était consciente que l'amour ne se contrôle pas toujours et jamais elle ne pourrait renier Raymond. Mais au-delà de ce sentiment qu'elle savait ancré en elle pour la vie, allait-elle laisser couler le temps au passé alors que la vie la poussait si fort vers l'avenir ? Machinalement, elle posa la main sur son ventre.

— D'accord, Ruth. Je vais réfléchir à tout ça. Tu as peut-être raison après tout.

Quand Humphrey la rappela, elle accepta une promenade au port et, pour la première fois depuis longtemps, elle passa de nombreuses heures sans penser à Raymond.

Mais à des centaines de milles de là, Raymond, lui, n'avait cessé de penser à elle depuis l'automne. S'il avait choisi une carte et des fleurs pour lui apprendre une rupture qu'il n'avait pas voulue, c'était uniquement parce qu'il savait qu'il n'y arriverait jamais en sa présence. La vie ne lui laissait aucun choix. Quand, plus tard au printemps, il avait appris par un confrère qu'Antoinette venait de quitter Montréal pour aller étudier aux États-Unis, la douleur ressentie avait été terrible. À son tour il avait compris ce que c'était que de se sentir abandonné. Puis il s'était raisonné. Antoinette avait sa vie. N'était-ce pas là ce qu'ils avaient toujours dit ? Tant mieux si elle s'était refait un avenir qui l'attirait. Il n'osa demander dans quelle région elle était, de peur d'avoir envie de la rejoindre.

Car chez lui, la situation allait de mal en pis.

Blanche n'acceptait toujours pas cette grossesse qu'elle disait plus difficile que les autres. Mais comme elle avait souvent crié au loup et que des peccadilles prenaient des allures de catastrophe avec elle, ni Raymond ni Charlotte ne prirent ses doléances au sérieux. Seule Émilie montrait une patience d'ange à l'égard de sa mère, l'habitude de la douleur la rendant probablement plus sensible. Le médecin, ce vieux docteur Dugal qui avait pris sa retraite et n'avait gardé que les quelques patients qu'il n'avait pas le cœur d'abandonner, parlait bien de certains malaises plus évidents à cause de l'âge de Blanche, mais comme il ne semblait pas inquiet outre mesure, Raymond se contenta d'offrir un minimum de patience face aux lamentations de sa femme sans pour autant diminuer ses efforts afin de l'amener à voir la situation du bon côté. Il faisait des contorsions incroyables dans son horaire pour combiner harmonieusement travail et famille. Et du travail, il en avait plus qu'il ne pouvait en faire, la perspective d'une guerre relançant indiscutablement l'économie. Quand il n'était pas penché sur ses dossiers, on pouvait le voir vaquer à mille et une occupations domestiques, les reins ceinturés d'un tablier devant une Charlotte hilare qui faisait tout son possible pour l'aider, car la perspective d'avoir un bébé dans la famille la comblait de joie. Cet événement dans leur famille avait apporté la preuve que les propos de la mère de Françoise n'étaient pas surfaits. C'était rassurant. Même si Blanche passait ses journées allongée sur une chaise longue, les jambes surélevées par des coussins – car sur ce point, l'exagération n'était pas nécessaire : elle avait les chevilles grosses comme des melons –, Charlotte voyait dans la grossesse de sa mère le plus merveilleux des cadeaux.

Blanche en était à son sixième mois de grossesse.

Le médecin parla alors de diète.

Blanche refusa net.

— C'est écrit dans le dictionnaire médical : une femme enceinte doit manger pour deux et respecter son appétit. Et pour une fois que j'ai faim, je ne vais pas me mettre au régime !

— On ne parle pas de régime, on parle de diète. Il y a une nuance.

Nuance que Blanche balaya d'un geste dédaigneux de la main.

Raymond insista, Charlotte supplia, rien n'y fit, Blanche ne voulait rien entendre. Habituée depuis toujours à écouter les moindres signes que son corps lui envoyait, à s'inquiéter d'un rien et à tenter d'y répondre, Blanche n'allait toujours pas se priver de nourriture puisqu'elle mourait de faim depuis quelques semaines.

Elle ne mangeait plus, elle s'empiffrait, au grand désespoir de Raymond qui ne pouvait s'empêcher de sourciller et de jouer de la moustache, inquiet de voir Blanche prendre des proportions alarmantes. Exaspérée par les impatiences de son mari, Blanche en profita pour appeler sa mère à la rescousse. Celle-ci avait suffisamment perdu de bébés malgré les avis des médecins pour en connaître un bout sur le chapitre. Blanche était surtout soulagée d'avoir enfin trouvé un prétexte pour renouer avec celle qu'elle avait rejetée par dépit au moment du décès de son père. La vente de la maison familiale lui était restée coincée dans la gorge. Mais aujourd'hui, elle jugeait qu'il était temps d'aller de l'avant. Elle passa donc l'éponge. D'autant plus qu'elle avait besoin d'une alliée, les gentillesses d'Émilie n'étant d'aucun secours face à un Raymond déterminé à ce qu'elle obéisse au médecin.

Mais contrairement à ce qu'elle espérait, sa mère se rangea du côté de Raymond.

Déjà que l'allure de sa mère l'avait surprise au point de lui faire écarquiller les yeux (Jacqueline portait une jolie robe fleurie avec gants et chapeau assortis, ce qui la transformait radicalement, elle qui n'avait, du vivant de son mari, porté que des couleurs sombres), mais voilà qu'en plus, la petite femme qu'elle avait connue plutôt silencieuse, pour ne pas dire effacée, avait une opinion bien arrêtée sur le sujet et que ladite opinion ne correspondait pas du tout à celle de Blanche.

— Tu dois écouter ton médecin, Blanche.

— Mais voyons, maman, c'est écrit ici. Regarde !

— De grâce, ma chérie, laisse ce dictionnaire de côté.

— Mais papa disait que…

— Justement ! Parlons-en de ton père.

Le visage de Jacqueline Gagnon s'était fermé, son regard lançait des éclairs :

— S'il avait écouté les médecins, ton père, je n'aurais peut-être pas perdu les enfants que je portais.

— Mais voyons donc ! Qu'est-ce que papa a à voir avec ça ?

À ces mots, Jacqueline se mit à rougir violemment. Elle était de cette génération pour qui certaines choses personnelles étaient trop intimes pour être partagées. Même avec sa fille. Mais devant l'enflure évidente des jambes de Blanche, comme ses mains et son visage d'ailleurs, Jacqueline prit sur elle. Il y allait peut-être de la vie du bébé et jamais elle ne se le pardonnerait s'il arrivait quelque chose à cause de sa trop grande pudeur. Blanche devait comprendre que, même si elle n'était pas de leur avis, les médecins devaient avoir raison. De toute façon, elle en avait déjà trop dit pour en rester là. Mais ce fut en détournant la tête qu'elle fit son aveu :

— Ton père n'a jamais voulu croire les médecins qui disaient de me laisser tranquille lorsque j'attendais un bébé, avoua-t-elle péniblement, choisissant soigneusement ses mots. Et c'est à cause de son insistance que je les perdais les uns après les autres. Alors quand je te dis d'écouter ton docteur, je sais de quoi je parle.

Blanche avait l'impression de tomber des nues. Même à mots couverts, l'allusion était on ne peut plus claire. Elle avait dû mal comprendre. Alors elle demanda, pour être bien certaine :

— Papa ? C'est bien de mon père qu'on parle ? Celui qui disputait si fort à table quand…

La réponse fusa et, cette fois-ci, Jacqueline regardait Blanche droit dans les yeux quand elle l'interrompit :

— Et de qui veux-tu que ce soit ? Penses-tu que je suis tombée enceinte onze fois par l'opération du Saint-Esprit ? Ernest Gagnon était insatiable.

Ce fut à ce moment que Blanche comprit le sens du regard de sa mère lorsqu'elle fixait durement son père alors qu'ils étaient à table et qu'il se lançait dans une de ses mémorables colères contre ce qu'il appelait la fornication. Elle ferma les yeux un instant. Elle revoyait la scène comme si elle y était. Son père rouge de rage, frappant la table de sa main grande ouverte à un point tel que les couverts en cliquetaient, fustigeant ses deux fils d'un regard furibond et assise devant lui, sa mère le regardant avec mépris. Oui, c'était bien du mépris qu'il y avait dans les yeux de sa mère. Aujourd'hui, après des années de recul, Blanche arrivait enfin à mettre un mot sur ce reflet qu'elle n'avait jamais vraiment compris. Mais plutôt que d'en vouloir à son père, ce fut sur sa mère que Blanche reporta son amertume. Elle l'avait appelée à l'aide et tout ce qu'elle avait réussi à faire, c'était de lui enlever certaines illusions. Elle venait de lui arracher une partie de son enfance. Blanche ouvrit alors les yeux. Cette femme coquette et bien mise ne pouvait être sa mère. Pas celle dont elle aurait eu besoin. Autant elle avait attendu sa visite avec impatience, autant elle espérait la voir quitter rapidement. Brusquement, elle n'avait plus rien à lui dire. Blanche n'accepterait jamais que quelqu'un parle en mal de son père sous son toit. Jamais. Et ce n'était pas le fait d'avoir partagé plus de quarante ans de sa vie avec lui qui autorisait Jacqueline à le faire.

— Merci pour cet avis. Mais vois-tu, je ne le partage pas. Il y avait sûrement autre chose. Ce que tu viens de dire n'a aucun sens.

— Oh oui ! ça a du sens. Parles-en au docteur Dugal, tu verras bien.

— Peut-être, je ne sais pas… En attendant, tu m'excuseras, je suis fatiguée.

— Bien sûr, dans ton état, c'est normal… J'attends de tes nouvelles ?

Mais Blanche, en voyant sa mère s'affairer avec ses gants et la voilette de son chapeau, comprit qu'elle ne l'appellerait pas. Cette femme n'était pas la mère qu'elle avait connue et c'était celle-là qu'elle espérait retrouver. Pas cette vieille dame qui faisait preuve d'une coquetterie de mauvais goût pour ses soixante-dix-huit ans. C'était indécent, indigne de la mémoire de son père de s'afficher ainsi à son âge, vêtue comme un jardin. Elle lui tendit une main lasse comme elle l'aurait fait avec une amie de passage.

— D'accord. On se rappelle.

Puis Blanche ferma les yeux.

Elle était terriblement déçue. Et ce n'était sûrement pas en salissant l'image de son père que sa mère arriverait à lui faire entendre raison. Ce fut en repensant à celui-ci, en revoyant le regard tendre qu'il avait toujours eu pour elle, en entendant encore cette voix grave et austère qu'il savait rendre si chaleureuse pour sa fille que Blanche prit sa décision.

Elle allait prouver à sa mère, par l'absurde s'il le fallait, qu'elle s'était trompée.

Ils allaient tous voir qui du médecin ou de Blanche avait raison. Ernest Gagnon lui avait toujours dit qu'il fallait apprendre à écouter son corps. Exactement ce que Blanche s'était toujours appliquée à faire, envers et contre tous. Et présentement, son corps lui disait de manger. Mais il semblait bien que tout le monde autour d'elle avait une tout autre opinion sur la chose.

Alors Blanche allait les écouter et on verrait bien ce que cela donnerait.

À partir de ce jour-là, Blanche cessa de s'alimenter correctement. On lui avait dit de faire attention, elle ferait donc très attention. Habitué de recevoir une alimentation beaucoup plus substantielle qui permettait aux doses quotidiennes de brandy de se camoufler dans la nourriture, son estomac répliqua par des brûlures intenses. Blanche diminua encore les portions et augmenta sensiblement les gorgées d'alcool pour avoir un peu d'énergie.

Puis elle retrancha protéines, viande et produits laitiers.

C'est bien connu, les protéines sont difficiles à digérer.

Puis ce fut au tour des légumes d'être éliminés.

C'est bien connu, les légumes, ça constipe. Comme le riz, d'ailleurs.

Finalement, Blanche ne garda que les sucreries.

C'est bien connu, le sucre est source d'énergie facilement utilisable tout comme le brandy. Mais Blanche ne se sentait pas plus forte pour autant et les brûlures à l'estomac s'intensifièrent. Sucre et brandy ne faisaient pas bon ménage.

Mais pour Blanche qui ne s'arrêta qu'aux effets plutôt qu'aux causes, indiscutablement, la preuve en était faite : la diète n'avait rien de bon. Raymond allait peut-être enfin le comprendre ! Blanche dépérissait à vue d'œil et enflait de plus en plus.

Ce fut le matin où, indécise, Blanche se demandait si elle allait recommencer à manger ou pas, que les premières douleurs la prirent par surprise.

D'abord, un grand vent de panique : Blanche n'en était pas encore à son huitième mois de grossesse. Suivi aussitôt par l'absolue certitude qu'elle avait toujours eu raison : on ne porte pas un enfant à quarante et un ans. Diète ou pas, cela n'avait rien à voir, la nature reprenait ses droits. Blanche en fut soulagée. Encore une fois, elle l'avait prédit. Et dire qu'il y en avait encore autour d'elle pour affirmer qu'elle exagérait !

Elle attendit un peu et vers la fin de l'après-midi, voyant que les douleurs étaient de plus en plus régulières et intenses, elle appela Raymond.

Odilon Dugal ne put que constater que le travail était bel et bien commencé. Mais alors qu'on emmenait Blanche pour la préparer à l'accouchement, il eut ces mots à l'intention de Raymond :

— J'ai bien l'impression que ce bébé-là a décidé de se donner toutes les chances. Avec l'œdème que Blanche présente, ce ne doit pas être confortable pour lui. Si elle avait voulu m'écouter aussi…

— Mais elle a écouté, interrompit Raymond. Elle ne mange presque plus.

— Je n'avais pas dit d'arrêter de manger. J'avais simplement demandé de respecter certaines restrictions. Blanche a interprété mes paroles…

Le vieux médecin soupira.

— Voilà où cela nous a menés. Rentrez chez vous, Raymond. Le corps de Blanche n'est pas encore prêt à accoucher et cela va être très long. Je vous appellerai…

Et voyant l'inquiétude se peindre sur le visage de Raymond, il s'approcha et lui tapota l'épaule dans un geste paternel :

— Je ne vous dirai pas que la partie est gagnée d'avance. Ce serait mentir. Mais j'ai déjà vu des bébés nous arriver plus tôt que cela et s'en sortir sans problème. Il ne reste plus qu'à se confier à Dieu. C'est Lui qui aura le dernier mot…

Et Raymond qui n'était pas le plus fervent des pratiquants se surprit à prier avec une ferveur renouvelée.

Mais juste avant de s'endormir, alors qu'il suppliait le ciel de lui donner un garçon le plus vigoureux possible dans les circonstances, il eut cette dernière pensée, inavouable mais sincère : il demanda à Dieu de sauver l'enfant s'il avait à choisir.

Anne naquit à l'aube, au moment précis où le soleil bondit au-dessus de l'horizon et Odilon Dugal le vit comme un heureux présage.

Anne naquit après la pire nuit qu'il eût été donné à Blanche de vivre. Sans l'effet légèrement sédatif du brandy, elle eut mal comme elle ne croyait pas qu'on pût avoir mal.

Anne naquit aux cris de sa mère qui hurlait sa souffrance et avouait qu'elle ne voulait pas de cette enfant. Le minuscule bébé fut aussitôt confié aux bras d'une infirmière, Blanche ayant détourné la tête quand on lui avait présenté sa fille.

Anne pesait à peine quatre livres, mais elle cria dès que l'air effleura son visage. Elle avait les traits et la tignasse foncée de Charlotte. Elle était délicate comme Émilie.

Blanche refusa encore de la voir, une fois lavée sommairement et emmaillotée, avant qu'on ne l'emmène à la pouponnière. Tout ce qu'elle voulait, c'était dormir et ne plus jamais se réveiller.

Raymond, par contre, se précipita à l'hôpital dès que le vieux médecin lui apprit l'heureuse nouvelle…

Émerveillés, Raymond, Charlotte et Émilie admiraient la minuscule petite fille qu'ils apercevaient difficilement derrière la vitre de la pouponnière. Anne avait été placée dans une couveuse.

— Juste pour la chaleur, avait précisé un docteur Dugal visiblement épuisé mais tout souriant. C'est gros comme mon poing mais ça veut vivre. Je parierais ma dernière chemise qu'elle va s'en tirer sans séquelles.

Puis il avait ajouté :

— Je crois savoir que Germain Jodoin a l'habitude de suivre vos enfants, n'est-ce pas ? J'ai laissé des instructions pour qu'on communique rapidement avec lui. Ça vous va ?

Soulagé, Raymond étirait sa moustache d'une oreille jusqu'à l'autre.

— Parfait, docteur. Effectivement, Germain est un ami de longue date. Ça me rassure de savoir qu'il va examiner ma fille. Et Blanche ?

Le vieil homme haussa les épaules.

— Elle va aussi bien que les circonstances le permettent. Pour l'instant elle dort. La nuit a été éprouvante pour elle.

Il n'osa dire ce qu'elle avait hurlé dans sa douleur.

— Revenez ce soir pour la voir. Ce serait préférable…

Puis il s'étira en s'excusant.

— On n'a plus vingt ans… Si ça ne vous fait rien, j'aimerais bien piquer un petit somme, moi aussi. Je vous laisse.

Quand Raymond retrouva Blanche, elle n'avait toujours pas vu sa fille. Elle avait refusé la chaise roulante pour qu'on puisse l'emmener jusqu'à la pouponnière. Et elle refusa encore lorsque Raymond insista.

— C'est la plus belle des trois ! Un parfait mélange de Gagnon et de Deblois. Veux-tu venir la voir avec moi ?

À ces mots, Blanche avait posé un étrange regard sur Raymond. Un regard vide de toute expression :

— Non, s'il te plaît. Tant qu'on ne saura pas si elle est hors de danger, je préfère ne pas la voir.

Et comme Raymond pouvait comprendre cette raison, lui qui n'avait cessé de prier depuis le matin pour que sa toute petite fille s'en sorte, il cessa de tourmenter Blanche et s'en tint aux choses du quotidien. Les filles l'embrassaient et avaient hâte de la revoir.

Une semaine plus tard, Germain déclara Anne hors de danger et on sortit le bébé de la couveuse. Mais Blanche prétendit être trop fatiguée pour la prendre. Puis, elle eut trop mal aux reins pour la tenir confortablement et finalement, elle fit semblant de dormir quand l'infirmière arriva à l'improviste dans sa chambre avec le bébé emmailloté dans ses bras.

Blanche revivait les inquiétudes connues avec Émilie et elle avait peur. Anne était encore plus petite que sa sœur, c'était pourquoi elle refusait de la voir. Elle craignait la panique qui risquait de s'emparer d'elle et peut-être lui avoir poser des gestes qu'elle regretterait par la suite. Elle revoyait toutes ces nuits où incapable de dormir, imaginant que la toute petite Émilie si fragile allait mourir dans son sommeil comme cela arrivait parfois, elle se relevait pour vérifier. Chaque fois, c'était inévitable, elle bougeait Émilie jusqu'à ce qu'elle se réveille. Alors rassurée, Blanche la prenait pour la bercer jusqu'à ce qu'elle se rendorme. Et le lendemain, à cause du manque de sommeil, elle était encore plus nerveuse.

Blanche n'avait pas la force d'envisager recommencer pareil scénario. Alors elle décida de dire qu'elle était trop fatiguée pour se lever. Ainsi, elle gagnerait peut-être quelques jours de repos à l'hôpital avant de rentrer à la maison. Et combiné avec un état de fatigue réel causé par un manque de nourriture pendant les dernières semaines, son besoin d'alcool se faisait cruellement sentir. Partie trop vite pour l'hôpital, Blanche n'avait pu prévoir. Alors elle passait d'une crise de larmes à une période d'agressivité qu'elle ne pouvait contrôler. C'est pourquoi quand la petite fille reçut enfin son congé de l'hôpital, Blanche était toujours hospitalisée, elle aussi. Elle continuait d'alléguer que l'accouchement avait été trop difficile pour ses forces et que ses jambes ne la portaient plus. Elle l'avait dit : elle était trop vieille pour avoir un autre bébé. Elle espérait seulement gagner ainsi quelques jours de plus.

Et elle n'avait toujours pas vu sa fille.

Par contre, Anne avait déjà ses fervents admirateurs. Émilie un peu sceptique, elle était si petite ; Raymond fier comme un paon, elle était si jolie ; et Charlotte découvrant avec elle les émotions de la maternité. Elle était littéralement amoureuse de cette minuscule petite sœur.

Ils arrivèrent en famille pour ramener à la maison et le bébé et sa maman.

— Minuscule mais en pleine forme, déclara Germain Jodoin en venant au-devant du petit groupe. Rien à signaler sinon qu'elle boit plus souvent qu'un bébé de grande taille et que c'est important de bien respecter ses demandes. Sinon, rien de particulier à dire.

Curieusement, Odilon Dugal l'accompagnait. Et dès que Germain eut fini de parler, il s'empressa de prendre les devants. La présence de Charlotte et d'Émilie le contrariait bien un peu, mais finalement il jugea qu'elles avaient peut-être à connaître la vérité.

— Félicitations, Raymond, vous avez une bien jolie fille. Par contre, il y a Blanche.

— Ne vous inquiétez pas pour elle, interrompit Raymond. Je vois bien qu'elle se remet difficilement de tout ça et, promis, on va bien s'en occuper.

Le vieil homme leva la main pour l'interrompre.

— J'ai bien peur d'être obligé de dire que c'est plus profond qu'une simple fatigue. Blanche ne va pas bien. Selon moi, malgré ce qu'elle en dit, Blanche est parfaitement remise de son accouchement. C'est autre chose… Saviez-vous qu'elle refuse toujours de voir le bébé ?

— Qu'elle refuse de…

Ce fut à ce moment que Raymond prit conscience qu'effectivement, depuis trois semaines qu'il venait voir Blanche à l'hôpital tous les jours, jamais ils ne parlaient d'Anne. Blanche s'empressait de prendre des nouvelles de la maison et des filles et Raymond n'y avait vu que du feu. Quoi de plus normal qu'une femme comme Blanche s'inquiétât de chez elle ? Il leva un regard désemparé vers le médecin.

— Mais pourquoi ?

— J'ai l'impression que Blanche connaît une profonde dépression. L'inquiétude d'une grossesse difficile, un accouchement pénible, un bébé très petit… Toutes ces raisons ont probablement eu le dessus, et si Blanche a bien récupéré physiquement, le moral, lui, ne suit pas. J'aimerais la garder ici pour quelque temps encore. J'ai attendu jusqu'à ce matin pour prendre ma décision, me disant que peut-être à la dernière minute…

Puis Odilon Dugal haussa les épaules en soupirant.

— On dirait qu'il y a un blocage qui l'empêche d'accueillir cette troisième fille comme elle l'a fait pour les deux autres. Ce n'est peut-être pas grand-chose, mais je crois préférable de la garder encore quelques jours.

Curieusement, Raymond ressentit un certain soulagement quand le vieux médecin parla de garder Blanche à l'hôpital. Sensation fugace qu'il ne chercha pas à analyser. Il se tourna vers Germain :

— Oui, mais le bébé ? Comment voulez-vous que j'y arrive ?

— Je peux peut-être demander qu'elle soit placée temporairement à l'orphelinat, intervint alors Germain. C'est déjà arrivé et…

— Oh non ! Papa, je t'en prie !

En entendant les paroles du médecin, Charlotte n'avait pu s'empêcher d'intervenir. Elle savait que son père détestait que les enfants se mêlent aux conversations d'adultes, mais le cœur avait été plus fort que la raison et le mot *orphelinat* avait précipité les choses.

— Je t'en prie, répéta-t-elle. Les vacances arrivent. On va se débrouiller. Le docteur l'a dit : tout ce qu'elle a besoin, c'est de boire quand elle a faim. C'est pas très difficile. Je suis certaine qu'Émilie et moi on va s'en sortir.

— Parle pour toi, murmura Émilie. Anne est si petite… J'aurais peur de la briser, comme une poupée.

— Alors on va demander à mamie de nous aider, improvisa Charlotte avec une conviction farouche dans la voix. S'il te plaît, papa ! On ne peut pas envoyer Anne dans un orphelinat, elle n'est pas orpheline. On est là, nous. Elle a une famille qui l'aime.

Décontenancé par les propos de Charlotte, dépassé par les événements, Raymond tourna la tête vers son ami au moment où celui-ci haussait les épaules :

— Et pourquoi pas ? Charlotte n'a pas tort en disant que les besoins de ce bébé ne sont pas énormes.

C'est ainsi qu'Anne Deblois fit son entrée dans la maison familiale dans les bras de sa grande sœur, sous les regards émus d'une mamie qu'on avait appelée à la rescousse.

Au même moment, on transférait Blanche de département, la maternité ne convenant plus à son état. Elle ne demanda aucune nouvelle de sa fille, comme indifférente à tout ce qui se passait autour d'elle.

Blanche n'avait surtout pas prévu qu'on enverrait le bébé à la maison si elle restait à l'hôpital quelques jours supplémentaires.

Elle n'avait pas prévu qu'on la changerait de service. Fatigue, inquiétude et manque d'alcool firent que Blanche vit dans la situation un complot pour l'éloigner de son bébé. Son agressivité fut entière à l'égard des médecins, ne voyant pas qu'elle se retrouvait prisonnière du piège qu'elle avait elle-même construit.

Et le même jour, un peu plus au sud, après une grossesse qui s'était terminée dans l'assurance d'une présence amicale à ses côtés, à défaut d'une présence amoureuse, Antoinette donnait naissance à un vigoureux garçon qui manifesta bruyamment son désaccord à quitter son nid douillet.

Joseph Raymond Jason Douglas venait de faire son entrée dans le monde.

Le nom faisait quand même sourciller la nouvelle maman, mais à y regarder de près, c'était la meilleure solution.

L'idée venait de Humphrey. Quand, tout à fait banalement, il avait demandé le nom qu'Antoinette comptait donner à l'enfant, elle n'avait retenu qu'une partie de la question.

— Marie pour une fille, avait-elle avancé sans l'ombre d'une hésitation.

En rougissant elle avait ajouté :

— Pour un garçon, peut-être Raymond ?

Antoinette n'y avait pas vraiment pensé, Raymond lui plaisant bien. Mais devant le sourire d'Humphrey derrière son cigare, elle comprit aussitôt que ce n'était pas la meilleure idée qu'elle avait eue.

Revenir à Montréal avec un petit garçon s'appelant Raymond ?

De toute façon, allait-elle pouvoir retourner à Montréal un jour avec son fils ou sa fille ? C'était moins que probable et aucune solution n'était encore envisagée de ce côté. Peut-être qu'une bonne famille qui s'en occuperait la semaine alors qu'Antoinette n'aurait pas le choix de retourner travailler… Mais encore faudrait-il que cette famille habite près de Montréal. Antoinette avait eu un long soupir de découragement et d'inquiétude. Humphrey en avait profité pour intervenir :

— Raymond, c'est un vieux nom… Moi, je propose Jason.

— Jason ? Mais ce n'est pas un prénom français, ça ! Ce n'est même pas un prénom courant.

Mais sans tenir compte de cet avis, Humphrey avait poursuivi :

— Et alors ?

Puis il avait demandé :

— Et pour le nom de famille ? Celui de sa mère ou celui de son père ?

Humphrey parlait toujours son cigare coincé entre ses dents. Et soudainement, Antoinette eut l'impression que c'était une antenne et que grâce à cet énorme cigare rougeoyant, Humphrey voyait à travers elle. Il était un homme trop direct, trop perspicace pour que toutes ces questions n'aient pas un but. C'est pourquoi elle hésita à peine et répondit du tac au tac :

— Et vous, Humphrey, puisque vous semblez vous y connaître, qu'est-ce que vous feriez à ma place ?

Une grande tendresse avait alors traversé le regard d'Humphrey. Il était nettement plus âgé qu'elle et, par moments, Antoinette avait l'impression d'être avec son père tant il y avait de l'affection bourrue dans sa voix alors qu'à d'autres occasions, comme présentement, la différence d'âge n'existait plus et Humphrey devenait un ami très cher, très près d'elle par les idées. C'est pourquoi elle fut à peine surprise quand il lui dit, en la regardant droit dans les yeux :

— Né de père inconnu, ça n'apportera rien dans la vie de ce bébé-là. Vous ne pensez pas, chère Antoinette ?

Ainsi Humphrey avait deviné. Antoinette s'était mise à rougir.

— Et pourquoi pas, avait poursuivi le vieil Américain sans tenir compte du visible embarras de la future mère, pourquoi pas Jason ou Mary Douglas ? Ça sonne bien, non ?

Et devant l'hésitation d'Antoinette, il avait conclu, en retirant son cigare cette fois-ci :

— Pourquoi pas ? Ça me fera un héritier à qui léguer mon imprimerie… Et je vous jure, chère Antoinette, que ça ne vous engage à rien.

Antoinette était restée silencieuse un moment puis elle avait dessiné un très léger sourire.

— Je vais y réfléchir… Et merci. C'est une délicate intention.

Mais dès qu'elle entendit le premier cri de son fils, Antoinette comprit qu'Humphrey avait raison.

C'est pourquoi sa main ne tremblait pas lorsqu'elle signa les papiers civils déclarant que Joseph Raymond Jason Douglas, fils d'Antoinette Larue et Humphrey Douglas, était né.

Son fils pourrait marcher la tête haute sa vie durant et où qu'il aille…

Chapitre 15

C'était le coup de foudre. Le grand amour de sa vie.

Assise dans son lit, Antoinette tenait contre elle Raymond Jason Douglas.

C'était le plus beau bébé du monde, c'était son fils.

Même si le nom la faisait encore sourire.

Mais Humphrey semblait y tenir et il avait l'air tellement fier, la veille au soir, quand il lui avait apporté une gerbe de fleurs immense, qu'Antoinette s'était juré de tout faire pour aimer ce nom.

Humphrey avait distribué des cigares à tout le monde, même aux infirmières, proclamant de sa voix forte de Texan qu'une naissance était la plus belle chose au monde et que la jeune maman ne devait avoir que des gens heureux autour d'elle.

Tout le monde comprit à ces mots qu'Humphrey tentait de faire oublier son récent veuvage à Antoinette et des sourires complices s'échangèrent. Il n'y avait que lui pour penser à cela ! Quant au nom de famille inscrit sur la déclaration de naissance, personne n'avait à être au courant pour l'instant. C'était là la seule condition qu'Antoinette avait imposée. On aviserait plus tard…

Et ce plus tard se perdait présentement dans la brume d'un avenir incertain qu'elle préférait ne pas connaître.

La plénitude de l'instant présent était trop intense, trop précieuse pour qu'elle veuille y changer quoi que ce soit. Tenir son fils contre elle suffisait à rendre les battements de son cœur presque douloureux. Elle en avait les larmes aux yeux.

Blotti contre son sein, une goutte de lait au coin de la bouche, le nouveau-né s'était endormi. Par la fenêtre, Antoinette apercevait un coin de ciel bleu et une petite parcelle d'océan qui brillait au soleil. Elle n'aurait pu imaginer meilleur endroit pour mettre son fils au monde. Elle avait l'impression d'avoir droit à une portion d'éternité, à un coin de paradis dont elle était le maître absolu.

Jamais elle n'aurait cru qu'on pût être heureuse à ce point, jamais elle n'aurait cru qu'on pût aimer autant. Jason avait fait naître un sentiment inconditionnel, exclusif et entier. Il modifiait les valeurs et les perspectives d'Antoinette de manière absolue et irrévocable. La vie désormais ne pourrait plus jamais être la même. Ses choix et ses priorités non plus. Et ce bouleversement n'avait eu besoin que d'un cri déchirant l'air d'un bel après-midi de juin, d'un petit corps tout chaud s'abandonnant dans ses bras et d'un regard un peu flou se posant sur son visage pour se manifester, s'imposer et devenir exigence dans la vie d'Antoinette. En une fraction de seconde, elle avait compris qu'elle était en train de vivre l'instant le plus merveilleux de sa vie, qu'elle était faite pour être mère et que tout le reste, les études, la carrière et même les gens autour d'elle n'avaient plus qu'une importance relative.

Et dire qu'elle avait pensé, pendant sa grossesse, qu'il lui suffirait de trouver une bonne famille pour s'occuper de son enfant quand elle retournerait au travail et que le problème serait réglé…

Les bras d'Antoinette se refermèrent sur le petit corps du bébé qui dormait contre elle.

« Ridicule, pensa-t-elle. Complètement ridicule ! »

Jamais elle ne pourrait confier son fils à qui que ce soit. Son travail avait eu droit au meilleur d'elle-même. Elle avait sacrifié bien des amis, une bonne partie de sa vie sociale et son goût pour le sport à ce qu'elle voyait comme le but ultime de son existence : le droit. Et jusqu'à la naissance de Jason, elle ne l'avait jamais regretté. Aujourd'hui non plus, elle ne regrettait rien. Elle avait simplement envie d'apporter des modifications à tout cela. « Des modifications en profondeur », ajouta-t-elle intérieurement en ébauchant un sourire.

Elle comprenait que, dorénavant, ce tout petit bout d'homme serait sa raison d'être. Elle était prête à tout chambarder pour lui s'il le fallait. Et sans le moindre remords. Mais femme de tête autant que femme de cœur, elle voulait se donner du temps pour faire les bons choix. Pour Jason comme pour elle. Ils auraient à cheminer ensemble pendant de nombreuses années, pendant toute la vie. Il fallait prendre les bonnes décisions pour ne jamais avoir de doutes par la suite.

Car dorénavant, Antoinette devrait apprendre à penser en double. Ils seraient deux.

Ils ne seraient que deux. Lui et elle…

Ce fut à ce moment que, venu de nulle part, un incroyable chagrin lui gonfla le cœur et déborda en un flot de larmes incontrôlables.

Cet enfant, ce merveilleux cadeau de la vie, était aussi celui de Raymond, son impossible amour qu'elle portait avec elle depuis tant d'années. Comme un boulet, comme un espoir, comme une trahison maintenant que Jason était là. Parce qu'elle aurait voulu de toute la force de l'amour qu'elle ressentait toujours pour lui, elle aurait tant voulu que Raymond soit là. Qu'il sache, qu'il partage ce bonheur immense malgré les larmes. Antoinette aurait voulu lui présenter son fils et lire dans son regard un amour qui répondrait au sien. Jamais secret n'avait été si lourd à porter que la naissance de ce fils pour qui elle donnerait sa vie sans hésiter. Pourtant Antoinette en avait gardé, des silences et des secrets à cause de sa profession. Mais rien ne pouvait être comparable à cette envie de crier sa joie et de hurler sa douleur en même temps au monde entier.

Jamais solitude n'aura été si grande qu'en ce moment où elle savait que plus jamais elle ne serait seule.

Alors Antoinette se donna le droit de pleurer tout ce qu'elle n'avait jamais pleuré au cours de sa vie. Les difficultés, les embûches à cause de sa condition de femme, la solitude de son appartement parfois, Raymond. Celui de ses vingt ans, celui d'hier qu'elle voyait en cachette, celui d'aujourd'hui qui ne savait pas qu'il avait un fils. Raymond le faible qui hésitait souvent devant ce qu'il devait faire, Raymond le fort qui tenait sa famille à bout de bras. Raymond le sournois qui acceptait de vivre une aventure, Raymond le loyal qui n'abandonnerait jamais Blanche. Raymond le passionné qui était le plus merveilleux des amants, l'ami sincère, l'homme qu'elle aimerait toujours… Ce fut en pensant à Blanche que les larmes d'Antoinette redoublèrent. Blanche qui devait avoir accouché elle aussi. Blanche qui avait le droit de partager sa joie avec son homme, qui avait la fierté de promener son bébé au vu de tous. Avait-elle eu une autre fille ? L'espace d'un instant, Antoinette souhaita que oui, avec une intensité mesquine. Comme une revanche que l'existence lui accorderait. Puis l'agressivité tomba comme elle était venue, emportée par les larmes d'Antoinette qui ne tarissaient plus.

Lorsque la jeune infirmière passa la tête dans l'embrasure de la porte pour voir si elle pouvait ramener le bébé à la pouponnière, elle trouva Antoinette toujours assise dans son lit, le regard perdu sur l'horizon, le visage inondé de larmes et tenant son fils tout contre elle. La jeune fille se rappela alors la note inscrite en rouge dans un coin du dossier : la dame venue du Canada pour accoucher ici était veuve depuis peu. L'infirmière s'éclipsa alors sur la pointe des pieds. Ce n'était sûrement pas le bon moment pour lui enlever le bébé.

Et ce fut ainsi qu'Humphrey la trouva lui aussi, plusieurs minutes plus tard. Mais lui, il ne s'éclipsa pas. Il ouvrit toute grande la porte pour faire entrer à bout de bras un immense ours en peluche qui arracha enfin un sourire à Antoinette. Un sourire moqueur qui avait quelque chose de tragique sur son visage brillant de larmes.

— Bonté divine, Humphrey ! Mais qu'est-ce que c'est ?

— Vous ne voyez pas ? Il me semble pourtant qu'il est assez visible. C'est un *teddy bear*.

Chapeau un peu croche sur le dessus de la tête, son éternel cigare coincé entre les dents, arrivant quand même à sourire, Humphrey Douglas avait la fierté d'un d'Artagnan et le regard d'un enfant ne sachant trop s'il vient de faire une bourde. Antoinette éclata de rire et s'essuya les joues du revers de la main.

— Je vois bien que c'est un ours en peluche. Mais ne serait-il pas un peu gros pour Jason ?

Tout en parlant, Antoinette avait penché la tête vers le bébé endormi. L'ourson devait faire au moins vingt fois sa taille ! Mais Humphrey n'était pas homme à s'embarrasser de détails aussi superficiels. Déposant l'encombrant ourson dans un coin de la chambre, il déclara :

— Pour le plus beau bébé, il fallait le plus gros toutou. Je veux que Jason pense grand, toujours plus grand.

Alors Antoinette esquissa un second sourire mais sans moquerie cette fois. Humphrey aussi était un merveilleux ami. Droit, sincère, franc, décidé et très tendre sous ses allures d'ours mal léché… Antoinette lui tendit la main, soutint son regard, un peu gênée qu'il l'ait trouvée dans un tel état.

— Excusez l'accueil. Un petit coup de cafard, je crois bien.

Humphrey ne répondit pas. Il se contenta de déposer son cigare, de prendre la main tendue et de la porter à ses lèvres pour en baiser le bout des doigts respectueusement, en regardant Antoinette franchement jusqu'au fond de son âme…

Il était amoureux pour la première fois de sa vie et il s'était juré de rendre cette femme-là heureuse. Mais heureuse comme elle déciderait de l'être. Pour une autre première fois dans sa vie, il n'avait pas envie d'imposer quoi que ce soit…

Ce fut ce soir-là, quand Antoinette se retrouva seule après les visites, qu'elle comprit qu'elle avait un deuil à vivre. Maintenant elle n'était plus seule. Dans quelques instants, on lui apporterait Jason pour qu'elle puisse l'allaiter. Jason… Ce drôle de nom venu de ce pays étranger, venu de cet homme qu'elle ne connaissait pas, il y a quelques mois à peine. Humphrey… Il n'était qu'un ami. Mais un ami sincère comme elle en avait eu très peu dans sa vie. Il avait eu la générosité d'offrir un nom et une ascendance à son fils. Aux yeux d'Antoinette, cela n'avait pas de prix. Et pour ce geste, elle lui serait toujours reconnaissante. Et ce fut justement pour cette raison tout comme pour Jason qu'Antoinette accepta que le regret de Raymond recule dans l'ombre, se cache dans un petit coin obscur de son cœur, si loin que jamais son fils ne le verrait. Dorénavant, l'amour qu'elle ressentait pour Raymond passerait par Jason. Elle aimerait le fils comme elle aurait aimé le faire pour le père, mais plus jamais Raymond ne viendrait s'interposer entre eux. Il y avait une belle histoire d'amour entre Jason et Antoinette. Une histoire unique commencée à Montréal dans le secret et la tristesse et qui se poursuivrait pour la vie. Antoinette ne savait ni où ni comment. Mais brusquement cela lui importait peu. Pourvu qu'ils soient ensemble, le reste n'avait pas vraiment d'importance…

Quand l'infirmière entra dans la chambre, Antoinette tendit les bras dans ce geste possessif répété depuis la nuit des temps. Ce bébé, c'était son fils, l'être le plus important sur terre et, en le regardant prendre son sein pour la tétée, elle se jura de le rendre heureux coûte que coûte.

Et quand Humphrey se présenta à l'hôpital quelques jours plus tard pour ramener Antoinette et Jason chez Paul et Ruth, il comprit qu'un changement s'était produit.

Car malgré la visible nervosité de la jeune mère à manipuler un si petit bébé, Antoinette avait un regard différent. Au fond des prunelles noisette, il y avait une étincelle joyeuse, comme un sourire accroché là par inadvertance. Un sourire qu'Humphrey n'avait jamais vu auparavant…

Et très loin de là, il y avait un autre sourire tout aussi permanent. C'était celui de Charlotte quand elle se penchait sur le berceau de sa petite sœur Anne. Elle était littéralement amoureuse de ce petit bout de femme à peine plus grosse qu'un chaton. Instinctivement, Charlotte avait trouvé la douceur et le geste maternel pour s'en occuper. D'instinct elle avait vite compris que sa petite sœur avait autant besoin de chaleur et de tendresse que de lait et Charlotte pouvait passer des heures à la bercer, à la cajoler, à lui parler sous le regard un peu boudeur d'Émilie qui ne comprenait pas qu'on puisse avoir un tel engouement pour une si petite fille. Anne lui faisait un peu peur, elle était trop délicate, lui semblait trop fragile. Et même si à douze ans elle comprenait que le bébé n'y était pour rien, Émilie ne pouvait s'empêcher de penser qu'elle était responsable de l'absence de sa mère. Et sans Blanche, Émilie se sentait toujours un peu perdue. Elle laissait donc à Charlotte l'exclusivité des soins à donner au bébé, se contentant d'aider pour les choses de la maison quand son père, à bout de patience, finissait par lui ordonner de faire sa part.

Car Émilie n'était pas très portée sur le travail, pas plus celui qu'exigeait l'entretien d'une maison que celui demandé à l'école. Les efforts en tout genre ne faisaient pas partie de ses priorités, on l'avait plutôt habituée à surveiller, attendre, prévenir et laisser les autres agir à sa place. Le leitmotiv de Blanche était devenu le sien : « je n'y peux rien, je suis faite comme ça ! » Ce à quoi Raymond répondait, la moustache hérissée :

— Ce n'est pas une réponse, ça, Émilie. Personne n'aime faire la vaisselle ou le ménage et tu ne viendras pas me dire qu'à douze ans tu es trop fatiguée. Allez, un peu de nerf, et attrape-moi ce torchon !

Alors Émilie grognait, faisait sa mine boudeuse, mais cela ne durait plus. Comme papa avait le chic pour donner la petite tape d'encouragement ou le baiser sur la joue en guise de remerciement, Émilie prit l'habitude de ronchonner par principe, mais elle aidait finalement de bon cœur.

Par chance l'école était enfin finie, car les nuits étaient souvent perturbées par les pleurs d'un bébé affamé. Mais même là, Charlotte ne se faisait jamais tirer l'oreille pour se lever. Une nuit sur deux, elle alternait avec Raymond pour voir à s'occuper d'Anne.

Charlotte était aussi très heureuse de retrouver avec son père cette complicité qu'ils avaient développée alors qu'elle était petite. Aujourd'hui, elle se jouait à un autre niveau, mais cela comblait le vide que Charlotte avait ressenti pendant quelques années. Elle n'avait plus l'impression d'être une étrangère dans sa propre famille. Mamie venait régulièrement et, avec son aide et ses conseils, Charlotte arrivait à se débrouiller. Le sourire chaleureux du docteur Jodoin qui venait voir Anne chaque semaine était la plus belle des récompenses. D'aussi loin que Charlotte s'en souvînt, on lui avait toujours dit de donner l'exemple, d'être sage parce qu'elle était l'aînée. Aujourd'hui, c'était encore mieux : elle avait la réelle sensation qu'on la prenait enfin au sérieux.

Et surtout, il y avait sa petite sœur qu'elle pouvait aimer sans compromis, sans restriction. Si Blanche avait été là, Charlotte se doutait bien que les choses auraient été fort différentes. Pas besoin de se rappeler comment sa mère agissait avec un bébé pour deviner que les longues heures que Charlotte prenait à bercer Anne ne seraient pas permises. Pas besoin de se souvenir pour comprendre que les façons d'agir de mamie n'étaient pas celles de Blanche. Sa façon d'être était en soi diamétralement opposée. Alors pour le reste…

Et ce matin, mamie avait décidé qu'il était temps de sortir Anne au jardin pour quelques heures.

— Elle me semble assez forte maintenant pour tenir tête à la brise. Que dirais-tu, Charlotte, d'installer son carrosse là-bas, près du gros lilas ? J'ai l'impression qu'elle y serait très bien pour faire la sieste. Qu'en penses-tu ?

Madame Deblois incluait toujours Charlotte dans les moindres décisions à prendre concernant sa petite sœur. Elle se rappelait avoir été obligée de prendre la relève chez elle, alors qu'elle avait à peu près le même âge et que sa mère avait été gravement malade, et elle avait trouvé cela difficile.

— Alors, Charlotte, qu'en penses-tu ?

— C'est une bonne idée… Mais tu ne trouves pas que c'est un peu loin de la maison ? Mais ce n'est pas grave, je vais en profiter pour lire un peu. Ça fait longtemps que je n'ai pas eu le temps de lire et l'été, c'est justement à côté du gros lilas que j'aime le plus m'installer. Combien de couvertures on doit mettre pour Anne ?

Charlotte avait vite cerné un problème mais l'avait réglé sur une pirouette, comme elle le faisait souvent. Son imagination fertile trouvait toujours des solutions à tout, d'autant plus que, depuis quelques semaines, Charlotte n'avait plus le temps d'écrire quoi que ce soit. Ce qu'elle appelait intérieurement son roman, cette drôle d'histoire de bons et de méchants, était resté en plan depuis un bon moment déjà. Curieusement, depuis que son père ne sortait plus travailler le soir, Charlotte avait perdu tout intérêt pour ce livre. Seul son journal intime avait droit à quelques lignes chaque jour mais encore là, Charlotte trouvait que cela manquait de relief : elle ne confiait plus ses pensées ou ses rêves, elle ne faisait que parler d'Anne !

Elle s'installa donc près du landau, où le bébé dormait déjà à poings fermés, pour commencer la lecture d'un des livres de Blanche qu'elle avait pris dans la bibliothèque. Berthe Bernage… Charlotte adorait découvrir de nouveaux auteurs et, à voir les pages racornies de ce livre, sûrement que sa mère l'avait grandement apprécié.

Depuis que Blanche n'était plus à la maison, Charlotte en profitait pour faire tout ce qui lui semblait convenable mais que sa mère avait l'habitude de refuser. Et fouiller dans la réserve des livres de Blanche était une des choses interdites. Tout comme aller chez

Françoise, ou manger entre les repas, ou mettre une belle robe sans raison, ou… La liste des interdits était sans fin. Et il y avait, ultime libération, le fameux carcan en élastique que Charlotte avait caché au fond d'un tiroir. Pas question de se comprimer la poitrine quand Blanche n'était pas là. Même si Charlotte n'avait que treize ans, ce n'était pas sa faute si elle avait un corps de femme et elle jugeait qu'elle n'avait pas à le cacher. Au contraire ! Quand il arrivait qu'un homme croisé dans la rue posât son regard sur elle avec un certain sourire, Charlotte ressentait une curieuse chaleur qui l'envahissait et elle trouvait cela agréable. Elle ne savait trop pourquoi et ne se posait pas de questions. C'était agréable et cela suffisait.

Tout comme présentement, un beau soleil, une brise douce et chaude sur ses bras et un livre nouveau suffisaient à son bonheur. Elle se laissa tomber dans l'herbe avec un soupir d'extase.

Enfin quelques minutes à elle pour lire !

Charlotte se souleva pour jeter un dernier coup d'œil sur le bébé, se cala le dos contre le tronc rugueux de l'arbre un peu tordu qui évasait ses branches en un bosquet touffu et ouvrit le livre sans se douter le moins du monde que, de la fenêtre de la cuisine, mamie l'observait.

Depuis qu'elle venait chaque jour faire son petit tour chez son fils, madame Deblois découvrait la véritable personnalité de Charlotte. Sa petite-fille la fascinait. Elle était encore une enfant et déjà une femme. Un peu comme toutes les jeunes filles de son âge mais chez Charlotte, on avait l'impression d'une retenue différente, plus grande. Ses réflexions étaient justes, mais on sentait chez elle un manque de confiance flagrant. Elle hésitait souvent, non parce qu'elle ne savait pas quoi faire mais plutôt parce qu'elle n'osait pas. La nature passionnée de Charlotte transpirait dans ses gestes et ses propos, mais la vieille dame avait l'impression que Charlotte était embarrassée de le montrer. Comme s'il n'était pas permis d'être entière et spontanée. Et c'était un peu la même chose pour Émilie. Derrière la façade d'enfant sage, madame Deblois sentait une artiste en devenir. Émilie aussi, à sa façon, cachait une nature vibrante qui ne demandait qu'à exploser au grand jour. Mais la fillette avait tellement peur de tout, peur d'être malade, peur de déranger, qu'on avait l'impression qu'elle était en permanence sur la défensive, dans l'attente d'une catastrophe.

Catastrophe…

Le mot fit sourire madame Deblois puis froncer ses sourcils.

Ce mot faisait partie du vocabulaire courant de Blanche…

Et de là probablement venait la retenue des filles. Parce que madame Deblois était tout à fait consciente que la nature anxieuse de sa belle-fille y était pour quelque chose dans l'attitude de Charlotte et d'Émilie. Malgré les apparences, les deux sœurs se ressemblaient beaucoup et la grand-mère trouvait dommage qu'elles passent plus de temps à s'apostropher et à se contredire qu'à partager. Elles pourraient tellement apprendre l'une de l'autre à travers les richesses qu'on sentait cachées chez l'une comme chez l'autre.

La vieille dame resta un long moment à la fenêtre, laissant son regard se promener du landau à Charlotte puis à la rivière scintillante de soleil, se demandant ce qu'elle pourrait bien faire pour aider ses petites-filles à s'épanouir selon ce qui était propre à chacune. C'était là un principe qu'elle avait toujours respecté avec ses enfants et elle trouvait triste qu'on pût agir autrement. Surtout quand on sentait des natures aussi fébriles que celles de Charlotte et d'Émilie.

Un appel venant du second étage la tira de sa réflexion.

— Mamie ? Il manque des couleurs à ma boîte d'aquarelle et j'aimerais dessiner. Crois-tu qu'on peut en trouver à l'unité ?

Quand madame Deblois entra dans la chambre des filles, elle vit, assise à même le sol, des dessins éparpillés autour d'elle, Émilie tenir sa boîte de peinture dans ses mains.

— Regarde ! Les pastilles de bleu de Prusse et de vert émeraude sont finies. Et il ne reste presque plus de jaune indien…

Alors la grand-mère étira un large sourire. Voilà comment aider Émilie à s'épanouir ! Cette enfant avait besoin d'un maître pour guider le talent qu'on devinait à travers ses dessins. Elle se pencha vers Émilie :

— Je crois, oui, que les pastilles se vendent à l'unité. Que dirais-tu d'aller voir à la librairie de la rue voisine ? Il me semble en avoir déjà vu.

Émilie ouvrit les yeux tout grands, habituée depuis toujours à devoir attendre.

— Tout de suite ? demanda-t-elle, incrédule.

Madame Deblois éclata de rire, heureuse de voir enfin un peu d'enthousiasme chez Émilie.

— Et pourquoi pas ? Anne fait la sieste et Charlotte lit près d'elle. C'est en plein le bon moment pour s'absenter.

— Chic alors ! Donne-moi deux minutes et je suis prête.

Ce fut en redescendant l'escalier pour prendre ses gants et son chapeau que la vieille dame repensa à Charlotte. Elle ne lui connaissait aucune passion. À part la lecture, bien entendu.

— Je vais en parler à Raymond, murmura-t-elle en ajustant la voilette noire devant le miroir. Il doit bien savoir, lui…

Puis, à voix haute, elle ajouta :

— Je t'attends au jardin, Émilie. Le temps de prévenir Charlotte et nous partons.

Ce fut ainsi que Raymond donna carte blanche à sa mère pour trouver un professeur de dessin pour Émilie. Quant à Charlotte…

— Pour l'instant je ne vois pas comment elle pourrait trouver le temps de suivre des cours. Et je ne sais même pas ce qui lui ferait vraiment plaisir. À part sa rage de lecture…

Puis il avait conclu :

— Quand Blanche sera de retour, je verrai avec elle.

Et dans un élan de gratitude, Raymond avait serré sa vieille mère tout contre lui :

— Merci, maman. Tu as bien fait de me parler. Avec le bureau, la maison et le bébé, j'avoue qu'il doit m'en manquer des bouts. Je commence à avoir hâte que Blanche reprenne sa place parmi nous.

Car malgré les semaines qui passaient, l'état de Blanche ne montrait guère d'amélioration.

— Dépression nerveuse majeure, peut-être même une psychose, avait déclaré un nouveau médecin, Maurice Giguère, venu l'examiner à la demande du docteur Dugal, qui ne savait plus à quel saint se vouer.

Le vieux médecin avait souvent vu des phases dépressives après un accouchement mais jamais comme celle que vivait Blanche. Il savait bien qu'avec elle, tout prenait des proportions inusitées, mais de là à refuser de voir son enfant et même d'en entendre parler…

Blanche promenait un air apathique et ses larmes partout avec elle. Elle n'ouvrait la bouche que pour dire qu'elle était fatiguée. Elle n'avait goût à rien et le peu d'appétit qui était le sien auparavant avait totalement disparu.

— Il y aurait peut-être quelque chose à faire…

Les deux médecins s'étaient retrouvés à la cafétéria de l'hôpital pour prendre un café.

— C'est un traitement encore expérimental, mais dans un cas comme celui de Blanche Deblois, un cas de blocage évident, il pourrait s'avérer efficace. C'est relativement simple, quelques séances où l'on stimule le cerveau à l'aide de chocs électriques. Ça ne dure que quelques instants.

Pour un vieux médecin comme Odilon Dugal, le traitement proposé ressemblait à ce qu'il appelait une médecine de cheval. Il soupira.

— Vous croyez vraiment que ce n'est pas dangereux ?

— Mais non ! Jusqu'à maintenant, les résultats sont stupéfiants. Par contre, j'aurais besoin de l'autorisation du mari.

Et Raymond autorisa.

Il n'y connaissait rien, ne pouvait que se fier à ce que ce jeune médecin préconisait comme étant la solution de l'avenir pour tous les cas de dépression.

Blanche était hospitalisée depuis maintenant deux mois. Les rencontres avec les psychiatres, les psychologues et la prise massive de médicaments de toutes sortes n'avaient rien donné. Raymond, le seul qui fût autorisé à la visiter une fois la semaine, retrouvait invariablement une femme désintéressée de tout. Elle parlait des filles et de la maison du bout des lèvres, comme par obligation, et jamais elle ne faisait allusion à Anne. C'était comme si elle n'avait jamais eu ce bébé. Si Blanche était en dépression sévère, comme le disaient les médecins, lui, il était au bord de la crise de nerfs ! Entre les nuits écourtées, les dossiers qui s'accumulaient sur son bureau, la maison et les filles, Raymond était visiblement exténué.

Alors il autorisa les traitements. Tout et n'importe quoi pour que Blanche se remette et revienne chez elle.

Et tranquillement, comme le docteur Giguère l'avait prédit, d'un traitement à l'autre, Blanche sembla émerger de son apathie. Elle revenait de ses séances abasourdie, épuisée, affaiblie physiquement, mais petit à petit elle reprenait pied dans la réalité. Dans sa réalité.

Et quand elle demanda enfin des nouvelles de son bébé, Raymond comprit que la partie était gagnée.

— Tu lui as bien donné Anne comme prénom, n'est-ce pas ?

— Comme tu l'avais demandé, oui.

— Et quel âge a-t-elle au juste ? Est-elle baptisée ?

— Elle va avoir trois mois la semaine prochaine et elle est jolie comme un cœur. Quant au baptême, on l'a ondoyée à la naissance parce qu'elle était vraiment très petite mais pour la grande cérémonie, on t'attendait.

— C'est gentil.

Puis Blanche avait reporté les yeux devant elle et elle avait ajouté dans un murmure :

— Trois mois… Déjà trois mois. Comme le temps passe vite parfois.

Raymond n'osa souligner que, pour lui, ces trois mois avaient semblé durer l'éternité.

Mais ces quelques mots furent suffisants pour déclencher une suite de réactions chez Blanche. Et tout aussi brusquement qu'elle avait choisi d'ignorer son bébé parce qu'elle avait peur de ce petit être si fragile, si petit, Blanche se mit à compter les jours qui la séparaient de son retour chez elle. Anne s'était mise à lui manquer.

Quand Blanche rentra enfin chez elle, elle s'appuyait au bras de Raymond et avait la démarche attentive et lente d'une femme qui vient tout juste d'accoucher. Comme si les derniers mois n'avaient pas existé.

Elle se laissa tomber sur le divan en soupirant l'effort qu'elle avait dû déployer pour arriver jusque-là. Si Blanche n'avait jamais été grasse, aujourd'hui, elle était émaciée. Elle avait les yeux cernés et de fines ridules commençaient à apparaître au coin des paupières. Charlotte la trouva laide. Émilie la prit en pitié. Malgré cela, les deux filles étaient heureuses de retrouver leur mère, chacune pour des raisons bien différentes.

Puis Raymond lui apporta la petite Anne.

Le visage de Blanche s'illumina.

— Tu avais raison, Raymond, Anne est vraiment très belle.

Pourtant, elle ne garda la petite fille dans ses bras que l'espace de quelques instants.

— Je suis encore bien faible. J'ai besoin de refaire mes forces.

À ces mots, Émilie se promit de tout faire pour aider sa mère. Ce n'était qu'un juste retour des choses.

Raymond se fit à peu près la même promesse. Blanche ne lui avait-elle pas donné, encore une fois, une merveilleuse petite fille ?

Et Charlotte osa espérer qu'elle garderait une certaine place auprès d'Anne et pourrait continuer de s'en occuper.

Tout le monde se coucha l'esprit en paix. Raymond devait s'occuper du biberon de nuit et Charlotte avait promis de prendre la relève pour le lendemain.

La famille fut réveillée par la démarche militaire de Blanche qui reprenait sa place dans la cuisine.

Et quand il entendit les casseroles se faire malmener, Raymond eut un doute. Aussi subit, imprévu que fulgurant.

Les derniers mois n'avaient été qu'une formidable mise en scène pour le punir. Blanche n'avait-elle pas répété à qui voulait l'entendre qu'elle ne voulait pas de ce bébé qu'elle portait ?

Raymond resta un long moment immobile dans son lit, le regard vague. Puis lentement son habituel bon sens refit surface. Blanche n'aurait pu mystifier les médecins pendant aussi longtemps. Elle avait vraiment été malade. Le retour chez elle, dans son élément, lui avait permis de retrouver la forme. Voilà tout. Un peu subitement, Raymond l'admettait avec une pointe de scepticisme, mais cela était probable. Quoi d'autre ? De toute façon, il n'avait pas la force de chercher, de décortiquer la situation. Le passé était le passé et il n'aspirait plus qu'à un retour à la normale.

Ce qui ne se fit pas attendre.

Malgré l'entente prise la veille au soir, quand Charlotte se leva de table aux cris d'Anne qui s'éveillait, Blanche la retint d'un geste de la main.

— Je vais y aller.

Remplie de bonne volonté, Charlotte insista :

— Mais non, maman. Reste assise pour prendre ton café. Je peux m'en…

Alors Blanche plongea son regard dans celui de Charlotte avant d'articuler bien clairement :

— Je crois qu'il est temps que je reprenne ma place auprès de ma petite fille, Charlotte. Il est temps qu'on apprenne à se connaître, toutes les deux. Tu peux comprendre ça, n'est-ce pas ?

Il n'y avait aucune agressivité dans la voix de Blanche, juste une mise en garde. Ce fut peut-être pour cette raison que Charlotte se sentit repoussée par sa mère qui, sans tenir compte du regard incrédule qui se posait sur elle, poursuivit sur le même ton :

— Je me suis occupée de vous deux, Émilie et toi, et j'entends le faire pour Anne aussi. Par contre, quand j'aurai besoin de toi, c'est certain que je n'hésiterai pas. Je vois comme tu as bien pris soin d'elle. Mais à partir de maintenant, c'est à moi d'y voir. N'est-ce pas, Raymond ?

Et quittant le visage de Charlotte, les yeux d'émeraude se posèrent sur Raymond au même moment où Charlotte tournait un regard éploré, comprenant que sa mère reprenait le contrôle de tout. Après des semaines à faire son possible, Charlotte n'acceptait pas que Blanche arrive tambour battant sans tenir compte de sa fille. Et Raymond comprenait très bien ce que Charlotte devait ressentir, il savait à quel point elle aimait sa petite sœur. Mais comme les médecins semblaient penser qu'une rémission totale de la dépression devait passer par les soins du bébé, il hésita à peine :

— Je crois que ta mère a raison, Charlotte.

Il y avait bien une teinte d'excuse dans la voix de son père, mais Charlotte ne l'entendit pas. Détestant qu'on la voie pleurer, elle se leva brusquement et, bousculant sa chaise, elle se retira de table et se précipita vers la porte d'entrée. Elle la referma en la laissant claquer. Elle savait que sa mère détestait cela.

Le bord de la rivière était invitant, mais il était trop proche de la maison.

Alors Charlotte descendit l'escalier en courant et elle tourna le coin de la maison. Le temps de calmer sa tristesse et sa colère et elle irait chez Françoise pour passer la journée…

Il n'y eut que la mère de Françoise pour lui faire entendre raison :

— C'est un peu normal que ta mère ait envie de s'occuper de ta sœur. Elle a dû lui manquer terriblement. Mais en même temps, je comprends que tu sois triste et déçue. Toi aussi, tu l'aimes un peu comme une maman, n'est-ce pas ?

Pour l'avoir côtoyée pendant des années à travers Charlotte, la mère de Françoise savait fort bien que Blanche ne serait pas du genre à faire des compromis. C'est pourquoi elle ajouta :

— Donne un peu de temps à ta mère. Je suis certaine qu'elle va vite comprendre les avantages qu'il y a à être deux pour s'occuper d'un bébé.

Madame Simard espérait seulement avoir raison…

Quand elle revint enfin chez elle, Charlotte trouva une demeure aux fenêtres closes et aux rideaux tirés.

Et tout comme Raymond au matin, elle eut la brusque impression qu'elle avait rêvé les derniers mois. Blanche lisait au salon. Par contre, une bonne odeur de poulet rôti se faufilait un peu partout. Alors, sans faire de bruit, Charlotte monta à l'étage et se glissa dans la chambre de ses parents. Contrairement à mamie qui disait qu'un bébé a besoin de bouger et de s'étirer, Blanche avait emmailloté Anne dans une couverture et l'avait couchée sur le côté. Charlotte sentit aussitôt les larmes lui monter aux yeux. Il faisait trop chaud dans la chambre et sa sœur avait des petites gouttes de sueur sur le front.

Sachant qu'elle ne pouvait rien faire, Charlotte renifla, s'essuya le visage et se réfugia dans sa chambre. S'installant au pied de son lit, elle se perdit dans la contemplation des gens qui se promenaient sur le trottoir en attendant que son père arrive…

Ce qui ne changea rien à la situation puisque son père admit que Blanche avait toujours agi ainsi et que visiblement, cela n'avait pas empêché Charlotte et Émilie de grandir…

Charlotte n'osa dire que pour Émilie, il y avait peut-être eu un problème : sa sœur était encore petite pour son âge.

Puis ils passèrent à table, Raymond humant l'air au-dessus de sa moustache, visiblement satisfait.

Ce fut quand elle vit sa mère tendre la main vers la tablette de médicaments, en riant parce qu'elle disait avoir trop mangé et qu'elle avait peur de mal digérer, que Charlotte comprit.

Ce n'était pas le fait d'avoir été emmaillotée qui avait empêché Émilie de grandir.

C'était le sirop.

Tous les souvenirs de Charlotte étaient emmagasinés dans sa mémoire en images fixes comme un grand album de photos. Et la photo de la main de Blanche se tendant vers la tablette lui revint avec une précision redoutable. Émilie de bonne humeur dans sa chaise haute et la main de sa mère qui prenait une bouteille.

Souvent, quelques heures après, Émilie était malade…

Alors une grande inquiétude balaya la tristesse engendrée par l'attitude de Blanche. Sa mère allait-elle agir de la même façon avec Anne ? Et pourquoi elle, elle n'était pas malade ?

L'envie de quitter la table fut si vive qu'elle repoussa sa chaise sans demander la permission. Ce qui engendra une remarque de Blanche, c'était à prévoir.

— Mais qu'est-ce que c'est que cette nouvelle habitude, Charlotte ? Depuis quand as-tu le droit de quitter la table sur un coup de tête ? À ce que je vois, il était temps que je revienne à la maison.

Et comme Charlotte tournait les talons sans s'excuser, Blanche ajouta :

— À propos, pendant que j'y pense, j'ai vu que tu n'avais pas mis ta camisole, aujourd'hui. J'ose croire que ce n'était qu'un oubli. Tu y penseras demain. Tu n'as toujours que treize ans…

Charlotte quitta la cuisine sans un mot et dévala le terrain en pente qui menait à la rivière.

Pendant un long moment elle écouta les émotions contradictoires qui se bousculaient en elle. Elle avait peur, elle était en colère, elle était triste, elle était déçue.

Mais quand Blanche annonça le lendemain, encore à l'heure du souper, qu'elle avait bien réfléchi et qu'elle voulait déménager, ce fut la colère qui l'emporta :

— Mais pourquoi ?

Même Raymond avait levé les sourcils en signe d'incompréhension alors que Blanche haussait les épaules comme si la réponse était tellement évidente qu'elle n'avait pas à la formuler. Alors, devant le mutisme persistant de sa mère, Charlotte demanda de nouveau :

— Pourquoi déménager ? On est bien ici.

Blanche soupira puis annonça sur ce ton qui ne permettait aucune riposte :

— Je n'ai plus vingt ans, Charlotte. La surveillance d'une jeune enfant avec la rivière qui coule au fond du jardin est au-dessus de mes forces. Déjà avec vous deux, ta sœur et toi, j'en avais des migraines tellement ça me faisait peur. On aurait dû y penser avant de faire un autre bébé. Pas question que je passe l'été prochain ici.

Et personne autour de la table ne sut vraiment à qui Blanche voulait faire allusion avec ce *on*.

Pour un second soir, Charlotte se réfugia au bord de la rivière.

Ce fut en regardant les eaux plutôt basses à ce temps-ci de l'année, en repensant à toutes ces années où elle avait confié ses joies et ses peines aux eaux de la rivière que les mots refirent surface en elle. Des tas de mots qui tourbillonnaient, s'imposaient, disparaissaient, remplacés par d'autres. Des images, des émotions, des cris, des pleurs.

Ce soir-là, après des mois de silence, bien à l'abri sous les couvertures malgré la chaleur qui régnait, Charlotte écrivit plus de dix pages dans son journal intime à la lueur jaunâtre d'une lampe de poche. Et cette fois-ci, elle ne parlait pas que d'Anne…

CINQUIÈME PARTIE

Montréal, automne 1937-automne 1942

Chapitre 16

Quand Germain Jodoin avait suggéré une intervention chirurgicale pour Émilie, il avait déjà repris du galon aux yeux de Blanche.

Finalement, ce médecin était peut-être consciencieux.

Et quand il avait avoué, quelques mois plus tard, qu'Émilie souffrirait toute sa vie de troubles du système digestif et que la médecine ne pouvait rien faire de plus pour elle, il était devenu un médecin compétent.

En confirmant ce que Blanche avait toujours prétendu, Germain Jodoin avait définitivement redoré son blason. Parce que pour Blanche la preuve en était faite : quand on parle d'une maladie pour la vie, elle ne peut être qu'héréditaire. Germain Jodoin parlait le même langage qu'elle, Blanche pouvait lui faire confiance. C'était pourquoi, quand il était venu la visiter quelques jours avant son départ de l'hôpital, Blanche avait cru ce que le docteur Jodoin lui avait dit. Anne était un bébé encore petit mais bien en santé.

— Vous comprendrez, Blanche, que votre petite Anne est née plus de six semaines en avance. Elle a donc encore du chemin à rattraper. Mais elle le fait très bien et à son rythme. Vous n'avez aucune inquiétude à vous faire.

Puis il avait eu ces mots, rétablissant l'ordre que Blanche avait toujours cru si important :

— Comme tous les bébés du monde, Anne a besoin de sa mère. Votre présence va sûrement être bénéfique pour elle. Charlotte vous a remplacée haut la main et je lui tire mon chapeau. Sans elle, Anne n'aurait pas bénéficié d'aussi bons soins. Mais Charlotte n'est encore qu'une enfant malgré une maturité peu commune et Anne saura profiter de votre présence pour finir de récupérer le temps perdu.

N'est-ce pas ? Blanche lui avait offert un de ses plus beaux sourires.

Et c'était ainsi qu'elle avait regagné sa place à la maison, bousculant Charlotte. Le médecin l'avait dit : Anne avait besoin de sa mère.

Blanche avait tout de même eu un choc en la voyant : Anne était encore un bébé minuscule. À peine neuf livres à presque trois mois. Le poids de Charlotte à la naissance ou peu s'en fallait. Et ce n'était que pour cela que Blanche avait préféré ne pas la tenir trop longtemps dans ses bras, le soir de son arrivée à la maison. Elle savait que sa grande nervosité risquait de lui jouer de mauvais tours.

Elle avait à peine dormi cette nuit-là, se répétant les mots du médecin, se faisant à l'idée que, même petite, Anne était en pleine forme.

Au matin, Blanche était prête à reprendre sa place.

De fréquentes visites du docteur Jodoin permirent de la rassurer tout au long de l'automne : Anne continuait de progresser. Alors les visites s'espacèrent, n'étant plus nécessaires. Anne venait d'avoir six mois. Elle commençait à rire, se tenait assise avec un support pour le dos et mettait tout ce qui lui tombait sous la main dans sa bouche. Hors de tout doute, Anne était un bébé normal et n'avait gardé aucune séquelle de sa naissance prématurée.

La vie avait repris un cours normal chez les Deblois.

Et Blanche avait donc permis à certaines lourdeurs du matin de reprendre leur nom : les migraines étaient de retour. Quand elles étaient accompagnées de raideurs de la nuque, elle commença à parler d'un début d'arthrite à cause de l'âge. Raideurs qui nécessitaient de longs bains chauds et quelques aspirines. Malheureusement, il arriva que l'ensemble des traitements que Blanche s'imposait provoqua parfois de légers tremblements des mains et quelques palpitations cardiaques. Alors, plutôt que de risquer l'infarctus ou une dégénérescence du système nerveux, Blanche recommença à prendre du brandy : la chaleur engendrée ne pouvait être que bénéfique pour les articulations raides, les nerfs à vif en raison de l'obligation de s'occuper d'une grosse famille et le cœur fatigué.

Et dès que Germain Jodoin affirma qu'à l'été Anne marcherait normalement puisque le retard semblait comblé, Blanche reprit le bâton de pèlerin : il leur fallait déménager.

— Et si nous prenions la salle de couture pour faire une chambre pour Charlotte ? Il me semble que cela suffirait pour l'instant, non ?

Raymond parlait avec une visible attente dans la voix. Tout comme Charlotte, il trouvait que la rivière avait une valeur inestimable, sa présence ajoutant un charme bucolique à une vie autrement plutôt citadine.

Invariablement, lorsqu'ils en parlaient, Blanche levait les yeux au ciel et reprenait l'argumentation :

— Tu n'y es pas, mon pauvre Raymond !

C'était alors au tour de ce dernier de lever les yeux au ciel pendant que Blanche poursuivait :

— Les chambres n'ont rien à voir avec ma décision. Bien qu'il soit temps, effectivement, de coucher Anne ailleurs que dans notre chambre. Et je sais tout comme toi que la salle de couture ne sert pas tellement et qu'on pourrait en faire une chambre. Je suis d'accord avec toi pour en faire une solution temporaire. Mais ce serait plutôt à Émilie que je donnerais cette chambre. À cause de sa santé, elle a besoin d'être tranquille la nuit. Alors que Charlotte se fera un plaisir de soigner Anne si jamais elle s'éveillait. Mais là n'est pas le problème. C'est la rivière, le problème.

— Pourtant avec Charlotte et Émilie, tu ne…

— J'étais plus jeune. Et je voyais bien que tu aimais notre maison. Alors je n'ai rien dit. Si tu savais le nombre de fois où je ne parle pas, juste pour te faire plaisir. Il y a bien des journées où je ne me sens vraiment pas bien et tu n'en sais rien… Mais ça ne règle pas le cas de la rivière, ça. Je n'ai plus vingt ans et tu n'arriveras pas à me faire changer d'idée. Juste à y penser j'en ai froid dans le dos. Non, pas question que je m'inquiète jour après jour. On déménage !

Mais Raymond n'était pas prêt à lancer la serviette aussi facilement. Il y tenait vraiment, à sa maison ! Il réaménagea les chambres, expliquant à Charlotte les raisons qui faisaient qu'Émilie passait avant elle, ce qu'elle accepta de bon cœur ; ils espéraient tous les deux que Blanche se laisserait convaincre par le changement. Blanche fit la moue. Alors Raymond discuta avec Charlotte pour qu'elle soit très présente l'été suivant et qu'elle s'occupe d'Anne quand elle irait dehors. Ce fut au tour de Charlotte de faire la moue. Elle était d'accord pour surveiller sa sœur mais pas sur demande selon les caprices de Blanche. Et sans le dire aussi directement, elle arriva à le faire comprendre à son père… qui comprenait fort bien. Un été à la disposition de Blanche serait un été perdu pour Charlotte. Il fut le troisième à faire la moue. En soupirant, la mort dans l'âme, il mit une pancarte devant la porte pour faire cesser les migraines qui s'enchaînaient les unes aux autres depuis quelque temps.

— Je n'y peux rien ! La simple perspective d'avoir à surveiller Anne me vrille le crâne !

La vente rapide de la maison ramena le sourire de Blanche puisque les migraines consentaient à jeter du lest. Charlotte afficha une tête longue comme un jour sans pain. Raymond s'efforçait de ne pas y penser, car même son travail en aurait souffert tellement il était déçu. Quant à Émilie, elle s'en fichait éperdument tant qu'elle gardait une chambre à elle toute seule, le plaisir d'être enfin dans ses affaires lui paraissant désormais non négociable.

Et ce fut ainsi que la famille Deblois traversa l'hiver et arriva au printemps. Raymond et Blanche avaient trouvé une maison spacieuse, plus au sud de la ville. Les filles auraient chacune une chambre, Raymond un bureau plus vaste et la cuisine de respectables dimensions permettrait d'installer la machine à coudre près d'une fenêtre.

— Tu vois ! Tout le monde y trouve son compte !

Anne venait d'avoir un an. Elle commençait à se tenir debout et on voyait bien que l'envie de marcher la démangeait ! D'ici quelques semaines, ce serait chose faite. Mais d'ici quelques semaines, la famille Deblois serait partie. Le grand déménagement était prévu pour la mi-juin.

C'est alors que Charlotte ne se contenta plus d'être maussade, elle se montra de très mauvaise humeur.

Et elle se mit à tenir tête ouvertement à sa mère.

Les retards au retour de l'école se multiplièrent. Puis ce fut au tour des repas qu'elle repoussa sans y toucher. Ensuite elle décida qu'Anne était assez grande maintenant pour qu'elle puisse l'emmener dehors sans avoir la permission de Blanche. Ce qu'elle faisait de façon systématique quand il faisait beau.

— Comme ça, tu seras tranquille pour faire les cartons de déménagement. Tu n'arrêtes pas de dire que tu n'y arriveras jamais !

Qu'est-ce que Blanche aurait pu rétorquer à cela ? Charlotte avait raison. Blanche ne cessait de se plaindre que transporter toute une famille d'une maison à une autre était une corvée qui demandait beaucoup d'énergie et un sens de l'organisation incroyable.

Et pour y arriver, Blanche était effervescente comme jamais, puisant les forces nécessaires à même le goulot de la bouteille de brandy, parfois. Mais elle y arriverait ! Les boîtes s'empilaient dans les couloirs, dans le coin des pièces, dans le salon, ce que Charlotte s'efforçait de ne pas voir. Elle espérait toujours le miracle qui ferait en sorte qu'ils ne partiraient pas. On ne sait jamais, les futurs propriétaires pourraient changer d'avis, non ? C'était sans compter le fait qu'ils étaient, eux aussi, tombés amoureux de la vue imprenable sur la rivière. Et mère normale entre toutes, la future maîtresse des lieux avait même parlé d'une embarcation lors d'une de ses visites pour prendre les mesures des fenêtres.

— Vous n'avez jamais pensé avoir une chaloupe ? avait-elle demandé, le nez aux carreaux de la porte arrière alors que la neige avait disparu et que l'on apercevait le bateau des voisins, abandonné à l'envers sur la rive, l'automne précédent.

— Grands dieux, non ! s'était alors exclamée Blanche. Pas avec une enfant comme l'était Charlotte. Elle bougeait tellement. C'était un risque à ne pas prendre. Puis vous savez ce que c'est ! Une chose n'attend pas l'autre et on n'y a plus pensé.

Ladite Charlotte, assise au salon, avait entendu la réponse de sa mère. Encore sa faute ! Refermant son livre d'un geste sec, Charlotte s'était levée et, sans rien demander, elle avait pris la porte en se faisant un devoir de la claquer. Tant qu'à être fauteur de troubles, autant l'être pour vrai.

Elle s'était réfugiée chez Françoise pendant qu'elle pouvait encore le faire. Après le déménagement, son amie serait à plus d'une heure de marche de chez elle.

Puis vint le temps des lilas.

Et malgré les demandes répétées de Blanche, il n'y avait que les effets de Charlotte qui n'étaient pas emballés. Elle préférait l'odeur des lilas en fleur à celui de la poussière et elle en profitait pour faire découvrir à Anne les lourdes grappes fleuries, odorantes à souhait. À la nouvelle maison, il n'y avait que des arbustes rabougris au fond d'une cour grande comme un mouchoir de poche.

— Merveilleux, Raymond, avait dit Blanche devant le carré de pelouse alors qu'ils avaient emmené les filles visiter leur future demeure. On va y faire une terrasse et on pourra prendre nos repas à l'extérieur. Ça fait des années que j'en rêve.

— Ah oui ?

— Bien sûr. Mais à cause de l'humidité que dégageait la rivière, c'était impossible. On aurait tous attrapé la grippe !

Le père et l'aînée avaient levé les yeux au ciel.

Le compte à rebours était commencé. Moins d'une semaine, moins de trois jours... C'est en se résignant à faire ses malles que Charlotte prit la décision. Elle hésita à peine puis d'un geste rageur elle envoya valser au fond de la poubelle les deux camisoles que Blanche lavait scrupuleusement chaque jour pour que sa fille n'en manque jamais.

Blanche voulait du changement, elle allait en avoir.

Quand Charlotte se présenta au déjeuner, le lendemain matin, sa poitrine pointait fièrement sous le corsage.

Blanche se redressa aussitôt. Mais quand elle vint pour répliquer, elle se heurta au regard de Charlotte qui venait de redresser les épaules dans un geste arrogant. L'éclat brutal des yeux bleus de Charlotte lui donna froid dans le dos et elle décida de feindre n'avoir rien vu. Elle y reviendrait plus tard.

Et quand au retour de l'école de ce même jour, Blanche intima l'ordre de vider le garde-robe de sa chambre puisque l'on partait dans deux jours à peine, Charlotte ne se donna même pas la peine de répondre. Elle se contenta de fixer sa mère avec ce même regard glacial.

— Mon doux, Charlotte ! Qu'est-ce que c'est que ces bouderies ? Tu ne penses pas que ça suffit ? Va faire ta chambre.

— Pas tout de suite. Il fait trop beau et j'ai mieux à faire.

— Et moi, je te dis de terminer ton rangement. On part dans deux jours et…

— Justement, on part dans deux jours. Et pour moi, il y a des choses nettement plus importantes que de faire quelques valises.

La voix de Charlotte était sourde, chargée de colère.

— Pour l'instant, je vais au bord de la rivière et personne ne va m'en empêcher.

Le ton était chargé de défi et le regard de Charlotte virait au noir. Blanche en avait l'estomac noué. Dans le regard de Charlotte elle crut voir de la haine. Blanche baissa les paupières un instant.

— Tu m'en veux donc à ce point ?

— Oh oui ! Comme tu ne peux pas imaginer.

Alors Blanche haussa les épaules. Elle ne s'était pas trompée. Mais ce n'était qu'une crise d'adolescence, n'est-ce pas ? Valait mieux opposer une certaine indifférence plutôt que d'entrer dans le jeu de Charlotte. Elle n'était qu'une adolescente comme toutes les autres et tenir tête faisait partie du scénario. Mais le rire qui s'égrena dédaigneusement sonnait faux :

— Ma pauvre Charlotte ! Comment peut-on en vouloir à quelqu'un pour un simple cours d'eau ? C'est exagéré, tu ne trouves pas ? Ça ne fait que prouver que tu n'es encore qu'une enfant.

— C'est ce que tu voudrais, n'est-ce pas, maman ? Que je ne sois encore qu'une enfant ?

— Mais tu tombes dans le ridicule, Charlotte ! Je sais bien que je ne pourrai pas vous empêcher de grandir. Ça n'a rien à voir. Prends donc exemple sur Émilie qui ne fait pas un drame de ce déménagement.

Elle a bien compris, elle, que parfois dans la vie il vaut mieux prévenir que guérir.

Charlotte regardait sa mère avec une lueur de mépris au fond des yeux.

— Mais guérir quoi ?

— Mais tu le fais exprès ! Tu préférerais voir Anne mourir noyée plutôt que sacrifier ta chère rivière ? C'est ça que tu veux ?

Charlotte retint à grand-peine et à la dernière minute le mot *imbécile* qui lui brûlait les lèvres. À son tour, elle haussa les épaules :

— Mais non, ce n'est pas ce que je veux. Le pire, c'est que tu le sais aussi bien que moi.

Après un soupir, elle ajouta :

— Laisse tomber. Je crois que tu ne pourras jamais comprendre… Ne t'inquiète pas, ma chambre sera faite avant que je me couche ce soir.

Et faisant la sourde oreille aux derniers avertissements de sa mère, Charlotte sortit de la maison, descendit l'allée qui menait à la clôture, ouvrit la barrière, enleva ses souliers et s'installa les pieds dans l'eau. Et même si celle-ci était glaciale, elle se fit un devoir de garder la pose. Comme elle connaissait Blanche, elle devait la surveiller depuis la cuisine et de voir sa fille faire trempette la mettrait dans tous ses états.

— Tant pis pour elle, murmura Charlotte, boudeuse.

Et relevant ses jambes entre ses bras, Charlotte laissa toutes les images de son enfance refaire surface et se mêler aux reflets changeants de la rivière.

Et ce fut dans cette même posture que Raymond la retrouva, une heure plus tard. Il avait eu un réflexe semblable à celui de Charlotte et, sans même passer par l'intérieur pour éviter d'avoir à donner des explications, il s'était tout de suite dirigé vers l'arrière de la maison.

— Je crois qu'on a eu la même idée.

Charlotte sursauta et tourna vers lui un visage encore barbouillé de larmes, aux yeux rougis. Raymond se laissa tomber sur le rivage à son tour et prenant la même pose que sa fille, il releva les genoux et porta le regard sur l'autre rive.

— Il y a des adieux qui sont plus difficiles que d'autres, n'est-ce pas ?

— Beaucoup plus, oui.

— Te rappelles-tu la locomotive ?

Charlotte eut un sourire tendre, émue que son père se souvienne de ce détail.

— Oui. J'étais drôle de croire que certains mots étaient inventés juste pour faire des images.

— Non, tu étais simplement avide de tout comprendre. Et je sais que ce petit coin de rivière faisait partie de ton monde intérieur.

Un moment de silence unit le père et la fille alors que Charlotte avait l'impression d'entendre un train traversant la rivière. Puis Raymond reprit, pensif.

— Moi aussi, tu sais, je venais ici quand j'étais heureux ou quand j'étais triste. La vue de l'eau en mouvement m'a toujours fait du bien. Oui, répéta-t-il, songeur, j'ai confié bien des joies et bien des tristesses à la rivière. Et elle n'a jamais trahi aucun de mes secrets.

Charlotte resta un moment interdite, sa réflexion ramenée au temps présent. Ainsi son père aussi était triste parfois… Elle n'osa demander ni le quand ni le pourquoi. Une curieuse pudeur l'en empêchait. Qu'il ait des regrets, elle aurait pu le comprendre, elle était aujourd'hui assez vieille pour savoir que ce n'était pas toujours le beau fixe entre ses parents. Il ne lui était pas très difficile de faire des comparaisons avec les parents de Françoise ou encore avec la vie qui se menait chez Gertrude. Et c'était plus que certain que son père devait avoir des soucis, comme tout le monde. Mais de là à être triste ou à avoir des secrets…

Pendant un long moment, ils restèrent silencieux côte à côte, perdus dans leurs pensées. Puis dans un geste impulsif, Raymond entoura les épaules de sa fille d'un bras protecteur. Il avait l'impression qu'ensemble, tous les deux, ils formaient une cellule bien distincte du reste de la famille. Et au contact de la chaleur de son père, Charlotte eut cette même impression. Raymond resserra son étreinte sur les épaules rondes de sa fille et il repensa alors à Antoinette. Charlotte avait la même rondeur que la femme qu'il avait aimée, qu'il aimait encore. Qu'était-elle devenue ? Depuis plus d'un an, maintenant, elle était partie étudier aux États-Unis et il n'avait jamais eu d'autres nouvelles. Et en ce moment, sachant qu'il allait quitter un endroit qu'il aimait beaucoup, Raymond admettait que l'absence d'Antoinette avait créé un grand vide dans sa vie. Antoinette qui n'aurait jamais demandé à déménager…

Antoinette la forte, complice de ses espoirs, de ses rêves.

Raymond prit conscience qu'à travers tout ce qu'il faisait pour les siens, à travers l'amour inconditionnel que la toute petite Anne avait fait naître chez lui, il vivait depuis plus d'un an un deuil qui ne voulait pas guérir. Il sentit les larmes lui monter aux yeux. Depuis l'autre nuit, il lui arrivait souvent d'avoir les larmes au bord des paupières, lui qui avait si peu pleuré au cours de sa vie. Il fit un effort pour les contenir, inspira profondément, mais il ne put retenir les mots qui lui vinrent spontanément aux lèvres.

— Il y a des départs qui ressemblent parfois à des deuils.

Se méprenant sur le sens de ces quelques paroles, Charlotte leva la tête vers lui et puisque son père semblait vivre les mêmes déchirements qu'elle, elle osa demander :

— Pourquoi maman agit-elle ainsi ?

Raymond hésita. Pourquoi ? Il aurait eu des milliers de raisons à donner. Il aurait pu les résumer à une seule : Blanche était malade. Mais il n'avait pas le droit de parler ainsi devant sa fille. Alors il se contenta de mots gris, de mots tièdes à qui chacun pourrait donner le sens qu'il voulait :

— Tu sais, ta mère est quelqu'un de particulier. Je ne sais pas ce qui la pousse à voir des problèmes partout mais c'est dans sa nature. Elle a une santé fragile et de là, probablement, découle ce grand besoin d'être en sécurité. C'est un peu pour ça que j'ai accepté de déménager. Dans le fond, je crois que c'est Anne qui va le plus en profiter. Pour un bébé, c'est important de sentir sa mère calme et détendue.

— Peut-être, oui… Mais ça ne m'empêche pas de penser que c'est insensé de voir les choses comme ça.

— Pour toi, oui. Pour moi aussi. Mais pas pour ta mère. Elle est différente de nous. Mais ça ne l'empêche pas d'avoir du cœur, de vous aimer. Là-dessus, elle est comme toutes les mères : elle ne veut que le meilleur pour vous trois. Et à ses yeux, quitter cette maison et les dangers de la rivière, ça fait partie de ce meilleur.

Raymond avait parlé d'une voix très douce, presque un murmure et, à travers les mots, Charlotte sentait une grande tendresse. Dans le fond, à leur manière, ses parents devaient s'aimer. Mais après un bref silence, Raymond ajouta en resserrant son bras autour des épaules de Charlotte :

— Mais je t'avoue que moi aussi, je trouve ça difficile. Ce… Ce n'était pas exactement ce que je voulais de la vie. Pour moi non plus ce n'est pas toujours facile de vivre avec ta mère. Elle est si complexe parfois.

Alors Charlotte comprit que la tendresse qu'elle sentait dans la voix de son père était pour elle. Elle ne pouvait s'en douter, mais Raymond lui parlait sur le ton qu'il avait pour Antoinette quand il se savait écouté et compris. Charlotte ressentit une bonne chaleur entre eux. Les propos qu'il avait tenus, cet aveu de déception face à la vie la réconfortaient même si la confession de son père la troublait. Elle n'était plus seule. Charlotte se serra très fort contre lui et posa la tête sur son épaule. Par besoin de le savoir là, tout près et pour lui montrer de l'affection.

— Je t'aime, papa.

Cela faisait des années peut-être que Charlotte n'avait pas dit ces mots-là à Raymond.

— Je t'aime aussi, mon Charlot.

Et cela faisait des années que Raymond ne l'avait pas appelée *mon Charlot*. Pour un instant, Charlotte se sentit vraiment une petite fille. Sa petite fille. Et cela faisait du bien, cela donnait un répit à cette lassitude en elle de toujours être obligée d'agir en adulte. Pourtant elle était consciente qu'elle n'avait que quatorze ans et qu'il n'était pas normal de partager ainsi les désillusions de son père. Mais elles rejoignaient si bien certains états d'âme que sa mère faisait naître en elle que Charlotte ne s'y arrêta pas. Elle se dit que cette image d'elle et de son père, assis ensemble au bord de l'eau, resterait gravée en elle pour toujours. Elle ne garderait que l'image et oublierait les raisons, les tristesses et les mots qui avaient engendré l'image…

Alors des images venues de ses souvenirs se mirent à tourbillonner dans sa tête. Des tas d'images, des tas de souvenirs, des moments d'enfance entrecoupés d'ombre.

Le soleil descendait lentement sur l'eau de la rivière, prolongeant les ombres, jetant des étincelles. Charlotte se rappela alors l'histoire des poissons qui vivaient à l'envers et elle ne put s'empêcher de sourire. C'était ici qu'elle avait appris à lire, qu'elle avait découvert l'univers fantastique des mots porteurs de rêves et de voyages. C'était ici qu'elle avait timidement jeté ses premières idées sur le papier, se prenant aussitôt au jeu des personnages qui naissaient au bout du crayon, les suivant dans leur destinée, créant des univers et des mondes fabuleux. C'était ici qu'elle avait pleuré ses chagrins d'enfant et célébré ses joies en faisant ricocher des galets sur l'eau. Jamais elle ne pourrait oublier cette maison au bord de la rivière, les émotions qu'elle avait partagées avec elle. Jamais.

Pendant un instant, Charlotte eut envie de dire à son père qu'elle écrivait. Des petites histoires, des poèmes, son journal. Et même un roman où le bon papa se transformant en mécréant lui ressemblait. Puis elle y renonça. Elle avait trop peur qu'il ne se moque et cela gâcherait la magie du moment. Mais comme s'il avait senti un changement dans l'attitude de Charlotte,

Raymond se redressa au même moment et tourna la tête vers elle :

— Il ne reste plus qu'à trouver les bons côtés à notre déménagement, fit-il avec un sourire mi-figue, mi-raisin.

— Tu crois qu'il y en a ? Moi, je ne vois pas grand-chose.

— Allons donc ! C'est vrai que parfois, comme ça au premier coup d'œil, on ne voit rien. Mais l'expérience m'a appris qu'on finit toujours par trouver. Tiens, toi par exemple, ce sera peut-être l'occasion de te faire des amis. Parce que ici, à part Françoise…

— C'est ce que tu crois ?

Maintenant, le regard de Charlotte pétillait de malice.

— J'ai plein d'amis, papa. Ne t'inquiète pas pour ça.

— Comment cela se fait-il qu'on ne les voit jamais ?

À ces mots, le visage de Charlotte redevint sérieux :

— Tu veux vraiment le savoir ?

— Mais oui !

— C'est parce que je suis gênée, papa. Les rares fois où j'ai osé amener quelqu'un ici, maman trouvait toujours prétexte à se plaindre de ses bobos, à glisser dans la conversation qu'elle sentait un mal de tête qui venait, que le bruit l'agressait. Ou elle était un peu trop effervescente, si tu vois ce que je veux dire. Alors je préfère aller chez eux. C'est tout. Comme maman ne pose jamais de question quand je ne rentre pas directement de l'école, ce n'est pas trop difficile.

— Je vois…

Raymond semblait songeur mais Charlotte, elle, était lancée. Elle poursuivit sans tenir compte du visible retrait de son père :

— C'est un peu pour ça aussi que ça me déçoit de déménager. Bien sûr, il y a la maison que j'aime beaucoup. Mais il y a aussi tout ce qui va avec. Françoise, Gertrude, mamie qui n'habite pas trop loin… Tout ça, ça va être fini, papa. L'an prochain, je vais me retrouver dans une nouvelle école et tout va être à recommencer. Je ne sais pas si j'en ai envie.

À ces mots, Raymond la regarda longuement. Puis un reflet de sourire illumina ses traits :

— Et s'il n'y avait pas de changement de ce côté-là ?

Charlotte fronça les sourcils.

— Qu'est-ce que tu veux dire ? Maman a déjà fait l'inscription et…

Raymond eut un geste de la main qui balaya l'objection de Charlotte tout en l'interrompant. Un geste qui ressemblait tellement à celui de Blanche qu'ils éclatèrent de rire tous les deux au même instant.

— Une inscription, ça s'annule, formula Raymond, la moustache hérissée. Et si je t'offrais de rester à la même école, qu'est-ce que tu en dirais ?

— C'est certain que j'aimerais ça. Beaucoup, même.

La seule perspective de continuer à voir Françoise tous les jours lui donnait envie de pousser un soupir de soulagement.

— Mais comment est-ce que…

— Tu voyageras avec moi matin et soir. C'est tout. Comme ça, tu auras l'impression que ce n'est qu'un demi-déménagement. Qu'est-ce que tu en penses ?

— Ce serait merveilleux.

Mais après quelques instants à savourer cette idée, la mine de Charlotte s'assombrit de nouveau.

— Oui, mais maman ? Je suis loin d'être certaine qu'elle va accepter ton idée sans rouspéter.

Alors Raymond haussa les épaules :

— Et après ? Elle rouspétera. Ce ne sera pas la première fois, n'est-ce pas ?

Charlotte et Raymond échangèrent un petit sourire. Cette complicité un peu méchante leur faisait du bien. Et l'idée de contredire sa mère, la perspective de l'affronter n'étaient pas pour déplaire à Charlotte.

— Si on se tient, toi et moi, si on fait front commun, elle ne pourra rien contre ça.

— D'accord. On fait front commun.

— Et moi j'appelle les écoles dès demain. Elle n'a pas besoin de le savoir pour l'instant. On lui en parlera plus tard. C'est comme pour Françoise : ce sera notre secret.

— D'accord.

Le sourire radieux que Charlotte lui offrit suffit à lui seul à effacer la sensation d'inconfort que Raymond avait à agir ainsi dans le dos de Blanche. Il soupira en se disant que c'était pour la bonne cause et que le bonheur de sa fille avait autant d'importance que les caprices de sa femme. Dans l'état où était Blanche, énervée par le déménagement, ce n'était sûrement pas le temps d'aborder la question avec elle.

— Et maintenant, si nous rentrions ? Elle doit se demander ce que l'on mijote tous les deux. Et puis, je commence à avoir un petit creux. Pas toi ?

— Oui. Ce soir, j'ai faim !

Ce fut au moment où Charlotte se releva que Raymond s'aperçut qu'elle ne portait plus le carcan que Blanche lui imposait. L'image fugace d'Antoinette lui traversa l'esprit. Il fut ému. Sa fille devenait une jolie jeune femme. Déjà… Il se détourna aussitôt pour que

Charlotte ne puisse lire l'embarras qu'il ressentait au souvenir d'une Antoinette blottie contre lui.

— Tu viens ?

Déjà, Raymond se dirigeait vers la barrière.

En remontant vers la maison, Charlotte prit conscience du fait que la fin de leur conversation s'était déroulée sur un mode impersonnel. Blanche n'était plus *ta mère* ou *ma femme*, ou *maman*, ou tout simplement *Blanche*. Elle n'avait été qu'un *elle*, sans plus…

Alors Charlotte glissa sa main dans celle de Raymond. Brusquement, elle avait besoin de sentir un rapprochement entre eux. Et son père devait avoir la même impression puisqu'il serra la main de Charlotte très très fort dans la sienne…

Quand ils entrèrent dans la cuisine, il y avait deux couverts mis à leurs places. De toute évidence, Émilie et Blanche avaient déjà mangé…

Quand il sortit de son bureau, le vendredi soir, Raymond avait un vague à l'âme dont il connaissait l'origine. C'était la dernière fois qu'il pourrait rentrer à pied chez lui.

Demain, à la première heure, les déménageurs se pointeraient à la maison. Raymond soupira.

Il faisait une fin de journée féerique comme seuls juin et octobre en possèdent le secret. L'air était doux sans être chaud et la brise se devinait à l'odeur de fleurs qu'elle offrait.

Incapable de résister, il tourna à sa droite pour faire le détour qui passait devant chez Antoinette. Lundi, il n'aurait plus aucune raison de le faire, le chemin menant à sa nouvelle demeure descendant directement vers le sud. Depuis un an, il lui arrivait régulièrement d'emprunter la ruelle au bout de la rue, de traverser le parc avant de tourner au coin de l'avenue où habitait Antoinette. Et chaque fois, geste puéril venu de certains souvenirs d'enfance, il croisait les doigts au fond de sa poche, promettant mer et monde au ciel pour que son vœu se réalisât et qu'Antoinette fût de retour.

La revoir, juste la revoir pour lui dire qu'il regrettait sa lâcheté. Lui demander pardon, lui dire qu'il l'aimait toujours. Puis il repartirait, la laissant vivre et être heureuse sans lui. Raymond se racontait des histoires, il le savait, mais cela faisait du bien de se donner le beau rôle et d'y croire un instant. C'est pourquoi, ce soir, quand il tourna au coin de la ruelle, son cœur cessa de battre pour une fraction de seconde. Là, à la fenêtre, en haut, quelqu'un avait bougé. Depuis qu'Antoinette était partie, jamais il n'avait vu le moindre mouvement à l'appartement ni la moindre fenêtre ouverte. Il accéléra le pas. Mais une fois devant l'immeuble, il s'aperçut qu'un rideau battait faiblement. Ce devait être cela qu'il avait vu, un bout de chiffon mollement bercé par la brise. Raymond était déçu comme un enfant qui ne reçoit pas le cadeau espéré. Malgré tout, il resta un long moment immobile, le cou cassé, espérant que peut-être…

Mais il n'y avait que le rideau… Alors il poursuivit sa route.

Au fond de sa poche, les jointures de ses doigts étaient toutes blanches d'avoir été fortement serrées.

Il bifurqua au bout de l'avenue sans se retourner.

Raymond était conscient qu'une autre page de sa vie venait d'être tournée. Il eut la clairvoyance de se dire que cette fois-ci encore, c'était Blanche qui l'avait tournée et qu'il lui en voulait terriblement.

Ce fut en ouvrant la fenêtre qu'Antoinette avait aperçu la silhouette qui tournait le coin de la rue. Elle s'était reculée précipitamment. Quand elle avait reconnu la démarche de Raymond, quand le doute ne fut plus permis, son cœur s'était emballé. Antoinette n'était plus qu'un immense cœur battant à tout rompre. Quand il s'arrêta pour lever la tête vers la fenêtre, elle le dévora des yeux, s'emplit de l'image de ce visage dont elle rêvait encore parfois la nuit, fut déçue de ne pas voir ses mains qu'il gardait enfouies au fond de ses poches. Raymond avait l'air fatigué. Il avait les traits tirés, des cernes sous les yeux et sa moustache tombait.

Mais il pensait encore à elle puisqu'il était là.

Antoinette aurait voulu être capable de se précipiter hors de l'appartement, dévaler l'escalier, traverser la rue en courant et se jeter dans ses bras pour lui dire qu'elle l'aimait encore, qu'il avait un fils et lui demander de la suivre au bout du monde. Autant d'idées folles qui n'étaient que des rêves irréalisables.

Quand il disparut au coin de l'avenue, Antoinette resta encore un moment à surveiller, à attendre. Il l'avait peut-être vue, il hésitait, il était en train de changer d'idée et il reviendrait sur ses pas.

Puis à son tour, elle se détourna de la fenêtre. Pourquoi entretenir des rêves qui faisaient mal ?

Le salon qu'elle avait décoré avec patience et qu'elle aimait tant n'avait plus rien de réconfortant. Les gens qui l'avaient habité avaient changé les meubles de place et les odeurs de l'appartement n'étaient plus les mêmes.

Antoinette ne se sentait plus chez elle.

— Tant mieux, murmura-t-elle en soupirant.

Antoinette n'était que de passage pour emballer les effets qu'elle tenait à garder. Sa mère s'occuperait de liquider le reste avant que les nouveaux locataires n'emménagent.

Antoinette avait choisi de s'installer définitivement dans le Connecticut et elle repartait dans deux jours avec ses souvenirs.

Antoinette avait rapidement compris que jamais elle ne pourrait confier son fils à une famille d'accueil qui en prendrait soin à sa place lorsqu'elle serait au travail. Elle avait aussi rapidement admis qu'elle ne pourrait vivre indéfiniment chez l'oncle Paul et la tante Ruth. Ils avaient leur vie et elle aspirait à la sienne.

Alors, le mois prochain, Antoinette Larue épouserait Humphrey Douglas. Mais elle avait été honnête jusqu'au bout.

— Je suis la femme d'un seul amour. Par contre, si vous voulez de mon amitié, elle est entière.

Et Humphrey avait accepté. Il y avait entre eux suffisamment de points communs pour espérer une vie agréable. Ils savaient rire et s'amuser, ils aimaient discuter, ils avaient appris à s'apprécier mutuellement.

Mais pour Antoinette, il y avait plus. Il y avait Jason. Un petit homme qui marchait déjà comme un grand, refusant de donner la main, colérique et adorable. Un petit homme qui aurait besoin d'un père pour avancer dans la vie. Et Humphrey adorait Jason.

Alors en juillet, quand l'été de Bridgeport battrait son plein, que la mer scintillerait de soleil et que la brise serait douce, Antoinette Larue allait unir sa vie à celle de son grand ami Humphrey.

Et ainsi, l'acte de naissance de Jason pourrait devenir officiel…

Lorsqu'il arriva devant chez lui, Raymond hésita à peine avant d'emprunter l'allée de tuiles qui menait directement à l'arrière de la maison.

Il n'avait pas envie de voir les caisses empilées un peu partout. Il n'avait pas envie de voir Blanche battre des ailes comme un papillon effaré. Pour une dernière fois, il allait s'installer devant la rivière pour penser à Antoinette avant d'entrer chez lui. Si l'année dernière il avait cru possible d'aimer deux femmes à la fois, aujourd'hui, il savait qu'il n'en était rien. Il aimait Antoinette, mais il avait promis soutien à Blanche. Et il respecterait son engagement même si entre sa femme et lui, il ne restait qu'une tiédeur fade engendrée uniquement par la famille qu'ils avaient en commun. Peut-être Blanche l'aimait-elle encore, Raymond n'en savait rien et ne tenait pas à le savoir. Elle avait une perception de l'amour tellement différente de la sienne que cela n'avait plus tellement d'importance. Raymond puiserait sa force et son plaisir de vivre à même l'amour qu'il ressentait pour ses filles. Cet amour-là était resté intact.

Mais arrivé au coin de la maison, il s'arrêta brusquement. Sur une vieille chaise en bois, posé en équilibre, il y avait un immense pot de fleurs qu'il ne reconnaissait pas.

À côté, devant la rivière, Charlotte tenait Anne dans ses bras.

Et dans le bosquet de lilas, il ne restait plus aucune grappe de fleurs.

Charlotte les avait toutes cueillies, systématiquement, pour les mettre dans l'immense pot de verre…

Chapitre 17

À peine vingt-quatre heures à y vivre et Raymond avait commencé à détester la maison. Trop grande, trop humide, trop vieille. Trop tout ! La moindre anicroche alimentait sa hargne, hérissait sa moustache, transformait ses sourcils en forêt broussailleuse au-dessus de son regard perçant.

Une porte qui grince, une fenêtre qui ferme mal, une planche disjointe, une poignée d'armoire mal vissée…

Tout, rien, n'importe quoi transformait cette vieille demeure au charme indéniable avec ses hauts plafonds et ses boiseries travaillées en un pis-aller à côté de la maison du bord de la rivière. Et dire qu'à cette époque de l'année, le soleil se couchait dans l'eau !

La nouvelle maison était surtout très sombre, coincée entre ses semblables aux murs de brique, aux toits en pente et aux corniches massives qui faisaient obstacle au soleil même en plein midi du solstice d'été !

Raymond s'accrocha donc à Anne comme le naufragé à sa bouée : il se répétait les raisons du déménagement comme d'autres font leur prière du matin et puisqu'il était en vacances, il commença à s'occuper de son bébé avec un empressement qui ressemblait à une fièvre maligne incontrôlable. Il apprit à vaincre les microscopiques boutons qu'il devait enfiler dans de minuscules boutonnières, il pratiqua l'art d'agencer les vêtements féminins, même si Anne n'était encore qu'une toute jeune personne. Bravant les regards amusés, il prit plaisir à jouer la nounou, amenant sa fille en landau jusqu'au parc La Fontaine. Il compensait un sentiment de culpabilité qui avait grandi au même rythme que le bébé. Si Anne avait la délicatesse des Gagnon à la naissance, aujourd'hui, la jeune demoiselle affichait de belles joues rebondies et des petits bourrelets un peu partout. Ses traits s'étaient fixés et indéniablement, cette jeune fille avait effectué un virage à 180 degrés ! Les mèches sombres à sa naissance s'étaient colorées de reflets cuivrés et son regard bleuté de nouveau-né avait finalement choisi la palette des verts. Anne ressemblait beaucoup à Émilie, la délicatesse en moins. Alors il arrivait souvent que Raymond eût un pincement au cœur quand il prenait sa fille tout contre lui. Que serait-il advenu d'Émilie si l'on avait laissé la nature suivre son cours ? Et que s'était-il vraiment passé ? Rien n'avait jamais été dit clairement sur le sujet. Que les présomptions des médecins pour alimenter le doute, mais Raymond préférait s'en tenir à cela. À ses yeux, mieux valait des non-dits à une kyrielle de mensonges probables et d'accusations gratuites. Mais quand Blanche, peu encline à partager ses droits de mère, levait des sourcils réprobateurs lorsqu'il s'occupait d'Anne, il répondait d'un haussement d'épaules, suivi d'un certain geste de la main qu'il commençait à faire sien avant de refermer les bras sur le bébé dans un geste possessif.

— Si tu es la mère, moi, vois-tu, je suis le père. Et comme vraisemblablement, il n'y aura pas d'autres bébés dans la famille…

Raymond s'entêtait. Par ailleurs, même si elle ne l'aurait jamais avoué eût-elle été soumise à la torture, Blanche non plus n'aimait pas la maison et pouvait comprendre l'attitude de son mari. Son esprit plutôt fragile aux changements de toutes sortes s'accommodait mal du manque de clarté, c'était déprimant. Ses rhumatismes risquaient de souffrir de l'humidité qui stagnait à l'intérieur des murs de brique, c'était inquiétant. Et sa tête fragile tolérait fort peu le manque d'air, les migraines étaient à prévoir. Elle compensa donc ces inconvénients par une recrudescence de sa consommation éthylique à titre préventif, transformant son spleen involontaire en détachement calculé. Raymond s'en aperçut rapidement. Quand Blanche était un tantinet survoltée, que sa bonne humeur sonnait faux, c'était qu'il y avait anguille sous roche. De toute façon, on lui avait suffisamment dit d'être vigilant qu'il avait fini par comprendre ! Donc, il savait fort bien ce que cachait cette apparente bonne humeur. Blanche était à elle seule l'image parfaite d'un cercle vicieux : les maux à venir alimentaient sa consommation qui, de son côté, poussée à l'excès, provoquait divers maux réels ! Ce qui faisait dire à Raymond que pour une fois Blanche avait eu raison : finalement, ils avaient bien fait de déménager, la rivière aurait pu être dangereuse. Pas en elle-même, mais bien parce que Blanche buvait de plus en plus et de façon quotidienne.

Raymond tenta d'en parler, elle lui opposa une fin de non-recevoir.

— Ça ne te regarde pas.

— Et comment ça me regarde ! Et les filles, elles ? Qu'est-ce que tu en fais ?

— Les filles ? Qu'est-ce qu'elles ont, les filles ? Elles ne manquent de rien. La maison est propre, les repas sont prêts, le linge est lavé.

Bon point pour elle ! Effectivement, avec un peu d'alcool, Blanche fonctionnait mieux que sans. Ne restait qu'Anne qui était encore bien jeune et qui passait ses journées avec sa mère quand tous les autres vaquaient à leurs occupations.

— Et alors ? répliquait Blanche, courroucée, indignée que l'on pût imaginer qu'elle manquait à ses devoirs de mère. Je te ferais remarquer que je n'abuse pas. Juste quelques gorgées pour me réchauffer et pour prévenir.

Mais pour Raymond, c'était là source d'inquiétude, aussi grande sinon plus que l'usage répété des sirops de toutes origines. Mais comme pour l'instant c'était les vacances, qu'il y avait toujours quelqu'un à la maison, Raymond reporta à plus tard les ultimatums en tout genre et tenta, au meilleur des moyens qu'il voyait par ailleurs fort limités, de profiter de l'été et des quelques semaines de repos qu'il s'était octroyées.

La famille Deblois au grand complet, Raymond en tête, pataugeait dans son habituelle ambiguïté. On aimait l'espace que la maison offrait, on détestait l'atmosphère qu'elle dégageait, on savait le bien-fondé du déménagement, on aurait préféré le statu quo. Mais personne n'en parlait. Seule Émilie, habituée depuis toujours à faire contre mauvaise fortune bon cœur, trouvait la situation acceptable à défaut d'être agréable. Car elle aussi s'ennuyait de l'ancienne maison, de la rivière et de Muriel, la seule amie qu'elle ait jamais eue. Par contre, le fait de déménager avait apporté un peu de mouvement, de nouveauté et d'excitation à une vie plutôt prévisible jusqu'à ce jour. Elle aurait préféré la grande chambre en façade, celle qui donne sur la rue. Mais Blanche avait décrété qu'elle avait besoin de tranquillité pour dormir et lui en avait attribué une beaucoup plus petite donnant sur la cour.

— Comme ça, le bruit des automobiles ne t'empêchera pas de dormir. Même en plein jour, si le besoin s'en faisait sentir.

Émilie avait soupiré discrètement. Sa mère en faisait toujours un peu trop, mais comme c'était dans sa nature et que cette attitude découlait de bonnes intentions, Émilie n'avait jamais pu en vouloir à sa mère pour quoi que ce fût. Et dans le fond, Blanche avait raison : quand on va dans sa chambre, c'est pour dormir ou se retirer dans la tranquillité, alors autant qu'elle soit située côté jardin. D'autant plus qu'Émilie était la seule à profiter de la galerie vitrée donnant sur le minuscule carré de pelouse. Tout le monde, Blanche en tête, ce qui était un brin surprenant compte tenu qu'elle se plaignait toujours d'avoir froid, toute la famille donc avait déclaré qu'il y faisait trop chaud pour être confortable. Mais Émilie, frileuse depuis la naissance, appréciait cette atmosphère de serre et elle y avait emménagé son attirail de peinture. Cette pièce ayant déjà été un établi pour le jardinage, un évier trônait contre le mur de brique, ce qui ajoutait à la commodité des lieux. Émilie avait érigé son chevalet dans un coin, à contre-jour, et la tablette qui avait supporté des pots de fleurs jusqu'à maintenant faisait office de table à dessin pour l'aquarelle, lestée d'une grande planche de bois que Raymond avait installée dans un angle. Alors tant pis si Charlotte avait hérité de la grande chambre du devant, Émilie, elle, bénéficiait d'un atelier sur mesure.

Pourtant, Charlotte ne semblait pas apprécier plus qu'il ne le fallait la chance qui lui avait été faite. Depuis bien avant le déménagement, elle avait commencé à afficher une mine plutôt renfrognée et cela perdurait. Émilie trouvait dommage de gâcher tant de temps et d'énergie à se révolter contre une situation qu'on ne pouvait changer. En la matière, Émilie en connaissait un bout ! Cela faisait longtemps qu'elle avait compris que les rébellions ouvertes ou les résistances boudeuses ne mènent à rien, même si elle y recourait parfois sans vergogne. Et depuis qu'ils avaient emménagé, elle espérait l'occasion ou le prétexte qui lui permettrait de parler à Charlotte. Elle connaissait fort bien les raisons qui poussaient sa sœur à détester leur nouvelle demeure, mais pourquoi s'entêter ? Elle espérait surtout que le fait de se retrouver loin de leurs amies permettrait peut-être de se rapprocher l'une de l'autre. Même si elles n'avaient pas les mêmes intérêts et ne partageaient pas les mêmes activités, elles restaient tout de même deux sœurs et pour Émilie c'était important.

C'est pourquoi, profitant d'une soirée pluvieuse qui gardait tout le monde à la maison, Émilie osa frapper à la porte de Charlotte. Un vague grognement lui répondit.

— Je peux entrer ? demanda-t-elle timidement en glissant la tête dans l'entrebâillement de la porte.

Cela faisait maintenant plus de trois semaines qu'ils étaient arrivés, mais les valises et des cartons à moitié remplis jonchaient toujours le plancher, comme si Charlotte n'était que de passage ou encore espérait naïvement qu'ils allaient retourner d'où ils venaient. Charlotte tourna la tête vers elle :

— Qu'est-ce que tu veux ?

La question n'avait rien d'engageant, le ton non plus. Émilie hésita. Qu'osait-elle espérer en venant ici ?

— Parler. J'ai juste envie de parler.

— Maman n'est pas là ?

La repartie de Charlotte était méchante et elle s'en voulut aussitôt. Mais c'était plus fort qu'elle : Émilie ressemblait tellement à sa mère quand elle se lançait dans ses jérémiades que Charlotte la trouvait souvent agaçante. Mais ce soir, Émilie semblait en forme. Alors Charlotte se poussa un peu pour lui faire de la place tandis qu'intimidée par cette réponse, Émilie se tenait toujours dans l'embrasure de la porte, ne sachant que dire. Malgré ses treize ans, elle était encore une enfant gracile, et l'image de sa petite sœur, fragile et maigre, émut Charlotte plus qu'elle ne l'aurait pensé.

— Allez, prends-toi un oreiller et viens me rejoindre.

Charlotte était perchée sur le bord de la fenêtre. Relevant les genoux contre sa poitrine, elle se recula contre le mur pour qu'Émilie puisse s'installer face à elle.

— Tu es chanceuse, fit Émilie en grimpant. D'ici, on voit la rue et c'est pas mal plus achalandé qu'à l'autre maison. J'aime beaucoup regarder les gens. Ça me donne plein d'idées pour mes dessins.

— Ouais… C'est bien le seul avantage que je trouve à cette cambuse. Moi aussi, ça me donne des idées pour…

Charlotte se tut brusquement en rougissant. Elle avait failli dire que cela lui donnait des idées pour écrire. L'envie de confier son secret la démangeait depuis longtemps. Mais chaque fois que l'occasion se présentait, Charlotte finissait toujours par ne rien dire de peur que l'on se moque d'elle. Et présentement, en plus, elle craignait qu'Émilie ne le répète à sa mère. Charlotte avait toujours suspecté qu'elles n'avaient pas grands secrets l'une pour l'autre. Et Blanche était bien la dernière personne sur terre à qui elle voudrait parler de cela. Non que Blanche dénigrât les auteurs, elle aimait tellement la lecture. Mais bien parce que Charlotte n'était qu'une enfant à ses yeux et que les enfants n'ont pas à prétendre vouloir réinventer le monde. Elle lui dirait de sa voix haut perchée, celle qui n'admet pas les répliques, qu'elle ferait bien mieux de se mettre au dessin comme Émilie parce que l'étude du dessin fait partie de la culture d'une jeune fille de bonne famille. Déjà que Blanche surveillait ses lectures, Charlotte n'avait surtout pas envie de la voir débarquer à l'improviste dans sa chambre pour lui demander de lire ce qu'elle écrivait. Pour Charlotte, avouer écrire était une chose, accepter d'être lue en était une autre. Et elle n'était pas prête à franchir ni la première ni encore moins la seconde étape. D'autant plus que, depuis quelques mois, elle n'avait noirci aucune page à l'exception de quelques lignes banales dans son journal. Pouvait-elle alors vraiment dire qu'elle écrivait ?

— Oui, enchaîna-t-elle un peu vivement, j'essaie d'imaginer où vont tous ces gens, où ils habitent, ce qu'ils font. Ça permet de passer le temps. Il n'y a rien à faire ici.

— C'est vrai qu'on ne connaît encore personne. Une chance que j'ai mes cours de dessin… Et toi, la lecture…

— Oui, mais tu me connais… J'aime bien bouger aussi et ici il n'y a rien à faire à part se promener.

— C'est ce que je disais : on ne connaît encore personne. Il y a sûrement des tas de choses à faire…

Puis après une brève hésitation, Émilie demanda :

— Françoise te manque, n'est-ce pas ?

Charlotte recommença à rougir de plus belle.

— Françoise ? Pourquoi parles-tu de…

— Je ne suis pas idiote, Charlotte. Je sais bien que c'est ton amie et depuis très longtemps. Vous étiez toujours ensemble à l'école.

Charlotte haussa les épaules. C'était vrai que ce n'était pas très difficile à deviner, surtout pour Émilie.

— Oui, elle me manque, avoua-t-elle alors sans ambages. Beaucoup.

— Alors va la voir !

— Mais c'est au bout de la ville !

— Marche, prends le tramway, je ne sais pas moi ! Mais reste pas plantée là à te morfondre, ça ne te ressemble pas tellement, ça !

— Et comment veux-tu que j'explique à maman que…

— Maman ?

Émilie éclata de rire.

— En autant qu'elle entende ce qu'elle veut entendre, maman ne dit jamais rien. Tu n'avais pas remarqué ?

— Peut-être, oui.

Pendant un instant, les deux sœurs se regardèrent avec un sourire de connivence.

— T'inquiète pas pour ça, Charlotte. Je m'arrangerai bien avec maman. J'ai juste à dire que j'ai très mal au ventre et elle ne s'apercevra même pas que tu n'es pas là. Profites-en pendant que papa est à la maison pour s'occuper d'Anne. Après ses vacances, ça va peut-être être plus difficile. Remarque que, pour le transport, ça faciliterait les choses… Je ne sais pas, c'est à toi de voir, mais papa ne se fera pas tirer l'oreille pour t'aider, ça c'est certain.

— Pourquoi dis-tu ça ?

— Parce que c'est ce qu'il fait pour toi depuis des années, non ? Tu sais, quand on est souvent malade, on ne bouge peut-être pas beaucoup mais on observe.

Charlotte était décontenancée par les révélations d'Émilie. Ne sachant trop si elle devait poursuivre en ce sens – n'allait-elle pas se nuire en dévoilant les petits secrets qui existaient entre son père et elle ? –, Charlotte se contenta d'approuver du bout des lèvres. Émilie en ferait bien ce qu'elle voudrait.

— Ah !

Émilie tendit le bras pour poser la main sur le genou de Charlotte. Les mains d'Émilie étaient remarquables : de longs doigts fins aux ongles soignés comme ceux d'une dame. « Des mains d'artiste », pensa aussitôt Charlotte alors que son cœur se serrait. Émilie avait peut-être toujours l'apparence d'une enfant mais elle vieillissait comme tout le monde et, dans le secret de son cœur, Charlotte devina qu'elle devait être malheureuse de ce corps qui refusait de grandir, de s'épanouir. C'était probablement pour cela qu'Émilie soignait tant ses mains. Alors Charlotte emprisonna la main de sa sœur dans la sienne, forte et large aux doigts un peu courts. Mais quand elle voulut nuancer sa trop brève réponse, Émilie l'avait devancée et, d'une voix un peu triste, elle murmura :

— Il ne faut pas s'en faire pour ça, Charlotte. Toi, tu as papa et moi, c'est maman. C'est tout.

Puis elle retira sa main, se cala le dos contre le mur et déclara :

— Je me demande à qui Anne va ressembler plus tard. Et de qui elle va être le plus proche. Tu ne trouves pas qu'elle est très mignonne ? J'adore aller en promenade avec papa et elle. Tout le monde nous arrête pour l'admirer. C'est fou, mais j'ai un peu l'impression que c'est ma fille à moi et ça me rend très fière… Elle est si jolie ! J'aime tout ce qui est beau, harmonieux. Les beaux vêtements qui font les gestes élégants, les chapeaux qui rendent les regards mystérieux… As-tu hâte de voir ta nouvelle école ? Moi, ça me donne des crampes juste à penser à toutes ces filles que je ne connais pas. Et toi, comment vas-tu…

Les treize ans d'Émilie venaient de refaire surface et ce que Charlotte appelait la nature profonde des êtres aussi. Et plutôt que de voir dans le regard de sa sœur celui d'une artiste sensible aux gens et aux choses, une artiste qui voyait la beauté derrière les façades, elle se dit qu'Émilie, finalement, était surtout superficielle. Un peu comme Blanche. Les apparences, toujours les fichues apparences pour influencer l'opinion des autres. Mais pour Charlotte les apparences étaient dangereuses. Elle qui avait si souvent présumé des intentions juste à l'apparence des gens, avait compris qu'elle était dans l'erreur. Il n'y avait que les femmes comme Blanche pour accorder de l'importance aux apparences, ce miroir qui nous renvoie notre propre image, trop complaisante, peu fidèle, rarement sincère.

Alors Charlotte partagea la conversation de façon superficielle, évitant d'aller au fond des choses.

Mais quand Émilie la quitta pour se retirer dans sa chambre, Charlotte eut la nette impression d'être passée à côté d'un moment essentiel dans sa vie. Comme si Émilie lui avait tendu une perche qu'elle avait refusé de prendre. Et le silence entourant toutes ces histoires qu'elle avait écrites, les mots qu'elle s'amusait à manipuler comme Émilie jouait avec ses couleurs de même que le fait d'avoir caché qu'elle s'était entendue avec son père pour poursuivre ses études à l'école de l'ancien quartier, ce silence qu'elle avait gardé sur ces choses essentielles dans sa vie lui pesait aussi lourd qu'un mensonge.

Brusquement, Charlotte regrettait de n'avoir rien dit.

Et cette brève discussion, cette éclaircie dans un été qu'elle voyait sombre et sans débouché, alimenta la réflexion de Charlotte pendant de nombreuses semaines.

Elle n'arrivait pas à comprendre Émilie.

Il y avait dans le timbre de sa voix une certaine sérénité que Charlotte avait beaucoup de difficulté à accepter.

Comment être sereine quand la vie s'amuse à vous ramener au sol sans arrêt ? Pas une semaine ne se passait sans qu'il y eût de ces journées où Émilie, à cause des crampes ou des malaises, arrivait tout juste à se tirer du lit. Comment ne pas se révolter ? Charlotte ne comprenait pas. Et tout comme elle avait déjà surveillé ses parents pour tenter de comprendre certains phénomènes de la vie, Charlotte se mit à épier sa sœur. Il devait bien y avoir une explication, une faille, une raison.

Il y avait surtout une phrase qu'Émilie avait dite et qui lui revenait sans cesse, comme la ritournelle des chansons de Charles Trenet, qui à force d'être simples s'imposent sans difficulté et vous encombrent l'esprit à rendre fou. Émilie n'avait-elle pas avoué qu'elle n'était en fait qu'une manipulatrice ? « J'ai juste à dire que j'ai très mal au ventre et maman ne s'apercevra même pas que tu n'es pas là. » Alors, chaque fois qu'Émilie se plaignait, Charlotte devenait sceptique. Émilie était-elle vraiment malade ou n'abusait-elle pas de la situation comme Blanche l'avait toujours fait ? Car pour Charlotte, c'était un fait établi : Blanche n'était pas très malade et le moindre prétexte servait à la rendre intéressante. Comme si d'être malade faisait de soi quelqu'un digne d'intérêt !

Mais il n'y avait rien de bien nouveau dans l'attitude d'Émilie qui pût lui mettre la puce à l'oreille. Sa sœur était égale à elle-même. Une journée ça allait, une autre pas. Et quand elle restait au lit, qu'elle refusait une promenade ou déclinait une invitation à sortir, elle le faisait avec ce sourire capable de faire fondre la plus insistante des interrogations.

Alors Charlotte se lassa d'analyser Émilie. De toute façon, en quoi les états d'âme de sa sœur pouvaient-ils influencer le cours de sa vie ? Manipulatrice ou pas, cela ne changeait rien au fait qu'ils habitaient maintenant un quartier que Charlotte détestait avec une ferveur renouvelée à chaque réveil.

Puis la rentrée scolaire arriva et, contrairement à ses craintes les plus nourries, Blanche se contenta de hausser les épaules quand Raymond lui apprit que Charlotte préférait poursuivre ses études à son ancien couvent.

— Ah oui ? Pourtant j'aurais cru qu'elle aimerait ça faire de nouvelles connaissances. J'ai toujours cru que c'était son genre de découvrir de nouvelles choses. Mais tant pis. Si elle préfère supporter près de trente minutes de transport matin et soir, libre à elle. C'est elle qui sera la plus mal lotie en plein hiver.

Arguments qui firent faire la moue à Charlotte. Dans un sens, sa mère n'avait pas tort. D'autant plus qu'Émilie, malgré les craintes qu'elle avait avouées à Charlotte, se préparait fébrilement à la rentrée.

— Et pourquoi pas ? avait-elle déclaré un soir à table après avoir bien soupesé la question. Dans le fond, ça va mettre un peu d'agrément au fait d'avoir déménagé. J'espère que je vais me faire des amies qui n'habitent pas trop loin d'ici.

Un peu plus et Charlotte se serait mise à l'envier. « C'est le monde à l'envers », pensa-t-elle, boudeuse, regrettant quand même un peu de s'être laissé emporter par sa rancune. Voulant être honnête envers elle-même, Charlotte avait fini par comprendre que c'était beaucoup plus pour faire un pied de nez à sa mère qu'elle avait voulu rester à la même école. Une façon de lui faire comprendre qu'elle n'était pas d'accord avec sa décision de déménager. Aujourd'hui, elle n'avait plus le choix. Ou elle admettait s'être trompée, alors elle perdrait la face. Ou elle persistait et signait, alors elle en serait quitte pour jouer la comédie à sa famille. Comme sa mère l'avait si bien dit : tant pis pour elle. Et comme Charlotte n'était pas fille à admettre facilement s'être laissé emporter par une réaction primaire…

Elle se présenta donc à son ancien collège, apprécia quand même de retrouver son groupe d'amies et en profita pour une bonne séance de confidences à l'oreille de Françoise.

— Une vraie comédienne ! Jamais je n'aurais cru qu'Émilie pouvait être si convaincante.

— Tu ne crois pas que tu exagères un peu ?

— À peine. Elle ressemble à ma mère.

Ce à quoi Françoise ne trouvait rien à répondre. Elle n'avait pas croisé la mère de Charlotte très souvent mais chaque fois, elle lui avait trouvé un air malade qui confirmait à ses yeux les propos de son amie. Blanche Deblois était assurément une drôle de personne, maigre à faire peur, le teint blafard mais quand même très jolie et surtout capable d'élever la voix pour se faire entendre. Elle se rappelait l'avoir entendue invectiver la surveillante de la cour de récréation à un point tel que la pauvre Françoise était persuadée que Charlotte et Émilie allaient se faire renvoyer de l'école. Pourtant le lendemain, quand Blanche était venue chercher Émilie, elle s'en était remise à cette même surveillante, car elle disait que ses jambes ne la portaient plus et qu'elle allait s'effondrer en pleine cour de récréation. Et quand la surveillante lui avait apporté une chaise et un verre d'eau, Blanche ne tarissait plus d'éloges à son intention. Oui, Blanche Deblois était une bien curieuse personne et si Charlotte disait d'Émilie qu'elle lui ressemblait, alors c'était effectivement possible qu'elle exagérât un peu.

Puis les deux filles passèrent à autre chose. Les exigences scolaires étaient telles qu'elles n'avaient pas de temps à perdre à analyser les us et coutumes d'Émilie ou de sa mère. Elles renouèrent avec leur bonne vieille habitude d'étudier ensemble, grossirent leurs rangs en acceptant quelques nouvelles recrues dans leur groupe d'étude. Charlotte s'inscrivit comme membre de la rédaction du journal étudiant et Françoise à la troupe de théâtre.

Finalement, Charlotte remisa ses regrets d'avoir choisi son ancienne école, partagea l'enthousiasme d'Émilie qui s'était fait quelques nouvelles amies et qui, suprême plaisir, avait rencontré à sa nouvelle école une femme qui partageait son amour du dessin. Le professeur en arts plastiques était une passionnée ! Charlotte profitait aussi des quelques après-midi où les travaux étaient moins exigeants pour visiter sa grand-mère, chose qu'elle ne faisait que rarement lorsqu'elle habitait à quelques rues de chez elle. De plus, au lieu d'être une corvée, le transport qu'elle devait effectuer tous les jours s'avéra un moment privilégié. Elle aimait beaucoup traverser la ville en compagnie de son père, matin et soir, et ces instants en tête à tête avaient un prix inestimable à ses yeux. Charlotte découvrait l'homme qui vivait derrière le père. Raymond lui parlait de son métier avec une passion qu'elle n'aurait jamais cru possible chez celui qu'elle trouvait autrement plutôt passif. À la maison, c'était Blanche qui dominait et petit à petit, Charlotte ajustait et peaufinait l'opinion qu'elle avait de sa mère à travers les propos tenus par son père.

Tranquillement, le fait d'avoir déménagé pesait de moins en moins lourd. Les heures passées loin du quartier où elle habitait désormais, donc loin de Blanche, faisaient en sorte que Charlotte se sentait libre. Elle venait d'avoir quinze ans et à cet âge la sensation de liberté avait un petit quelque chose de grisant qu'elle n'aurait sacrifié à aucun prix. Somme toute, l'année s'annonçait excellente pour tout le monde.

Sauf pour Blanche.

Les journées grises de l'automne avaient définitivement scellé son allégeance : elle détestait cordialement la maison où elle habitait et comme c'était elle qui l'avait choisie, elle taisait ses frustrations, ses déceptions. Blanche détestait reconnaître qu'elle pût avoir tort. L'obligation de vivre à la lumière des ampoules électriques du lever au coucher, car les toits pentus des maisons voisines gommaient les rayons d'un soleil qui effectuait sa course de plus en plus bas, quand on n'avait pas carrément droit à des journées pluvieuses, avait un côté déprimant qu'elle ne chercha même pas à contrôler. Éduquée à toujours respecter ses états d'âme et les divers signes envoyés par son corps, Blanche se laissa aller à l'impression de lourdeur que dégageait la maison et glissa en chute libre dans les bas-fonds d'une dépression en préparation. Elle étouffait entre les hauts murs sombres d'une maison qu'elle trouvait trop grande ; l'absence de foyer entretenait l'humidité engendrée par les murs de brique ; les boiseries qui l'avaient séduite n'étaient plus que des planches sans attrait qui demandaient un surplus de travail. Blanche buvait pour se réchauffer, pour prévenir les crises d'ennui, pour réussir à s'abrutir suffisamment sur l'heure du midi pour être capable de faire la sieste en même temps qu'Anne. Dès que la petite était au lit, Blanche prenait de longues rasades à même la bouteille jusqu'à ce que la tête commence à lui tourner et que ses paupières soient lourdes. Elle se glissait alors sous les couvertures et sombrait dans un sommeil de plomb que les cris d'Anne interrompaient quelques heures plus tard. Les heures passées à dormir coupaient les journées et rendaient le quotidien supportable.

Quand Émilie revenait de l'école, invariablement, elle retrouvait sa mère et sa sœur à la cuisine et quand Raymond et Charlotte rentraient à leur tour, le repas était prêt.

Et c'était ainsi que Blanche espérait traverser l'hiver. Puiser dans l'alcool la force de s'occuper de l'essentiel de la maison le matin en même temps que puiser l'évasion pour oublier l'environnement qu'elle s'était imposé.

Mais aujourd'hui, il semblait bien qu'Anne refuserait de dormir. Déjà, ce matin, elle était plutôt maussade et, devinant qu'une poussée de dents pourrait être à l'origine de ce mauvais caractère, Blanche lui avait donné une aspirine au dîner, espérant que cela la calmerait et la ferait dormir. Mais, coup d'épée dans l'eau ! Blanche avait à peine posé sa tête sur l'oreiller que le bébé se mettait à pleurer de plus belle.

Pourtant Blanche n'était plus en état de s'occuper d'un bébé. La pluie endémique qui perdurait depuis le début de la semaine lui avait fait forcer la dose et, dès qu'elle tenta de se relever, Blanche eut l'impression que le plancher se soulevait, que les murs se rapprochaient. Et quand elle était dans cet état, Blanche savait que si elle ne dormait pas, elle serait malade. Mais comment dormir avec un bébé qui hurle à fendre l'air ? Il fallait trouver un moyen de la calmer. C'est alors que très loin dans ses souvenirs, un peu comme un phare que l'on croit voir briller dans le brouillard, Blanche se rappela avoir entendu dire qu'en frottant les gencives d'un bébé qui a mal avec un alcool fort, cela suffisait à le calmer.

Mais il sembla bien qu'Anne n'était pas de cet avis. Décontenancée par le goût âcre du brandy, elle fit une grimace, eut un long frisson et se remit à pleurer toujours aussi fort.

Plus Anne pleurait et plus Blanche avait la tête qui lui tournait et commençait à tambouriner. Les pleurs de sa fille créaient un monde infernal où elle sentait qu'elle perdait pied. Si Blanche ne retournait pas immédiatement dans son lit, elle allait être malade. Ici, dans la chambre d'Anne. Et Blanche détestait être malade. Ce fut à cet instant qu'elle perdit patience et tout sens commun. Elle prit Anne par le menton et soulevant sa tête, elle fit couler une rasade de brandy au fond de sa gorge. Oh ! Juste un peu. Si cela l'aidait à dormir, elle, il devrait en être de même pour sa fille. Il fallait qu'elle se taise, Blanche n'était plus capable de l'entendre hurler. Et effectivement, surprise par le liquide brûlant, Anne se tut même si elle eut un gros haut-le-cœur. Profitant de ce calme apparent, Blanche fit couler une autre longue gorgée d'alcool que le bébé n'eut pas d'autre choix que d'avaler, car Blanche lui tenait toujours la tête. Comprenant sans doute qu'il valait mieux ne pas insister, Anne se laissa tomber sur le matelas de sa couchette et, rampant jusqu'au pied du lit, elle chercha refuge auprès de son ours en peluche qu'elle serra très fort contre elle en tournant le dos à sa mère.

Quand Raymond et Charlotte revinrent pour le souper, la maison était plongée dans le noir.

— Mais veux-tu bien me dire ce qui se passe ici ? Où est tout le monde ?

— On est mercredi, observa Charlotte tout en ramassant son cartable qu'elle avait posé à ses pieds. Émilie est à son cours de dessin. Elle a dû rester plus longtemps, ça faisait deux semaines qu'elle n'y était pas allée.

— Ouais… Mais ça ne me dit pas ce que Blanche…

Raymond ne termina pas sa pensée. L'estomac tordu par l'inquiétude, il se précipita vers la maison. Ce fut au moment où il arrivait au bas de l'escalier menant aux chambres que la lumière s'alluma dans le corridor.

— Raymond ? C'est toi ?

— Qui veux-tu que ce soit ? Mais veux-tu bien me dire ce…

— Ne m'en parle pas ! Anne a eu mal aux dents une bonne partie de la journée. Elle a fini par s'endormir vers quatre heures. Alors j'en ai profité pour me reposer, j'étais complètement à bout de nerfs. Elle n'a pas arrêté de pleurer. Peux-tu sortir le chaudron que j'ai mis dans le réfrigérateur et le mettre sur un rond du poêle pour le faire réchauffer ? J'arrive avec elle, j'en ai juste pour une minute.

Alors Raymond poussa un soupir de soulagement. Ce n'était qu'une poussée de dents ! Il desserra sa cravate et, enlevant la veste de son habit, il se dirigea vers la cuisine.

Pourtant, à deux pas derrière lui, Charlotte était restée figée. Elle leva les yeux vers le haut de l'escalier et une ride profonde se dessina entre ses sourcils. Elle avait l'intuition que sa mère ne leur disait qu'une partie simplifiée de la version des faits. Une version incomplète, volontairement écourtée.

Car, habituellement, lorsque sa mère avait eu une mauvaise journée avec Anne, même si elle avait réussi à dormir un peu, elle était exaspérée et elle avait son attitude militaire.

Alors que ce soir, Blanche avait sa voix mielleuse. Cette voix un peu éraillée mais doucereuse qui succédait à ses journées un peu trop arrosées…

C'est à peine si Charlotte toucha à son assiette, les sens aux aguets. Pourtant Blanche était la même que celle de tous les jours. Le souper de ce soir ressemblait à celui d'hier et probablement à celui de demain. Sa mère était agitée, s'occupant de tout, mangeant du bout de sa fourchette, exhortant Émilie à vider son assiette, aidant Anne à manger, se relevant pour servir une deuxième portion à Raymond, prenant une bouchée, retirant une cuillère sale pour la mettre dans l'évier, revenant prendre une bouchée, debout, avant de retourner vers l'évier pour mouiller une serviette afin d'essuyer le visage du bébé qui, contrairement à son habitude, refusait de manger. Anne détournait la tête chaque fois que sa mère lui présentait une bouchée. Ce qui ne lui ressemblait pas du tout.

Charlotte resta sur le qui-vive toute la soirée, épiant les bruits de la maison qui lui parvenaient jusqu'à sa chambre. Pourtant il n'y avait rien d'inhabituel, d'anormal. Elle entendit le rire en cascade de sa petite sœur quand son père l'installa dans le bain puis son babil quand il la prépara pour la nuit. Lorsque Charlotte se décida à les rejoindre, n'en pouvant plus de surveiller à distance, pour la première fois, Anne lui tendit les bras en l'appelant par son nom :

— Chalotttte !

Le cœur de Charlotte bondit dans sa poitrine. Elle leva un sourire ravi vers son père qui lui tendit aussitôt la petite fille gigotant dans ses bras pour échapper à son étreinte.

— On dirait bien que c'est toi qu'elle veut !

Charlotte la prit tout contre elle.

— J'avais tellement hâte qu'elle soit capable de dire mon nom ! Redis-le encore : Charlotte !

— Chalotte !

Ravie, Charlotte enfouit son visage dans le cou d'Anne. Charlotte qui avait été un peu sa maman pendant les premiers mois de sa vie. Charlotte qui était une fille d'images, de souvenirs, d'impressions, d'odeurs. Elle aimait cette senteur de bébé qui persistait toujours dans le cou d'Anne. Elle inspira profondément, se disant que jamais elle n'oublierait cet instant. C'est alors qu'elle fronça le nez.

— Elle sent drôle, papa !

— Comment, elle sent drôle ? Je viens tout juste de lui donner son bain. À moins qu'elle n'ait encore sali sa couche, la petite bonyenne !

— Non…

Charlotte avait fermé les yeux à demi.

— Non, ce n'est pas cela… Elle sent quelque chose de bizarre. Mais je n'arrive pas à dire quoi. Tiens, sens dans son cou.

Raymond approcha son visage, ferma les yeux, renifla.

— Non… Je trouve qu'elle sent le talc et le savon.

— Bon, tant pis… Ce doit être mon imagination qui me joue des tours.

Charlotte faisait un effort terrible pour avoir l'air détendue.

— Est-ce que je peux la bercer avant de la coucher ?

— Bien sûr. Mais pas trop longtemps. Tu as entendu ce que ta mère a dit : Anne a eu une mauvaise journée. Il faut qu'elle se repose.

— D'accord. Cinq minutes, pas plus.

Et Charlotte berça sa petite sœur. Mais tout en lui fredonnant une berceuse, elle la serrait très fort contre elle, le nez sur ses cheveux, cherchant dans sa mémoire cette odeur qu'elle avait déjà sentie et qui, ce soir, lui revenait comme les effluves de la marée qui viennent et qui repartent au rythme des vagues.

Ce ne fut qu'au matin, après une nuit agitée, qu'elle arriva enfin à se souvenir. Cette odeur, c'était sa mère qui la dégageait parfois quand elle revenait de l'école. Une odeur un peu sucrée mais curieusement désagréable. Et pour la première fois de sa vie, Charlotte eut envie de faire semblant d'être malade pour rester à la maison. Mais cela n'aurait rien donné. Mieux valait profiter des moments en tête à tête avec son père pour essayer de lui parler.

Mais comment dit-on à son père que l'on croit que sa mère donne de l'alcool à leur bébé ?

Charlotte retourna à l'école sans avoir dit quoi que ce soit.

Elle passa une journée affreuse, déchirée entre l'envie de se précipiter à tout moment chez elle et celle de rejoindre son père à son travail. L'esprit à des lieues de sa classe, elle revoyait mentalement les différentes façons d'annoncer l'impensable, peut-être aussi l'improbable, mais elle n'y croyait pas. Ce n'était pas le cou d'Anne qui sentait tout drôle, comme elle l'avait d'abord cru. C'était son haleine. Et de cela, Charlotte était certaine.

Finalement, incapable de garder pour elle de tels soupçons, peu encline à attendre pour vérifier, l'attente ne faisant pas partie de sa façon d'être, Charlotte refusa l'invitation de Françoise et se dirigea vers la maison de mamie. Elle ne savait toujours pas comment elle finirait par dire la chose, elle savait seulement qu'il lui fallait parler.

Et madame Deblois l'écouta sans l'interrompre. De mots prudes, à peine évocateurs, à la vérité toute crue, Charlotte louvoya, se sentant rougir, se demandant finalement si elle n'avait pas rêvé tout cela.

— Es-tu bien certaine de ce que tu avances, Charlotte ? C'est grave, tu sais.

Charlotte haussa les épaules.

— Je le sais.

Elle hésita.

— Pourtant, d'habitude, je ne me trompe pas. J'ai une mémoire incroyable pour les images, les odeurs, les impressions. J'ai toujours été comme ça. Et là, c'est vraiment une odeur d'alcool que j'ai sentie. Je ne pense pas me tromper.

Madame Deblois sentait que Charlotte était tendue comme les cordes d'un violon. Et elle savait que sa petite-fille n'avait pas l'habitude de fabuler. Elle avait une imagination débridée, ça oui, mais elle était plutôt clairvoyante et posée. Jamais elle n'inventerait une histoire pareille sans avoir au moins de sérieux doutes.

— Aimerais-tu que j'en parle à ton père ? Si tout ça est vrai, on ne peut en rester là.

— Oh oui !

Charlotte avait tellement l'air soulagée que le cœur de madame Deblois se serra. Pauvre enfant ! Ce n'étaient pas des soucis à se faire quand on n'a que quinze ans. Alors elle lui ouvrit les bras.

— Viens ici, toi.

Le sourire de mamie était tendre, sa voix, sans l'ombre d'un reproche. Alors Charlotte se fit toute petite et se blottit contre la poitrine de sa grand-mère. Puis, au bout d'un instant, elle murmura :

— Ça fait du bien de se sentir une toute petite fille. Je t'aime, mamie.

— Et moi aussi, ma belle Charlotte. Et merci d'avoir osé parler. Ce ne devait pas être facile à dire. Promis, on va y voir.

Alors Charlotte leva les yeux vers sa grand-mère :

— Et si je m'étais trompée ? Papa va m'en vouloir… J'aime autant ne pas penser à ce qu'il va me dire si jamais il n'y avait rien de vrai dans…

— Ne t'inquiète pas de ça, l'interrompit sa grand-mère. Vaut mieux parler pour rien que se taire parce que l'on a peur des critiques. Et je connais bien mon fils : il ne t'en voudra pas. Laisse-moi lui parler.

Et, quand quelques jours plus tard, Charlotte aperçut la silhouette de Raymond à contre-jour dans le corridor de l'école, elle comprit qu'elle ne s'était pas trompée. Raymond venait la chercher pour s'occuper d'Anne.

Émilie qui avait oublié un travail à remettre avait décidé, avec l'accord de la directrice de son école, d'aller dîner chez elle pour le récupérer.

Elle avait trouvé sa mère endormie, complètement ivre, et Anne qui avait réussi à sortir de sa couchette tambourinait à sa porte pour que quelqu'un lui ouvre.

Elle avait le visage tellement rouge et congestionné qu'Émilie comprit très vite que cela faisait très longtemps que sa petite sœur pleurait. Et elle était toujours habillée de son pyjama.

Chapitre 18

Blanche avait été hospitalisée le jour même.

« Internée », pensait Charlotte avec mépris, puisque son père avait demandé au docteur Dugal de lui référer un psychiatre.

C'était la seule émotion qu'elle arrivait à ressentir quand elle pensait à sa mère. Et peut-être aussi de la colère. Car encore une fois, Blanche Deblois avait réussi à chambarder sa vie.

Et elle avait mis celle de sa petite sœur en danger. Pour Charlotte, c'était impardonnable.

Depuis ce fameux jour où Émilie avait trouvé sa mère ivre et bébé Anne livrée à elle-même, Charlotte restait à la maison trois jours par semaine pour s'occuper de sa sœur, de la lessive, du ménage, des repas… Les deux autres jours de la semaine, elle était en classe, rencontrait les professeurs, faisait des examens pendant que mamie gardait Anne.

Charlotte en avait assez. Il lui arrivait même parfois d'avoir envie d'échouer aux examens juste pour ne plus rester à la maison. Malheureusement, elle arrivait tout de même à suivre le programme et c'est à peine si ses notes avaient un peu baissé. Et cela faisait des mois que cela durait. L'automne avait apporté les quinze ans de Charlotte, Noël avait réussi à la faire sourire, mais l'hiver avait tout fait oublier dans ses froidures persistantes. Et Blanche était toujours absente…

— Je m'excuse, Charlotte, mais tu dois comprendre qu'Émilie, avec les difficultés qu'elle éprouve en classe, ne pourrait te remplacer, avait souligné Raymond, visiblement navré. Elle manque suffisamment de cours comme ça.

Charlotte le concevait très bien, ce qui ne l'empêchait pas de trouver la situation injuste.

Des excuses, encore et toujours des excuses que Charlotte, la sage, l'aînée, la raisonnable devait comprendre.

Pourtant, malgré les apparences, Raymond aussi trouvait la situation injuste et très exigeante pour Charlotte. Mais que pouvait-il faire d'autre ? L'hospitalisation de Blanche coûtait une fortune, il travaillait comme un forcené, tentait du mieux qu'il le pouvait d'être présent à la maison pour que Charlotte pût avoir un peu de loisirs. Mais comme elle ne s'était pas fait d'amies dans le quartier, les jours où elle aurait pu sortir, Charlotte promenait un visage long comme un jour sans pain et se montrait exécrable. L'humeur de Raymond s'en ressentait, celle d'Anne aussi et habituellement, les fins de semaine servaient à attendre les lundis où chacun pouvait se soustraire à la présence des autres. Quant à Émilie, elle se sentait un peu responsable de ce gâchis. Si ses notes avaient été meilleures, elle aurait pu partager la tâche avec sa sœur. Mais comme sur ce chapitre, Émilie était d'une régularité désespérante, les dernières places ayant été probablement inventées juste pour elle, rien à faire, Raymond l'obligeait à se présenter en classe. Ce qui faisait qu'Émilie se montrait tellement désolée que Charlotte la trouvait agaçante et était encore plus cinglante à son égard. Charlotte lui prêtait un air de chien battu qui ressemblait trop à celui que Blanche affichait souvent. C'était suffisant pour alimenter son impatience.

Jusqu'au soir où, excédée par les tensions qui régnaient à la maison, Émilie la douce sortit de ses gonds. Ils étaient assis pour le souper et Charlotte venait de déposer rudement sur la table un plat de purée de pommes de terre peu ragoûtant. Elle avait fait son possible, mais l'aspect luisant de la purée était tout à fait désolant et cela l'enrageait. Sa colère était assez évidente pour révolter Émilie.

— J'en ai assez !

Raymond et Charlotte tournèrent la tête avec une symétrie frappante. Mais ce fut Charlotte qui prit la parole. Se méprenant sur le sens des mots d'Émilie, elle était sur la défensive :

— Si le repas ne te convient pas, tu n'auras qu'à le faire demain.

— Ça n'a rien à voir.

Les grands yeux verts d'Émilie brillaient des larmes qu'elle essayait de contenir.

— Je m'en fiche de tes patates, Charlotte. Complètement. Mais j'en ai assez qu'on soit toujours à couteaux tirés entre nous. J'en ai assez des paroles mesquines, des regards noirs, des soupirs et des bouderies.

Raymond avait piqué du nez dans son assiette tandis qu'un silence de plomb s'abattait sur la cuisine. Seul le bruit de la cuillère qu'Anne s'amusait à frapper contre son bol faisait contrepoids à l'embarras que tous ressentaient.

— Vous ne trouvez pas que la situation est assez pénible comme ça sans qu'on soit obligé d'en rajouter ? Il me semble, au contraire, que ça devrait nous rapprocher. Il me semble qu'on devrait se serrer les coudes au lieu de chercher toujours un coupable à ce qui nous arrive.

— La coupable, on la connaît.

Charlotte était intervenue d'une voix sourde. Raymond, comprenant que ce dialogue avait une portée autrement plus grande que ce que les apparences pouvaient laisser croire, s'abstint de faire le moindre commentaire.

— Maman n'est pas vraiment coupable, Charlotte, si c'est d'elle que tu veux parler.

La voix d'Émilie avait retrouvé ses intonations habituelles, faites de douceur, de pondération mais d'assurance aussi.

— Maman est malade.

— Bien d'accord avec toi. Maman est malade. Là !

Tout en parlant, Charlotte pointait son front avec un index.

— C'est vrai, tu as raison. En partie, du moins. Ça fait longtemps que je l'ai compris. Mais ça n'empêche pas qu'elle est réellement malade. Et ne va surtout pas croire qu'elle prend plaisir à être comme ça.

— Qu'est-ce que tu en sais ?

Charlotte persistait, sa voix était hargneuse.

— Et c'est à moi que tu oses demander ça !

La repartie d'Émilie n'était pas une question. Ce n'était qu'une constatation faite avec beaucoup de tristesse dans la voix. Elle détestait être malade, elle détestait son corps d'enfant qui refusait de s'épanouir comme celui de ses compagnes de classe même si elles étaient plus jeunes qu'elle. Émilie allait avoir quatorze ans et n'en paraissait que dix ou onze. Elle enviait tellement Charlotte d'être belle, forte, en santé qu'Émilie ne pouvait comprendre que sa sœur soit à ce point vindicative. Elle ne pouvait accepter qu'elle puisse croire qu'on prenne plaisir à être malade. Personne n'aime être différent. Surtout à quatorze ans où rien n'est plus rassurant que de se fondre dans la masse. Alors pour Émilie, Blanche ne faisait pas exception à la règle.

— Prenons la chose différemment, proposa-t-elle, toujours aussi calme. Peux-tu en toute honnêteté dire que maman est une femme heureuse ?

Blanche heureuse ? Charlotte revit en un instant des tas d'images qui proclamaient le contraire. Blanche se plaignant qu'il faisait trop chaud ou au contraire trop froid. Blanche qui avait mal à la tête, qui digérait mal ou avait peur de mal digérer. Blanche qui craignait les courants d'air, qui suspectait une poussée d'arthrite parce qu'elle s'éveillait un peu courbaturée. L'image du bras trop maigre se tendant vers la tablette en coin et celle maintenant de la main qui ouvrait l'armoire au-dessus de l'évier car, ici, il n'y avait pas de tablette en coin, s'imposèrent avec une précision qui disait le désarroi, la peur.

— Tu as raison, Émilie, admit alors Charlotte. Maman n'est probablement pas très heureuse. Mais est-ce une raison pour nous rendre malheureux nous aussi ?

— Ça, ça dépend de chacun de nous. Ça fait longtemps que j'essaie d'être heureuse malgré mes crampes et tout le reste. Je n'ai pas attendu après les autres.

Il y avait tellement de vérité dans les propos d'Émilie que Raymond en profita pour se glisser dans la conversation.

— Tu as raison, Émilie. Chacun bâtit son bonheur comme il l'entend. Et si le fait d'être souvent malade t'a appris ça, tu peux te considérer chanceuse. Bien des gens passent toute une vie à essayer d'être heureux sans y parvenir. Mais ça ne veut pas dire que Charlotte soit dans l'erreur. Elle a raison de penser que c'est parfois très difficile d'être heureux quand les autres ne le sont pas autour de nous. Et parfois, on a l'impression que ces autres font exprès de nous empoisonner l'existence.

— Exactement, approuva Charlotte, trop heureuse de voir que son père la comprenait.

— Ce qui nous ramène à ce qu'Émilie disait. Pourquoi nous en vouloir entre nous ? C'est vrai que l'air est chargé d'animosité à la maison. Ce qui fait que moi le premier, je me dépêche de filer au bureau pour m'y soustraire. Je ne suis pas mieux que vous deux. Toi, Émilie, tu te sens coupable de ne pas en faire plus et toi, Charlotte, comme tu n'as pas le choix, tu enrages de passer la plus grande partie de ton temps à la maison. Je me trompe ou j'ai assez bien résumé la situation ?

Charlotte et Émilie échangèrent un regard gêné.

— Tu as raison, approuva Charlotte alors qu'Émilie hochait de la tête pour dire qu'elle était du même avis que sa sœur.

— Dans le fond, reprit Raymond, on a tous été bousculés par les événements et on n'a pas pris la peine de s'asseoir pour en discuter. Et si on le faisait là, maintenant ? Je suis certain qu'on peut arriver à améliorer les choses pour tout le monde.

Et on trouva suffisamment de moyens pour rendre la vie un peu plus agréable. Émilie préparait certains repas, emmenait Anne se promener alors que Charlotte pouvait lire tranquille. Raymond malmena encore plus son horaire et arriva à être plus présent le soir et les fins de semaine. Puis on décréta que le dimanche serait jour de fête et toute la famille se retrouverait pour souper au restaurant. Mais si à partir de ce jour la vie reprit avec plus d'harmonie chez les Deblois, il n'en était pas de même pour Blanche.

Elle cherchait encore à comprendre les motivations qui l'avaient conduite à cet hôpital. Elle s'était levée avec la migraine, elle avait essayé de la vaincre de la façon habituelle, avec un peu de brandy, elle avait recouché Anne pour qu'elle soit en sécurité et elle avait regagné son propre lit. Quand Raymond l'avait réveillée, le docteur Dugal était à ses côtés.

— Il est là le problème, madame Deblois. Anne n'était pas dans son lit. Et si vous ne vous en souvenez pas, c'est qu'il y a un sérieux problème.

Et le médecin ne parlait même pas du fait qu'Anne sentait l'alcool elle aussi. Alors pour lui, il était hors de question de laisser Blanche retourner chez elle comme elle n'arrêtait pas de le demander. Blanche Deblois reprendrait sa place le jour où elle serait guérie, pas avant. Et cette guérison passerait par une confession honnête, un repentir sincère et la volonté de s'en sortir. Mais Blanche s'entêtait à dire qu'elle avait installé Anne dans son lit comme si le problème commençait et s'arrêtait là.

— Est-ce un crime d'avoir la migraine ? Vous ne savez pas, vous, ce que c'est que d'avoir le crâne en feu. Anne était bien mieux dans son lit qu'avec moi.

— Mais Anne n'était pas dans son lit.

Pourtant, Blanche se rappelait très bien l'avoir mise dans son lit, d'où son entêtement. À moins que sa mémoire ne lui joue des tours. À moins qu'il n'y ait un complot pour se débarrasser d'elle. Alors Blanche se mit à douter de tout. Des médecins qui s'amusaient à la contredire, de Raymond qui disait comme eux, d'elle-même qui voyait sa vie lui échapper comme une poignée de sable qui fuit entre les doigts. Personne ne l'avait jamais comprise et plutôt que de faire un petit effort, on l'enfermait pour être tranquille. Il n'y avait eu que son père pour l'accepter et l'aimer telle qu'elle était. Dans l'état d'esprit où elle était, Blanche n'eut qu'un tout petit pas à faire pour se retrouver dans le passé. Le sevrage qui lui était imposé par la force des choses la rendait agressive, son esprit dépressif tentait de remédier à la situation comme il le pouvait. Blanche s'enferma dans un profond mutisme, refusant toute nourriture, tout contact sauf pour parler du passé. C'était là la seule conversation où elle ne se sentait pas agressée. Elle était maître de ses souvenirs, elle reprenait un certain contrôle sur une vie qu'on essayait de lui arracher. Pourtant, de rencontre en rencontre, les médecins tentaient de la ramener au présent et Blanche sentit ses résistances s'effriter. On lui refusait même ses souvenirs, on ternissait les plus belles images de sa vie. Elle se referma encore plus, se sentant abandonnée de tous. Et petit à petit son esprit dépressif en arriva à la conclusion qu'elle n'était qu'un fardeau. À force de se le faire répéter, Blanche se mit à croire tout ce qu'on lui disait et développa une culpabilité sans mesure. Elle n'était qu'une mauvaise mère, elle nuisait à ses filles, à Raymond. Ce fut quand elle commença à parler d'en finir avec une situation qui était intolérable pour tous que les médecins proposèrent de nouveau des électrochocs.

— C'est de plus en plus utilisé, vous savez, monsieur Deblois.

Raymond était sceptique.

— Elle en a eu, il y a deux ans. Et j'ai l'impression que ça n'a donné qu'une brève rémission. Regardez-la aujourd'hui.

— Votre femme sera toujours fragile à ce sujet. Vous devez en être conscient. Réfractaire aux changements, fragile à l'égard des frustrations, encline à la complaisance. Vingt ans d'éducation par un père dominateur qui l'a surprotégée ont fait d'elle une femme qui aura toujours besoin de soutien, d'encadrement.

— Je m'en doutais, voyez-vous.

Raymond se sentait sarcastique. Il était surtout désabusé, ne croyant plus à rien. Seules ses trois filles avaient désormais de l'importance. Et s'il n'abandonnait pas Blanche à son sort, c'était uniquement parce qu'elle était leur mère. De l'amour passionné qu'il avait déjà ressenti pour elle ne restait que l'obligation de respecter les engagements pris au matin des noces. Raymond se rappelait avoir été un homme de conviction, aujourd'hui, il était conscient qu'il ne croyait plus en rien. Il était devenu un homme de devoir. Et son devoir présent était de soutenir son épouse et l'aider à guérir. Quant au reste, hormis l'amour inconditionnel qu'il vouait à Charlotte, à Émilie et à Anne, Raymond se contentait du travail bien fait. Il n'avait plus le temps ni l'énergie d'y mettre de la ferveur.

— D'accord, fit-il au bout d'une longue réflexion que le médecin avait respectée. Procédez aux traitements que vous jugerez appropriés.

Il signa les documents sans même les lire.

La descente aux enfers de Blanche fut totale, la remontée lente et pénible. Les traitements combinés avec les médicaments firent d'elle une femme brisée, physiquement et mentalement, qui absorba par la suite tout ce que l'on voulait bien lui dire. Blanche avait l'impression d'avoir subi un lavage de cerveau tellement certains souvenirs n'étaient plus qu'une brume opaque. Et quand on recommença à lui parler des filles, d'Anne et de tout ce qui s'était passé, elle accepta ce qu'on lui disait. Même le fait d'avoir déménagé ressemblait à un rêve. Elle avait l'impression que sa mémoire était une passoire qui ne gardait que l'essentiel. Et encore, cet essentiel était flou. Alors elle se reconstitua un passé à la lumière des propos que l'on tenait avec elle, devant elle. La culpabilité lui était revenue mais sous forme de regret, cette fois-ci. Elle admettait enfin les torts qu'elle avait causés autour d'elle.

Alors, voyant la persistance de sa bonne volonté, le retour d'une certaine logique accompagnée d'une cohérence évidente dans les propos, les médecins lui donnèrent son congé.

— Votre femme n'est plus un risque pour les filles. Par contre, elle va avoir besoin de beaucoup de repos. Elle doit reprendre pied dans la vie quotidienne tout doucement. Cela peut prendre de longs mois avant qu'elle ne retrouve la forme qu'elle a déjà eue.

— Vous parlez d'une vie !

Raymond n'avait pu retenir ces mots. À court terme, Blanche demanderait autant de soins et d'attention qu'une enfant. Le long terme n'était guère plus reluisant. Juste à penser que le mot *migraine* recommencerait à faire partie du vocabulaire familial et presque quotidien, Raymond se sentait devenir agressif. Mais encore une fois, avait-il le choix ? Prendre les journées l'une après l'autre, éviter les projets, se concentrer sur le moment présent, c'était là la seule façon de survivre.

Et le jour précédant l'arrivée de Blanche, il écuma la maison à la recherche des bouteilles maudites. Il en trouva cinq, cachées un peu partout : au fond d'un placard, sous leur lit dans une boîte à chaussures, derrière une pile de chaudrons qui ne servaient que très rarement, dans le buffet pour être logique et même dans une petite bouteille qui avait contenu un remède quelconque, camouflée sous une pile de vêtements de bébé dans l'armoire d'Anne.

Vigilance, vigilance, vigilance…

Ce mot le rendait fou. En aurait-il jusqu'à la fin de ses jours à tout surveiller, épier, soupçonner ? Il s'entendit avec sa mère pour qu'elle continue de garder Anne deux jours par semaine, les mardis et jeudis, et Charlotte accepta d'en faire autant le vendredi. Cela lui ferait trois jours pour travailler l'esprit tranquille. Charlotte apprendrait à voyager en tramway pour rentrer plus tôt de l'école le mercredi quand Émilie était à ses cours de dessin et celle-ci s'engageait à s'occuper d'Anne à l'heure du dîner puisqu'elle avait le temps de venir manger à la maison, et tous les lundis après l'école pour permettre à Blanche de prendre un peu de repos avant le souper.

Blanche rentra enfin chez elle soutenue par Raymond, et même Charlotte fut émue de la revoir. Elle était si délicate, un peu comme une porcelaine précieuse qui aurait pu casser sous la pression d'une main. C'était bien sa mère mais en même temps, c'était une inconnue. Blanche s'extasiait de tout, remerciait à tout moment.

— Je ne me souvenais pas à quel point c'était beau ici. Les boiseries, les grandes fenêtres à carreaux, les vitraux, aussi, là, au-dessus de la porte… Oui, c'est vraiment beau chez nous.

Comme une petite fille qui entre dans un jardin inconnu, Blanche allait d'une pièce à l'autre, appréciant les choses, s'appuyant parfois sur un meuble, sur le mur pour ne pas perdre l'équilibre, caressant un bibelot du bout des doigts, palpant l'étoffe d'une tenture. Les médecins lui avaient dit qu'elle n'aimait pas sa nouvelle demeure, mais Blanche ne se rappelait pas ce détail. Elle ne comprenait surtout pas d'où ils tenaient cette impression, car c'était une très jolie maison. Puis, épuisée, elle se laissa tomber sur le divan du salon.

— Oui, c'est bien joli, chez nous.

Et Charlotte, la fille aux images, la fille aux sensations regardait sa mère comme si elle la voyait pour la première fois. Cette femme-là était différente. Elle n'avait plus rien de l'arrogance qu'elle lui avait toujours prêtée. Blanche lui avait même fait penser à Anne quand elle allait d'une pièce à l'autre, dans une soif de découverte digne d'une jeune enfant. Comme si Blanche n'avait été qu'une toute petite fille devant un monde à connaître.

Puis Raymond apparut avec Anne dans ses bras.

En quelques mois le bébé avait cédé la place à la petite fille. Bientôt deux ans. Alors qu'elle se rappelait un bébé joufflu, Blanche découvrait une jolie petite fille qui parlait, qui s'exprimait même comme une grande. Anne, qui ne reconnaissait pas Blanche, enfouit son visage dans le cou de son père, refusant catégoriquement les bras qui se tendaient vers elle. Alors Charlotte remarqua que les mains de sa mère se mirent à trembler et elle eut pitié d'elle. Ce ne devait pas être facile de voir votre enfant refuser de vous regarder. Ce qu'elle ne savait pas, c'était qu'en cet instant précis, les regrets de Blanche arrivaient enfin à formuler une image précise. Elle se revoyait en train de donner quelques gorgées de brandy à Anne. Était-ce un souvenir réel ou simplement une image suggérée par la répétition des mots des médecins ? Blanche ne savait plus. Ils avaient dit tant de choses, les médecins.

Puis une certaine routine s'installa entre eux. On finit toujours par s'habituer à tout, même à ce qui nous semblait impossible d'accepter au départ. De jour en jour, Blanche refaisait son passé, rattachait les mots entendus à des souvenirs qui se précisaient. Un bibelot, un vêtement, une recette suffisaient parfois à lui rappeler une anecdote, un événement. Puis un matin, alors qu'elle était seule, qu'elle se sentait un peu plus forte et qu'elle avait envie de surprendre sa famille par un souper élaboré, Blanche trouva une bouteille qui avait échappé à la fouille systématique de Raymond, camouflée dans une caisse de livres de recettes qui était au sous-sol. Une toute petite bouteille où le brandy s'était évaporé. Ne restait que l'odeur qui évoqua le goût dans le souvenir de Blanche de façon si réelle que ses mains en tremblèrent. La tentation était douloureuse. Cette chaleur, cette sensation douceâtre et liquoreuse glissant dans sa gorge et la réchauffant jusqu'au fond de l'âme. Puis les images se formèrent, s'entremêlèrent aux suppositions des médecins. Blanche ferma les yeux un instant pour faire mourir l'image, car elle ne l'aimait pas. Puis elle se précipita dans l'escalier, monta à la cuisine et jeta la bouteille comme si le simple geste pouvait effacer l'image. Mais rien à faire : Blanche se revoyait, tenant la tête d'Anne et faisant couler du brandy dans la gorge de son bébé à l'aide d'un compte-gouttes. Et cette fois-ci, elle savait que ce n'était pas uniquement le pouvoir évocateur des mots. Blanche Deblois avait vraiment eu ce geste abject.

Elle resta prostrée une grande partie de la journée.

Dehors c'était le printemps. Émilie venait d'avoir quatorze ans, Anne aurait deux ans dans quelques jours et Charlotte était une jolie jeune fille. À l'automne, elle aurait déjà seize ans.

Et elle, Blanche Deblois, leur mère, était une femme immonde.

La bouteille et surtout son odeur avaient ressuscité brusquement une foule de souvenirs.

Puis elle passa au jardin, se rappela la rivière et les lilas de l'ancienne maison. À cette époque de l'année, ils devaient être en fleur. Et Blanche se souvint à quel point Charlotte aimait les lilas en fleur.

Alors elle s'en voulut aussi d'avoir exigé de déménager.

N'était-elle donc qu'un monstre ?

Elle revoyait en pensée toutes ces exigences qu'elle avait eues face aux filles, face à Charlotte. Mais qui donc était-elle ? Qui donc avait-elle été ?

Aujourd'hui, elle repensait à toutes ces choses et elle ne comprenait plus ce qui avait pu la motiver à agir ainsi.

Les médecins avaient-ils libéré une inconnue qui vivait en elle ou avaient-ils tué celle qu'elle avait été ?

Et ce fut ainsi que Charlotte trouva sa mère. De retour plus tôt qu'à l'accoutumée puisqu'elle avait rapidement terminé son examen d'histoire, Charlotte hésita. Assise dans la cour entourée d'une haute clôture, le regard immobile et vague comme si elle fixait une vision connue d'elle seule, Blanche ressemblait à une statue. Charlotte dut l'appeler à trois reprises avant que Blanche ne l'entende.

— Oh ! Charlotte. Déjà là ? Mais quelle heure est-il ? Je crois que le souper n'est pas encore prêt.

— Non, ne t'inquiète pas pour le souper. C'est moi qui suis en avance.

Charlotte lui trouvait un drôle d'air, un peu comme celui d'avant quand elle buvait, l'effervescence en moins. Elle eut aussitôt un spasme dans l'estomac. Pourtant Blanche lui souriait, d'un sourire un peu triste qui lui alla droit au cœur. L'espace d'un instant, Charlotte eut l'impression de remonter dans le temps pour se retrouver à l'époque où elle découvrait avec fascination l'univers des mots. Si elle écrivait aujourd'hui, c'était beaucoup grâce à cette femme qu'elle avait si souvent jugée et condamnée. Alors Charlotte répondit au sourire de sa mère dont les yeux s'embuèrent aussitôt.

— Pourras-tu jamais me pardonner ?

Charlotte ne répondit pas. La question l'avait prise au dépourvu. Blanche parlait du repas et voilà que de but en blanc elle lui demandait pardon. Et Charlotte ne savait pas si elle avait envie de répondre. Au fil des années, elle avait souvent cru, justement, que jamais elle ne pardonnerait les chagrins que sa mère lui avait causés. Il y en avait eu tant et tant. Mais là, devant cette femme vieillie, fatiguée, meurtrie, Charlotte ne savait plus. Elle détestait les secrets et la rancune. Pourtant, elle y avait eu recours si souvent. L'espace d'un battement de cœur, Charlotte eut envie de lui ouvrir les bras pour qu'elle puisse venir s'y blottir. Comme elle le faisait souvent avec Anne qui se jetait sur elle en riant. Mais Blanche n'était plus une petite fille. Elle était sa mère, même si présentement Charlotte avait la curieuse impression que les rôles étaient inversés. C'était elle l'adulte devant une enfant voulant se faire pardonner ses bêtises. N'était-ce pas là ce que Blanche venait de dire ? Pourras-tu jamais me pardonner ?

Pendant un long moment, elles restèrent sans bouger, le regard de l'une essayant de pénétrer celui de l'autre. Puis Blanche baissa les yeux.

— Je sais que je n'ai pas été une bonne mère.

— Voyons, maman, ne dis pas une chose comme celle-là. Tu es notre mère, c'est tout.

Charlotte était mal à l'aise. Blanche triturait les plis de sa robe. Alors Charlotte remarqua qu'elle avait rongé ses ongles, quelques-uns jusqu'au sang, alors que sa mère avait toujours eu des mains soignées. Des mains comme celles d'Émilie.

— J'aurais mieux fait de ne pas être là. Vous seriez mieux sans moi.

Pourquoi Blanche parlait-elle ainsi ? Charlotte était de plus en plus mal à l'aise. Elle avait un peu l'impression que Blanche ne s'adressait plus à elle. Le ton était retenu comme lorsque l'on réfléchit à voix haute sans trop s'en rendre compte. Presque un murmure, comme une mélopée. Des mots durs, sans complaisance, prononcés d'une voix douce. Puis Blanche releva la tête et fixa Charlotte :

— Je le vois bien que tu n'as pas besoin de moi. J'ai souvent vu dans ton regard de la colère, de la haine envers moi.

— Tais-toi, maman.

— Pourquoi me taire puisque je dis la vérité ? N'est-ce pas, Charlotte, que je dis la vérité ? Mais je l'avais mérité.

— S'il te plaît, maman. Arrête de parler comme ça.

— Pourquoi ?

— Parce que tu me fais mal.

— Ce n'est pas ce que je voulais. Tu n'as pas compris, Charlotte.

Ces quelques mots résonnèrent aux oreilles de Charlotte comme l'ultime accusation, résumant à eux seuls l'espace de sa vie.

— On sait bien, il n'y a que moi qui ne comprends jamais rien.

— Ce n'est pas ce que j'ai dit, s'entêta Blanche. C'est à moi que je fais mal, pas à toi. C'est dur, comprendre qu'on est une charge, un fardeau. Même ton père est plus proche de toi qu'il ne l'a jamais été de moi parce que je n'ai pas su le rendre heureux comme il le méritait. Et ça aussi, ça fait mal.

Au fur et à mesure que sa mère parlait, Charlotte avait lentement reculé vers la maison. Son visage était inondé de larmes, elle qui détestait tant qu'on la voie pleurer.

— Pourquoi me dis-tu tout ça, maman ? Parce que tu m'en veux ? Tu me détestes donc à ce point-là ?

Blanche regarda Charlotte, complètement perdue. Tout ce qu'elle essayait de dire, c'était qu'elle regrettait. Pas qu'elle la détestait. Elle n'avait jamais vraiment compris sa fille, mais elle l'aimait quand même. Comme elle aimait Émilie et Anne. Elle venait de passer toute la journée à regretter, mais il semblait bien que ce n'était pas suffisant aux yeux de Charlotte.

— Tu ne me comprendras jamais, Charlotte. Pourquoi t'acharnes-tu sur moi ? C'est toi qui ne m'aimes pas. Comme si je n'avais pas assez d'être malade.

Blanche soupira, incapable de trouver en elle d'autres mots qui sauraient dire ce que son esprit paresseux depuis quelque temps n'arrivait pas à formuler. Elle regardait Charlotte qui s'éloignait et elle restait l'esprit vide. Désespérément vide. Puis le bruit d'une porte que l'on claque la fit sursauter. Émilie venait d'arriver. Alors Blanche oublia ce qui lui semblait si important de dire et surveilla la porte arrière pour voir son Émilie arriver. C'était d'elle qu'elle s'était le plus ennuyée lorsqu'elle était à l'hôpital.

Mais le bruit de cette porte qui s'était refermée bruyamment claqua dans la tête de Charlotte comme le point final au bout d'une phrase, au bout d'un chapitre, au bout d'un livre tout entier.

Quand Émilie parut dans l'embrasure de la porte, une main en visière pour se protéger du soleil, Charlotte se retourna lentement. Et tout ce qu'elle vit, ce fut le sourire que sa mère et sa sœur échangeaient. Alors, bousculant Émilie au passage, Charlotte s'enfuit en courant.

Elle marcha longtemps sans but, au hasard des rues, essayant de comprendre ce que sa mère avait voulu dire. Essayant d'oublier ce que sa mère avait dit. Puis vint l'instant où il ne resta en elle que le goût trop familier des reproches. Elle était revenue presque à son point de départ, devant le parc La Fontaine. Des yeux, elle chercha un banc pour s'asseoir, un coin d'herbe isolé pour s'étendre ou un arbre pour s'appuyer. Elle était épuisée, brisée par les émotions que sa mère avait encore réussi à susciter en elle.

La douceur de l'air, quelques canards nageant dans le bassin fournirent suffisamment d'images et de mots pour que, peu à peu, Charlotte arrive à se détendre. Autour d'elle, il y avait plein de gens qui semblaient n'avoir rien à faire. C'était une belle soirée de printemps où l'essentiel était justement de n'avoir rien à faire.

Alors Charlotte ferma les yeux, tenta de se rappeler la rivière qui devait briller des derniers rayons du jour. Elle s'imagina assise le dos contre le vieux lilas, laissant dériver sa pensée au fil de l'eau. Elle serra si fort les paupières qu'elle eut l'impression de sentir le lourd parfum des grappes de fleurs qui devaient commencer à éclore. Alors quelques larmes perlèrent sous ses cils et, d'un geste brusque, Charlotte les essuya avant de renifler. Elle n'allait tout de même pas se mettre à pleurer d'ennui. Pas ici, pas devant tous ces inconnus.

En ouvrant les yeux, elle aperçut un attroupement de gens sur sa droite, un peu plus loin près de l'étang. Comme il n'y avait ni cris ni affolement qui auraient pu indiquer un incident, curieuse, Charlotte s'en approcha.

Les gens entouraient un jeune peintre qui, insensible à leur présence, faisait croquis sur croquis. Les gens murmuraient entre eux, passaient des commentaires, posaient des questions, mais c'était un peu comme s'ils n'existaient pas. Le jeune homme ne réagissait pas à cette présence bruyante. Alors les gens se lassèrent et se dispersèrent peu à peu. Seule Charlotte, fascinée par la précision des dessins de l'homme, n'avait pas bougé d'un pouce. Le peu qu'elle connaissait en arts se résumait à quelques photos de peintures illustrant certains cours et l'appréciation des œuvres d'Émilie. Quant à l'art contemporain, Charlotte ignorait jusqu'à l'expression ! Bien sûr, il y avait des noms qui n'étaient pas étrangers à son oreille, Renoir, Vinci, Michel-Ange, mais là s'arrêtait sa culture en la matière. Pourtant, sa sensibilité extrême, exacerbée aujourd'hui par certains propos qui l'avaient blessée, faisait que Charlotte était particulièrement réceptive à l'émotion dégagée par les dessins. Elle regardait courir le crayon sur la feuille et elle était émerveillée de voir naître tout un monde en quelques instants. Ici, c'était une mère se penchant sur un landau avec une très grande douceur et là, le jeu des enfants semblait rendre la feuille de papier toute joyeuse. Cet homme savait rendre par ses croquis autant de sensibilité que les mots pouvaient le faire. Ses dessins chantaient aux oreilles de Charlotte comme une belle phrase l'avait toujours fait. Levant les yeux, Charlotte chercha dans la foule ce qui avait pu inspirer cet homme et rapidement elle le trouva. Plus loin, de l'autre côté de l'étang, une jeune femme poussait devant elle un lourd landau et à quelques pas sur la gauche, trois jeunes garçons jouaient avec un gros ballon coloré sous le regard amusé de leurs parents. Charlotte ressentait des émotions en les observant et elle aurait facilement pu les mettre en mots, mais elle était émerveillée de voir qu'un simple dessin pouvait lui aussi évoquer ces mêmes émotions. Elle revint aux dessins et à leur créateur qu'elle voyait de dos.

Malgré des cheveux longs attachés sur la nuque, à la carrure des épaules, on savait que c'était un garçon. Il était grand, avait le geste rapide et nerveux, très précis. Il portait une longue veste qui ressemblait aux redingotes que l'on voyait sur les illustrations des livres de Dickens. Assurément, il cherchait à se donner un genre et Charlotte ne put réprimer totalement le sourire moqueur qui lui monta aux lèvres. Ce fut à cet instant que l'homme se redressa, s'étira et regarda autour de lui en déliant ses muscles.

Leurs regards se croisèrent.

L'homme avait un regard perçant et rieur. Il portait la barbe qu'il gardait mi-longue et bien taillée.

— Pourquoi souriez-vous, jeune dame ? Ce sont mes dessins qui provoquent cette hilarité ?

Charlotte se sentit rougir jusqu'à la racine des cheveux et Gabriel la trouva aussitôt très jolie. Surtout quand elle leva le menton dans un petit geste de défi parce qu'il l'avait appelée *jeune dame*.

— Je… Non, bien sûr, bafouilla-t-elle, quand même intimidée… Je… je les trouve très bien, vos dessins.

— Alors pourquoi cette moquerie sur votre visage ?

Gabriel n'aurait su dire l'âge de cette jolie fille. Elle était déjà femme, elle était encore enfant. Elle l'intriguait. Elle avait surtout une tristesse indéniable au fond du regard qui contrastait avec la moquerie du sourire. De plus en plus intimidée par l'examen que lui faisaient subir les prunelles noisette, Charlotte haussa les épaules pour se donner contenance :

— Vous me faites penser à David Copperfield.

La moustache du jeune homme se redressa, un peu comme celle de Raymond quand il était d'excellente humeur :

— Oh ! Vous lisez Dickens !

Était-ce une taquinerie ? Charlotte n'aurait su dire. Par contre, l'idée que ce jeune homme puisse connaître les plaisirs de la lecture fut aussitôt très séduisante à ses yeux. Malgré la moquerie. Elle rétorqua cependant sur un ton un peu sec :

— Entre autres, oui.

Le jeune homme s'était détourné et avait commencé à ranger son matériel. À la sécheresse du ton de Charlotte, il ne put s'empêcher de tourner la tête vers elle pour la fixer un instant. Décidément, cette fille était particulière. Elle n'avait rien en commun avec les jeunes écervelées qui le regardaient dessiner parfois en pérorant, en ricanant entre elles.

— Moi aussi, j'aime bien Dickens, fit-il pour l'amadouer. Et Jules Verne aussi. Connaissez-vous les romans de Jules Verne ?

La glace était brisée. Charlotte lui fit un large sourire :

— Et comment ! Avez-vous lu *Voyage au centre de la terre* ?

— Oui ! Fascinant, n'est-ce pas ?

Délaissant son chevalet, il s'approcha de Charlotte en tendant la main :

— Nous sommes là à bavarder comme de vieilles connaissances ! Je m'appelle Gabriel Lavigne.

— Et moi Charlotte. Charlotte Deblois.

— Charlotte ?

Gabriel fronça les sourcils :

— N'y a-t-il pas un auteur anglais qui…

— Bien sûr, l'interrompit Charlotte. Brontë. Charlotte Brontë. Elle a écrit *Jane Eyre*. C'est d'ailleurs à cause d'elle que ma mère a choisi ce prénom.

Gabriel avait fini de tout remballer. Chevalet replié et coffre en bois à la main, il fit un beau sourire à Charlotte :

— Et voilà ! Je suis prêt à partir. J'ai suffisamment de matériel pour faire plusieurs toiles.

— Des toiles ?

— Oui. Je peins à l'huile.

— Ma jeune sœur fait aussi de la peinture et du dessin. Mais elle, c'est surtout de l'aquarelle qu'elle utilise.

— De l'aquarelle ? Chapeau ! C'est un médium assez difficile à maîtriser.

— Ah oui ? Pourtant on ne dirait pas. Émilie a toujours utilisé l'aquarelle et elle fait de très jolies choses.

— J'aimerais voir. Peut-être un jour… Allons, je dois partir, j'ai des amis qui m'attendent à l'atelier… On se reverra ?

Charlotte haussa les épaules :

— Peut-être.

Puis elle eut un second sourire, espiègle cette fois-ci.

— Je viens souvent me promener au parc.

Gabriel lui rendit son sourire.

— Et moi, je viens souvent dessiner au parc. À bientôt alors.

Charlotte rentra chez elle d'un pas beaucoup plus léger qu'elle n'en était partie. Gabriel était beau, il était gentil, il semblait aimer la lecture et Charlotte avait quinze ans. Elle était déjà amoureuse…

Ils se revirent régulièrement tout au long de l'été. Ils parlèrent littérature et peinture. Et pour la première fois, Charlotte confia qu'elle aimait écrire sans ressentir l'habituelle hantise que l'on se moque d'elle. Il est parfois plus facile de se livrer à des inconnus qu'à ses proches. De toute façon et malgré la première impression qu'il lui avait faite, Gabriel ne se moquait jamais. Il était drôle, il était vif d'esprit mais jamais moqueur. Il était aussi un merveilleux conteur. Il avait déjà beaucoup voyagé. L'Europe, les États-Unis. Il en parlait comme il peignait, avec des mots qui éveillaient des tas d'images dans la tête de Charlotte. Elle pouvait rester des heures entières à l'écouter, les yeux mi-clos, laissant les souvenirs de voyages de Gabriel se faire siens. Il rêvait de retourner à Paris.

— Je sais qu'un certain Bonnard donne des ateliers. J'en rêve ! Te rends-tu compte ? Il a connu Monet, Cézanne, Pissarro…

Puis un bon jour, alors que le ciel tournait à l'orage, Gabriel l'invita :

— Es-tu pressée ? Qu'est-ce que tu dirais de venir visiter mon atelier ?

Charlotte hésita. Sans trop savoir d'où lui venait cette impression, elle sentait une forme d'interdit dans la proposition. Peut-être à cause du silence qu'elle avait jalousement entretenu autour de ses rencontres. Peut-être à cause de ce cœur qui s'emballait chaque fois qu'elle apercevait Gabriel en arrivant au parc ou au contraire, de la déception démesurée qu'elle ressentait quand il n'y était pas. La tentation de voir où il vivait, l'envie de rester un peu plus longtemps avec lui l'emportèrent sur ses faibles réticences.

— D'accord. C'est loin ?

— Pas vraiment. À quelques rues d'ici.

L'atelier où habitait et travaillait Gabriel était aux antipodes du salon de Blanche. Et la première chose que Charlotte remarqua, ce furent les nombreuses toiles de femmes nues accrochées sur les murs. Elle se dépêcha de détourner les yeux et Gabriel ne put s'empêcher de voir la rougeur subite qui recouvrit ses joues. Puis Charlotte se décida et fit quelques pas dans la pièce. Les meubles étaient disposés un peu n'importe où comme des champignons poussent après la pluie. Des coussins avachis gisaient sur les divans, froissés. Des verres à moitié vides sur une table, quelques bouteilles de bière sur le plancher. Spontanément, Charlotte trouva la pièce sympathique, même si l'image était boiteuse. Et aussitôt des tas de mots se mirent à valser dans sa tête.

Un fragile sourire flotta sur son visage. Cela faisait longtemps, très longtemps qu'elle n'avait ressenti cette fébrilité des mots. Elle laissa cette sensation première grandir en elle, se délecta de ce retour imprévu. Puis, sachant qu'elle n'aurait de repos qu'après avoir couché quelques phrases sur le papier, elle se tourna vers Gabriel et demanda :

— Aurais-tu un bout de papier ? J'aimerais y jeter quelques idées.

Alors Gabriel comprit que Charlotte n'avait rien inventé. Il la sentait frémir dans cette passion de l'écriture comme lui frémissait devant la toile vierge. Il regarda autour de lui.

— Je peux te prêter mon cahier de croquis.

— D'accord, fit Charlotte avec un sourire très doux. Cela va mettre de la couleur sur mes mots.

Elle s'installa à même le sol devant la petite table basse.

Une nouvelle histoire germait déjà en elle. Charlotte n'osait appeler *roman* ces montagnes de feuilles qu'elle avait déjà noircies de mots. Elle disait simplement *histoire*. Et celle-ci se passerait dans un atelier. Elle ne savait encore qui y vivrait. Charlotte laisserait les émotions et les passions naître d'elles-mêmes avec les personnages qui s'imposeraient.

Elle regarda longuement autour d'elle, cherchant d'instinct le détail qui déclencherait l'urgence d'écrire. Ce fut le sourire provocant d'une femme aux boucles blondes et aux seins lourds qui fut l'inspiration. Brusquement, Charlotte ne voyait plus les corps nus. Il y avait aussi des sourires, des regards, des vies portés par ces corps de femme. Et la jeune femme blonde qui rejetait la tête contre son épaule, offrant ses seins à la convoitise des regards avec une arrogance presque palpable, s'appela tout de suite Myriam dans l'esprit de Charlotte. Elle dévoilait son corps parce qu'elle se savait très belle et qu'elle avait faim.

Alors, la main de Charlotte se mit à courir sur la feuille blanche tandis que Gabriel regardait autour de lui pour trouver une toile…

Ils n'entendirent pas l'orage qui frappa aux carreaux. Ils ne virent ni la pluie ni les feuilles arrachées par le vent violent qui les faisait tournoyer.

Ce fut un rayon du soleil couchant qui se glissait entre deux nuages qui leur fit lever la tête.

Charlotte venait d'écrire un chapitre.

Gabriel avait déjà mis de la couleur sur le portrait de Charlotte penchée sur ses feuilles…

Charlotte prit l'habitude de venir régulièrement à l'atelier. Elle inventait des subterfuges et des excuses pour justifier ses absences et ses retards. Les mensonges qu'elle inventait faisaient partie de sa vie comme les histoires qu'elle créait. L'obligation d'aller à l'école devait s'ajuster aux passions de sa vie. Quelques rencontres avec les amis de Gabriel lui avaient vite fait comprendre qu'elle était beaucoup plus à l'aise dans ce milieu d'hommes qu'elle ne l'avait jamais été avec ses amies. On lui avait toujours tellement demandé d'être sérieuse qu'elle n'avait eu aucune difficulté à s'identifier à cette réalité d'adultes. Parce que Gabriel et ses amis n'étaient plus des enfants. Gabriel avait trente ans même s'il ne les paraissait pas. Charlotte s'en fichait éperdument. Elle était amoureuse et le reste importait peu.

Et contre toute attente, Gabriel aussi était tombé amoureux de Charlotte et lui aussi se fichait totalement qu'elle n'ait que seize ans…

Cela s'était fait petit à petit. Pourtant, Gabriel avait connu plusieurs aventures et chacune des femmes qui lui avaient servi de modèle était passée dans son lit. Comme allant de soi.

Avec Charlotte, c'était différent.

Elle était sa femme et sa complice, elle avait encore des fous rires d'enfant. Il rêvait de ce corps parfait camouflé sous des robes à col montant et à manches pudiques. Il avait envie de respecter ses seize ans même s'il lui arrivait souvent de les oublier. Ils se ressemblaient, ils se complétaient, ils se comprenaient. Oui, Gabriel était amoureux fou de Charlotte qu'il imaginait en rouge passion. En riant, ils parlaient de fugue à Paris et de voyage dans les îles de soleil. En riant, pour ne pas étouffer sous l'interdit de ces rêves irréalisables.

Gabriel avait trente ans. Charlotte venait d'avoir seize ans.

Alors pour ne pas pleurer devant son impossible amour, Charlotte inventait une réalité qu'elle transcrivait sur le papier. Les passions de Myriam étaient les siennes, sa vie se fondait à ses rêves les plus secrets.

Il n'y avait plus qu'à l'atelier où Charlotte écrivait. Elle y était libre, elle y était respectée, elle y était aimée. Et quand elle s'installait à la petite table basse pour poursuivre l'histoire de Myriam, Gabriel sortait ses pinceaux. Aujourd'hui, il osait les couleurs et les contrastes avec un talent nouveau.

Entre Gabriel et elle, une forme d'intimité était née de leur attirance mutuelle. Gabriel embrassait Charlotte avec une passion qui lui donnait parfois des vertiges. Mais Gabriel n'osait aller plus loin. Charlotte était si jeune. Elle était femme, elle était enfant. Il rêvait d'être celui qui lui apprendrait le plaisir de l'amour. Il s'était pourtant rendu compte que la vue des corps de femmes nues qui ornaient les murs ne troublait plus Charlotte. Mais il n'osait toujours pas. Ce qu'il ne savait pas, c'était que ces toiles exaltaient plutôt les appels de son jeune corps de vierge et quand il arrivait qu'elle surgisse à l'atelier en pleine séance de pose, Charlotte enviait l'audace de ces femmes qui servaient de muses à tous ces hommes concentrés devant leur chevalet. Et c'était un peu pour cette raison, quand parfois elle surprenait certains regards que Gabriel avait pour elle, que Charlotte aurait aimé avoir le courage d'aller jusqu'au bout des pulsions qu'il faisait naître en elle. Mais elle non plus n'osait pas, se contentant, de retour chez elle, de permettre à ses mains d'avoir des impudeurs que jamais elle n'aurait crues possibles avant lui. Elle se caressait en pensant à Gabriel, persuadée que rien ne saurait être plus doux.

L'hiver traînait ses froidures et ses tempêtes, mais rien n'aurait pu empêcher Charlotte d'aller à l'atelier. Le petit groupe des habitués était sa famille. Et quand Raymond, la moustache en hérisson, lui demandait où elle allait aussi souvent, les reparties de Charlotte étaient spontanées :

— J'aime bien étudier en groupe. D'expliquer les choses à mes amies me les fait mieux comprendre.

Raymond haussait alors les épaules. Pourquoi pas ? Les notes de Charlotte étaient impeccables.

Le mystère entourant les escapades de Charlotte ajoutait au charme de son amour.

Et quand Gabriel se décida enfin à lui demander si elle accepterait de poser pour lui, Charlotte en fut soulagée. Issue d'une tradition d'éducation puritaine, il lui semblait que la chose était plus conforme ainsi. Pour Charlotte, il était normal que l'idée vienne de Gabriel. C'était un après-midi de février alors qu'un soleil voilé arrivait à peine à éclairer l'atelier. Charlotte leva les yeux pour les poser sur Gabriel et, avant de répondre, elle regarda longuement autour d'elle. Puis elle revint à Gabriel, lui fit un petit sourire gêné.

— D'accord. Mais alors, juste pour toi.

Comme s'il était besoin de le préciser ! Jamais Gabriel n'aurait accepté que Charlotte pose pour ses amis. Mais entre l'univers de ses désirs secrets et la possibilité qu'ils se réalisent, Charlotte comprit très vite qu'il y avait tout un monde. Quand Gabriel s'approcha d'elle, il sentit qu'elle était toute tremblante. Alors il la prit tout contre lui, comprenant à cette réaction qu'elle pensait probablement à la même chose que lui.

— Ne crains rien, souffla-t-il à son oreille en l'embrassant. Je t'aime. Je… je vais me retirer dans le coin cuisine le temps que tu te prépares. Je… Appelle-moi quand tu seras prête.

Gabriel avait des hésitations d'adolescent.

Charlotte se dévêtit à gestes lents, prenant la peine de plier chaque vêtement avant de le poser sur une chaise, comme pour reporter l'échéance d'une envie qui allait enfin se réaliser. Du regard, elle chercha la couverture que les modèles utilisaient parfois pour créer des drapés savants. Elle s'enroula dedans et s'installa maladroitement sur le divan.

— Je… Ça va, Gabriel, tu peux venir.

Gabriel dut se contenir tellement il trouvait Charlotte désirable. Il s'obligea à s'installer devant le chevalet, prit un fusain, tenta de la voir comme un autre modèle.

Il la trouvait charmante avec cette couverture qu'elle tenait à deux mains sous son menton. Dans sa candeur, Charlotte était plus femme que toutes celles qui avaient traversé sa vie.

— Pourrais-tu laisser glisser le drap sur ton épaule ?

Alors Charlotte relâcha l'étreinte de ses doigts et le drap s'entrouvrit, découvrant une épaule, un sein rond et un ventre plat. Et si l'artiste en Gabriel voyait la perfection des lignes, l'homme sentit croître son désir d'une façon fulgurante. Incapable de se mettre au dessin, il resta un long moment immobile. C'est alors que Charlotte leva la tête et leurs regards se croisèrent. Un long frisson secoua Charlotte et dressa la pointe de ses seins. Bien plus que la peur, c'était l'envie de cet homme qui la regardait qui creusait un gouffre au centre de son corps.

Alors Charlotte retira complètement la couverture et lui tendit les bras.

— Je t'aime, Gabriel, mais j'ai peur.

Déposant son fusain, Gabriel s'approcha d'elle et, s'agenouillant, il prit ses mains entre les siennes.

— Moi aussi, j'ai peur, Charlotte. Parce que moi aussi je t'aime.

Puis il commença à retirer ses vêtements sans la quitter des yeux. Quand elle aperçut le sexe de Gabriel tendu de désir, Charlotte ne put réprimer un mouvement de surprise. C'était la première fois qu'elle voyait un homme nu et elle eut peur. Gabriel comprit alors qu'il devrait faire tout doucement pour que cette première fois en soit une de plaisir. Prenant son visage en coupe dans ses mains, il l'embrassa longuement parce qu'il savait qu'elle aimait cela. Puis lentement, ses mains commencèrent à explorer son corps, suivant la courbe des épaules, massant son dos jusqu'à ses reins comme il l'avait souvent fait par-dessus les vêtements. La peau de Charlotte avait une douceur de pêche et sentait le savon. Imperceptiblement, les mains de Gabriel bougeaient le long du corps de Charlotte et encerclèrent la taille avant de remonter jusqu'aux seins ronds pour se refermer sur eux. Charlotte avait les yeux fermés et, tout doucement, Gabriel sentit qu'elle s'abandonnait à ses caresses. Elle en avait tellement rêvé. Alors il se pencha pour attraper la pointe durcie d'un sein entre ses lèvres et l'agaça de sa langue. Par vagues lentes, la peur et la gêne de Charlotte se retiraient devant l'audace des mains de Gabriel. Quand elle se mit à gémir de plaisir, il glissa une main entre ses cuisses, les obligeant à s'ouvrir au regard. D'un doigt léger, il commença à la caresser, tout en douceur, à peine des effleurements jusqu'au moment où, incapable de retenir la pulsion qui la portait, Charlotte ouvrit plus grandes les jambes, cambra les reins à la rencontre de ces doigts qui connaissaient tous les secrets du plaisir. Un premier orgasme la terrassa presque aussitôt. Gabriel attendit que les ondes de plaisir décroissent doucement avant de poursuivre. Mais quand Charlotte voulut se soulever, il la repoussa gentiment contre les coussins :

— Pas tout de suite. Laisse-moi faire. Ça peut être encore meilleur.

Charlotte lui répondit d'un sourire alangui. Elle lui faisait confiance, elle l'aimait. Comprenant qu'elle était d'accord, Gabriel se laissa glisser le long du divan et s'agenouilla de nouveau devant Charlotte. Elle avait gardé les yeux ouverts et l'observait avec un demi-sourire. Elle venait de repenser aux quelques mots que la mère de Françoise lui avait déjà dits alors qu'elle n'était qu'une gamine et aujourd'hui, elle en comprenait tout le sens. Oui, madame Simard avait raison : faire l'amour était bon… Quand Gabriel posa les mains sur ses cuisses, celles-ci s'entrouvrirent d'elles-mêmes. Alors il se pencha vers elle et posa doucement la bouche au plus secret de son intimité. Aussitôt Charlotte sentit les premières vagues du plaisir qui revenait. Elle le regardait encore quand la langue de Gabriel, chaude et douce, se mit à explorer les moindres recoins de son sexe. La bouche de Gabriel aspirait ce repli de chair si tendre et Charlotte le sentait se gonfler de désir. Les dents mordillaient, suivies des lèvres qui embrassaient amoureusement. Charlotte tendit tout son corps au-devant du plaisir. Mais quand Gabriel essaya d'ouvrir le chemin avec son doigt, Charlotte comprit que ce n'était pas de cela qu'elle avait envie. Elle le repoussa doucement en posant les mains sur sa tête.

— Non, je t'en prie, pas comme ça.

Gabriel sut alors que Charlotte était prête. Se couchant sur elle, il guida son sexe pour qu'il la pénètre doucement. Il la sentit se raidir un instant et il resta immobile. Mais presque aussitôt après, les jambes de Charlotte s'enroulèrent autour de ses hanches et d'instinct, elle ajusta les mouvements de son corps à ceux de son amant. Charlotte avait l'intime conviction que toutes les facettes de son être étaient enfin réunies dans cet instant magique où Gabriel et elle ne faisaient plus qu'un.

Charlotte avait seize ans et, pour la première fois dans sa vie, elle avait l'impression d'être aimée pour elle…

Ils réchauffèrent leur hiver en s'aimant passionnément chaque fois qu'ils le pouvaient. La notion d'interdit ajoutait à l'intensité des émotions. La vie de

Charlotte était réglée désormais sur le désir qu'elle avait de Gabriel, l'urgence d'écrire et sa petite sœur Anne dont elle continuait de s'occuper régulièrement. Raymond avait bien pris conscience que Charlotte était différente. Il y avait en elle une assurance, des gestes et certains regards qui avaient appartenu à Antoinette. Mais comme les notes à l'école étaient toujours aussi bonnes, que Charlotte semblait se prêter aux exigences familiales avec une gentillesse renouvelée, il n'y fit pas attention au-delà d'une interrogation primaire qu'il résolut rapidement : sa fille vieillissait, voilà tout ! Quant à Blanche qui n'avait jamais rien entendu au plaisir, elle ne s'aperçut même pas que Charlotte la regardait différemment. Comme avec détachement, une certaine indifférence. Désormais, Blanche n'avait plus de secret pouvant l'auréoler d'un certain mystère attirant. Charlotte, la fille aux images, aux sensations et à l'intuition fébrile, avait compris en abattant ce dernier rempart secret des femmes que sa mère n'avait jamais aimé faire l'amour. Elle était trop sèche, elle était trop geignarde.

Et surtout, jamais Charlotte n'avait surpris entre ses parents de ces regards intimes qui disent la passion comme parfois elle en échangeait avec Gabriel. Et comme elle en avait déjà vu chez Gertrude ou entre les parents de Françoise.

La vie de Charlotte avait atteint un équilibre qui comblait chacune des facettes de sa personnalité. L'adulte qu'on lui avait demandé d'être depuis longtemps se retrouvait dans la femme aimée et désirée, l'enfant qu'elle était encore parfois prenait plaisir à apprendre et l'école n'était pas une corvée. L'adolescente qui voyait son corps s'épanouir et découvrir le plaisir n'avait aucune contrainte et répondait aux exigences fébriles qu'elle ressentait. Quant à Anne, elle avait permis à Charlotte de découvrir cet amour maternel qui sommeillait en elle. Charlotte savait qu'un jour, elle voudrait des enfants.

Le roman de Myriam prenait forme. Le calepin de croquis avait changé de vocation et s'appelait aujourd'hui manuscrit. Jamais Charlotte n'aurait pu imaginer que des personnages puissent prendre autant de place dans une vie. Ils étaient partout, la suivaient en classe, s'endormaient avec elle. Seul Gabriel avait le droit de lire ce qu'elle écrivait. Ils étaient si proches l'un de l'autre. Ils se découvraient encore, s'exaltaient, se complétaient à travers leurs passions. Au contact de Gabriel, la prose échevelée de Charlotte se faisait tour à tour sage ou enlevée, dure ou poétique. Près de Charlotte, Gabriel voulait réinventer les formes et les couleurs. Il avait aidé l'enfant à devenir une femme passionnée comme il donnait vie à ses tableaux. Jamais il n'avait possédé son art avec une telle acuité. Quelques tableaux d'une femme dont on ne voyait jamais le visage avaient pris place sur les murs. Ils étaient peints sur un fond tirant sur le rouge que Gabriel appelait son rouge Charlotte.

— Désormais, il y aura toujours ce rouge sur chacun de mes tableaux. Ce sera ma signature. De toute façon, c'est Corot qui l'a dit : il doit toujours y avoir un peu de rouge sur une toile.

Quand les habitués de l'atelier se frappaient le nez à une porte verrouillée, ils savaient que c'était une question de passion. Écriture, peinture, amour, quelle importance ? Ils repartaient en souriant. Ils ne jugeaient pas. Ils enviaient plutôt ces liens farouches et complexes qui unissaient Charlotte et Gabriel.

L'hiver avait cédé le pas au printemps. Charlotte trépignait d'impatience en pensant aux vacances. Enfin, elle allait pouvoir venir plus souvent à l'atelier et ne serait plus obligée de mettre une muselière aux personnages qui l'interpellaient partout. Gabriel avait recommencé à faire des croquis en pleine nature. Ils y allaient souvent ensemble. Charlotte s'installait à quelques pas juste au cas où quelqu'un de sa famille aurait eu l'idée de venir se promener. Son grand amour était aussi son grand secret. Elle ne pouvait imaginer la réaction de ses parents s'ils avaient appris que leur fille avait un amant. Elle n'avait pas encore dix-sept ans. Gabriel venait d'avoir trente et un ans…

Puis l'imprévu se présenta sous forme de lettre ayant longtemps voyagé avant d'arriver.

— Regarde, Charlotte. Lis, allons, lis. On part pour Paris.

Le rêve devenu réalité pour Gabriel. On l'attendait chez Bonnard, ses croquis et quelques photos en noir et blanc avaient impressionné.

La déchirure pour Charlotte. Comment imaginer qu'elle puisse partir ?

— Je vais parler à ton père. Je ne suis plus un gamin, je peux prendre soin de toi.

Charlotte avait soupiré, au bord des larmes.

— Justement, tu n'es plus un gamin. Et en plus, c'est la guerre à Paris.

— Et alors ? Ce bouleversement doit exalter les esprits, la création. C'est génial, non ?

Gabriel ne tondrait plus terre.

— Allons, laisse-moi parler à tes parents. Ils vont comprendre que je t'aime, qu'on s'aime tous les deux. C'est là l'important, non ?

— Tu ne connais pas mes parents. Mon père est un homme de devoir, il me semble te l'avoir souvent dit. Quant à ma mère…

Le soupir de Charlotte fut aussi éloquent qu'un billet pamphlétaire.

Mais avait-elle le droit de lui demander de rester pour elle ? Charlotte savait que non. Si un éditeur parisien lui avait demandé de se présenter, elle aurait traversé l'Atlantique à la nage au besoin. Guerre ou pas guerre. Et Charlotte avait surtout l'honnêteté de se dire qu'elle aurait laissé Gabriel derrière si ce dernier n'avait pu la suivre. Auprès de Gabriel, au fil des mois et des mots qui remplissaient aujourd'hui quelques calepins de croquis, Charlotte avait compris que son plus grand désir était de devenir écrivain. C'était un besoin aussi essentiel que de respirer, boire ou manger. Alors quand elle sentait l'exubérance de Gabriel, Charlotte comprenait. C'était plus qu'une envie, ce voyage à Paris, c'était un devoir.

— Alors, je reste, déclara Gabriel un peu boudeur, de mauvaise foi. Je tiens trop à toi.

Charlotte eut envie de se jeter dans ses bras, de dire merci et d'oublier ce voyage. Ce serait si facile, si merveilleux. Pourtant, elle le regarda longuement, retint le geste qui voulait la pousser vers lui.

— Non, Gabriel. Tu n'as pas le droit de refuser l'invitation. Je ne serai pas celle qui va te couper les ailes. Je t'aime trop et tu as vraiment du talent. Va et moi, je t'attendrai.

Gabriel avait à peine hésité avant de faire un petit sourire :

— Promis, je vais revenir vite.

Charlotte remarqua avec douleur qu'il avait fallu bien peu de mots pour que Gabriel change d'avis. Puis ce fut le dernier jour, la dernière nuit avant le départ. Charlotte appela Françoise, la seule qui connaissait l'existence de Gabriel.

— Il part demain. Je veux rester à l'atelier. Je vais dire à mes parents que je dors chez toi. Tu peux t'arranger si jamais ils appelaient ?

— Bien sûr ! Et si demain tu as besoin de quelqu'un, je serai là.

— Merci. Tu es une amie comme il n'y en a pas deux.

Mais Charlotte savait que même la meilleure amie du monde ne pourrait partager son désespoir.

Charlotte et Gabriel se quittèrent à l'atelier.

— Non, je n'irai pas au port. Ce serait trop dur et je déteste les démonstrations publiques.

Ils s'embrassèrent avec cette passion que donne la déchirure.

— Ce n'est qu'un au revoir. Je reviendrai très vite.

Charlotte fit semblant d'y croire. Pourtant, il n'était pas question de rupture. Juste une pause pour permettre au talent de Gabriel de prendre son envol comme il le méritait. Mais Charlotte avait seize ans et à seize ans les au revoir ont souvent des consonances d'adieu.

— Je t'écris dès que j'arrive là-bas. Je t'aime, Charlotte.

Puis la porte se referma, le bruit des pas alla en décroissant dans le couloir, une autre porte se ferma dans un bruit étouffé…

Charlotte se retint pour ne pas se précipiter à la fenêtre afin de le regarder partir, de lui crier de revenir. Elle voulait garder le goût de ce dernier baiser comme le souvenir ultime de Gabriel. Elle fit plutôt le tour de l'atelier une dernière fois. Elle savait qu'elle n'y viendrait plus pour le moment. Quelques amis devaient s'y installer pendant l'absence de Gabriel. Elle récupéra les carnets de croquis devenus manuscrits, les glissa dans son cartable, ne sachant ce qu'elle allait en faire. Elle avait l'impression que l'histoire de Myriam venait de se terminer ce matin.

Charlotte n'avait jamais écrit quand elle était malheureuse. En colère, oui, ou dans la joie, peut-être, même parfois dans la tristesse, mais jamais quand elle était malheureuse.

À son tour, elle referma la porte doucement puis elle glissa la clé sous le paillasson. Elle n'en aurait plus besoin. Ici, ce n'était plus chez elle…

Elle resta assise au parc La Fontaine pendant de nombreuses heures avant de se décider à rentrer chez ses parents. Elle fila directement à sa chambre puis ressortit sans dire où elle allait.

Finalement, Charlotte avait besoin de l'amitié de Françoise. Toute seule, elle avait peur de mourir étouffée…

Elle parla du départ de Gabriel avec une pudeur qui exprimait son désespoir. Françoise n'insista pas. Elles firent quelques projets pour les vacances sans trop y croire et Charlotte retourna chez elle.

Raymond ne tarda pas à voir que quelque chose n'allait pas avec Charlotte. Elle mangeait peu, parlait encore moins et la lumière filtrait sous sa porte jusqu'aux petites heures du matin.

Charlotte lui ressemblait quand il avait quitté Antoinette. Raymond en était persuadé : Charlotte vivait une peine d'amour. Il ne chercha pas à forcer la confidence mais chercha plutôt la diversion qui ferait oublier. On ne meurt pas d'une peine d'amour à seize ans. Ce ne devait être qu'un gamin boutonneux qu'un autre remplacerait bientôt.

Mais toutes les filles de seize ans ne s'appellent pas Charlotte…

Quand il rentra ce soir-là, Raymond avait l'air tout guilleret. Il passa à table en sifflotant.

— Que dirais-tu, Charlotte, d'un voyage à la mer ?

Il avait l'air tellement fier de lui que Charlotte fit l'effort d'un sourire et d'un semblant d'intérêt.

— À la mer ?

— Oui. J'ai un confrère qui part pour deux semaines de vacances et il cherche quelqu'un qui pourrait s'occuper de son jeune fils. Pierre-Paul, je crois. Il a douze ans. Qu'est-ce que tu dirais de les accompagner ?

— Moi ?

Charlotte haussa les épaules.

— Je ne sais pas trop. Peut-être.

Mais c'est ainsi que la proposition devint projet. La seule perspective de se soustraire aux regards de ses parents qui se faisaient de plus en plus inquisiteurs donnait un air de soulagement à ce voyage.

Charlotte rêvait de l'instant où elle pourrait être malheureuse en paix.

Une lettre de Gabriel, arrivée à l'atelier à son nom, acheva de la décider. Il disait qu'il s'ennuyait même si les cours prodigués par Bonnard étaient à la hauteur de ses attentes.

« … Il est formidable. Mais sans toi, mes toiles sont ternes. Même si j'y mets des tonnes de rouge Charlotte. L'ennui ne m'inspire pas, c'est toi qui es ma muse. Je t'aime et j'attends l'occasion d'un bateau en partance. Mais ça risque d'être un peu long à cause de la guerre. C'est toi qui avais raison : la vie est très difficile à Paris. J'ai faim ! »

Charlotte avait des ailes ! Gabriel ne l'avait pas oubliée, Gabriel s'ennuyait et il l'aimait toujours ! Alors, si lui n'arrivait pas à revenir, Charlotte trouverait moyen de le rejoindre. La fougue de ses seize ans donnait tous les droits, ouvrait toutes les portes. Comment avait-elle pu hésiter et refuser quand Gabriel voulait parler à son père ?

Ce soir-là, Charlotte reprit le carnet de croquis pour relire quelques pages. Puis impulsivement la main se tendit vers le crayon.

Finalement, l'histoire de Myriam n'était pas terminée.

Un petit croquis de Gabriel, trouvé à quelques pages de là avec les mots « Je t'aime », lui fit écrire tout un chapitre…

Bridgeport était une ville merveilleuse. La mer, un attrait formidable pour Charlotte qui la contemplait pour la première fois. Elle passait des heures à scruter l'horizon vers l'est. Elle imaginait un bateau revenant de France.

Le soir, après souper, quand les parents prolongeaient le repas, Charlotte et Pierre-Paul couraient ensemble sur le sable pour se joindre à la foule des promeneurs qui envahissaient la plage. Alors Pierre-Paul faisait voler son cerf-volant ou ramassait des coquillages pendant qu'assise dans le sable, Charlotte s'imprégnait de l'image de tous ces gens qui déambulaient devant elle sans savoir qu'ils alimentaient l'imagination fertile d'une jeune femme à l'affût de regards, d'attitudes, de rires, de démarches. Un rien faisait naître une phrase. Mais ce soir-là, quand elle vit une grande femme aux boucles cuivrées s'amuser avec un enfant dans les vaguelettes écumeuses de la berge, l'imagination céda le pas aux souvenirs. Charlotte connaissait cette femme. Et comme toujours, la mémoire reconstitua la scène sous forme d'une image fixée dans le temps et l'espace. Un trottoir de Montréal, une journée de soleil et son père marchant à ses côtés. Elle s'appelait Antoinette. Elle était une amie, une consœur de travail. Charlotte se leva sans hésiter. Son père serait sûrement content de savoir qu'elle l'avait rencontrée en vacances.

— Comme quoi le monde est petit, murmura-t-elle en approchant.

Et cette phrase avait quelque chose de rassurant. C'était un signe du destin : elle allait retrouver Gabriel.

Pourtant, quand elle fut à quelques pas, Charlotte s'arrêta brusquement. Le petit garçon qui accompagnait Antoinette avait un air vaguement familier avec ses longues jambes, ses boucles sombres et ses grands yeux bleus qui souriaient quand ils se posaient sur sa mère. Charlotte ferma les yeux un instant. Ce petit garçon lui ressemblait. Ce qui voudrait dire que la consœur de travail était peut-être… Allons donc ! Cet enfant ne pouvait être le fils de Raymond. C'était probablement un tour de son imagination. C'était impossible, pas son père. Et d'abord, qu'est-ce qu'Antoinette ferait sur cette plage si… Charlotte ouvrit les yeux à l'instant où Antoinette tournait la tête vers elle.

Antoinette reconnut Charlotte aussitôt. Raymond lui en avait tellement parlé, elle avait vu de nombreuses photos. Son cœur se mit à battre la chamade. Si la fille était ici, cela voulait-il dire que le père y était ? Sans savoir ce qu'elle espérait vraiment, Antoinette hésita à peine avant de se dire qu'il valait mieux que ce soit elle qui brise la glace. Autant en avoir le cœur net et elle savait pertinemment qu'il est toujours préférable d'avoir le contrôle d'une discussion.

Elle avança vers Charlotte en tendant la main.

— Charlotte Deblois ! Est-ce bien vous ? Quand j'habitais Montréal, il m'arrivait de travailler avec votre père et il me parlait souvent de vous. Si je me souviens bien, nous nous sommes même déjà croisées, non ?

— Effectivement, approuva Charlotte, légèrement hésitante.

Son regard allait d'Antoinette à l'enfant, revenait sur Antoinette qui continuait de parler comme si elle n'apercevait pas le manège de Charlotte.

— Il me semblait aussi. Jamais je n'oublie un visage. Déformation professionnelle, je suppose… Je vois que vous regardez Jason… Il est beau, n'est-ce pas ?

— Jason ?

— Oui, mon fils. J'étais venue ici en voyage d'étude et finalement j'y ai rencontré l'amour ! C'est ici que j'ai connu Humphrey. C'est mon mari et voici Jason, notre fils.

Voilà donc l'explication. Pourtant, cette ressemblance… Charlotte regarda de nouveau l'enfant qui pataugeait dans l'écume des vagues mourantes. Beaucoup d'enfants ont de longues jambes, les cheveux bruns et les yeux bleus. Charlotte haussa les épaules, reporta son regard sur Antoinette.

— Ah bon… Vous habitez ici ?

— Oui. Nous avons une maison à deux pas, près du quai que vous voyez là-bas. Et vous ? Voyage en famille ?

Antoinette avait le cœur qui battait tellement fort qu'elle avait l'impression que Charlotte devait l'entendre.

— Non. J'accompagne Me Gamache et son épouse. Je m'occupe de leur fils pendant leur voyage.

Antoinette se mit à rire, soulagée, déçue. Un rire qui cachait peut-être quelques larmes même si elle avait une belle et bonne vie avec Humphrey.

— C'est à retenir comme idée, amener la gardienne avec soi en voyage ! Maintenant, je dois rentrer. Il est l'heure du dodo pour ce gamin.

Elle tendit de nouveau la main.

— Heureuse de vous avoir rencontrée, Charlotte. Et transmettez mon bon souvenir à votre père.

Quoi de plus banal que cette rencontre, ces quelques mots échangés sur le bord d'une plage. Un drôle de hasard, rien de plus. Un de ces petits clins d'œil que nous fait parfois l'existence. Pourtant, Charlotte resta immobile et fixa la silhouette d'Antoinette qui avait pris son fils dans ses bras et qui marchait très rapidement. Puis elle disparut derrière une dune. Charlotte regarda autour d'elle, ne vit rien de particulier. Pourtant elle avait l'impression qu'Antoinette fuyait quelque chose. La fuyait.

Ce soir-là, Charlotte n'arriva pas à trouver le sommeil. Le souvenir du petit garçon rieur l'obsédait. Elle se releva donc et, sans faire de bruit, elle quitta sa chambre et l'hôtel pour chercher refuge sur la plage.

L'endroit était désert, la nuit sans lune. Le bruit fracassant des vagues créait un monde isolé où Charlotte trouva un refuge à la dimension des idées folles qui se bousculaient dans sa tête. Il y avait en elle tant d'ennui de Gabriel et de déception face à son père que les larmes ne furent pas longues à venir. Ici, personne ne pouvait l'entendre et, du plus profond de son cœur, elle laissa le chagrin l'envahir. Sa désillusion face à son père qu'elle avait souvent vu comme un géant était totale même si rien n'était sûr. Mais Jason leur ressemblait tellement, à Raymond et à elle. Un vrai Deblois ! Et l'ennui qu'elle avait de Gabriel faisait si mal. Ces émotions furent suffisantes pour que Charlotte ait l'impression d'être seule au monde. Si Gabriel avait été là, il lui semblait que l'intuition qu'elle avait eue ce soir devant l'enfant n'aurait pas eu la même portée. Mais Gabriel n'était pas là pour apaiser, pour expliquer une réalité d'homme avec ses mots d'homme. Alors Charlotte n'avait plus que ses larmes pour se consoler. Ses sanglots étaient déchirants et quand l'homme l'interpella, Charlotte n'entendit rien. Quand il posa une main sur son épaule, elle sursauta. L'inconnu retira sa main aussitôt tandis que Charlotte reniflait et s'essuyait le visage du revers de la main, mal à l'aise.

— Pas avoir peur. Je… je entendre vous pleurer. Je peux aider ?

Le français malhabile doublé d'un accent irrésistible arracha un sourire à Charlotte.

— Il faudrait que vous soyez magicien pour m'aider, murmura-t-elle malgré elle.

L'homme fronça les sourcils.

— Je… je pas comprendre. Je peux aider ? répéta-t-il sincère. Peut-être juste parler. Je peux asseoir ici ?

Charlotte haussa les épaules en levant les yeux vers l'inconnu. L'homme devait avoir l'âge de son père. Il avait les cheveux gris, très courts, comme un soldat. Et il souriait. Il avait l'air gentil. Charlotte lui faisait peut-être penser à sa fille, à une nièce. Elle haussa les épaules une seconde fois avant de reporter son regard sur la mer.

— La plage appartient à tout le monde, fit-elle, indifférente. Vous pouvez vous asseoir si vous en avez envie.

D'où lui vint ce besoin impérieux de parler ? Charlotte ne le sut jamais. Par contre, dès qu'elle sentit la présence de cet homme à ses côtés, dès qu'un soupçon de chaleur la rejoignit dans la nuit humide, elle se mit à raconter son histoire avec Gabriel. Quand l'homme posa encore une fois la main sur la sienne, les doigts de Charlotte s'agrippèrent aux siens. Quand il entoura ses épaules de son bras, elle laissa sa tête se poser sur son blouson. Parler de Gabriel, c'était le faire renaître. Parler de leur passion, c'était redire l'amour qu'elle ressentait pour lui, c'était un peu oublier l'ennui et la tristesse.

Quand l'homme resserra son étreinte, Charlotte s'abandonna et quand la bouche de l'inconnu se posa sur ses lèvres, elle ne le repoussa pas. Il était gentil et cela lui faisait un bien immense de parler.

Charlotte ne voulait pas qu'il parte et elle avait peur que si elle disait non c'était ce qu'il ferait.

Elle avait brutalement et irrévocablement la hantise de se retrouver toute seule.

Alors quand il voulut plus, elle le laissa faire. L'inconnu avait allumé en elle le désir des caresses, le désir d'aller jusqu'au bout de l'envie, alors elle le laissa faire. Et en fermant les yeux, elle pensa à Gabriel. Charlotte avait seize ans et elle venait de comprendre que certains émois du corps sont parfois plus forts que le cœur ou la raison…

Quand elle revint à sa chambre, malgré une certaine gêne, Charlotte se sentait bien. Si le cœur continuait de pleurer, le corps, lui, était apaisé. Elle se lava longuement. Non par dédain mais uniquement par besoin de se rafraîchir.

Puis elle se regarda attentivement dans la glace. Non, vraiment, elle ne regrettait pas les gestes qu'elle venait de faire. Elle regrettait seulement que cet homme n'ait pas été Gabriel.

Elle s'endormit dès qu'elle posa la tête sur l'oreiller et sombra dans un lourd sommeil sans rêve. Le premier depuis le départ de Gabriel.

Ce ne fut que le lendemain soir que Charlotte trouva le billet de vingt dollars, soigneusement plié au fond de la poche de sa veste.

Ce ne fut que le lendemain soir que Charlotte repensa vraiment à l'inconnu de la nuit d'avant et que les regrets furent aussi irrévocables que le besoin qu'elle avait ressenti la veille.

Mais qu'est-ce qui lui avait pris de s'abandonner aux bras d'un inconnu ?

Toute la journée, il y avait eu en elle une espèce de détachement, un flottement qui rendait la nuit presque irréelle. Comme si le corps avait eu des exigences que le cœur et l'esprit n'avaient pas à comprendre. Comme si la chose était arrivée à quelqu'un d'autre.

Elle avait fait l'amour avec un inconnu et, sur le coup, le geste l'avait laissée indifférente.

Mais cet argent, là, dans sa poche…

Elle déplia le billet, le retourna, le regarda longuement, le replia et le remit dans sa poche. Elle avait l'impression qu'il lui brûlait les doigts.

Elle passa le reste de ses vacances à regarder la mer, surtout vers l'est. Elle essayait de comprendre pourquoi elle avait eu si peur de dire non. Est-ce que toutes les femmes sont comme elle ? Incapables de dire non quand viennent le désir et les gestes qui le disent ?

Elle se demandait surtout pourquoi elle avait l'impression que, si l'occasion se représentait, elle aurait toujours peur de refuser…

Chapitre 19

Quand elle était revenue de son voyage, pendant quelque temps, Charlotte avait eu l'impression de vivre entre deux mondes. Celui onirique de ses rêves, celui plus réel de ses déceptions.

Son père l'attendait à la fenêtre et, l'espace d'un soupir, Charlotte n'avait pensé qu'au plaisir de le revoir. Elle s'était précipitée vers lui mais à l'instant où Raymond l'avait serrée dans ses bras, la vision d'un petit garçon jouant sur la plage s'était imposée avec une telle force que Charlotte s'était raidie. Raymond l'avait-il ressenti ? Son étreinte s'était peu à peu relâchée et Charlotte avait eu la certitude que son père avait lu en elle et qu'à cause de cela, l'accueil était forcé, comme empreint d'un excès de bonne humeur.

Dès le lendemain, au déjeuner, elle avait remarqué que Blanche avait profité de son absence pour faire installer une tablette près de la fenêtre de la cuisine. Elle n'était pas en coin mais semblait remplir son office avec une efficacité redoutable. Jamais Charlotte n'avait vu un tel rassemblement de fioles en tout genre. C'est ainsi qu'elle avait appris, quelques heures plus tard, qu'une crise d'arthrite raidissant les articulations des mains de Blanche avait nécessité ce déménagement des bouteilles qui étaient passées de l'armoire à la tablette.

« Retour à la normalité, quoi ! avait-elle aussitôt pensé. Si elle avait profité de l'occasion pour détourner le fleuve jusque dans notre cour, tout aurait été parfait ! »

Mais ce retour à la normalité, comme le disait si justement Charlotte, avait eu le bénéfice de faire reculer dans l'ombre toutes les émotions qui l'avaient sollicitée durant le voyage. Les émois connus dans les bras d'un étranger se fondaient en elle comme le souvenir d'un rêve qui nous fait rougir au matin. Ne restait que son père qu'elle regardait parfois en fronçant les sourcils.

Puis était venu le temps de la rentrée. Dernière année au couvent, après c'était le vide total pour Charlotte. Alors qu'à peine un an auparavant, elle se voyait aux côtés de Gabriel en train d'écrire, aujourd'hui Charlotte ne voyait plus rien. La seule chose qui lui était apparue aussi limpide que de l'eau de roche, c'était qu'elle n'appartenait plus à ce monde bruyant de la fin de l'adolescence. Les rires de ses compagnes l'agressaient, leurs soupirs devant les garçons du collège d'à côté en faisaient tout autant.

Charlotte venait d'avoir dix-sept ans.

À la maison, c'était le statu quo, à cette exception qu'Émilie maintenant gardait parfois le lit pour une tout autre sorte de crampes. Une rose posée sur sa table de nuit avec les félicitations de Raymond avait mis la puce à l'oreille de Charlotte. Sa petite sœur avait rejoint les rangs des femmes. Mais cela n'avait pas changé les attitudes entre elles. Les regards énamourés qu'Émilie posait encore sur elle énervaient Charlotte au plus haut point et ne la touchaient plus. Surtout quand un après-midi, elle retrouva Émilie au lit geignant plus qu'à l'habitude.

— Ça fait tellement mal !

Charlotte ne put s'empêcher de soupirer d'impatience.

— Oui et après ? Moi aussi j'ai des crampes et ça ne m'empêche pas d'avoir une journée normale.

Émilie lui renvoya un de ses regards de chien battu. Un regard à la Blanche, comme le qualifiait mentalement Charlotte. Celle-ci haussa les épaules.

— Alors si c'est si pénible que tu le dis, appelle un médecin.

— C'est exactement ce que j'ai fait, répliqua Blanche qui se tenait dans l'embrasure de la porte.

Charlotte ferma les yeux d'exaspération puis murmura en soupirant :

— Vraiment, vous deux…

Sa réflexion et son intervention s'arrêtèrent à ces mots. Pourtant, ce fut suffisant pour que Blanche y sente la désapprobation. Mais quand le médecin proposa une petite intervention pour régler le problème, elle ne put s'empêcher de prendre Charlotte à témoin pour son manque de jugement.

— Tu vois ! J'avais raison ! Le médecin est tout à fait d'accord avec Émilie : ce n'est pas normal d'avoir aussi mal.

— Allons donc ! Tu ne penses pas que c'est juste une question de perception de la douleur ?

— Mais qu'est-ce que tu connais à la douleur, ma pauvre Charlotte ?

— Probablement les mêmes crampes qu'Émilie.

— C'est ce que tu penses ? Eh bien moi, je ne suis pas d'accord avec toi. Depuis le temps que ta sœur endure des douleurs sans se plaindre, si elle dit aujourd'hui que c'est intolérable, c'est que ça doit être intolérable. Comment peux-tu seulement avoir des doutes ? Crois-tu que ça l'amuse de toujours devoir garder le lit ? Il n'y a rien de bien drôle là-dedans. J'en sais quelque chose.

Charlotte se contenta de soupirer. Pour elle, le débat était clos. Elle n'avait surtout pas envie de se lancer dans une discussion stérile où elle n'aurait pas le dernier mot. Elle trouvait exagéré que le médecin parle d'une intervention pour régler un problème anodin qui affectait probablement la majorité des femmes, mais elle savait que tout ce qu'elle pourrait dire finirait par se retourner contre elle. Dès qu'il était question de maladie, Blanche s'arrangeait toujours pour avoir le dernier mot.

C'est ainsi que, quelques jours plus tard, Émilie reprit le chemin de l'hôpital pour subir ce que le médecin appelait une intervention bénigne.

— Juste un nettoyage en profondeur de l'utérus et le tout devrait rentrer dans l'ordre.

Mais cette intervention bénigne eut comme effet d'éloigner encore plus Charlotte de sa famille. Elle se sentait de moins en moins de points communs avec sa sœur, tenait sa mère pour responsable de l'atmosphère malsaine qui les englobait tous et le silence de son père l'exaspérait.

Quant à l'école, Charlotte se tenait en périphérie des gens et des événements. Rompu depuis toujours à l'excellence, son cerveau continuait de fonctionner au mieux de ses capacités. Les notes restaient excellentes, mais Charlotte n'avait plus le feu sacré. Le monde était devenu dérisoire, un rien la mettait en colère, l'impatience était de tous ses réveils. Charlotte vivait sa crise d'adolescence sur le tard après une incursion dans le monde des adultes. Elle ne se comprenait plus.

L'hiver était à deux pas, l'étang du parc La Fontaine était gelé, on avait installé les canards dans leurs quartiers d'hiver. Pourtant, Charlotte continuait de s'y réfugier régulièrement. C'était le seul endroit où l'air était encore respirable.

Et c'était là que Martial, un habitué de l'atelier, l'avait trouvée. Transie, le bout du nez gelé, Charlotte s'entêtait, n'ayant aucune envie de rentrer chez elle. Une toux suspecte venant de la chambre de ses parents l'avait fait se précipiter hors de la maison avant que l'on ne fasse appel à ses services.

— Charlotte ! Mais qu'est-ce que tu fous assise ici à te faire congeler ?

— Bof !

Martial s'était mis à rire.

— Toute une réponse pour une fille qui est capable de noircir tout un cahier avec ses mots.

Charlotte n'avait pu retenir un sourire.

— Je m'ennuie, avait-elle avoué sans pudeur.

Puis, hésitante, elle avait demandé :

— Avez-vous eu d'autres nouvelles ?

— Non, rien. Mais quand on écoute les bulletins de guerre, c'est facile de comprendre pourquoi… Quand est-ce que tu viens nous voir ? On parle souvent de toi, tu sais.

L'image de l'atelier s'imposa à Charlotte, chaleureux, vibrant de passion. Charlotte comprit alors que l'endroit lui manquait.

— D'accord, promis. Je viendrai.

Puis portant les yeux très loin devant elle, Charlotte avait répété :

— Oui, promis, bientôt.

Et Charlotte était sincère. Elle attendrait seulement que son ennui de Gabriel soit un peu moins grand puis elle irait.

Mais de ce jour, elle se mit à écouter les bulletins de guerre, elle aussi, l'oreille collée à la radio comme si les ondes avaient le pouvoir de lui transmettre un message personnel et qu'elle voulait être la seule à l'entendre. Raymond observait en silence, n'osant intervenir. Il se disait que pour une fille comme sa Charlotte, ces temps de guerre devaient faire naître une envie d'action en elle. Il fut presque soulagé quand elle lui demanda la permission de s'inscrire à des cours de la Croix-Rouge. Puis il accepta de signer les formulaires d'entrée comme réserviste volontaire à l'armée. Comme on n'envoyait pas de femmes au front, il ne sentait aucune menace. Au contraire, l'action aiderait Charlotte à vivre ces moments difficiles.

L'hiver était particulièrement rude. Février poudrait ses tempêtes et étendait ses froidures sur une ville figée dans les tons de blanc. La neige craquait sous les pas, les arbres immobiles espéraient un printemps encore illusoire.

Et Charlotte continuait de s'asseoir régulièrement sur un banc du parc La Fontaine, mais c'était sur le dossier qu'elle s'installait, le reste du banc ayant depuis longtemps disparu sous la neige.

Et aujourd'hui, cela faisait un an. Elle s'était éveillée avec le nom de Gabriel en tête, elle avait même pleuré dans l'oreiller avant de se lever. Il y avait un an elle s'était donnée à lui. Par amour, avec tout ce que son cœur pouvait ressentir de passion, d'abandon, de confiance, persuadée que c'était pour la vie. Que restait-il aujourd'hui de tout cela sinon un beau souvenir ?

L'envie de revoir l'atelier se fit besoin puis urgence. Charlotte sentait la nécessité de quelque chose de concret pour y rattacher le souvenir.

La clé était toujours sous le paillasson et Charlotte fut soulagée de voir qu'il n'y avait personne à l'atelier.

Elle entra sur la pointe des pieds comme on entre au sanctuaire. Le drap servant aux modèles était sur le dossier d'un divan, le chevalet de Gabriel était encombré d'une toile qui ne lui ressemblait pas. Alors, sans hésiter, Charlotte s'en approcha et enleva le tableau à moitié fini. Puis regardant autour d'elle, elle chercha.

Ce fut comme un geste instinctif. Un processus découlant du souvenir et ouvrant la voie à l'espoir. C'était pour elle une évidence.

Charlotte décrocha une toile du mur et l'installa sur le chevalet. Une femme dont on ne voyait pas le visage offrait son corps aux regards dans une pose provocante. Charlotte eut un sourire puis elle sentit le rouge lui monter aux joues. C'était elle, cette femme nue sur le drap couleur Charlotte, arrogante, fière. Tout comme celle qu'elle appelait Myriam…

Elle avait aimé poser pour Gabriel, elle avait aimé cette impudeur qui existait alors entre eux et qui menait toujours à l'amour. Charlotte regarda autour d'elle. Ils s'étaient aimés partout dans cette pièce, laissant les envies du corps guider leur passion. Sur cette table, sur ce tapis, derrière ce paravent. Charlotte savait aujourd'hui que la mère de Françoise avait vraiment raison : Charlotte aimait faire l'amour et ce qu'elle y avait découvert d'intense, de passionné lui manquait terriblement.

L'envie des mains de Gabriel se promenant sur son corps fut si forte que Charlotte dut s'asseoir. Elle avait les jambes flageolantes et une chaleur presque douloureuse irradiait dans son ventre. Ici, c'était chez Gabriel et l'ennui de lui fut total. Elle ferma les yeux sur ces images indécentes qui lui venaient à l'esprit, tenta de respirer posément pour se ressaisir. En étirant les jambes, son pied heurta la petite table basse et aussitôt un sourire ému traversa son visage. C'était ici aussi qu'elle avait vécu les heures les plus ardentes, les plus frénétiques dans le monde des mots. Et brusquement l'ennui de Myriam se joignit à celui de Gabriel. Où donc se cachait-elle ? Dans quel recoin de son esprit avait-elle trouvé refuge ? Espérait-elle que Charlotte la retrouve ou au contraire, voulait-elle continuer de vivre en paix ?

Incapable de résister, Charlotte s'installa à même le plancher. Devant elle, sur le mur, il y avait ce tableau de la jeune femme blonde qui avait tout déclenché. Charlotte lui fit un sourire complice. Puis elle passa amoureusement la main sur le bois usé de la table quand soudain son cœur cessa de battre. Sous une serviette de table abandonnée, il y avait une carte postale. Les toits de Paris se découpaient sur un ciel obstinément bleu. Trop bleu… Charlotte ramassa la carte d'une main tremblante, hésitant à la retourner. Ce que l'on ne sait pas ne fait jamais mal. Mais Charlotte était Charlotte et la curiosité l'emporta. C'était bien l'écriture de Gabriel, courte et précise. Quelques lignes dans un style télégraphique. Paris était occupé. Il se portait bien. Il s'ennuyait de Montréal. P.-S. : Dites à Charlotte que je l'aime.

« Dites à Charlotte que je l'aime. »

Charlotte quitta l'atelier en courant.

Et les derniers mots de la carte postale scandèrent ses pas jusqu'à ce qu'elle reprenne sa place sur le dossier du banc, au parc.

Son cœur était aussi froid que le vent qui giflait ses joues.

Il semblait bien que pour Gabriel, Charlotte n'était plus qu'un post-scriptum après une signature. Pourquoi ne lui avait-il pas écrit à elle alors qu'il avait trouvé le temps d'écrire à ses amis ?

« Dites à Charlotte que je l'aime. »

Peut-être juste la peur de dire la vérité. Un dernier regret. Pourquoi Gabriel ne lui avait-il pas écrit ?

La réaction de Charlotte fut aussi brutale qu'imprévue et l'ennui de Gabriel se changea en colère pour redevenir une profonde tristesse dans l'instant. Que s'était-il passé ? Avait-il rencontré une autre femme ? Une femme de son âge, une femme partageant sa passion alors que Charlotte n'était qu'une enfant lorsqu'il était parti. Juste à la pensée de Gabriel avec une autre, le cœur de Charlotte se tordit de douleur. Et elle éclata en sanglots, indifférente pour une fois aux passants qui marchaient à petits pas serrés tout près d'elle, se battant contre le froid mordant. Les passants n'existaient plus, le parc n'existait plus. Il n'y avait que Charlotte et son amour dérisoire pour un homme qui lui parlait par personne interposée. Ses sanglots se firent plainte comme un animal blessé appelle à l'aide. Appelle la mort pour ne plus souffrir.

Quand Charlotte entendit la voix qui demandait si on pouvait l'aider, elle resta un moment immobile. Curieusement, elle n'était pas surprise que quelqu'un l'aborde. Quand on lui proposa de prendre un café parce qu'elle avait l'air transie, Charlotte accepta. Tout, n'importe quoi pour ne plus être seule. Et Charlotte savait qu'elle était capable de se confier à des étrangers. C'était tellement plus facile…

C'était un homme entre deux âges. Il habitait un joli appartement à quelques rues du parc… Lui parler fut un soulagement qu'elle ne chercha même pas à comprendre. Le bien-être qu'elle ressentait se suffisait à lui-même.

À la suite de cet événement, Charlotte comprit rapidement que la tristesse seyait aux regards des femmes et que les hommes y étaient aussi sensibles qu'à un sourire provocant.

Quand elle s'ennuyait trop, quand la colère l'envahissait, elle en usait impunément. Elle se promenait d'un pas nonchalant, s'asseyait dans un parc et souvent quelqu'un venait l'aborder. Elle avait l'air si triste.

Elle ne suivait que les hommes en âge d'être son père, prenait plaisir à leur offrir sa jeunesse arrogante, eux qui étaient à ses yeux sur leur déclin et qui déambulaient à ses côtés avec un air conquérant. Le temps d'un café, d'une conversation qui l'éloignait de sa famille, elle se confiait à eux. Parfois, elle s'inventait une vie différente qu'elle racontait à ces étrangers qui semblaient la croire. Elle y puisait une étrange satisfaction, sise entre le rêve et la réalité. Elle revenait chez elle déçue de retrouver une vie qu'elle disait insipide. Ses inventions lui donnaient alors l'impression de prendre sa revanche sur une mère qui ne l'avait jamais aimée parce qu'elle n'aimait qu'elle-même, sur un père qui l'avait trahie dans les bras d'une autre, elle en était presque convaincue, et sur un homme qui l'avait abandonnée. À son insu, Charlotte calquait sa façon d'être sur sa mère qui avait toujours attiré l'attention par des artifices, des exagérations. Pourtant, Charlotte se croyait si différente…

Elle refusa d'assister au bal des finissantes, au grand désespoir de Blanche qui se plaignit que sa fille ne serait jamais une femme comme les autres. Charlotte la gratifia d'un regard glacial suivi d'un sourire équivoque. Pas une femme, elle ? Quant à ressembler à l'image que sa mère se faisait des femmes, il y avait si longtemps que Charlotte s'employait à s'en éloigner qu'elle faillit éclater de rire. Tout plutôt que de ressembler à Blanche un jour.

Ce fut dans ce même état d'esprit qu'elle décida d'entrer en Lettres à l'université. Cela ou autre chose, il fallait bien occuper le temps et cela restait dans le monde des mots.

Sa déception face aux cours rejoignit toutes les autres. L'usage des mots qu'on y faisait ne rejoignait nullement l'entendement qu'elle en avait. C'était trop étriqué, coincé dans un carcan qui ne laissait aucune place à l'imagination pour l'instant. Étudier et analyser les probables intentions de différents auteurs la laissaient indifférente. Ses notes glissèrent en chute libre, Blanche menaça de supprimer les sorties.

— Si tes notes ne remontent pas, fini les cours à la Croix-Rouge. Il faut savoir choisir ses priorités, ma fille.

Charlotte claqua la porte et ne revint qu'à la nuit tombée. Un grand vent de révolte soufflait sur sa vie et elle n'avait pas la moindre idée de la façon dont elle pourrait s'en sortir.

Elle détestait le temps passé en famille. Émilie ressemblait de plus en plus à Blanche, se plaignant souvent, soupirant sans cesse devant les obligations. L'intervention chirurgicale subie quelques mois plus tôt n'avait rien changé sinon espacer ses règles. Alors Émilie continuait de garder le lit chaque fois que cela se présentait. Blanche vacillait entre la frénésie et l'apathie et son père, sachant désormais qu'Anne était assez grande pour que sa femme n'ose faire quoi que ce soit de déplorable, avait repris l'habitude de travailler depuis son bureau le soir et même parfois la fin de semaine.

Charlotte en avait assez des cours de littérature mais n'osait le dire de peur de décevoir son père. Elle en avait assez de toutes ces histoires qu'elle racontait et qui n'étaient que des mensonges, mais elle y revenait au moindre prétexte comme le papillon est attiré par la lampe qui lui brûle les ailes.

Et il n'y avait personne à qui elle pouvait en parler…

Françoise n'aurait pas compris qu'on pût s'amuser à mentir comme elle le faisait. De toute façon, son amie avait choisi de faire son cours d'infirmière et s'était retrouvée prisonnière dans un hôpital. Les deux filles se voyaient de moins en moins souvent.

Et comment aurait-elle pu expliquer à son père qu'elle sentait en elle l'obligation de s'inventer une vie ? Cela le rendrait triste et il ne comprendrait pas. Alors, cela réglait commodément l'idée de se confier à son père.

Quant à Blanche, il y avait fort longtemps qu'elle ne lui faisait plus confiance.

Charlotte traversa donc l'hiver dans un mal-être qui allait s'intensifiant…

Quand Antoinette avait croisé Charlotte sur la plage, elle avait vite compris que l'intention d'éclipser Raymond de sa vie n'avait été qu'un vœu pieux. Elle s'inventa même des prétextes pour se promener en ville dans l'espoir de revoir la jeune fille. C'était puéril, elle en convenait aisément. Et c'était surtout déplacé. N'avait-elle pas une bonne vie avec Humphrey ? Cet homme-là avait été une bénédiction dans sa vie, Antoinette le savait fort bien. Et il était un père merveilleux pour Jason. Mais la ressemblance qu'il y avait entre son fils et Charlotte était si frappante qu'Antoinette en avait eu, elle aussi, un coup au cœur. Si elle s'était dépêchée de quitter la plage, c'était uniquement pour que Charlotte ne pût voir les larmes qui brillaient dans ses yeux. La résolution de ne plus penser à Raymond avait vite été remplacée par des milliers de questions qui resteraient sans réponse. Qu'était devenu son grand amour depuis son départ ? Blanche avait-elle eu un fils ou une fille ? Y avait-il une autre femme qui l'avait remplacée dans le cœur de Raymond ?

De loin, Humphrey avait constaté les changements qui affectaient sa belle Antoinette et il était torturé à l'idée de perdre sa famille. Antoinette était une femme trop droite, trop limpide pour que son subtil retrait n'eût aucune cause. Il se fit pourtant discret, lui si bruyant de nature. La peur de tout détruire s'il posait des questions était omniprésente. Il n'était plus de la première jeunesse et l'idée qu'Antoinette puisse rencontrer quelqu'un de plus jeune l'obsédait.

Il fallut qu'Humphrey soit affecté par une défaillance cardiaque pour qu'Antoinette retombe sur terre. Elle avait été profondément injuste à l'égard de son mari et n'avait fait qu'entretenir des souvenirs malsains. Pourtant, malgré cette constatation et l'intention sincère d'apporter des changements à son attitude, Antoinette ne put s'empêcher de penser qu'elle aurait bien voulu poser sa tête sur l'épaule de Raymond pour lui confier ses inquiétudes.

Comme lui l'avait fait si souvent…

Elle comprit surtout que, malgré la meilleure volonté du monde, rien n'arriverait à effacer les doux souvenirs qu'elle gardait au fond de son cœur. Elle le savait depuis longtemps déjà : elle était la femme d'un seul grand amour.

Mais elle pouvait en même temps reprendre là où la rencontre avec Charlotte avait tout bouleversé. Et elle s'appliqua avec une infinie tendresse à renouer les liens d'amitié sincère qui l'unissaient à Humphrey. C'était avec lui qu'elle avait choisi d'unir ses pas pour le meilleur et pour le pire. Et elle allait tenir sa promesse. Pour Jason, bien sûr, pour Humphrey qui était l'homme le plus généreux qui fût, mais pour elle aussi. D'avoir eu peur de perdre son mari lui avait fait comprendre qu'à travers l'amitié qui existait entre eux, il y avait aussi une forme d'amour qui, s'il n'était pas aussi passionné qu'elle l'aurait souhaité, apportait à sa vie une stabilité qui lui était essentielle.

Antoinette venait de comprendre que si elle s'ennuyait de Raymond, la présence d'Humphrey lui était tout aussi vitale. Et quand il reprit sa place à table avec Jason et elle après de longs jours de repos, quand Antoinette surprit le regard qu'Humphrey décrocha à Jason, elle se promit que plus jamais elle ne laisserait le passé prendre le pas sur le présent.

Il était plus que temps de tourner la page.

Ce matin, Charlotte fut particulièrement sensible à un changement subtil de l'air. Le printemps faisait son premier clin d'œil. En sortant de chez elle, elle le perçut immédiatement à la brise qui avait une douceur imprévue. Elle leva la tête instinctivement pour offrir son visage aux rayons du soleil. Et cette caresse tiède sur sa peau lui coula jusqu'au fond de l'âme. Enfin, une raison de se réjouir. Charlotte avait toujours aimé la chaleur.

Elle décida de marcher jusqu'à l'université. Tant pis pour le premier cours, elle emprunterait les notes d'un confrère.

Elle donna à ses pas l'allure nonchalante d'une touriste et prit plaisir à détailler les vitrines qu'une marche rapide au froid ne permettait pas. Elle était à se demander si elle céderait à la tentation d'une brioche à la cannelle qui l'attirait à l'étalage d'une pâtisserie quand elle entendit une voix qu'il lui semblait reconnaître.

— Charlotte ? Est-ce bien Charlotte la gourmande qui se tient là, attirée par les gâteaux ?

Offusquée, Charlotte se retourna d'un seul coup. Pour aussitôt tendre les deux mains en souriant :

— Marc ! Marc Lavoie. Je suis si contente !

Le Marc de son enfance, le fils aîné de Gertrude se tenait à quelques pas, la détaillant en souriant. Il vint vers elle.

— Toujours attirée par les gâteaux ?

— Toujours. Mais si ma mémoire est bonne, il me semble qu'on s'entendait fort bien sur le sujet.

Marc éclata de rire.

— Ta mémoire est excellente. On entre ? proposa-t-il, tout heureux de cette rencontre inopinée.

— On entre !

Ils partagèrent brioches, café et souvenirs. Puis ils parlèrent de ce qu'ils devenaient, les cours, les espoirs. Charlotte se cala dans sa chaise pour écouter. Elle, pour l'instant, n'avait pas grand-chose à raconter. Et avec lui, pas question de fabuler.

— Je finis mon droit cette année.

— Ah oui ? Moi je suis en Lettres.

— En Lettres ? Comment sont les cours ? Intéressants ?

Charlotte hésita. Intéressants ? Oui, peut-être était-ce là un mot pour décrire les cours. Mais pas plus. Malgré tout, Charlotte opina en ce sens.

— Intéressants. C'est vrai, le mot est juste. Et toi ? Notaire ou avocat ?

— Notaire. Je n'ai pas la personnalité d'un plaideur.

Puis Marc éclata de rire.

— Assez parlé d'études…

Et se penchant sur la table, il regarda Charlotte droit dans les yeux :

— Qu'est-ce que tu deviens ? Il doit bien y avoir autre chose dans ta vie que les études, non ?

Charlotte soupira.

— Si peu. Des cours à la Croix-Rouge, je prépare un second brevet d'assistance aux blessés. Je suis inscrite aussi comme volontaire dans la relève.

Marc leva les sourcils avant de les froncer et Charlotte lui trouva une vague ressemblance avec son père.

— L'armée ? Très peu pour moi. J'ai trouvé un médecin qui a accepté de me noircir le portrait. Pas question que je m'enrôle.

— Pourquoi ?

— Comme ça. Je déteste tout ce qui est violent. À part le sport ! Te rappelles-tu les parties de hockey au parc ?

— Et comment ! Combien de fois est-ce que je me suis gelé les pieds à vous regarder jouer…

— Ça te tente de revoir une partie ?

— Tu joues encore ?

— Non ! J'ai passé l'âge. Mais depuis que vous êtes partis du quartier, on a formé quelques équipes avec les jeunes et j'entraîne celle de mon plus jeune frère, Claude. Samedi, ce sera le début du championnat. Ça te tente ? Tu pourrais en profiter pour venir voir maman. Elle parle souvent de toi et de ta sœur. Je crois que vous lui manquez.

Charlotte hésita à peine :

— D'accord. Samedi je serai là.

— Rendez-vous au bord de la patinoire à deux heures. En espérant qu'il ne fera pas trop chaud et que tout ne sera pas fondu !

Puis Marc se releva et, s'approchant de Charlotte, il l'embrassa sur la joue.

— Maintenant je file. On se revoit samedi. Je paie l'addition en sortant. Tu n'auras qu'à partir quand tu seras prête.

Charlotte attendit le samedi suivant avec une impatience qu'elle n'avait pas ressentie depuis longtemps.

Replonger dans le bain familial de la famille de Gertrude lui fut salutaire. Les cris, les courses à travers la maison, les taquineries et une longue discussion avec celle qui avait si souvent remplacé sa mère apportèrent enfin un semblant de paix dans le cœur de Charlotte.

Puis Marc l'invita à se joindre à lui pour une partie de tennis la semaine suivante. Puis pour aller au cinéma.

Et une pièce de théâtre, ça te dit quelque chose ?

Charlotte acceptait toutes les invitations de Marc. Il était gentil, il était drôle, il aimait le sport qu'elle retrouvait avec plaisir. Quand Charlotte était avec lui, elle arrivait même à oublier Gabriel pour quelques heures. Peut-être arriverait-elle enfin à guérir de son grand amour ?

C'est alors que Charlotte se décida et lui rendit la politesse en l'invitant à souper chez elle. Blanche était aux oiseaux ! Sa fille se décidait enfin à être une vraie fille. Et quand Charlotte lui fit part d'une invitation pour le bal des finissants de la promotion de Marc, Blanche en oublia instantanément la migraine en préparation.

— Doux Jésus ! Un bal.

Elle regarda Charlotte avec ravissement. Puis elle se leva de table, comme mue par un ressort, portant les mains à son cœur :

— Un bal ! Que de choses à penser.

Et Charlotte, soulagée, s'en remit entièrement à elle pour penser. Tous ces falbalas l'ennuyaient un peu. Il n'y eut que l'après-midi passé avec mamie à fouiller son grenier qui lui fut agréable dans tous ces préparatifs. C'était un bal d'époque, Charlotte devait porter une robe du siècle dernier. Elle écouta religieusement sa grand-mère qui lui parlait de sa jeunesse alors que toutes les deux, elles fouillaient les coffres et les boîtes à la recherche de la merveille qui ferait de Charlotte la plus belle fille de la soirée ! Charlotte enviait sa grand-mère d'avoir eu la chance de vivre à une époque où tout semblait plus simple, plus facile.

— Ce n'est pas l'époque qui était plus simple, répliqua finement mamie quand Charlotte lui en passa la remarque. Ça dépend des gens, tout ça, ma Charlotte. Ça dépend des gens !

— Peut-être, admit cette dernière en soupirant.

— Ça n'a pas l'air d'aller ?

Alors Charlotte força un peu son sourire :

— Mais non, mamie. Ça va très bien. Marc est tellement gentil. Peut-être un peu de fatigue après cette première année d'université.

Madame Deblois regarda alors Charlotte en fronçant les sourcils. Elle n'y croyait pas tellement à une Charlotte fatiguée. Mais elle se contenta de lui serrer la main en lui faisant un petit clin d'œil. Sa petite-fille n'était pas de celles à qui on fait la morale ! Mais au besoin, elle savait qu'elle pourrait toujours compter sur elle.

Charlotte quitta la maison de sa grand-mère avec un lourd carton sous le bras. La robe en taffetas jaune était effectivement une merveille. Pourtant elle était songeuse. Sa grand-mère, comme souvent, avait vu juste. En effet, qu'est-ce qui n'allait pas ?

Puis le jour du bal arriva. Blanche était effervescente. Et sans l'appui d'aucun artifice, cette fois-ci, bien qu'il lui arrivât encore parfois d'y recourir. Le maquillage, les cheveux, une retouche à une manche, une pince à prendre à la taille…

— On ne sera jamais prête !

Et quelques heures plus tard :

— Dieu que tu es belle, Charlotte ! Tu devrais m'écouter, aussi : tu es faite pour porter des robes !

Un drame dans la maison que cette habitude de Charlotte de vouloir enfiler des pantalons pour sortir.

— Allons, Charlotte, regarde-toi dans la glace. N'est-ce pas que j'ai raison ? Tu es ravissante.

Et pour une fois, Charlotte était d'accord avec sa mère. L'image renvoyée par le miroir lui plaisait bien. Effectivement, Charlotte était ravissante et elle était un peu surprise de le découvrir. Elle s'était toujours vue comme une fille plutôt quelconque, surtout auprès d'Émilie que tout le monde disait très belle.

Comme de raison, avec Blanche pour régler les opérations, Charlotte fut prête bien à l'avance. Elle s'installa donc dans le salon sur la banquette sous la fenêtre pour ne pas froisser la robe. Elle était boudeuse, ne voyant pas l'intérêt de tourner en rond pendant des heures ni le plaisir de revêtir un vêtement où l'on ne pouvait pas bouger à son aise. Elle était quand même un peu nerveuse. Marc allait-il la trouver à son goût ? À chaque instant, elle portait la main à ses cheveux, peu habituée à se promener avec un échafaudage sur la tête. Mais Blanche avait bien fait les choses : l'assemblage compliqué de ses boucles était solide ! Ultime plaisir : Marc avait obtenu l'autorisation d'utiliser l'automobile paternelle et Charlotte avait permission de faire la fête toute une nuit.

— Et surtout n'oubliez pas : il faut absolument que vous assistiez au lever du soleil depuis le mont Royal. Ça fait partie de la tradition.

Quand Marc arriva, il resta un moment immobile, ému de trouver une Charlotte aussi jolie. Sa Charlotte… À son regard, celle-ci comprit aussitôt que Marc était amoureux. Il n'avait jamais rien dit en ce sens et l'intimité entre eux s'était résumée à quelques chastes baisers. Mais Charlotte était persuadée qu'elle avait raison : il n'y avait qu'un homme amoureux ou encombré d'un désir incontrôlable qui pût avoir un tel regard. Elle glissa sa main dans la sienne sans trop savoir ce qu'elle avait envie de faire avec cette découverte.

Ils s'aperçurent rapidement qu'ils n'aimaient pas les bals. Ni l'un ni l'autre.

— On file ? glissa Marc à l'oreille de Charlotte.

Il avait mal aux pieds dans ses chaussures neuves, il avait chaud, il trouvait insignifiant de se faire souffrir juste pour respecter les traditions.

— On file, approuva aussitôt Charlotte.

Ils avaient l'automobile, ils avaient toute la nuit devant eux. Ils se retrouvèrent sur le mont Royal.

La nuit était étoilée mais sans lune. La ville brillait à leurs pieds, l'air était doux, la brise jouait dans le boa de plumes que Charlotte portait autour de ses épaules. Alors Marc attira Charlotte vers lui. Il était amoureux, il la trouvait jolie, il avait attendu jusqu'à ce soir pour le dire. Pour être bien certain de lui. Marc était un homme pondéré qui aimait les choses claires, sans ambiguïté. Quand il l'avait vue en arrivant chez elle, il avait compris qu'il ne se trompait pas. Cette femme-là était pour lui. Ils avaient des tas de points communs et jamais avant une fille ne lui avait donné cette envie de briser les barrières, d'enfreindre les tabous. Elle était là, juste à côté de lui. Son parfum lui montait à la tête, il sentait le mouvement de ses hanches à chaque pas et ce simple geste le rendait fou. Alors il arrêta de marcher et plongea son regard dans celui de Charlotte un long moment avant de murmurer :

— Je t'aime, Charlotte.

Elle soutint son regard sans répondre. Elle savait que cet instant allait venir, mais elle ne savait quoi dire. L'aimait-elle ? Quand il prit son visage entre ses mains, Charlotte ferma précipitamment les yeux pour que Marc ne puisse voir les larmes qui menaçaient. Ce geste, c'était celui de Gabriel. Et quand les lèvres de Marc se posèrent sur les siennes, hésitantes, trop sages, n'osant pas, Charlotte comprit ce qui n'allait pas entre eux. Marc était un homme tiède, si calme, si maître de lui. Il ne la poussait pas hors de ses limites, il n'exaltait pas ce qu'il y avait de meilleur en elle comme le faisait Gabriel.

Pas une seule fois, elle n'avait eu envie d'écrire depuis qu'elle fréquentait Marc.

Mais Marc était là, bien présent, gentil avec elle, alors que Gabriel était loin, si loin.

Et Gabriel ne l'aimait plus. Charlotte n'était plus pour lui qu'un post-scriptum en bas d'une signature…

Alors Charlotte intensifia la pression de sa bouche sur celle de Marc et força ses lèvres avec sa langue. Elle n'arrivait pas à répondre à son aveu par des mots alors ce baiser serait un peu une forme de réponse.

Et Marc l'accepta comme telle. Son cœur battait à tout rompre, ses mains tremblaient. Il aurait voulu l'entraîner sous les arbres et lui faire l'amour pour lui montrer à quel point il était heureux, à quel point il l'aimait. Mais cela ne se faisait pas. L'amour devait passer par le respect jusqu'au mariage. Alors après quelques baisers enflammés, il murmura à son oreille les mots qui étaient permis, tandis que les gestes ne l'étaient pas :

— Veux-tu m'épouser ?

Charlotte tressaillit. Brusquement tout allait trop vite. Il y avait quelques instants, elle fermait les yeux sur le souvenir de Gabriel et voilà que Marc la demandait en mariage. Il y avait quelque chose d'irréel dans ce que Charlotte ressentait. Par contre, ce qui était réel, c'était l'envie que les baisers échangés avec Marc avait fait naître en elle. Charlotte restait Charlotte et les envies du corps étaient aussi vraies, aussi importantes que celles de l'esprit. Alors elle se recula d'un pas pour le regarder avant de dire :

— Me laisses-tu quelque temps pour y penser ? C'est une décision sérieuse, n'est-ce pas ? Et je n'ai que dix-huit ans.

La réponse dut plaire à Marc, car il la reprit dans ses bras et la serra contre lui à lui faire perdre le souffle. Puis n'y tenant plus, il laissa ses mains courir le long du dos de Charlotte, suivre la courbe de ses fesses et son visage se perdre dans l'odeur de son cou. Alors Charlotte lui prit la main, incapable de contenir le désir que Marc venait de faire naître en elle.

— Viens, Marc, pas ici. Il y a trop de gens qui nous regardent…

À sa façon, Charlotte venait de donner une réponse…

Puis vint le jour où Charlotte comprit que le doute n'était plus permis. Elle n'avait que trop attendu. Pourquoi maintenant, pourquoi Marc, elle ne le savait trop. C'était ainsi que la vie en avait décidé. Elle regrettait seulement que ce signe ne soit pas venu alors qu'elle était avec Gabriel. Tout aurait été plus simple.

Elle prit de nombreuses heures pour bien y penser, assise sur son banc habituel, au parc La Fontaine. Elle revoyait en pensée l'attroupement de gens qui s'était spontanément formé autour de Gabriel et qui l'avait attirée vers lui. Cela faisait déjà trois ans qu'ils s'étaient rencontrés… Et Gabriel était parti depuis deux ans. Il n'avait donné signe de vie que deux fois. Une lettre postée dès son arrivée là-bas. Puis, plusieurs mois plus tard, une simple carte. Depuis, plus rien.

C'était clair, non ? Charlotte ne croyait plus à cette excuse de la guerre pour justifier ce long silence. Gabriel avait refait sa vie, voilà tout, oubliant commodément qu'il y avait à Montréal des amis et une femme qui l'attendaient toujours.

Charlotte aurait dû le comprendre bien avant : il n'y avait pas que la passion dans une vie. Que ce soit celle du corps et du cœur ou celle des mots. La passion fait peut-être grandir, elle fait aussi miroiter des horizons inaccessibles, mais elle fait surtout souffrir. Et elle ne fait pas vivre. C'est de tendresse, de raison et de quotidien que l'on vit. C'est de gentillesse et de respect que la vie de tous les jours devrait être faite. Et Marc était tout cela. C'était probablement bien suffisant pour être heureuse.

Alors, les yeux rivés sur l'étang, Charlotte fit revivre Myriam pour une dernière fois. Cela faisait très longtemps qu'elle ne l'avait sentie aussi près d'elle. Comme si Myriam avait voulu lui dire quelque chose. Mais Charlotte ne voulait pas l'écouter. Elle se contenta de lui redonner ce sourire provocant qui l'avait tant attirée puis lui permit de rejoindre Gabriel dans quelque recoin secret de son cœur. Si parfois l'ennui ou la tristesse venaient à s'imposer dans sa vie, Charlotte savait qu'elle pourrait les y retrouver.

Puis elle se leva.

Ce soir, quand il viendrait la reconduire chez ses parents, Charlotte allait donner sa réponse à Marc. Elle savait qu'elle ferait de lui un homme heureux.

Et les larmes qui brillèrent à ses yeux lui donnèrent raison. Charlotte n'avait qu'une seule exigence : elle voulait d'abord parler à son père. Ensuite, ils pourraient rendre l'heureuse nouvelle officielle.

Charlotte voulait surtout lire l'approbation dans le regard de son père. Pour elle, c'était essentiel.

L'occasion se présenta le lendemain matin, alors que Raymond s'était retiré dans la pièce qui lui servait de bureau à la maison. Blanche était à l'étage en train de préparer Anne pour la journée et Émilie faisait des dessins dans la galerie vitrée, baptisée atelier, ce que Charlotte trouvait un peu risible. Un atelier, un vrai, cela ne ressemblait pas à cela !

Toute la nuit, elle avait mal dormi, s'était relevée et avait tourné en rond dans sa chambre, ayant la drôle d'intuition que son père ne serait pas d'accord. Rien ne pouvait justifier une telle appréhension. Mais c'était là, en elle, et Charlotte n'arrivait pas à s'en défaire. Pourtant, Marc et Raymond s'entendaient très bien et Charlotte ne serait pas la première à se marier à dix-huit ans. C'était même plutôt courant.

Elle se décida d'un coup alors qu'elle passait devant la porte du bureau. Son père était penché sur ses feuilles et le fait qu'il ait commencé à porter récemment des lunettes de lecture lui arracha un petit sourire moqueur.

— Papa ?

Raymond leva les yeux au-dessus des lunettes :

— Oui ?

— Je voudrais te parler.

Quand Charlotte commençait une discussion par ces quelques mots, cela voulait dire que c'était important. Raymond repoussa quelques papiers du revers de la main et retroussa sa moustache.

— Entre.

— Voilà…

Raymond avait remarqué que Charlotte avait pris la peine de fermer la porte avant de s'asseoir. Il pensait deviner ce qu'elle avait à dire.

— Voilà, répéta Charlotte. Marc et moi, nous voulons nous marier.

Un long silence se posa sur la pièce. Raymond ne s'était pas trompé. C'étaient exactement les mots qu'il s'attendait à entendre. Mais curieusement, il n'arrivait pas à se réjouir. Pourtant, il aurait dû. Marc était un bon garçon. Il appréciait sa droiture, son sens du devoir. Il se frotta longuement le visage avant de répondre :

— Ce… C'est toute une nouvelle, fit-il enfin, légèrement hésitant.

Charlotte perçut aussitôt la réticence qu'il y avait dans la voix de son père. Elle fronça les sourcils. Elle s'y attendait. Brusquement elle avait l'impression de n'être qu'une gamine et cette sensation lui fut très rapidement désagréable.

— Qu'est-ce qui ne va pas, papa ? demanda-t-elle un peu froidement. Tu n'es pas content ? Je croyais que tu aimais bien Marc.

— J'aime bien Marc. Là n'est pas la question.

— Elle est où alors la question ? Tu as encore besoin de moi ici ?

— Charlotte !

La réplique de sa fille l'avait blessé. Il se doutait de ce qu'elle avait voulu insinuer et il trouvait cela méchant. Cela ne ressemblait pas à Charlotte.

— Pourquoi cette agressivité, Charlotte ?

— Il me semble que c'est clair, non ?

— Non ! Non, pour moi ce n'est pas clair du tout.

— Alors je vais t'expliquer.

Charlotte s'était avancée sur le bout du siège et son regard lançait des éclairs. Elle était venue ici dans l'espoir d'entendre son père dire qu'il était heureux pour elle. Au lieu de quoi, elle avait droit à des hésitations. Et voilà qu'en plus, la conversation tournait au vinaigre.

— Quand il a été temps de m'occuper de la maison, tu m'as fait confiance, n'est-ce pas ? Avec un bébé aux couches en prime. Je n'avais que treize ans, papa. Mais alors tu me trouvais bien assez grande pour toutes ces responsabilités. Est-ce que c'était parce que ça faisait ton affaire que tu me faisais confiance ? Parce que tu n'avais pas le choix ? On le dirait bien.

— Mais ça n'a rien à voir.

— Non ? Pourquoi alors est-ce que tu hésites ? Je t'annonce que je veux me marier et j'ai l'impression que je ne suis qu'une petite fille faisant des caprices.

Je ne suis pas encore assez grande pour décider de ma vie ? Je ne suis plus une enfant, papa. Quand est-ce que quelqu'un va le comprendre dans cette maison de fous !

Les mots avaient dépassé la pensée de Charlotte et elle les regretta aussitôt quand elle vit son père se tasser dans son fauteuil. Brusquement, il avait l'air d'avoir vieilli, d'être terriblement fatigué. Puis il se redressa, fixa longuement Charlotte :

— Je vois que tu embrouilles pas mal de choses. Je croyais bien naïvement que les difficultés qu'on avait traversées ensemble, on les avait traversées en famille. En se serrant les coudes comme l'avait si bien dit Émilie. Tu te rappelles ? Et ça n'a rien à voir avec le fait que tu veuilles te marier.

Tout d'un coup, Raymond se revoyait, un peu plus vieux qu'elle, à peine plus mature, ébloui par le sourire de Blanche alors qu'il s'entendait si bien avec Antoinette. Il ne s'était pas arrêté au fait qu'il pliait souvent devant ses caprices, au fait qu'il était souvent déçu par son attitude. Il l'avait aimée, sans aucun doute. Mais pas pour les bonnes raisons. Alors qu'Antoinette le poussait vers l'avant, Blanche l'avait toujours ramené vers l'arrière. Et il avait vite compris que même certaines formes d'amour ne peuvent changer les êtres. Il ne voulait pas que Charlotte vive les mêmes désillusions que lui. Et depuis qu'elle était avec Marc, sa vibrante Charlotte semblait éteinte. Elle était trop douce, trop calme. Voilà ce qui l'agaçait dans l'annonce faite par Charlotte. Il ne voulait pas lui dicter sa conduite, il voulait seulement essayer de lui faire comprendre qu'à dix-huit ans, elle avait encore du temps devant elle.

— Je sais que la vie avec ta mère n'est pas facile. Et je sais que tu n'aimes pas tes cours.

À ces mots, Charlotte se sentit rougir jusqu'à la racine des cheveux, comme lorsqu'elle était petite et que son père lisait en elle comme dans un livre ouvert. Raymond fit celui qui n'a rien vu et il poursuivit sur le même ton :

— Mais aucune raison, tu m'entends, aucune ne peut justifier que l'on se marie sinon l'amour. Alors laisse-moi te poser la question : aimes-tu Marc ?

Charlotte leva les yeux vers lui.

— Je... Bien sûr.

Raymond avait senti l'hésitation. Très courte, à peine perceptible. Mais l'amour qu'il ressentait pour Charlotte ne pouvait se tromper. Il allait peut-être la blesser, mais il ne pouvait la laisser faire. Un jour, bientôt peut-être, la fougueuse Charlotte regretterait ce choix et alors il serait peut-être trop tard.

— Je sais que tu n'aimeras pas entendre ce que je vais dire, mais je vais le dire quand même. Tu n'as que dix-huit ans, Charlotte, et toute la vie devant toi. Réfléchis encore, rien ne presse.

— Ça, c'est toi qui le dis.

Charlotte s'était levée et, les deux poings appuyés sur le bureau, elle regardait son père droit dans les yeux :

— J'étouffe, papa. J'en ai assez. Quand est-ce que tu vas admettre que ta femme est un éteignoir sur notre vie à tous ? Quand est-ce que tu vas cesser de tout accepter sans dire un mot ? On dirait que tu fais exprès de ne rien comprendre. Face à Blanche, face à Émilie et maintenant face à moi. Et si tu ne veux rien comprendre, je n'ai pas le choix, n'est-ce pas ? Tu viens de le dire : je n'ai que dix-huit ans et j'ai besoin de ton autorisation. Et il semble bien que tu ne veux pas la donner. Alors je vais m'arranger autrement.

Charlotte s'était redressée et se tenait maintenant très droite devant son père. Elle le regarda longuement, espérant une repartie qui ne vint pas. Alors, elle poursuivit d'une voix très douce :

— Et en ce qui concerne l'amour, papa, je te dirai que c'est une question trop personnelle pour en débattre publiquement.

Ces derniers mots semblèrent réveiller Raymond. Il leva la tête en soupirant :

— Je ne te demanderai jamais ça, Charlotte. Tu as raison, l'amour est une dimension de la vie qui n'appartient qu'à soi. Pour moi comme pour toi.

Raymond dessina un vague sourire. Un sourire fatigué.

— Vois-tu, Charlotte, j'ai déjà eu vingt ans, moi aussi. Et je sais bien que pour toi, dans la quarantaine, la vie semble derrière. Mais détrompe-toi. J'ose espérer que le meilleur est à venir. Chacun réagit comme il l'entend, n'est-ce pas ? Et personne n'a le droit de juger. Alors quand je dis que tu as le temps de voir venir, je sais de quoi je parle. Et quand je dis de bien sonder ton cœur, j'espère que tu comprends. Je te demande seulement de le faire pour toi. Juste pour toi.

— T'inquiète pas, c'est déjà fait. Et depuis longtemps.

Tout en parlant, Charlotte s'était redressée encore plus. Voyant que son père ne répondait pas, elle se détourna et fit les pas qui la séparaient de la porte. Mais alors qu'elle posait la main sur la poignée, elle hésita un bref moment puis fit volte-face :

— J'ai souvent eu l'impression que tu me laissais tomber, papa. Que tu prenais toujours le parti de maman afin d'acheter la paix, à mon détriment. Te rappelles-tu l'incident de la moutarde ? Si tu savais comme j'ai souffert, papa. À cause de maman mais aussi à cause de toi. J'avais eu l'impression que tu trouvais normal que j'aie mal. Malgré tout, chaque fois, je revenais sur mes positions parce que je t'aimais. Aujourd'hui, je comprends que je ne m'étais pas trompée : tu me laissais vraiment tomber. Aujourd'hui, tu me laisses encore tomber. Maman a fini par déteindre sur toi. Il n'y a que ta façon de voir les choses qui soit importante. C'est tellement plus facile que d'essayer de comprendre.

Puis alors qu'elle allait passer le pas de la porte, Charlotte ajouta :

— Ah oui… Comme je n'ai pas le choix, je veux que tu saches que je vais de ce pas appeler l'armée. C'est toi, n'est-ce pas, qui disais que si tu étais plus jeune tu irais défendre ton pays ? Le sens du devoir, le patriotisme ! Je te prends au mot, dans tous les sens que tu pourras lui donner. Je pars parce que je suis jeune et en santé. Mes deux brevets de la Croix-Rouge seront sûrement les bienvenus. Comme ça, j'aurai tout le temps de réfléchir à l'amour que je ressens pour Marc. J'espère seulement que lui va m'attendre.

Quand Charlotte entra dans sa chambre, elle tremblait comme une feuille…

Conclusion du livre de Charlotte

Charlotte reposa la pile de feuilles sur le bord de la fenêtre à côté d'elle. Puis elle appuya la tête contre le mur, ferma les yeux.

Elle était épuisée.

Épuisée par le manque de sommeil, épuisée par le tri de ses vêtements qu'elle s'était imposé, épuisée par la colère que son père avait semée en elle.

Elle venait de relire toutes ces phrases qu'elle avait jetées pêle-mêle sur des feuilles, hier, tout en préparant ses bagages.

Des tas de mots, des impressions, des émotions, des souvenirs, autant d'images tirées de sa mémoire comme des photos d'un album.

Quand elle était entrée dans sa chambre, hier matin, elle ne tremblait pas uniquement à cause de la colère. Elle tremblait parce que son père avait réveillé l'envie des mots en elle. Ses mains tremblaient de la fébrilité d'écrire.

Charlotte esquissa un sourire.

Si la passion fait écrire, alors la colère est une fameuse passion. À travers tout le reste, Charlotte avait noirci une montagne de papier tout en triant ses vêtements et en préparant ses bagages ! Et elle venait de tout relire. Et elle venait de tout comprendre. Son père avait raison : elle n'aimait pas Marc comme il le méritait. Son amour pour lui était tiède. Et Charlotte était tout sauf une fille tiède.

Elle comprenait aussi qu'elle avait été terriblement injuste envers son père. Il ne méritait pas les mots qu'elle avait eus pour lui. Il avait fait son possible dans des circonstances qui étaient rarement faciles.

Cela ne changeait rien à la situation, Charlotte était toujours décidée à partir, la vie ne lui laissait pas le choix. Une éducation basée sur les apparences et son milieu de vie ne lui laissaient aucune autre alternative. Charlotte devait s'en aller. Mais cela ne lui faisait pas peur. Elle se savait assez forte pour apprendre à voler de ses propres ailes. Il était même grand temps qu'elle le fasse. Pour ne pas étouffer comme elle l'avait dit à son père. Et là-dessus elle n'avait pas exagéré. Pendant un long moment, elle avait eu peur de mourir étouffée et elle avait malhabilement tenté de s'en sortir en confiant sa douleur à des oreilles de passage, en s'inventant une vie qui ressemblait finalement à celle de Myriam…

Alors elle allait partir.

Mais Charlotte se sentait tellement bien, tellement calme qu'elle ne pouvait se tromper cette fois-ci.

Les explications avec Marc ne seraient sûrement pas faciles, mais c'était peut-être mieux ainsi. Il n'avait pas à tout savoir. Juste le fait qu'elle voulait réfléchir encore et qu'elle avait besoin de distance pour le faire. Marc n'était pas homme à pleurer une peine d'amour très longtemps. Et Charlotte se disait qu'il valait mieux pleurer tout de suite et un peu que plus tard et beaucoup.

L'avenir finirait bien par leur dire le chemin à prendre. Ce n'était qu'une question de temps.

Mais d'abord, elle voulait revoir son père. Le revoir pour s'excuser. Jamais elle ne pourrait quitter la maison sans savoir qu'entre eux, tout était compris et pardonné. Elle voulait surtout lui dire qu'elle l'aimait.

Mais quand elle entra dans la cuisine, Blanche la fusilla du regard :

— Je ne sais pas ce qui s'est passé entre toi et ton père, hier, mais jamais je ne l'ai vu dans un tel état. Tu as réussi à le faire pleurer. Jamais je ne l'avais vu pleurer…

Espérant peut-être qu'elle aurait droit à des explications, Blanche fit une pause. Voyant qu'elle n'obtiendrait rien de Charlotte, elle insista :

— Veux-tu bien me dire ce qui s'est passé ? Raymond m'a simplement dit de t'en parler, que lui n'avait rien à dire et il est parti. Il a appelé tôt ce matin pour m'aviser qu'il avait passé la nuit au bureau et qu'il y était toujours.

En entendant ces mots, Charlotte avait déjà tourné les talons. Mais Blanche n'avait pas fini :

— Mais vas-tu parler ? Tu n'as pas le droit de blesser ton père comme tu l'as fait. Pas le droit, tu m'entends ! C'est un homme merveilleux et…

— Alors pour une fois, on est d'accord, maman, l'interrompit Charlotte en se retournant pour la fixer d'un regard qui n'avait rien de gentil. Et c'est exactement ce que j'ai l'intention d'aller lui dire. Papa est un homme merveilleux.

Blanche comprenait de moins en moins :

— Mais veux-tu bien me dire ce qui s'est passé ?

Charlotte se donna le temps de bien la regarder. Blanche était peut-être la personne la plus complexe qu'elle eût rencontrée. Charlotte n'avait pas envie d'entrer dans les détails. Pas avec elle. Alors, elle laissa tomber d'une voix indifférente :

— Ça, par contre, ça ne te regarde pas.

Et là-dessus, Charlotte claqua la porte…

Quand Charlotte se présenta à l'étude de son père, celui-ci était avec sa secrétaire. Probablement en train de lui dicter quelque chose. Lorsqu'il vit apparaître Charlotte dans l'embrasure de la porte, son cœur bondit littéralement dans sa poitrine. Il avait tellement espéré qu'elle viendrait ! Sans hésiter, il fit signe à Carmen de se retirer.

— Mais, monsieur, la lettre n'est pas terminée.

— Plus tard. Demain s'il le faut. La semaine prochaine si je le décide. Je ne suis là pour personne.

Carmen Lafrance se retira, les lèvres pincées. C'était bien la première fois que Me Deblois lui parlait sur ce ton.

— Entre, Charlotte, et ferme la porte.

Intimidée, Charlotte était restée sur le pas de la porte, un pied dans le bureau, un autre dans l'antichambre. Pourtant son père n'avait pas l'air de lui en vouloir.

— Ne reste pas plantée là. Viens, viens t'asseoir. Je crois qu'on a à parler tous les deux.

— Je crois, oui… Mais moi surtout. Je… je m'excuse, papa. Certains mots ont dépassé ma pensée et finalement c'est sorti tout croche.

— Je n'étais guère mieux. Pour deux personnes qui aiment les mots, ce n'était pas très reluisant, j'en conviens.

Moi aussi, je regrette que tu aies pu croire que je ne te faisais pas confiance. Jamais, jamais je n'ai douté de toi. Tu es ma forte, celle en qui j'ai eu le plus confiance au cours de ma vie.

Émue, Charlotte regarda longuement son père.

— J'étais peut-être ta forte, papa, murmura-t-elle au bord des larmes, mais même si on est forte, on a quand même besoin d'être aimée.

— Oh, Charlotte ! Ma Charlotte ! Comment peux-tu croire que je ne t'aime pas ? C'est peut-être que je n'ai pas su te le montrer. Mais sois certaine que je t'ai toujours aimée, Charlotte, sans l'ombre d'une hésitation.

— Je le sais, papa. Et moi aussi, je t'aime. Mais je vais quand même partir.

— Je m'en doutais. Et je ne te retiendrai pas. Tu as le droit de partir.

Charlotte fit un sourire gêné.

— Il ne me reste qu'à parler à Marc. Je sais que je vais lui faire de la peine et que…

— Ne t'inquiète pas de ça, l'interrompit Raymond, tellement soulagé de la tournure des événements. Il va s'en remettre. Et toi aussi.

Charlotte ne répondit pas. Elle savait qu'elle allait se remettre de Marc. Raymond s'était levé et, respectant le silence de sa fille, il s'était approché de la fenêtre. Dehors, le ciel était gris, il ventait et les gens marchaient à pas pressés, soucieux de se mettre à l'abri avant la pluie.

— J'espère seulement, mon Charlot, qu'un jour tu vas croiser le grand amour. Celui qui donne envie d'aller plus haut, toujours plus haut. Et j'espère que tu ne le laisseras pas passer.

« Mon Charlot ! » Cela faisait un siècle que son père ne l'avait appelée ainsi. *Mon Charlot*, c'était son enfance et la complicité entre eux. C'étaient les silences et les fous rires. Alors Charlotte se leva à son tour et vint tout près de Raymond.

— Ne t'inquiète pas, papa. Je crois que je sais à quoi il ressemble, ce grand amour.

Raymond tourna les yeux vers elle. Et la fièvre qu'il vit alors briller dans le regard de Charlotte lui fit envier l'homme pour qui elle était destinée.

— Alors fonce, Charlotte.

— Je crois que c'est ce que je vais faire.

Puis après un bref silence, sachant qu'elle aurait toujours besoin de sentir l'appui de son père, elle murmura :

— Il s'appelle Gabriel et il a 33 ans.

Tout juste un nom et une réalité, celle de la différence d'âge entre Gabriel et elle. Pourtant Charlotte se sentait soulagée d'avoir dit ces quelques mots.

— Et alors, qu'est-ce que ça change ? Si tu l'aimes et que lui aussi t'aime, alors ne laisse pas courir ta chance. La passion, la vraie, ça ne passe qu'une fois. Tu sais, il arrive dans la vie que l'on rencontre certains êtres qui voient le meilleur en nous, qui nous obligent à l'exploiter. Il faut alors suivre son instinct et rester près d'eux.

Charlotte avait appuyé sa tête sur l'épaule de Raymond et elle se demanda s'il parlait de Blanche. Mais quelle importance ? Les mots qu'il disait coulaient sur son cœur comme une eau vive, comme une promesse. Elle comprenait enfin que, si ce n'était pas Gabriel, ce serait peut-être un autre. Et cela non plus, pour l'instant, cela n'avait pas tellement d'importance. Charlotte savait que l'intensité du moment résidait dans l'essentiel des choses et non dans les apparences. Et cet essentiel ferait en sorte que cet autre devrait la faire vibrer, devrait faire chanter les mots en elle pour qu'elle le reconnaisse.

— Merci, papa. Je t'aime.

Pendant un long moment, ils restèrent ainsi, appuyés l'un sur l'autre à regarder les nuages qui se bousculaient, de plus en plus sombres, de plus en plus menaçants.

Ce ne fut qu'au moment de partir que Charlotte se rappela qu'il y avait autre chose qu'elle voulait dire à son père. Quelque chose qu'elle avait gardé pour elle peut-être par rancœur, peut-être aussi par gêne ou par peur de voir qu'elle avait vu juste. Mais maintenant, tout cela non plus n'avait pas d'importance. Tout se jouait à un autre niveau, ce matin.

— Papa, je voulais te dire…

— Oui ?

Raymond avait regagné sa place derrière son bureau.

— Tu sais, quand j'étais en voyage avec les Gamache, j'ai rencontré quelqu'un que tu connais.

— Ah oui ? Un confrère en vacances ?

— Un confrère ? Si on veut. Mais elle n'était pas en vacances. C'était Antoinette. Elle habite Bridgeport.

Quand elle vit son père blêmir et détourner les yeux, Charlotte sut que son intuition ne s'était pas trompée. Raymond avait porté les yeux vers la fenêtre et son regard semblait perdu au-delà du temps et de l'espace. D'un même souffle, Charlotte comprit que tous ces mots qu'il venait de dire ne se rapportaient pas à sa mère. Alors, parce qu'il avait le droit de savoir et que cela lui appartenait, elle ajouta d'un ton très doux :

— Elle te fait dire bonjour. Elle s'est mariée là-bas et elle a un petit garçon. Il s'appelle Jason et il doit avoir l'âge d'Anne.

Et sans attendre une réponse qui ne viendrait sûrement pas, Charlotte referma silencieusement la porte sur elle.

Extrait du journal de Charlotte

Montréal, automne 1942

Le jour commence à tomber. Le soleil qui disparaît trop tôt est bien le seul défaut que je trouve à l'automne. Il faudrait que j'allume pour y voir quelque chose mais je n'en ai pas envie. Pas tout de suite, pas maintenant. Je me contente de la lumière de la rue et cela me suffit. J'ai lancé mes vêtements en vrac sur mon lit et je n'ai pas l'énergie de les trier. Pourtant, la plupart d'entre eux vont rester ici, entreposés. Je n'en aurai pas besoin…

J'ai l'impression que de prolonger les préparatifs du départ va changer le cours des choses, que l'obscurité qui envahit ma chambre permet de garder certaines vérités dans l'ombre. Absurde !

Malgré tout, j'ai hâte de partir. J'ai un peu peur de l'inconnu qui m'attend, peur aussi de l'avenir, seule, mais j'ai tout de même hâte. Même si je voudrais que cette journée ne finisse jamais.

Cette ambivalence, encore et toujours…

Enfin ! Le gros de mes bagages est prêt. Les caisses de carton, je les descendrai au sous-sol demain. Ce soir, je n'ai plus la force de faire quoi que ce soit. J'ai l'impression d'avoir vécu une vie en accéléré. Et c'est un peu ce que j'ai fait aujourd'hui. Curieux que tous ces événements me soient revenus, comme cela, juste parce que j'ai eu une discussion avec papa. Mais je déteste qu'on se mêle de mes affaires et dans cette famille, on a toujours été dépendant des autres. Dépendant des états d'âme de Blanche, devrais-je dire. Ce qu'elle veut, ce qu'elle ne veut pas, ses migraines et ses douleurs un peu partout, ses dépressions. Ce dernier mot me fait penser à la naissance d'Anne… Oui, ce petit bout de femme aurait pu changer les choses. Si Blanche avait voulu, Anne aurait pu être une si belle complicité entre nous. Mais le miracle n'a pas eu lieu. Blanche a vite replacé les gens et les choses dans la perspective qui était la sienne. Ses façons de penser, ses choix, ses arguments, sa manière d'agir… Ma mère est encore aujourd'hui trop centrée sur elle-même pour tenir compte des autres. Les gens qui vivent autour d'elle n'ont d'importance que pour le reflet qu'ils lui renvoient. Et Émilie lui ressemble. Dommage… J'aurais sincèrement aimé être proche d'elle. Peut-être que le passage du temps saura nous donner ce que l'enfance nous a refusé. Peut-être…

Par chance, jusqu'à maintenant, je crois bien qu'Anne n'est pas consciente de la drôle de famille qui est la sienne. Elle est trop jeune encore. Comment papa arrive à garder son calme et sa logique dans tout cela reste un vrai mystère pour moi. Jamais je ne pourrai imaginer qu'il prend ma mère et Émilie au sérieux !

J'espère seulement que papa saura être vigilant et qu'il tiendra Anne à l'abri de Blanche. S'il fallait qu'il lui arrive la même chose qu'à Émilie, s'il fallait que ma mère recommence à boire...

Mon Dieu que je suis fatiguée de tout cela.

Il ne me reste qu'à obtenir la signature de papa pour être libérée de cette vie. Je pourrai alors tourner la page pour entreprendre une autre partie de ma vie. Elle ne sera pas facile mais tant pis.

J'ai tellement hâte d'être seule avec moi-même...

Jamais la maison des Deblois n'avait tremblé d'une si grande virulence. Après quelques cris qui frôlaient l'horreur, atterrée, Blanche regardait Raymond avec une telle furie dans le regard que les mots étaient inutiles entre eux. Il venait de lui annoncer que Charlotte partait dans deux jours. Elle était attendue à Valcartier pour qu'on puisse évaluer ses compétences médicales et décider si elle pouvait partir pour l'Angleterre où leur hôpital de campagne avait grand besoin d'effectifs.

— Mais à quoi as-tu pensé en signant ces papiers ? C'est complètement insensé, mon pauvre Raymond.

— C'était le choix de Charlotte et j'ai décidé de le respecter.

— C'est complètement imbécile. Comment peux-tu parler de respect dans les circonstances ? Ta fille te dit qu'elle veut partir pour un pays en guerre et tu lui donnes ta bénédiction. Mais où donc as-tu la tête ? Tu n'as vraiment pas de cœur. Et moi dans tout ça ? As-tu seulement pensé à ce que je vais devenir sans Charlotte ?

À ces mots, Raymond s'était levé de table sans répondre. Ce qu'il aurait dit aurait été trop dur. Il s'était contenté de chercher la petite Anne pour lui apprendre la nouvelle avec des mots qui, l'espérait-il, sauraient faire comprendre pourquoi sa grande sœur allait partir. Il savait à quel point Anne aimait Charlotte.

Émilie, quant à elle, avait blêmi en apprenant le départ de Charlotte. Son grand rêve de se rapprocher d'elle venait encore une fois de reculer dans l'ombre. Elle avait un peu l'impression que c'était à cause d'elle que Charlotte s'en allait. Combien de fois sa sœur ne lui avait-elle pas dit qu'elle en avait assez de l'entendre se lamenter ? Comme si Émilie le faisait exprès d'avoir mal. Mais le résultat restait le même : Charlotte allait partir. Émilie s'enferma dans sa chambre et refusa de se présenter à table pour le repas suivant. Elle avait peur d'éclater en sanglots devant toute la famille et Charlotte n'avait surtout pas besoin de ses larmes.

Quand vint le jour du départ, Charlotte demanda à son père de faire venir un taxi pour la conduire à la gare. Elle ne voulait pas de démonstrations bruyantes. Et Raymond avait compris.

Dehors il avait commencé à pleuvoir. Nerveuse, Charlotte attendait près d'une fenêtre. Dans quelques instants, elle serait partie. C'était son choix même si pour l'instant elle était tremblante. Elle savait que rien ne serait facile. La découverte de soi est difficile et fait mal parfois. La réalisation de ses rêves se fait souvent dans la douleur. Celle que l'on ressent, celle que l'on provoque.

Charlotte eut une pensée pour Marc. Il avait encaissé la nouvelle avec stoïcisme, mais Charlotte avait bien vu dans son regard qu'il était déçu, qu'il avait mal.

Puis elle se détourna de la fenêtre. Dans le hall d'entrée, toute sa famille était réunie. Blanche se tordait les mains, Émilie avait les yeux rouges et la moustache de son père retombait bien bas sur ses lèvres. Charlotte eut une bouffée de tendresse pour lui. Puis elle se pencha pour être à la hauteur d'Anne qui acceptait difficilement que sa grande sœur parte en voyage.

— Tu vas revenir vite, dis, Charlotte ?

— Promis. Je t'aime, Anne, et je vais t'envoyer des tas de dessins et des histoires aussi pour que tu penses à moi. Et toi aussi tu pourras…

Un coup de klaxon l'interrompit. Le taxi venait d'arriver. Alors Charlotte se releva à l'instant où Anne s'accrochait à sa jupe en pleurant.

— Pourquoi tu veux partir, Charlotte ?

Charlotte était au bord des larmes elle aussi.

— Je n'ai pas le choix, Anne. Quand tu seras plus vieille, tu comprendras. Maintenant, il faut que j'y aille.

Les pleurs de la fillette s'intensifièrent quand Charlotte la serra très fort dans ses bras. Il n'y avait qu'avec Charlotte qu'elle pouvait s'amuser vraiment. Il n'y avait qu'elle qui savait prendre le temps de l'écouter. Charlotte n'était jamais impatiente comme sa mère, ou malade comme Émilie, ou occupée comme son père. Et quand Blanche s'approcha d'elle pour la prendre dans ses bras, qu'elle vit Charlotte empoigner sa valise et ouvrir la porte, Anne se mit à crier en se débattant pour échapper à l'emprise de sa mère.

— Pars pas, Charlotte. S'il vous plaît, reste ici. Reste avec moi. Je veux pas que tu t'en ailles…

Charlotte, qui avait descendu l'escalier, s'arrêta brusquement. Les cris de sa petite sœur l'écorchaient vive. Anne, c'était un peu son bébé à elle et présentement elle avait l'impression de l'abandonner. Mais elle n'avait pas le choix. Elle devait aller jusqu'au bout.

— Je t'en prie, Anne, arrête de pleurer. Je t'aime, et promis que je vais revenir bientôt.

Puis elle s'engouffra dans le taxi, laissant éclater ses pleurs à son tour. Pleurs de tristesse et pleurs de crainte. Elle partait vers l'inconnu, elle laissait de la tristesse derrière elle. Et joint au désespoir qu'elle avait semé dans la vie d'Anne, au chagrin qu'elle avait lu dans le regard de son père et d'Émilie et même à cette curieuse lueur qu'elle avait cru percevoir dans les yeux de Blanche, il y avait en elle un long vertige qui lui faisait battre le cœur. Un grand tourbillon douloureux qui l'accompagnait depuis quelques semaines déjà et qu'elle n'arrivait pas à contrôler.

Seul Gabriel peut-être saurait le faire disparaître s'il acceptait d'aimer l'enfant qu'elle portait…

À suivre…

Composé par Nord Compo
à Villeneuve-d'Ascq (Nord)

Imprimé en Espagne par
Liberdúplex
à Sant Llorenç d'Hortons (Barcelone)
en mars 2017

POCKET – 12, avenue d'Italie – 75627 Paris cedex 13

N° d'impression : 57762
Dépôt légal : avril 2010
Suite du premier tirage: mars 2017
S19730/07